4487

OEUVRES

COMPLETES

DE

VOLTAIRE.

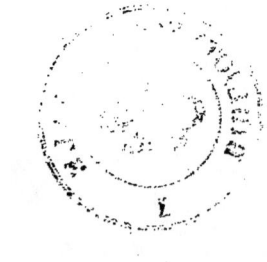

OEUVRES

COMPLETES

DE

VOLTAIRE.

TOME TRENTE-HUITIEME.

DE L'IMPRIMERIE DE LA SOCIÉTÉ LITTÉRAIRE-
TYPOGRAPHIQUE.

1 7 8 5.

DICTIONNAIRE

PHILOSOPHIQUE.

A

DICTIONNAIRE

PHILOSOPHIQUE.

ART DRAMATIQUE,

Ouvrages dramatiques , tragédie , comédie , opéra.

A.

Panem & circenses eſt la deviſe de tous les peuples. Au lieu de tuer tous les Caraïbes, il fallait peut-être les ſéduire par des ſpectacles , par des funambules, des tours de gibecière , & de la muſique. On les eût aiſément ſubjugués. Il y a des ſpectacles pour toutes les conditions humaines ; la populace veut qu'on parle à ſes yeux, & beaucoup d'hommes d'un rang ſupérieur ſont peuple. Les ames cultivées & ſenſibles veulent des tragédies & des comédies.

Cet art commença en tout pays par les charrettes des *Theſpis*, enſuite on eut ſes *Eſchyles*, & l'on ſe flatta bientôt d'avoir ſes *Sophocles* & ſes *Euripides;* après quoi tout dégénéra : c'eſt la marche de l'eſprit humain.

Je ne parlerai point ici du théâtre des Grecs. On a fait dans l'Europe moderne plus de commentaires ſur ce théâtre, qu'*Euripide, Sophocle, Eſchyle, Ménandre,* & *Ariſtophane*, n'ont fait d'œuvres dramatiques ; je viens d'abord à la tragédie moderne.

C'eſt aux Italiens qu'on la doit, comme on leur doit la renaiſſance de tous les autres arts. Il eſt vrai qu'ils commencèrent dès le treizième ſiècle , & peut-être auparavant, par des farces malheureuſement tirées de l'ancien & du nouveau teſtament ; indigne abus qui paſſa bientôt en Eſpagne & en France : c'était une imitation vicieuſe des eſſais que *St Grégoire de Nazianze* avait faits en ce genre, pour oppoſer un théâtre chrétien au théâtre païen de *Sophocle* & d'*Euripide*. *St Grégoire de Nazianze* mit quelque éloquence & quelque dignité dans ces pièces ; les Italiens & leurs imitateurs n'y mirent que des platitudes & des bouffonneries.

Enfin , vers l'an 1514 , le prélat *Triſſino* , auteur du poëme épique intitulé l'*Italia liberata da' Gothi* , donna ſa tragédie de *Sophonisbe* , la première qu'on eût vue en Italie , & cependant régulière. Il y obſerva les trois unités de lieu , de temps, & d'action. Il y introduiſit les chœurs des anciens. Rien n'y manquait que le génie. C'était une longue déclamation. Mais, pour le temps où elle fut faite , on peut la regarder comme un prodige. Cette pièce fut repréſentée à Vicence , & la ville conſtruiſit exprès un théâtre magnifique. Tous les littérateurs de ce beau ſiècle accoururent aux repréſentations , & prodiguèrent les applaudiſſemens que méritait cette entrepriſe eſtimable.

En 1516 , le pape *Léon X* honora de ſa préſence la *Rozemonde* du *Rucellaï : toutes les tragédies qu'on fit alors à l'envi, furent régulières, écrites avec pureté, & naturellement ; mais, ce qui eſt étrange , preſque toutes furent un peu froides : tant le dialogue en vers eſt difficile , tant l'art de ſe rendre maître du cœur eſt donné à peu de génies ; le *Torifmond* même du *Taffc* fut encore plus infipide que les autres.

On ne connut que dans le *Paftor fido* du *Guarini* ces fcènes attendriffantes, qui font verfer des larmes, qu'on retient par cœur malgré foi ; & voilà pourquoi nous difons, *retenir par cœur ;* car ce qui touche le cœur fe grave dans la mémoire.

Le cardinal *Bibiena* avait long-temps auparavant rétabli la vraie comédie ; comme *Triffino* rendit la vraie tragédie aux Italiens.

Dès l'an 1480, (a) quand toutes les autres nations de l'Europe croupiffaient dans l'ignorance abfolue de tous les arts aimables, quand tout était barbare, ce prélat avait fait jouer fa *Calendra*, pièce d'intrigue, & d'un vrai comique, à laquelle on ne reproche que des mœurs un peu trop licencieufes, ainfi qu'à la *Mandragore* de *Machiavel*.

Les Italiens feuls furent donc en poffeffion du théâtre pendant près d'un fiècle, comme ils le furent de l'éloquence, de l'hiftoire, des mathématiques, de tous les genres de poëfie, & de tous les arts où le génie dirige la main.

Les Français n'eurent que de miférables farces, comme on fait, pendant tout le quinzième & le feizième fiècles.

Les Efpagnols, tout ingénieux qu'ils font, quelque grandeur qu'ils aient dans l'efprit, ont confervé jufqu'à nos jours cette déteftable coutume d'introduire

---

(a) *N. B.* Non en 1520, comme dit le fils du grand *Racine* dans fon *Traité de la poëfie.*

les plus baſſes bouffonneries dans les ſujets les plus
ſérieux : un ſeul mauvais exemple une fois donné eſt
capable de corrompre toute une nation, & l'habitude
devient une tyrannie.

Du théâtre eſpagnol.

LES *autos ſacramentales* ont déshonoré l'Eſpagne
beaucoup plus long-temps que les *myſtères de la paſſion*,
les *actes des ſaints*, nos *moralités*, la *mère ſotte*, n'ont
flétri la France. Ces *autos ſacramentales* ſe repréſentaient
encore à Madrid il y a très-peu d'années. *Calderon* en
avait fait pour ſa part plus de deux cents.

Une de ſes plus fameuſes pièces, imprimée à
Valladolid ſans date, & que j'ai ſous mes yeux, eſt
la *dévotion de la miſſa*. Les acteurs ſont un roi de
Cordoue mahométan, un ange chrétien, une fille de
joie, deux ſoldats bouffons, & le diable. L'un de ces
deux bouffons eſt un nommé *Paſcal Vivas*, amoureux
d'*Aminte*. Il a pour rival *Lélio* ſoldat mahométan.

Le diable & *Lélio* veulent tuer *Vivas*, & croient en
avoir bon marché, parce qu'il eſt en péché mortel :
mais *Paſcal* prend le parti de faire dire une meſſe ſur
le théâtre, & de la ſervir. Le diable perd alors toute
ſa puiſſance ſur lui.

Pendant la meſſe, la bataille ſe donne; & le diable
eſt tout étonné de voir *Paſcal* au milieu du combat,
dans le même temps qu'il ſert la meſſe. *Oh oh*, dit-il,
*je ſais bien qu'un corps ne peut ſe trouver en deux endroits
à la fois, excepté dans le ſacrement, auquel ce drôle a
tant de dévotion.* Mais le diable ne ſavait pas que l'ange

chrétien avait pris la figure du bon *Pafcal Vivas*, & qu'il avait combattu pour lui pendant l'office divin.

Le roi de Cordoue eft battu, comme on peut bien le croire ; *Pafcal* époufe fa vivandière, & la pièce finit par l'éloge de la meffe.

Par-tout ailleurs, un tel fpeclacle aurait été une profanation que l'inquifition aurait cruellement punie ; mais en Efpagne c'était une édification.

Dans un autre acte facramental, JESUS-CHRIST en perruque quarrée, & le diable en bonnet à deux cornes, difputent fur la controverfe, fe battent à coups de poing, & finiffent par danfer enfemble une farabande.

Plufieurs pièces de ce genre finiffent par ces mots, *ite comedia eft.*

D'autres pièces, en très-grand nombre, ne font point facramentales, ce font des tragicomédies, & même des tragédies ; l'une eft *la création du monde*, l'autre *les cheveux d'Abfalon*. On a joué *le foleil foumis à l'homme*, DIEU *bon payeur*, le *maître d'hôtel de* DIEU, la *dévotion aux trépaffés*. Et toutes ces pièces font intitulées *la famofa comedia.*

Qui croirait que dans cet abyme de groffièretés infipides, il y ait de temps en temps des traits de génie, & je ne fais quel fracas de théâtre qui peut amufer, & même intéreffer ?

Peut-être quelques-unes de ces pièces barbares ne s'éloignent-elles pas beaucoup de celles d'*Efchyle*, dans lefquelles la religion des Grecs était jouée, comme la religion chrétienne le fut en France & en Efpagne.

Qu'eft-ce en effet que *Vulcain* enchaînant *Prométhée* fur un rocher, par ordre de *Jupiter* ? qu'eft-ce que la force & la vaillance qui fervent de garçons bourreaux à *Vulcain*, finon un *auto facramentale* grec ? Si *Calderon* a introduit tant de diables fur le théâtre de Madrid, *Efchyle* n'a-t-il pas mis des furies fur le théâtre d'Athènes ? Si *Pafcal Vivas* fert la meffe, ne voit-on pas une vieille pythoniffe qui fait toutes fes cérémonies facrées dans la tragédie des Euménides ? La reffemblance me paraît affez grande.

Les fujets tragiques n'ont pas été traités autrement chez les Efpagnols que leurs actes facramentaux ; c'eft la même irrégularité, la même indécence, la même extravagance. Il y a toujours eu un ou deux bouffons dans les pièces dont le fujet eft le plus tragique. On en voit jufque dans le Cid. Il n'eft pas étonnant que *Corneille* les ait retranchés.

On connaît l'Héraclius de *Calderon*, intitulé : *Tout eft menfonge, & tout eft vérité*, antérieur de près de vingt années à l'Héraclius de *Corneille*. L'énorme démence de cette pièce n'empêche pas qu'elle ne foit femée de plufieurs morceaux éloquens, & de quelques traits de la plus grande beauté. Tels font, par exemple, ces quatre vers admirables que *Corneille* a fi heureufement traduits :

Mon trône eft-il pour toi plus honteux qu'un fupplice ?
O malheureux Phocas ! ô trop heureux Maurice !
Tu retrouves deux fils pour mourir après toi,
Je n'en puis trouver un pour régner après moi !

Non-feulement *Lopez de Vega* avait précédé *Calderon* dans toutes les extravagances d'un théâtre groffier &

abſurde, mais il les avait trouvées établies. *Lopez de Vega* était indigné de cette barbarie, & cependant il s'y ſoumettait. Son but était de plaire à un peuple ignorant, amateur du faux merveilleux, qui voulait qu'on parlât à ſes yeux plus qu'à ſon ame. Voici comme *Vega* s'en explique lui-même dans ſon *nouvel art de faire des comédies* de ſon temps.

Les Vandales, les Goths, dans leurs écrits bizarres,
Dédaignèrent le goût des Grecs & des Romains :
Nos aïeux ont marché dans ces nouveaux chemins,
    Nos aïeux étaient des barbares. (*b*)
L'abus règne, l'art tombe, & la raiſon s'enfuit :
    Qui veut écrire avec décence,
Avec art, avec goût, n'en recueille aucun fruit ;
Il vit dans le mépris, & meurt dans l'indigence. (*c*)
Je me vois obligé de ſervir l'ignorance,
    D'enfermer ſous quatre verrous (*d*)
    Sophocle, Euripide, & Térence.
J'écris en inſenſé, mais j'écris pour des fous.

. . . .

Le public eſt mon maître, il faut bien le ſervir ;
Il faut, pour ſon argent, lui donner ce qu'il aime.
    J'écris pour lui, non pour moi-même,
Et cherche des ſuccès dont je n'ai qu'à rougir.

La dépravation du goût eſpagnol ne pénétra point à la vérité en France ; mais il y avait un vice radical

(*b*) *Mas come le ſervieron muchos barbaros*
    Che enſenaron el bulgo a ſus rudezas ?
(*c*) *Muere ſin fama è galardon.*
(*d*) *Encierro los preceptos con ſeis llaves, &c.*

beaucoup plus grand , c'était l'ennui ; & cet ennui
était l'effet des longues déclamations fans fuite , fans
liaifon , fans intrigue , fans intérêt , dans une langue
non encore formée. *Hardi* & *Garnier* n'écrivirent
que des platitudes d'un ftyle infupportable ; & ces
platitudes furent jouées fur des tréteaux au lieu de
théâtre.

Du théâtre anglais.

LE théâtre anglais au contraire fut très-animé ,
mais le fut dans le goût efpagnol ; la bouffonnerie fut
jointe à l'horreur. Toute la vie d'un homme fut le
fujet d'une tragédie : les acteurs paffaient de Rome ,
de Venife , en Chypre ; la plus vile canaille paraiffait
fur le théâtre avec des princes , & ces princes parlaient
fouvent comme la canaille.

J'ai jeté les yeux fur une édition de *Shakefpeare* ,
donnée par le fieur *Samuel Jonhfon.* J'y ai vu qu'on
y traite de *petits efprits* les étrangers qui font étonnés
que dans les pièces de ce grand *Shakefpeare*, *un fénateur romain faffe le bouffon , & qu'un roi paraiffe fur le
théâtre en ivrogne.*

Je ne veux point foupçonner le fieur *Jonhfon* d'être
un mauvais plaifant , & d'aimer trop le vin ; mais je
trouve un peu extraordinaire qu'il compte la bouffonnerie & l'ivrognerie parmi les beautés du théâtre
tragique ; la raifon qu'il en donne n'eft pas moins
fingulière. *Le poëte ,* dit-il , *dédaigne ces diftinctions
accidentelles de conditions & de pays, comme un peintre qui ,
content d'avoir peint la figure , néglige la draperie.* La
comparaifon ferait plus jufte s'il parlait d'un peintre

qui, dans un sujet noble, introduirait des grotesques ridicules, peindrait dans la bataille d'Arbelles *Alexandre le grand* monté sur un âne, & la femme de *Darius* buvant avec des goujats dans un cabaret.

Il n'y a point de tels peintres aujourd'hui en Europe; & s'il y en avait chez les Anglais, c'est alors qu'on pourrait leur appliquer ce vers de *Virgile :*

> *Et penitus toto divisos orbe Britannos.*

On peut consulter la traduction exacte des trois premiers actes du Jules César de *Shakespeare*, dans le deuxième tome des œuvres de *Corneille*.

C'est là que *Cassius* dit que *César demandait à boire quand il avait la fièvre ;* c'est là qu'un savetier dit à un tribun *qu'il veut le ressemeler ;* c'est là qu'on entend *César* s'écrier *qu'il ne fait jamais de tort que justement ;* c'est là qu'il dit que le danger & lui sont nés de la même ventrée, qu'il est l'aîné, que le danger sait bien que *César* est plus dangereux que lui ; & que tout ce qui le menace ne marche jamais que derrière son dos.

Lisez la belle tragédie du Maure de Venise. Vous trouverez à la première scène que la fille d'un sénateur *fait la bête à deux dos avec le Maure, & qu'il naîtra de cet accouplement des chevaux de Barbarie.* C'est ainsi qu'on parlait alors sur le théâtre tragique de Londres. Le génie de *Shakespeare* ne pouvait être que le disciple des mœurs, & de l'esprit du temps.

Scène traduite de la Cléopâtre de Shakespeare.

Cléopâtre ayant réfolu de fe donner la mort, fait venir un payfan qui apporte un panier fous fon bras, dans lequel eft l'afpic dont elle veut fe faire piquer.

CLEOPATRE.

As-tu le petit ver du Nil qui tue, & qui ne fait point de mal ?

LE PAYSAN.

En vérité, je l'ai, mais je ne voudrais pas que vous y touchaffiez, car fa bleffure eft mortelle ; ceux qui en meurent n'en reviennent jamais.

CLEOPATRE.

Te fouviens-tu que quelqu'un en foit mort ?

LE PAYSAN.

Oh plufieurs, hommes & femmes. J'ai entendu parler d'une, pas plus tard qu'hier ; c'était une bien honnête femme, fi ce n'eft qu'elle était un peu fujette à mentir, ce que les femmes ne devraient faire que par une voie d'honnêteté. Oh ! comme elle mourut vîte de la morfure de la bête ! quels tourmens elle reffentit ! elle a dit de très-bonnes nouvelles de ce ver ; mais qui croit tout ce que les gens difent ne fera jamais fauvé par la moitié de ce qu'ils font ; cela eft fujet à caution. Ce ver eft un étrange ver.

CLEOPATRE.

Va-t-en, adieu.

LE PAYSAN.

Je fouhaite que ce ver-là vous donne beaucoup de plaifir.

CLEOPATRE.

Adieu.

LE PAYSAN.

Voyez-vous, Madame ? vous devez penfer que ce ver vous traitera de fon mieux.

CLEOPATRE.

Bon, bon, va-t-en.

LE PAYSAN.

Voyez-vous ? il ne faut fe fier à mon ver que quand il eft entre les mains des gens fages ; car, en vérité, ce ver-là eft dangereux.

CLEOPATRE.

Ne t'en mets pas en peine, j'y prendrai garde.

LE PAYSAN.

C'eft fort bien fait : ne lui donnez rien à manger, je vous en prie ; il ne vaut ma foi pas la peine qu'on le nourriffe.

CLEOPATRE.

Ne mangerait-il rien ?

LE PAYSAN.

Ne croyez pas que je fois fi fimple ; je fais que le
diable même ne voudrait pas manger une femme ; je
fais bien qu'une femme eft un plat à préfenter aux
dieux, pourvu que le diable n'en faffe pas la fauce:
mais, par ma foi, les diables font des fils de p....
qui font bien du mal au ciel quand il s'agit des
femmes; fi le ciel en fait dix, le diable en corrompt
cinq.

CLEOPATRE.

Fort bien ; va-t-en, adieu.

LE PAYSAN.

Je m'en vais, vous dis-je; bon foir. Je vous fouhaite
bien du plaifir avec votre ver.

Scène traduite de la tragédie de Henri V.

HENRI.

Belle Catherine, très-belle, (*e*)
Vous plairait-il d'enfeigner à un foldat les paroles
Qui peuvent entrer dans le cœur d'une demoifelle,
Et plaider fon procès d'amour devant fon gentil cœur?

LA PRINCESSE CATHERINE.

(*f*) Votre majefté fe moque de moi, je ne peux
parler votre anglais.

HENRI.

(*g*) Oh belle Catherine, ma foi vous aimerez

(*e*) En vers anglais. (*f*) En profe anglaife. (*g*) En profe.

fort & ferme avec votre cœur français. Je ferai fort aife de vous l'entendre avouer dans votre baragouin, avec votre langue françaife : *me goûtes-tu, Catau ?*

CATHERINE.

Pardonnez-moi, (*h*) je n'entends pas ce que veut dire *vous goûter.*

HENRI.

Goûter, (*i*) c'eft reffembler ; un ange vous reffemble, Catau ; vous reffemblez à un ange.

CATHERINE (*à une efpèce de dame d'honneur qui eft auprès d'elle.*)

(*k*) Que dit-il ? que je fuis femblable à des anges ?

LA DAME D'HONNEUR.

(*l*) Oui vraiment, fauf votre honneur ; ainfi dit-il.

HENRI.

(*m*) C'eft ce que j'ai dit, chère Catherine , & je ne dois pas rougir de le confirmer.

CATHERINE.

Ah bon Dieu ! les langues des hommes font pleines de tromperies ?

HENRI.

(*n*) Que dit-elle, ma belle ; que les langues des hommes font pleines de fraudes ?

(*h*) En profe anglaife.

(*i*) *Goûter*, *like*, fignifie auffi en anglais *reffembler.*

(*k*) En français.   (*m*) En anglais.

(*l*) En français.   (*n*) En anglais.

LA DAME D'HONNEUR.

(*o*) Oui, que les langues des hommes eſt plein de fraudes, c'eſt-à-dire, des princes.

HENRI.

(*p*) Hé bien, la princeſſe én eſt-elle meilleure anglaiſe? Ma foi, *Catau*, mes ſoupirs ſont pour votre entendement; je ſuis bien aiſe que tu ne puiſſes pas parler mieux anglais; car ſi tu le pouvais, tu me trouverais ſi franc roi, que tu penſerais que j'ai vendu ma femme pour acheter une couronne. Je n'ai pas la façon de hacher menu en amour. Je te dis tout franchement, je t'aime. Si tu en demandes davantage, adieu mon procès d'amour. Veux-tu? réponds. Réponds, tapons d'une main, & voilà le marché fait. Qu'en dis-tu, ladi?

CATHERINE.

Sauf votre honneur, (*q*) moi entendre bien.

HENRI.

Crois-moi, ſi tu voulais me faire rimer, ou me faire danſer pour te plaire, *Catau*, tu m'embarraſſerais beaucoup; car pour les vers, vois-tu, je n'ai ni paroles ni meſures, & pour ce qui eſt de danſer, ma force n'eſt pas dans la meſure; mais j'ai une bonne meſure en force; je pourrais gagner une femme au jeu du cheval fondu, ou à ſaute-grenouille.

On croirait que c'eſt-là une des plus étranges ſcènes des tragédies de *Shakeſpeare*, mais dans la même pièce il y a une converſation entre la princeſſe de France *Catherine*, & une de ſes filles d'honneur anglaiſes,

(*o*) En mauvais anglais.

(*p*) En anglais.   (*q*) Me underſtand well.

qui

qui l'emporte de beaucoup fur tout ce qu'on vient d'expofer.

Catherine apprend l'anglais ; elle demande comment on dit le pied & la robe ? la fille d'honneur lui répond que le pied c'eft *foot* , & la robe c'eft *coun ;* car alors on prononçait *coun* , & non pas *gown.* *Catherine* entend ces mots d'une manière un peu fingulière ; elle les répète à la françaife ; elle en rougit. *Ah !* dit-elle en français , *ce font des mots impudiques, & non pour les dames d'honneur d'ufer. Je ne voudrais répéter ces mots devant les feigneurs de France pour tout le monde.* Et elle les répète encore avec la prononciation la plus énergique.

Tout cela a été joué très-long-temps fur le théâtre de Londres, en préfence de la cour.

Du mérite de Shakefpeare.

I L y a une chofe plus extraordinaire que tout'ce qu'on vient de lire, c'eft que *Shakefpeare* eft un génie. Les Italiens, les Français, les gens de lettres de tous les autres pays , qui n'ont pas demeuré quelque temps en Angleterre , ne le prennent que pour un gilles de la foire , pour un farceur très-au-deffous d'Arlequin , pour le plus méprifable bouffon qui ait jamais amufé la populace. C'eft pourtant dans ce même homme qu'on trouve des morceaux qui élèvent l'imagination & qui pénètrent le cœur. C'eft la vérité, c'eft la nature elle même qui parle fon propre langage fans aucun mélange de l'art. C'eft du fublime, & l'auteur ne l'a point cherché.

Quand dans la tragédie de la Mort de Céfar, *Brutus* reproche à *Caffius* les rapines qu'il a laiffé exercer par les fiens en Afie, il lui dit : *Souviens-toi des ides de Mars ; fouviens-toi du fang de Céfar. Nous l'avons verfé parce qu'il était injufte. Quoi ! celui qui porta les premiers coups, celui qui le premier punit Céfar d'avoir favorifé les brigands de la république, fouillerait fes mains lui-même par la corruption !*

Céfar, en prenant enfin la réfolution d'aller au fénat où il doit être affaffiné, parle ainfi : *Les hommes timides meurent mille fois avant leur mort ; l'homme courageux n'éprouve la mort qu'une fois. De tout ce qui m'a jamais furpris, rien ne m'étonne plus que la crainte. Puifque la mort eft inévitable, qu'elle vienne.*

Brutus, dans la même pièce, après avoir formé la confpiration, dit : *Depuis que j'en parlai à Caffius pour la première fois, le fommeil m'a fui ; entre un deffein terrible & le moment de l'exécution, l'intervalle eft un fonge épouvantable. La mort & le génie tiennent confeil dans l'ame. Elle eft bouleverfée, fon intérieur eft le champ d'une guerre civile.*

Il ne faut pas omettre ici ce beau monologue de *Hamlet*, qui eft dans la bouche de tout le monde, & qu'on a imité en français avec les ménagemens qu'exige la langue d'une nation fcrupuleufe à l'excès fur les bienféances.

Demeure, il faut choifir de l'être & du néant.
Ou fouffrir ou périr, c'eft-là ce qui m'attend.
Ciel, qui voyez mon trouble, éclairez mon courage.
Faut-il vieillir courbé fous la main qui m'outrage,
Supporter ou finir mon malheur & mon fort ?
Qui fuis-je, qui m'arrête, & qu'eft-ce que la mort ?
C'eft la fin de nos maux, c'eft mon unique afile ;
Après de longs tranfports c'eft un fommeil tranquille.

On s'endort, & tout meurt : mais un affreux réveil
Doit fuccéder peut-être aux douceurs du fommeil.
On nous menace, on dit que cette courte vie,
De tourmens éternels eft auffitôt fuivie.
O mort ! moment fatal ! affreufe éternité,
Tout cœur à ton feul nom fe glace épouvanté.
Eh ! qui pourrait fans toi fupporter cette vie,
De nos prêtres menteurs bénir l'hypocrifie,
D'une indigne maîtreffe encenfer les erreurs,
Ramper fous un miniftre, adorer fes hauteurs,
Et montrer les langueurs de fon ame abattue
A des amis ingrats qui détournent la vue ?
La mort ferait trop douce en ces extrémités,
Mais le fcrupule parle &, nous crie : arrêtez ;
Il défend à nos mains cet heureux homicide,
Et d'un héros guerrier fait un chrétien timide.

Que peut-on conclure de ce contrafte de grandeur
& de baffeffe, de raifons fublimes & de folies groffières,
enfin de tous les contraftes que nous venons de voir
dans *Shakefpeare* ? qu'il aurait été un poëte parfait,
s'il avait vécu du temps d'*Addiffon*.

D'Addiffon.

CET homme célèbre, qui fleuriffait fous la reine
Anne, eft peut-être celui de tous les écrivains anglais
qui fut le mieux conduire le génie par le goût. Il
avait de la correction dans le ftyle, une imagination
fage dans l'expreffion, de l'élégance, de la force, &
du naturel dans fes vers & dans fa profe. Ami des
bienféances & des règles, il voulait que la tragédie
fût écrite avec dignité, & c'eft ainfi que fon Caton
eft compofé.

Ce font, dès le premier acte, des vers dignes de *Virgile*, & des fentimens dignes de *Caton*. Il n'y a point de théâtre en Europe où la fcène de *Juba* & de *Siphax* ne fût applaudie, comme un chef-d'œuvre d'adreffe, de caractères bien développés, de beaux contraftes, & d'une diction pure & noble. L'Europe littéraire, qui connaît les traductions de cette pièce, applaudit aux traits philofophiques dont le rôle de *Caton* eft rempli.

Les vers que ce héros de la philofophie & de Rome prononce au cinquième acte, lorfqu'il paraît ayant fur fa table une épée nue, & lifant le *Traité de Platon fur l'immortalité de l'ame*, ont été traduits dès-long-temps en français ; nous devons les placer ici.

Oui, Platon, tu dis vrai, notre ame eft immortelle ;
C'eft un Dieu qui lui parle, un Dieu qui vit en elle.
Eh d'où viendrait fans lui ce grand preffentiment,
Ce dégoût des faux biens, cette horreur du néant ?
Vers des fiècles fans fin je fens que tu m'entraînes ;
Du monde & de mes fens je vais brifer les chaînes ;
Et m'ouvrir loin d'un corps, dans la fange arrêté,
Les portes de la vie & de l'éternité.
L'éternité ! quel mot confolant & terrible !
O lumière ! ô nuage ! ô profondeur horrible !
Que fuis-je ? où fuis-je ? où vais-je ? & d'où fuis-je tiré ?
Dans quels climats nouveaux, dans quel monde ignoré,
Le moment du trépas va-t-il plonger mon être ?
Où fera cet efprit qui ne peut fe connaître ?
Que me préparez-vous, abymes ténébreux !
Allons, s'il eft un Dieu, Caton doit être heureux.
Il en eft un fans doute, & je fuis fon ouvrage.
Lui-même au cœur du jufte il empreint fon image.

Il doit venger fa caufe, & punir les pervers.
Mais comment? dans quel temps, & dans quel univers?
Ici la vertu pleure, & l'audace l'opprime ;
L'innocence à genoux y tend la gorge au crime ;
La fortune y domine, & tout y fuit fon char.
Ce globe infortuné fut formé pour Céfar.
Hâtons-nous de fortir d'une prifon funefte.
Je te verrai fans ombre, ô vérité célefte !
Tu te caches de nous dans nos jours de fommeil ;
Cette vie eft un fonge, & la mort un réveil.

La pièce eut le grand fuccès que méritaient fes
beautés de détail, & que lui affuraient les difcordes
de l'Angleterre auxquelles cette tragédie était en plus
d'un endroit une allufion très frappante. Mais la con-
jonĉture de ces allufions étant paffée, les vers n'étant
que beaux, les maximes n'étant que nobles & juftes,
& la pièce étant froide, on n'en fentit plus guère que
la froideur. Rien n'eft plus beau que le fecond chant
de *Virgile ;* récitez-le fur le théâtre, il ennuiera : il
faut des paffions, un dialogue vif, de l'aĉtion. On
revint bientôt aux irrégularités groffières mais atta-
chantes de *Shakefpeare.*

De la bonne tragédie françaife.

Je laiffe là tout ce qui eft médiocre ; la foule de
nos faibles tragédies effraic ; il y en a près de cent
volumes : c'eft un magafin énorme d'ennui.

Nos bonnes pièces, ou du moins celles qui, fans
être bonnes, ont des fcènes excellentes, fe réduifent
à une vingtaine tout au plus ; mais auffi, j'ofe
dire que ce petit nombre d'ouvrages admirables eft

au-deſſus de tout ce qu'on a jamais fait en ce genre,
ſans en excepter *Sophocle* & *Euripide*.

C'eſt une entrepriſe ſi difficile d'aſſembler dans un
même lieu des héros de l'antiquité; de les faire parler
en vers français, de ne leur faire jamais dire que ce
qu'ils ont dû dire; de ne les faire entrer & ſortir qu'à
propos; de faire verſer des larmes pour eux, de leur
prêter un langage enchanteur qui ne ſoit ni ampoulé.
ni familier; d'être toujours décent, & toujours intéreſſant; qu'un tel ouvrage eſt un prodige, & qu'il
faut s'étonner qu'il y ait en France vingt prodiges de
cette eſpèce.

Parmi ces chefs-d'œuvre ne faut-il pas donner, ſans
difficulté, la préférence à ceux qui parlent au cœur
ſur ceux qui ne parlent qu'à l'eſprit? Quiconque ne
veut qu'exciter l'admiration, peut faire dire: Voilà
qui eſt beau, mais il ne fera point verſer de larmes.
Quatre ou cinq ſcènes bien raiſonnées, fortement
penſées, majeſtueuſement écrites, s'attirent une eſpèce
de vénération; mais c'eſt un ſentiment qui paſſe vîte,
& qui laiſſe l'ame tranquille. Ces morceaux ſont de
la plus grande beauté, & d'un genre même que les
anciens ne connurent jamais: ce n'eſt pas aſſez, il
faut plus que de la beauté. Il faut ſe rendre maître
du cœur par degrés, l'émouvoir, le déchirer, & joindre
à cette magie les règles de la poëſie, & toutes celles
du théâtre, qui ſont preſque ſans nombre.

Voyons quelle pièce nous pourrions propoſer à
l'Europe, qui réunît tous ces avantages.

Les critiques ne nous permettront pas de donner
Phèdre comme le modèle le plus parfait, quoique le
rôle de *Phèdre* ſoit d'un bout à l'autre ce qui a jamais

été écrit de plus touchant & de mieux travaillé. Ils me répéteront que le rôle de *Théfée* eft trop faible, qu'*Hippolyte* eft trop français, qu'*Aricie* eft trop peu tragique, que *Téramène* eft trop condamnable de débiter des maximes d'amour à fon pupille ; tous ces défauts font, à la vérité, ornés d'une diction fi pure & fi touchante, que je ne les trouve plus des défauts quand je lis la pièce : mais tâchons d'en trouver une à laquelle on ne puiffe faire aucun jufte reproche.

Ne fera-ce point l'Iphigénie en Aulide ? (1) dès le premier vers je me fens intéreffé & attendri ; ma

(1) On pourrait peut-être reprocher à cette admirable pièce ces vers d'*Agamemnon*, qui paraiffent trop peu dignes du chef de la Grèce, & trop éloignés des mœurs des temps héroïques :

> Ajoute, tu le peux, que des froideurs d'Achille
> On accufe en fecret cette jeune Eriphile,
> Que lui-même amena captive de Lesbos,
> Et qu'auprès de ma fille on garde dans Argos.

La jaloufie d'*Iphigénie*, caufée par le faux rapport d'*Arcas*, & qui occupe la moitié du fecond acte, paraît trop étrangère au fujet & trop peu tragique.

On pourrait obferver auffi que dans une tragédie où un père veut immoler fa fille pour faire changer le vent, à peine aucun des perfonnages ofe s'élever contre cette atroce abfurdité. *Clitemneftre* feule prononce ces deux vers :

> Le ciel, le jufte ciel, par le meurtre honoré,
> Du fang de l'innocence eft-il donc altéré ?

Mais ces vers font encore affaiblis par ce qui les précède & ce qui les fuit :

> Un oracle cruel ordonne qu'elle expire :
> Un oracle dit-il tout ce qu'il femble dire ?
> Le ciel, le jufte ciel, par le meurtre honoré,
> Du fang de l'innocence eft-il donc altéré ?
> Si du crime d'Hélène on pourfuit fa famille,
> Faites chercher dans Sparte Hermione fa fille.

Hermione n'était-elle pas auffi innocente qu'*Iphigénie* ? *Clitemneftre* ne pouvait-elle défendre fa fille qu'en propofant d'affaffiner fa nièce ? Mais *Racine*, en condamnant les facrifices humains, eût craint de manquer de

B 4

curiofité eft excitée par les feuls vers que prononce un fimple officier d'*Agamemnon*, vers harmonieux, vers charmans, vers tels qu'aucun poëte n'en fefait alors.

> A peine un faible jour vous éclaire & vous guide :
> Vos yeux feuls & les miens font ouverts en Aulide.
> Auriez-vous dans les airs entendu quelque bruit ?
> Les vents nous auraient-ils exaucés cette nuit ?
> Mais tout dort, & l'armée, & les vents, & Neptune.

Agamèmnon, plongé dans la douleur, ne répond point à *Arcas*, ne l'entend point ; il fe dit à lui-même en foupirant :

> Heureux qui fatisfait de fon humble fortune,
> Libre du joug fuperbe où je fuis attaché,
> Vit dans l'état obfcur où les dieux l'ont caché !

Quels fentimens ! quels vers heureux ! quelle voix de la nature !

Je ne puis m'empêcher de m'interrompre un moment, pour apprendre aux nations qu'un juge d'Ecoffe, qui a bien voulu donner des règles de poëfie & de goût à fon pays, déclare dans fon chapitre vingt-un, *des narrations & des defcriptions*, qu'il n'aime point ce vers,

> Mais tout dort, & l'armée, & les vents, & Neptune.

refpeɛt à *Abraham* & à *Jephté*. Il imita *Euripide*, dira-t-on. Mais *Euripide* craignait de s'expofer au fort de *Socrate*, s'il attaquait les oracles & les facrifices ordonnés au nom des dieux ; ce n'eft point pour fe conformer aux mœurs du fiècle de la guerre de Troye, c'eft pour ménager les préjugés du fien, que l'ami & le difciple de *Socrate* n'ofa mettre dans la bouche d'aucun de fes perfonnages la jufte indignation qu'il portait au fond du cœur contre la fourberie des oracles & le fanatifme fanguinaire des prêtres païens.

S'il avait su que ce vers était imité d'*Euripide*, il lui aurait peut-être fait grâce : mais il aime mieux la réponse du soldat dans la première scène de *Hamlet*.

Je n'ai pas entendu une souris trotter.

Voilà qui est naturel, dit-il ; *c'est ainsi qu'un soldat doit répondre*. Oui, monsieur le juge, dans un corps-de-garde, mais non pas dans une tragédie : sachez que les Français, contre lesquels vous vous déchaînez, admettent le simple, & non le bas & le grossier. Il faut être bien sûr de la bonté de son goût avant de le donner pour loi ; je plains les plaideurs, si vous les jugez comme vous jugez les vers. Quittons vîte son audience pour revenir à Iphigénie.

Est-il un homme de bon sens, & d'un cœur sensible, qui n'écoute le récit d'*Agamemnon* avec un transport mêlé de pitié & de crainte, qui ne sente les vers de *Racine* pénétrer jusqu'au fond de son ame ? L'intérêt, l'inquiétude, l'embarras, augmentent dès la troisième scène, quand *Agamemnon* se trouve entre *Achille* & *Ulysse*.

La crainte, cette ame de la tragédie, redouble encore à la scène qui suit. C'est *Ulysse* qui veut persuader *Agamemnon*, & immoler *Iphigénie* à l'intérêt de la Grèce. Ce personnage d'*Ulysse* est odieux ; mais, par un art admirable, *Racine* fait le rendre intéressant.

Je suis père, Seigneur, & faible comme un autre ;
Mon cœur se met sans peine à la place du vôtre ;
Et frémissant du coup qui vous fait soupirer,
Loin de blâmer vos pleurs, je suis près de pleurer.

Dès ce premier acte *Iphigénie* est condamnée à la mort, *Iphigénie* qui se flatte avec tant de raison d'épouser

Achille : elle va être facrifiée fur le même autel où elle doit donner la main à fon amant.

Nubendi tempore in ipfo ;
Tantùm relligio potuit fuadere malorum !

Second acte d'Iphigénie.

C'EST avec une adreffe bien digne de lui que *Racine*, au fecond acte, fait paraître *Eriphile*, avant qu'on ait vu *Iphigénie*. Si l'amante aimée d'*Achille* s'était montrée la première, on ne pourrait fouffrir *Eriphile* fa rivale. Ce perfonnage eft abfolument néceffaire à la pièce, puifqu'il en fait le dénouement ; il en fait même le nœud ; c'eft elle qui, fans le favoir, infpire des foupçons cruels à *Clitemneftre*, & une jufte jaloufie à *Iphigénie* ; & par un art encore plus admirable, l'auteur fait intéreffer pour cette *Eriphile* elle-même. Elle a toujours été malheureufe, elle ignore fes parens, elle a été prife dans fa patrie mife en cendres : un oracle funefte la trouble ; & pour comble de maux, elle a une paffion involontaire pour ce même *Achille* dont elle eft captive.

Dans les cruelles mains par qui je fus ravie ,
Je demeurai long-temps fans lumière & fans vie.
Enfin mes faibles yeux cherchèrent la clarté ;
Et me voyant preffer d'un bras enfanglanté,
Je frémiffais, Doris, & d'un vainqueur fauvage
Craignais (r) de rencontrer l'effroyable vifage.
J'entrai dans fon vaiffeau, déteftant fa fureur,
Et toujours détournant ma vue avec horreur.

(r) Des puriftes ont prétendu qu'il fallait *je craignais* ; ils ignorent les heureufes libertés de la poëfie ; ce qui eft une négligence en profe , eft très-fouvent une beauté en vers. *Racine* s'exprime avec une élégance exacte , qu'il ne facrifie jamais à la chaleur du ftyle.

Je le vis : son aspect n'avait rien de farouche :
Je sentis le reproche expirer dans ma bouche.
Je sentis contre moi mon cœur se déclarer.....
J'oubliai ma colère , & ne fus que pleurer.

Il le faut avouer , on ne fesait point de tels vers avant *Racine ;* non-seulement personne ne savait la route du cœur , mais presque personne ne savait les finesses de la versification , cet art de rompre la mesure :

Je le vis : son aspect n'avait rien de farouche. Personne ne connaissait cet heureux mélange de syllabes longues & brèves , & de consonnes suivies de voyelles qui font couler un vers avec tant de mollesse , & qui le font entrer dans une oreille sensible & juste avec tant de plaisir.

Quel tendre & prodigieux effet cause ensuite l'arrivée d'*Iphigénie !* Elle vole après son père aux yeux d'*Eriphile* même , de son père qui a pris enfin la résolution de la sacrifier ; chaque mot de cette scène tourne le poignard dans le cœur. *Iphigénie* ne dit pas des choses outrées , comme dans Euripide , *je voudrais être folle* (ou faire la *folle*) *pour vous égayer , pour vous plaire.* Tout est noble dans la pièce française , mais d'une simplicité attendrissante ; & la scène finit par ces mots terribles : *Vous y serez , ma fille.* Sentence de mort après laquelle il ne faut plus rien dire.

On prétend que ce mot déchirant est dans *Euripide ,* on le répète sans cesse. Non , il n'y est pas. Il faut se défaire enfin , dans un siècle tel que le nôtre , de cette maligne opiniâtreté à faire valoir toujours le théâtre ancien des Grecs aux dépens du théâtre français. Voici ce qui est dans *Euripide.*

IPHIGENIE.

Mon père, me ferez-vous habiter dans un autre séjour ? (ce qui veut dire, me marierez-vous ailleurs.)

AGAMEMNON.

Laiffez cela ; il ne convient pas à une fille de favoir ces chofes.

IPHIGENIE.

Mon père, revenez au plutôt après avoir achevé votre entreprife.

AGAMEMNON.

Il faut auparavant que je faffe un facrifice.

IPHIGENIE.

Mais c'eft un foin dont les prêtres doivent fe charger.

AGAMEMNON.

Vous le faurez, puifque vous ferez tout auprès, au lavoir.

IPHIGENIE.

Ferons-nous, mon père, un chœur autour de l'autel ?

AGAMEMNON.

Je te crois plus heureufe que moi ; mais à préfent cela ne t'importe pas ; donne-moi un baifer trifte & ta main, puifque tu dois être fi long-temps abfente de ton père. O quelle gorge ! quelles joues ! quels blonds cheveux ! que de douleur la ville des Phrygiens, & *Hélène* me caufent ! je ne veux plus parler, car je pleure trop en t'embraffant. Et vous, fille de *Léda*, excufez-moi fi l'amour paternel m'attendrit trop, quand je dois donner ma fille à *Achille*.

Enfuite *Agamemnon* inftruit *Clitemneftre* de la généalogie d'*Achille*, & *Clitemneftre* lui demande fi les noces de *Pelée* & de *Thétis* fe firent au fond de la mer ?

Brumoy a déguifé autant qu'il l'a pu ce dialogue, comme il a falfifié prefque toutes les pièces qu'il a traduites ; mais rendons juftice à la vérité, & jugeons fi ce morceau d'*Euripide* approche de celui de *Racine*.

Verra-t-on à l'autel votre heureufe famille ?

AGAMEMNON.

Hélas !

IPHIGENIE.

Vous vous taifez !

AGAMEMNON.

Vous *y ferez*, *ma fille*.

Comment fe peut-il faire qu'après cet arrêt de mort qu'*Iphigénie* ne comprend point, mais que le fpectateur entend avec tant d'émotion, il y ait encore des fcènes touchantes dans le même acte, & même des coups de théâtre frappans ? C'eft-là, felon moi, qu'eft le comble de la perfection.

Acte troifiéme.

Après des incidens naturels bien préparés, & qui tous concourent à redoubler le nœud de la pièce, *Clitemneftre*, *Iphigénie*, *Achille*, attendent dans la joie le moment du mariage ; *Eriphile* eft préfente, & le contrafte de fa douleur, avec l'alégreffe de la mère & des deux amans, ajoute à la beauté de la fituation. *Arcas* paraît de la part d'*Agamemnon ;* il vient dire que tout eft prêt pour célébrer ce mariage fortuné. Mais, mais, quel coup ! quel moment épouvantable !

Il l'attend à l'autel..... pour la facrifier.....

Achille, *Clitemnestre*, *Iphigénie*, *Eriphile*, expriment alors en un seul vers tous leurs sentimens différens, & *Clitemnestre* tombe aux genoux d'*Achille*.

> Oubliez une gloire importune,
> Ce triste abaissement convient à ma fortune.
>
> . . . .
>
> C'est vous que nous cherchions sur ce funeste bord ;
> Et votre nom, Seigneur, l'a conduite à la mort.
> Ira-t-elle des dieux implorant la justice,
> Embrasser les autels parés pour son supplice ?
> Elle n'a que vous seul, vous êtes en ces lieux
> Son père, son époux, son asile, ses dieux.

O véritable tragédie! beauté de tous les temps & de toutes les nations! malheur aux barbares qui ne sentiraient pas jusqu'au fond du cœur ce prodigieux mérite!

Je sais que l'idée de cette situation est dans *Euripide*, mais elle y est comme le marbre dans la carrière, & c'est *Racine* qui a construit le palais.

Une chose assez extraordinaire, mais bien digne des commentateurs toujours un peu ennemis de leur patrie, c'est que le jésuite *Brumoy*, dans son *discours sur le théâtre des Grecs*, fait cette critique : (s) ,, Supposons qu'*Euripide* vînt de l'autre monde, & ,, qu'il assistât à la représentation de l'Iphigénie de ,, M. *Racine*.... ne serait-il point révolté de voir ,, *Clitemnestre* aux pieds d'*Achille* qui la relève, & de ,, mille autres choses, soit par rapport à nos usages ,, qui nous paraissent plus polis que ceux de l'antiquité, ,, soit par rapport aux bienséances. ? &c. ,,

_____

(s) Page 11 de l'édition in-4°.

Remarquez, lecteurs, avec attention, que *Clitemneſtre* ſe jette aux genoux d'*Achille* dans Euripide, & que même il n'eſt point dit qu'*Achille* la relève.

A l'égard de *mille autres choſes par rapport à nos uſages,* Euripide ſe ferait conformé aux uſages de la France, & *Racine* à ceux de la Grèce.

Après cela, fiez-vous à l'intelligence & à la juſtice des commentateurs.

Acte quatrième.

Comme dans cette tragédie l'intérêt s'échauffe toujours de ſcène en ſcène, que tout y marche de perfections en perfections, la grande ſcène entre *Agamemnon*, *Clitemneſtre*, & *Iphigénie*, eſt encore ſupé-rieure à tout ce que nous avons vu. Rien ne fait jamais au théâtre un plus grand effet que des perſon-nages qui renferment d'abord leur douleur dans le fond de leur ame, & qui laiſſent enſuite éclater tous les ſentimens qui les déchirent : on eſt partagé entre la pitié & l'horreur : c'eſt d'un côté *Agamemnon*, accablé lui-même de triſteſſe, qui vient demander ſa fille pour la mener à l'autel, ſous prétexte de la remettre au héros à qui elle eſt promiſe. C'eſt *Clitemneſtre* qui lui répond d'une voix entrecoupée :

> S'il faut partir, ma fille eſt toute prête ;
> Mais vous, n'avez-vous rien, Seigneur, qui vous arrête ?

AGAMEMNON.

Moi, Madame ?

CLITEMNESTRE.

Vos ſoins ont-ils tout préparé ?

AGAMEMNON.

Calchas eſt prêt, Madame, & l'autel eſt paré ;
J'ai fait ce que m'ordonne un devoir légitime.

CLITEMNESTRE.

Vous ne me parlez point, Seigneur, de la victime.

Ces mots : *Vous ne me parlez point de la victime* ne
ſont pas aſſurément dans Euripide. On ſait de quel
ſublime eſt le reſte de la ſcène, non pas de ce ſublime
de déclamation ; non pas de ce ſublime de penſées
recherchées, ou d'expreſſions gigantesques, mais de
ce qu'une mère au déſeſpoir a de plus pénétrant & de
plus terrible, de ce qu'une jeune princeſſe qui ſent
tout ſon malheur, a de plus touchant & de plus
noble : après quoi *Achille* dans une autre ſcène déploie
la fierté, l'indignation, les menaces d'un héros irrité,
ſans qu'*Agamemnon* perde rien de ſa dignité ; & c'était-là
le plus difficile.

Jamais *Achille* n'a été plus *Achille* que dans cette
tragédie. Les étrangers ne pourront pas dire de lui ce
qu'ils diſent d'*Hippolyte*, de *Xipharès*, d'*Antiochus* roi
de Comagène, de *Bajazet* même ; ils les appellent
monſieur Bajazet, *monſieur Antiochus*, *monſieur Xipharès*,
monſieur Hippolyte ; &, je l'avoue, ils n'ont pas tort.
Cette faibleſſe de *Racine* eſt un tribut qu'il a payé aux
mœurs de ſon temps, à la galanterie de la cour de
Louis XIV, au goût des romans qui avaient infecté
la nation, aux exemples mêmes de *Corneille* qui ne
compoſa jamais une tragédie ſans y mettre de l'amour,
& qui fit de cette paſſion le principal reſſort de la tragédie de *Polyeucte* confeſſeur & martyr, & de celle d'*Attila*
roi des Huns, & de *Ste Théodore* qu'on proſtitue.

Ce

Ce n'eſt que depuis peu d'années qu'on a oſé en France produire des tragédies profanes ſans galanterie. La nation était ſi accoutumée à cette fadeur, qu'au commencement du ſiècle où nous ſommes, on reçût avec applaudiſſement une Electre amoureuſe, & une partie quarrée de deux amans & de deux maîtreſſes dans le ſujet le plus terrible de l'antiquité, tandis qu'on ſifflait l'Electre de *Longepierre*, non-feulement parce qu'il y avait des déclamations à l'antique, mais parce qu'on n'y parlait point d'amour.

Du temps de *Racine*, & juſqu'à nos derniers temps, les perſonnages eſſentiels au théâtre étaient l'*amoureux* & l'*amoureuſe*, comme à la foire *Arlequin* & *Colombine*. Un acteur était reçu pour jouer tous les amoureux.

Achille aime *Iphigénie*, & il le doit; il la regarde comme ſa femme, mais il eſt beaucoup plus fier, plus violent qu'il n'eſt tendre; il aime comme *Achille* doit aimer, & il parle comme *Homère* l'aurait fait parler s'il avait été français.

Acte cinquième.

M. *Luneau de Boisjermain*, qui a fait une édition de *Racine* avec des commentaires, voudrait que la cataſtrophe d'*Iphigénie* fût en action ſur le théâtre. ,, Nous n'avons, dit-il, qu'un regret à former, c'eſt ,, que *Racine* n'ait point compoſé ſa pièce dans un ,, temps où le théâtre fût, comme aujourd'hui, dégagé ,, de la foule des ſpectateurs qui inondaient autrefois ,, le lieu de la ſcène; ce poëte n'aurait pas manqué ,, de mettre en action la cataſtrophe qu'il n'a miſe ,, qu'en récit. On eût vu d'un côté un père conſterné, ,, une mère éperdue, vingt rois en ſuſpens, l'autel,

,, le bûcher, le prêtre, le couteau, la victime ; hé !
,, quelle victime ! De l'autre *Achille* menaçant, l'armée
,, *en émeute*, le fang de toutes parts prêt à couler ;
,, *Eriphile* alors ferait furvenue ; *Calchas* l'aurait défignée
,, pour l'unique objet de la colère célefte ; & cette
,, princeffe s'emparant du couteau facré, aurait expiré
,, bientôt fous les coups qu'elle fe ferait *portés*. ,,

Cette idée paraît plaufible au premier coup d'œil.
C'eft en effet le fujet d'un très-beau tableau, parce
que dans un tableau on ne peint qu'un inftant ; mais
il ferait bien difficile que fur le théâtre, cette action
qui doit durer quelques momens, ne devînt froide &
ridicule. Il m'a toujours paru évident que le violent
Achille l'épée nue, & ne fe battant point, vingt héros
dans la même attitude comme des perfonnages de
tapifferie, *Agamemnon* roi des rois n'impofant à perfonne, immobile dans le tumulte, formeraient un
fpectacle affez femblable au cercle de la reine en cire
colorée par *Benoît*.

Il eft des objets que l'art judicieux
Doit offrir à l'oreille, & reculer des yeux.

Il y a bien plus ; la mort d'*Eriphile* glacerait les
fpectateurs au lieu de les émouvoir. S'il eft permis de
répandre du fang fur le théâtre, (ce que j'ai quelque
peine à croire) il ne faut tuer que les perfonnages
auxquels on s'intéreffe. C'eft alors que le cœur du
fpectateur eft véritablement ému, il vole au-devant
du coup qu'on va porter, il faigne de la bleffure ; on
fe plaît avec douleur à voir tomber *Zaïre* fous le
poignard d'*Orofmane* dont elle eft idolâtrée. Tuez, fi
vous voulez, ce que vous aimez, mais ne tuez jamais
une perfonne indifférente ; le public fera très-indifférent

à cette mort : on n'aime point du tout *Eriphile*. *Racine* l'a rendue fupportable jufqu'au quatrième acte ; mais dès qu'*Iphigénie* eft en péril de mort, *Eriphile* eft oubliée, & bientôt haïe : elle ne ferait pas plus d'effet que la biche de *Diane*.

On m'a mandé depuis peu qu'on avait effayé à Paris le fpectacle que M. *Luneau de Boisjermain* avait propofé, & qu'il n'a point réuffi. Il faut favoir qu'un récit écrit par *Racine* eft fupérieur à toutes les actions théâtrales.

D'Athalie.

JE commencerai par dire d'*Athalie* que c'eft là que la cataftrophe eft admirablement en action. C'eft là que fe fait la reconnaiffance la plus intéreffante ; chaque acteur y joue un grand rôle. On ne tue point *Athalie* fur le théâtre ; le fils des rois eft fauvé, & eft reconnu roi : tout ce fpectacle tranfporte les fpectateurs.

Je ferais ici l'éloge de cette pièce, le chef-d'œuvre de l'efprit humain, fi tous les gens de goût de l'Europe ne s'accordaient pas à lui donner la préférence fur prefque toutes les autres pièces. On peut condamner le caractère & l'action du grand-prêtre *Joad ;* fa conf-piration, fon fanatifme peuvent être d'un très-mauvais exemple ; aucun fouverain, depuis le Japon jufqu'à Naples, ne voudrait d'un tel pontife ; il eft factieux, infolent, enthoufiafte, inflexible, fanguinaire ; il trompe indignement fa reine ; il fait égorger par des prêtres cette femme âgée de quatre-vingts ans, qui n'en voulait certainement pas à la vie du jeune *Joas*, *qu'elle voulait élever comme fon propre fils.*

C 2

J'avoue qu'en réfléchissant sur cet événement, on peut détester la personne du pontife; mais on admire l'auteur, on s'assujettit sans peine à toutes les idées qu'il présente, on ne pense, on ne sent que d'après lui. Son sujet d'ailleurs respectable ne permet pas les critiques qu'on pourrait faire, si c'était un sujet d'invention. Le spectateur suppose avec *Racine*, que *Joad* est en droit de faire tout ce qu'il fait; & ce principe une fois posé, on convient que la pièce est ce que nous avons de plus parfaitement conduit, de plus simple, & de plus sublime. Ce qui ajoute encore au mérite de cet ouvrage, c'est que de tous les sujets, c'était le plus difficile à traiter.

On a imprimé avec quelque fondement que *Racine* avait imité dans cette pièce plusieurs endroits de la tragédie de la Ligue faite par le conseiller d'Etat *Matthieu*, historiographe de France sous *Henri IV*, écrivain qui ne fesait pas mal des vers pour son temps. *Constance* dit dans la tragédie de *Matthieu* :

Je redoute mon Dieu, c'est lui seul que je crains.
. . . .
On n'est point délaissé quand on a Dieu pour père.
Il ouvre à tous la main, il nourrit les corbeaux;
Il donne la pâture aux jeunes passereaux,
Aux bêtes des forêts, des prés, & des montagnes :
Tout vit de sa bonté.

Racine dit :

Je crains Dieu, cher Abner, & n'ai point d'autre crainte.
. . . .
Dieu laissa-t-il jamais ses enfans au besoin ?
Aux petits des oiseaux il donne leur pâture,
Et sa bonté s'étend sur toute la nature.

Le plagiat paraît fenfible, & cependant ce n'en eft point un ; rien n'eft plus naturel que d'avoir les mêmes idées fur le même fujet. D'ailleurs *Racine* & *Matthieu* ne font pas les premiers qui aient exprimé des penfées dont on trouve le fond dans plufieurs endroits de l'Ecriture.

Des chefs-d'œuvre tragiques français.

Qu'oserait-on placer parmi ces chefs-d'œuvre, reconnus pour tels en France, & dans les autres pays, après Iphigénie & Athalie ? nous mettrions une grande partie de Cinna, les fcènes fupérièures des Horaces, du Cid, de Pompée, de Polyeucte ; la fin de Rodogune ; le rôle parfait & inimitable de *Phèdre*, qui l'emporte fur tous les rôles ; celui d'*Acomat* auffi beau en fon genre ; les quatre premiers actes de Britannicus ; Andromaque toute entière, à une fcène près de pure coquetterie ; les rôles tout entiers de *Roxane* & de *Monime*, admirables l'un & l'autre dans des genres tout oppofés ; des morceaux vraiment tragiques dans quelques autres pièces ; mais après vingt bonnes tragédies, fur plus de quatre mille, qu'avons-nous ? rien. Tant mieux. Nous l'avons dit ailleurs : Il faut que le beau foit rare, fans quoi il cefferait d'être beau.

Comédie.

En parlant de la tragédie, je n'ai point ofé donner de règles ; il y a plus de bonnes differtations que de bonnes pièces ; & fi un jeune homme qui a du génie veut connaître les règles importantes de cet art, il lui fuffira de lire ce que *Boileau* en dit dans fon

Art poëtique, & d'en être bien pénétré : j'en dis autant de la comédie.

J'écarte la théorie, & je n'irai guère au-delà de l'hiſtorique. Je demanderai ſeulement pourquoi les Grecs & les Romains firent toutes leurs comédies en vers , & pourquoi les modernes ne les font ſouvent qu'en proſe ? N'eſt-ce point que l'un eſt beaucoup plus aiſé que l'autre, & que les hommes en tout genre veulent réuſſir ſans beaucoup de travail ? *Fénélon* fit ſon Télémaque en proſe, parce qu'il ne pouvait le faire en vers.

L'abbé d'*Aubignac*, qui comme prédicateur du roi ſe croyait l'homme le plus éloquent du royaume, & qui, pour avoir lu la poëtique d'*Ariſtote*, penſait être le maître de *Corneille*, fit une tragédie en proſe, dont la repréſentation ne put être achevée , & que jamais perſonne n'a lue.

La Motte s'étant laiſſé perſuader que ſon eſprit était infiniment au-deſſus de ſon talent pour la poëſie, demanda pardon au public de s'être abaiſſé juſqu'à faire des vers. Il donna une ode en proſe, & une tragédie en proſe; & on ſe moqua de lui. Il n'en a pas été de même de la comédie; *Molière* avait écrit ſon Avare en proſe pour le mettre enſuite en vers; mais il parut ſi bon que les comédiens voulurent le jouer tel qu'il était, & que perſonne n'oſa depuis y toucher.

Au contraire, le Convive de *Pierre*, qu'on a ſi mal-à-propos appelé le *Feſtin de Pierre* , fut verſifié après la mort de *Molière* par *Thomas Corneille* , & eſt toujours joué de cette façon.

Je penſe que perſonne ne s'aviſera de verſifier le George Dandin. La diction en eſt ſi naïve, ſi plaiſante, tant de traits de cette pièce font devenus proverbes, qu'il femble qu'on les gâterait fi on voulait les mettre en vers.

Ce n'eft pas peut-être une idée fauffe de penfer qu'il y a des plaifanteries de profe, & des plaifanteries de vers. Tel bon conte, dans la converfation, deviendrait infipide s'il était rimé ; & tel autre ne réuffira bien qu'en rimes. Je penfe que M. & Mᵐᵉ de *Sottenville*, & Mᵐᵉ la comteffe d'*Efcarbagnas* ne feraient point fi plaifans s'ils rimaient. Mais dans les grandes pièces remplies de portraits, de maximes, de récits, & dont les perfonnages ont des caractères fortement deffinés, tel que le Mifanthrope, le Tartuffe, l'Ecole des femmes, celle des maris, les Femmes favantes, le Joueur, les vers me paraiffent abfolument néceffaires ; & j'ai toujours été de l'avis de *Michel Montagne*, qui dit que *la fentence, preffée aux pieds nombreux de la poëfie, enléve fon ame d'une plus rapide fecouffe.*

Ne répétons point ici ce qu'on a tant dit de *Molière ;* on fait affez que dans fes bonnes pièces, il eft au-deffus des comiques de toutes les nations anciennes & modernes. *Defpréaux* a dit :

Mais fitôt que d'un trait de fes fatales mains,
La Parque l'eut rayé du nombre des humains,
On reconnut le prix de fa mufe éclipfée.
L'aimable comédie, avec lui terraffée,
En vain d'un coup fi rude efpéra revenir,
Et fur fes brodequins ne put plus fe tenir.

Put plus eft un peu rude à l'oreille ; mais *Boileau* avait raifon.

Depuis 1673, année dans laquelle la France perdit *Molière*, on ne vit pas une feule pièce fupportable jufqu'au Joueur du tréforier de France *Regnard*, qui fut joué en 1697; & il faut avouer qu'il n'y a eu que lui feul, après *Molière*, qui ait fait de bonnes comédies en vers. La feule pièce de caractère qu'on ait eue depuis lui, a été le Glorieux de *Deflouches*, dans laquelle tous les perfonnages ont été généralement applaudis, excepté malheureufement celui du Glorieux qui eft le fujet de la pièce.

Rien n'était fi difficile que de faire rire les honnêtes gens, on fe réduifit enfin à donner des comédies romanefques qui étaient moins la peinture fidelle des ridicules que des effais de tragédie bourgeoife; ce fut une efpèce bâtarde qui n'étant ni comique ni tragique, manifeftait l'impuiffance de faire des tragédies & des comédies. Cette efpèce cependant avait un mérite, celui d'intéreffer; &, dès qu'on intéreffe, on eft fûr du fuccès. Quelques auteurs joignirent aux talens que ce genre exige, celui de femer leurs pièces de vers heureux. Voici comme ce genre s'introduifit.

Quelques perfonnes s'amufaient à jouer dans un château de petites comédies qui tenaient de ces farces qu'on appelle *parades* : on en fit une en l'année 1732, dont le principal perfonnage était le fils d'un négociant de Bordeaux, très-bon-homme, & marin fort groffier, lequel croyant avoir perdu fa femme & fon fils, venait fe remarier à Paris, après un long voyage dans l'Inde.

Sa femme était une impertinente qui était venue faire la grande dame dans la capitale, manger une grande partie du bien acquis par fon mari, & marier fon fils à une demoifelle de condition. Le fils, beaucoup plus impertinent que la mère, se donnait des airs de seigneur; & son plus grand air était de mépriser beaucoup sa femme, laquelle était un modèle de vertu & de raison. Cette jeune femme l'accablait de bons procédés sans se plaindre, payait ses dettes secrétement quand il avait joué & perdu sur sa parole, & lui fesait tenir de petits présens très-galans sous des noms supposés. Cette conduite rendait notre jeune homme encore plus fat; le marin revenait à la fin de la pièce, & mettait ordre à tout.

Une actrice de Paris, fille de beaucoup d'esprit, nommée mademoiselle *Quinault*, ayant vu cette farce, conçut qu'on en pourrait faire une comédie très-intéressante, & d'un genre tout nouveau pour les Français, en exposant sur le théâtre le contraste d'un jeune homme qui croirait en effet que c'est un ridicule d'aimer sa femme; & une épouse respectable, qui forcerait enfin son mari à l'aimer publiquement. Elle pressa l'auteur d'en faire une pièce régulière, noblement écrite; mais ayant été refusée, elle demanda permission de donner ce sujet à M. de *la Chauffée*, jeune homme qui fesait fort bien des vers, & qui avait de la correction dans le style. Ce fut ce qui valut au public le *Préjugé à la mode*.

Cette pièce était bien froide après celles de *Molière* & de *Regnard;* elle ressemblait à un homme un peu pesant qui danse avec plus de justesse que de grâce. L'auteur voulut mêler la plaisanterie aux beaux sentimens; il introduisit deux marquis qu'il crut comiques, & qui ne furent que forcés & insipides. L'un dit à l'autre:

Si la même maîtresse est l'objet de nos vœux,
L'embarras de choisir la rendra plus perplexe.
Ma foi, marquis, il faut prendre pitié du sexe.

Ce n'eſt pas ainſi que *Molière* fait parler ſes perſonnages. Dès-lors le comique fut banni de la comédie. On y ſubſtitua le pathétique; on diſait que c'était par bon goût, mais c'était par ſtérilité.

Ce n'eſt pas que deux ou trois ſcènes pathétiques ne puiſſent faire un très-bon effet. Il y en a des exemples dans *Térence*; il y en a dans *Molière* : mais il faut après cela revenir à la peinture naïve & plaiſante des mœurs.

On ne travaille dans le goût de la comédie larmoyante que parce que ce genre eſt plus aiſé; mais cette facilité même le dégrade : en un mot, les Français ne furent plus rire.

Quand la comédie fut ainſi défigurée, la tragédie le fût auſſi : on donna des pièces barbares, & le théâtre tomba; mais il peut ſe relever.

De l'opéra.

C'EST à deux cardinaux que la tragédie & l'opéra doivent leur établiſſement en France; car ce fut ſous *Richelieu* que *Corneille* fit ſon apprentiſſage, parmi les cinq auteurs que ce miniſtre feſait travailler comme des commis aux drames dont il formait le plan, & où il gliſſait ſouvent nombre de très-mauvais vers de ſa façon : & ce fut lui encore qui, ayant perſécuté le Cid, eut le bonheur d'inſpirer à *Corneille* ce noble dépit & cette généreuſe opiniâtreté qui lui fit compoſer les admirables ſcènes des Horaces & de Cinna.

Le cardinal *Mazarin* fit connaître aux Français l'opéra qui ne fut d'abord que ridicule, quoique le miniſtre n'y travaillât point.

Ce fut en 1647 qu'il fit venir pour la première fois une troupe entière de muficiens italiens, des décorateurs & un orcheftre; on repréfenta au louvre la tragi-comédie d'Orphée en vers italiens & en mufique : ce fpeétacle ennuya tout Paris. Très-peu de gens entendaient l'italien; prefque perfonne ne favait la mufique, & tout le monde haïffait le cardinal : cette fête, qui coûta beaucoup d'argent, fut fifflée; & bientôt après, les plaifans de ce temps-là firent *le grand ballet, & le branle de la fuite de Mazarin, danfé fur le théâtre de la France par lui-même, & par fes adhérens.* Voilà toute la récompenfe qu'il eut d'avoir voulu plaire à la nation.

Avant lui, on avait eu des ballets en France dès le commencement du feizième fiècle; & dans ces ballets il y avait toujours eu quelque mufique d'une ou deux voix, quelquefois accompagnées de chœurs qui n'étaient guère autre chofe qu'un plain-chant grégorien. Les filles d'*Acheloüs*, les firènes, avaient chanté en 1582 aux noces du duc de *Joyeufe;* mais c'étaient d'étranges firènes.

Le cardinal *Mazarin* ne fe rebuta pas du mauvais fuccès de fon opéra italien; & lorfqu'il fut tout-puiffant, il fit revenir fes muficiens italiens qui chantèrent *le Nozze di Peleo e di Tetide* en trois aétes en 1654. *Louis XIV* y danfa; la nation fut charmée de voir fon roi jeune, d'une taille majeftueufe, & d'une figure auffi aimable que noble, danfer dans fa capitale après en avoir été chaffé; mais l'opéra du cardinal n'ennuya pas moins Paris pour la feconde fois.

Mazarin perfifta, il fit venir en 1660 le *fignor Cavalli* qui donna dans la grande galerie du louvre l'opéra de Xerxès en cinq aétes; les Français bâillèrent plus que jamais, & se crurent délivrés de l'opéra italien par la mort de *Mazarin*, qui donna lieu en 1661 à mille épitaphes ridicules, & à presque autant de chansons qu'on en avait fait contre lui pendant sa vie.

Cependant les Français voulaient aussi dès ce temps-là même avoir un opéra dans leur langue, quoiqu'il n'y eût pas un seul homme dans le pays qui sût faire un trio, ou jouer passablement du violon; & dès l'année 1659, un abbé *Perrin* qui croyait faire des vers, & un *Cambert*, intendant de douze violons de la reine-mère, qu'on appelait *la musique de France*, firent chanter dans le village d'Issi une pastorale qui, en fait d'ennui, l'emportait sur les *Hercole amante*, & sur les *Nozze di Peleo*.

En 1669, le même abbé *Perrin* & le même *Cambert* s'associèrent avec un marquis de *Sourdiac*, grand machiniste qui n'était pas absolument fou, mais dont la raison était très-particulière, & qui se ruina dans cette entreprise. Les commencemens en parurent heureux; on joua d'abord Pomone, dans laquelle il était beaucoup parlé de pommes & d'artichauts.

On représenta ensuite les peines & les plaisirs de l'Amour, & enfin *Lulli*, violon de *Mademoiselle*, devenu surintendant de la musique du roi, s'empara du jeu de paume qui avait ruiné le marquis de *Sourdiac*. L'abbé *Perrin* inruinable se consola dans Paris à faire des élégies & des sonnets, & même à traduire l'Enéide de *Virgile* en vers qu'il disait héroïques. Voici comme il traduit, par exemple, ces deux vers du cinquième livre de l'Enéide :

Arduus effractoque illisit in ossa cerebro,
Sternitur, exanimisque tremens procumbit humi bos.

Dans fes os fracaffés enfonce fon éteuf,
Et tout tremblant, & mort en bas tombe le bœuf.

On trouve fon nom fouvent dans les fatires de
Boileau, qui avait grand tort de l'accabler : car il
ne faut fe moquer ni de ceux qui font du bon, ni
de ceux qui font du très-mauvais, mais de ceux qui
étant médiocres fe croient des génies, & font les
importans.

Pour *Cambert*, il quitta la France de dépit, & alla
faire exécuter fa déteftable mufique chez les Anglais
qui la trouvèrent excellente.

Lulli, qu'on appela bientôt *monfieur de Lulli*, s'affocia
très-habilement avec *Quinault*, dont il fentait tout le
mérite, & qu'on n'appela jamais *monfieur de Quinault*.
Il donna dans fon jeu de paume de Belair en 1672,
les fêtes de l'Amour & de Bacchus, compofées par ce
poëte aimable ; mais ni les vers, ni la mufique ne
furent dignes de la réputation qu'ils acquirent depuis ;
les connaiffeurs feulement eftimèrent beaucoup une
traduction de l'ode charmante d'*Horace* :

> *Donec gratus eram tibi,*
> *Nec quifquam potior brachia candidæ*
> *Cervici juvenis dabat,*
> *Perfarum vigui rege beatior.*

. . . .

Cette ode en effet eft très-gracieufement rendue en
français ; mais la mufique en eft un peu languiffante.

Il y eut des bouffonneries dans cet opéra, ainfi que
dans Cadmus & dans Alcefte. Ce mauvais goût régnait
alors à la cour dans les ballets, & les opéra italiens

étaient remplis d'arlequinades. *Quinault* ne dédaigna
pas de s'abaiſſer juſqu'à ces platitudes.

> Tu fais la grimace en pleurant,
> Et tu me fais crever de rire.

> . . . .

> Ah! vraiment, petite mignonne,
> Je vous trouve bonne
> De reprendre ce que je dis.

> . . . .

> Mes pauvres compagnons, hélas!
> Le dragon n'en a fait qu'un fort léger repas.

> . . . .

> Le dragon ne fait-il point le mort?

Mais dans ces deux opéra d'Alceſte & de Cadmus,
Quinault ſut inférer des morceaux admirables de
poëſie. *Lulli* ſut un peu les rendre en accommodant
ſon génie à celui de la langue françaiſe; & comme
il était d'ailleurs très-plaiſant, très-débauché, adroit,
intéreſſé, bon courtiſan, & par conféquent aimé des
grands, & que *Quinault* n'était que doux & modeſte,
il tira toute la gloire à lui. Il fit accroire que *Quinault*
était ſon garçon poëte, qu'il dirigeait, & qui ſans lui
ne ſerait connu que par les ſatires de *Boileau. Quinault*,
avec tout ſon mérite, reſta donc en proie aux injures
de *Boileau*, & à la protection de *Lulli*.

Cependant rien n'eſt plus beau, ni même plus
ſublime que ce chœur des ſuivans de *Pluton* dans
Alceſte.

> Tout mortel doit ici paraître.
> On ne peut naître
> Que pour mourir.

De cent maux le trépas délivre :
    Qui cherche à vivre,
    Cherche à fouffrir.
    Plaintes , cris, larmes ,
    Tout eft fans armes
    Contre la mort.

. . . .

     Eft-on fage
   De fuir ce paffage ?
   C'eft un orage
   Qui mène au port.

Le difcours que tient *Hercule* à *Pluton* paraît digne
de la grandeur du fujet.

    Si c'eft te faire outrage
    D'entrer par force dans ta cour,
    Pardonne à mon courage,
    Et fais grâce à l'amour.

La charmante tragédie d'Atis, les beautés ou nobles
ou délicates ou naïves, répandues dans les pièces
fuivantes, auraient dû mettre le comble à la gloire
de *Quinault*, & ne firent qu'augmenter celle de *Lulli*,
qui fut regardé comme le dieu de la mufique. Il avait
en effet le rare talent de la déclamation : il fentit de
bonne heure que la langue françaife étant la feule qui
eût l'avantage des rimes feminines & mafculines , il
fallait la déclamer en mufique différemment de l'italien. *Lulli* inventa le feul récitatif qui convînt à la
nation , & ce récitatif ne pouvait avoir d'autre mérite
que celui de rendre fidellement les paroles. Il fallait
encore des acteurs, il s'en forma ; c'était *Quinault* qui

fouvent les exerçait, & leur donnait l'efprit du rôle & l'ame du chant. *Boileau* dit que les vers de *Quinault*

> Etaient des lieux communs de morale lubrique,
> Que Lulli réchauffa des fons de fa mufique.

C'était au contraire *Quinault* qui réchauffait *Lulli.* Le récitatif ne peut être bon qu'autant que les vers le font : cela eft fi vrai qu'à peine, depuis le temps de ces deux hommes faits l'un pour l'autre, y eut-il à l'opéra cinq ou fix fcènes de récitatif tolérables.

Les ariettes de *Lulli* furent très-faibles, c'était des *barcaroles* de Venife. Il fallait, pour ces petits airs, des chanfonnettes d'amour auffi molles que les notes. *Lulli* compofait d'abord les airs de tous ces divertiffe-mens ; le poète y affujettiffait les paroles. *Lulli* forçait *Quinault* d'être infipide ; mais les morceaux vraiment poëtiques de *Quinault* n'étaient pas des lieux communs de morale lubrique. Y a-t-il beaucoup d'odes de *Pindare* plus fières & plus harmonieufes que ce couplet de l'opéra de Proferpine ?

> Les fuperbes géans, armés contre les dieux,
> Ne nous donnent plus d'épouvante ;
> Ils font enfevelis fous la maffe pefante
> Des monts qu'ils entaffaient pour attaquer les cieux :
> Nous avons vu tomber leur chef audacieux
> Sous une montagne brûlante.
> Jupiter l'a contraint de vomir à nos yeux
> Les reftes enflammés de fa rage expirante ;
> Jupiter eft victorieux ;
> Et tout cède à l'effort de fa main foudroyante.
> Chantons dans ces aimables lieux,
> Les douceurs d'une paix charmante.

L'avocat

L'avocat *Broſſette* a beau dire ; l'ode ſur la priſe de Namur , *avec ſes monceaux de piques, de corps morts, de rocs, de briques*, eſt auſſi mauvaiſe que ces vers de *Quinault* ſont bien faits. Le ſévère auteur de l'Art poëtique, ſi ſupérieur dans ſon ſeul genre, devait être plus juſte envers un homme ſupérieur auſſi dans le ſien ; homme d'ailleurs aimable dans la ſociété, homme qui n'offenſa jamais perſonne, & qui humilia *Boileau* en ne lui répondant point.

Enfin, le quatrième acte de Roland, & toute la tragédie d'Armide furent des chefs-d'œuvre de la part du poëte ; & le récitatif du muſicien ſembla même en approcher. Ce fut pour l'*Arioſte* & pour le *Taſſe*, dont ces deux opéra ſont tirés, le plus bel hommage qu'on leur ait jamais rendu.

Du récitatif de Lulli.

Il faut ſavoir que cette mélodie était alors à-peu-près celle de l'Italie. Les amateurs ont encore quelques motets de *Cariſſimi* qui ſont préciſément dans ce goût. Telle eſt cette eſpèce de cantate latine qui fut, ſi je ne me trompe, compoſée par le cardinal *Delphini.*

> *Sunt breves mundi roſæ ,*
> *Sunt fugitivæ flores ;*
> *Frondes veluti annoſæ ,*
> *Sunt labiles honores.*
> *Velociſſimo curſu*
> *Fluunt anni ;*
> *Sicut celeres venti ,*
> *Sicut ſagittæ rapidæ ,*
> *Fugiunt, evolant, evaneſcunt.*
> *Nil durat æternum ſub cælo.*

Dictionn. philoſoph. Tome II. D

Rapit omnia rigida fors;
Implacabili, funefto telo
Ferit omnia livida mors.
Eft fola in cœlo quies,
Jucunditas fincera,
Voluptas pura,
Et fine nube dies &c.

Beaumaviel chantait fouvent ce motet, & je l'ai entendu plus d'une fois dans la bouche de *Thevenard;* rien ne me femblait plus conforme à certains morceaux de *Lulli.* Cette mélodie demande de l'ame, il faut des acteurs, & aujourd'hui il ne faut que des chanteurs; le vrai récitatif eft une déclamation notée, mais on ne note pas l'action & le fentiment.

Si une actrice en graffeyant un peu, en adouciffant fa voix, en minaudant, chantait :

Ah ! je le tiens, je tiens ton cœur perfide.
Ah ! je l'immole à ma fureur,

elle ne rendrait ni *Quinault* ni *Lulli;* & elle pourrait, en fefant ralentir un peu la mefure, chanter fur les mêmes notes :

Ah ! je les vois, je vois vos yeux aimables.
Ah ! je me rends à leurs attraits.

Pergolèfe a exprimé dans une mufique imitatrice ces beaux vers de l'Artaferfe de *Metaftafio :*

Va folcando un mar crudele
Senza vele,
Senza farte.
Freme l'onda, il ciel s'imbruna,
Crefce il vento, e manca l'arte.
E il voler della fortuna
Son coftretto a feguitar, &c.

Je priai une des plus célébres virtuofes de me chanter ce fameux air de *Pergolèfe*. Je m'attendais à frémir au *mar crudele*, au *freme l'onda*, au *crefce il vento*; je me préparais à toute l'horreur d'une tempête : j'entendis une voix tendre qui fredonnait avec grâce l'haleine imperceptible des doux zéphyrs.

Dans l'Encyclopédie, à l'article *Expreffion*, qui eft d'un affez mauvais auteur de quelques opéra & de quelques comédies, on lit ces étranges paroles : ,, En général la mufique vocale de *Lulli* n'eft autre, ,, on le répète, que le pur récitatif, & n'a par elle-même ,, aucune expreffion du fentiment que les paroles de ,, *Quinault* ont peint. Ce fait eft fi certain que, fur le ,, même chant qu'on a fi long-temps cru plein de la ,, plus forte expreffion, on n'a qu'à mettre des paroles ,, qui forment un fens tout-à-fait contraire, & ce ,, chant pourra être appliqué à ces nouvelles paroles ,, auffi-bien pour le moins qu'aux anciennes. Sans ,, parler ici du premier chœur du prologue d'*Amadis*, ,, où *Lulli* a exprimé *éveillons-nous* comme il aurait ,, fallu exprimer *endormons-nous*, on va prendre pour ,, exemple & pour preuve un de fes morceaux de la ,, plus grande réputation.

,, Qu'on life d'abord les vers admirables que *Quinault* ,, met dans la bouche de la cruelle, de la barbare ,, *Médufe* :

Je porte l'épouvante & la mort en tous lieux,
Tout fe change en rocher à mon afpeét horrible;
Les traits que Jupiter lance du haut des cieux,
  N'ont rien de fi terrible
  Qu'un regard de mes yeux.

D 2

,, Il n'eft perfonne qui ne fente qu'un chant qui
,, ferait l'expreffion véritable de ces paroles, ne faurait
,, fervir pour d'autres qui préfenteraient un fens
,, abfolument contraire; or le chant que *Lulli* met
,, dans la bouche de l'horrible *Médufe*, dans ce mor-
,, ceau, & dans tout cet acte, eft fi agréable, par
,, conféquent fi peu convenable au fujet, fi fort en
,, contre-fens, qu'il irait très-bien pour exprimer le
,, portrait que l'amour triomphant ferait de lui-même.
,, On ne repréfente ici, pour abréger, que la parodie
,, de ces cinq vers, avec leur chant. On peut être
,, fûr que la parodie très-aifée à faire du refte de la
,, fcène, offrirait par-tout une démonftration auffi
,, frappante. ,,

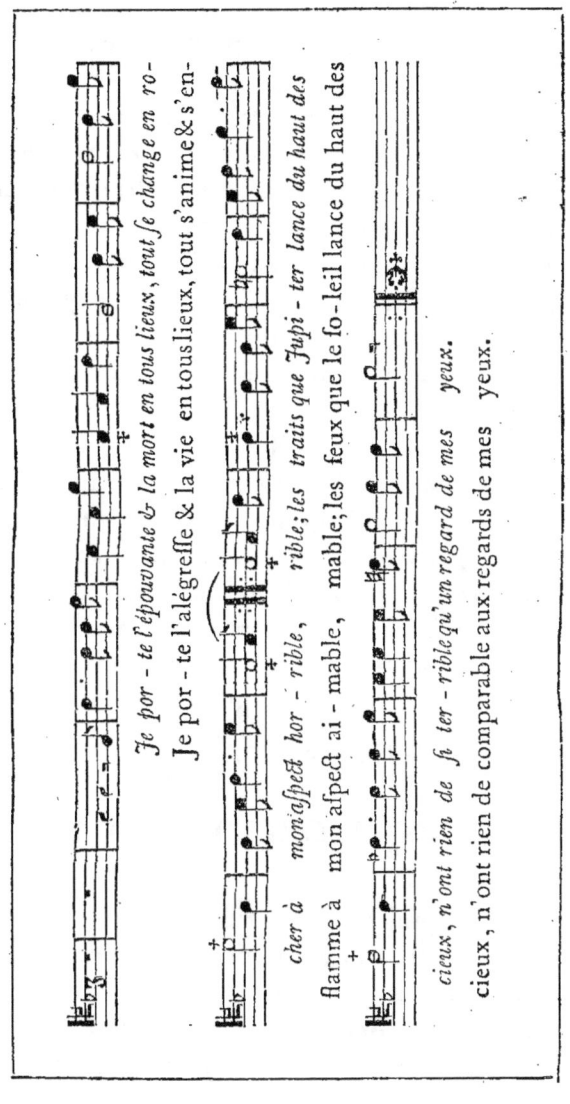

Pour moi, je fuis fûr du contraire de ce qu'on
avance; j'ai confulté des oreilles très-exercées, & je
ne vois point du tout qu'on puiffe mettre *l'alégreffe &
la vie* au lieu de *je porte l'épouvante & la mort*, à moins
qu'on ne ralentiffe la mefure, qu'on n'affaibliffe, &
qu'on ne corrompe cette mufique par une expreffion
doucereufe, & qu'une mauvaife actrice ne gâte le
chant des muficiens.

J'en dis autant des mots *éveillons-nous*, auxquels
on ne faurait fubftituer *endormons-nous*, que par un
deffein formé de tourner tout en ridicule; je ne puis
adopter la fenfation d'un autre contre ma propre
fenfation.

J'ajoute qu'on avait le fens commun du temps de
Louis XIV comme aujourd'hui; qu'il aurait été impoffible que toute la nation n'eût pas fenti que *Lulli* avait
exprimé *l'épouvante & la mort* comme *l'alégreffe & la
vie*, & le réveil comme l'affoupiffement.

On n'a qu'à voir comment *Lulli* a rendu *dormons,
dormons tous*, on fera bientôt convaincu de l'injuftice
qu'on lui fait. C'eft bien ici qu'on peut dire :

> *Il meglio è l'inimico del bene.*

ART POETIQUE.

LE favant prefque univerfel, l'homme même de
génie, qui joint la philofophie à l'imagination, dit,
dans fon excellent article *Encyclopédie*, ces paroles
remarquables.... *Si on en excepte ce Perrault, & quelques
autres, dont le verfificateur Boileau n'était pas en état
d'apprécier le mérite* &c. (feuillet 636.)

Ce philofophe rend avec raifon juftice à *Claude Perrault* favant traducteur de *Vitruve*, homme utile en plus d'un genre, à qui l'on doit la belle façade du Louvre, & d'autres grands monumens; mais il faut auffi rendre juftice à *Boileau*. S'il n'avait été qu'un verfificateur, il ferait à peine connu; il ne ferait pas de ce petit nombre de grands-hommes qui feront paffer le fiècle de *Louis XIV* à la poftérité. Ses dernières fatires, fes belles épîtres, & furtout fon *Art poëtique*, font des chefs-d'œuvre de raifon autant que de poëfie. *fapere eft principium & fons*. L'art du verfificateur eft, à la vérité, d'une difficulté prodigieufe, furtout en notre langue où les vers alexandrins marchent deux à deux, où il eft rare d'éviter la monotonie, où il faut abfolument rimer, où les rimes agréables & nobles font en trop petit nombre, où un mot hors de fa place, une fyllabe dure gâte une penfée heureufe. C'eft danfer fur la corde avec des entraves; mais le plus grand fuccès dans cette partie de l'art n'eft rien s'il eft feul.

L'Art poëtique de *Boileau* eft admirable, parce qu'il dit toujours agréablement des chofes vraies & utiles, parce qu'il donne toujours le précepte & l'exemple, parce qu'il eft varié, parce que l'auteur en ne manquant jamais à la pureté de la langue,

. . . . . . Sait d'une voix légère
Paffer du grave au doux, du plaifant au févère.

Ce qui prouve fon mérite chez tous les gens de goût, c'eft qu'on fait fes vers par cœur; & ce qui doit plaire aux philofophes, c'eft qu'il a prefque toujours raifon.

Puifque nous avons parlé de la préférence qu'on peut donner quelquefois aux modernes fur les anciens, on oferait préfumer ici que l'Art poëtique de *Boileau* eft fupérieur à celui d'*Horace*. La méthode eft certainement une beauté dans un poëme didactique; *Horace* n'en a point. Nous ne lui en fefons pas un reproche, puifque fon poëme eft une épître familière aux *Pifons*, & non pas un ouvrage régulier comme les *Géorgiques*; mais c'eft un mérite de plus dans *Boileau*, mérite dont les philofophes doivent lui tenir compte.

L'Art poëtique latin ne paraît pas à beaucoup près fi travaillé que le français. *Horace* y parle prefque toujours fur le ton libre & familier de fes autres épîtres. C'eft une extrême juftefle dans l'efprit, c'eft un goût fin, ce font des vers heureux & pleins de fel, mais fouvent fans liaifon, quelquefois deftitués d'harmonie; ce n'eft pas l'élégance & la correction de *Virgile*. L'ouvrage eft très-bon, celui de *Boileau* paraît encore meilleur; & fi vous en exceptez les tragédies de *Racine* qui ont le mérite fupérieur de traiter les paffions, & de furmonter toutes les difficultés du théâtre, l'Art poëtique de *Defpréaux* eft fans contredit le poëme qui fait le plus d'honneur à la langue françaife.

Il ferait trifte que les philofophes fuffent les ennemis de la poëfie. Il faut que la littérature foit comme la maifon de *Mécène*..... *eft locus unicuique fuus*.

L'auteur des *Lettres perfanes* fi aifées à faire, & parmi lefquelles il y en a de très-jolies, d'autres très-hardies, d'autres médiocres, d'autres frivoles; cet auteur, dis-je, très-recommandable d'ailleurs, n'ayant jamais pu faire de vers, quoiqu'il eût de l'imagination

& souvent du style, s'en dédommage en disant que *l'on verse le mépris sur la poësie à pleines mains, & que la poësie lyrique est une harmonieuse extravagance* &c. Et c'est ainsi qu'on cherche souvent à rabaisser les talens auxquels on ne saurait atteindre : Nous ne pouvons y parvenir , dit *Montagne* , vengeons-nous-en par en médire. Mais *Montagne* , le devancier & le maître de *Montesquieu* en imagination & en philosophie, pensait sur la poësie bien différemment.

Si *Montesquieu* avait eu autant de justice que d'esprit, il aurait senti malgré lui que plusieurs de nos belles odes & de nos bons opéra valent infiniment mieux que les plaisanteries de *Riga* à *Usbeck* , imitées du Siamois de *Dufréni* , & que les détails de ce qui se passe dans le sérail d'*Usbeck* à Ispahan.

Nous parlerons plus amplement de ces injustices trop fréquentes, à l'article *Critique*.

ARTS, BEAUX-ARTS.

(Article dédié au roi de Prusse.)

S I R E ,

LA petite société d'amateurs dont une partie travaille à ces rapsodies au mont Crapak , ne parlera point à votre majesté de l'art de la guerre. C'est un art héroïque, ou si l'on veut, abominable. S'il avait de la beauté, nous vous dirions sans être contredits que vous êtes le plus bel homme de l'Europe.

Nous entendons par beaux-arts l'éloquence dans laquelle vous vous êtes signalé en étant l'historien de votre patrie, & le feul hiftorien brandebourgeois qu'on ait jamais lu; la poëfie, qui a fait vos amufemens & votre gloire quand vous avez bien voulu compofer des vers français; la mufique, où vous avez réuffi au point que nous doutons fort que *Ptolomée Auletès* eût jamais ofé jouer de la flûte après vous, ni *Achille* de la lyre.

Enfuite viennent les arts où l'efprit & la main font prefque également néceffaires, comme la fculpture, la peinture, tous les ouvrages dépendans du deffin, & furtout l'horlogerie que nous regardons comme un bel art depuis que nous en avons établi des manufactures au mont Crapak.

Vous connaiffez, Sire, les quatre fiècles des arts; prefque tout naquit en France, & fe perfeétionna fous *Louis XIV;* enfuite plufieurs de ces mêmes arts exilés de France allèrent embellir & enrichir le refte de l'Europe au temps fatal de la deftruétion du célébre édit de *Henri IV*, énoncé *irrévocable*, & fi facilement révoqué. Ainfi le plus grand mal que *Louis XIV* put fe faire à lui-même, fit le bien des autres princes contre fon intention; & ce que vous en avez dit dans votre hiftoire du Brandebourg, en eft une preuve.

Si ce monarque n'avait été connu que par le banniffement de fix à fept cents mille citoyens utiles, par fon irruption dans la Hollande dont il fut bientôt obligé de fortir, *par fa grandeur qui l'attachait au rivage*, (a) tandis que fes troupes paffaient le Rhin à la nage, fi on n'avait pour monumens de fa gloire que les prologues de fes opéra fuivis de la bataille d'Hochftet, fa perfonne & fon règne figureraient mal

(a) *Boileau, Paffage du Rhin.*

dans la poſtérité. Mais tous les beaux-arts en foule encouragés par ſon goût & par ſa munificence, ſes bienfaits répandus avec profuſion ſur tant de gens de lettres étrangers, le commerce naiſſant à ſa voix dans ſon royaume, cent manufactures établies, cent belles citadelles bâties, des ports admirables conſtruits, les deux mers unies par des travaux immenſes, &c. forcent encore l'Europe à regarder avec reſpect *Louis XIV* & ſon ſiècle.

Ce ſont ſurtout ces grands-hommes uniques en tout genre, que la nature produiſit alors à la fois, qui rendirent ces temps éternellement mémorables. Le ſiècle fut plus grand que *Louis XIV*, mais la gloire en réjaillit ſur lui.

L'émulation des arts a changé la face de la terre du pied des Pyrénées aux glaces d'Archangel. Il n'eſt preſque point de prince en Allemagne qui n'ait fait des établiſſemens utiles & glorieux.

Qu'ont fait les Turcs pour la gloire? rien. Ils ont dévaſté trois empires & vingt royaumes : mais une ſeule ville de l'ancienne Grèce aura toujours plus de réputation que tous les Ottomans enſemble.

Voyez ce qui s'eſt fait depuis peu d'années dans Pétersbourg, que j'ai vu un marais au commencement du ſiècle où nous ſommes. Tous les arts y ont accouru, tandis qu'ils ſont anéantis dans la partie d'*Orphée*, de *Linus*, & d'*Homère*.

La ſtatue que l'impératrice de Ruſſie élève à *Pierre le grand*, parle du bord de la Néva à toutes les nations ; elle dit : J'attends celle de *Catherine*; mais il la faudra placer vis-à-vis de la vôtre &c.

Que la nouveauté des arts ne prouve point la
nouveauté du globe.

TOUS les philofophes crurent la matière éternelle ;
mais les arts paraiffent nouveaux. Il n'y a pas jufqu'à
l'art de faire du pain qui ne foit récent. Les premiers
Romains mangeaient de la bouillie ; & ces vainqueurs
de tant de nations ne connurent jamais ni les moulins
à vent, ni les moulins à eau. Cette vérité femble
d'abord contredire l'antiquité du globe tel qu'il eft,
ou fuppofe de terribles révolutions dans ce globe.
Des inondations de barbares ne peuvent guère anéantir
des arts devenus néceffaires. Je fuppofe qu'une armée
de nègres vienne chez nous comme des fauterelles, des
montagnes de Cobonas, par le Monomotapa, par le
Monoëmugi, les Noffeguais, les Maracates ; qu'ils
aient traverfé l'Abyffinie, la Nubie, l'Egypte, la
Syrie, l'Afie mineure, toute notre Europe, qu'ils
aient tout renverfé, tout faccagé, il reftera toujours
quelques boulangers, quelques cordonniers, quelques
tailleurs, quelques charpentiers ; les arts néceffaires
fubfifteront ; il n'y aura que le luxe d'anéanti. C'eft
ce qu'on vit à la chute de l'empire romain ; l'art de
l'écriture même devint très-rare ; prefque tous ceux
qui contribuent à l'agrément de la vie ne renaquirent
que long-temps après. Nous en inventons tous les
jours de nouveaux.

De tout cela on ne peut rien conclure au fond
contre l'antiquité du globe. Car fuppofons même
qu'une inondation de barbares nous eût fait perdre
entièrement jufqu'à l'art d'écrire & de faire le pain ;

fuppofons encore plus , que nous n'avons que depuis
dix ans du pain , des plumes, de l'encre, & du papier;
le pays qui a pu fubfifter dix ans fans manger de pain
& fans écrire fes penfées, aurait pu paffer un fiècle ,
& cent mille fiècles fans ces fecours.

Il eft très-clair que l'homme & les autres animaux
peuvent très-bien fubfifter fans boulangers , fans
romanciers, & fans théologiens, témoin toute l'Amérique, témoin les trois quarts de notre continent.

La nouveauté des arts parmi nous ne prouve donc
point la nouveauté du globe , comme le prétendait
Epicure l'un de nos prédéceffeurs en rêveries , qui
fuppofait que par hafard les atomes éternels en décli-
nant avaient formé un jour notre terre. *Pomponace*
difait : *Se il mondo non è eterno , per tutti fanti è molto vecchio.*

Des petits inconvéniens attachés aux arts.

CEUX qui manient le plomb & le mercure font
fujets à des coliques dangereufes , & à des tremblemens
de nerfs très-fâcheux. Ceux qui fe fervent de plumes
& d'encre , font attaqués d'une vermine qu'il faut
continuellement fecouer : cette vermine eft celle de
quelques ex-jéfuites qui font des libelles. Vous ne
connaiffez pas , Sire , cette race d'animaux; elle eft
chaffée de vos Etats , auffi-bien que de ceux de l'impératrice de Ruffie, du roi de Suède, & du roi de
Danemarck mes autres protecteurs. L'ex-jéfuite *Paulian*
& l'ex-jéfuite *Nonotte*, qui cultivent, comme moi, les
beaux-arts, ne ceffent de me perfécuter jufqu'au mont
Crapak; ils m'accablent fous le poids de leur crédit,
& fous celui de leur génie, qui eft encore plus pefant.
Si votre majefté ne daigne pas me fecourir contre ces
grands-hommes , je fuis anéanti.

A S M O D É E.

AUCUN homme versé dans l'antiquité n'ignore que les Juifs ne connurent les anges que par les Perses & les Chaldéens, pendant la captivité. C'est là qu'ils apprirent, selon dom *Calmet*, qu'il y a sept anges principaux devant le trône du Seigneur. Ils y apprirent aussi les noms des diables. Celui que nous nommons *Asmodée* s'appelait *Hashmodai*, ou *Chammadai*. " On sait, " dit *Calmet*, (a) qu'il y a des diables de plusieurs " sortes ; les uns sont princes & maîtres démons, les " autres subalternes & sujets. "

Comment cet *Hashmodai* était-il assez puissant pour tordre le cou à sept jeunes gens qui épousèrent successivement la belle *Sara*, native de Ragès, à quinze lieues d'Ecbatane ? Il fallait que les Mèdes fussent sept fois plus manichéens que les Perses. Le bon principe donne un mari à cette fille, & voilà le mauvais principe, cet *Hashmodai* roi des démons, qui détruit sept fois de suite l'ouvrage du principe bienfesant.

Mais *Sara* était juive, fille de *Raguel* le juif, captive dans le pays d'Ecbatane. Comment un démon mède avait-il tant de pouvoir sur des corps juifs ? c'est ce qui a fait penser qu'*Asmodée*, *Chammadai* était juif aussi ; que c'était l'ancien serpent qui avait séduit *Eve* ; qu'il aimait passionnément les femmes ; que tantôt il les trompait, & tantôt il tuait leurs maris par un excès d'amour & de jalousie.

(a) Dom *Calmet*, dissertation sur *Tobie*, page 205.

En effet le livre de *Tobie* nous fait entendre, dans la verſion grecque, qu'*Aſmodée* était amoureux de *Sara : oti daimonion philei autein.* C'eſt l'opinion de toute la ſavante antiquité que les génies, bons ou mauvais, avaient beaucoup de penchant pour nos filles, & les fées pour nos garçons. L'Ecriture même ſe proportionnant à notre faibleſſe, & daignant adopter le langage vulgaire, dit en figure, *que les enfans de* DIEU (*b*) *voyant que les filles des hommes étaient belles, prirent pour femmes celles qu'ils choiſirent.*

Mais l'ange *Raphaël*, qui conduit le jeune *Tobie*, lui donne une raiſon plus digne de ſon miniſtère, & plus capable d'éclairer celui dont il eſt le guide. Il lui dit que les ſept maris de *Sara* n'ont été livrés à la cruauté d'*Aſmodée* que parce qu'ils l'avaient épouſée uniquement pour leur plaiſir, comme des chevaux & des mulets. *Il faut,* dit-il, (*c*) *garder la continence avec elle pendant trois jours, & prier* DIEU *tous deux enſemble.*

Il ſemble qu'avec une telle inſtruction on n'ait plus beſoin d'aucun autre ſecours pour chaſſer *Aſmodée ;* mais *Raphaël* ajoute qu'il y faut le cœur d'un poiſſon grillé ſur des charbons ardens. Pourquoi donc n'a-t-on pas employé depuis ce ſecret infaillible pour chaſſer le diable du corps des filles ? Pourquoi les apôtres, envoyés exprès pour chaſſer les démons, n'ont-ils jamais mis le cœur d'un poiſſon ſur le gril ? Pourquoi ne ſe ſervit-on pas de cet expédient dans l'affaire de *Marthe Broſſier*, des religieuſes de Loudun, des maîtreſſes d'*Urbain Grandier*, de la *Cadière*, & du frère *Girard*, & de mille autres poſſédées dans le temps qu'il y avait des poſſédés ?

(*b*) Genèſe, chap. VI.   (*c*) Chap. VI, v. 16, 17 & 18.

Les Grecs & les Romains, qui connaiſſaient tant de philtres pour ſe faire aimer, en avaient auſſi pour guérir l'amour; ils employaient des herbes, des racines. L'*agnus caſtus* a été fort renommé ; les modernes en ont fait prendre à de jeunes religieuſes, ſur leſquelles il a eu peu d'effet. Il y a long-temps qu'*Apollon* ſe plaignait à *Daphné* que, tout médecin qu'il était, il n'avait point encore éprouvé de ſimple qui guérît de l'amour.

> *Hei mihi ! quod nullis amor eſt medicabilis herbis.* (d)
> D'un incurable amour remèdes impuiſſans.

On ſe ſervait de fumée de ſoufre ; mais *Ovide*, qui était un grand maître, déclare que cette recette eſt inutile.

> *Nec fugiat vivo ſulphure victus amor.* (e)
> Le ſoufre, croyez-moi, ne chaſſe point l'amour.

La fumée du cœur ou du foie d'un poiſſon fut plus efficace contre *Aſmodée*. Le révérend père dom *Calmet* en eſt fort en peine, & ne peut comprendre comment cette fumigation pouvait agir ſur un pur eſprit. Mais il pouvait ſe raſſurer, en ſe ſouvenant que tous les anciens donnaient des corps aux anges & aux démons. C'étaient des corps très-déliés, des corps auſſi légers que les petites particules qui s'élèvent d'un poiſſon rôti. Ces corps reſſemblaient à une fumée ; & la fumée d'un poiſſon grillé agiſſait ſur eux par ſympathie.

Non-ſeulement *Aſmodée* s'enfuit ; mais *Gabriel* alla l'enchaîner dans la haute Egypte, où il eſt encore. Il demeure dans une grotte auprès de la ville de

(d) *Ov. Met.* liv. I.　　(e) *De Rem. Amor.* liv. I.

Saata

Saata ou Taata. *Paul Lucas* l'a vu, & lui a parlé. On coupe ce serpent par morceaux, & sur le champ tous les tronçons se rejoignent; il n'y paraît pas. Dom *Calmet* cite le témoignage de *Paul Lucas;* il faut bien que je le cite aussi. On croit qu'on pourra joindre la théorie de *Paul Lucas* avec celle des vampires, dans la première compilation que l'abbé *Guyon* imprimera.

A S P H A L T E,

Lac Asphaltide , Sodome.

Mot chaldéen qui signifie une espèce de bitume. Il y en a beaucoup dans le pays qu'arrose l'Euphrate; nos climats en produisent, mais de fort mauvais. Il y en a en Suisse; on en voulut couvrir le comble de deux pavillons élevés aux côtés d'une porte de Genève; cette couverture ne dura pas un an; la mine a été abandonnée; mais on peut garnir de ce bitume le fond des bassins d'eau, en le mêlant avec de la poix résine : peut-être un jour en fera-t-on un usage plus utile.

Le véritable asphalte est celui qu'on tirait des environs de Babylone, & avec lequel on prétend que le feu grégeois fut composé.

Plusieurs lacs sont remplis d'asphalte ou d'un bitume qui lui ressemble, de même qu'il y en a d'autres tout imprégnés de nitre. Il y a un grand lac de nitre dans le désert d'Egypte, qui s'étend depuis le lac Mœris jusqu'à l'entrée du Delta; & il n'a point d'autre nom que le lac de Nitre.

Le lac Asphaltide, connu par le nom de *Sodome,* fut long-temps renommé pour son bitume; mais aujourd'hui les Turcs n'en font plus d'ufage; foit que la mine, qui eft fous les eaux, ait diminué, foit que la qualité s'en foit altérée, ou bien qu'il foit trop difficile de la tirer du fond de l'eau. Il s'en détache quelquefois des parties huileufes, & même de groffes maffes qui furnagent; on les ramaffe, on les mêle, & on les vend pour du baume de la Mecque. Il eft peut-être auffi bon; car tous les baumes qu'on emploie pour les coupures font auffi efficaces les uns que les autres, c'eft-à-dire, ne font bons à rien par eux-mêmes. La nature n'attend pas l'application d'un baume pour fournir du fang & de la lymphe, & pour former une nouvelle chair qui répare celle qu'on a perdue par une plaie. Les baumes de la Mecque, de Judée, & du Pérou, ne fervent qu'à empêcher l'action de l'air, à couvrir la bleffure, & non pas à la guérir; de l'huile ne produit pas de la peau.

Flavien Jofephe, qui était du pays, dit (*a*) que de fon temps le lac de Sodome n'avait aucun poiffon, & que l'eau en était fi légère que les corps les plus lourds ne pouvaient aller au fond. Il voulait dire apparemment *fi pefante* au lieu de *fi légère*. Il paraît qu'il n'en avait pas fait l'expérience. Il fe peut, après tout, qu'une eau dormante imprégnée de fels & de matières compactes, étant alors plus pefante qu'un corps de pareil volume, comme celui d'une bête ou d'un homme, les ait forcés de furnager. L'erreur de *Jofephe* confifte à donner une caufe très-fauffe d'un phénomène qui peut être très-vrai. (1)

(*a*) Liv. IV, chap. XXVII.

(1) Depuis l'impreffion de cet article, on a apporté à Paris de l'eau du lac Afphaltide. Cette eau ne diffère de celle de la mer qu'en ce qu'elle

Quant à la difette de poiffons, elle eft croyable. L'afphalte ne paraît pas propre à les nourrir; cependant il eft vraifemblable que tout n'eft pas afphalte dans ce lac qui a vingt-trois ou vingt-quatre de nos lieues de long, & qui, en recevant à fa fource les eaux du Jourdain, doit recevoir auffi les poiffons de cette rivière; mais peut-être auffi le Jourdain n'en fournit pas, & peut-être ne s'en trouve-t-il que dans le lac fupérieur de Tibériade.

Jofephe ajoute que les arbres qui croiffent fur les bords de la mer Morte, portent des fruits de la plus belle apparence, mais qui s'en vont en pouffière dès qu'on veut y porter la dent. Ceci n'eft pas fi probable, & pourrait faire croire que *Jofephe* n'a pas été fur le lieu même, ou qu'il a exagéré fuivant fa coutume & celle de fes compatriotes. Rien ne femble devoir produire de plus beaux & de meilleurs fruits qu'un terrain fulfureux & falé, tel que celui de Naples, de Catane, & de Sodome.

La fainte écriture parle de cinq villes englouties par le feu du ciel. La phyfique en cette occafion rend témoignage à l'ancien teftament, quoiqu'il n'ait pas befoin d'elle, & qu'ils ne foient pas toujours d'accord. On a des exemples de tremblemens de terre, accompagnés de coups de tonnerre, qui ont détruit des villes plus confidérables que Sodome & Gomorrhe.

Mais la rivière du Jourdain ayant néceffairement fon embouchure dans ce lac fans iffue, cette mer

eft plus pefante, & qu'elle contient les mêmes fels en beaucoup plus grande quantité que l'eau d'aucune mer connue. Des corps qui tomberaient au fond de l'eau douce, ou même au fond de la mer, pourraient y nager; & c'en était affez pour faire crier au miracle un peuple auffi fuperftitieux qu'ignorant.

Morte, femblable à la mer Cafpienne, doit avoir exifté
tant qu'il y a eu un Jourdain ; donc ces cinq villes
ne peuvent jamais avoir été à la place où eft ce lac
de Sodome. Auffi l'Ecriture ne dit point du tout que
ce terrain fut changé en un lac ; elle dit tout le
contraire : DIEU *fit pleuvoir du foufre & du feu venant*
du ciel ; *& Abraham fe levant matin regarda Sodome &*
Gomorrhe , & toute la terre d'alentour ; & il ne vit que des
cendres montant comme une fumée de fournaife. (*b*)

Il faut donc que les cinq villes, Sodome, Gomorrhe,
Zéboin , Adama, & Segor , fuffent fituées fur le bord
de la mer Morte. On demandera comment dans un
défert auffi inhabitable qu'il l'eft aujourd'hui , & où
l'on ne trouve que quelques hordes de voleurs arabes,
il pouvait y avoir cinq villes affez opulentes pour être
plongées dans les délices , & même dans des plaifirs
infames qui font le dernier effet du raffinement de la
débauche attachée à la richeffe ; on peut répondre que
le pays alors était bien meilleur.

D'autres critiques diront : Comment cinq villes
pouvaient-elles fubfifter à l'extrémité d'un lac dont
l'eau n'était pas potable avant leur ruine ? L'Ecriture
elle-même nous apprend que tout le terrain était
afphalte avant l'embrafement de Sodome. *Il y avait,*
dit-elle , (*c*) *beaucoup de puits de bitume dans la vallée des*
bois ; & les rois de Sodome & de Gomorrhe prirent la fuite,
& tombèrent en cet endroit-là.

On fait encore une autre objeċtion. *Ifaïe* & *Jérémie*
difent (*d*) que Sodome & Gomorrhe ne feront jamais

(*b*) Genèfe , chap. XIX.
(*c*) Genèfe , chap. XIV , v. 10.
(*d*) *Ifaïe* , chap. XIII. *Jérémie* , chap. II.

rebâties : mais *Etienne* le géographe parle de Sodome
& de Gomorrhe fur le rivage de la mer Morte. On
trouve dans l'*Hiftoire des conciles* des évêques de Sodome
& de Segor.

On peut répondre à cette critique, que D I E U mit
dans ces villes rebâties des habitans moins coupables ;
car il n'y avait point alors d'évêque *in partibus,*

Mais quelle eau, dira-t-on, pût abreuver ces nouveaux habitans ? tous les puits font faumâtres ; on trouve
l'afphalte & un fel corrofif, dès qu'on creufe la terre.

On répondra que quelques arabes y habitent encore,
& qu'ils peuvent être habitués à boire de très-mauvaife
eau ; que Sodome & Gomorrhe dans le bas empire
étaient de méchans hameaux, & qu'il y eut dans ce
temps-là beaucoup d'évêques, dont tout le diocèfe
confiftait en un pauvre village. On peut dire encore
que les colons de ces villages préparaient l'afphalte,
& en fefaient un commerce utile.

Ce défert aride & brûlant qui s'étend de Segor
jufqu'au territoire de Jérufalem, produit du baume
& des aromates, par la même raifon qu'il fournit du
naphte, du fel corrofif, & du foufre.

On prétend que les pétrifications fe font dans ce
défert avec une rapidité furprenante. C'eft ce qui rend
très-plaufible, felon quelques phyficiens, la pétrification
d'*Edith* femme de *Loth.*

Mais il eft dit que cette femme *ayant regardé derrière*
elle, fut changée en ftatue de fel ; ce n'eft donc pas une
pétrification naturelle opérée par l'afphalte & le fel ;
c'eft un miracle évident. *Flavien Jofephe* dit (e) qu'il
a vu cette ftatue. St *Juftin* & St *Irénée* en parlent

_____

(e) Antiq. liv. I, chap. II.

E 3

comme d'un prodige qui subsistait encore de leur temps.

On a regardé ces témoignages comme des fables ridicules. Cependant il est très-naturel que quelques juifs se fussent amusés à tailler un monceau d'asphalte en une figure grossière; & on aura dit : c'est la femme de *Loth*. J'ai vu des cuvettes d'asphalte très-bien faites qui pourront long-temps subsister. Mais il faut avouer que *St Irénée* va un peu loin quand il dit : (*f*) La femme de *Loth* resta dans le pays de Sodome non plus en chair corruptible, mais en statue de sel permanente, & montrant par ses parties naturelles les effets ordinaires : *Uxor remansit in Sodomis, jam non caro corruptibilis, sed statua salis semper manens, & per naturalia ea quæ sunt consuetudinis hominis ostendens.*

St Irénée ne semble pas s'exprimer avec toute la justesse d'un bon naturaliste, en disant : La femme de *Loth* n'est plus de la chair corruptible, mais elle a ses règles.

Dans le *poëme de Sodome*, dont on dit *Tertullien* auteur, on s'exprime encore plus énergiquement:

> *Dicitur & vivens alio sub corpore sexûs*
> *Mirificè solito dispungere sanguine menses.*

C'est ce qu'un poëte du temps de *Henri II* a traduit ainsi dans son style gaulois :

> La femme à Loth, quoique sel devenue,
> Est femme encor ; car elle a sa menstrue.

Les pays des aromates furent aussi le pays des fables. C'est vers les cantons de l'Arabie pétrée, c'est

(*f*) Liv. IV, chap. II.

dans ces déferts que les anciens mythologiftes prétendent que *Myrrha*, petite-fille d'une ftatue, s'enfuit
après avoir couché avec fon père, comme les filles de
Loth avec le leur,& qu'elle fut métamorphofée en l'arbre
qui porte la myrrhe. D'autres profonds mythologiftes
affurent qu'elle s'enfuit dans l'Arabie heureufe ; & cette
opinion eft auffi foutenable que l'autre.

Quoi qu'il en foit, aucun de nos voyageurs ne
s'eft encore avifé d'examiner le terrain de Sodome,
fon afphalte, fon fel, fes arbres, & leurs fruits ; de
pefer l'eau du lac, de l'analyfer, de voir fi les matières
fpécifiquement plus pefantes que l'eau ordinaire y
furnagent; & de nous rendre un compte fidelle de
l'hiftoire naturelle du pays. Nos pélerins de Jérufalem
n'ont garde d'aller faire ces recherches : ce défert eft
devenu infefté par des Arabes vagabonds qui courent
jufqu'à Damas, qui fe retirent dans les cavernes des
montagnes, & que l'autorité du bacha de Damas n'a
pu encore réprimer. Ainfi les curieux font fort peu
inftruits de tout ce qui concerne le lac Afphaltide.

Il eft bien trifte pour les doctes que parmi tous
les fodomites que nous avons, il ne s'en foit pas
trouvé un feul qui nous ait donné des notions de leur
capitale.

ASSASSIN, ASSASSINAT.

SECTION PREMIERE.

Nom corrompu du mot *Ehiffeffin*. Rien n'eft plus
ordinaire à ceux qui vont en pays lointain que de
mal entendre, mal répéter, mal écrire dans leur
propre langue ce qu'ils ont mal compris dans une

langue abfolument étrangère , & de tromper enfuite
leurs compatriotes en fe trompant eux-mêmes. L'erreur
s'établit de bouche en bouche, & de plume en plume :
il faut des fiècles pour la détruire.

Il y avait du temps des croifades un malheureux
petit peuple de montagnards , habitant dans des
cavernes vers le chemin de Damas. Ces brigands
élifaient un chef qu'ils nommaient *Chik Elchaffiffin.*
On prétend que ce mot honorifique *chik* ou *chek* ,
fignifie *vieux* originairement , de même que parmi
nous le titre de *feigneur* vient de *fenior* vieillard , & que
le mot *graf* , *comte* , veut dire *vieux* chez les Allemands.
Car anciennement le commandement civil fut toujours
déféré aux vieillards chez prefque tous les peuples.
Enfuite le commandement étant devenu héréditaire ,
le titre de *chik* , de *graf* , de *feigneur* , de *comte* , a été
donné à des enfans ; & les Allemands appellent un
bambin de quatre ans , *monfieur le comte* , c'eft-à-dire ,
monfieur le vieux.

Les croifés nommèrent le vieux des montagnards
arabes , *le vieil de la montagne* , & s'imaginèrent que
c'était un très-grand prince, parce qu'il avait fait tuer
& voler fur le grand chemin un comte de *Montferrat* ,
& quelques autres feigneurs croifés. On nomma ces
peuples *les affaffins* , & leur chik *le roi du vafte pays des
affaffins.* Ce vafte pays contient cinq à fix lieues de
long fur deux à trois de large dans l'anti-Liban, pays
horrible, femé de rochers, comme l'eft prefque toute la
Paleftine , mais entre-coupé de prairies affez agréables,
& qui nourriffent de nombreux troupeaux , comme
l'atteftent tous ceux qui ont fait le voyage d'Alep à
Damas.

Le chik ou le vieil de ces affaffins ne pouvait être qu'un petit chef de bandits, puifqu'il y avait alors un foudan de Damas qui était très-puiffant.

Nos romanciers de ce temps-là, auffi chimériques que les croifés, imaginèrent d'écrire que le grand prince des affaffins, en 1236, craignant que le roi de France *Louis IX*, dont il n'avait jamais entendu parler, ne fe mît à la tête d'une croifade, & ne vînt lui ravir fes Etats, envoya deux grands feigneurs de fa cour, des cavernes de l'anti-Liban à Paris, pour affaffiner ce roi ; mais que le lendemain ayant appris combien ce prince était généreux & aimable, il envoya en pleine mer deux autres feigneurs pour contremander l'affaffinat : je dis en pleine mer, car ces deux émires envoyés pour tuer *Louis*, & les deux autres pour lui fauver la vie, ne pouvaient faire leur voyage qu'en s'embarquant à Joppé qui était alors au pouvoir des croifés, ce qui redouble encore le merveilleux de l'entreprife. Il fallait que les deux premiers euffent trouvé un vaiffeau de croifés tout prêt pour les tranfporter amicalement, & les deux autres encore un autre vaiffeau.

Cent auteurs pourtant ont rapporté au long cette aventure les uns après les autres, quoique *Joinville* contemporain, qui alla fur les lieux, n'en dife mot.

Et voilà juftement comme on écrit l'hiftoire.

Le jéfuite *Maimbourg*, le jéfuite *Daniel*, vingt autres jéfuites, *Mézerai*, quoiqu'il ne foit pas jéfuite, répètent cette abfurdité. L'abbé *Véli*, dans fon Hiftoire de France, la redit avec complaifance, le tout fans aucune difcuffion, fans aucun examen, & fur la foi d'un

Guillaume de Nangis qui écrivait environ foixante ans
après cette belle aventure, dans un temps où l'on ne
compilait l'hiſtoire que ſur des bruits de ville.

Si l'on n'écrivait que les choſes vraies & utiles,
l'immenſité de nos livres d'hiſtoire ſe réduirait à bien
peu de choſe ; mais on ſaurait plus & mieux.

On a pendant ſix cents ans rebattu le conte du vieux
de la montagne, qui enivrait de voluptés ſes jeunes
élus dans ſes jardins délicieux, leur feſait accroire
qu'ils étaient en paradis, & les envoyait enſuite
aſſaſſiner des rois au bout du monde pour mériter un
paradis éternel.

> Vers le levant, le vieil de la montagne
> Se rendit craint par un moyen nouveau,
> Craint n'était-il pour l'immenſe campagne
> Qu'il poſſédât, ni pour aucun monceau
> D'or & d'argent ; mais parce qu'au cerveau
> De ſes ſujets il imprimait des choſes,
> Qui de maints faits courageux étaient cauſes.
> Il choiſiſſait entre eux les plus hardis,
> Et leur feſait donner du paradis
> Un avant-goût à leurs ſens perceptible,
> (Du paradis de ſon légiſlateur.)
> Rien n'en a dit ce prophète menteur,
> Qui ne devînt très-croyable & ſenſible,
> A ces gens-là. Comment s'y prenait-on ?
> On les feſait boire tous de façon
> Qu'ils s'enivraient, perdaient ſens & raiſon.
> En cet état, privés de connaiſſance,
> On les portait en d'agréables lieux,
> Ombrages frais, jardins délicieux.
> Là ſe trouvaient tendrons en abondance,

Plus que maillés & beaux par excellence ;
Chaque réduit en avait à couper. .
Si fe venaient joliment attrouper
Près de ces gens qui leur boiffon cuvée,
S'émerveillaient de voir cette cuvée,
Et fe croyaient habitans devenus
Des champs heureux qu'affigne à fes élus
Le faux Mahom. Lors de faire accointance,
Turcs d'approcher, tendrons d'entrer en danfe,
Au gazouillis des oifeaux de ces bois,
Au fon des luths accompagnant les voix
Des roffignols : il n'eft plaifir au monde
Qu'on ne goutât dedans ce paradis :
Les gens trouvaient en fon charmant pourpris
Les meilleurs vins de la machine ronde,
Dont ne manquaient encor de s'enivrer,
Et de leurs fens perdre l'entier ufage.
On les fefait auffitôt reporter
Au premier lieu. De tout ce tripotage
Qu'arrivait-il ? ils croyaient fermement
Que quelques jours de femblables délices
Les attendaient, pourvu que hardiment,
Sans redouter la mort ni les fupplices,
Ils fiffent chofe agréable à Mahon,
Servant leur prince en toute occafion.
Par ce moyen leur prince pouvait dire
Qu'il avait gens à fa dévotion,
Déterminés, & qu'il n'était empire
Plus redouté que le fien ici-bas.

Tout cela eft fort bon dans un conte de *la Fontaine*,
aux vers faibles près ; & il y a cent anecdotes hiftoriques
qui n'auraient été bonnes que là.

SECTION II.

L'ASSASSINAT étant, après l'empoifonnement, le crime le plus lâche & le plus puniffable, il n'eft pas étonnant qu'il ait trouvé de nos jours un approbateur dans un homme dont la raifon fingulière n'a pas toujours été d'accord avec la raifon des autres hommes.

Il feint dans un roman intitulé *Emile*, d'élever un jeune gentilhomme, auquel il fe donne bien de garde de donner une éducation telle qu'on la reçoit dans l'école militaire, comme d'apprendre les langues, la géométrie, la tactique, les fortifications, l'hiftoire de fon pays ; il eft bien éloigné de lui infpirer l'amour de fon roi & de fa patrie, il fe borne à en faire un garçon menuifier. Il veut que ce gentilhomme menuifier, quand il a reçu un démenti ou un foufflet, au lieu de les rendre & de fe battre, *affaffine prudemment fon homme*. Il eft vrai que *Molière*, en plaifantant dans l'Amour peintre, dit qu'*affaffiner eft le plus fûr ;* mais l'auteur du roman prétend que c'eft le plus raifonnable & le plus honnête. Il le dit très-férieufement ; & dans l'immenfité de fes paradoxes, c'eft une des trois ou quatre chofes qu'il ait dites le premier. Le même efprit de fageffe & de décence qui lui fait prononcer qu'un précepteur doit fouvent accompagner fon difciple dans un lieu de proftitution, (a) le fait décider que ce difciple doit être un affaffin. Ainfi l'éducation que donne *Jean-Jacques* à un gentilhomme, confifte à manier le rabot, & à mériter le grand remède & la corde.

(a) *Emile*, tome III, page 261.

Nous doutons que les pères de famille s'empreſſent à donner de tels précepteurs à leurs enfans. Il nous ſemble que le roman d'*Emile* s'écarte un peu trop des maximes de *Mentor* dans Télémaque : mais auſſi il faut avouer que notre fiècle s'eſt fort écarté en tout du grand fiècle de *Louis XIV.*

Heureuſement vous ne trouverez point dans le Dictionnaire encyclopédique de ces horreurs inſenſées. On y voit ſouvent une philoſophie qui ſemble hardie ; mais non pas cette bavarderie atroce & extravagante, que deux ou trois fous ont appelée *philoſophie*, & que deux ou trois dames appelaient *éloquence.*

ASSEMBLÉE.

TERME général qui convient également au profane, au ſacré, à la politique, à la ſociété, au jeu, à des hommes unis par les lois, enfin à toutes les occaſions où il ſe trouve pluſieurs perſonnes enſemble.

Cette expreſſion prévient toutes les diſputes de mots, & toutes les ſignifications injurieuſes par leſquelles les hommes ſont dans l'habitude de déſigner les ſociétés dont ils ne ſont pas.

L'aſſemblée légale des Athéniens s'appelait *Egliſe.* (*)

Ce mot ayant été conſacré parmi nous à la convo-cation des catholiques dans un même lieu, nous ne donnions pas d'abord le nom d'*égliſe* à l'aſſemblée des proteſtans ; on diſait *une troupe de huguenots* : mais la politeſſe banniſſant tout terme odieux, on ſe ſervit du mot *aſſemblée* qui ne choque perſonne.

(*) Voyez *Egliſe.*

En Angleterre l'Eglife dominante donne le nom d'affemblée, *Meeting*, aux églifes de tous les non-conformiftes.

Le mot d'*affemblée* eft celui qui convient le mieux, quand plufieurs perfonnes en affez grand nombre font priées de venir perdre leur temps dans une maifon dont on leur fait les honneurs, & dans laquelle on joue, on caufe, on foupe, on danfe, &c. S'il n'y a qu'un petit nombre de priés, cela ne s'appelle point *affemblée*; c'eft un rendez-vous d'amis, & les amis ne font jamais nombreux.

Les affemblées s'appellent en italien *converfatione ridotto*. Ce mot *ridotto* eft proprement ce que nous entendions par *réduit*; mais *réduit* étant devenu parmi nous un terme de mépris, les gazetiers ont traduit *ridotto* par *redoute*. On lifait, parmi les nouvelles importantes de l'Europe, que plufieurs feigneurs de la plus grande confidération étaient venus prendre du chocolat chez la princeffe *Borghéfe*, & qu'il y avait eu *redoute*. On avertiffait l'Europe qu'il y aurait *redoute* le mardi fuivant chez fon excellence la marquife de *Santa-fior*.

Mais on s'aperçut qu'en rapportant des nouvelles de guerre on était obligé de parler des véritables redoutes qui fignifient en effet *redoutables*, & d'où l'on tire des coups de canon. Ce terme ne convenait pas aux *ridotti pacifici*; on eft revenu au mot *affemblée* qui eft le feul convenable.

On s'eft quelquefois fervi de celui de *rendez-vous* : mais il eft plus fait pour une petite compagnie, & furtout pour deux perfonnes.

A S T R O L O G I E.

L'ASTROLOGIE pourrait s'appuyer fur de meilleurs fondemens que la magie. Car fi perfonne n'a vu ni *Farfadets*, ni *Lémures*, ni *Dives*, ni *Peris*, ni *Démons*, ni *Cacodémons*, on a vu fouvent des prédictions d'aftro- loques réuffir. Que de deux aftrologues confultés fur la vie d'un enfant & fur la faifon, l'un dife que l'enfant vivra âge d'homme, l'autre non; que l'un annonce la pluie, & l'autre le beau temps; il eft bien clair qu'il y en aura un prophète.

Le grand malheur des aftrologues, c'eft que le ciel a changé depuis que les règles de l'art ont été données. Le foleil, qui à l'équinoxe était dans le bélier du temps des Argonautes, fe trouve aujourd'hui dans le taureau; & les aftrologues, au grand malheur de leur art, attribuent aujourd'hui à une maifon du foleil ce qui appartient vifiblement à une autre. Cependant ce n'eft pas encore une raifon démonftrative contre l'aftrologie. Les maîtres de l'art fe trompent; mais il n'eft pas démontré que l'art ne peut exifter.

Il n'y a pas d'abfurdité à dire : Un tel enfant eft né dans le croiffant de la lune, pendant une faifon orageufe, au lever d'une telle étoile; fa conftitution a été faible, & fa vie malheureufe & courte; ce qui eft le partage ordinaire des mauvais tempéramens : au contraire, celui-ci eft né quand la lune eft dans fon plein, le foleil dans fa force, le temps ferein, au lever d'une telle étoile; fa conftitution a été bonne, fa vie longue & heureufe. Si ces obfervations avaient été répétées, fi elles s'étaient trouvées juftes, l'expérience eût pu au bout de quelques milliers de fiècles former

un art dont il eût été difficile de douter : on aurait
penfé, avec quelque vraifemblance, que les hommes
font comme les arbres & les légumes, qu'il ne faut
planter & femer que dans certaines faifons. Il n'eût
fervi de rien contre les aftrologues de dire : Mon fils
eft né dans un temps heureux, & cependant il eft mort
au berceau : l'aftrologue aurait répondu : Il arrive
fouvent que les arbres, plantés dans la faifon convenable, périffent ; je vous ai répondu des aftres, mais
je ne vous ai pas répondu du vice de conformation
que vous avez communiqué à votre enfant. L'aftrologie
n'opère que quand aucune caufe ne s'oppofe au bien
que les aftres peuvent faire.

On n'aurait pas mieux réuffi à décréditer l'aftrologie
en difant : De deux enfans qui font nés dans la même
minute, l'un a été roi, l'autre n'a été que marguillier
de fa paroiffe ; car on aurait très-bien pu fe défendre,
en fefant voir que le payfan a fait fa fortune lorfqu'il
eft devenu marguillier, comme le prince en devenant
roi.

Et fi on alléguait qu'un bandit que *Sixte-Quint* fit
pendre était né au même temps que *Sixte-Quint*, qui
de gardeur de cochons devint pape, les aftrologues
diraient qu'on s'eft trompé de quelques fecondes, &
qu'il eft impoffible dans les règles, que la même étoile
donne la tiare & la potence. Ce n'eft donc que parce
qu'une foule d'expériences a démenti les prédictions,
que les hommes fe font aperçus à la fin que l'art eft
illufoire ; mais, avant d'être détrompés, ils ont été
long-temps crédules.

Un des plus fameux mathématiciens de l'Europe,
nomme *Stoffler*, qui floriffait aux quinzième & feizième
fiècles,

fiècles, & qui travailla long-temps à la réforme du calendrier propofée au concile de Conftance, prédit un déluge univerfel pour l'année 1524. Ce déluge devait arriver au mois de février, & rien n'eft plus plaufible ; car *Saturne*, *Jupiter*, & *Mars*, fe trouvèrent alors en conjonction dans le figne des poiffons. Tous les peuples de l'Europe, de l'Afie, & de l'Afrique, qui entendirent parler de la prédiction, furent confternés. Tout le monde s'attendit au déluge, malgré l'arc-en-ciel. Plufieurs auteurs contemporains rapportent que les habitans des provinces maritimes de l'Allemagne s'empreffaient de vendre à vil prix leurs terres à ceux qui avaient le plus d'argent, & qui n'étaient pas fi crédules qu'eux. Chacun fe muniffait d'un bateau comme d'une arche. Un docteur de Touloufe nommé *Auriol* fit faire furtout une grande arche pour lui, fa famille, & fes amis : on prit les mêmes précautions dans une grande partie de l'Italie. Enfin le mois de février arriva, & il ne tomba pas une goutte d'eau : jamais mois ne fut plus fec, & jamais les aftrologues ne furent plus embarraffés. Cependant ils ne furent ni découragés, ni négligés parmi nous ; prefque tous les princes continuèrent de les confulter.

Je n'ai pas l'honneur d'être prince ; cependant le célèbre comte de *Boulainvilliers*, & un italien nommé *Colonne* qui avait beaucoup de réputation à Paris, me prédirent l'un & l'autre que je mourrais infailliblement à l'âge de trente-deux ans. J'ai eu la malice de les tromper déjà de près de trente années, (*) de quoi je leur demande humblement pardon.

(*) Cet article fut imprimé pour la première fois dans l'édition de 1757.

ASTRONOMIE,

Et encore quelques réflexions fur l'aftrologie.

M. *Duval* qui a été, fi je ne me trompe, bibliothécaire de l'empereur *François I*, a rendu compte de la manière dont un pur inftinct dans fon enfance lui donna les premières idées d'aftronomie. Il contemplait la lune qui, en s'abaiffant vers le couchant, femblait toucher aux derniers arbres d'un bois ; il ne douta pas qu'il ne la trouvât derrière ces arbres ; il y courut, & fut étonné de la voir au bout de l'horizon.

Les jours fuivants la curiofité le força de fuivre le cours de cet aftre, & il fut encore plus furpris de le voir fe lever & fe coucher à des heures différentes.

Les formes diverfes qu'il prenait de femaine en femaine, fa difparition totale durant quelques nuits, augmentèrent fon attention. Tout ce que pouvait faire un enfant était d'obferver & d'admirer ; c'était beaucoup ; il n'y en a pas un fur dix mille qui ait cette curiofité & cette perfévérance.

Il étudia comme il put pendant une année entière, fans autre livre que le ciel, & fans autre maître que fes yeux. Il s'aperçut que les étoiles ne changeaient point entre elles de pofition. Mais le brillant de l'étoile de *Vénus* fixant fes regards, elle lui parut avoir un cours particulier à-peu-près comme la lune ; il l'obferva toutes les nuits, elle difparut long-temps à fes yeux, & il la revit enfin devenue l'étoile du matin au lieu de l'étoile du foir.

La route du foleil, qui de mois en mois fe levait & fe couchait dans des endroits du ciel différens, ne lui échappa point ; il marqua les folftices avec deux piquets, fans favoir ce que c'était que les folftices. (1)

Il me femble que l'on pourrait profiter de cet exemple pour enfeigner l'aftronomie à un enfant de dix à douze ans, beaucoup plus facilement que cet enfant extraordinaire dont je parle n'en apprit par lui-même les premiers élémens.

C'eft d'abord un fpectacle très-attachant pour un efprit bien difpofé par la nature, de voir que les différentes phafes de la lune ne font autre chofe que celles d'une boule autour de laquelle on fait tourner un flambeau qui tantôt en laiffe voir un quart, tantôt une moitié, & qui la laiffe invifible quand on met un corps opaque entre elle & le flambeau. C'eft ainfi qu'en ufa *Galilée* lorfqu'il expliqua les véritables principes de l'aftronomie devant le doge & les fénateurs de Venife fur la tour de St Marc ; il démontra tout aux yeux.

En effet, non-feulement un enfant, mais un homme mûr qui n'a vu les conftellations que fur des cartes, a beaucoup de peine à les reconnaître quand il les cherche dans le ciel. L'enfant concevra très-bien en peu de temps les caufes de la courfe apparente du foleil, & de la révolution journalière des étoiles fixes.

Il reconnaîtra furtout les conftellations à l'aide de ces quatre vers latins, faits par un aftronome il y a environ cinquante ans, & qui ne font pas affez connus.

Delta aries, Perfeum taurus, geminique capellam,
Nil cancer, plauftrum leo, virgo comam atque bootem,
Libra anguem, anguiferum fert fcorpius, Antinoum arcus,
Delphinum caper, amphora equos, Cepheida pifces.

(1) Il n'eft peut-être pas inutile de faire obferver ici que cet enfant, qui devint un homme de lettres très-inftruit & d'un efprit original & piquant, n'eut jamais que des connaiffances très-médiocres en aftronomie.

Les fyftèmes de *Ptolomée* & de *Ticho-Brahé*, ne méritent pas qu'on lui en parle, puifqu'ils font faux ; ils ne peuvent jamais fervir qu'à expliquer quelques paffages des anciens auteurs qui ont rapport aux erreurs de l'antiquité ; par exemple, dans le fecond livre des Métamorphofes d'*Ovide*, le foleil dit à *Phaéton* :

Adde quod affiduâ rapitur vertigine cœlum,
Nitor in adverfum, nec me, qui cætera, vincit
Impetus, & rapido contrarius evehor orbi.

Un mouvement rapide emporte l'empyrée,
Je réfifte moi feul, moi feul je fuis vainqueur,
Je marche contre lui dans ma courfe affurée.

Cette idée d'un premier mobile qui fefait tourner un prétendu firmament en vingt-quatre heures d'un mouvement impoffible, & du foleil qui, entraîné par ce premier mobile, s'avançait pourtant infenfiblement d'Occident en Orient par un mouvement propre qui n'a aucune caufe, ne ferait qu'embarraffer un jeune commençant.

Il fuffit qu'il fache que, foit que la terre tourne fur elle-même & autour du foleil, foit que le foleil achève fa révolution en une année, les apparences font à-peu-près les mêmes, & qu'en aftronomie on eft obligé de juger par fes yeux avant que d'examiner les chofes en phyficien.

Il connaîtra bien vîte la caufe des éclipfes de lune & de foleil, & pourquoi il n'y en a point tous les mois. Il lui femblera d'abord que le foleil fe trouvant chaque mois en oppofition ou en conjonction avec la lune, nous devrions avoir chaque mois une éclipfe de lune & une de foleil. Mais dès qu'il faura que ces deux aftres ne fe meuvent point dans un même plan , & font rarement fur la même ligne avec la terre , il ne fera plus furpris.

On lui fera aifément comprendre comment on a pu prédire les éclipfes en connaiffant la ligne circulaire dans laquelle s'accompliffent le mouvement apparent du foleil & le mouvement réel de la lune. On lui dira que les obfervateurs ont fu , par l'expérience & par le calcul, combien de fois ces deux aftres fe font rencontrés précifément dans la même ligne avec la terre en dix-neuf années & quelques heures ; après quoi, ces aftres paraiffent recommencer le même cours ; de forte qu'en fefant les corrections néceffaires aux petites inégalités qui arrivaient dans ces dix-neuf années, on prédifait au jufte quel jour , quelle heure , & quelle minute, il y aurait une éclipfe de lune ou de foleil. Ces premiers élémens entrent aifément dans la tête d'un enfant qui a quelque conception.

La préceffion des équinoxes même ne l'effrayera pas. On fe contentera de lui dire que le foleil a paru avancer continuellement dans fa courfe annuelle d'un degré en foixante & douze ans vers l'Orient , & que c'eft ce que voulait dire *Ovide* par ce vers que nous avons cité :

Contrarius evehor orbi.

Ma carrière eft contraire au mouvement des cieux.

Ainfi le bélier , dans lequel le foleil entrait autrefois au commencement du printemps , eft aujourd'hui à la place où était le taureau ; & tous les almanachs ont tort de continuer , par un refpect ridicule pour l'antiquité, à placer l'entrée du foleil dans le bélier au premier jour du printemps.

Quand on commence à poſſéder quelques principes
d'aſtronomie, on ne peut mieux faire que de lire les
inſtitutions de M. *le Monnier*, & tous les articles de
M. d'*Alembert* dans l'Encyclopédie concernant cette
ſcience. Si on les raſſemblait, ils feraient le traité le
plus complet & le plus clair que nous ayons eu.

Ce que nous venons de dire du changement arrivé
dans le ciel, & de l'entrée du ſoleil dans d'autres
conſtellations que celles qu'il occupait autrefois, était
le plus fort argument contre les prétendues règles de
l'aſtrologie judiciaire. Il ne paraît pas cependant
qu'on ait fait valoir cette preuve avant notre ſiècle
pour détruire cette extravagance univerſelle, qui a ſi
long-temps infecté le genre-humain, & qui eſt encore
fort en vogue dans la Perſe.

Un homme né, ſelon l'almanach, quand le ſoleil
était dans le ſigne du lion, devait être néceſſairement
courageux ; mais malheureuſement il était né en effet
ſous le ſigne de la vierge ; ainſi il aurait fallu que *Gauric*
& *Michel Morin* euſſent changé toutes les règles de
leur art.

Une choſe aſſez plaiſante, c'eſt que toutes les lois
de l'aſtrologie étaient contraires à celles de l'aſtronomie.
Les miſérables charlatans de l'antiquité & leurs ſots
diſciples, qui ont été ſi bien reçus & ſi bien payés
chez tous les princes de l'Europe, ne parlaient que de
Mars & de *Vénus* ſtationnaires & rétrogrades. Ceux
qui avaient *Mars* ſtationnaire, devaient être toujours
vainqueurs. *Vénus* ſtationnaire rendait tous les amans
heureux. Si on était né quand *Vénus* était rétrograde,
c'était ce qui pouvait arriver de pis. Mais le fait eſt
que les aſtres n'ont jamais été ni rétrogrades ni

ftationnaires : & il fuffirait d'une légère connaiffance de l'optique pour le démontrer.

Comment donc s'eft-il pu faire que malgré la phyfique & la géométrie, cette ridicule chimère de l'aftrologie ait dominé jufqu'à nos jours au point que nous avons vu des hommes diftingués par leurs connaiffances, & furtout très-profonds dans l'hiftoire, entêtés toute leur vie d'une erreur fi méprifable ? Mais cette erreur était ancienne, & cela fuffit.

Les Egyptiens, les Chaldéens, les Juifs, avaient predit l'avenir; donc on peut aujourd'hui le prédire. On enchantait les ferpens, on évoquait des ombres; donc on peut aujourd'hui évoquer des ombres & enchanter des ferpens. Il n'y a qu'à favoir bien précifément la formule dont on fe fervait. Si on ne fait plus de prédictions, ce n'eft pas la faute de l'art, c'eft la faute des artiftes. *Michel Morin* eft mort avec fon fecret. C'eft ainfi que les alchimiftes parlent de la pierre philofophale. Si nous ne la trouvons pas aujourd'hui, difent-ils, c'eft que nous ne fommes pas encore affez au fait; mais il eft certain qu'elle eft dans la clavicule de *Salomon;* & avec cette belle certitude, plus de deux cents familles fe font ruinées en Allemagne & en France.

Ne vous étonnez donc point fi la terre entière a été la dupe de l'aftrologie. Ce pauvre raifonnement, *il y a de faux prodiges, donc il y en a de vrais,* n'eft ni d'un philofophe ni d'un homme qui ait connu le monde.

Cela eft faux & abfurde, donc cela fera cru par la multitude; voilà une maxime plus vraie.

Etonnez-vous encore moins que tant d'hommes, d'ailleurs très-élevés au-deffus du vulgaire, tant de princes, tant de papes, qu'on n'aurait pas trompés

fur le moindre de leurs intérêts, aient été fi ridiculement féduits par cette impertinence de l'aftrologie. Ils
étaient très-orgueilleux & très-ignorans. Il n'y avait
d'étoiles que pour eux; le refte de l'univers était de la
canaille dont les étoiles ne fe mêlaient pas. Ils reffemblaient à ce prince qui tremblait d'une comète, & qui
répondait gravement à ceux qui ne la craignaient pas :
Vous en parlez fort à votre aife, vous n'êtes pas princes.

Le fameux duc *Valftein* fut un des plus infatués de
cette chimère. Il fe difait prince, & par conféquent
penfait que le zodiaque avait été formé tout exprès
pour lui. Il n'affiégeait une ville, ne livrait une
bataille, qu'après avoir tenu fon confeil avec le ciel.
Mais comme ce grand-homme était fort ignorant, il
avait établi pour chef de ce confeil un fripon d'italien,
nommé *Jean-Baptifte Séni*, auquel il entretenait un
carroffe à fix chevaux, & donnait la valeur de vingt
mille de nos livres de penfion. *Jean-Baptifte Séni* ne
put jamais prévoir que *Valftein* ferait affaffiné par les
ordres de fon gracieux fouverain *Ferdinand II*, & que
lui *Séni* s'en retournerait à pied en Italie.

Il eft évident qu'on ne peut rien favoir de l'avenir
que par conjectures. Ces conjectures peuvent être fi
fortes qu'elles approcheront d'une certitude. Vous voyez
une baleine avaler un petit garçon ; vous pourriez
parier dix mille contre un qu'il fera mangé ; mais
vous n'en êtes pas abfolument fûr, après les aventures
d'*Hercule*, de *Jonas*, & de *Roland le fou*, qui reftèrent fi
long-temps dans le ventre d'un poiffon.

On ne peut trop répéter qu'*Albert le grand* & le cardinal d'*Ailli* ont fait tous deux l'horofcope de J e s u s-
C h r i s t. Ils ont lu évidemment dans les aftres

combien de diables il chafferait du corps des poffédés, & par quel genre de mort il devait finir ; mais malheureufement ces deux favans aftrologues n'ont rien dit qu'après coup.

Nous verrons ailleurs que, dans une fecte qui paffe pour chrétienne, on ne croit pas qu'il foit poffible à l'intelligence fuprême de voir l'avenir autrement que par une *fuprême conjecture ;* car l'avenir n'exiftant point, c'eft, felon eux, une contradiction dans les termes, de voir préfent ce qui n'eft pas.

A T H É E.

S E C T I O N   P R E M I E R E.

IL y a eu beaucoup d'athées chez les chrétiens, il y en a aujourd'hui beaucoup moins. Ce qui paraîtra d'abord un paradoxe, & qui à l'examen paraîtra une vérité, c'eft que la théologie avait fouvent jeté les efprits dans l'athéifme, & qu'enfin la philofophie les en a retirés. Il fallait en effet pardonner autrefois aux hommes de douter de la Divinité, quand les feuls qui la leur annonçaient difputaient fur fa nature. Les premiers pères de l'Eglife fefaient prefque tous D I E U corporel. Les autres enfuite, ne lui donnant point d'étendue, le logeaient cependant dans une partie du ciel ; il avait felon les uns créé le monde dans le temps, & felon les autres il avait créé le temps ; ceux-là lui donnaient un fils femblable à lui, ceux-ci n'accordaient point que le fils fût femblable au père. On difputait fur la manière dont une troifième perfonne dérivait des deux autres.

On agitait si le fils avait été composé de deux personnes sur la terre. Ainsi la question était, sans qu'on
s'en aperçût, s'il y avait dans la Divinité cinq personnes, en comptant deux pour JESUS-CHRIST sur
la terre & trois dans le ciel; ou quatre personnes, en ne
comptant le CHRIST en terre que pour une; ou trois
personnes, en ne regardant le CHRIST que comme
DIEU. On disputait sur sa mère, sur la descente dans
l'enfer & dans les limbes, sur la manière dont on mangeait le corps de l'homme-DIEU, & dont on buvait le
sang de l'homme-DIEU; & sur sa grâce, & sur ses
saints, & sur tant d'autres matières. Quand on voyait
les confidens de la Divinité si peu d'accord entre eux,
& prononçant anathème les uns contre les autres, de
siècle en siècle, mais tous d'accord dans la soif immo-
dérée des richesses & de la grandeur; lorsque d'un
autre côté on arrêtait la vue sur ce nombre prodigieux
de crimes & de malheurs dont la terre était infectée,
& dont plusieurs étaient causés par les disputes mêmes
de ces maîtres des ames; il faut l'avouer, il semblait
permis à l'homme raisonnable de douter de l'existence
d'un être si étrangement annoncé, & à l'homme sensible d'imaginer qu'un Dieu qui aurait fait librement
tant de malheureux, n'existait pas.

Supposons, par exemple, un physicien du quinzième
siècle qui lit, dans la Somme de St Thomas, ces paroles:
Virtus cœli, loco spermatis, sufficit cum elementis & putrefac-
tione ad generationem animalium imperfectorum. La vertu
du ciel, au lieu de sperme, suffit avec les élémens & la putré-
faction pour la génération des animaux imparfaits. Voici
comme ce physicien aura raisonné : Si la pourriture
suffit avec les élémens pour faire des animaux informes,

apparemment qu'un peu plus de pourriture & un peu plus de chaleur fait auffi des animaux plus complets. La vertu du ciel n'eſt ici que la vertu de la nature. Je penſerai donc, avec *Epicure* & *St Thomas*, que les hommes ont pu naître du limon de la terre & des rayons du ſoleil : c'eſt encore une origine aſſez noble pour des êtres ſi malheureux & ſi méchans. Pourquoi admettrai-je un Dieu créateur qu'on ne me préſente que ſous tant d'idées contradiƈtoires & révoltantes ? Mais enfin la phyſique eſt née, & la philoſophie avec elle. Alors on a clairement reconnu que le limon du Nil ne forme ni un ſeul inſeƈte ni un ſeul épi de froment ; on a été forcé de reconnaître par-tout des germes, des rapports, des moyens, & une correſpondance étonnante entre tous les êtres. On a ſuivi les traits de lumière qui partent du ſoleil pour aller éclairer les globes & l'anneau de *Saturne* à trois cents millions de lieues, & pour venir ſur la terre former deux angles oppoſés au ſommet dans l'œil d'un ciron, & peindre la nature ſur ſa rétine. Un philoſophe a été donné au monde, qui a découvert par quelles ſimples & ſublimes lois tous les globes céleſtes marchent dans l'abyme de l'eſpace. Ainſi l'ouvrage de l'univers mieux connu montre un ouvrier, & tant de lois toujours conſtantes ont prouvé un légiſlateur. La ſaine philoſophie a donc détruit l'athéiſme à qui l'obſcure, théologie prêtait des armes.

Il n'eſt reſté qu'une ſeule reſſource au petit nombre d'eſprits difficiles qui, plus frappés des injuſtices prétendues (*) d'un être ſuprême que de ſa ſageſſe, ſe ſont obſtinés à nier ce premier moteur. Ils ont dit :

(*) Voyez l'article *du bien & du mal.*

La nature exifte de toute éternité ; tout eft en mouvement dans la nature ; donc tout y change continuellement. Or fi tout change à jamais, il faut que toutes
les combinaifons poffibles arrivent ; donc la combinaifon préfente de toutes les chofes a pu être le feul effet
de ce mouvement & de ce changement éternel. Prenez
fix dés, il y a à la vérité 46655 à parier contre un
que vous n'amènerez pas une chance de fix fois fix ;
mais auffi en 46655 le pari eft égal. Ainfi, dans
l'infinité des fiècles, une des combinaifons infinies,
telle que l'arrangement préfent de l'univers, n'eft pas
impoffible.

    On a vu des efprits, d'ailleurs raifonnables, féduits
par cet argument ; mais ils ne confidèrent pas qu'il y
a l'infini contre eux, & qu'il n'y a certainement pas
l'infini contre l'exiftence de D I E U. Ils doivent encore
confidérer que fi tout change, les moindres efpèces des
chofes ne devraient pas être immuables, comme elles
le font depuis fi long-temps. Ils n'ont du moins aucune
raifon pour laquelle de nouvelles efpèces ne fe formeraient pas tous les jours. Il eft au contraire très-probable
qu'une main puiffante, fupérieure à ces changemens
continuels, arrête toutes les efpèces dans les bornes
qu'elle leur a prefcrites. Ainfi le philofophe qui reconnaît un Dieu, a pour lui une foule de probabilités qui
équivalent à la certitude, & l'athée n'a que des doutes.
On peut étendre beaucoup les preuves qui détruifent
l'athéifme dans la philofophie.

    Il eft évident que, dans la morale, il vaut beau-
coup mieux reconnaître un Dieu que n'en point
admettre. C'eft certainement l'intérêt de tous les
hommes qu'il y ait une divinité qui puniffe ce que

la juflice humaine ne peut réprimer ; mais. auffi il eft clair qu'il vaudrait mieux ne pas reconnaître de Dieu, que d'en adorer un barbare auquel on facrifierait des hommes, comme on a fait chez tant de nations.

Cette vérité fera hors de doute par un exemple frappant. Les Juifs, fous *Moïfe*, n'avaient aucune notion de l'immortalité de l'ame & d'une autre vie. Leur légiflateur ne leur annonce de la part de D I E U que des récompenfes & des peines purement temporelles ; il ne s'agit donc pour eux que de vivre. Or *Moïfe* commande aux lévites d'égorger vingt-trois mille de leurs frères, pour avoir eu un veau d'or ou doré. Dans une autre occafion, on en maffacre vingt-quatre mille pour avoir eu commerce avec les filles du pays ; & douze mille font frappés de mort, parce que quelques-uns d'entre eux ont voulu foutenir l'arche qui était près de tomber. On peut, en refpeétant les décrets de la Providence, affirmer humainement qu'il eût mieux valu pour ces cinquante-neuf mille hommes qui ne croyaient pas une autre vie, être abfolument athées & vivre, que d'être égorgés au nom du Dieu qu'ils reconnaiffaient.

Il eft très-certain qu'on n'enfeigne point l'athéifme dans les écoles des lettrés à la Chine ; mais il y a beaucoup de ces lettrés athées, parce qu'ils ne font que médiocrement philofophes. Or il eft fûr qu'il vaudrait mieux vivre avec eux à Pékin, en jouiffant de la douceur de leurs mœurs & de leurs lois, que d'être expofé dans Goa à gémir chargé de fers dans les prifons de l'inquifition, pour en fortir couvert d'une robe enfoufrée, parfemée de diables, & pour expirer dans les flammes.

Ceux qui ont foutenu qu'une fociété d'athées pouvait fubfifter ont donc eu raifon : car ce font les lois qui forment la fociété , & ces athées étant d'ailleurs philofophes, peuvent mener une vie très-fage & très-heureufe à l'ombre de ces lois. Ils vivront certainement en fociété plus aifément que des fanatiques fuperftitieux. Peuplez une ville d'*Epicures*, de *Simonides*, de *Prothagoras*, de *Des-Barreaux*, de *Spinofa* ; peuplez une autre ville de janféniftes & de moliniftes , dans laquelle penfez-vous qu'il y aura plus de troubles & de querelles ? L'athéifme, à ne le confidérer que par rapport à cette vie, ferait très-dangereux chez un peuple farouche : des notions fauffes de la Divinité ne feraient pas moins pernicieufes. La plupart des grands du monde vivent comme s'ils étaient athées. Quiconque a vécu & a vu , fait que la connaiffance d'un Dieu, fa préfence , fa juftice, n'ont pas la plus légère influence fur les guerres, fur les traités , fur les objets de l'ambition , de l'intérêt , des plaifirs, qui emportent tous leurs momens. Cependant on ne voit point qu'ils bleffent groffièrement les règles établies dans la fociété. Il eft beaucoup plus agréable de paffer fa vie auprès d'eux , qu'avec des fuperftitieux & des fanatiques. J'attendrai, il eft vrai, plus de juftice de celui qui croira un Dieu que de celui qui n'en croira pas ; mais je n'attendrai qu'amertume & perfécution du fuperftitieux. L'athéifme & le fanatifme font deux monftres qui peuvent dévorer & déchirer la fociété ; mais l'athée, dans fon erreur, conferve fa raifon qui lui coupe les griffes, & le fanatique eft atteint d'une folie continuelle qui aiguife les fiennes. (*)

(*) Voyez *Religion*.

En Angleterre, comme par-tout ailleurs, il y a eu & il y a encore beaucoup d'athées par principes; car il n'y a que de jeunes prédicateurs fans expérience & très-mal informés de ce qui fe paffe au monde, qui affurent qu'il ne peut y avoir d'athées; j'en ai connu en France quelques-uns qui étaient de très-bons phyficiens; & j'avoue que j'ai été bien furpris que des hommes qui démêlent fi bien les refforts de la nature, s'obftinaffent à méconnaître la main qui préfide fi vifiblement au jeu de ces refforts.

Il me paraît qu'un des principes qui les conduifent au matérialifme, c'eft qu'ils croient le monde infini & plein, & la matière éternelle; il faut bien que ce foient ces principes qui les égarent, puifque prefque tous les newtoniens que j'ai vus admettant le vide & la matière finie, admettent conféquemment un Dieu.

En effet fi la matière eft infinie, comme tant de philofophes & *Defcartes* même l'ont prétendu, elle a par elle-même un attribut de l'Etre fuprême; fi le vide eft impoffible, la matière exifte néceffairement; fi elle exifte néceffairement, elle exifte de toute éternité; donc dans ces principes on peut fe paffer d'un Dieu créateur, fabricateur, & confervateur de la matière.

Je fais bien que *Defcartes*, & la plupart des écoles qui ont cru le plein & la matière indéfinie, ont cependant admis un Dieu; mais c'eft que les hommes ne raifonnent & ne fe conduifent prefque jamais felon leurs principes.

Si les hommes raisonnaient conséquemment, *Epicure*
& son apôtre *Lucrèce* auraient dû être les plus religieux
défenseurs de la Providence qu'ils combattaient ; car
en admettant le vide & la matière finie, vérité qu'ils
ne fesaient qu'entrevoir , il s'ensuivait nécessairement
que la matière n'était pas l'être nécessaire , existant
par lui-même , puisqu'elle n'était pas indéfinie ; ils
avaient donc dans leur propre philosophie , malgré
eux-mêmes , une démonstration qu'il y a un autre
être suprême , nécessaire , infini , & qui a fabriqué
l'univers. La philosophie de *Newton* , qui admet &
qui prouve la matière finie & le vide , prouve aussi
démonstrativement un Dieu.

Aussi je regarde les vrais philosophes comme les
apôtres de la Divinité ; il en faut pour chaque espèce
d'homme ; un catéchiste de paroisse dit à des enfans
qu'il y a un Dieu ; mais *Newton* le prouve à des
sages.

A Londres après les guerres de *Cromwell* sous
Charles II , comme à Paris après les guerres des *Guises*
sous *Henri IV*, on se piquait beaucoup d'athéisme ;
les hommes ayant passé de l'excès de la cruauté à
celui des plaisirs , & ayant corrompu leur esprit successivement dans la guerre & dans la mollesse , ne
raisonnaient que très-médiocrement ; plus on a depuis
étudié la nature , plus on a connu son auteur.

J'ose croire une chose , c'est que de toutes les
religions le théisme est la plus répandue dans l'univers :
elle est la religion dominante à la Chine ; c'est la secte
des sages chez les mahométans ; & de dix philosophes
chrétiens il y en a huit de cette opinion ; elle a pénétré
jusque dans les écoles de théologie , dans les cloîtres,

&

& dans le conclave; c'eft une efpèce de fecte, fans affociation, fans culte, fans cérémonies, fans difpute & fans zèle, répandue dans l'univers fans avoir été prêchée. Le théifme fe rencontre au milieu de toutes les religions comme le judaïfme; ce qu'il y a de fingulier, c'eft que l'un étant le comble de la fuperftition, abhorré des peuples & méprifé des fages, eft toléré par-tout à prix d'argent; & l'autre étant l'oppofé de la fuperftition, inconnu au peuple, & embraffé par les feuls philo-fophes, n'a d'exercice public qu'à la Chine.

Il n'y a point de pays dans l'Europe où il y ait plus de théiftes qu'en Angleterre. Plufieurs perfonnes demandent s'ils ont une religion ou non.

Il y a deux fortes de théiftes; ceux qui penfent que DIEU a fait le monde fans donner à l'homme des règles du bien & du mal. Il eft clair que ceux-là ne doivent avoir que le nom de philofophes.

Il y a ceux qui croient que DIEU a donné à l'homme une loi naturelle, & il eft certain que ceux-là ont une religion quoiqu'ils n'aient pas de culte extérieur. Ce font, à l'égard de la religion chrétienne, des ennemis pacifiques qu'elle porte dans fon fein, & qui renoncent à elle fans fonger à la détruire; toutes les autres fectes veulent dominer, chacune eft comme les corps politiques qui veulent fe nourrir de la fubftance des autres, & s'élever fur leur ruine: le théifme feul a toujours été tranquille. On n'a jamais vu de théiftes qui aient cabalé dans aucun Etat.

Il y a eu à Londres une fociété de théiftes qui s'affemblèrent pendant quelque temps auprès du temple Noer; ils avaient un petit livre de leurs lois; la religion fur laquelle on a compofé ailleurs tant de

Dictionn. philofoph. Tome II.   G

gros volumes, ne contenait pas deux pages de ce livre.
Leur principal axiome était ce principe : La morale
est la même chez tous les hommes, donc elle vient
de D I E U ; le culte est différent, donc il est l'ouvrage
des hommes.

Le second axiome était : Que les hommes étant
tous frères & reconnaissant le même Dieu, il est exécrable que des frères persécutent leurs frères, parce
qu'ils témoignent leur amour au père de famille
d'une manière différente. En effet, disaient-ils, quel
est l'honnête homme qui ira tuer son frère aîné
ou son frère cadet, parce que l'un aura salué leur
père commun à la chinoise & l'autre à la hollandaise,
surtout dès qu'il ne sera pas bien décidé dans la
famille de quelle manière le père veut qu'on lui fasse
la révérence ? il paraît que celui qui en userait ainsi,
serait plutôt un mauvais frère qu'un bon fils.

Je sais bien que ces maximes mènent tout droit au
dogme abominable & exécrable de la tolérance ; aussi je ne
fais que rapporter simplement les choses. Je me donne
bien de garde d'être controversiste. Il faut convenir
cependant que si les différentes sectes qui ont déchiré
les chrétiens, avaient eu cette modération, la chrétienté aurait été troublée par moins de désordres,
saccagée par moins de révolutions, & inondée par
moins de sang.

Plaignons les théistes de combattre notre sainte
révélation. (*) Mais d'où vient que tant de calvinistes,
de luthériens, d'anabaptistes, de nestoriens, d'ariens,
de partisans de Rome, d'ennemis de Rome, ont été si
sanguinaires, si barbares, & si malheureux, persécutans

(*) Voyez l'avertissement des éditeurs, tome I, *Philosophie.*

& perſécutés? c'eſt qu'ils étaient *peuple*. D'où vient
que les théiſtes, même en ſe trompant, n'ont jamais
fait de mal aux hommes? c'eſt qu'ils ſont *philoſophes*.
La religion chrétienne a coûté à l'humanité plus de
dix-ſept millions d'hommes, à ne compter qu'un
million d'hommes par ſiècle, tant ceux qui ont péri
par les mains des bourreaux de la juſtice, que ceux
qui ſont morts par la main des autres bourreaux
foudoyés & rangés en bataille, le tout pour le ſalut
du prochain & la plus grande gloire de DIEU.

J'ai vu des gens s'étonner qu'une religion auſſi
modérée que le théiſme, & qui paraît ſi conforme à la
raiſon, n'ait jamais été répandue parmi le peuple.

Chez le vulgaire grand & petit, on trouve de
pieuſes herbières, de dévotes revendeuſes, de moli-
niſtes ducheſſes, de ſcrupuleuſes couturières, qui ſe
feraient brûler pour l'anabaptiſme, de ſaints cochers
de fiacre qui ſont tout-à-fait dans les intérêts de
Luther ou d'*Arius*; mais enfin dans ce peuple on ne
voit point de théiſtes. C'eſt que le théiſme doit encore
moins s'appeler une religion qu'un ſyſtème de philoſophie, & que le vulgaire des grands & le vulgaire
des petits n'eſt point philoſophe.

Locke était un théiſte déclaré. J'ai été étonné de
trouver dans le chapitre des idées innées de ce grand
philoſophe, que les hommes ont tous des idées
différentes de la juſtice. Si cela était, la morale ne
ferait plus la même, la voix de DIEU ne ſe ferait
plus entendre aux hommes; il n'y a plus de religion
naturelle. Je veux croire avec lui qu'il y a des nations
où l'on mange ſon père, & où l'on rend un ſervice
d'ami en couchant avec la femme de ſon voiſin;

mais fi cela eft vrai, cela n'empêche pas que cette loi, *ne fais pas à autrui ce que tu ne voudrais pas qu'on te fît*, ne foit une loi générale. Car fi on mange fon père, c'eft quand il eft vieux, qu'il ne peut plus fe traîner, & qu'il ferait mangé par les ennemis ; or quel eft le père, je vous prie, qui n'aimât mieux fournir un bon repas à fon fils, qu'à l'ennemi de fa nation ? De plus, celui qui mange fon père, efpère qu'il fera mangé à fon tour par fes enfans.

Si l'on rend fervice à fon voifin en couchant avec fa femme, c'eft lorfque ce voifin ne peut avoir un fils, & en veut avoir un ; car autrement il en ferait fort fâché. Dans l'un & dans l'autre de ces cas, & dans tous les autres, la loi naturelle, *ne fais à autrui que ce que tu voudrais qu'on te fît*, fubfifte. Toutes les autres règles fi diverfes & fi variées fe rapportent à celle-là. Lors donc que le fage métaphyficien *Locke* dit que les hommes n'ont point d'idées innées, & qu'ils ont des idées différentes du jufte & de l'injufte, il ne prétend pas affurément que D I E U n'ait pas donné à tous les hommes cet inftinct d'amour-propre qui les conduit tous néceffairement. (*)

A T H É I S M E.

S E C T I O N   P R E M I E R E.

De la comparaifon fi fouvent faite entre l'athéifme & l'idolatrie.

IL me femble que dans le Dictionnaire encyclopédique on ne réfute pas auffi fortement qu'on l'aurait

(*) Voyez les articles, *Amour-propre*, *Athéifme* & *Théifme* ; & l'ouvrage intitulé, *Profeffion de foi des théiftes*, & les *Lettres de Memmius à Cicéron*, Philofophie ; tome I.

pu le fentiment du jéfuite *Richeome* fur les athées &
fur les idolâtres ; fentiment foutenu autrefois par
St Thomas , *St Grégoire* de Nazianze , *St Cyprien* , &
Tertullien ; fentiment qu'*Arnobe* étalait avec beaucoup
de force quand il difait aux païens : *Ne rougiffez-vous*
pas de nous reprocher notre mépris pour vos dieux , &
n'eft-il pas beaucoup plus jufte de ne croire aucun Dieu ,
que de leur imputer des actions infames ? fentiment établi
long-temps auparavant par *Plutarque* , qui dit *qu'il*
aime beaucoup mieux qu'on dife qu'il n'y a point de Plutarque
que fi on difait : Il y a un Plutarque inconftant , colère , &
vindicatif ; fentiment enfin fortifié par tous les efforts
de la dialectique de *Bayle*.

Voici le fond de la difpute , mis dans un jour
affez éblouiffant par le jéfuite *Richeome ;* & rendu
encore plus fpécieux par la manière dont *Bayle* le fait
valoir.

» Il y a deux portiers à la porte d'une maifon ;
» on leur demande : Peut-on parler à votre maître ?
» il n'y eft pas, répond l'un ; il y eft, répond l'autre ;
» mais il eft occupé à faire de la fauffe monnaie , de
» faux contrats, des poignards, & des poifons, pour
» perdre ceux qui n'ont fait qu'accomplir fes deffeins.
» L'athée reffemble au premier de ces portiers, le
» païen à l'autre. Il eft donc vifible que le païen
» offenfe plus grièvement la Divinité que ne fait
» l'athée. »

Avec la permiffion du père *Richeome* & même de
Bayle , ce n'eft point là du tout l'état de la queftion.
Pour que le premier portier reffemble aux athées , il
ne faut pas qu'il dife : Mon maître n'eft point ici ; il
faudrait qu'il dît : Je n'ai point de maître ; celui que

vous prétendez mon maître n'exiſte point ; mon
camarade eſt un ſot, qui vous dit que Monſieur eſt
occupé à compoſer des poiſons & à aiguiſer des poignards pour aſſaſſiner ceux qui ont exécuté ſes volontés.
Un tel être n'exiſte point dans le monde.

Richeome a donc fort mal raiſonné, & *Bayle*, dans
ſes diſcours un peu diffus, s'eſt oublié juſqu'à faire
à *Richeome* l'honneur de le commenter fort mal-à-
propos.

Plutarque ſemble s'exprimer bien mieux en préférant
les gens qui aſſurent qu'il n'y a point de *Plutarque*, à
ceux qui prétendent que *Plutarque* eſt un homme
inſociable. Que lui importe en effet qu'on diſe qu'il
n'eſt pas au monde ? mais il lui importe beaucoup
qu'on ne flétriſſe pas ſa réputation. Il n'en eſt pas ainſi
de l'Etre ſuprême.

Plutarque n'entame pas encore le véritable objet
qu'il faut traiter. Il ne s'agit pas de ſavoir qui offenſe
le plus l'Etre ſuprême, de celui qui le nie, ou de celui
qui le défigure. Il eſt impoſſible de ſavoir autrement
que par la révélation, ſi DIEU eſt offenſé des vains
diſcours que les hommes tiennent de lui.

Les philoſophes, ſans y penſer, tombent preſque
toujours dans les idées du vulgaire, en ſuppoſant que
DIEU eſt jaloux de ſa gloire, qu'il eſt colère, qu'il
aime la vengeance, & en prenant des figures de rhétorique pour des idées réelles. L'objet intéreſſant
pour l'univers entier, eſt de ſavoir s'il ne vaut pas
mieux pour le bien de tous les hommes admettre un
Dieu rémunérateur & vengeur, qui récompenſe les
bonnes actions cachées, & qui punit les crimes ſecrets,
que de n'en admettre aucun.

Bayle s'épuife à rapporter toutes les infamies que la fable impute aux dieux de l'antiquité. Ses adverfaires lui répondent par des lieux communs qui ne fignifient rien. Les partifans de *Bayle* & fes ennemis ont prefque toujours combattu fans fe rencontrer. Ils conviennent tous que *Jupiter* était un adultère, *Vénus* une impudique, *Mercure* un fripon. Mais ce n'eft pas, à ce qu'il me femble, ce qu'il fallait confidérer. On devait diftinguer les métamorphofes d'*Ovide* de la religion des anciens Romains. Il eft très-certain qu'il n'y a jamais eu de temple ni chez eux, ni même chez les Grecs, dédié à *Mercure* le fripon, à *Vénus* l'impudique, à *Jupiter* l'adultère.

Le dieu que les Romains appelaient *Deus optimus maximus*, très-bon, très-grand, n'était pas cenfé encourager *Clodius* à coucher avec la femme de *Céfar*, ni *Céfar* à être le giton du roi *Nicomède*.

Cicéron ne dit point que *Mercure* excita *Verrès* à voler la Sicile, quoique *Mercure* dans la fable eût volé les vaches d'*Apollon*. La véritable religion des anciens était que *Jupiter très-bon & très-jufte*, & les dieux fecondaires, puniffaient le parjure dans les enfers. Auffi les Romains furent-ils très-long-temps les plus religieux obfervateurs des fermens. La religion fut donc très-utile aux Romains. Il n'était point du tout ordonné de croire aux deux œufs de *Léda*, au changement de la fille d'*Inachus* en vache, à l'amour d'*Apollon* pour *Hyacinthe*.

Il ne faut donc pas dire que la religion de *Numa* déshonorait la Divinité. On a donc long-temps difputé fur une chimère ; & c'eft ce qui n'arrive que trop fouvent.

On demande enfuite fi un peuple d'athées peut fubfifter ; il me femble qu'il faut diftinguer entre le peuple proprement dit, & une fociété de philofophes au-deffus du peuple. Il eft très-vrai que par tout pays la populace a befoin du plus grand frein ; & que fi *Bayle* avait eu feulement cinq ou fix cents payfans à gouverner, il n'aurait pas manqué de leur annoncer un Dieu rémunérateur & vengeur. Mais *Bayle* n'en aurait pas parlé aux épicuriens qui étaient des gens riches, amoureux du repos, cultivant toutes les vertus fociales & furtout l'amitié, fuyant l'embarras & le danger des affaires publiques, menant enfin une vie commode & innocente. Il me paraît qu'ainfi la difpute eft finie quant à ce qui regarde la fociété & la politique.

. Pour les peuples entièrement fauvages, on a déjà dit qu'on ne peut les compter ni parmi les athées, ni parmi les théiftes. Leur demander leur croyance, ce ferait autant que leur demander s'ils font pour *Arijtote* ou pour *Démocrite ;* ils ne connaiffent rien, ils ne font pas plus athées que péripatéticiens.

. Mais on peut infifter ; on peut dire : Ils vivent en fociété, & ils font fans Dieu ; donc on peut vivre en fociété fans religion.

. En ce cas je répondrai que les loups vivent ainfi, & que ce n'eft pas une fociété qu'un affemblage de barbares anthropophages tels que vous les fuppofez. Et je vous demanderai toujours fi, quand vous avez prêté votre argent à quelqu'un de votre fociété, vous voudriez que ni votre débiteur, ni votre procureur, ni votre notaire, ni votre juge, ne cruffent en DIEU.

SECTION II.

Des athées modernes. Raisons des adorateurs de DIEU.

Nous sommes des êtres intelligens ; or des êtres intelligens ne peuvent avoir été formés par un être brut, aveugle, insensible : il y a certainement quelque différence entre les idées de *Newton* & des crottes de mulet. L'intelligence de *Newton* venait donc d'une autre intelligence.

Quand nous voyons une belle machine, nous disons qu'il y a un bon machiniste, & que ce machiniste a un excellent entendement. Le monde est assurément une machine admirable ; donc il y a dans le monde une admirable intelligence, quelque part où elle soit. Cet argument est vieux, & n'en est pas plus mauvais.

Tous les corps vivans sont composés de leviers, de poulies, qui agissent suivant les lois de la mécanique, de liqueurs que les lois de l'hydrostatique font perpétuellement circuler : & quand on songe que tous ces êtres ont du sentiment qui n'a aucun rapport à leur organisation, on est accablé de surprise.

Le mouvement des astres, celui de notre petite terre autour du soleil, tout s'opère en vertu des lois de la mathématique la plus profonde. Comment *Platon* qui ne connaissait pas une de ces lois, l'éloquent, mais le chimérique *Platon*, qui disait que la terre était fondée sur un triangle équilatère, & l'eau sur un triangle rectangle ; l'étrange *Platon*, qui dit qu'il ne peut y avoir que cinq mondes, parce qu'il n'y a que cinq corps réguliers ; comment, dis-je, *Platon* qui ne

favait pas feulement la trigonométrie fphérique, a-t-il
eu cependant un génie affez beau , un inftinct affez
heureux, pour appeler D I E U l'*éternel géomètre* , pour
fentir qu'il exifte une intelligence formatrice ? *Spinofa*
lui-même l'avoue. Il eft impoffible de fe débattre
contre cette vérité qui nous environne. & qui nous
preffe de tous côtés.

Raifons des athées.

J'A I cependant connu des mutins qui difent qu'il
n'y a point d'intelligence formatrice , & que le mouvement feul a formé par lui-même tout ce que nous
voyons & tout ce que nous fommes. Ils vous difent
hardiment : La combinaifon de cet univers était
poffible puifqu'elle exifte ; donc il était poffible que le
mouvement feul l'arrangeât. Prenez quatre aftres
feulement , Mars , Vénus , Mercure, & la Terre ; ne
fongeons d'abord qu'à la place où ils font, en fefant
abftraction de tout le refte , & voyons combien nous
avons de probabilités pour que le feul mouvement les
mette à ces places refpectives. Nous n'avons que vingt-
quatre chances dans cette combinaifon ; c'eft-à-dire ,
il n'y a que vingt-quatre contre un à parier , que
ces aftres ne fe trouveront pas où ils font les uns par
rapport aux autres. Ajoutons à ces quatre globes celui
de Jupiter ; il n'y aura que cent vingt contre un à
parier que Jupiter , Mars , Vénus , Mercure, & notre
globe , ne feront pas placés où nous les voyons.

Ajoutez-y enfin Saturne, il n'y aura que fept cents
vingt hafards contre un , pour mettre ces fix groffes
planètes dans l'arrangement qu'elles gardent entr'elles,
felon leurs diftances données. Il eft donc démontré

qu'en fept cents vingt jets, le feul mouvement a pu mettre ces fix planètes principales dans leur ordre.

Prenez enfuite tous les aftres fecondaires, toutes leurs combinaifons, tous leurs mouvemens, tous les êtres qui végètent, qui vivent, qui fentent, qui penfent, qui agiffent dans tous les globes, vous n'aurez qu'à augmenter le nombre des chances ; multipliez ce nombre dans toute l'éternité, jufqu'au nombre que notre faibleffe appelle *infini*, il y aura toujours une unité en faveur de la formation du monde, tel qu'il eft, par le feul mouvement ; donc il eft poffible que dans toute l'éternité le feul mouvement de la matière ait produit l'univers entier tel qu'il exifte. Il eft même néceffaire que dans l'éternité cette combinaifon arrive. Ainfi, difent-ils, non-feulement il eft poffible que le monde foit tel qu'il eft par le feul mouvement ; mais il était impoffible qu'il ne fût pas de cette façon après des combinaifons infinies.

Réponfe.

TOUTE cette fuppofition me paraît prodigieufement chimérique, pour deux raifons ; la première, c'eft que dans cet univers il y a des êtres intelligens, & que vous ne fauriez prouver qu'il foit poffible que le feul mouvement produife l'entendement. La feconde, c'eft que de votre propre aveu il y a l'infini contre un à parier, qu'une caufe intelligente formatrice annonce l'univers. Quand on eft tout feul vis-à-vis l'infini, on eft bien pauvre.

Encore une fois, *Spinofa* lui-même admet cette intelligence ; c'eft la bafe de fon fyftème. Vous ne l'avez pas lu, & il faut le lire. Pourquoi voulez-vous

aller plus loin que lui, & plonger par un fot orgueil
votre faible raifon dans un abyme où *Spinofa* n'a pas
ofé defcendre? fentez-vous bien l'extrême folie de dire
que c'eft une caufe aveugle qui fait que le quarré d'une
révolution d'une planète eft toujours au quarré des
révolutions des autres planètes, comme le cube de fa
diftance eft au cube des diftances des autres au centre
commun? Ou les aftres font de grands géomètres, ou
l'éternel géomètre a arrangé les aftres.

Mais, où eft l'éternel géomètre? eft-il en un lieu
ou en tout lieu fans occuper d'efpace? je n'en fais
rien. Eft-ce de fa propre fubftance qu'il a arrangé
toutes chofes? je n'en fais rien. Eft-il immenfe fans
quantité & fans qualité? je n'en fais rien. Tout ce que
je fais, c'eft qu'il faut l'adorer & être jufte.

Nouvelle objection d'un athée moderne.

„ Peut-on dire que les parties des animaux foient
„ conformées felon leurs befoins : quels font ces
„ befoins? la confervation & la propagation. Or faut-il
„ s'étonner que des combinaifons infinies que le
„ hafard a produites, il n'ait pu fubfifter que celles
„ qui avaient des organes propres à la nourriture &
„ à la continuation de leur efpèce? toutes les autres
„ n'ont-elles pas dû néceffairement périr? „

Réponfe.

CE difcours, rebattu d'après *Lucrèce*, eft affez réfuté
par la fenfation donnée aux animaux, & par l'intelligence donnée à l'homme. Comment des combinaifons *que le hafard a produites*, produiraient-elles
cette fenfation & cette intelligence? (ainfi qu'on vient

de le lire au paragraphe précédent.) Oui fans doute ,
les membres des animaux font faits pour tous leurs
befoins avec un art incompréhenfible , & vous n'avez
pas même la hardieffe de le nier. Vous n'en parlez
plus. Vous fentez que vous n'avez rien à répondre
à ce grand argument que la nature fait contre vous.
La difpofition d'une aile de mouche, les organes d'un
limaçon fuffifent pour vous atterrer.

Objeĉtion de Maupertuis.

,, LES phyficiens modernes n'ont fait qu'étendre
,, ces prétendus argumens , ils les ont fouvent pouffés
,, jufqu'à la minutie & à l'indécence. On a trouvé
,, DIEU dans les plis de la peau du rhinocéros : on
,, pouvait , avec le même droit , nier fon exiftence
,, à caufe de l'écaille de la tortue. ,,

Réponfe.

QUEL raifonnement ! La tortue & le rhinocéros ,
& toutes les différentes efpèces , prouvent également
dans leurs variétés infinies , la même caufe , le
même deffein , le même but qui font la confervation,
la génération, & la mort. L'unité fe trouve dans cette
infinie variété ; l'écaille & la peau rendent également
témoignage. Quoi ! nier DIEU parce que l'écaille ne
reffemble pas à du cuir ! Et des journaliftes ont
prodigué à ces inepties des éloges qu'ils n'ont pas
donnés à *Newton* & à *Locke* , tous deux adorateurs
de la Divinité en connaiffance de caufe.

Objeĉtion de Maupertuis.

,, A quoi fert la beauté & la convenance dans la
,, conftruction du ferpent? Il peut, dit-on, avoir des

,, ufages que nous ignorons. Taifons-nous donc au
,, moins ; n'admirons pas un animal que nous ne
,, connaiffons que par le mal qu'il fait.

Réponfe.

TAISEZ-VOUS donc auffi, puifque vous ne concevez
pas fon utilité plus que moi ; ou avouez que tout
eft admirablement proportionné dans les reptiles.
Il y en a de venimeux , vous l'avez été vous-même.
Il ne s'agit ici que de l'art prodigieux qui a formé les
ferpens, les quadrupèdes, les oifeaux, les poiffons, &
les bipèdes. Cet art eft affez manifefte. Vous demandez
pourquoi le ferpent nuit ? Et vous, pourquoi avez-vous
nui tant de fois ? Pourquoi avez-vous été perfécuteur,
ce qui eft le plus grand des crimes pour un philofophe ? C'eft une autre queftion, c'eft celle du mal
moral & du mal phyfique. Il y a long-temps qu'on
demande pourquoi il y a tant de ferpens & tant de
méchans hommes pires que les ferpens ? Si les mouches
pouvaient raifonner , elles fe plaindraient à DIEU
de l'exiftence des araignées ; mais elles avoueraient
ce que *Minerve* avoua d'*Arachné* dans là fable, qu'elle
arrange merveilleufement fa toile.

Il faut donc abfolument reconnaître une intelligence ineffable que *Spinofa* même admettait. Il faut
convenir qu'elle éclate dans le plus vil infecte comme
dans les aftres. Et à l'égard du mal moral & phyfique,
que dire & que faire ? fe confoler par la jouiffance du
bien phyfique & moral , en adorant l'Etre éternel qui
a fait l'un & permis l'autre.

Encore un mot fur cet article. L'athéifme eft le vice
de quelques gens d'efprit, & la fuperftition le vice des
fots. Mais les fripons ! que font-ils ? des fripons.

S E C T I O N   I I I.

Des injuftes accufations, & la juftification de Vanini.

Autrefois quiconque avait un fecret dans un art, courait rifque de paffer pour un forcier; toute nouvelle fecte était accufée d'égorger des enfans dans fes myftères; & tout philofophe qui s'écartait du jargon de l'école, était accufé d'athéifme par les fanatiques & par les fripons, & condamné par les fots.

Anaxagore ofe-t-il prétendre que le foleil n'eft point conduit par *Apollon*, monté fur un quadrige; on l'appelle athée, & il eft contraint de fuir.

Ariftote eft accufé d'athéifme par un prêtre; & ne pouvant faire punir fon accufateur, il fe retire à Calcis. Mais la mort de *Socrate* eft ce que l'hiftoire de la Grèce a de plus odieux.

Ariftophane, (cet homme que les commentateurs admirent, parce qu'il était grec, ne fongeant pas que *Socrate* était grec auffi) *Ariftophane* fut le premier qui accoutuma les Athéniens à regarder *Socrate* comme un athée.

Ce poëte comique, qui n'eft ni comique ni poëte, n'aurait pas été admis parmi nous à donner fes farces à la foire St Laurent; il me paraît beaucoup plus bas & plus méprifable que *Plutarque* ne le dépeint. Voici ce que le fage *Plutarque* dit de ce farceur : ,, Le lan-
,, gage d'*Ariftophane* fent fon miférable charlatan ; ce
,, font les pointes les plus baffes & les plus dégoû-
,, tantes; il n'eft pas même plaifant pour le peuple,

„ & il eſt inſupportable aux gens de jugement &
„ d'honneur; on ne peut ſouffrir ſon arrogance , &
„ les gens de bien déteſtent ſa malignité. „

C'eſt donc là, pour le dire en paſſant, le *Tabarin*
que madame *Dacier*, admiratrice de *Socrate*, oſe admirer : voilà l'homme qui prépara de loin le poiſon
dont des juges infames firent périr l'homme le plus
vertueux de la Grèce.

Les tanneurs, les cordonniers, & les couturières
d'Athènes, applaudirent à une farce dans laquelle on
repréſentait *Socrate* élevé en l'air dans un panier,
annonçant qu'il n'y avait point de DIEU, & ſe
vantant d'avoir volé un manteau en enſeignant la
philoſophie. Un peuple entier, dont le mauvais gouvernement autoriſait de ſi infames licences, méritait
bien ce qui lui eſt arrivé, de devenir l'eſclave des
Romains, & de l'être aujourd'hui des Turcs. Les
Ruſſes que la Grèce aurait autrefois appelés *barbares*,
& qui la protégent aujourd'hui, n'auraient ni empoi-
ſonné *Socrate* ni condamné à mort *Alcibiade*..

Franchiſſons tout l'eſpace des temps entre la république romaine & nous. Les Romains bien plus ſages
que les Grecs, n'ont jamais perſécuté aucun philoſophe pour ſes opinions. Il n'en eſt pas ainſi chez les
peuples barbares qui ont ſuccédé à l'empire romain.
Dès que l'empereur *Fréderic II* a des querelles avec
les papes, on l'accuſe d'être athée, & d'être l'auteur
du livre des *trois impoſteurs*, conjointement avec ſon
chancelier *de Vineis*.

Notre grand chancelier de *l'Hoſpital* ſe déclare-
t-il contre les perſécutions ; on l'accuſe auſſitôt
d'athéiſme

d'athéifme. (a) *Homo doctus, fed verus atheos.* Un jéfuite,
autant au - deſſous d'*Ariſtophane* qu'*Ariſtophane* eſt
au-deſſous d'*Homère*, un malheureux dont le nom eſt
devenu ridicule parmi les fanatiques mêmes, le jéfuite
Garaſſe, en un mot, trouve par-tout des *athéiſtes*; c'eſt
ainſi qu'il nomme tous ceux contre leſquels il ſe
déchaîne. Il appelle *Théodore de Bèze* athéiſte; c'eſt lui
qui a induit le public en erreur ſur *Vanini*.

La fin malheureuſe de *Vanini* ne nous émeut point
d'indignation & de pitié comme celle de *Socrate*, parce
que *Vanini* n'était qu'un pédant étranger ſans mérite;
mais enfin, *Vanini* n'était point athée comme on l'a
prétendu; il était préciſément tout le contraire.

C'était un pauvre prêtre napolitain, prédicateur &
théologien de ſon métier; diſputeur à outrance ſur
les quiddités & ſur les univerſaux, *& utrum chimera
bombinans in vacuo poſſit comedere ſecundas intentiones.*
Mais d'ailleurs, il n'y avait en lui veine qui tendît à
l'athéiſme. Sa notion de DIEU eſt de la théologie la
plus ſaine & la plus approuvée : ,, DIEU eſt ſon
,, principe & ſa fin, père de l'une & de l'autre, &
,, n'ayant beſoin ni de l'une ni de l'autre; éternel ſans
,, être dans le temps, préſent par-tout ſans être en
,, aucun lieu. Il n'y a pour lui ni paſſé ni futur; il eſt
,, par-tout & hors de tout; gouvernant tout, & ayant
,, tout créé; immuable, infini ſans parties; ſon pouvoir
,, eſt ſa volonté &c. ,, Cela n'eſt pas bien philoſophique,
mais cela eſt de la théologie la plus approuvée.

Vanini ſe piquait de renouveler ce beau ſentiment
de *Platon* embraſſé par *Averroës*, que DIEU avait créé
une chaîne d'êtres depuis le plus petit juſqu'au plus

_____

(a) *Commentarium rerum Gallicarum*, L. 28.

grand, dont le dernier chaînon eſt attaché à ſon trône
éternel; idée, à la vérité, plus ſublime que vraie, mais
qui eſt auſſi éloignée de l'athéiſme que l'être du néant.

Il voyagea pour faire fortune & pour diſputer;
mais malheureuſement la diſpute eſt le chemin oppoſé
à la fortune; on ſe fait autant d'ennemis irréconci-
liables qu'on trouve de ſavans ou de pédans contre
leſquels on argumente. Il n'y eut point d'autre ſource
du malheur de *Vanini*; ſa chaleur & ſa groſſièreté
dans la diſpute lui valurent la haine de quelques théologiens; & ayant eu une querelle avec un nommé
Francon ou *Franconi*, ce *Francon*, ami de ſes ennemis,
ne manqua pas de l'accuſer d'être athée enſeignant
l'athéiſme.

Ce *Francon* ou *Franconi*, aidé de quelques témoins,
eut la barbarie de ſoutenir à la confrontation ce qu'il
avait avancé. *Vanini* ſur la ſellette, interrogé ſur ce
qu'il penſait de l'exiſtence de DIEU, répondit qu'il
adorait avec l'Egliſe un Dieu en trois perſonnes. Ayant
pris à terre une paille: Il ſuffit de ce fétu, dit-il, pour
prouver qu'il y a un créateur. Alors il prononça un
très-beau diſcours ſur la végétation & le mouvement,
& ſur la néceſſité d'un être ſuprême, ſans lequel il n'y
aurait ni mouvement ni végétation.

Le préſident *Grammont*, qui était alors à Toulouſe,
rapporte ce diſcours dans ſon Hiſtoire de France,
aujourd'hui ſi oubliée; & ce même *Grammont*, par
un préjugé inconcevable, prétend que *Vanini* diſait
tout cela *par vanité, ou par crainte, plutôt que par une
perſuaſion intérieure.*

Sur quoi peut être fondé ce jugement téméraire &
atroce du préſident *Grammont*? Il eſt évident que ſur

la réponfe de *Vanini*, on devait l'abfoudre de l'accufation d'athéifme. Mais qu'arriva-t-il? ce malheureux
prêtre étranger fe mêlait auffi de médecine ; on trouva
un gros crapaud vivant, qu'il confervait chez lui
dans un vafe plein d'eau ; on ne manqua pas de
l'accufer d'être forcier. On foutint que ce crapaud
était le dieu qu'il adorait ; on donna un fens impie
à plufieurs paffages de fes livres, ce qui eft très-aifé
& très-commun, en prenant les objections pour les
réponfes, en interprétant avec malignité quelque
phrafe louche, en empoifonnant une expreffion innocente. Enfin la faction qui l'opprimait arracha des
juges l'arrêt qui condamna ce malheureux à la mort.

Pour juftifier cette mort, il fallait bien accufer cet
infortuné de ce qu'il y avait de plus affreux. Le minime
& très-minime *Merfenne* a pouffé la démence jufqu'à
imprimer, que *Vanini était parti de Naples avec douze
de fes apôtres, pour aller convertir toutes les nations à
l'athéifme.* Quelle pitié ! comment un pauvre prêtre
aurait-il pu avoir douze hommes à fes gages? comment
aurait-il pu perfuader douze napolitains de voyager
à grands frais pour répandre par-tout cette doctrine
révoltante au péril de leur vie? Un roi ferait-il affez
puiffant pour payer douze prédicateurs d'athéifme?
Perfonne, avant le père *Merfenne*, n'avait avancé une
fi énorme abfurdité. Mais après lui on l'a répétée,
on en a infecté les journaux, les dictionnaires hiftoriques; & le monde, qui aime l'extraordinaire, a cru
cette fable fans examen.

Bayle lui-même, dans fes Penfées diverfes, parle
de *Vanini* comme d'un athée : il fe fert de cet exemple
pour appuyer fon paradoxe qu'*une fociété d'athées peut*

fubfifter ; il affure que *Vanini* était un homme de
mœurs très-réglées, & qu'il fut le martyr de fon
opinion philofophique. Il fe trompe également fur
ces deux points. Le prêtre *Vanini* nous apprend dans
fes dialogues, faits à l'imitation d'*Erafme*, qu'il avait
eu une maîtreffe nommé *Ifabelle.* Il était libre dans
fes écrits comme dans fa conduite ; mais il n'était
point athée.

Un fiècle après fa mort, le favant *la Crofe*, & celui
qui a pris le nom de *Philalète*, ont voulu le juftifier ;
mais comme perfonne ne s'intéreffe à la mémoire
d'un malheureux napolitain, très-mauvais auteur,
prefque perfonne ne lit ces apologies.

Le jéfuite *Hardouin*, plus favant que *Garaffe*, &
non moins téméraire, accufe d'athéifme, dans fon
livre intitulé *Athei deteéli*, les *Defcartes*, les *Arnaulds*,
les *Pafcals*, les *Mallebranches ;* heureufement ils n'ont
pas eu le fort de *Vanini.*

S E C T I O N   I V.

Disons un mot de la queftion de morale agitée
par *Bayle*, favoir, *fi une fociété d'athées pourrait fubfifter?*
Remarquons d'abord fur cet article, quelle eft l'énorme
contradiction des hommes dans la difpute ; ceux qui
fe font élevés contre l'opinion de *Bayle* avec le
plus d'emportement ; ceux qui lui ont nié avec le
plus d'injures la poffibilité d'une fociété d'athées,
ont foutenu depuis avec la même intrépidité, que
l'athéifme eft la religion du gouvernement de la
Chine.

. Ils fe font affurément bien trompés fur le gouvernement chinois ; ils n'avaient qu'à lire les édits des
empereurs de ce vafte pays, ils auraient vu que ces
édits font des fermons , & que par-tout il y eft
parlé de l'être fuprême , gouverneur , vengeur , &
rémunérateur.

Mais en même temps ils ne fe font pas moins
trompés fur l'impoffibilité d'une fociété d'athées ; &
je ne fais comment M. *Bayle* a pu oublier un
exemple frappant qui aurait pu rendre fa caufe
victorieufe.

En quoi une fociété d'athées paraît-elle impoffible ?
C'eft qu'on juge que des hommes qui n'auraient pas
de frein, ne pourraient jamais vivre enfemble ; que
les lois ne peuvent rien contre les crimes fecrets ;
qu'il faut un Dieu vengeur qui puniffe dans ce
monde-ci ou dans l'autre les méchans échappés à la
juftice humaine.

Les lois de *Moïfe*, il eft vrai, n'enfeignaient point
une vie à venir, ne menaçaient point de châtimens
après la mort, n'enfeignaient point aux premiers
Juifs l'immortalité de l'ame ; mais les Juifs , loin
d'être athées, loin de croire fe fouftraire à la vengeance
divine, étaient les plus religieux de tous les hommes.
Non-feulement ils croyaient l'exiftence d'un Dieu
éternel : mais ils le croyaient toujours préfent parmi
eux ; ils tremblaient d'être punis dans eux-mêmes, dans
leurs femmes, dans leurs enfans, dans leur poftérité,
jufqu'à la quatrième génération ; ce frein était très-
puiffant.

Mais, chez les Gentils , plufieurs fectes n'avaient
aucun frein ; les fceptiques doutaient de tout ; les

H 3

académiciens fufpendaient leur jugement fur tout ;
les épicuriens étaient perfuadés que la Divinité ne
pouvait fe mêler des affaires des hommes ; & dans
le fond, ils n'admettaient aucune divinité. Ils étaient
convaincus que l'ame n'eft point une fubftance, mais
une faculté qui naît & qui périt avec le corps ; par
conféquent ils n'avaient aucun joug que celui de
la morale & de l'honneur. Les fénateurs & les
chevaliers romains étaient de véritables athées, car
les dieux n'exiftaient pas pour des hommes qui ne
craignaient ni n'efpéraient rien d'eux. Le fénat
romain était donc réellement une affemblée d'athées
du temps de *Céfar* & de *Cicéron*.

Ce grand orateur, dans fa harangue pour *Cluentius*,
dit à tout le fénat affemblé : *Quel mal lui fait la mort ?*
nous rejetons toutes les fables ineptes des enfers ; qu'eft-ce donc
que la mort lui a ôté ? rien que le fentiment des douleurs.

Céfar, l'ami de *Catilina*, voulant fauver la vie de
fon ami contre ce même *Cicéron*, ne lui objecte-t-il
pas que ce n'eft point punir un criminel que de le
faire mourir, que la mort *n'eft rien*, que c'eft feulement la fin de nos maux, que c'eft un moment plus
heureux que fatal ? *Cicéron* & tout le fénat ne-fe
rendent-ils pas à ces raifons ? Les vainqueurs & les
légiflateurs de l'univers connu formaient donc vifiblement une fociété d'hommes qui ne craignaient rien
des dieux, qui étaient de véritables athées.

Bayle examine enfuite fi l'idolatrie eft plus dangereufe que l'athéifme, fi c'eft un crime plus grand de
ne point croire à la Divinité que d'avoir d'elle des
opinions indignes ; il eft en cela du fentiment de
Plutarque ; il croit qu'il vaut mieux n'avoir nulle

opinion qu'une mauvaife opinion : mais n'en déplaife
à *Plutarque*, il eft évident qu'il valait infiniment mieux
pour les Grecs de craindre *Cérès*, *Neptune*, & *Jupiter*,
que de ne rien craindre du tout. Il eft clair que la
fainteté des fermens eft néceffaire, & qu'on doit fe
fier davantage à ceux qui penfent qu'un faux ferment
fera puni, qu'à ceux qui penfent qu'ils peuvent faire
un faux ferment avec impunité. Il eft indubitable que
dans une ville policée, il eft infiniment plus utile
d'avoir une religion, même mauvaife, que de n'en
avoir point du tout.

Il paraît donc que *Bayle* devait plutôt examiner
quel eft le plus dangereux, du fanatifme, ou de
l'athéifme. Le fanatifme eft certainement mille fois
plus funefte ; car l'athéifme n'infpire point de paffion
fanguinaire, mais le fanatifme en infpire : l'athéifme
ne s'oppofe pas aux crimes, mais le fanatifme les fait
commettre. Suppofons avec l'auteur du *Commentarium
rerum gallicarum*, que le chancelier de l'*Hofpital* fût
athée, il n'a fait que de fages lois, & n'a confeillé
que la modération & la concorde. Les fanatiques
commirent les maffacres de la Saint-Barthelemi. *Hobbes*
paffa pour un athée, il mena une vie tranquille &
innocente. Les fanatiques de fon temps inondèrent
de fang l'Angleterre, l'Ecoffe, & l'Irlande. *Spinofa*
était non-feulement athée, mais il enfeigna l'athéifme ;
ce ne fut pas lui affurément qui eut part à l'affaffinat
juridique de *Barnevelt;* ce ne fut pas lui qui déchira
les deux frères de *With* en morceaux, & qui les mangea
fur le gril.

Les athées font pour la plupart des favans hardis
& égarés qui raifonnent mal, & qui ne pouvant

comprendre la création , l'origine du mal, & d'autres
difficultés , ont recours à l'hypothèfe de l'éternité des
chofes, & de la néceffité.

Les ambitieux, les voluptueux n'ont guère le temps
de raifonner , & d'embraffer un mauvais fyftème ; ils
ont autre chofe à faire qu'à comparer *Lucrèce* avec
Socrate. C'eft ainfi que vont les chofes parmi nous.

Il n'en était pas ainfi du fénat de Rome qui était
prefque tout compofé d'athées de théorie & de pratique,
c'eft-à-dire, qui ne croyaient ni à la Providence ni
à la vie future ; ce fénat était une affemblée de
philofophes , de voluptueux , & d'ambitieux , tous
très - dangereux , & qui perdirent la république.
L'épicuréifme fubfifta fous les empereurs : les athées
du fénat avaient été des factieux dans les temps de
Sylla & de *Céfar ;* ils furent fous *Augufte* & *Tibère* des
athées efclaves.

Je ne voudrais pas avoir à faire à un prince athée,
qui trouverait fon intérêt à me faire piler dans un
mortier; je fuis bien fûr que je ferais pilé. Je ne
voudrais pas , fi j'étais fouverain, avoir à faire à des
courtifans athées , dont l'intérêt ferait de m'empoifonner; il me faudrait prendre au hafard du contre-
poifon tous les jours. Il eft donc abfolument néceffaire
pour les princes & pour les peuples, que l'idée d'un
être fuprême créateur, gouverneur, rémunérateur, &
vengeur, foit profondément gravée dans les efprits.

Il y a des peuples athées , dit *Bayle* dans fes Penfées
fur les comètes. Les Caffres , les Hottentots , les
Topinambous, & beaucoup d'autres petites nations,
n'ont point de DIEU ; ils ne le nient ni ne l'affirment,
ils n'en n'ont jamais entendu parler ; dites-leur qu'il y

en a un, ils le croiront aifément; dites-leur que tout fe fait par la nature des chofes, ils vous croiront de même. Prétendre qu'ils font athées eft la même imputation que fi l'on difait qu'ils font anti-cartéfiens, ils ne font ni pour ni contre *Defcartes*. Ce font de vrais enfans ; un enfant n'eft ni athée, ni déifte ; il n'eft rien.

Quelle conclufion tirerons-nous de tout ceci? Que l'athéifme eft un monftre très-pernicieux dans ceux qui gouvernent, qu'il l'eft auffi dans les gens de cabinet, quoique leur vie foit innocente, parce que de leur cabinet ils peuvent percer jufqu'à ceux qui font en place; que s'il n'eft pas fi funefte que le fanatifme, il eft prefque toujours fatal à la vertu. Ajoutons furtout qu'il y a moins d'athées aujourd'hui que jamais, depuis que les philofophes ont reconnu qu'il n'y a aucun être végétant fans germe, aucun germe fans deffein &c., & que le blé ne vient point de pourriture.

Des géomètres non philofophes ont rejeté les caufes finales, mais les vrais philofophes les admettent; &, comme on l'a dit déjà, (article *Athée*) un catéchifte annonce D I E U aux enfans, & *Newton* le démontre aux fages.

S'il y a des athées, à qui doit-on s'en prendre, finon aux tyrans mercenaires des ames qui, en nous révoltant contre leurs fourberies, forcent quelques efprits faibles à nier le D I E U que ces monftres déshonorent? Combien de fois les fangfues du peuple ont-ils porté les citoyens accablés jufqu'à fe révolter contre le roi! (*)

(*) Voyez *Fraude*.

Des hommes engraiſſés de notre ſubſtance nous crient : Soyez perſuadés qu'une âneſſe a parlé ; croyez qu'un poiſſon a avalé un homme & l'a rendu au bout de trois jours ſain & gaillard ſur le rivage ; ne doutez pas que le DIEU de l'univers n'ait ordonné à un prophète juif de manger de la merde, (*Ezéchiel*) & à un autre prophète d'acheter deux catins, & de leur faire des fils de p..... (*Oſée*) Ce ſont les propres mots qu'on fait prononcer au DIEU de vérité & de pureté ; croyez cent choſes ou viſiblement abominables ou mathématiquement impoſſibles ; ſinon le DIEU de miſéricorde vous brûlera, non-ſeulement pendant des millions de milliars de ſiècles au feu d'enfer, mais pendant toute l'éternité, ſoit que vous ayez un corps, ſoit que vous n'en ayez pas.

Ces inconcevables bêtiſes révoltent des eſprits faibles & téméraires, auſſi-bien que des eſprits fermes & ſages. Ils diſent : Nos maîtres nous peignent DIEU comme le plus inſenſé & comme le plus barbare de tous les êtres ; donc il n'y a pas de DIEU ; mais ils devraient dire : donc nos maîtres attribuent à DIEU leurs abſurdités & leurs fureurs, donc DIEU eſt le contraire de ce qu'ils annoncent, donc DIEU eſt auſſi ſage & auſſi bon qu'ils le diſent fou & méchant. C'eſt ainſi que s'expliquent les ſages. Mais ſi un fanatique les entend, il les dénonce à un magiſtrat ſergent de prêtres ; & ce ſergent les fait brûler à petit feu, croyant venger & imiter la majeſté divine qu'il outrage.

A T O M E S.

E *PICURE* auſſi grand génie qu'homme reſpectable
par ſes mœurs, qui a mérité que *Gaſſendi* prît ſa
défenſe ; après *Epicure*, *Lucrèce* qui força la langue
latine à exprimer les idées philoſophiques, & (ce qui
attira l'admiration de Rome) à les exprimer en vers ;
Epicure & *Lucrèce*, dis-je , admirent les atomes &
le vide : *Gaſſendi* ſoutint cette doctrine , & *Newton*
la démontra. En vain un reſte de cartéſianiſme combattait pour le plein : en vain *Leibnitz* qui avait d'abord
adopté le ſyſtème raiſonnable d'*Epicure* , de *Lucrèce* ,
de *Gaſſendi*, & de *Newton*, changea d'avis ſur le vide ,
quand il fut brouillé avec *Newton* ſon maître. Le
plein eſt aujourd'hui regardé comme une chimère.
Boileau , qui était un homme de très-grand ſens , a
dit avec beaucoup de raiſon :

> Que Rohaut vainement ſèche pour concevoir
> Comment tout étant plein tout a pu ſe mouvoir.

Le vide eſt reconnu ; on regarde les corps les plus
durs comme des cribles ; & ils ſont tels en effet. On
admet des atomes, des principes infécables , inaltérables , qui conſtituent l'immutabilité des élémens &
des eſpèces ; qui font que le feu eſt toujours feu ,
ſoit qu'on l'aperçoive, ſoit qu'on ne l'aperçoive pas ;
que l'eau eſt toujours eau , la terre toujours terre ,
& que les germes imperceptibles qui forment l'homme
ne forment point un oiſeau.

Epicure & *Lucrèce* avaient déjà établi cette vérité ,
quoique noyée dans des erreurs. *Lucrèce* dit en parlant
des atomes:

Sunt igitur folidâ pollentia fimplicitate.
Le foutien de leur être eft la fimplicité.

Sans ces élémens d'une nature immuable, il eft à croire que l'univers ne ferait qu'un chaos ; & en cela *Epicure* & *Lucrèce* paraiffent de vrais philo- fophes.

Leurs intermèdes qu'on a tant tournés en ridicule, ne font autre chofe que l'efpace non réfiftant dans lequel *Newton* a démontré que les planètes parcourent leurs orbites dans des temps proportionnels à leurs aires ; ainfi ce n'étaient pas les intermèdes d'*Epicure* qui étaient ridicules, ce furent leurs adverfaires.

Mais lorfqu'enfuite *Epicure* nous dit que fes atomes ont décliné par hafard dans le vide ; que cette déclinaifon a formé par hafard les hommes & les animaux ; que les yeux par hafard fe trouvèrent au haut de la tête, & les pieds au bout des jambes ; que les oreilles n'ont point été données pour entendre, mais que la déclinaifon des atomes ayant fortuitement compofé des oreilles , alors les hommes s'en font fervi fortuitement pour écouter ; cette démence , qu'on appelait *phyfique*, a été traitée de ridicule à très-jufte titre.

Les vrais philofophes ont donc diftingué depuis long-temps ce qu'*Epicure* & *Lucrèce* ont de bon d'avec leurs chimères fondées fur l'imagination & l'ignorance. Les efprits les plus foumis ont adopté la création dans le temps, & les plus hardis ont admis la création de tout temps ; les uns ont reçu avec foi un univers tiré du néant ; les autres, ne pouvant comprendre cette phyfique, ont cru que tous les êtres étaient

des émanations du grand être, de l'être suprême &
universel : mais tous ont rejeté le concours fortuit des
atomes ; tous ont reconnu que le hasard est un mot
vide de sens. Ce que nous appelons *hasard* n'est & ne
peut être que la cause ignorée d'un effet connu.
Comment donc se peut-il faire qu'on accuse encore les
philosophes de penser que l'arrangement prodigieux
& ineffable de cet univers soit une production du
concours fortuit des atomes, un effet du hasard ? ni
Spinosa, ni personne n'a dit cette absurdité.

Cependant le fils du grand *Racine* dit, dans son
Poëme de la religion :

> O toi qui follement fais ton Dieu du hasard,
> Viens me développer ce nid qu'avec tant d'art,
> A l'aide de son bec, maçonne l'hirondelle ;
> Comment, pour élever ce hardi bâtiment,
> A-t-elle en le broyant arrondi son ciment ?

Ces vers sont assurément en pure perte ; personne
ne fait son Dieu du hasard, personne n'a dit qu'*une
hirondelle en broyant, en arrondissant son ciment, ait élevé
son hardi bâtiment par hasard*. On dit, au contraire,
qu'*elle fait son nid par les lois de la nécessité*, qui est
l'opposé du hasard. Le poëte *Rousseau* tombe dans le
même défaut dans une épître à ce même *Racine*.

> De-là sont nés, Epicures nouveaux,
> Ces plans fameux, ces systèmes si beaux,
> Qui dirigeant sur votre prud'hommie
> Du monde entier toute l'économie,
> Vous ont appris que ce grand univers
> N'est composé que d'un concours divers.

De corps muets, d'infenfibles atomes,
Qui par leur choc forment tous ces fantomes
Que détermine & conduit le hafard,
Sans que le ciel y prenne aucune part.

Où ce verfificateur a-t-il trouvé *ces plans fameux d'Epicures nouveaux, qui dirigent fur leur prud'hommie du monde entier toute l'économie?* Où a-t-il vu que *ce grand univers eft compofé d'un concours divers de corps muets,* tandis qu'il y en a tant qui retentiffent & qui ont de la voix? Où a-t-il vu *ces infenfibles atomes qui forment des fantomes conduits par le hafard?* C'eft ne connaître ni fon fiècle, ni la philofophie, ni la poëfie, ni fa langue, que de s'exprimer ainfi. Voilà un plaifant philofophe! l'auteur des *Epigrammes fur la fodomie & la beftialité* devait-il écrire fi magiftralement & fi mal fur des matières qu'il n'entendait point du tout, & accufer des philofophes d'un libertinage d'efprit qu'ils n'avaient point?

Je reviens aux atomes : la feule queftion qu'on agite aujourd'hui confifte à favoir fi l'auteur de la nature a formé des parties primordiales, incapables d'être divifées, pour fervir d'élémens inaltérables; ou fi tout fe divife continuellement & fe change en d'autres élémens. Le premier fyftème femble rendre raifon de tout, & le fecond de rien; du moins jufqu'à préfent.

Si les premiers élémens des chofes n'étaient pas indeftructibles, il pourrait fe trouver à la fin qu'un élément dévorât tous les autres, & les changeât en fa propre fubftance. C'eft probablement ce qui fit imaginer à *Empédocle* que tout venait du feu, & que tout ferait détruit par le feu.

On fait que *Robert Boyle*, à qui la phyfique eut tant
d'obligations dans le fiècle paffé, fut trompé par la
fauffe expérience d'un chimifte qui lui fit croire qu'il
avait changé de l'eau en terre. Il n'en était rien.
Boerhaave depuis découvrit l'erreur par des expériences
mieux faites ; mais avant qu'il l'eût découverte,
Newton, abufé par *Boyle*, comme *Boyle* l'avait été par
fon chimifte, avait déjà penfé que les élémens pouvaient fe changer les uns dans les autres ; & c'eft ce
qui lui fit croire que le globe perdait toujours un peu
de fon humidité, & fefait des progrès en féchereffe ;
qu'ainfi Dieu ferait un jour obligé de remettre la main
à fon ouvrage, *manum emendatricem defideraret.* (a)

Leibnitz fe récria beaucoup contre cette idée, &
probablement il eut raifon cette fois contre *Newton.*
Mundum tradidit difputationi eorum.

Mais malgré cette idée que l'eau peut devenir terre,
Newton croyait aux atomes infécables, indeftructibles,
ainfi que *Gaffendi* & *Boerhaave*, ce qui paraît d'abord
difficile à concilier ; car fi l'eau s'était changée en
terre, fes élémens fe feraient divifés & perdus.

Cette queftion rentre dans cette autre queftion
fameufe de la matière divifible à l'infini. Le mot
d'*atome* fignifie *non partagé*, fans parties. Vous le divifez
par la penfée ; car fi vous le divifez réellement, il ne
ferait plus atome.

Vous pouvez divifer un grain d'or en dix-huit millions de parties vifibles ; un grain de cuivre diffous
dans l'efprit de fel ammoniac a montré aux yeux plus
de vingt-deux milliars de parties ; mais quand vous
êtes arrivé au dernier élément, l'atome échappe au

(a) Voyez le volume de *Phyfique*.

microscope, vous ne divisez plus que par imagination.

Il en est de l'atome divisible à l'infini comme de
quelques propositions de géométrie. Vous pouvez
faire passer une infinité de courbes entre le cercle &
sa tangente; oui, dans la supposition que ce cercle &
cette tangente sont des lignes sans largeur : mais il
n'y en a point dans la nature.

Vous établissez de même que des asymptotes s'approcheront sans jamais se toucher; mais c'est dans la
supposition que ces lignes sont des longueurs sans
largeur, des êtres de raison.

Ainsi vous représentez l'unité par une ligne, ensuite
vous divisez cette unité & cette ligne en tant de fractions qu'il vous plaît; mais cette infinité de fractions
ne sera jamais que votre unité & votre ligne.

Il n'est pas démontré en rigueur que l'atome soit
indivisible; mais il paraît prouvé qu'il est indivisé
par les lois de la nature.

A V A R I C E.

AVARITIES, *amor habendi*, désir d'avoir, avidité,
convoitise.

A proprement parler, l'*avarice* est le désir d'accu-
muler soit en grains, soit en meubles, ou en fonds,
ou en curiosités. Il y avait des avares avant qu'on
eût inventé la monnaie.

Nous n'appelons point *avare* un homme qui a
vingt-quatre chevaux de carrosse, & qui n'en prêtera
pas deux à son ami; ou bien qui, ayant deux mille
bouteilles de vin de Bourgogne destinées pour sa table,

ne

ne vous en enverra pas une demi-douzaine quand il
saura que vous en manquez. S'il vous montre pour
cent mille écus de diamans, vous ne vous avisez pas
d'exiger qu'il vous en présente un de cinquante louis ;
vous le regardez comme un homme fort magnifique,
& point du tout comme un avare.

Celui qui, dans les finances, dans les fournitures
des armées, dans les grandes entreprises, gagna deux
miillons chaque année, & qui se trouvant enfin riche
de quarante-trois millions, sans compter ses maisons de
Paris & son mobilier, dépensa pour sa table cinquante
mille écus par année, & prêta quelquefois à des sei-
gneurs de l'argent à cinq pour cent, ne passa point
dans l'esprit du peuple pour un avare. Il avait cependant brûlé toute sa vie de la soif d'avoir; le démon
de la convoitise l'avait perpétuellement tourmenté ;
il accumula jusqu'au dernier jour de sa vie. Cette
passion toujours satisfaite ne s'appelle jamais *avarice*.
Il ne dépensait pas la dixième partie de son revenu,
& il avait la réputation d'un homme généreux qui
avait trop de faste.

Un père de famille qui, ayant vingt mille livres de
rente, n'en dépensera que cinq ou six, & qui accu-
mulera ses épargnes pour établir ses enfans, est réputé
par ses voisins *avaricieux*, *pince - maille* , *ladre verd* ,
vilain , *fesse-Matthieu* , *gagne-denier* , *grippe-sou* , *cancre ;*
on lui donne tous les noms injurieux dont on peut
s'aviser.

Cependant ce bon bourgeois est beaucoup plus
honorable que le Crésus dont je viens de parler; il
dépense trois fois plus à proportion. Mais voici la

raifon qui établit entre leurs réputations une fi grande différence.

Les hommes ne haïffent celui qu'ils appellent *avare*, que parçe qu'il n'y a rien à gagner avec lui. Le médecin, l'apothicaire, le marchand de vin, l'épicier, le fellier, & quelques demoifelles, gagnent beaucoup avec notre Créfus, qui eft le véritable avare. Il n'y a rien à faire avec notre bourgeois économe & ferré ; ils l'accablent de malédictions.

Les avares qui fe privent du néceffaire font abandonnés à *Plaute* & à *Molière*.

Un gros avare mon voifin difait il n'y a pas long-temps : on en veut toujours à nous autres pauvres riches. A *Molière*, à *Molière*.

A U G U R E.

NE faut-il pas être bien poffédé du démon de l'étymologie pour dire, avec *Pezron* & d'autres, que le mot
romain *augurium* vient des mòts celtiques *au* & *gur* ? *Au*,
felon ces favans, devait fignifier *le foie* chez les Bafques &
les Bas-Bretons ; parce que *afu*, qui, difent-ils, fignifiait *gauche*, devait auffi défigner le foie qui eft à droite ;
& que *gur* voulait dire *homme*, ou bien *jaune* ou *rouge*,
dans cette langue celtique dont il ne nous refte aucun
monument. C'eft puiffamment raifonner.

On a pouffé fa curiofité abfurde (car il faut appeler
les chofes par leur nom) jufqu'à faire venir du chaldéen & de l'hébreu certains mots teutons & celtiques.
Bochart n'y manque jamais. On admirait autrefois
ces pédantes extravagances. Il faut voir avec quelle
confiance ces hommes de génie ont prouvé que fur
les bords du Tibre on emprunta des expreffions du
patois des fauvages de la Bifcaye. On prétend même
que ce patois était un des premiers idiomes de la
langue primitive, de la langue mère de toutes les
langues qu'on parle dans l'univers entier. Il ne refte
plus qu'à dire que les différens ramages des oifeaux
viennent du cri des deux premiers perroquets, dont
toutes les autres efpèces d'oifeaux ont été produites.

La folie religieufe des augures était originairement
fondée fur des obfervations très-naturelles & très-fages.
Les oifeaux de paffage ont toujours indiqué les faifons ;
on les voit venir par troupes au printemps, & s'en
retourner en automne. Le coucou ne fe fait entendre

que dans les beaux jours : il femble qu'il les appelle ; les hirondelles qui rafent la terre annoncent la pluie ; chaque climat a fon oifeau qui eft en effet fon augure.

Parmi les obfervateurs il fe trouva fans doute des fripons qui perfuadèrent aux fots qu'il y avait quelque chofe de divin dans ces animaux, & que leur vol préfageait nos deftinées, qui étaient écrites fous les ailes d'un moineau tout auffi clairement que dans les étoiles.

Les commentateurs de l'hiftoire allégorique & inté-reffante de *Joseph* vendu par fes frères, & devenu premier miniftre du pharaon roi d'Egypte pour avoir expliqué un de fes rêves, infèrent que *Joseph* était favant dans la fcience des augures, de ce que l'inten-dant de *Joseph* eft chargé de dire à fes frères : (a) *Pourquoi avez-vous volé la taffe d'argent de mon maître dans laquelle il boit, & avec laquelle il a coutume de prendre les augures?* *Joseph* ayant fait revenir fes frères devant lui, leur dit : *Comment avez-vous pu agir ainfi? ignorez-vous que perfonne n'eft femblable à moi dans la fcience des augures?*

Juda convient au nom de fes frères (b) que *Joseph* *eft un grand devin ; que c'eft* DIEU *qui l'a infpiré ;* DIEU *a trouvé l'iniquité de vos ferviteurs.* Ils prenaient alors *Joseph* pour un feigneur égyptien. Il eft évident, par le texte, qu'ils croyaient que le Dieu des Egyptiens & des Juifs avait découvert à ce miniftre le vol de fa taffe.

(a) Gen. chap. XLIV, v. 5 & fuivans.

(b) Gen. chap. XLIV, v. 16.

Voilà donc les augures, la divination très - nette-ment établie dans le livre de la Genèfe, & fi bien établie qu'elle eft défendue enfuite dans le Lévitique, où il eft dit : (c) *Vous ne mangerez rien où il y ait du fang, vous n'obferverez ni les augures ni les fonges ; vous ne couperez point votre chevelure en rond ; vous ne vous raferez point la barbe.*

A l'égard de la fuperftition de voir l'avenir dans une taffe, elle dure encore ; cela s'appelle *voir dans le verre.* Il faut n'avoir éprouvé aucune pollution, fe tourner vers l'Orient, prononcer *abraxa per dominum noftrum ;* après quoi on voit dans un verre plein d'eau toutes les chofes qu'on veut. On choifit d'ordinaire des enfans pour cette opération ; il faut qu'ils aient leurs cheveux ; une tête rafée ou une tête en perruque ne peuvent rien voir dans le verre. Cette facétie était fort à la mode en France fous la régence du duc d'*Orléans*, & encore plus dans les temps précédens.

Pour les augures, ils ont péri avec l'empire romain ; les évêques ont feulement confervé le bâton augural qu'on appelle *croffe*, & qui était une marque diftinctive de la dignité des augures ; & le fymbole du menfonge eft devenu celui de la vérité.

Les différentes fortes de divinations étaient innom-brables ; plufieurs fe font confervées jufqu'à nos derniers temps. Cette curiofité de lire dans l'avenir eft une maladie que la philofophie feule peut guérir : car les ames faibles qui pratiquent encore tous ces prétendus arts de la divination, les fous mêmes qui

(*c*) Chap. XIX, v. 26 & 27.

fe donnent au diable, font tous fervir la religion à
ces profanations qui l'outragent.

C''eft une remarque digne des fages que *Cicéron*, qui
était du collége des augures, ait fait un livre exprès pour
fe moquer des augures ; mais ils n'ont pas moins
remarqué que *Cicéron*, à la fin de fon livre, dit qu'il
faut *détruire la fuperftition & non pas la religion. Car,*
ajoute-t-il, *la beauté de l'univers & l'ordre des chofes céleftes
nous force de reconnaître une nature éternelle & puiffante. Il
faut maintenir la religion qui eft jointe à la connaiffance de
cette nature, en extirpant toutes les racines de la fuperftition ; car c'eft un monftre qui vous pourfuit, qui vous preffe
de quelque côté que vous vous tourniez. La rencontre d'un
devin prétendu, un préfage, une victime immolée, un
oifeau, un chaldéen, un arufpice, un éclair, un coup de
tonnerre, un événement conforme par hafard à ce qui a été
prédit, tout enfin vous trouble & vous inquiète. Le fommeil
même, qui devrait faire oublier tant de peines & de frayeurs,
ne fert qu'à les redoubler par des images funeftes.*

Cicéron croyait ne parler qu'à quelques romains ;
il parlait à tous les hommes & à tous les fiècles.

La plupart des grands de Rome ne croyaient pas
plus aux augures que le pape *Alexandre VI*, *Jules II*,
& *Léon X*, ne croyaient à Notre-Dame de Lorette,
& au fang de St *Janvier*. Cependant *Suétone* rapporte
qu'*Octave* furnommé *Auguste* eut la faibleffe de croire
qu'un poiffon, qui fortait hors de la mer fur le rivage
d'Actium, lui préfageait le gain de la bataille. Il
ajoute qu'ayant enfuite rencontré un ânier, il lui
demanda le nom de fon âne, & que l'ânier lui ayant
répondu que fon âne s'appelait *Nicolas*, qui fignifie

vainqueur des peuples, *Octave* ne douta plus de la victoire; & qu'enfuite il fit ériger des ftatues d'airain à
l'ânier, à l'âne, & au poiffon fautant. Il affure même
que ces ftatues furent placées dans le Capitole.

Il eft fort vraifemblable que ce tyran habile fe
moquait des fuperftitions des Romains, & que fon
âne, fon ânier, & fon poiffon, n'étaient qu'une plaifanterie. Cependant il fe peut très-bien qu'en mépri-
fant toutes les fottifes du vulgaire, il en eût confervé
quelques - unes pour lui. Le barbare & diffimulé
Louis XI avait une foi vive à la croix de Saint-Lo.
Prefque tous les princes, excepté ceux qui ont eu le
temps de lire & de bien lire, ont un petit coin de
fuperftition.

AUGUSTE OCTAVE.

Des mœurs d'Augufle. (*)

ON ne peut connaître les mœurs que par les faits, & il faut que ces faits foient inconteftables. Il eft avéré que cet homme fi immodérément loué d'avoir été le reftaurateur des mœurs & des lois, fut long-temps un des plus infames débauchés de la république romaine. Son épigramme fur *Fulvie*, faite après l'horreur des profcriptions, démontre qu'il avait autant de mépris des bienféances dans les expreffions, que de barbarie dans fa conduite.

> *Quod futuit Glaphyram Antonius, hanc mihi pœnam*
> *Fulvia conftituit, fe quoque uti futuam.*
> *Aut futue aut pugnemus, ait; quid quod mihi vitâ*
> *Charior eft ipfâ mentula? figna canant.*

Cette abominable épigramme eft un des plus forts témoignages de l'infamie des mœurs d'*Augufte*. *Sexte Pompée* lui reprocha des faibleffes infames. *Effeminatum infectatus eft.* Antoine, avant le triumvirat, déclara que *Céfar*, grand oncle d'*Augufte*, ne l'avait adopté pour fon fils, que parce qu'il avait fervi à fes plaifirs; *adoptionem avunculi ftupro meritum.*

Lucius Céfar lui fit le même reproche, & prétendit même qu'il avait pouffé la baffeffe jufqu'à vendre fon corps à *Hirtius* pour une fomme très-confidérable.

(*) Voyez l'article *Veletri.*

Son impudence alla depuis jufqu'à arracher une femme confulaire à fon mari au milieu d'un fouper ; il paffa quelque temps avec elle dans un cabinet voifin , & la ramena enfuite à table , fans que lui , ni elle , ni fon mari , en rougiffent.

Nous avons encore une lettre d'*Antoine* à *Augufte* conçue en ces mots : *Ita valeas ut hanc epiftolam quum leges non inieris Teftullam , aut Terentillam , aut Ruffillam , aut Salviam , aut omnes. Anne refert ubi & in quam arrigas?* On n'ofe traduire cette lettre licencieufe.

Rien n'eft plus connu que ce fcandaleux feftin de cinq compagnons de fes plaifirs , avec fix des principales femmes de Rome. Ils étaient habillés en dieux & en déeffes , & ils en imitaient toutes les impudicités inventées dans les fables :

Dum nova divorum cœnat adulteria.

Enfin , on le défigna publiquement fur le théâtre par ce fameux vers :

Videsne ut cinœdus orbem digito temperet?
Le doigt d'un vil giton gouverne l'univers.

Prefque tous les auteurs latins qui ont parlé d'*Ovide*, prétendent qu'*Augufte* n'eut l'infolence d'exiler ce chevalier romain , qui était beaucoup plus honnête homme que lui , que parce qu'il avait été furpris par lui dans un incefte avec fa propre fille *Julie* , & qu'il ne relégua même fa fille que par jaloufie. Cela eft d'autant plus vraifemblable , que *Caligula* publiait hautement que fa mère était née de l'incefte d'*Augufte*

& de *Julie* ; c'eſt ce que dit *Suétone* dans la vie de *Caligula*.

On fait qu'*Augufte* avait répudié la mère de *Julie* le jour même qu'elle accoucha d'elle ; & il enleva le même jour *Livie* à ſon mari, groſſe de *Tibère*, autre monſtre qui lui ſuccéda : voilà l'homme à qui *Horace* diſait :

> *Res italas armis tuteris, moribus ornes,*
> *Legibus emendes, &c.*

Il eſt difficile de n'être pas ſaiſi d'indignation en liſant à la tête des *Géorgiques*, qu'*Augufte* eſt un des plus grands dieux, & qu'on ne ſait quelle place il daignera occuper un jour dans le ciel, s'il régnera dans les airs, ou s'il ſera le protecteur des villes, ou bien s'il acceptera l'empire des mers ?

> *An deus immenfi venias maris, ac tua nautæ*
> *Numina fola colant, tibi ferviat ultima Thule.*

L'*Ariofte* parle bien plus ſenſément, comme auſſi avec plus de grâce, quand il dit dans ſon admirable trente-cinquième chant :

> *Non fu fi fanto ne benigno Augufto,*
> *Come la tromba di Virgilio fuona ;*
> *L'aver avuto in poëfia buon gufto,*
> *La profcriptione iniqua gli perdona, &c.*

Tyran de ſon pays, & ſcélérat habile,
Il mit Pérouſe en cendre & Rome dans les fers ;
Mais il avait du goût, il ſe connut en vers ;
Augufte au rang des dieux eſt placé par Virgile.

Des cruautés d'Augufte.

Autant qu'*Augufte* fe livra long-temps à la diffolution la plus effrénée, autant fon énorme cruauté fut tranquille & réfléchie. Ce fut au milieu des feftins & des fêtes qu'il ordonna des profcriptions ; il y eut près de trois cents fénateurs de profcrits, deux mille chevaliers, & plus de cent pères de famille obfcurs, mais riches, dont tout le crime était dans leur fortune. *Octave* & *Antoine* ne les firent tuer que pour avoir leur argent, & en cela ils ne furent nullement différens des voleurs de grand chemin qu'on fait expirer fur la roue.

Octave, immédiatement avant la guerre de Péroufe, donna à fes foldats vétérans, toutes les terres des citoyens de Mantoue & de Crémone. Ainfi il récompenfait le meurtre par la déprédation.

Il n'eft que trop certain que le monde fut ravagé depuis l'Euphrate jufqu'au fond de l'Efpagne, par un homme fans pudeur, fans foi, fans honneur, fans probité, fourbe, ingrat, avare, fanguinaire, tranquille dans le crime, & qui dans une république bien policée aurait péri par le dernier fupplice au premier de fes crimes.

Cependant on admire encore le gouvernement d'*Augufte*, parce que Rome goûta fous lui, la paix, les plaifirs & l'abondance : *Sénèque* dit de lui : *clementiam non voco laffam crudelitatem.* Je n'appelle point clémence la laffitude de la cruauté.

On croit qu'*Augufte* devint plus doux quand le crime ne lui fut plus néceffaire, & qu'il vit qu'étant maître abfolu, il n'avait plus d'autre intérêt que celui de paraître jufte. Mais il me femble qu'il fut toujours plus impitoyable que clément ; car après la bataille d'Actium il fit égorger le fils d'*Antoine* au pied de la ftatue de *Céfar*, & il eut la barbarie de faire trancher la tête au jeune *Céfarion*, fils de *Céfar* & de *Cléopâtre*, que lui-même avait reconnu pour le roi d'Egypte.

Ayant un jour foupçonné le prèteur *Gallius Quintus* d'être venu à l'audience avec un poignard fous fa robe, il le fit appliquer en fa préfence à la torture ; & dans l'indignation où il fut de s'entendre appeler *tyran* par ce fénateur, il lui arracha lui-même les yeux, fi on en croit *Suétone*.

On fait que *Céfar*, fon père adoptif, fut affez grand pour pardonner à prefque tous fes ennemis ; mais je ne vois pas qu'*Augufte* ait pardonné à un feul. Je doute fort de fa prétendue clémence envers *Cinna*. *Tacite* ni *Suétone* ne difent rien de cette aventure. *Suétone*, qui parle de toutes les confpirations faites contre *Augufte*, n'aurait pas manqué de parler de la plus célébre. La fingularité d'un confulat donné à *Cinna* pour prix de la plus noire perfidie, n'aurait pas échappé à tous les hiftoriens contemporains. *Dion Caffius* n'en parle qu'après *Sénèque* ; & ce morceau de *Sénèque* reffemble plus à une déclamation qu'à une vérité hiftorique. De plus, *Sénèque* met la fcène en Gaule, & *Dion* à Rome. Il y a là une contradiction qui achève d'ôter toute vraifemblance à cette aventure. Aucune de nos hiftoires romaines, compilées à la hâte & fans choix, n'a difcuté ce fait intéreffant. L'hiftoire de *Laurent Echard* a paru aux hommes éclairés auffi fautive que tronquée : l'efprit d'examen a rarement conduit les écrivains.

Il fe peut que *Cinna* ait été foupçonné ou convaincu par *Augufte* de quelque infidélité , & qu'après l'éclaircilfement , *Augufte* lui ait accordé le vain honneur du confulat : mais il n'eft nullement probable que *Cinna* eût voulu par une confpiration s'emparer de la puilfance fuprême , lui qui n'avait jamais commandé d'armée , qui n'était appuyé d'aucun parti , qui n'était pas enfin un homme confidérable dans l'empire. Il n'y a pas d'apparence qu'un fimple courtifan fubalterne ait eu la folie de vouloir fuccéder à un fouverain affermi depuis vingt années , & qui avait des héritiers ; & il n'eft nullement probable qu'*Augufte* l'eût fait conful immédiatement après la confpiration.

Si l'aventure de *Cinna* eft vraie , *Augufte* ne pardonna que malgré lui , vaincu par les raifons ou par les importunités de *Livie* , qui avait pris fur lui un grand afcendant , & qui lui perfuada , dit *Sénèque* , que le pardon lui ferait plus utile que le châtiment. Ce ne fut donc que par politique qu'on le vit une fois exercer la clémence ; ce ne fut certainement point par générofité.

Comment peut-on tenir compte à un brigand enrichi & affermi , de jouir en paix du fruit de fes rapines , & de ne pas aflafliner tous les jours les fils & les petits-fils des profcrits quand ils font à genoux devant lui & qu'ils l'adorent ? Il fut un politique prudent après avoir été un barbare ; mais il eft à remarquer que la poftérité ne lui donna jamais le nom de *vertueux* comme à *Titus* , à *Trajan* , aux *Antonins*. Il s'introduifit même une coutume dans les complimens qu'on fefait aux empereurs à leur avénement , c'était de leur fouhaiter d'être plus heureux qu'*Augufte*, & meilleurs que *Trajan*.

Il eft donc permis aujourd'hui de regarder *Augufte* comme un monftre adroit & heureux.

Louis Racine, fils du grand *Racine*, & héritier d'une partie de fes talens, femble s'oublier un peu quand il dit dans fes réflexions fur la poëfie, qu'*Horace & Virgile gâtèrent Augufte, qu'ils épuifèrent leur art pour empoifonner Augufte par leurs louanges.* Ces expreffions pourraient faire croire que les éloges fi baffement prodigués par ces deux grands poëtes, corrompirent le beau naturel de cet empereur. Mais *Louis Racine* favait très-bien qu'*Augufte* était un fort méchant homme, indifférent au crime & à la vertu, fe fervant également des horreurs de l'un & des apparences de l'autre, uniquement attentif à fon feul intérêt, n'enfanglantant la terre & ne la pacifiant, n'employant les armes & les lois, la religion & les plaifirs, que pour être le maître, & facrifiant tout à lui-même. *Louis Racine* fait voir feulement que *Virgile* & *Horace* eurent des ames ferviles.

Il a malheureufement trop raifon quand il reproche à *Corneille* d'avoir dédié *Cinna* au financier *Montoron*, & d'avoir dit à ce receveur : *Ce que vous avez de commun avec Augufte, c'eft furtout cette générofité avec laquelle.....* car enfin, quoiqu'*Augufte* ait été le plus méchant des citoyens romains, il faut convenir que le premier des empereurs, le maître, le pacificateur, le légiflateur de la terre alors connue, ne devait pas être mis abfolument de niveau avec un financier commis d'un contrôleur-général en Gaule.

Le même *Louis Racine*, en condamnant juſtement
l'abaiſſement de *Corneille* & la lâcheté du ſiècle d'*Horace*
& de *Virgile*, relève merveilleuſement un paſſage du
petit carême de *Maſſillon*. *On eſt auſſi coupable quand on
manque de vérité aux rois que quand on manque de fidélité,
& on aurait dû établir la même peine pour l'adulation que
pour la révolte.*

Père *Maſſillon*, je vous demande pardon; mais ce
trait eſt bien oratoire, bien prédicateur, bien exagéré.
La ligue & la fronde ont fait, ſi je ne me trompe,
plus de mal que les prologues de *Quinault*. Il n'y
a pas moyen de condamner *Quinault* à être roué
comme un rebelle. Père *Maſſillon*, *eſt modus in rebus:*
& c'eſt ce qui manque net à tous les feſeurs de
ſermons.

AUGUSTIN.

CE n'eft pas comme évêque, comme docteur, comme père de l'Eglife que je confidère ici *St Auguflin*, natif de Tagafte ; c'eft en qualité d'homme. Il s'agit ici d'un point de phyfique qui regarde le climat d'Afrique.

Il me femble que *St Auguflin* avait environ quatorze ans lorfque fon père, qui était pauvre, le mena avec lui aux bains publics. On dit qu'il était contre l'ufage & la bienféance qu'un père fe baignât avec fon fils ; (*) & *Bayle* même fait cette remarque. Oui, les patriciens à Rome, les chevaliers romains ne fe baignaient pas avec leurs enfans dans les étuves publiques. Mais croira-t-on que le pauvre peuple, qui allait au bain pour un liard, fût fcrupuleux obfervateur des bienféances des riches ?

L'homme opulent couchait dans un lit d'ivoire & d'argent fur des tapis de pourpre, fans draps, avec fa concubine ; fa femme dans un autre appartement parfumé couchait avec fon amant. Les enfans, les précepteurs, les domeftiques, avaient leurs chambres féparées ; mais le peuple couchait pêle-mêle dans des galetas. On ne fefait pas beaucoup de façons dans la ville de Tagafte en Afrique. Le père d'*Auguflin* menait fon fils au bain des pauvres.

Ce faint raconte que fon père le vit dans un état de virilité qui lui caufa une joie vraiment paternelle, & qui lui fit efpérer d'avoir bientôt des petits-fils *in ogni modo*, comme de fait il en eut.

Le bon homme s'empreffa même d'aller conter cette nouvelle à *fainte Monique* fa femme.

(*) *Valère Maxime*, liv. 2. *de inflit. antiq.*

Quant

Quant à cette puberté prématurée d'*Auguſtin*, ne peut-on pas l'attribuer à l'uſage anticipé de l'organe de la génération ? *St Jérôme* parle d'un enfant de dix ans dont une femme abuſait, & dont elle conçut un fils. (épître *ad Vitalem*, tome III.)

St Auguſtin, qui était un enfant très-libertin , avait l'eſprit auſſi prompt que la chair. Il dit (*a*) qu'ayant à peine vingt ans il apprit ſans maître la géométrie, l'arithmétique , & la muſique.

Cela ne prouve-t-il pas deux choſes , que dans l'Afrique , que nous nommons aujourd'hui *la Barbarie*, les corps & les eſprits ſont plus avancés que chez nous ?

Ces avantages précieux de *St Auguſtin* conduiſent à croire qu'*Empedocle* n'avait pas tant de tort de regarder le feu comme le principe de la nature. Il eſt aidé , mais par des ſubalternes. C'eſt un roi qui fait agir tous ſes ſujets. Il eſt vrai qu'il enflamme quelquefois un peu trop les imaginations de ſon peuple. Ce n'eſt pas ſans raiſon que *Siphax* dit à *Juba*, dans le Caton d'*Addiſſon* , que le ſoleil , qui roule ſon char ſur les têtes africaines , met plus de couleur ſur leurs joues , plus de feu dans leurs cœurs, & que les dames de Zama ſont très-ſupérieures aux pâles beautés de l'Europe , que la nature n'a qu'à moitié pétries ?

Où ſont à Paris, à Strasbourg , à Ratisbonne , à Vienne les jeunes gens qui apprennent l'arithmétique, les mathématiques, la muſique , ſans aucun ſecours , & qui ſoient pères à quatorze ans ?

Ce n'eſt point ſans doute une fable , qu'*Atlas* prince de Mauritanie , appelé *fils du ciel* par les Grecs , ait

(*a*) *Confeſſion* , liv. **IV**, chap. **XVI**.

Dictionn. philoſoph. Tome II.   **K**

été un célébre aftronome, qu'il ait fait conftruire une fphère célefte comme il en eft à la Chine depuis tant de fiècles. Les anciens, qui exprimaient tout en allégories, comparèrent ce prince à la montagne qui porte fon nom, parce qu'elle élève fon fommet dans les nues, & les nues ont été nommées *le ciel* par tous les hommes qui n'ont jugé des chofes que fur le rapport de leurs yeux.

Ces mêmes Maures cultivèrent les fciences avec fuccès, & enfeignèrent l'Efpagne & l'Italie pendant plus de cinq fiècles. Les chofes font bien changées. Le pays de *St Auguftin* n'eft plus qu'un repaire de pirates. L'Angleterre, l'Italie, l'Allemagne, la France, qui étaient plongées dans la barbarie, cultivent les arts mieux que n'ont jamais fait les Arabes.

Nous ne voulons donc, dans cet article, que faire voir combien ce monde eft un tableau changeant. *Auguftin* débauché devient orateur & philofophe. Il fe pouffe dans le monde, il eft profeffeur de rhétorique; il fe fait manichéen; du manichéifme il paffe au chriftianifme. Il fe fait baptifer avec un de fes bâtards nommé *Deodatus* : il devient évêque : il devient père de l'Eglife. Son *fyftème fur la grâce* eft refpecté onze cents ans comme un article de foi. Au bout d'onze cents ans, des jéfuites trouvent moyen de faire anathématifer le fyftème de *St Auguftin* mot pour mot, fous le nom de *Janfénius*, de *St Cyran*, d'*Arnaud*, de *Quefnel*. (*) Nous demandons fi cette révolution dans fon genre n'eft pas auffi grande que celle de l'Afrique, & s'il y a rien de permanent fur la terre ?

(*) Voyez *Grâce*.

A V I G N O N.

AVIGNON & fon comtat font des monumens de ce
que peuvent à la fois l'abus de la religion, l'ambition,
la fourberie, & le fanatifme. Ce petit pays, après mille
viciffitudes, avait paffé au douzième fiècle dans la
maifon des comtes de Touloufe, defcendans de
Charlemagne par les femmes.

Raimond VI comte de Touloufe, dont les aïeux
avaient été les principaux héros des croifades, fut
dépouillé de fes Etats par une croifade que les papes
fufcitèrent contre lui. La caufe de la croifade était
l'envie d'avoir fes dépouilles : le prétexte était que
dans plufieurs de fes villes, les citoyens penfaient
à-peu-près comme on penfe depuis plus de deux cents
ans en Angleterre, en Suède, en Danemarck, dans
les trois quarts de la Suiffe, en Hollande, & dans la
moitié de l'Allemagne.

Ce n'était pas une raifon pour donner au nom de
DIEU les Etats du comte de Touloufe au premier
occupant, & pour aller égorger & brûler fes fujets un
crucifix à la main, & une croix blanche fur l'épaule.
Tout ce qu'on nous raconte des peuples les plus fauvages n'approche pas des barbaries commifes dans cette
guerre, appelée *fainte*. L'atrocité ridicule de quelques
cérémonies religieufes accompagna toujours les excès
de ces horreurs. On fait que *Raimond VI* fut traîné à
une églife de Saint-Gilles devant un légat nommé
Milon, nu jufqu'à la ceinture, fans bas & fans
fandales, ayant une corde au cou, laquelle était tirée
par un diacre, tandis qu'un fecond diacre le fouettait,

K 2

qu'un troisième diacre chantait un *miserere* avec des moines, & que le légat était à dîner.

Telle est la première origine du droit des papes sur Avignon.

Le comte *Raimond*, qui s'était soumis à être fouetté pour conserver ses Etats, subit cette ignominie en pure perte. Il lui fallut défendre par les armes ce qu'il avait crû conserver par une poignée de verges : il vit ses villes en cendre, & mourut en 1213 dans les vicissitudes de la plus sanglante guerre.

Son fils *Raimond VII* n'était pas soupçonné d'hérésie comme le père ; mais étant fils d'un hérétique, il devait être dépouillé de tous ses biens en vertu des décrétales ; c'était là loi. La croisade subsista donc contre lui. On l'excommuniait dans les églises, les dimanches & les jours de fêtes, au son des cloches, & à cierges éteints.

Un légat qui était en France dans la minorité de St *Louis*, y levait des décimes pour soutenir cette guerre en Languedoc & en Provence. *Raimond* se défendait avec courage, mais les têtes de l'hydre du fanatisme renaissaient à tout moment pour le dévorer.

Enfin le pape fit la paix, parce que tout son argent se dépensait à la guerre.

Raimond VII vint signer le traité devant le portail de la cathédrale de Paris. Il fut forcé de payer dix mille marcs d'argent au légat, deux mille à l'abbaye de Cîteaux, cinq cents à l'abbaye de Clervaux, mille à celle de Grand-Selve, trois cents à celle de Belleperche, le tout pour le salut de son ame, comme il est spécifié dans le traité. C'était ainsi que l'Eglise négociait toujours.

Il eſt très-remarquable que, dans l'inſtrument de cette paix, le comte de Touloufe met toujours le légat avant le roi. ,, Je jure & promets au légat & au roi ,, d'obferver de bonne foi toutes ces chofes, & de les ,, faire obferver par mes vaſſaux & fujets &c. ,,

Ce n'était pas tout; il céda au papé *Grégoire IX* le comtat Venaiſſin au-delà du Rhône, & la fuzerai-nieté de foixante & treize châteaux en-deçà. Le pape s'adjugea cette amende par un acte particulier, ne voulant pas que, dans un inſtrument public, l'aveu d'avoir exterminé tant de chrétiens, pour ravir le bien d'autrui, parût avec trop d'éclat. Il exigeait d'ailleurs ce que *Raimond* ne pouvait lui donner fans le confen-tement de l'empereur *Fréderic II*. Les terres du comte, à la gauche du Rhône, étaient un fief impérial. *Fréderic II* ne ratifia jamais cette extorfion.

Alfonfe, frère de *St Louis*, ayant époufé la fille de ce malheureux prince, & n'en ayant point eu d'enfans, tous les Etats de *Raimond VII* en Languedoc furent réunis à la couronne de France, ainfi qu'il avait été ſtipulé par le contrat de mariage.

Le comtat Venaiſſin, qui eſt dans la Provence, avait été rendu avec magnanimité par l'empereur *Fréderic II* au comte de Touloufe. Sa fille *Jeanne*, avant de mourir, en avait difpofé par fon teſtament en faveur de *Charles d'Anjou*, comte de Provence & roi de Naples.

Philippe le hardi, fils de *St Louis*, preſſé par le papé *Grégoire X*, donna le Venaiſſin à l'Eglife romaine en 1274. Il faut avouer que *Philippe le hardi* donnait ce qui ne lui appartenait point du tout; que cette ceffion était abfolument nulle, & que jamais acte ne fut plus contre toutes les lois.

Il en eft de même de la ville d'Avignon. *Jeanne de France*, reine de Naples, defcendante du frère de *St Louis*, accufée, avec trop de vraifemblance, d'avoir fait étrangler fon mari, voulut avoir la protection du pape *Clément VI*, qui fiégeait alors dans la ville d'Avignon, domaine de *Jeanne*. Elle était comteffe de Provence. Les Provençaux lui firent jurer en 1347, fur les évangiles, qu'elle ne vendrait aucune de fes fouverainetés. A peine eut-elle fait fon ferment qu'elle alla vendre Avignon au pape. L'acte authentique ne fut figné que le 14 juin 1348; on y ftipula, pour prix de la vente, la fomme de quatre-vingts mille florins d'or. Le pape la déclara innocente du meurtre de fon mari, mais il ne la paya point. On n'a jamais produit la quittance de *Jeanne*. Elle réclama quatre fois juridiquement contre cette vente illufoire.

Ainfi donc, Avignon & le comtat ne furent jamais réputés démembrés de la Provence que par une rapine d'autant plus manifefte qu'on avait voulu la couvrir du voile de la religion.

Lorfque *Louis XI* acquit la Provence, il l'acquit avec tous fes droits, & voulut les faire valoir en 1464, comme on le voit par une lettre de *Jean de Foix* à ce monarque. Mais les intrigues de la cour de Rome eurent toujours tant de pouvoir, que les rois de France condefcendirent à la laiffer jouir de cette petite province. Ils ne reconnurent jamais dans les papes une poffeffion légitime, mais une fimple jouiffance.

Dans le traité de Pife, fait par *Louis XIV* en 1664, avec *Alexandre VII*, il eft dit, *qu'on levera tous les obſtacles, afin que le pape puiſſe jouir d'Avignon comme auparavant.* Le pape n'eut donc cette province que comme des cardinaux ont des penſions du roi, & ces penſions ſont amovibles.

Avignon & le comtat furent toujours un embarras pour le gouvernement de France. Ce petit pays était le refuge de tous les banqueroutiers & de tous les contrebandiers. Par-là il cauſait de grandes pertes; & le pape n'en profitait guère.

Louis XIV rentra deux fois dans ſes droits, mais pour châtier le pape plus que pour réunir Avignon & le comtat à ſa couronne.

Enfin *Louis XV* a fait juſtice à ſa dignité & à ſes ſujets. La conduite indécente & groſſière du pape *Rezzonico, Clément XIII,* l'a forcé de faire revivre les droits de ſa couronne en 1768. Ce pape avait agi comme s'il avait été du quatorzième ſiècle. On lui a prouvé qu'on était au dix-huitième, avec l'applaudiſſement de l'Europe entière.

Lorſque l'officier général, chargé des ordres du roi, entra dans Avignon, il alla droit à l'appartement du légat ſans ſe faire annoncer, & lui dit : *Monſieur, le roi prend poſſeſſion de ſa ville.*

Il y a loin de-là à un comte de Touloufe fouetté par un diacre pendant le dîner d'un légat. Les choſes, comme on voit, changent avec le temps. (1)

----

(1) *Clément XIII* étant mort, ſon ſucceſſeur *Ganganelli* répara ſes fautes, promit de détruire les jéſuites, & on lui rendit Avignon.

De profonds politiques croient qu'il eſt bon de laiſſer Avignon au pape, pour ſe conſerver un moyen de le punir s'il abuſe de ſes clefs : mais qu'on laiſſe le peuple s'éclairer, & l'on n'aura plus beſoin d'Avignon ni pour faire entendre raiſon au ſucceſſeur de *ſaint Pierre,* ni pour n'en n'avoir rien à craindre.

A V O C A T S.

ON fait que *Cicéron* ne fut conful, c'eft-à-dire le premier homme de l'univers connu, que pour avoir été avocat. *Céfar* fut avocat. Il n'en eft pas ainfi de maître *le Dain*, avocat en parlement à Paris, malgré fon difcours *du côté du greffe*, contre maître *Huerne*, qui avait défendu les comédiens, *par le fecours d'une littérature agréable & intéreffante. Céfar* plaida des caufes à Rome dans un autre goût que maître *le Dain*, avant qu'il daignât venir nous fubjuguer, & faire pendre *Ariovifte*.

Comme nous valons infiniment mieux que les anciens Romains, ainfi qu'on l'a démontré dans un beau livre intitulé : *Parallèle des anciens Romains & des Français*, il a fallu que dans la partie des Gaules que nous habitons, nous partageaffions en plufieurs petites portions les talens que les Romains uniffaient. Le même homme était chez eux avocat, augure, fénateur, & guerrier. Chez nous un fénateur eft un jeune bourgeois qui achète à la taxe un office de confeiller, foit aux enquêtes, foit en cour des aides, foit au grenier à fel, felon fes facultés ; le voilà placé pour le refte de fa vie, fe quarrant dans fon cercle dont il ne fort jamais, & croyant jouer un grand rôle fur le globe.

Un avocat eft un homme qui, n'ayant pas affez de fortune pour acheter un de ces brillans offices fur lefquels l'univers a les yeux, étudie pendant trois ans les lois de *Théodofe* & de *Juftinien* pour connaître la coutume de Paris, & qui enfin, étant immatriculé, a le droit de plaider pour de l'argent, s'il a la voix forte.

Sous notre grand *Henri IV*, un avocat ayant demandé quinze cents écus pour avoir plaidé une caufe, la fomme fut trouvée trop forte pour le temps, pour l'avocat, & pour la caufe ; tous les avocats alors allèrent dépofer leur bonnet au greffe, *du côté* duquel maître *le Dain* a fi bien parlé depuis ; & cette aventure caufa une confternation générale dans tous les plaideurs de Paris.

Il faut avouer qu'alors l'honneur, la dignité du patronage, la grandeur attachée à défendre l'opprimé, n'étaient pas plus connus que l'éloquence. Prefque tous les Français étaient Welches, excepté un de *Thou*, un *Sulli*, un *Malherbe*, & ces braves capitaines qui fecondèrent le grand *Henri*, & qui ne purent le garantir de la main d'un welche endiablé du fanatifme des Welches.

Mais lorfqu'avec le temps la raifon a repris fes droits, l'honneur a repris les fiens ; plufieurs avocats français font devenus dignes d'être des fénateurs romains. Pourquoi font-ils devenus défintéreffés & patriotes en devenant éloquens ? c'eft qu'en effet les beaux arts élèvent l'ame ; la culture de l'efprit en tout genre ennoblit le cœur.

L'aventure à jamais mémorable des *Calas* en eft un grand exemple. Quatorze avocats de Paris s'affemblent plufieurs jours, fans aucun intérêt, pour examiner fi un homme roué à deux cents lieues de là eft mort innocent ou coupable. Deux d'entre eux, au nom de tous, protègent la mémoire du mort & les larmes de la famille. L'un des deux confume deux années entières à combattre pour elle, à la fecourir, à la faire triompher.

Généreux *Beaumont !* les fiècles à venir fauront que le fanatifme en robe ayant affaffiné juridiquement un père de famille , la philofophie & l'éloquence ont vengé & honoré fa mémoire.

AUSTÉRITÉS,

Mortifications, flagellations.

QUE des hommes choifis, amateurs de l'étude, fe foient unis après mille cataftrophes arrivées au monde ; qu'ils fe foient occupés d'adorer DIEU , & de régler les temps de l'année , comme on le dit des anciens brachmanes & des mages , il n'eft rien là que de bon & d'honnête. Ils ont pu être en exemple au refte de la terre par une vie frugale ; ils ont pu s'abftenir de toute liqueur enivrante , & du commerce avec leurs femmes, quand ils célébrèrent des fêtes. Ils durent être vêtus avec modeftie & décence. S'ils furent favans , les autres hommes les confultèrent ; s'ils furent juftes , on les refpecta & on les aima. Mais la fuperftition , la gueuferie , la vanité , ne fe mirent-elles pas bientôt à la place des vertus ?

Le premier fou qui fe fouetta publiquement pour apaifer les dieux , ne fut-il pas l'origine des prêtres de la déeffe de Syrie, qui fe fouettaient en fon honneur; des prêtres d'*Ifis* qui en fefaient autant à certains jours; des prêtres de Dodone, nommés *Saliens* , qui fe fefaient des bleffures ; des prêtres de *Bellone* qui fe donnaient des coups de fabre ; des prêtres de *Diane,* qui s'enfanglantaient à coups de verges ; des prêtres de *Cybéle*, qui fe fefaient eunuques ; des faquirs des

Indes, qui fe chargèrent de chaînes ? L'efpérance de tirer de larges aumônes n'entra-t-elle pour rien dans leurs auftérités ?

Les gueux qui fe font enfler les jambes avec de la tithymale, & qui fe couvrent d'ulcères pour arracher quelques deniers aux paffans, n'ont-ils pas quelque rapport aux énergumènes de l'antiquité qui s'enfonçaient des clous dans les feffes, & qui vendaient ces faints clous aux dévots du pays ?

Enfin, la vanité n'a-t-elle jamais eu part à ces mortifications publiques qui attiraient les yeux de la multitude ? Je me fouette, mais c'eft pour expier vos fautes ; je marche tout nu, mais c'eft pour vous reprocher le fafte de vos vêtemens ; je me nourris d'herbe & de colimaçons, mais c'eft pour corriger en vous le vice de la gourmandife ; je m'attache un anneau de fer à la verge, pour vous faire rougir de votre lafciveté. Refpectez-moi comme un homme cher aux dieux, qui attirera leurs faveurs fur vous. Quand vous ferez accoutumés à me refpecter, vous n'aurez pas de peine à m'obéir ; je ferai votre maître au nom des dieux ; & fi quelqu'un de vous alors tranfgreffe la moindre de mes volontés, je le ferai empaler pour apaifer la colère célefte.

Si les premiers faquirs ne prononcèrent pas ces paroles, il eft bien probable qu'ils les avaient gravées dans le fond de leur cœur.

Ces auftérités affreufes furent peut-être les origines des facrifices de fang humain. Des gens qui répandaient leur fang en public à coups de verges, & qui fe tailladaient les bras & les cuiffes pour fe donner de la confidération, firent aifément croire à des fauvages

imbécilles, qu'on devait sacrifier aux dieux ce qu'on
avait de plus cher; qu'il fallait immoler sa fille pour
avoir un bon vent; précipiter son fils du haut d'un
rocher, pour n'être point attaqué de la peste; jeter
une fille dans le Nil, pour avoir infailliblement une
bonne récolte.

Ces superstitions afiatiques ont produit parmi nous
les flagellations que nous avons imitées des Juifs. (*)
Leurs dévôts se fouettaient & se fouettent encore les
uns les autres, comme fefaient autrefois les prêtres de
Syrie & d'Egypte. (**)

Parmi nous les abbés fouettèrent leurs moines, les
confeffeurs fouettèrent leurs pénitens des deux fexes.
St Auguftin écrit à *Marcellin* le tribun, *qu'il faut fouetter
les donatistes comme les maîtres d'école en usent avec les
écoliers.*

On prétend que ce n'est qu'au dixième siècle que les
moines & les religieuses commencèrent à se fouetter à
certains jours de l'année. La coutume de donner le
fouet aux pécheurs pour pénitence, s'établit si bien
que le confeffeur de *St Louis* lui donnait très-souvent
le fouet. *Henri II* d'Angleterre fut fouetté par les chanoines de Cantorbéri. (*a*) *Raimond* comte de Touloufe
fut fouetté la corde au cou par un diacre, à la porte
de l'église de Saint-Gilles, devant le légat *Milon*,
comme nous l'avons vu.

Les chapelains du roi de France *Louis VIII* (*b*) furent
condamnés par le légat du pape *Innocent III* à venir
aux quatre grandes fêtes, aux portes de la cathédrale
de Paris, préfenter des verges aux chanoines pour les

(*) Voyez *Confeffion.* (**) Voyez *Apulée.*
(*a*) En 1209. (*b*) En 1223.

fouetter, en expiation du crime du roi leur maître qui avait accepté la couronne d'Angleterre que le pape lui avait ôtée, après la lui avoir donnée en vertu de fa pleine puiffance. Il parut même que le pape était fort indulgent en ne fefant pas fouetter le roi lui-même, & en fe contentant de lui ordonner, fous peine de damnation, de payer à la chambre apoftolique deux années de fon revenu.

C'eft de cet ancien ufage que vient la coutume d'armer encore dans Saint-Pierre de Rome les grands-pénitenciers de longues baguettes au lieu de verges, dont ils donnent de petits coups aux pénitens profternés de leur long. C'eft ainfi que le roi de France *Henri IV* reçut le fouet fur les feffes des cardinaux d'*Offat* & *Duperron*. Tant il eft vrai que nous fortons à peine de la barbarie dans laquelle nous avons encore une jambe enfoncée jufqu'au genou.

Au commencement du treizième fiècle il fe forma en Italie des confréries de pénitens, à Péroufe & à Bologne. Les-jeunes gens prefque nus, une poignée de verge dans une main, & un petit crucifix dans l'autre, fe fouettaient dans les rues. Les femmes les regardaient à travers les jaloufies des fenêtres, & fe fouettaient dans leurs chambres.

Ces flagellans inondèrent l'Europe : on en voit encore beaucoup en Italie, en Efpagne, (c) & en France même, à Perpignan. Il était affez commun au commencement du feizième fiècle, que les confeffeurs fouettaffent leurs pénitens fur les feffes. Une hiftoire des Pays-Bas, compofée par *Meteren*, (d) rapporte que

(c) *Hiftoire des flagellans*, page 198.
(d) Meteren, *hiftoria belgica*, *anno* 1570.

le cordelier nommé *Adriacem*, grand prédicateur de Bruges, fouettait ses pénitentes toutes nues.

Le jésuite *Edmond Auger*, confesseur de *Henri III*, (*e*) engagea ce malheureux prince à se mettre à la tête des flagellans.

Dans plusieurs couvens de moines & de religieuses on se fouette sur les fesses. Il en a résulté quelquefois d'étranges impudicités, sur lesquelles il faut jeter un voile pour ne pas faire rougir celles qui portent un voile sacré, & dont le sexe & la profession méritent les plus grands égards. (*)

A U T E L S,

Temples, rites, sacrifices, &c.

IL est universellement reconnu que les premiers chrétiens n'eurent ni temples, ni autels, ni cierges, ni encens, ni eau bénite, ni aucun des rites que la prudence des pasteurs institua depuis, selon les temps & les lieux, & surtout selon le besoin des fidelles.

Nous avons plus d'un témoignage d'*Origène*, d'*Athénagore*, de *Théophile*, de *Justin*, de *Tertullien*, que les premiers chrétiens avaient en abomination les temples & les autels. Ce n'est pas seulement parce qu'ils ne pouvaient obtenir du gouvernement, dans ces commencemens, la permission de bâtir des temples, mais c'est qu'ils avaient une aversion réelle pour tout ce qui semblait avoir le moindre rapport avec les autres religions. Cette horreur subsista chez eux pendant deux cents cinquante ans. Cela se démontre par *Minutius Felix* qui vivait au troisième siècle. *Vous pensez*,

(*e*) *De Thou*, liv. XXVIII.   (*) Voyez *Expiation*.

dit-il aux Romains, *que nous cachons ce que nous adorons,*
parce que nous n'avons ni temples ni autels. Mais quel fimu-
lacre érigerons-nous à D I E U *, puifque l'homme eft lui-même*
le fimulacre de D I E U *? quel temple lui bâtirons-nous, quand*
le monde qui eft fon ouvrage ne peut le contenir ? comment
enfermerai-je la puiffance d'une telle majefté dans une feule
maifon ? ne vaut-il pas bien mieux lui confacrer un temple
dans notre efprit & dans notre cœur ?

„ Putatis autem nos occultare quod colimus, fi
„ delubra & aras non habemus. Quod enim fimula-
„ crùm DEO fingam, quum, fi reſtè exiftimes, fit DEI
„ homo ipfe fimulacrum ? templum quod ei extruam,
„ quum totus hic mundus ejus opere fabricatus eum
„ capere non poffit; & quum homo latiùs maneam,
„ intra unam ædiculam vim tantæ majeftatis inclu-
„ dam? nonne meliùs in noftrâ dedicandus eft mente;
„ in noftro imo confecrandus eft peſtore ? „

Les chrétiens n'eurent donc des temples que vers le
commencement du règne de *Dioclétien*. L'Eglife était
alors très-nombreufe. On avait befoin de décorations
& de rites, qui auraient été jufque-là inutiles & même
dangereux à un troupeau faible, long-temps méconnu, &
pris feulement pour une petite feſte des juifs diffidens.

Il eft manifefte que, dans le temps où ils étaient
confondus avec les Juifs, ils ne pouvaient obtenir la
permiffion d'avoir des temples. Les Juifs, qui payaient
très-chèrement leurs fynagogues, s'y feraient oppofés;
il étaient mortels ennemis des chrétiens, & ils étaient
riches. Il ne faut pas dire avec *Toland*, qu'alors les
chrétiens ne fefaient femblant de méprifer les temples
& les autels, que comme le renard difait que les raifins
étaient trop verds.

Cette comparaifon femble auffi injufte qu'impie, puifque tous les premiers chrétiens de tant de pays différens s'accordèrent à foutenir qu'il ne faut point de temples & d'autels au vrai Dieu.

La Providence, en fefant agir les caufes fecondes, voulut qu'ils bâtiffent un temple fuperbe dans Nico-médie, réfidence de l'empereur *Dioclétien*, dès qu'ils eurent la protection de ce prince. Ils en conftruifirent dans d'autres villes, mais ils avaient encore en horreur les cierges, l'encens, l'eau luftrale, les habits ponti-ficaux; tout cet appareil impofant n'était alors à leurs yeux que marque diftinctive du paganifme. Ils n'adop-tèrent ces ufages que peu-à-peu fous *Conftantin* & fous fes fucceffeurs; & ces ufages ont fouvent changé.

Aujourd'hui dans notre Occident, les bonnes femmes qui entendent le dimanche une meffe baffe en latin, fervie par un petit garçon, s'imaginent que ce rite a été obfervé de tout temps, qu'il n'y en a jamais eu d'autre, & que la coutume de s'affembler dans d'autres pays pour prier DIEU en commun eft diabolique & toute récente. Une meffe baffe eft fans contredit quelque chofe de très-refpectable, puifque elle a été autorifée par l'Eglife. Elle n'eft point du tout ancienne, mais elle n'en exige pas moins notre vénération.

Il n'y a peut-être pas aujourd'hui une feule céré-monie qui ait été en ufage du temps des apôtres. Le St Efprit s'eft toujours conformé aux temps. Il infpirait les premiers difciples dans un méchant galetas. Il communique aujourd'hui fes infpirations, dans Saint-Pierre de Rome qui a coûté deux cents millions; également divin dans le galetas & dans le

fuperbe

fuperbe édifice de *Jules II*, de *Léon X*, de *Paul III*, & de *Sixte V*. (*)

A U T E U R S.

A**UTEUR** eft un nom générique qui peut, comme le nom de toutes les autres profeffions, fignifier du bon & du mauvais, du refpectable, ou du ridicule, de l'utile & de l'agréable, ou du fatras de rebut.

Ce nom eft tellement commun à des chofes différentes, qu'on dit également *l'auteur de la nature*, & *l'auteur des chanfons du pont-neuf*, ou *l'auteur de l'Année littéraire*.

Nous croyons que l'auteur d'un bon ouvrage doit fe garder de trois chofes, du titre, de l'épître dédicatoire, & de la préface. Les autres doivent fe garder d'une quatrième, c'eft d'écrire.

Quant au titre, s'il a la rage d'y mettre fon nom, ce qui eft fouvent très-dangereux, il faut du moins que ce foit fous une forme modefte; on n'aime point à voir un ouvrage pieux, qui doit renfermer des leçons d'humilité, par *Meffire* ou *Monfeigneur un tel*, *confeiller du roi en fes confeils*, *évêque & comte d'une telle ville*. Le lecteur qui eft toujours malin, & qui fouvent s'ennuie, aime fort à tourner en ridicule un livre annoncé avec tant de fafte. On fe fouvient alors que l'auteur de l'Imitation de JESUS-CHRIST n'y a pas mis fon nom.

Mais les apôtres, dites-vous, mettaient leurs noms à leurs ouvrages. Cela n'eft pas vrai, ils étaient trop modeftes. Jamais l'apôtre *Matthieu* n'intitula fon livre,

(*) Voyez *Eglife primitive*.

Evangile de St Matthieu ; c'eft un hommage qu'on lui rendit depuis. *St Luc* lui-même qui recueillit ce qu'il avait entendu dire, & qui dédie fon livre à *Théophile*, ne l'intitule point *Evangile de Luc*. Il n'y a que *St Jean* qui fe nomme dans l'Apocalypfe ; & c'eft ce qui fit foupçonner que ce livre était de *Cérinthe*, qui prit le nom de *Jean* pour autorifer cette production.

Quoi qu'il en puiffe être des fiècles paffés, il me paraît bien hardi dans ce fiècle de mettre fon nom & fes titres à la tête de fes œuvres. Les évêques n'y manquent pas ; & dans les gros in-4°. qu'ils nous donnent fous le titre de *Mandemens*, on remarque d'abord leurs armoiries avec de beaux glands ornés de houppes ; enfuite il eft dit un mot de l'humilité chrétienne, & ce mot eft fuivi quelquefois d'injures atroces contre ceux qui font, ou d'une autre communion, ou d'un autre parti. Nous ne parlons ici que des pauvres auteurs profanes. Le duc de *la Rochefoucauld* n'intitula point fes *penfées*, par *Monfeigneur le duc de la Rochefoucauld pair de France,* &c.

Plufieurs perfonnes trouvent mauvais qu'une compilation, dans laquelle il y a de très-beaux morceaux, foit annoncée par *Monfieur*, &c. ci-devant profeffeur de l'univerfité, docteur en théologie, recteur, précepteur des enfans de M. le duc de..., membre d'une académie, & même de deux. Tant de dignités ne rendent pas le livre meilleur. On fouhaiterait qu'il fût plus court, plus philofophique, moins rempli de vieilles fables. A l'égard des titres & qualités, perfonne ne s'en foucie.

L'épître dédicatoire n'a été fouvent préfentée que par la baffeffe intéreffée, à la vanité dédaigneufe :

De-là vient cet amas d'ouvrages mercenaires,
Stances, odes, sonnets, épîtres liminaires,
Où toujours le héros passe pour sans pareil,
Et fut-il louche & borgne, est réputé soleil.

Qui croirait que *Rohaut* soi-disant physicien, dans
sa dédicace au duc de *Guise*, lui dit que *ses ancêtres ont*
maintenu aux dépens de leur sang les vérités politiques,
les lois fondamentales de l'Etat, & les droits des souverains?
Le *Balafré* & le duc de *Mayenne* seraient un peu surpris
si on leur lisait cette épître. Et que dirait *Henri IV?*

On ne sait pas que la plupart des dédicaces en
Angleterre ont été faites pour de l'argent, comme les
capucins chez nous viennent présenter des salades, à
condition qu'on leur donnera pour boire.

Les gens de lettres en France ignorent aujourd'hui
ce honteux avilissement; & jamais ils n'ont eu tant de
noblesse dans l'esprit, excepté quelques malheureux
qui se disent *gens de lettres*, dans le même sens que des
barbouilleurs se vantent d'être de la profession de
Raphaël, & que le cocher de *Vertamont* était poëte.

Les préfaces sont un autre écueil; le *moi* est haïssable,
disait *Pascal*. Parlez de vous le moins que vous pourrez;
car vous devez savoir que l'amour-propre du lecteur
est aussi grand que le vôtre. Il ne vous pardonnera
jamais de vouloir le condamner à vous estimer. C'est
à votre livre à parler pour lui, s'il parvient à être lu
dans la foule.

Les illustres suffrages dont ma pièce a été honorée
devraient me dispenser de répondre à mes adversaires. Les
applaudissemens du public.... rayez tout cela, croyez-
moi, vous n'avez point eu de suffrages illustres, votre
pièce est oubliée pour jamais.

Quelques cenfeurs ont prétendu qu'il y a un peu trop d'évènemens dans le troifiéme acte, & que la princeffe découvre trop tard dans le quatrième les tendres fentimens de fon cœur pour fon amant ; à cela je réponds que .... Ne réponds point, mon ami, car perfonne n'a parlé ni ne parlera de ta princeffe. Ta pièce eft tombée parce qu'elle eft ennuyeufe & écrite en vers plats & barbares ; ta préface eft une prière pour les morts ; mais elle ne les reffufcitera pas.

D'autres atteftent l'Europe entière qu'on n'a pas entendu leur fyftème fur les compoffibles, fur les fupralapfaires, fur la différence qu'on doit mettre entre les hérétiques macédoniens & les hérétiques valentiniens. Mais vraiment je crois bien que perfonne ne t'entend, puifque perfonne ne te lit.

On eft inondé de ces fatras, & de ces continuelles répétitions, & des infipides romans qui copient de vieux romans, & de nouveaux fyftèmes fondés fur d'anciennes rêveries, & de petites hiftoriettes prifes dans des hiftoires générales.

Voulez-vous être auteur, voulez-vous faire un livre ? fongez qu'il doit être neuf & utile, ou du moins infiniment agréable.

Quoi ! du fond de votre province vous m'affaffinerez de plus d'un in-4°. pour m'apprendre qu'un roi doit être jufte, & que *Trajan* était plus vertueux que *Caligula !* vous ferez imprimer vos fermons qui ont endormi votre petite ville inconnue ! vous mettrez à contribution toutes nos hiftoires pour en extraire la vie d'un prince fur qui vous n'avez aucuns mémoires nouveaux !

Si vous avez écrit une hiſtoire de votre temps, ne doutez pas qu'il ne ſe trouve quelque éplucheur de chronologie, quelque commentateur de gazette qui vous relevera ſur une date, ſur un nom de baptême, ſur un eſcadron mal placé par vous à trois cents pas de l'endroit où il fut en effet poſté. Alors corrigez-vous vîte.

Si un ignorant, un folliculaire ſe mêle de critiquer à tort & à travers, vous pouvez le confondre ; mais nommez-le rarement, de peur de fouiller vos écrits.

Vous attaque-t-on ſur le ſtyle, ne répondez jamais ; c'eſt à votre ouvrage ſeul de répondre.

Un homme dit que vous êtes malade, contentez-vous de vous bien porter, ſans vouloir prouver au public que vous êtes en parfaite ſanté. Et ſurtout ſouvenez-vous que le public s'embarraſſe fort peu ſi vous vous portez bien ou mal.

Cent auteurs compilent pour avoir du pain, & vingt folliculaires font l'extrait, la critique, l'apologie, la ſatire de ces compilations, dans l'idée d'avoir auſſi du pain, parce qu'ils n'ont point de métier. Tous ces gens-là vont le vendredi demander au lieutenant de police de Paris la permiſſion de vendre leurs drogues. Ils ont audience immédiatement après les filles de joie qui ne les regardent pas, parce qu'elles ſavent bien que ce ſont de mauvaiſes pratiques. (1)

(1) En France il exiſte ce qu'on appelle l'inſpection de la librairie : le chancelier en eſt chargé en chef ; c'eſt lui ſeul qui décide ſi les Français doivent lire ou croire telle propoſition. Les parlemens ont auſſi une juriſ-diction ſur les livres ; ils font brûler par leurs bourreaux ceux qui leur déplaiſent : mais la mode de brûler les auteurs avec les livres commence à paſſer. Les cours ſouveraines brûlent auſſi en cérémonie les livres qui ne parlent point d'elles avec aſſez de reſpect. Le clergé de ſon côté tâche,

Ils s'en retournent avec une permiffion tacite de faire vendre & débiter par tout le royaume leurs *hiftoriettes*, leurs *recueils de bons mots*, la *vie du bien-heureux Regis*, la *traduction d'un poëme allemand*, les *nouvelles découvertes fur les anguilles*, un *nouveau choix de vers*, un *fyftême fur l'origine des cloches*, les *amours du crapaud*. Un libraire achète leurs productions dix écus ; ils en donnent cinq au folliculaire du coin, à condition qu'il en dira du bien dans fes gazettes. Le folliculaire prend leur argent, & dit de leurs *opufcules* tout le mal qu'il peut. Les léfés viennent fe plaindre au juif qui entretient la femme du folliculaire ; on fe bat à coups de poing chez l'apothicaire *le Lièvre ;* la fcène finit par mener le folliculaire au Fort-l'Evêque. Et cela s'appelle *des auteurs !*

Ces pauvres gens fe partagent en deux ou trois bandes, & vont à la quête comme des moines mendians ; mais n'ayant point fait de vœux, leur fociété ne dure que peu de jours ; ils fe trahiffent comme des prêtres qui courent le même bénéfice, quoiqu'ils n'aient nul bénéfice à efpérer. Et cela s'appelle *des auteurs !*

autant qu'il peut, de s'établir une petite jurifdiction fur les penfées. Comment la vérité s'échappera-t-elle des mains des cenfeurs, des exempts de police, des bourreaux, & des docteurs ? Elle ira chercher une terre étrangère ; & comme il eft impoffible que cette tyrannie exercée fur les efprits ne donne un peu d'humeur, elle parlera avec moins de circonfpection & plus de violence.

Dans le temps où M. de *Voltaire* a écrit, c'était le lieutenant de police de Paris qui avait, fous le chancelier, l'infpection des livres : depuis on lui a ôté une partie de ce département. Il n'a confervé que l'infpection des pièces de théâtre, & des ouvrages au-deffous d'une feuille d'impreffion. Le détail de cette partie eft immenfe. Il n'eft point permis à Paris d'imprimer qu'on a perdu fon chien, fans que la police fe foit affurée qu'il n'y a dans le fignalement de cette pauvre bête aucune propofition contraire aux bonnes mœurs & à la religion.

Le malheur de ces gens-là vient de ce que leurs pères ne leur ont pas fait apprendre une profeſſion. C'eſt un grand défaut dans la police moderne. Tout homme du peuple qui peut élever ſon fils dans un art utile, & ne le fait pas, mérite punition. Le fils d'un metteur-en-œuvre ſe fait jéſuite à dix-ſept ans. Il eſt chaſſé de la ſociété à vingt-quatre, parce que le déſordre de ſes mœurs a trop éclaté. Le voilà ſans pain ; il devient folliculaire ; il infecte la baſſe littérature, & devient le mépris & l'horreur de la canaille même. Et cela s'appelle *des auteurs* !

Les auteurs véritables ſont ceux qui ont réuſſi dans un art véritable, ſoit dans l'épopée, ſoit dans la tragédie, ſoit dans la comédie, ſoit dans l'hiſtoire, ou dans la philoſophie ; qui ont enſeigné ou enchanté les hommes. Les autres dont nous avons parlé ſont, parmi les gens de lettres, ce que les frelons ſont parmi les oiſeaux.

On cite, on commente, on critique, on néglige, on oublie, mais ſurtout on mépriſe communément un auteur qui n'eſt qu'auteur.

A propos de citer un auteur, il faut que je m'amuſe à raconter une ſingulière bévue du révérend père *Viret* cordelier, profeſſeur en théologie. Il lit dans la Philoſophie de l'hiſtoire de ce bon abbé *Bazin*, que *jamais aucun auteur n'a cité un paſſage de Moïſe avant Longin, qui vécut & mourut du temps de l'empereur Aurélien.* Auſſitôt le zèle de St François s'allume : *Viret* crie que cela n'eſt pas vrai, que pluſieurs écrivains ont dit qu'il y avait eu un *Moïſe* ; que *Joſephe* même en a parlé fort au long, & que l'abbé *Bazin* eſt un impie qui veut détruire les ſept ſacremens. Mais, cher

L 4

père *Viret*, vous deviez vous informer auparavant de ce que veut dire le mot *citer*. Il y a bien de la différence entre faire mention d'un auteur & citer un auteur. Parler, faire mention d'un auteur, c'eſt dire : Il a vécu, il a écrit en tel temps. Le citer c'eſt rapporter un de ces paſſages : *Comme Moïſe le dit dans ſon Exode, comme Moïſe a écrit dans ſa Genèſe.* Or l'abbé *Bazin* affirme qu'aucun écrivain étranger, aucun même des prophètes juifs n'a jamais cité un ſeul paſſage de *Moïſe*, quoiqu'il ſoit un auteur divin. Père *Viret*, en vérité, vous êtes un auteur bien malin, mais on ſaura du moins, par ce petit paragraphe, que vous avez été un auteur.

Les auteurs les plus volumineux que l'on ait eus en France, ont été les contrôleurs - généraux des finances. On ferait dix gros volumes de leurs déclarations, depuis le règne de *Louis XIV* ſeulement. Les parlemens ont fait quelquefois la critique de ces ouvrages ; on y a trouvé des propoſitions erronées, des contradictions. Mais où ſont les bons auteurs qui n'aient pas été cenſurés ?

A U T O R I T É.

Miſérables humains, ſoit en robe verte, ſoit en turban, ſoit en robe noire ou en ſurplis, ſoit en manteau & en rabat, ne cherchez jamais à employer l'autorité là où il ne s'agit que de raiſon ; ou conſentez à être bafoués dans tous les ſiècles comme les plus impertinens de tous les hommes, & à ſubir la haine publique comme les plus injuſtes.

On vous a parlé cent fois de l'inſolente abſurdité avec laquelle vous condamnâtes *Galilée*, & moi je vous en parle pour la cent & unième, & je veux que vous en faffiez à jamais l'anniverfaire ; je veux qu'on grave à la porte de votre Saint-Officè :

Ici fept cardinaux, affiftés de frères mineurs, firent jeter en prifon le maître à penfer de l'Italie, âgé de foixante & dix ans, le firent jeûner au pain & à l'eau, parce qu'il inftruifait le genre-humain, & qu'ils étaient des ignorans.

Là on rendit un arrêt en faveur des cathégories d'*Ariftote*, & on ftatua favamment & équitablement la peine des galères contre quiconque ferait affez ofé pour être d'un autre avis que le flagirite, dont jadis deux conciles brûlèrent les livres.

Plus loin une faculté, qui n'a pas de grandes facultés, fit un décret contre les idées innées, & fit enfuite un décret pour les idées innées, fans que ladite faculté fût feulement informée pas fes bedeaux de ce que c'eft qu'une idée.

Dans des écoles voifines on a procédé juridiquement contre la circulation du fang.

On a intenté procès contre l'inoculation, & parties ont été affignées par exploit.

On a faifi à la douane des penfées vingt & un volumes *in-folio*, dans lefquels il était dit méchamment & proditoirement que les triangles ont toujours trois angles, qu'un père eft plus âgé que fon fils, que *Rhea Silvia* perdit fon pucelage avant d'accoucher, & que de la farine n'eft pas une feuille de chêne.

En une autre année on jugea le procès *Utrùm chimera bombinans in vacuo poffit comedere fecundas intentiones*, & on décida pour l'affirmative.

En conféquence on fe crut très-fupérieur à *Archimède*, à *Euclide*, à *Cicéron*, à *Pline;* & on fe pavana dans le quartier de l'univerfité.

A X E.

D'ou vient que l'axe de la terre n'eft pas perpendiculaire à l'équateur ? Pourquoi fe relève-t-il vers le nord, & s'abaiffe-t-il vers le pôle auftral dans une pofition qui ne paraît pas naturelle, & qui femble la fuite de quelque dérangement, ou d'une période d'un nombre prodigieux d'années ?

Eft-il bien vrai que l'écliptique fe relève continuellement par un mouvement infenfible vers l'équateur, & que l'angle que forment ces deux lignes foit un peu diminué depuis deux mille années?

Eft-il bien vrai que l'écliptique ait été autrefois perpendiculaire à l'équateur, que les Egyptiens l'aient dit, & qu'*Hérodote* l'ait rapporté ? Ce mouvement de l'écliptique formerait une période d'environ deux millions d'années; ce n'eft point cela qui effraie; car l'axe de la terre a un mouvement imperceptible d'environ vingt-fix mille ans, qui fait la préceffion des équinoxes; & il eft auffi aifé à la nature de produire une rotation de vingt mille fiècles, qu'une rotation de deux cents foixante fiècles.

On s'eft trompé quand on a dit que les Egyptiens avaient, felon *Hérodote*, une tradition que l'écliptique avait été autrefois perpendiculaire à l'équateur. La tradition dont parle *Hérodote* n'a point de rapport à la coïncidence de la ligne équinoxiale & de l'écliptique, c'eft tout autre chofe.

Les prétendus favans d'Egypte difaient que le
foleil , dans l'efpace de onze mille années , s'était
couché deux fois à l'orient, & levé deux fois à l'occident.
Quand l'équateur & l'écliptique auraient coïncidé
enfemble, quand toute la terre aurait eu la fphère
droite, & que par-tout les jours euffent été égaux aux
nuits, le foleil ne changerait pas pour cela fon coucher
& fon lever. La terre aurait toujours tourné fur fon axe
d'occident en orient, comme elle y tourne aujourd'hui.
Cette idée de faire coucher le foleil à l'orient , n'eft
qu'une chimère digne du cerveau des prêtres d'Egypte,
& montre la profonde ignorance de ces jongleurs qui
ont eu tant de réputation. Il faut ranger ce conte avec
les fatyres qui chantaient & danfaient à la fuite d'*Ofiris ;*
avec les petits garçons auxquels on ne donnait à manger
qu'après avoir couru huit lieues pour leur apprendre à
conquérir le monde ; avec les deux enfans qui crièrent
bec pour demander du pain, & qui par-là firent découvrir que la langue phrygienne était la première que les
hommes euffent parlé ; avec le roi *Pfamméticus* qui donna
fa fille à un voleur, pour le récompenfer de lui avoir
pris fon argent très-adroitement &c. &c. &c.

Ancienne hiftoire, ancienne aftronomie, ancienne
phyfique , ancienne médecine , (à *Hippocrate* près)
ancienne géographie , ancienne métaphyfique , tout
cela n'eft qu'ancienne abfurdité, qui doit faire fentir
le bonheur d'être nés tard.

Il y a, fans doute, plus de vérité dans deux pages
de l'Encyclopédie, concernant la phyfique, que dans
toute la bibliothèque d'Alexandrie, dont pourtant on
regrette la perte.

B.

B A B E L.

SECTION PREMIERE.

Babel signifiait, chez les Orientaux, Dieu *le père*
la puissance de Dieu, *la porte de* Dieu, selon que
l'on prononçait ce nom. C'est de-là que Babylone
fut la ville de Dieu, la ville sainte. Chaque capitale
d'un Etat était la ville de Dieu, la ville sacrée. Les
Grecs les appelèrent toutes *Hierapolis*, & il y en eut
plus de trente de ce nom. La tour de Babel signifiait
donc *la tour du père de* Dieu.

Josephe à la vérité dit que Babel signifiait *confusion*.
Calmet dit, après d'autres, que *Bilba*, en chaldéen,
signifie *confondue ;* mais tous les Orientaux ont été
d'un sentiment contraire. Le mot de *confusion* serait
une étrange origine de la capitale d'un vaste empire.
J'aime autant *Rabelais*, qui prétend que Paris fut
autrefois appelé *Lutèce*, à cause des blanches cuisses
des dames.

Quoi qu'il en soit, les commentateurs se sont fort
tourmentés pour savoir jusqu'à quelle hauteur les
hommes avaient élevé cette fameuse tour de Babel.
St *Jérôme* lui donne vingt mille pieds. L'ancien livre
juif intitulé Jacult, lui en donnait quatre-vingt-un
mille. *Paul Lucas* en avait vu les restes, & c'est bien
voir à lui ; mais ces dimensions ne sont pas la seule
difficulté qui ait exercé les doctes.

On a voulu favoir comment les enfans de Noé, (a) *ayant partagé entre eux les îles des nations , s'établif-fant en divers pays , dont chacun eut fa langue , fes familles , & fon peuple particulier ;* tous les hommes fe trouvèrent enfuite *dans la plaine de Senaar pour y bâtir une tour , en difant :* (b) *Rendons notre nom célèbre avant que nous foyons difperfés dans toute la terre.*

La Genèfe parle des Etats que les fils de *Noé* fondèrent. On a recherché comment les peuples de l'Europe , de l'Afrique , de l'Afie , vinrent tous à Senaar , n'ayant tous qu'un même langage & une même volonté.

La Vulgate met le déluge en l'année du monde 1656 , & on place la conftruction de la tour de Babel en 1771 ; c'eft-à-dire , cent quinze ans après la deftruction du genre-humain , & pendant la vie même de *Noé.*

Les hommes purent donc multiplier avec une prodigieufe célérité ; tous les arts renaquirent en bien peu de temps. Si on réfléchit au grand nombre de métiers différens qu'il faut employer pour élever une tour fi haute , on eft effrayé d'un fi prodigieux ouvrage.

Il y a bien plus : *Abraham* était né , felon la Bible , environ quatre cents ans après le déluge ; & déjà on voyait une fuite de rois puiffans en Egypte & en Afie. *Bochard* & les autres doctes ont beau charger leurs gros livres de fyftèmes & de mots phéniciens & chaldéens qu'ils n'entendent point , ils ont beau prendre la Thrace pour la Cappadoce , la Grèce pour la Crète , & l'île de Chypre pour Tyr ; ils n'en

(a) Genèfe chap. X , v. 5.   (b) Chap. XI , v. 2 & 4.

nagent pas moins dans une mer d'ignorance qui n'a
ni fond ni rive. Il eût été plus court d'avouer que
D I E U nous a donné, après plusieurs siècles, les livres
sacrés pour nous rendre plus gens de bien, & non
pour faire de nous des géographes, & des chronolo-
gistes, & des étymologistes.

Babel est Babylone ; elle fut fondée, selon les
historiens persans, (c) par un prince nommé *Tâmurath*.
La seule connaissance qu'on ait de ses antiquités
consiste dans les observations astronomiques de dix-
neuf cents trois années, envoyées par *Callisthène*,
par ordre d'*Alexandre*, à son précepteur *Aristote*. A cette
certitude se joint une probabilité extrême qui lui est
presque égale : c'est qu'une nation qui avait une suite
d'observations célestes depuis près de deux mille ans,
était rassemblée en corps de peuple, & formait une
puissance considérable plusieurs siècles avant la première observation.

Il est triste qu'aucun des calculs des anciens auteurs
profanes ne s'accorde avec nos auteurs sacrés, &
que même aucun nom des princes qui régnèrent
après les différentes époques assignées au déluge, n'ait
été connu, ni des Égyptiens, ni des Syriens, ni des
Babyloniens, ni des Grecs.

Il n'est pas moins triste qu'il ne soit resté sur la
terre, chez les auteurs profanes, aucun vestige de
la tour de Babel : rien de cette histoire de la confusion des langues ne se trouve dans aucun livre : cette
aventure si mémorable fut aussi inconnue de l'univers
entier, que les noms de *Noé*, de *Mathusalem*, de *Caïn*,
d'*Abel*, d'*Adam*, & d'*Ève*.

(c) Voyez la *Bibliothèque orientale*.

Cet embarras afflige notre curiosité. *Hérodote*, qui avait tant voyagé, ne parle ni de *Noé*, ni de *Sem*, ni de *Réhu*, ni de *Salé*, ni de *Nembrod*. Le nom de *Nembrod* est inconnu à toute l'antiquité profane; il n'y a que quelques Arabes & quelques Persans modernes qui aient fait mention de *Nembrod*, en falsifiant les livres des Juifs. Il ne nous reste, pour nous conduire dans ces ruines anciennes, que la foi à la Bible, ignorée de toutes les nations de l'univers pendant tant de siècles; mais heureusement c'est un guide infaillible.

Hérodote, qui a mêlé trop de fables avec quelques vérités, prétend que de son temps, qui était celui de la plus grande puissance des Perses souverains de Babylone, toutes les citoyennes de cette ville immense étaient obligées d'aller une fois dans leur vie au temple de *Mylitta*, déesse qu'il croit la même qu'*Aphrodite* ou *Vénus*, pour se prostituer aux étrangers; & que la loi leur ordonnait de recevoir de l'argent, comme un tribut sacré qu'on payait à la déesse.

Ce conte des Mille & une nuits ressemble à celui qu'*Hérodote* fait dans la page suivante, que *Cyrus* partagea le fleuve de l'Inde en trois cents soixante canaux, qui tous ont leur embouchure dans la mer Caspienne. Que diriez-vous de *Mézerai*, s'il nous avait raconté que *Charlemagne* partagea le Rhin en trois cents soixante canaux qui tombent dans la Méditerranée, & que toutes les dames de sa cour étaient obligées d'aller une fois en leur vie se présenter à l'église de Sainte-Geneviève, & de se prostituer à tous les passans pour de l'argent?

Il faut remarquer qu'une telle fable est encore plus absurde dans le siècle des *Xerxès*, où vivait

Hérodote, qu'elle ne le ferait dans celui de *Charlemagne*. Les Orientaux étaient mille fois plus jaloux que les Francs & les Gaulois. Les femmes de tous les grands feigneurs étaient foigneufement gardées par des eunuques. Cet ufage fubfiftait de temps immémorial. On voit même dans l'hiftoire juive, que lorfque cette petite nation veut, comme les autres, avoir un roi, (*d*) *Samuel*, pour les en détourner & pour conferver fon autorité, dit qu'*un roi les tyrannifera, qu'il prendra la dîme des vignes & des blés pour donner à fes eunuques.* Les rois accomplirent cette prédiction, car il eft dit dans le troifième livre des Rois, que le roi *Achab* avait des eunuques ; & dans le quatrième, que *Joram*, *Jéhu*, *Joachim*, & *Sédékias*, en avaient auffi.

Il eft parlé long-temps auparavant dans la Genèfe des eunuques du pharaon ; (*e*) & il eft dit que *Putiphar*, à qui *Jofeph* fut vendu, était eunuque du roi. Il eft donc clair qu'on avait à Babylone une foule d'eunuques pour garder les femmes. On ne leur fefait donc pas un devoir d'aller coucher avec le premier venu pour de l'argent. Babylone, la ville de D I E U, n'était donc pas un vafte b.... comme on l'a prétendu.

Ces contes d'*Hérodote*, ainfi que tous les autres contes dans ce goût, font aujourd'hui fi décriés par tous les honnêtes gens, la raifon a fait de fi grands progrès, que les vieilles & les enfans mêmes ne croient plus ces fottifes : *non eft vetula quæ credat, nec pueri credunt, nifi qui nondum ære lavantur.*

(*d*) Livre I des Rois, chap. VIII, v. 15 ; chap. XXII, v. 9 ; chap. VIII, v. 6 ; chap. IX, v. 52 ; chap. XXIV, v. 12 ; & chap. XXV. v. 19.
(*e*) Chap. XXXVII, v. 36.

Il ne s'eft trouvé de nos jours qu'un feul homme qui, n'étant pas de fon fiècle, a voulu juftifier la fable d'*Hérodote*. Cette infamie lui paraît toute fimple. Il veut prouver que les princeffes babyloniennes fe proftituaient par piété au premier venu , parce qu'il eft dit, dans la fainte Ecriture, que les Ammonites fefaient paffer leurs enfans par le feu, en les préfen-, tant à *Moloc*. Mais cet ufage de quelques hordes barbares , cette fuperftition de faire paffer fes enfans par les flammes , ou même de les brûler fur des bûchers en l'honneur de je ne fais quel *Moloc* , ces horreurs iroquoifes d'un petit peuple infame , ont-elles quelque rapport avec une proftitution fi incroyable chez la nation la plus jaloufe & la plus policée de tout l'Orient connu ? Ce qui fe paffe chez les Iroquois fera-t-il parmi nous une preuve des ufages de la cour d'Efpagne ou de celle de France ?

Il apporte encore en preuve la fête des Lupercales chez les Romains , *pendant laquelle* , dit-il, *des jeunes gens de qualité & des magiftrats refpectables couraient nus par la ville, un fouet à la main, & frappaient de ce fouet des femmes de qualité qui fe préfentaient à eux fans rougir , dans l'efpé- rance d'obtenir par-là une plus heureufe délivrance.*

Premièrement il n'eft point dit que les Romains de qualité couruffent tout nus ; *Plutarque* , au contraire, dit expreffément dans fes Demandes fur les Romains , qu'ils étaient couverts de la ceinture en bas.

En fecond lieu , il femble , à la manière dont s'ex- prime le défenfeur des *coutumes infames* , que les dames romaines fe trouffaient pour recevoir des coups de fouet fur leur ventre nu ; ce qui eft abfolument faux.

Dictionn. philofoph. Tome II.   M

Troifièmement, cette fête des Lupercales n'a aucun rapport à la prétendue loi de Babylone, qui ordonne aux femmes, & aux filles du roi, des fatrapes, & des mages, de fe vendre & de fe proftituer par dévotion aux paffans.

Quand on ne connaît ni l'efprit humain, ni les mœurs des nations ; quand on a le malheur de s'être borné à compiler des paffages de vieux auteurs, qui prefque tous fe contredifent, il faut alors propofer fon fentiment avec modeftie ; il faut favoir douter, fecouer la pouffière du collége, & ne jamais s'exprimer avec une infolence outrageufe.

Hérodote, ou *Ctéfias*, ou *Diodore* de Sicile, rapportent un fait ; vous l'avez lu en grec, donc ce fait eft vrai. Cette manière de raifonner n'eft pas celle d'*Euclide* ; elle eft affez furprenante dans le fiècle où nous vivons : mais tous les efprits ne fe corrigeront pas fi tôt ; & il y aura toujours plus de gens qui compilent que de gens qui penfent.

Nous ne dirons rien ici de la confufion des langues arrivée tout d'un coup pendant la conftruction de la tour de Babel. C'eft un miracle rapporté dans la fainte Ecriture. Nous n'expliquons, nous n'examinons même aucun miracle : nous les croyons d'une foi vive & fincère comme tous les auteurs du grand ouvrage de l'Encyclopédie les ont crus.

Nous dirons feulement que la chute de l'empire romain a produit plus de confufion & plus de langues nouvelles que la chute de la tour de Babel. Depuis le règne d'*Augufte* jufque vers le temps des *Attila*, des *Clodvic*, des *Gondebaud*, pendant fix fiècles, *terra erat unius labii*, la terre connue de nous était d'une feule *langue.* On parlait latin de l'Euphrate au mont Atlas. Les lois fous lefquelles vivaient cent nations étaient écrites en latin , & le grec fervait d'amufement ; le jargon barbare de chaque province n'était que pour la populace. On plaidait en latin dans les tribunaux de l'Afrique comme à Rome. Un habitant de Cornouaille partait pour l'Afie mineure , fûr d'être entendu par-tout fur la route. C'était du moins un bien que la rapacité des Romains avait fait aux hommes. On fe trouvait citoyen de toutes les villes , fur le Danube comme fur le Guadalquivir. Aujourd'hui un Bergamafque , qui voyage dans les petits cantons fuiffes , dont il n'eft féparé que par une montagne , a befoin d'interprète comme s'il était à la Chine. C'eft un des plus grands fléaux de la vie.

S E C T I O N   I I.

LA vanité a toujours élevé les grands monumens. Ce fut par vanité que les hommes bâtirent la belle tour de Babel : Allons , élevons une tour dont le fommet touche au ciel , & rendons notre nom célébre avant que nous foyons difperfés dans toute la terre. L'entreprife fut faite du temps d'un nommé *Phaleg* qui comptait le bon homme *Noé* pour fon cinquième aïeul. L'architeûure & tous les arts qui l'accompagnent avaient fait, comme on voit, de grands progrès en cinq générations. S* *Jérôme*, le même qui a vu des faunes & des fatyres, n'avait pas vu plus que moi la tour de Babel ; mais il affure qu'elle avait vingt mille pieds de hauteur. C'eft bien peu de chofe. L'ancien livre *Jalculte*, écrit par un des plus doûes Juifs, démontre que fa hauteur était de quatre-vingts & un mille pieds juifs. Et il n'y a perfonne qui ne fache que le pied juif était à-peu-près de la longueur du pied grec. Cette dimenfion eft bien plus vraifemblable que celle de *Jérôme.* Cette tour fubfifte encore, mais elle n'eft plus tout-à-fait fi haute. Plufieurs voyageurs très-véridiques l'ont vue : moi qui ne l'ai point vue, je n'en parlerai pas plus que d'*Adam* mon grand-père, avec qui je n'ai point eu l'honneur de converfer ; mais confultez le révérend père dom *Calmet.* C'eft un homme d'un efprit fin & d'une profonde philofophie, il vous expliquera la chofe. Je ne fais pas pourquoi il eft dit dans la Genèfe que Babel fignifie confufion, car *Ba* fignifie père dans les langues orientales , & *Bel* fignifie D I E U ; Babel fignifie la ville de D I E U , la ville fainte. Les anciens donnaient ce nom à toutes leurs capitales. Mais il eft inconteftable que Babel veut dire confufion, foit parce que les architectes furent confondus après avoir élevé leur ouvrage jufqu'à quatre-vingts & un mille pieds juifs, foit parce que les langues fe confondirent, & c'eft évidemment depuis ce temps-là que les Allemands n'entendent plus les Chinois ; car il eft clair, felon le favant *Bochard* , que le chinois eft originairement la même langue que le haut allemand.

B A C C H U S.

DE tous les perfonnages véritables ou fabuleux de l'antiquité profane , *Bacchus* eft le plus important pour nous. Je ne dis point par la belle invention que tout l'univers, excepté les Juifs, lui attribua , mais par la prodigieufe reffemblance de fon hiftoire fabuleufe avec les aventures véritables de *Moïfe.*

Les anciens poëtes font naître *Bacchus* en Egypte; il eft expofé fur le Nil; & c'eft de-là qu'il eft nommé *Mifes* par le premier *Orphée*, ce qui veut dire en ancien égyptien *fauvé des eaux*, à ce que prétendent ceux qui entendaient l'ancien égyptien qu'on n'entend plus. Il eft élevé vers une montagne d'Arabie nommée *Nifa*, qu'on a cru être le mont Sina. On feint qu'une déeffe lui ordonna d'aller détruire une nation barbare, qu'il paffa la mer Rouge à pied avec une multitude d'hommes, de femmes, & d'enfans. Une autre fois le fleuve Oronte fufpendit fes eaux à droite & à gauche pour le laiffer paffer; l'Hidafpe en fit autant. Il commanda au foleil de s'arrêter; deux rayons lumineux lui fortaient de la tête. Il fit jaillir une fontaine de vin en frappant la terre de fon thyrfe; il grava fes lois fur deux tables de marbre. Il ne lui manque que d'avoir affligé l'Egypte de dix plaies pour être la copie parfaite de *Moïfe.*

Voffius eft, je penfe, le premier qui ait étendu ce parallèle. L'évêque d'Avranche *Huet* l'a pouffé tout auffi loin; mais il ajoute, dans fa Démonftration évangélique, que non-feulement *Moïfe* eft *Bacchus*, mais qu'il eft encore *Ofiris* & *Typhon*. Il ne s'arrête pas en fi beau chemin; *Moïfe*, felon lui, eft *Efculape*, *Amphion*, *Apollon*, *Adonis*, *Priape* même. Il eft affez plaifant que *Huet*, pour prouver que *Moïfe* eft *Adonis*, fe fonde fur ce que l'un & l'autre ont gardé des moutons:

Et formofus oves ad flumina pavit Adonis.
Adonis & Moïfe ont gardé les moutons.

M 3

Sa preuve qu'il eft *Priape* eft qu'on peignait quelquefois *Priape* avec un âne, & que les Juifs paffèrent
chez les Gentils pour adorer un âne. Il en donne une
autre preuve qui n'eft pas canonique, c'eft que la verge
de *Moïfe* pouvait être comparée au fceptre de *Priape*:
(*a*) *fceptrum tribuitur Priapo, virga Mofi.* Ces démonftrations ne font pas celles d'*Euclide*.

Nous ne parlerons point ici des *Bacchus* plus
modernes, tel que celui qui précéda de deux cents ans
la guerre de Troye, & que les Grecs célébrèrent
comme un fils de *Jupiter* enfermé dans fa cuiffe.

Nous nous arrêtons à celui qui paffa pour être né
fur les confins de l'Egypte, & pour avoir fait tant de
prodiges. Notre refpect pour les livres facrés juifs, ne
nous permet pas de douter que les Egyptiens, les
Arabes, & enfuite les Grecs, n'aient voulu imiter
l'hiftoire de *Moïfe*. La difficulté confiftera feulement à
favoir comment ils auront pu être inftruits de cette
hiftoire inconteftable.

A l'égard des Egyptiens, il eft très-vraifemblable
qu'ils n'ont jamais écrit les miracles de *Moïfe*, qui les
auraient couverts de honte. S'ils en avaient dit un
mot, l'hiftorien *Jofephe* & *Philon* n'auraient pas manqué de fe prévaloir de ce mot. *Jofephe* dans fa réponfe
à *Appion*, fe fait un devoir de citer tous les auteurs
d'Egypte qui ont fait mention de *Moïfe ;* & il n'en
trouve aucun qui rapporte un feul de ces miracles.
Aucun Juif n'a jamais cité un auteur égyptien qui ait
dit un mot des dix plaies d'Egypte, du paffage miraculeux de la mer Rouge &c. Ce ne peut donc être chez

_____

(*a*) *Demonft. évangel.* pages 79, 87 & 110.

les Egyptiens qu'on ait trouvé de quoi faire ce parallèle
fcandaleux du divin *Moïfe* avec le profane *Bacchus*.

Il eft de la plus grande évidence que fi un feul
auteur égyptien avait dit un mot des grands miracles
de *Moïfe*, toute la fynagogue d'Alexandrie, toute
l'églife difputante de cette fameufe ville, aurait cité
ce mot, & en aurait triomphé, chacune à fa manière.
Athénagore, *Clément*, *Origène*, qui difent tant de chofes
inutiles, auraient rapporté mille fois ce paffage néceffaire : c'eût été le plus fort argument de tous les pères.
Ils ont tous gardé un profond filence ; donc ils
n'avaient rien à dire. Mais auffi comment s'eft-il pu
faire qu'aucun Egyptien n'ait parlé des exploits d'un
homme qui fit tuer tous les aînés des familles d'Egypte,
qui enfanglanta le Nil, & qui noya dans la mer le roi
& toute l'armée ? &c. &c. &c.

Tous nos hiftoriens avouent qu'un *Clodvic*, un
Sicambre fubjugua la Gaule avec une poignée de
barbares : les Anglais font les premiers à dire que les
Saxons, les Danois, & les Normands, vinrent tour-à-
tour exterminer une partie de leur nation. S'ils ne
l'avaient pas avoué, l'Europe entière le crierait.
L'univers devait crier de même aux prodiges épouvantables de *Moïfe*, de *Jofué*, de *Gédéon*, de *Samfon*, & de
tant de prophètes : l'univers s'eft tu cependant. O profondeur ! D'un côté il eft palpable que tout cela eft
vrai, puifque tout cela fe trouve dans la fainte Ecriture
approuvée par l'Eglife ; de l'autre il eft inconteftable
qu'aucun peuplé n'en a jamais parlé. Adorons la
Providence, & foumettons-nous.

Les Arabes, qui ont toujours aimé le merveilleux,
font probablement les premiers auteurs des fables

inventées fur *Bacchus* , adoptées bientôt & embellies
par les Grecs. Mais comment les Arabes & les Grecs
auraient-ils puifé chez les Juifs ? On fait que les Hébreux
ne communiquèrent leurs livres à perfonne jufqu'au
temps des *Ptolomées ;* ils regardaient cette communication comme un facrilége ; & *Jofephe* même , pour
juftifier cette obftination à cacher le Pentateuque au
refte de la terre , dit que D I E U avait puni tous les
étrangers qui avaient ofé parler des hiftoires juives.
Si on l'en croit , l'hiftorien *Théopompe* ayant eu feulement deffein de faire mention d'eux dans fon ouvrage,
devint fou pendant trente jours ; & le poëte tragique
Théodecte devint aveugle pour avoir fait prononcer le
nom des Juifs dans une de fes tragédies. Voilà les
excufes que *Flavien Jofephe* donne dans fa réponfe à
Appion de ce que l'hiftoire juive a été fi long-temps
inconnue.

Ces livres étaient d'une fi prodigieufe rareté qu'on
n'en trouva qu'un feul exemplaire fous le roi *Jofias ;*
& cet exemplaire encore avait été long-temps oublié
dans le fond d'un coffre , au rapport de *Saphan* fcribe
du pontife *Helcias* , qui le porta au roi.

Cette aventure arriva, felon le quatrième livre des
Rois , fix cents vingt-quatre ans avant notre ère vulgaire, quatre cents ans après *Homère* , & dans les temps
les plus floriffans de la Grèce. Les Grecs favaient alors
à peine qu'il y eût des Hébreux au monde. La captivité des Juifs à Babylone augmenta encore leur
ignorance de leurs propres livres. Il fallut qu'*Efdras*
les reftaurât au bout de foixante & dix ans ; & il y
avait déjà plus de cinq cents ans que la fable de
Bacchus courait toute la Grèce.

Si les Grecs avaient puifé leurs fables dans l'hiftoire juive, ils y auraient pris des faits plus intéreffans pour le genre-humain. Les aventures d'*Abraham*, celles de *Noé*, de *Mathufalem*, de *Seth*, d'*Enoch*, de *Caïn*, d'*Eve*, de fon funefte ferpent, de l'arbre de la fcience, tous ces noms leur ont été de tout temps inconnus : & ils n'eurent une faible connaiffance du peuple juif que long-temps après la révolution que fit *Alexandre* en Afie & en Europe. L'hiftorien *Jofephe* l'avoue en termes formels. Voici comme il s'exprime dès le commencement de fa réponfe à *Appion* qui (par parenthèfe) était mort quand il lui répondit : car *Appion* mourut fous l'empereur *Claude*; & *Jofephe* écrivit fous *Vefpafien*.

(*b*) ,, Comme le pays que nous habitons eft éloigné ,, de la mer, nous ne nous appliquons point au ,, commerce, & n'avons point de communication ,, avec les autres nations. Nous nous contentons de ,, cultiver nos terres qui font très-fertiles, & travaillons ,, principalement à bien élever nos enfans, parce ,, que rien ne nous paraît fi néceffaire que de les ,, inftruire dans la connaiffance de nos faintes lois, ,, & dans une véritable piété qui leur infpire le défir ,, de les obferver. Ces raifons ajoutées à ce que j'ai ,, dit, & à cette manière de vie qui nous eft particu- ,, lière, font voir que dans les fiècles paffés nous ,, n'avons point eu de communication avec les Grecs, ,, comme ont eu les Egyptiens & les Phéniciens.... ,, Y a-t-il donc fujet de s'étonner que notre nation ,, n'étant point voifine de la mer, n'affectant point ,, de rien écrire, & vivant en la manière que je l'ai ,, dit, elle ait été peu connue ? ,,

(*b*) Réponfe de *Jofephe*. Traduction d'*Arnaud d'Andilli*, chap. V.

Après un aveu auffi authentique du juif le plus entêté de l'honneur de fa nation qui ait jamais écrit, on voit affez qu'il eft impoffible que les anciens Grecs euffent pris la fable de *Bacchus* dans les livres facrés des Hébreux, ni même aucune autre fable, comme le facrifice d'*Iphigénie*, celui du fils d'*Idomenée*; les travaux d'*Hercule*, l'aventure d'*Eurydice*, &c. : la quantité d'anciens récits qui fe reffemblent eft prodigieufe. Comment les Grecs ont-ils mis en fables ce que les Hébreux ont mis en hiftoire? Serait-ce par le don de l'invention? Serait-ce par la facilité de l'imitation? Serait-ce parce que les beaux efprits fe rencontrent? Enfin, DIEU l'a permis; cela doit fuffire. Qu'importe que les Arabes & les Grecs aient dit les mêmes chofes que les Juifs? Ne lifons l'ancien Teftament que pour nous préparer au nouveau, & ne cherchons dans l'un & dans l'autre que des leçons de bienfefance, de modération, d'indulgence, & d'une véritable charité.

R O G E R B A C O N.

VOUS croyez que *Roger Bacon*, ce fameux moine du treizième fiècle, était un très-grand-homme, & qu'il avait la vraie fcience, parce qu'il fut perfécuté & condamné dans Rome à la prifon par des ignorans. C'eft un grand préjugé en fa faveur, je l'avoue : mais n'arrrive-t-il pas tous les jours que des charlatans condamnent gravement d'autres charlatans, & que des fous font payer l'amende à d'autres fous? Ce

monde-ci a été long-temps femblable aux petites-
maifons, dans lefquelles celui qui fe croit le Père
éternel anathématife celui qui fe croit le St Efprit;
& ces aventures ne font pas même aujourd'hui extrêmement rares.

Parmi les chofes qui le rendirent recommandable,
il faut premièrement compter fa prifon, enfuite la
noble hardieffe avec laquelle il dit que tous les livres
d'*Ariflote* n'étaient bons qu'à brûler : & cela dans un
temps où les fcolaftiques refpeétaient *Ariflote*, beaucoup plus que les janféniftes ne refpeétent *St Auguftin*.
Cependant *Roger Bacon* a-t-il fait quelque chofe de
mieux que la poëtique, la rhétorique, & la logique
d'*Ariflote*? Ces trois ouvrages immortels prouvent
affurément qu'*Ariflote* était un très-grand & très-
beau génie, pénétrant, profond, méthodique; &
qu'il n'était mauvais phyficien que parce qu'il était
impoffible de fouiller dans les carrières de la phyfique,
lorfqu'on manquait d'inftrumens.

Roger Bacon dans fon meilleur ouvrage, où il traite
de la lumière & de la vifion, s'exprime-t-il beaucoup
plus clairement qu'*Ariflote*, quand il dit : *La lumière
fait par voie de multiplication fon efpèce lumineufe, & cette
aétion eft appelée univoque & conforme à l'agent; il y a une
autre multiplication équivoque, par laquelle la lumière
engendre* la chaleur, *& la chaleur la putréfaétion* ?

Ce *Roger* d'ailleurs vous dit qu'on peut prolonger
fa vie avec du fperma ceti, & de l'aloès & de la chair
de dragon, mais qu'on peut fe rendre immortel avec
la pierre philofophale. Vous penfez bien qu'avec ces
beaux fecrets il poffédait encore tous ceux de l'aftrologie judiciaire fans exception : auffi affure-t-il bien

pofitivement dans fon *Opus majus*, que la tête de
l'homme eft foumife aux influences du bélier, fon
cou à celles du taureau, & fes bras au pouvoir des
gémeaux, &c. Il prouve même ces belles chofes par
l'expérience, & il loue beaucoup un grand aftrologue
de Paris, qui empêcha, dit-il, un médecin de mettre
un emplâtre fur la jambe d'un malade, parce que le
foleil était alors dans le figne du verfeau, & que le
verfeau eft mortel pour les jambes fur lefquelles on
applique des emplâtres.

C'eft une opinion affez généralement répandue, que
notre *Roger* fut l'inventeur de la poudre à canon. Il
eft certain que de fon temps on était fur la voie de
cette horrible découverte : car je remarque toujours
que l'efprit d'invention eft de tous les temps, & que
les docteurs, les gens qui gouvernent les efprits & les
corps, ont beau être d'une ignorance profonde, ont
beau faire régner les plus infenfés préjugés, ont beau
n'avoir pas le fens commun, il fe trouve toujours des
hommes obfcurs, des artiftes animés d'un inftinct
fupérieur, qui inventent des chofes admirables, fur
lefquelles enfuite les favans raifonnent.

Voici mot à mot ce fameux paffage de *Roger Bacon*
touchant la poudre à canon ; il fe trouve dans fon
Opus majus page 474, édition de Londres : *Le feu grégeois
peut difficilement s'éteindre, car l'eau ne l'éteint pas. Et il
y a de certains feux dont l'explofion fait tant de bruit, que
fi on les allumait fubitement & de nuit, une ville & une
armée ne pourraient le foutenir : les éclats de tonnerre ne
pourraient leur être comparés. Il y en a qui effraient tellement la vue, que les éclairs des nues la troublent moins : on
croit que c'eft par de tels artifices, que Gédéon jeta la*

terreur dans l'armée des Madianites. Et nous en avons une preuve dans ce jeu d'enfans , qu'on fait par-tout le monde. On enfonce du falpêtre avec force dans une petite balle de la groffeur d'un pouce ; on la fait crever avec un bruit fi violent qu'il furpaffe le rugiffement du tonnerre ; & il en fort une plus grande exhalaifon de feu que celle de la foudre. Il paraît évident, que *Roger Bacon* ne connaiffait que cette expérience commune d'une petite boule pleine de falpêtre mife fur le feu. Il y a encore bien loin de-là à la poudre à canon, dont *Roger* ne parle en aucun endroit, mais qui fut bientôt après inventée.

Une chofe me furprend davantage, c'eft qu'il ne connût pas la direction de l'aiguille aimantée, qui de fon temps commençait à être connue en Italie ; mais en récompenfe il favait très-bien le fecret de la baguette de coudrier, & beaucoup d'autres chofes femblables, dont il traite dans fa *Dignité de l'art expérimental.*

Cependant malgré ce nombre effroyable d'abfurdités & de chimères, il faut avouer que ce *Bacon* était un homme admirable pour fon fiècle. Quel fiècle ? me direz-vous ; c'était celui du gouvernement féodal & des fcolaftiques. Figurez-vous les Samoïèdes & les Oftiaques, qui auraient lu *Ariftote & Avicenne;* voilà ce que nous étions.

Roger favait un peu de géométrie & d'optique, & c'eft ce qui le fit paffer à Rome & à Paris pour un forcier. Il ne favait pourtant que ce qui eft dans l'Arabe *Alhazen.* Car dans ces temps-là on ne favait encore rien que par les Arabes. Ils étaient les médecins & les aftrologues de tous les rois chrétiens. Le fou du roi était toujours de la nation : mais le docteur était Arabe ou Juif.

Tranfportez ce *Bacon* au temps où nous vivons, il ferait fans doute un très-grand-homme. C'était de l'or encroûté de toutes les ordures du temps où il vivait : cet or aujourd'hui ferait épuré.

Pauvres humains que nous fommes ! que de fiècles il a fallu pour acquérir un peu de raifon !

DE FRANÇOIS BACON,

Et de l'attraction.

SECTION PREMIERE.

LE plus grand fervice peut-être que *François Bacon* ait rendu à la philofophie a été de deviner l'attraction.

Il difait fur la fin du feizième fiècle, dans fon livre de la Nouvelle méthode de favoir :

,, Il faut chercher s'il n'y aurait point une efpèce ,, de force magnétique qui opère entre la terre & ,, les chofes pefantes, entre la lune & l'océan ; entre ,, les planètes.... Il faut ou que les corps graves ,, foient pouffés vers le centre de la terre, ou qu'ils ,, en foient mutuellement attirés ; & , en ce dernier ,, cas, il eft évident que plus les corps en tombant ,, s'approchent de la terre, plus fortement ils s'attirent.... ,, Il faut expérimenter fi la même horloge à poids ira ,, plus vîte fur le haut d'une montagne, ou au fond ,, d'une mine. Si la force des poids diminue fur la ,, montagne & augmente dans la mine, il y a apparence ,, que la terre a une vraie attraction. ,,

Environ cent ans après, cette attraction, cette gravitation, cette propriété univerſelle de la matière, cette cauſe qui retient les planètes dans leurs orbites, qui agit dans le ſoleil, & qui dirige un fétu vers le centre de la terre, a été trouvée, calculée, & démontrée, par le grand *Newton*. Mais quelle ſagacité dans *Bacon* de Verulam, de l'avoir ſoupçonnée lorſque perſonne n'y penſait !

Ce n'eſt pas là de la matière ſubtile produite par des échancrures de petits dés qui tournèrent autre-fois ſur eux-mêmes, quoique tout fût plein ; ce n'eſt pas de la matière globuleuſe formée de ces dés, ni de la matière cannelée. Ces grotteſques furent reçus pendant quelques temps chez les curieux : c'était un très-mauvais roman ; non-ſeulement il réuſſit comme *Cyrus* & *Pharamond*, mais il fut embraſſé comme une vérité par des gens qui cherchaient à penſer. Si vous en exceptez *Bacon*, *Galilée*, *Toricelli*, & un très-petit nombre de ſages, il n'y avait alors que des aveugles en phyſique.

Ces aveugles quittèrent les chimères grecques pour les chimères des tourbillons & de la matière canne-lée ; & lorſqu'enfin on eut découvert & démontré l'attraction, la gravitation, & ſes lois, on cria aux qualités occultes. Hélas ! tous les premiers reſſorts de la nature ne ſont-ils pas pour nous des qualités occultes ? Les cauſes du mouvement, du reſſort, de la génération, de l'immutabilité des eſpèces, du ſentiment, de la mémoire, de la penſée, ne ſont-elles pas très-occultes ?

Bacon ſoupçonna, *Newton* démontra l'exiſtence d'un principe juſqu'alors inçonnu. Il faut que les

hommes s'en tiennent là, jusqu'à ce qu'ils deviennent des dieux. *Newton* fut affez fage, en démontrant
les lois de l'attraction, pour dire qu'il en ignorait
là caufe; il ajouta que c'était peut-être une impulfion, peut-être une fubftance légère prodigieufement
élaftique, répandue dans la nature. Il tâchait apparemment d'apprivoifer par ces *peut-être* les efprits
effarouchés du mot d'*attraction*, & d'une propriété
de la matière qui agit dans tout l'univers fans toucher
à rien.

Le premier qui ofa dire (du moins en France)
qu'il eft impoffible que l'impulfion foit la caufe de
ce grand & univerfel phénomène, s'expliqua ainfi,
lors même que les tourbillons & la matière fubtile
étaient encore fort à la mode.

,, On voit l'or, le plomb, le papier, la plume,
,, tomber également vîte, & arriver au fond du réci-
,, pient, & en même temps, dans la machine pneu-
,, matique. ,,

,, Ceux qui tiennent encore pour le plein de
,, *Defcartes*, pour les prétendus effets de la matière
,, fubtile, ne peuvent rendre aucune bonne raifon
,, de ce fait; car les faits font leurs écueils. Si tout
,, était plein, quand on leur accorderait qu'il pût y
,, avoir alors du mouvement (ce qui eft abfolument
,, impoffible) au moins cette prétendue matière
,, fubtile remplirait exactement le récipient, elle y
,, ferait en auffi grande quantité que de l'eau ou du
,, mercure qu'on y aurait mis : elle s'oppoferait au
,, moins à cette defcente fi rapide des corps : elle
,, réfifterait à ce large morceau de papier felon la
,, furface de ce papier, & laifferait tomber la balle
,, d'or

» d'or ou de plomb beaucoup plus vîte. Mais ces
» chutes fe font au même inftant; donc il n'y a
» rien dans le récipient qui réfifte ; donc cette pré-
» tendue matière fubtile ne peut faire aucun effet
» fenfible dans ce récipient; donc il y a une autre
» force qui fait la pefanteur.

» En vain dirait-on qu'il refte une matière
» fubtile dans ce récipient, puifque la lumière le
» pénètre. Il y a bien de la différence : la lumière
» qui eft dans ce vafe de verre n'en occupé certai-
» nement pas la cent millième partie ; mais, felon
» les cartéfiens, il faut que leur matière imagi-
» naire rempliffe bien plus exactement le récipient,
» que fi je le fuppofais rempli d'or ; car il y a
» beaucoup de vide dans l'or, & ils n'en admettent
» point dans leur matière fubtile.

» Or, par cette expérience, la pièce d'or qui pèfe
» cent mille fois plus que le morceau de papier, eft
» defcendue auffi vîte que le papier ; donc la force
» qui l'a fait defcendre a agi cent mille fois plus
» fur lui que fur le papier ; de même qu'il faudra
» cent fois plus de force à mon bras pour remuer
» cent livres, que pour remuer une livre; donc cette
» puiffance qui opère la gravitation agit en raifon
» directe de la maffe des corps. Elle agit en effet
» tellement fur la maffe des corps, non felon les fur-
» faces, qu'un morceau d'or, réduit en poudre,
» defcend dans la machine pneumatique auffi vîte
» que la même quantité d'or, étendue en feuille. La
» figure du corps ne change ici en rien fa gravité;
» ce pouvoir de gravitation agit donc fur la nature
» interne des corps, & non en raifon des fuperficies.

Dictionn. philofoph. Tome II.   N

,, On n'a jamais pu répondre à ces vérités pref-
,, fantes que par une fuppofition auffi chimérique
,, que les tourbillons. On fuppofe que la matière
,, fubtile prétendue, qui remplit tout le récipient,
,, ne pèfe point. Etrange idée, qui devient abfurde
,, ici; car il ne s'agit pas dans le cas préfent d'une
,, matière qui ne pèfe pas, mais d'une matière qui
,, ne réfifte pas. Toute matière réfifte par fa force
,, d'inertie. Donc fi le récipient était plein, la
,, matière quelconque qui le remplirait réfifterait
,, infiniment; cela paraît démontré en rigueur.

,, Ce pouvoir ne réfifte point dans la prétendue
,, matière fubtile. Cette matière ferait un fluide;
,, tout fluide agit fur les folides en raifon de leurs
,, fuperficies; ainfi le vaiffeau préfentant moins de
,, furface par fa proue, fend la mer qui réfifterait
,, à fes flancs. Or fi la fuperficie d'un corps eft comme
,, le quarré de fon diamètre, la folidité de ce corps
,, eft comme le cube de ce même diamètre; le même
,, pouvoir ne peut agir à la fois en raifon du cube
,, & du quarré; donc la pefanteur, la gravitation,
,, n'eft point l'effet de ce fluide. De plus, il eft
,, impoffible que cette prétendue matière fubtile ait
,, d'un côté affez de force pour précipiter un corps
,, de cinquante-quatre mille pieds de haut en une
,, minute, (car telle eft la chute des corps;) & que
,, de l'autre elle foit affez impuiffante pour ne pou-
,, voir empêcher le pendule du bois le plus léger,
,, de remonter de vibration en vibration dans la
,, machine pneumatique, dont cette matière imagi-
,, naire eft fuppofée remplir exactemenr tout l'efpace.
,, Je ne craindrai donc point d'affirmer que fi l'on

,, découvrait jamais une impulſion, qui fût la cauſe de
,, la peſanteur des corps vers un centre, en un mot,
,, la cauſe de la gravitation, de l'attraction univer-
,, ſelle, cette impulſion ferait d'une toute autre
,, nature que celle qui nous eſt connue. ,,

Cette philoſophie fut d'abord très-mal reçue ; mais
il y a des gens dont le premier aſpect choque &
auxquels on s'accoutume.

La contradiction eſt utile ; mais l'auteur du Spectacle
de la nature, n'a-t-il pas un peu outré ce ſervice rendu
à l'eſprit humain, lorſqu'à la fin de ſon Hiſtoire du
ciel il a voulu donner des ridicules à *Newton*, & rame-
ner les tourbillons ſur les pas d'un écrivain nommé
Privat de Molières ?

(*a*) *Il vaudrait mieux*, dit-il, *ſe tenir en repos que
d'exercer laborieuſement ſa géométrie à calculer & à meſurer
des actions imaginaires, & qui ne nous apprennent rien, &c.*

Il eſt pourtant aſſez reconnu que *Galilée, Kepler,* &
Newton, nous ont appris quelque choſe. Ce diſcours
de M. *Pluche* ne s'éloigne pas beaucoup de celui que
M. *Algarotti* rapporte dans le *Neutonianiſmo per le dame*,
d'un brave Italien qui diſait : *Souffrirons-nous qu'un
Anglais nous inſtruiſe* ?

Pluche va plus loin, (*b*) il raille ; il demande comment un homme dans une encoignure de l'égliſe Notre-
Dame n'eſt pas attiré & collé à la muraille ?

Huyghens & *Newton* auront donc en vain démontré,
par le calcul de l'action des forces centrifuges & cen-
tripètes, que la terre eſt un peu applatie vers les pôles ?
Vient un *Pluche*, qui vous dit froidement (*c*) que les

(*a*) Tome II, page 299.   (*c*) Page 319.
(*b*) Page 300.

N 2

terres ne doivent être plus hautes vers l'équateur, qu'afin que *les vapeurs s'élèvent plus dans l'air, & que les Nègres de l'Afrique ne foient pas brûlés de l'ardeur du foleil.*

Voilà, je l'avoue, une plaifante raifon. Il s'agiffait alors de favoir fi, par les lois mathématiques, le grand cercle de l'équateur terreftre furpaffe le cercle du méridien d'un cent foixante & dix-huitième; & on veut nous perfuader que fi la chofe eft ainfi, ce n'eft point en vertu de la théorie des forces centrales, mais uniquement pour que les Nègres aient environ cent foixante-dix-huit gouttes de vapeurs fur leurs têtes, tandis que les habitans du Spitzberg n'en auront que cent foixante-dix-fept.

Le même *Pluche* continuant fes railleries de collége, dit ces propres paroles : ,, Si l'attraction a pu élargir ,, l'équateur.... qui empêchera de demander fi ce ,, n'eft pas l'attraction qui a mis en faillie le devant ,, du globe de l'œil, ou qui a élancé au milieu du ,, vifage de l'homme ce morceau de cartilage qu'on ,, appelle *le nez?* (*d*)

Ce qu'il y a de pis, c'eft que l'Hiftoire du ciel & le Spectacle de la nature contiennent de très-bonnes chofes pour les commençans; & que les erreurs ridicules, prodiguées à côté de vérités utiles, peuvent aifément égarer des efprits qui ne font pas encore formés.

(*d*) En effet, *Maupertuis*, dans un petit livre intitulé la Vénus phyfique, avança cette étrange opinion.

SECTION II.

IL n'y a pas long-temps que l'on agitait dans une compagnie célébre cette question usée & frivole : Quel était le plus grand-homme de *Céfar*, d'*Alexandre*, de *Tamerlan*, ou de *Cromwell* ? Quelqu'un répondit que c'était sans contredit *Isaac Newton*. Cet homme avait raison ; car si la vraie grandeur consiste à avoir reçu du ciel un puissant génie, & à s'en être servi pour s'éclairer soi-même & les autres ; un homme comme M. *Newton*, tel qu'il s'en trouve à peine en dix siècles, est véritablement le grand-homme : & ces politiques & ces conquérans, dont aucun siècle n'a manqué, ne font d'ordinaire que d'illustres méchans. C'est à celui qui domine fur les efprits par la force de la vérité, non à ceux qui font des efclaves par violence ; c'est à celui qui connaît l'univers, non à ceux qui le défigurent, que nous devons nos refpects.

Le fameux baron de *Vérulam*, connu en Europe fous le nom de *Bacon*, était fils d'un garde des fceaux, & fut long-temps chancelier fous le roi *Jacques I.* Cependant au milieu des intrigues de la cour & des occupations de fa charge, qui demandaient un homme tout entier, il trouva le temps d'être grand philofophe, bon hiftorien, écrivain élégant ; & ce qui est encore plus étonnant, c'est qu'il vivait dans un siècle où l'on ne connaissait guère l'art de bien écrire, encore moins la bonne philofophie. Il a été, comme c'est l'ufage parmi les hommes, plus estimé après fa mort que de fon vivant. Ses ennemis étaient à la cour de Londres ; fes admirateurs étaient les

N 3

étrangers. Lorſque le marquis d'*Effiat* amena en Angleterre la princeſſe *Marie* fille de *Henri le grand*, qui devait époufer le roi *Charles*, ce miniſtre alla viſiter *Bacon*, qui, étant alors malade au lit, le reçut les rideaux fermés. ,, Vous reſſemblez aux anges, (lui dit d'*Effiat*;) ,, on entend toujours parler d'eux, on ,, les croit bien fupérieurs aux hommes, & on n'a ,, jamais la confolation de les voir. ,,

On fait comment *Bacon* fut accufé d'un crime qui n'eſt guère d'un philofophe, de s'être laiſſé corrompre par argent. On fait comment il fut condamné par la chambre des pairs à une amende d'environ quatre cents mille livres de notre monnaie, à perdre fa dignité de chancelier & de pair. Aujourd'hui les Anglais révèrent fa mémoire, au point qu'à peine avouent-ils qu'il ait été coupable. Si on me demande ce que j'en penfe, je me fervirai, pour répondre, d'un mot que j'ai ouï dire à milord *Bolingbroke*. On parlait en fa préfence de l'avarice dont le duc de *Marlborough* avait été accufé, & on en citait des traits, fur lefquels on appelait au témoignage de milord *Bolingbroke*, qui, ayant été d'un parti contraire, pouvait peut-être avec bienféance dire ce qui en était. C'était un fi grand-homme, répondit-il, que j'ai oublié fes vices. Je me bornerai donc à vous parler de ce qui a mérité au chancelier *Bacon* l'eſtime de l'Europe.

Le plus fingulier & le meilleur de fes ouvrages, eſt celui qui eſt aujourd'hui le moins lu & le plus utile ; je veux parler de fon *Novum Scientiarum Organum*. C'eſt l'échafaud avec lequel on a bâti la nouvelle philofophie ; & quand cet édifice a été élevé, au moins en partie, l'échafaud n'a plus été d'aucun ufage. Le chancelier *Bacon* ne connaiffait pas encore la nature ; mais il favait & indiquait tous les chemins qui mènent à elle. Il avait méprifé de bonne heure ce que des fous en bonnet quarré enfeignaient fous le nom de philofophie, dans les petites maifons appelées *colléges* : & il fefait tout ce qui dépendait de lui, afin que ces compagnies, inftituées pour la perfection de la raifon humaine, ne continuaffent pas de la gâter par leurs *quiddités*, leurs *horreurs du vide*, leurs *formes fubftantielles* ; & tous ces mots, que non-feulement l'ignorance rendait refpectables, mais qu'un mélange ridicule avec la religion avait rendu facrés.

Il eft le père de la philofophie expérimentale. Il eft bien vrai qu'avant lui on avait découvert des fecrets étonnans : on avait inventé la bouffole, l'imprimerie, la gravure des eftampes, la peinture à l'huile, les glaces, l'art de rendre en quelque façon la vue aux vieillards par les lunettes qu'on appelle *beficles*, la poudre à canon, &c. ; on avait cherché, trouvé, & conquis, un nouveau monde. Qui ne croirait que ces fublimes découvertes euffent été faites par les grands philofophes, & dans des temps bien plus éclairés que le nôtre ? Point du tout, c'eft dans le temps de la barbarie fcolaftique que ces grands changemens ont été faits fur la terre. Le hafard feul a produit prefque toutes ces inventions ; on a même prétendu que ce qu'on appelle *hafard*, a eu grande part dans la découverte de l'Amérique : du moins a-t-on cru que *Chriftophe Colomb* n'entreprit fon voyage que fur la foi d'un

N 4

capitaine de vaiſſeau , qu'une tempête avait jeté
juſqu'à la hauteur des îles Caraïbes. Quoi qu'il en
ſoit , les hommes ſavaient aller au bout du monde ;
ils ſavaient détruire des villes avec un tonnerre arti-
ficiel, plus terrible que le tonnerre véritable ; mais
ils ne connaiſſaient pas la circulation du ſang , la
peſanteur de l'air, les lois du mouvement, la lumière,
le nombre de nos planètes , &c. Et un homme qui
ſoutenait une thèſe ſur les cathégories d'*Ariſtote* , ſur
l'univerſel *à parte rei* , ou telle autre ſottiſe, était
regardé comme un prodige.

Les inventions les plus étonnantes & les plus utiles
ne ſont pas celles qui ſont le plus d'honneur à l'eſprit
humain. C'eſt à un inſtinct mécanique , qui eſt chez
la plupart des hommes , que nous devons la plupart
des arts , & nullement à la ſaine philoſophie. La
découverte du feu, l'art de faire du pain , de fondre
& de préparer les métaux, de bâtir des maiſons, l'invention de la navette, ſont d'une toute autre néceſſité
que l'imprimerie & la bouſſole ; cependant ces arts
furent inventés par des hommes encore ſauvages.
Quel prodigieux uſage les Grecs & les Romains ne
firent-ils pas depuis des mécaniques ! Cependant on
croyait de leur temps , qu'il y avait des cieux de
criſtal , & que les étoiles étaient de petites lampes, qui
tombaient quelquefois dans la mer ; & un de leurs
plus grands philoſophes , après bien des recherches,
avait trouvé que les aſtres étaient des cailloux, qui
s'étaient détachés de la terre.

En un mot , perſonne, avant le chancelier *Bacon*,
n'avait connu la philoſophie expérimentale ; & de
toutes les épreuves phyſiques qu'on a faites depuis

lui, il n'y en a presque pas une qui ne soit indiquée dans son livre. Il en avait fait lui-même plusieurs. Il fit des espèces de machines pneumatiques, par lesquelles il devina l'élasticité de l'air; il a tourné tout autour de la découverte de sa pesanteur; il y touchait: cette vérité fut saisie par *Torricelli*. Peu de temps après, la physique expérimentale commença tout-d'un-coup à être cultivée à la fois dans presque toutes les parties de l'Europe. C'était un trésor caché dont *Bacon* s'était douté, & que tous les philosophes, encouragés par sa promesse, s'efforcèrent de déterrer. Nous avons vu qu'on trouve dans son livre, en termes exprès, cette attraction nouvelle dont *Newton* passe pour l'inventeur.

Ce précurseur de la philosophie a été aussi un écrivain élégant, un historien, un bel esprit. Ses Essais de morale sont très-estimés, mais ils sont faits pour instruire plutôt que pour plaire; & n'étant ni la satire de la nature humaine, comme les maximes de *la Rochefoucauld*, ni l'école du scepticisme, comme *Montagne*, ils sont moins lus que ces deux livres ingénieux. Sa vie de *Henri VII* a passé pour un chef-d'œuvre; mais comment se peut-il faire, que quelques personnes osent comparer un si petit ouvrage avec l'histoire de notre illustre M. de *Thou*? en parlant de ce fameux imposteur *Perkins*, fils d'un juif converti, qui prit si hardiment le nom de *Richard IV*, roi d'Angleterre, encouragé par la duchesse de Bourgogne, & qui disputa la couronne à *Henri VII;* voici comme le chancelier *Bacon* s'exprime : ,, Environ ce ,, temps le roi *Henri* fut obsédé d'esprits malins par ,, la magie de la duchesse de Bourgogne, qui évoqua ,, des enfers l'ombre d'*Edouard IV*, pour venir

,, tourmenter le roi *Henri*. Quand la ducheffe de
,, Bourgogne eut inftruit *Perkins*, elle commença à
,, délibérer par quelle région du ciel elle ferait
,, paraître cette comète, & elle réfolut qu'elle
,, éclaterait d'abord fur l'horizon de l'Irlande. ,,
Il me femble que notre fage de *Thou* ne donne
guère dans ce phébus, qu'on prenait autrefois pour
du fublime, mais qu'à préfent on nomme avec raifon
galimatias.

B A D A U D.

QUAND on dira que *badaud* vient de l'italien *badare*,
qui fignifie *regarder*, *s'arrêter*, *perdre fon temps*, on ne
dira rien que d'affez vraifemblable. Mais il ferait
ridicule de dire avec le Dictionnaire de Trévoux, que
badaud fignifie fot, niais, ignorant, *ftolidus*, *ftupidus*,
bardus, & qu'il vient du mot latin *badaldus*.

Si on a donné ce nom au peuple de Paris plus
volontiers qu'à un autre, c'eft uniquement parce
qu'il y a plus de monde à Paris qu'ailleurs ; & par
conféquent plus de gens inutiles qui s'attroupent
pour voir le premier objet auquel ils ne font pas
accoutumés, pour contempler un charlatan, ou deux
femmes du peuple qui fe difent des injures, ou un
charretier dont la charrette fera renverfée, & qu'ils
ne relèveront pas. Il y a des badauds par-tout, mais
on a donné la préférence à ceux de Paris.

B A I S E R.

J'en demande pardon aux jeunes gens & aux jeunes demoiſelles ; mais ils ne trouveront point ici peut-être ce qu'ils chercheront. Cet article n'eſt que pour les ſavans & les gens ſérieux auxquels il ne convient guère.

Il n'eſt que trop queſtion de baiſer dans les comédies du temps de *Molière*. Champagne, dans la comédie de la Mère coquette de *Quinault*, demande des baiſers à Laurette : elle lui dit :

> *Tu n'es donc pas content ? vraiment c'eſt une honte ;*
> *Je t'ai baiſé deux fois.*

Champagne lui répond :

> *Quoi , tu baiſes par compte ?*

Les valets demandaient toujours des baiſers aux ſoubrettes ; on ſe baiſait ſur le théâtre. Cela était d'ordinaire très-fade & très-inſupportable, ſurtout dans des acteurs aſſez vilains, qui feſaient mal au cœur.

Si le lecteur veut des baiſers, qu'il en aille chercher dans le *Paſtor fido* ; il y a un chœur entier où il n'eſt parlé que de baiſers ; (*a*) & la pièce n'eſt

---

(*a*) *Sacci pura bocca curioſa e ſcaltra*
O ſeno , ô fronte , ô mano : unqua non fia
Che parte alcuna in bella donna bacci ,
Che bacciatrice fia
Se non la bocca ; ove l'una alma e l'altra
Corre , e ſi baccia anche ella , e con vivaci
Spiriti pellegrini
Dà vita al bel' teſoro ,
Di baccianti rubini &c.

fondée que fur un baifer que *Mirtillo* donna un jour
à la belle *Amarilli* au jeu de Colin-Maillard, *un
baccio molto faporito*.

On connaît le chapitre fur les baifers, dans lequel
Jean de la Caza, archevêque de Bénévent, dit qu'on
peut fe baifer de la tête aux pieds. Il plaint les grands
nez qui ne peuvent s'approcher que difficilement; &
il confeille aux dames qui ont le nez long d'avoir
des amans camus.

Le baifer était une manière de faluer très-ordinaire
dans toute l'antiquité. *Plutarque* rapporte que les
conjurés, avant de tuer *Céfar*, lui baifèrent le vifage,
la main, & la poitrine. *Tacite* dit que lorfque fon
beau-père *Agricola* revint de Rome, *Domitien* le reçut
avec un froid baifer, ne lui dit rien, & le laiffa
confondu dans la foule. L'inférieur qui ne pouvait
parvenir à faluer fon fupérieur en le baifant, appli-
quait fa bouche à fa propre main, & lui envoyait ce
baifer qu'on lui rendait de même fi on voulait.

On employait même ce figne pour adorer les Dieux.
Job, dans fa *parabole*, (*b*) qui eft peut-être le plus
ancien de nos livres connus, dit ,, qu'il n'a point
,, adoré le foleil & la lune comme les autres Arabes,

Il y a quelque chofe de femblable dans ces vers français dont on
ignore l'auteur.

> De cent baifers, dans votre ardente flamme,
> Si vous preffez belle gorge & beaux bras,
> C'eft vainement ; ils ne les rendent pas.
> Baifez la bouche, elle répond à l'ame.
> L'ame fe colle aux lèvres de rubis,
> Aux dents d'ivoire, à la langue amoureufe ;
> Ame contre ame alors eft fort heureufe,
> Deux n'en font qu'une ; & c'eft un paradis.

(*b*) *Job*, chap. XXXI.

,, qu'il n'a point porté fa main à fa bouche en regar-
,, dant ces aftres. ,,

Il ne nous eft refté, dans notre Occident, de cet
ufage fi antique, que la civilité *puérile & honnête*,
qu'on enfeigne encore dans quelques petites villes aux
enfans, de baifer leur main droite quand on leur
donne quelque fucrerie.

C'était une chofe horrible de trahir en baifant; c'eft
ce qui rend l'affaffinat de *Céfar* encore plus odieux.
Nous connaiffons affez les baifers de *Judas*; ils font
devenus proverbe.

Joab, l'un des capitaines de *David*, étant fort
jaloux d'*Amaza*, autre capitaine, lui dit : (c) *Bon
jour, mon frère; & il prit de fa main le menton d'Amaza
pour le baifer, & de l'autre main il tira fa grande épée &
l'affaffina d'un feul coup fi terrible, que toutes fes entrailles
lui fortirent du corps.*

On ne trouve aucun baifer dans les autres affaf-
finats affez fréquens qui fe commirent chez les Juifs,
fi ce n'eft peut-être les baifers que donna *Judith* au
capitaine *Holopherne*, avant de lui couper la tête dans
fon lit lorfqu'il fut endormi; mais il n'en eft pas fait
mention, & la chofe n'eft que vraifemblable.

Dans une tragédie de *Shakefpeare* nommé *Othello*,
cet *Othello* qui eft un nègre, donne deux baifers à fa
femme avant de l'étrangler. Cela paraît abominable
aux honnêtes gens; mais des partifans de *Shakefpeare*
difent que c'eft la belle nature, furtout dans un
nègre.

Lorfqu'on affaffina *Jean Galeas Sforza*, dans la
cathédrale de Milan, le jour de St Etienne; les deux

(c) Liv. II des Rois, chap. II.

Médicis, dans l'églife de la Reparata; l'amiral *Coligni*, le prince d'*Orange*, le maréchal d'*Ancre*, les frères de *With*, & tant d'autres ; du moins on ne les baifa pas.

Il y avait chez les anciens je ne fais quoi de fymbolique & de facré attaché au baifer, puifqu'on baifait les ftatues des dieux & leurs barbes, quand les fculpteurs les avaient figurés avec de la barbe. Les initiés fe baifaient aux myftères de *Cérès*, en figne de concorde.

Les premiers chrétiens & les premières chrétiennes fe baifaient à la bouche dans leurs agapes. Ce mot fignifiait *repas d'amour*. Ils fe donnaient le faint baifer, le baifer de paix, le baifer de frère & de fœur, *agion philema*. Cet ufage dura plus de quatre fiècles, & fut enfin aboli à caufe des conféquences. Ce furent ces baifers de paix, ces agapes d'amour, ces noms de *frère* & de *fœur*, qui attirèrent long-temps aux chrétiens peu connus, ces imputations de débauche dont les prêtres de *Jupiter* & les prêtreffes de *Vefta* les chargèrent. Vous voyez dans *Pétrone*, & dans d'autres auteurs profanes, que les diffolus fe nommaient *frère* & *fœur*. On crut que chez les chrétiens les mêmes noms fignifiaient les mêmes infamies. Ils fervirent innocemment eux-mêmes à répandre ces accufations dans l'empire romain.

Il y eut dans le commencement dix-fept fociétés chrétiennes différentes, comme il y en eut neuf chez les Juifs, en comptant les deux efpèces de Samaritains. Les fociétés qui fe flattaient d'être les plus orthodoxes accufaient les autres des impuretés les plus inconcevables. Le terme de *gnoftique* qui fut d'abord si honorable, & qui signifiait *savant*, *éclairé*, *pur*, devint un terme d'horreur & de mépris, un reproche d'héréfie. *St Epiphane* au troisième siècle prétendait qu'ils se chatouillaient d'abord les uns les autres, hommes & femmes, qu'ensuite ils se donnaient des baisers fort impudiques, & qu'ils jugeaient du degré de leur foi par la volupté de ces baisers ; que le mari disait à sa femme, en lui présentant un jeune initié : *Fais l'agape avec mon frère ;* & qu'ils fesaient l'agape.

Nous n'osons répéter ici dans la chaste langue française ce que *St Epiphane* ajoute en grec. (*d*) Nous dirons seulement que peut-être on en imposa un peu à ce saint, qu'il se laissa trop emporter à son zèle ;

_____

(*d*) En voici la traduction littérale en latin : (*) *Postquam enim inter se permixti fuerunt per scortationis affectum ; insuper blasphemiam suam in cœlum extendunt. Et suscipit quidem muliercula, itemque vir, fluxum à masculo in proprias suas manus ; & stant cœlum intuentes ; & immunditiam in manibus habentes, precantur nimirum stratiotici quidem & gnostici appellati, ad patrem, ut aiunt, universorum, offerentes ipsum hoc quod in manibus habent & dicunt : Offerimus tibi hoc donum corpus* C H R I S T I. *Et sic ipsum edunt, assumentes suam ipsorum immunditiam, & dicunt : Hoc est corpus* C H R I S T I, *& hoc est pascha. Ideo patiuntur corpora nostra, & coguntur confiteri passionem* C H R I S T I. *Eodem verò modo etiam de fœminâ, ubi contigerit ipsam in sanguinis fluxu esse, menstruum collectum ab ipsâ immunditiâ sanguinem acceptum in communi edunt ; & hic est (inquiunt) sanguis* C H R I S T I.

Comment *saint Epiphane* eût-il reproché des turpitudes si exécrables à la plus savante des premières sociétés chrétiennes, si elle n'avait pas donné lieu à ces accusations ? comment osa-t-il les accuser s'ils étaient innocens ? Ou *saint Epiphane* était le plus grand extravagant des calomniateurs ; ou ces gnostiques étaient les dissolus les plus infâmes, & en même temps les plus détestables hypocrites qui fussent sur la terre. Comment accorder de telles contradictions ? comment sauver le berceau de notre Eglise triomphante des horreurs d'un tel scandale ? Certes rien n'est plus propre à nous faire rentrer en nous-mêmes, à nous faire sentir notre extrême misère.

(*) *Epiphane contra hæres.* liv. I, tome II.

& que tous les hérétiques ne font pas de vilains débauchés.

La fecte des piétistes, en voulant imiter les premiers chrétiens, fe donne aujourd'hui des baifers de paix en fortant de l'affemblée, & en s'appelant *mon frère*, *ma fœur*; c'eft ce que m'avoua, il y a vingt ans, une piétifte fort jolie & fort humaine. L'ancienne coutume était de baifer fur la bouche; les piétistes l'ont foigneufement confervée.

Il n'y avait point d'autre manière de faluer les dames en France, en Allemagne, en Italie, en Angleterre; c'était le droit des cardinaux de baifer les reines fur la bouche, & même en Efpagne. Ce qui eft fingulier, c'eft qu'ils n'eurent pas la même prérogative en France, où les dames eurent toujours plus de liberté que par-tout ailleurs; mais *chaque pays a fes cérémonies*, & il n'y a point d'ufage fi général, que le hafard & l'habitude n'y aient mis quelque exception. C'eût été une incivilité, un affront, qu'une dame honnête, en recevant la première vifite d'un feigneur, ne le baifât pas à la bouche malgré fes mouftaches. *C'eft une déplaifante coutume*, dit Montagne, (e) *& injurieufe à nos dames, d'avoir à prêter leurs lèvres à quiconque a trois valets à fa fuite, pour mal plaifant qu'il foit.* Cette coutume était pourtant la plus ancienne du monde.

S'il eft défagréable à une jeune & jolie bouche de fe coller par politeffe à une bouche vieille & laide, il y avait un grand danger entre des bouches fraîches & vermeilles de vingt à vingt-cinq ans; & c'eft ce qui fit abolir enfin la cérémonie du baifer dans les

(e) Liv. III, chap. v.

myftères

myſtères & dans les agapes. C'eſt ce qui fit enfermer les femmes chez les Orientaux, afin qu'elles ne baiſaſſent que leurs pères & leurs frères. Coutume longtemps introduite en Eſpagne par les Arabes.

Voici le danger : il y a un nerf de la cinquième paire qui va de la bouche au cœur, & de là plus bas, tant la nature a tout préparé avec l'induſtrie la plus délicate : les petites glandes des lèvres, leur tiſſu ſpongieux, leurs mamelons veloutés, la peau fine, chatouilleuſe, leur donnent un ſentiment exquis & voluptueux, lequel n'eſt pas ſans analogie avec une partie plus cachée & plus ſenſible encore. La pudeur peut ſouffrir d'un baiſer long-temps ſavouré entre deux piétiſtes de dix-huit ans.

Il eſt à remarquer que l'eſpèce humaine, les tourterelles, & les pigeons, ſont les ſeuls qui connaiſſent les baiſers ; de-là eſt venu chez les Latins le mot *columbatim*, que notre langue n'a pu rendre. Il n'y a rien dont on n'ait abuſé. Le baiſer, deſtiné par la nature à la bouche, a été proſtitué ſouvent à des membranes qui ne ſemblaient pas faites pour cet uſage. On ſait de quoi les templiers furent accuſés.

Nous ne pouvons honnêtement traiter plus au long ce ſujet intéreſſant, quoique *Montagne* diſe : *Il en faut parler ſans vergogne ; nous prononçons hardiment* tuer, dérober, trahir ; *& de cela nous n'oſerions parler qu'entre les dents.*

B A L A ,

B A T A R D S.

B A L A , fervante de *Rachel* , & *Zelpha* fervante de *Lia* , donnèrent chacune deux enfans au patriarche *Jacob;* & vous remarquerez qu'ils héritèrent comme fils légitimes , auffi-bien que les huit autres enfans mâles que *Jacob* eut des deux fœurs *Lia* & *Rachel.* Il eft vrai qu'ils n'eurent tous pour héritage qu'une bénédiction , au lieu que *Guillaume le bâtard* hérita de la Normandie.

Thierri , bâtard de *Clovis* , hérita de la meilleure partie des Gaules , envahie par fon père.

Plufieurs rois d'Efpagne & de Naples ont été bâtards.

En Efpagne les bâtards ont toujours hérité. Le roi *Henri de Tranftamare* ne fut point regardé comme roi illégitime , quoiqu'il fût enfant illégitime ; & cette race de bâtards , fondue dans la maifon d'Autriche , a régné en Efpagne jufqu'à *Philippe V.*

La race d'*Arragon* qui régnait à Naples du temps de *Louis XII* , était bâtarde. Le comte de *Dunois* fignait , *le bâtard d'Orléans;* & l'on a confervé long-temps des lettres du duc de Normandie , roi d'Angleterre , fignées , *Guillaume le bâtard.*

En Allemagne , il n'en eft pas de même ; on veut des races pures ; les bâtards n'héritent jamais des fiefs , & n'ont point d'Etat. En France , depuis long-temps ,

le bâtard d'un roi ne peut être prêtre fans une dif-
penfe de Rome ; mais il eſt prince fans difficulté, dès
que le roi le reconnaît pour le fils de fon péché ,
fût-il bâtard adultérin de père & de mère. Il en eſt
de même en Efpagne. Le bâtard d'un roi d'Angleterre ne peut être prince, mais duc. Les bâtards de
Jacob ne furent ni ducs ni princes, ils n'eurent point
de terres ; & la raifon eſt que leurs pères n'en avaient
point ; mais on les appela depuis *patriarches*, comme
qui dirait archipères.

On a demandé fi les bâtards des papes pouvaient
être papes à leur tour. Il eſt vrai que le pape *Jean XI*
était bâtard du pape *Sergius III* & de la fameufe
Marozie: mais un exemple n'eſt pas une loi. (Voyez
à l'article *Loi* , comme toutes les lois & tous les ufages
fe contredifent.)

B A N N I S S E M E N T.

BANNISSEMENT à temps ou à vie, peine à laquelle
on condamne les délinquans, ou ceux qu'on veut
faire paffer pour tels.

On banniffait, il n'y a pas bien long-temps , du
reffort de la jurifdiction, un petit voleur, un petit
fauffaire , un coupable de voie de fait. Le réfultat
était qu'il devenait grand voleur, grand fauffaire ,
& meurtrier, dans une autre jurifdiction. C'eſt comme
fi nous jetions dans les champs de nos voifins les
pierres qui nous incommoderaient dans les nôtres. (1)

(1) Cet abus fubfiſte encore. S'il eſt contre le bon fens de bannir d'une
jurifdiction, on peut regarder le banniffement hors de l'Etat, comme
une infraction au droit des gens.

Ceux qui ont écrit fur le droit des gens, fe font fort tourmentés, pour favoir au jufte fi un homme qu'on a banni de fa patrie eft encore de fa patrie. C'eft à-peu-près comme fi on demandait fi un joueur qu'on a chaffé de la table du jeu, eft encore un des joueurs.

S'il eft permis à tout homme par le droit naturel de fe choifir fa patrie, celui qui a perdu le droit de citoyen, peut à plus forte raifon fe choifir une patrie nouvelle. Mais peut-il porter les armes contre fes anciens concitoyens? Il y en a mille exemples. Combien de proteftans français naturalifés en Hollande, en Angleterre, en Allemagne, ont fervi contre la France, & contre des armées où étaient leurs parens & leurs propres frères! Les Grecs qui étaient dans les armées du roi de Perfe, ont fait la guerre aux Grecs leurs anciens compatriotes. On a vu les Suiffes au fervice de la Hollande tirer fur les Suiffes au fervice de la France. C'eft encore pis que de fe battre contre ceux qui vous ont banni; car après tout, il femble moins malhonnête de tirer l'épée pour fe venger, que de la tirer pour de l'argent.

B A N Q U E.

LA banque eft un trafic d'efpèces contre du papier &c.

Il y a des banques particulières & des banques publiques.

Les banques particulières confiftent en lettres de change qu'un particulier vous donne pour recevoir votre argent au lieu indiqué. Le banquier prend ½ pour 100, & fon correfpondant chez qui vous allez prend auffi ½ pour 100 quand il vous paye. Ce premier gain eft convenu entre eux fans en avertir le porteur. (1)

. Le fecond gain, beaucoup plus confidérable , fe fait fur la valeur des efpèces. Ce gain dépend de l'intelligence du banquier & de l'ignorance du remetteur d'argent. Les banquiers ont entre eux une langue particulière , comme les chimiftes ; & le paffant qui n'eft pas initié à ces myftères en eft toujours la dupe. Ils vous difent , par exemple , nous remettons de Berlin à Amfterdam , l'*incertain* pour le *certain* ; le change eft haut, il eft a trente-quatre, trente-cinq ; & avec ce jargon, il fe trouve qu'un homme qui croit les entendre perd fix ou fept pour cent ; de forte que s'il fait environ quinze voyages à Amfterdam , en remettant toujours fon argent par lettres de change, il fe trouvera que fes deux banquiers auront eu à la fin tout fon bien. C'eft ce qui produit d'ordinaire à tous les banquiers une grande fortune. Si on demande ce que c'eft que l'*incertain* pour le *certain* ; le voici.

. Les écus d'Amfterdam ont un prix fixe en Hollande , & leur prix varie en Allemagne. Cent écus ou patagons de Hollande , argent de banque , font cent écus de foixante fous chacun : il faut partir de là & voir ce que les Allemands leur donnent pour ces cent écus.

Vous donnez au banquier d'Allemagne, ou 130, ou 131, ou 132 rifdales &c. ; & c'eft-là l'incertain ;

---

(1) Ce profit eft fouvent beaucoup moindre ; la manière dont on le fait confifte à donner à celui qui vous remet fon argent comptant des lettres qui ne font payables qu'après quelques femaines , en proteftant qu'on ne peut lui en fournir à des échéances plus prochaines.

Pourquoi 131 rifdales ou 132? parce que l'argent d'Allemagne paffe pour être plus faible de titre que celui de Hollande.

Vous êtes cenfé recevoir poids pour poids & titre pour titre ; il faut donc que vous donniez en Allemagne un plus grand nombre d'écus , puifque vous les donnez d'un titre inférieur.

Pourquoi tantôt 132 ou 133 écus , ou quelquefois 136 ? C'eft que l'Allemagne a plus tiré de marchandifes qu'à l'ordinaire de la Hollande : l'Allemagne eft débitrice , & alors les banquiers d'Amfterdam exigent un plus grand profit , ils abufent de la néceffité où l'on eft ; & quand on tire fur eux , ils ne veulent donner leur argent qu'à un prix fort haut. Les banquiers d'Amfterdam difent aux banquiers de Francfort ou de Berlin : vous nous devez , & vous tirez encore de l'argent fur nous : donnez-nous donc cent trente-fix écus pour cent patagons.

Ce n'eft-là encore que la moitié du myftère. J'ai donné à Berlin treize cents foixante écus , & je vais à Amfterdam avec une lettre de change de mille écus , ou patagons. Le banquier d'Amfterdam me dit : voulez-vous de l'argent courant, ou de l'argent de banque ? je lui réponds que je n'entends rien à ce langage , & que je le prie de faire pour le mieux. Croyez-moi , me dit-il , prenez de l'argent courant. Je n'ai pas de peine à le croire.

Je penfe recevoir la valeur de ce que j'ai donné à Berlin ; je crois , par exemple que fi je rapportais fur le champ à Berlin l'argent qu'il me compte, je ne perdrais rien ; point du tout , je perds encore fur cet article, & voici comment. Ce qu'on appelle argent de banque en Hollande, eſt ſuppoſé l'argent dépoſé en 1609 à la caiſſe publique, à la banque générale. Les patagons dépoſés y furent reçus pour ſoixante ſous de Hollande, & en valaient ſoixante-trois. (2) Tous les gros payemens ſe font en billets ſur la banque d'Amſterdam ; ainſi je devais recevoir ſoixante-trois ſous à cette banque pour un billet d'un écu. J'y vais, ou bien je négocie mon billet, & je ne reçois que ſoixante-deux ſous & demi, ou ſoixante-deux ſous pour mon patagon de banque ; c'eſt pour la peine de ces meſſieurs, ou pour ceux qui m'eſcomptent mon billet ; cela s'appelle l'*Agio*, du mot italien aider : on m'aide donc à perdre un ſou par écu, & mon banquier m'aide encore davantage en m'épargnant la peine d'aller aux changeurs : il me fait perdre deux ſous, en me diſant que l'*agio* eſt fort haut, que l'argent eſt fort cher ; il me vole, & je le remercie. (3)

Voilà comme ſe fait la banque des négocians, d'un bout de l'Europe à l'autre.

La banque d'un Etat eſt d'un autre genre : où c'eſt un argent que les particuliers dépoſent pour leur

(2) Ils ne valent réellement que 60 ſous, mais la monnaie courante que l'on dit valoir 60 ſous ne les vaut pas, à cauſe du faiblage dans la fabrique, & du déchet qu'elle éprouve par l'uſage.

(3) J'ai vu un banquier très-connu à Paris prendre 2 pour 100, pour faire paſſer à Berlin une ſomme d'argent au pair : c'eſt 40 ſous par livre peſant ; un chariot de poſte tranſporterait de l'argent de Paris à Berlin à moins de 20 ſous par livre. Un des principaux objets que ſe propoſait le miniſtère de France en 1775, dans l'établiſſement des meſſageries royales, était de diminuer ces profits énormes des banquiers, & de les tenir toujours au-deſſous du prix du tranſport de l'argent ; auſſi les banquiers ſe mirent à crier que ce miniſtère n'entendait rien aux finances ; & ceux des financiers qui font un commerce de banque entre les caiſſes des provinces & le tréſor royal, ne manquèrent point d'être de l'avis des banquiers.

feule fureté, fans en tirer de profit , comme on fit
à Amfterdam en 1609 , & à Roterdam en 1636 ;
ou c'eft une compagnie autorifée qui reçoit l'argent
des particuliers pour l'employer à fon avantage , &
qui paye aux dépofans un intérêt ; c'eft ce qui fe
pratique en Angleterre , où la banque autorifée par le
parlement donne 4 pour 100 aux propriétaires.

En France on voulut établir une banque de l'Etat
fur ce modèle en 1717. L'objet était de payer avec
les billets de cette banque, toutes les dépenfes cou-
rantes de l'Etat, de recevoir les impofitions en même
payement, & d'acquitter tous les billets ; de donner
fans aucun décompte tout l'argent qui ferait tiré fur
la banque, foit par les regnicoles , foit par l'étranger , & par-là de lui affurer le plus grand crédit.
Cette opération doublait réellement les efpèces en ne
fabriquant de billets de banque , qu'autant qu'il y
avait d'argent courant dans le royaume, & le triplait,
fi en fefant deux fois autant de billets qu'il y avait
de monnaie , on avait foin de faire les payemens à
point nommé ; car la caiffe ayant pris faveur, chacun
y eût laiffé fon argent , & non-feulement on eût
porté le crédit au triple, mais on l'eût pouffé encore
plus loin, comme en Angleterre. Plufiéurs gens de
finance, plufieurs gros banquiers jaloux du fieur *Law*,
inventeur de cette banque, voulurent l'anéantir dans
fa naiffance ; ils s'unirent avec des négocians hollandais , & tirèrent fur elle tout fon fonds en huit jours.
Le gouvernement au lieu de fournir de nouveaux
fonds pour les payemens, ce qui était le feul moyen
de foutenir la banque, imagina de punir la mauvaife
volonté de fes ennemis , en portant par un édit la

monnaie un tiers au-delà de fa valeur ; de forte que quand les agens hollandais vinrent pour recevoir les derniers payemens , on ne leur paya en argent que les deux tiers réels de leurs lettres de change , mais ils n'avaient plus que peu de chofe à retirer. Leurs grands coups avaient été frappés , la banque était épuifée , ce hauffement de la valeur numéraire des efpèces acheva de la décrier. Ce fut la première époque du bouleverfement du fameux fyftème de *Law*. Depuis ce temps il n'y eut plus en France de banque publique ; & ce qui n'était pas arrivé à la Suède , à Venife , à l'Angleterre , à la Hollande , dans les temps les plus défaftreux , arriva à la France au milieu de la paix & de l'abondance.

Tous les bons gouvernemens fentent les avantages d'une banque d'Etat ; cependant la France & l'Ef-pagne n'en ont point : c'eft à ceux qui font à la tête de ces royaumes d'en pénétrer la raifon.

BANQUEROUTE.

On connaiffait peu de banqueroutes en France avant le feizième fiècle. La grande raifon c'eft qu'il n'y avait point de banquiers. Des Lombards , des Juifs prêtaient fur gages au denier dix : on commer-çait argent comptant. Le change , les remifes en pays étranger , étaient un fecret ignoré de tous les juges.

Ce n'eft pas que beaucoup de gens ne fe ruinaffent ; mais cela ne s'appellait point *banqueroute;* on difait *déconfiture;* ce mot eft plus doux à l'oreille. On fe

fervait du mot de *rompture* dans la coutume du Boulon-
nais ; mais rompture ne fonne pas fi bien.

Les banqueroutes nous viennent d'Italie , *banco-
rotto* , *bancarotta* , *gambarotta e la giuſlizia non impicar.*
Chaque négociant avait fon banc dans la place du
change ; & quand il avait mal fait fes affaires , qu'il
fe déclarait *fallito* , & qu'il abandonnait fon bien à
fes créanciers moyennant qu'il en retînt une bonne
partie pour lui , il était libre & réputé très-galant
homme. On n'avait rien à lui dire , fon banc était
caſſé , *banco rotto* , *banca rotta* ; il pouvait même dans
certaines villes garder tous fes biens & fruſtrer fes
créanciers , pourvu qu'il s'afsît le derrière nu fur une
pierre en préfence de tous les marchands. C'était
une dérivation douce de l'ancien proverbe romain
folvere aut in ære aut in cute , payer de fon argent ou
de fa peau. Mais cette coutume n'exiſte plus ; les
créanciers ont préféré leur argent au derrière d'un
banqueroutier.

En Angleterre & dans d'autres pays, on fe déclare
banqueroutier dans les gazettes. Les aſſociés & les
créanciers s'aſſemblent en vertu de cette nouvelle ,
qu'on lit dans les caffés , & ils s'arrangent comme ils
peuvent.

Comme parmi les banqueroutes il y en a fouvent
de frauduleufes, il a fallu les punir. Si elles fon portées en juſtice , elles font par-tout regardées comme
un vol , & les coupables par-tout condamnés à des
peines ignominieufes.

Il n'eſt pas vrai qu'on ait ſtatué en France peine
de mort contre les banqueroutiers fans diſtinction.
Les fimples faillites n'emportent aucune peine ; les

banqueroutiers frauduleux furent foumis à la peine de mort, aux états d'Orléans fous *Charles IX*, & aux états de Blois en 1686 ; mais ces édits renouvelés par *Henri IV* ne furent que comminatoires.

Il eft trop difficile de prouver qu'un homme s'eft déshonoré exprès , & a cédé volontairement tous fes biens à fes créanciers pour les tromper. Dans le doute, on s'eft contenté de mettre le malheureux au pilori, ou de l'envoyer aux galères , quoique d'ordinaire un banquier foit un mauvais forçat.

Les banqueroutiers furent fort favorablement traités la dernière année du règne de *Louis XIV*, & pendant la régence. Le trifte état où l'intérieur du royaume fut réduit, la multitude des marchands qui ne pouvaient ou qui ne voulaient pas payer , la quantité d'effets invendus ou invendables, la crainte de l'interruption de tout commerce obligèrent le gouvernement en 1715, 1716, 1718, 1721, 1722, & 1726, à faire fufpendre toutes les procédures contre tous ceux qui étaient dans le cas de la faillite. Les difcuffions de ces procès furent renvoyées aux juges confuls ; c'eft une jurif-diction de marchands très-experts dans ces cas , & plus faite pour entrer dans ces détails de commerce que des parlemens qui ont toujours été plus occupés des lois du royaume que de la finance. Comme l'Etat fefait alors banqueroute, il eût été trop dur de punir les pauvres bourgeois banqueroutiers.

Nous avons eu depuis des hommes confidérables, banqueroutiers frauduleux ; mais ils n'ont pas été punis.

Un homme de lettres de ma connaiffance perdit quatre-vingts mille francs à la banqueroute d'un magiſtrat *important*, qui avait eu pluſieurs millions net en partage de la ſucceſſion de monſieur ſon père, & qui, outre l'*importance* de ſa charge & de ſa perſonne, poſſédait encore une dignité aſſez *importante* à la cour. Il mourut malgré tout cela; & monſieur ſon fils, qui avait acheté auſſi une charge *importante*, s'empara des meilleurs effets.

L'homme de lettres lui écrivit, ne doutant pas de ſa loyauté, attendu que cet homme avait une dignité d'homme de loi. L'*important* lui manda qu'il protégerait toujours les gens de lettres, s'enfuit, & ne paya rien.

B A P T E M E,

Mot grec qui ſignifie immerſion.

SECTION PREMIERE.

Nous ne parlons point du baptême en théologiens; nous ne ſommes que de pauvres gens de lettres qui n'entreront jamais dans le ſanctuaire.

Les Indiens, de temps immémorial, ſe plongeaient & ſe plongent encore dans le Gange. Les hommes, qui ſe conduiſent toujours par les ſens, imaginèrent aiſément que ce qui lavait le corps, lavait auſſi l'ame. Il y avait de grandes cuves dans les ſouterrains des temples d'Egypte pour les prêtres & pour les initiés.

O nimiùm faciles qui triſtia crimina cædis
Flumineâ tolli poſſe putatis aquâ.

Le vieux *Boudier*, à l'âge de quatre-vingts ans, traduifit comiquement ces deux vers.

> C'eft une drôle de maxime
> Qu'une leffive efface un crime.

Comme tout figne eft indifférent par lui-même, DIEU daigna confacrer cette coutume chez le peuple hébreu. On baptifait tous les étrangers qui venaient s'établir dans la Paleftine ; ils étaient appelés *profélytes de domicile*.

Ils n'étaient pas forcés à recevoir la circoncifion, mais feulement à embraffer les fept préceptes des noachides, & à ne facrifier à aucun Dieu des étrangers. Les profélytes de juftice étaient circoncis & baptifés ; on baptifait auffi les femmes profélytes, toutes nues, en préfence de trois hommes.

Les Juifs les plus dévots venaient recevoir le baptême de la main des prophètes les plus vénérés par le peuple. C'eft pourquoi on courut à St *Jean*, qui baptifait dans le Jourdain.

JESUS-CHRIST même, qui ne baptifa jamais perfonne, daigna recevoir le baptême de *Jean*. Cet ufage ayant été long-temps un acceffoire de la religion judaïque, reçut une nouvelle dignité, un nouveau prix de notre Sauveur même ; il devint le principal rite & le fceau du chriftianifme. Cependant les quinze premiers évêques de Jérufalem furent tous juifs. Les chrétiens de la Paleftine confervèrent très-long-temps la circoncifion. Les chrétiens de St *Jean* ne reçurent jamais le baptême du CHRIST.

Plufieurs autres fociétés chrétiennes appliquèrent un cautère au baptifé avec un fer rouge, déterminées à cette étonnante opération par ces paroles de *St Jean-Baptiste*, rapportées par *St Luc* : *Je baptise par l'eau, mais celui qui vient après moi baptisera par le feu.*

Les feleuciens, les herminiens, & quelques autres, en ufaient ainfi. Ces paroles, *il baptisera par le feu*, n'ont jamais été expliquées. Il y a plufieurs opinions fur le baptême de feu dont *St Luc* & *St Matthieu* parlent. La plus vraifemblable, peut-être, eft que c'était une allufion à l'ancienne coutume des dévots à la déeffe de Syrie, qui, après s'être plongés dans l'eau, s'imprimaient fur le corps des caractères avec un fer brûlant. Tout était fuperftition chez les miférables hommes; & J E S U S fubftitua une cérémonie facrée, un fymbole efficace & divin à ces fuperftitions ridicules. (*a*)

_____

(*a*) On s'imprimait ces ftigmates principalement au cou & au poignet, afin de mieux faire favoir par ces marques apparentes, qu'on était initié & qu'on appartenait à la déeffe. Voyez le chapitre de la déeffe de Syrie écrit par un initié & inféré dans *Lucien*. *Plutarque*, dans fon Traité de la fuperftition, dit que cette déeffe donnait des ulcères au gras des jambes de ceux qui mangeaient des viandes défendues. Cela peut avoir quelque rapport avec le Deutéronome, qui après avoir défendu de manger de l'ixion, du grifon, du chameau, de l'anguille &c., dit : (*) *Si vous n'obfervez pas ces commandemens vous ferez maudits &c. . . . . Le feigneur vous donnera des ulcères malins dans les genoux & dans le gras des jambes.* C'eft ainfi que le menfonge était en Syrie l'ombre de la vérité hébraïque, qui a fait place elle-même à une vérité plus lumineufe.

Le baptême par le feu, c'eft-à-dire ces ftigmates, étaient prefque partout en ufage. Vous lifez dans *Ezéchiel* : (**) *Tuez tout, vieillards, enfans, filles, excepté ceux qui feront marqués du thau.* Voyez dans l'Apocalypfe : (***) *Ne frappez point la terre, la mer, & les arbres, jufqu'à ce que nous ayons marqué les ferviteurs de D I E U fur le front. Et le nombre des marqués était de cent quarante quatre mille.*

(*) Chap. XXVIII, v. 35.   (***) Chap. VII, v. 4 & 5.
(**) Chap. IX, v. 9.

Dans les premiers fiècles du chriftianifme, rien n'était plus commun que d'attendre l'agonie pour recevoir le baptême. L'exemple de l'empereur *Conftantin* en eft une affez forte preuve. *S*ᵗ *Ambroife* n'était pas encore baptifé quand on le fit évêque de Milan. La coutume s'abolit bientôt d'attendre la mort pour fe mettre dans le bain facré.

Du baptême des morts.

On baptifa auffi les morts. Ce baptême eft conftaté par ce paffage de *S*ᵗ *Paul* dans fa lettre aux Corinthiens : *Si on ne reffufcite point, que feront ceux qui reçoivent le baptême pour les morts?* C'eft ici un point de fait. Ou l'on baptifait les morts mêmes ; ou l'on recevait le baptême en leur nom, comme on a reçu depuis des indulgences pour délivrer du purgatoire les ames de fes amis & de fes parens.

*S*ᵗ *Epiphane* & *S*ᵗ *Chryfoftome* nous apprennent que dans quelques fociétés chrétiennes, & principalement chez les marcionites, on mettait un vivant fous le lit d'un mort; on lui demandait s'il voulait être baptifé ; le vivant répondait oui ; alors on prenait le mort, & on le plongeait dans une cuve. Cette coutume fut bientôt condamnée : *S*ᵗ *Paul* en fait mention, mais il ne la condamne pas; au contraire, il s'en fert comme d'un argument invincible qui prouve la réfurrection.

Du baptême d'afperfion.

Les Grecs confervèrent toujours le baptême par immerfion. Les Latins, vers la fin du huitième fiècle,

ayant étendu leur religion dans les Gaules & la
Germanie, & voyant que l'immerſion pouvait faire
périr les enfans dans des pays froids, ſubſtituèrent
la ſimple aſperſion; ce qui les fit ſouvent anathéma-
tiſer par l'Egliſe grecque.

On demanda à St Cyprien, évêque de Carthage,
ſi ceux-là étaient réellèment baptiſés, qui s'étaient
fait ſeulement arroſer tout le corps? Il répond dans
ſa ſoixante & ſeizième lettre, ,, que pluſieurs égliſes
,, ne croyaient pas que ces arroſés fuſſent chrétiens;
,, que pour lui il penſe qu'ils ſont chrétiens, mais
,, qu'ils ont une grâce infiniment moindre que ceux
,, qui ont été plongés trois fois ſelon l'uſage. ,,

On était initié chez les chrétiens dès qu'on avait
été plongé; avant ce temps on n'était que catéchumène. Il fallait pour être initié avoir des répondans,
des cautions, qu'on appelait d'un nom qui répond
à *parrains*, afin que l'Egliſe s'aſſurât de la fidélité des
nouveaux chrétiens, & que les myſtères ne fuſſent
point divulgués. C'eſt pourquoi, dans les premiers
ſiècles, les gentils furent généralement auſſi mal
inſtruits des myſtères des chrétiens, que ceux-ci
l'étaient des myſtères d'*Iſis* & de *Cérès Eleuſine*.

Cyrille d'Alexandrie, dans ſon écrit contre l'empereur *Julien*, s'exprime ainſi: *Je parlerais du baptême, ſi je ne craignais que mon diſcours ne parvînt à
ceux qui ne ſont pas initiés.* Il n'y avait alors aucun
culte qui n'eût ſes myſtères, ſes aſſociations, ſes
catéchumènes, ſes initiés, ſes profès. Chaque ſecte
exigeait de nouvelles vertus, & recommandait à ſes
pénitens une nouvelle vie: *Initium novæ vitæ*; & de
là le mot d'*initiation*. L'initiation des chrétiens & des

chrétiennes

chrétiennes était d'être plongés tout nus dans une cuve d'eau froide ; la rémiffion de tous les péchés était attachée à ce figne. Mais la différence entre le baptême chrétien & les cérémonies grecques, fyriennes, égyptiennes, romaines, était la même qu'entre la vérité & le menfonge. JESUS-CHRIST était le grand-prêtre de la nouvelle loi.

Dès le fecond fiècle, on commença à baptifer des enfans ; il était naturel que les chrétiens défiraffent que leurs enfans, qui auraient été damnés fans ce facrement, en fuffent pourvus. On conclut enfin, qu'il fallait le leur adminiftrer au bout de huit jours ; parce que, chez les Juifs, c'était à cet âge qu'ils étaient circoncis. L'Eglife grecque eft encore dans cet ufage.

Ceux qui mouraient dans la première femaine étaient damnés, felon les pères de l'Eglife les plus rigoureux. Mais *Pierre Chryfologue* au cinquième fiècle imagina les *limbes*, efpèce d'enfer mitigé, & proprement bord d'enfer, faubourg d'enfer, où vont les petits enfans morts fans baptême, & où les patriarches reftaient avant la defcente de JESUS-CHRIST aux enfers. De forte que l'opinion que JESUS-CHRIST était defcendu aux limbes, & non aux enfers, a prévalu depuis.

Il a été agité fi un chrétien dans les déferts d'Arabie pouvait être baptifé avec du fable ? On a répondu que non. Si on pouvait baptifer avec de l'eau-rofe ? & on a décidé qu'il fallait de l'eau pure ; que cependant on pouvait fe fervir d'eau bourbeufe. On voit aifément que toute cette difcipline a dépendu de la prudence des premiers pafteurs qui l'ont établie.

Dictionn. philofoph. Tome II.   P

Les anabaptiftes, & quelques autres communions qui font hors du giron, ont cru qu'il ne fallait bap-tifer, initier perfonne qu'en connaiffance de caufe. Vous faites promettre, difent-ils, qu'on fera de la fociété chrétienne; mais un enfant ne peut s'engager à rien. Vous lui donnez un répondant, un parrain; mais c'eft un abus d'un ancien ufage. Cette précaution était très-convenable dans le premier établiffement. Quand des inconnus, hommes faits, femmes & filles adultes, venaient fe préfenter aux premiers difciples pour être reçus dans la fociété, pour avoir part aux aumônes, ils avaient befoin d'une caution qui répondît de leur fidélité; il fallait s'affurer d'eux; ils juraient d'être à vous : mais un enfant eft dans un cas diamétralement oppofé. Il eft arrivé fouvent qu'un enfant baptifé par des Grecs à Conftantinople, a été enfuite circoncis par des Turcs; chrétien à huit jours, mufulman à treize ans, il a trahi les fermens de fon parrain. C'eft une des raifons que les anabaptiftes peuvent alléguer; mais cette raifon, qui ferait bonne en Turquie, n'a jamais été admife dans des pays chrétiens, où le baptême affure l'état d'un citoyen. Il faut fe conformer aux lois & aux rites de fa patrie.

Les Grecs rebaptifent les Latins qui paffent d'une de nos communions latines à la communion grecque; l'ufage était dans le fiècle paffé que ces catéchumènes prononçaffent ces paroles : *Je crache fur mon père & ma mère qui m'ont fait mal baptifer.* Peut-être cette coutume dure encore, & durera long-temps dans les provinces.

Idées des unitaires rigides sur le baptême.

„ IL est évident pour quiconque veut raisonner
„ sans préjugé, que le baptême n'est ni une marque
„ de grâce conférée, ni un sceau d'alliance, mais
„ une simple marque de profession.

„ Que le baptême n'est nécessaire, ni de nécessité
„ de précepte, ni de nécessité de moyen.

„ Qu'il n'a point été institué par JESUS-CHRIST,
„ & que le chrétien peut s'en passer, sans qu'il puisse
„ en résulter pour lui aucun inconvénient.

„ Qu'on ne doit pas baptiser les enfans ni les
„ adultes, ni en général aucun homme.

„ Que le baptême pouvait être d'usage dans la
„ naissance du christianisme à ceux qui sortaient du
„ paganisme, pour rendre publique leur profession
„ de foi, & en être la marque authentique ; mais
„ qu'à présent il est absolument inutile & tout-à-fait
„ indifférent. „

(*Tiré du Dictionnaire Encyclopédique, à l'article des*
Unitaires.)

SECTION II.

LE baptême, l'immersion dans l'eau, l'absterfion,
la purification par l'eau, est de la plus haute antiquité.
Etre propre, c'était être pur devant les dieux. Nul
prêtre n'ofa jamais approcher des autels avec une
souillure sur son corps. La pente naturelle à tranfporter à l'ame ce qui appartient au corps, fit croire

aifément que les luftrations, les ablutions, ôtaient
les taches de l'ame comme elles ôtent celles des vêtemens : & en lavant fon corps on crut laver fon ame.
Dè-là cette ancienne coutume de fe baigner dans le
Gange, dont on crut les eaux facrées : de-là les
luftrations fi fréquentes chez tous les peuples. Les
nations orientales qui habitent des pays chauds furent
les plus religieufement attachées à ces coutumes.

On était obligé de fe baigner chez les Juifs après
une pollution, quand on avait touché un animal
impur, quand on avait touché un mort, & dans
beaucoup d'autres occafions.

Lorfque les Juifs recevaient parmi eux un étranger
converti à leur religion, ils le baptifaient après l'avoir
circoncis; & fi c'était une femme, elle était fimplement baptifée, c'eft-à-dire, plongée dans l'eau en
préfence de trois témoins. Cette immerfion était
réputée donner à la perfonne baptifée une nouvelle
naiffance, une nouvelle vie : elle devenait à la fois
juive & pure; fes enfans nés avant ce baptême
n'avaient point de portion dans l'héritage de leurs
frères qui naiffaient après eux d'un père & d'une mère
ainfi régénérés : de forte que chez les Juifs, être baptifé
& renaître était la même chofe, & cette idée eft
demeurée attachée au baptême jufqu'à nos jours; ainfi
lorfque *Jean* le précurfeur fe mit à baptifer dans le
Jourdain, il ne fit que fuivre un ufage immémorial.
Les prêtres de la loi ne lui demandèrent pas compte
de ce baptême comme d'une nouveauté; mais ils
l'accufèrent de s'arroger un droit qui n'appartenait
qu'à eux ; comme les prêtres catholiques romains
feraient en droit de fe plaindre qu'un laïque s'ingérât

de dire la meffe. *Jean* fefait une chofe légale, mais il ne la fefait pas légalement.

Jean voulut avoir des difciples, & il en eut. Il fut chef de fecte dans le bas peuple, & c'eft ce qui lui coûta la vie. Il paraît même que JESUS fut d'abord au rang de fes difciples, puifqu'il fut baptifé par lui dans le Jourdain, & que *Jean* lui envoya des gens de fon parti quelque temps avant fa mort.

L'hiftorien *Jofephe* parle de *Jean*, & ne parle pas de JESUS; c'eft une preuve inconteftable que *Jean-Baptifte* avait de fon temps beaucoup plus de réputation que celui qu'il baptifa. Une grande multitude le fuivait, dit ce célèbre hiftorien, & les Juifs paraiffaient difpofés à entreprendre tout ce qu'il leur eût commandé. Il paraît par ce paffage que *Jean* était non-feulement un chef de fecte, mais un chef de parti. *Jofephe* ajoute qu'*Hérode* en conçut de l'inquiétude. En effet, il fe rendit redoutable à *Hérode*, qui le fit enfin mourir; mais JESUS n'eut à faire qu'aux pharifiens : voilà pourquoi *Jofephe* fait mention de *Jean* comme d'un homme qui avait excité les Juifs contre le roi *Hérode*, comme un homme qui s'était rendu par fon zèle criminel d'Etat, au lieu que JESUS n'ayant pas approché de la cour, fut ignoré de l'hiftorien *Jofephe*.

La fecte de *Jean-Baptifte* fubfifta très-différente de la difcipline de JESUS. On voit dans les Actes des apôtres que vingt ans après le fupplice de JESUS, *Apollo* d'Alexandrie, quoique devenu chrétien, ne connaiffait que le baptême de *Jean*, & n'avait aucune notion du Saint-Efprit. Plufieurs voyageurs, & entre autres *Chardin*, le plus accrédité de tous, difent

qu'il y a encore en Perfe des difciples de *Jean*, qu'on
appelle *Sabis*, qui fe baptifent en fon nom, & qui
reconnaiffent à la vérité JESUS pour un prophète,
mais non pas pour un Dieu.

A l'égard de JESUS, il reçut le baptême, mais ne
le conféra à perfonne: fes apôtres baptifaient les
cathécumènes ou les circoncifaient, felon l'occafion;
c'eft ce qui eft évident par l'opération de la circoncifion
que *Paul* fit à *Timothée* fon difciple.

Il paraît encore que quand les apôtres baptifèrent,
ce fut toujours au feul nom de JESUS-CHRIST. Jamais
les Actes des apôtres ne font mention d'aucune perfonne baptifée au nom du Père, du Fils, & du Saint-
Efprit : c'eft ce qui peut faire croire que l'auteur des
Actes des apôtres ne connaiffait pas l'évangile de
Matthieu, dans lequel il eft dit : *Allez enfeigner toutes*
les nations, & baptifez-les au nom du Père, & du Fils, & du
Saint-Efprit. La religion chrétienne n'avait pas encore
reçu fa forme : le fymbole même qu'on appelle *le*
fymbole des apôtres, ne fut fait qu'après eux ; & c'eft
de quoi perfonne ne doute. On voit par l'épître de
Paul aux Corinthiens, une coutume fort fingulière
qui s'introduifit alors, c'eft qu'on baptifait les morts;
mais bientôt l'Eglife naiffante réferva le baptême pour
les feuls vivans : on ne baptifa d'abord que les adultes,
fouvent même on attendait jufqu'à cinquante ans,
& jufqu'à fa dernière maladie, afin de porter dans
l'autre monde la vertu toute entière d'un baptême
encore récent.

Aujourd'hui on baptife tous les enfans: il n'y a
que les anabaptiftes qui réfervent cette cérémonie
pour l'âge où l'on eft adulte; ils fe plongent tout le

corps dans l'eau. Pour les quakers qui compofent une fociété fort nombreufe en Angleterre & en Amérique, ils ne font point ufage du baptême : ils fe fondent fur ce que J E S U S-C H R I S T ne baptifa aucun de fes difciples, & ils fe piquent de n'être chrétiens que comme on l'était du temps de J E S U S-C H R I S T ; ce qui met entre eux & les autres communions une prodigieufe différence.

Addition de M. l'abbé Nicaife à l'article Baptême.

L'EMPEREUR *Julien le philofophe*, dans fon immortelle fatire des Céfars, met ces paroles dans la bouche de *Conflance*, fils de *Conflantin* : ,, Quiconque fe fent ,, coupable de viol, de meurtre, de rapine, de ,, facrilége, & de tous les crimes les plus abomi- ,, nables, dès que je l'aurai lavé avec cette eau, il ,, fera net & pur. ,,

C'eft en effet cette fatale doctrine qui engagea les empereurs chrétiens & les grands de l'empire à différer leur baptême jufqu'à la mort. On croyait avoir trouvé le fecret de vivre criminel, & de mourir vertueux.

Quelle étrange idée tirée de la leffive, qu'un pot d'eau nettoie tous les crimes ! aujourd'hui qu'on baptife tous les enfans, parce qu'une idée non moins abfurde les fuppofa tous criminels, les voilà tous fauvés jufqu'à qu'ils aient l'âge de raifon, & qu'ils puiffent devenir coupables. Egorgez-les donc au plus vîte pour leur affurer le paradis. Cette conféquence eft fi jufte qu'il y a eu une fecte dévote qui s'en allait empoifonnant ou tuant tous les petits enfans nouvellement baptifés. Ces dévots raifonnaient parfaitement.

Ils difaient : Nous fefons à ces petits innocens le plus grand bien poffible ; nous les empêchons d'être méchans & malheureux dans cette vie , & nous leur donnons la vie éternelle.

BARAC ET DEBORA,

Et par occafion des chars de guerre.

Nous ne prétendons point difcuter ici en quel temps *Barac* fut chef du peuple juif, pourquoi étant chef, il laiffa commander fon armée par une femme; fi cette femme nommée *Débora* avait époufé *Lapidoth;* fi elle était la parente ou l'amie de *Barac* , ou même fa fille ou fa mère ; ni quel jour fe donna la bataille du Thabor en Gallilée, entre cette *Débora* & le capitaine *Sizara* , général des armées du roi *Jabin* , lequel *Sizara* commandait vers la Gallilée une armée de trois cents mille fantaffins, dix mille cavaliers & trois mille chars armés en guerre , fi l'on en croit l'hiftorien *Jofephe.* (*a*)

Nous laifferons même ce *Jabin* , roi d'un village nommé Azor, qui avait plus de troupes que le grand-turc. Nous plaignons beaucoup la deftinée de fon grand-vifir *Sizara* , qui ayant perdu la bataille en Gallilée, fauta de fon chariot à quatre chevaux , & s'enfuit à pied pour courir plus vîte. Il alla demander l'hofpitalité à une fainte femme juive qui lui donna du lait, & qui lui enfonça un grand clou de charrette dans la tête, quand il fut endormi. Nous en fommes

(*a*) Antiq. jud. liv. V.

très-fâchés ; mais ce n'eſt pas cela dont il s'agit : nous voulons parler des chariots de guerre.

C'eſt au pied du mont Thabor, auprès du torrent de Ciſon, que ſe donna la bataille. Le mont Thabor eſt une montagne eſcarpée dont les branches un peu moins hautes s'étendent dans une grande partie de la Gallilée. Entre cette montagne & les rochers voiſins eſt une petite plaine ſemée de gros cailloux, & impraticable aux évolutions de la cavalerie. Cette plaine eſt de quatre à cinq cents pas. Il eſt à croire que le capitaine *Siſara* n'y rangea pas ſes trois cents mille hommes en bataille ; ſes trois mille chariots auraient difficilement manœuvré dans cet endroit.

Il eſt à croire que les Hébreux n'avaient point de chariots de guerre dans un pays uniquement renommé pour les ânes : mais les Aſiatiques s'en ſervaient dans les grandes plaines.

Confucius, ou plutôt *Confutſé* dit poſitivement (*b*) que de temps immémorial, les vice-rois des provinces de la Chine étaient tenus de fournir à l'empereur, chacun mille chariots de guerre, attelés de quatre chevaux.

Les chars devaient être en uſage long-temps avant la guerre de Troye, puiſqu'*Homère* ne dit point que ce fût une invention nouvelle ; mais ces chars n'étaient point armés comme ceux de Babylone ; les roues ni l'eſſieu ne portaient point de fers tranchans.

Cette invention dut être d'abord très-formidable dans les grandes plaines, ſurtout quand les chars étaient en grand nombre & qu'ils couraient avec impétuoſité, garnis de longues piques & de faux :

(*b*) Liv. III.

mais quand on y fut accoutumé, il parut fi aifé d'éviter leur choc, qu'ils ceffèrent d'être en ufage par toute la terre.

On propofa, dans la guerre de 1741, de renou-veler cette ancienne invention & de la rectifier.

Un miniftre d'Etat fit conftruire un de ces chariots qu'on effaya. On prétendait que dans des grandes plaines comme celles de Lutzen, on pourrait s'en fervir avec avantage, en les cachant derrière la cava-lerie, dont les efcadrons s'ouvriraient pour les laiffer paffer, & les fuivraient enfuite. Les généraux jugèrent que cette manœuvre ferait inutile & même dangereufe, dans un temps où le canon feul gagne les batailles. Il fut répliqué qu'il y aurait dans l'armée à chars de guerre, autant de canons pour les protéger, qu'il y en aurait dans l'armée ennemie pour les fracaffer. On ajouta que ces chars feraient d'abord à l'abri du canon derrière les bataillons ou efcadrons, que ceux-ci s'ouvriraient pour laiffer courir ces chars avec impé-tuofité, que cette attaque inattendue pourrait faire un effet prodigieux. Les généraux n'oppofèrent rien à ces raifons; mais ils ne voulurent point jouer à ce jeu renouvelé des Perfes.

BARBE.

Tous les naturaliftes nous affurent que la fécrétion qui produit la barbe, eft la même que celle qui perpétue le genre-humain. Les eunuques, dit-on, n'ont point de barbe, parce qu'on leur a ôté les deux bouteilles dans lefquelles s'élaboraitla liqueur procréa-trice qui devait à la fois former des hommes, & de la barbe au menton. On ajoute que la plupart des impuiſſans n'ont point de barbe, par la raiſon qu'ils manquent de cette liqueur, laquelle doit être repompée par des vaiſſeaux abſorbans, s'unir à la lymphe nour-ricière, & lui fournir de petits oignons de poils ſous le menton, ſur les joues &c. &c.

Il y a des hommes velus de la tête aux pieds comme les ſinges ; on prétend que ce ſont les plus dignes de propager leur eſpèce, les plus vigoureux, les plus prêts à tout ; & on leur fait ſouvent beau-coup trop d'honneur, ainſi qu'à certaines dames qui ſont un peu velues, & qui ont ce qu'on appelle *une belle palatine*. Le fait eſt que les hommes & les femmes ſont tous velus de la tête aux pieds ; blondes ou brunes, bruns ou blonds, tout cela eſt égal. Il n'y a que la paume de la main & la plante du pied qui ſoient abſolument ſans poil. La ſeule différence, ſurtout dans nos climats froids, c'eſt que les poils des dames, & ſurtout des blondes, ſont plus folets, plus doux, plus imperceptibles. Il y a auſſi beaucoup d'hommes dont la peau ſemble très-unie ; mais il en eſt d'autres qu'on prendrait de loin pour des ours, s'ils avaient une queue.

Cette affinité conſtante entre le poil & la liqueur ſéminale, ne peut guère ſe conteſter dans notre hémiſ-phère. On peut ſeulement demander pourquoi les eunuques & les impuiſſans étant ſans barbe ont pour-tant des cheveux ? La chevelure ſerait-elle d'un autre genre que la barbe & que les autres poils ? n'aurait-elle aucune analogie avec cette liqueur ſéminale ? Les eunuques ont des ſourcils & des cils aux paupières ; voilà encore une nouvelle exception. Cela pourrait

ñuire à l'opinion dominante que l'origine de la barbe
eſt dans les teſticules. Il y a toujours quelques difficultés qui arrêtent tout court les ſuppoſitions les mieux
établies. Les ſyſtèmes ſont comme les rats qui peuvent paſſer par vingt petits trous, & qui en trouvent
enfin deux ou trois qui ne peuvent les admettre.

Il y a un hémiſphère entier qui ſemble dépoſer
contre l'union fraternelle de la barbe & de la ſemence.
Les Américains de quelque contrée, de quelque couleur, de quelque ſtature qu'ils ſoient, n'ont ni barbe
au menton, ni aucun poil ſur le corps, excepté les
ſourcils & les cheveux. J'ai des atteſtations juridiques
d'hommes en place qui ont vécu, converſé, combattu
avec trente nations de l'Amérique ſeptentrionale ; ils
atteſtent qu'ils ne leur ont jamais vu un poil ſur le
corps, & ils ſe moquent, comme ils le doivent, des
écrivains qui, ſe copiant les uns les autres, diſent
que les Américains ne ſont ſans poil que parce qu'ils
ſe l'arrachent avec des pinces ; comme ſi *Chriſtophe
Colomb*, *Fernand Cortez*, & les autres conquérans, avaient
chargé leurs vaiſſeaux de ces petites pincettes avec
leſquelles nos dames arrachent leurs poils folets, &
en avaient diſtribué dans tous les cantons de l'Amérique.

J'avais cru long-temps que les Eſquimaux étaient
exceptés de la loi générale du nouveau monde ; mais
on m'aſſure qu'ils ſont imberbes comme les autres.
Cependant on fait des enfans au Chili, au Pérou, en
Canada, ainſi que dans notre continent barbu. La
virilité n'eſt point attachée en Amérique à des poils
tirant ſur le noir ou ſur le jaune. Il y a donc une
différence ſpécifique entre ces bipèdes & nous, de même

que leurs lions, qui n'ont point de crinière, ne font pas de la même efpèce que nos lions d'Afrique. (*)

Il eft à remarquer que les Orientaux n'ont jamais varié fur leur confidération pour la barbe. Le mariage chez eux a toujours été, & eft encore l'époque de la vie où l'on ne fe rafe plus le menton. L'habit long & la barbe impofent du refpect. Les Occidentaux ont prefque toujours changé d'habit, &, fi on l'ofe dire, de menton. On porta des mouftaches fous *Louis XIV* jufque vers l'année 1672. Sous *Louis XIII* c'était une petite barbe en pointe. *Henri IV* la portait quarrée. *Charles-Quint*, *Jules II*, *François I* remirent en honneur à leur cour la large barbe, qui était depuis long-temps paffée de mode. Les gens de robe alors, par gravité & par refpect pour les ufages de leurs pères, fe fefaient rafer, tandis que les courtifans en pourpoint & en petit manteau, portaient la barbe la plus longue qu'ils pouvaient. Les rois alors, quand ils voulaient envoyer un homme de robe en ambaf-fade, priaient fes confrères de fouffrir qu'il laiffât croître fa barbe, fans qu'on fe moquât de lui dans la chambre des comptes ou des enquêtes. En voilà trop fur les barbes.

BATAILLON.

Ordonnance militaire.

LA quantité d'hommes dont un bataillon a été fucceffivement compofé, a changé depuis l'impreffion de l'Encyclopédie, & on changera encore les calculs

(*) Voyez l'*Effai fur les mœurs & l'efprit des nations.*

par lefquels pour tel nombre donné d'hommes on doit trouver les côtés du quarré, les moyens de faire ce quarré plein ou vide, & de faire d'un bataillon un triangle à l'imitation du cuneus des anciens, qui n'était cependant point un triangle. Voilà ce qui eft déjà à l'article *Bataillon*, dans l'Encyclopédie, & nous n'ajouterons que quelques remarques fur les propriétés, ou fur les défauts de cette ordonnance.

La méthode de ranger les bataillons fur trois hommes de hauteur, leur donne, felon plufieurs officiers, un front fort étendu, & des flancs très-faibles : le flottement, fuite néceffaire de ce grand front, ôte à cette ordonnance les moyens d'avancer légérement fur l'ennemi ; & la faibleffe de fes flancs l'expofe à être battu toutes les fois que fes flancs ne font pas appuyés ou protégés ; alors il eft obligé de fe mettre en quarré, & il devient prefque immobile : voilà, dit-on, fes défauts.

Ses avantages, ou plutôt fon feul avantage, c'eft de donner beaucoup de feu, parce que tous les hommes qui le compofent peuvent tirer ; mais on croit que cet avantage ne compenfe pas fes défauts, furtout chez les Français.

La façon de faire la guerre aujourd'hui eft toute différente de ce qu'elle était autrefois. On range une armée en bataille pour être en butte à des milliers de coups de canon ; on avance un peu plus enfuite pour donner & recevoir des coups de fufil, & l'armée qui la première s'ennuye de ce tapage, a perdu la bataille. L'artillerie françaife eft très-bonne, mais le feu de fon infanterie eft rarement fupérieur, & fort fouvent inférieur à celui des autres nations. On peut dire avec autant de vérité que la nation françaife attaque avec la plus grande impétuofité, & qu'il eft très-difficile de réfifter à fon choc : le même homme qui ne peut pas fouffrir patiemment des coups de canon pendant qu'il eft immobile, & qui aura peur même, volera à la batterie, ira avec rage, s'y fera tuer, ou enclouera le canon; c'eft ce qu'on a vu plufieurs fois. Tous les grands généraux ont jugé de même des Français. Ce ferait augmenter inutilement cet article, que de citer des faits connus; on fait que le maréchal de *Saxe* voulait réduire toutes les affaires à des affaires de pofte. Pour cette même raifon *les Français l'emporteront fur les ennemis*, dit Folard, *fi on les abandonne deffus ; mais ils ne valent rien fi on fait le contraire.*

On a prétendu qu'il faudrait croifer la baïonnette avec l'ennemi, &, pour le faire avec plus d'avantage, mettre les bataillons fur un front moins étendu, & en augmenter la profondeur; fes flancs feraient plus furs, fa marche plus prompte, & fon attaque plus forte.

(*Cet article eft de M. D. P. officier de l'état-major.*)

Addition.

REMARQUONS que l'ordre, la marche, les évolutions, des bataillons, tels à-peu-près qu'on les met aujourd'hui en ufage, ont été rétablis en Europe par un homme qui n'était point militaire, par *Machiavel*, fecrétaire de Florence. Bataillons fur trois, fur quatre, fur cinq de hauteur ; bataillons marchans à l'ennemi ; bataillons quarrés pour n'être point entamés après une déroute ; bataillons de quatre de profondeur soutenus par d'autres en colonne ; bataillons flanqués de cavalerie, tout est de lui. Il apprit à l'Europe l'art de la guerre : on la fefait depuis long-temps, mais on ne la favait pas.

Le grand-duc voulut que l'auteur de la *Mandragore* & de *Clitie* commandât l'exercice à fes troupes, felon fa méthode nouvelle. *Machiavel* s'en donna bien de garde ; il ne voulut pas que les officiers & les foldats fe moquaffent d'un général en manteau noir : les officiers exercèrent les troupes en fa préfence, & il fe réferva pour le confeil.

C'eft une chofe fingulière que toutes les qualités qu'il demande dans le choix d'un foldat. Il exige d'abord la *gagliardia*, & cette gaillardife fignifie *vigueur alerte;* il veut des yeux vifs & affurés dans lefquels il y ait même de la gaieté; le cou nerveux, la poitrine large, le bras mufculeux, les flancs arrondis, peu de ventre, les jambes & les pieds fecs, tous fignes d'agilité & de force.

Mais il veut furtout que le foldat ait de l'honneur, & que ce foit par honneur qu'on le mène. » La » guerre, dit-il, ne corrompt que trop les mœurs; » & il rappelle le proverbe italien, qui dit : *La guerre forme les voleurs, & la paix leur dreffe des potences.*

Machiavel fait très-peu de cas de l'infanterie françaife ; & il faut avouer que jufqu'à la bataille de Rocroi elle a été fort mauvaife. C'était un étrange homme que ce *Machiavel*; il s'amufait à faire des vers, des comédies, à montrer de fon cabinet l'art de fe tuer régulièrement, & à enfeigner aux princes l'art de fe parjurer, d'affaffiner, & d'empoifonner, dans l'occafion:

grand

grand art que le pape *Alexandre VI*, & son bâtard *César Borgia*, pratiquaient merveilleusement sans avoir besoin de ces leçons.

Observons que dans tous les ouvrages de *Machiavel*, sur tant de différens sujets, il n'y a pas un mot qui rende la vertu aimable, pas un mot qui parte du cœur. C'est une remarque qu'on a faite sur *Boileau* même. Il est vrai qu'il ne fait pas aimer la vertu ; mais il la peint comme nécessaire.

B A Y L E.

Mais se peut-il que *Louis Racine* ait traité *Bayle* de *cœur cruel & d'homme affreux* dans une épître à *Jean-Baptiste Rousseau*, qui est assez peu connue, quoiqu'imprimée ?

Il compare *Bayle*, dont la profonde dialectique fit voir le faux de tant de systèmes, à *Marius* assis sur les ruines de Carthage.

> Ainsi d'un œil content, Marius dans sa fuite,
> Contemplait les débris de Carthage détruite.

Voilà une similitude bien peu ressemblante, comme dit *Pope*, *simile unlike*. *Marius* n'avait point détruit Carthage comme *Bayle* avait détruit de mauvais argumens. *Marius* ne voyait point ces ruines avec plaisir ; au contraire, pénétré d'une douleur sombre & noble, en contemplant la vicissitude des choses humaines, il fit cette mémorable réponse : *Dis au proconsul*

Dictionn. philosoph. Tome II. Q

d'Afrique que tu as vu Marius sur les ruines de Carthage. (a)

Nous demandons en qùoi *Marius* peut reffembler à *Bayle* ?

On confent que *Louis Racine* donne le nom de *cœur affreux* & d'*homme cruel* à *Marius*, à *Sylla*, aux trois triumvirs &c. &c. &c. Mais à *Bayle* ! *déteſtable plaiſir*, *cœur cruel, homme affreux !* il ne fallait pas mettre ces mots dans la fentence portée par *Louis Racine* contre un philofophe qui n'eſt convaincu que d'avoir peſé les raifons des manichéens, des pauliciens, des ariens, des eutychiens, & celles de leurs adverfaires. *Louis Racine* ne proportionnait pas les peines aux délits. Il devait fe fouvenir que *Bayle* combattait *Spinoſa* trop philofophe, & *Jurieu* qui ne l'était point du tout. Il devait refpecter les mœurs de *Bayle*, & apprendre de lui à raifonner. Mais il était janféniſte, c'eſt-à-dire, il favait les mots de la langue du janféniſme & les employait au hafard.

Vous appelleriez avec raifon *cruel & affreux*, un homme puiſſant qui commanderait à fes efclaves fous peine de mort, d'aller faire une moiſſon de froment où il aurait femé des chardons ; qui donnerait aux uns trop de nourriture, & qui laiſſerait mourir de faim les autres ; qui tuerait fon fils aîné pour laiſſer un gros héritage au cadet. C'eſt-là ce qui eſt affreux

---

(a) Il femble que ce grand mot foit au-deſſus de la penſée de *Lucain*.

> . . . . *Solatia fati*
> *Carthago Mariuſque tulit, pariterque jacentes,*
> *Ignovere Deis.*

Carthage & *Marius*, couchés fur le même fable, fe confolèrent & pardonnèrent aux Dieux ; mais ils ne font contens ni dans *Lucain*, ni dans la réponfe du romain.

& cruel, *Louis Racine!* On prétend que c'est-là le Dieu de tes janfénistes : mais je ne le crois pas.

O gens de parti ! gens attaqués de la jauniffe, vous verrez toujours tout jaune.

Et à qui l'héritier non-penfeur d'un père qui avait cent fois plus de goût que de philofophie, adreffait-il fa malheureufe épître dévote contre le vertueux *Bayle?* A *Rouffeau*, à un poëte qui penfait encore moins, à un homme dont le principal mérite avait confifté dans des épigrammes qui révoltent l'honnêteté la plus indulgente, à un homme qui s'était étudié à mettre en rimes riches la fodomie & la beftialité, qui traduifait tantôt un pfeaume, & tantôt une ordure du *Moyen de parvenir*, à qui il était égal de chanter JESUS-CHRIST ou *Giton*. Tel était l'apôtre à qui *Louis Racine* déférait *Bayle* comme un fcélérat. Quel motif avait pu faire tomber le frère de *Phèdre* & d'*Iphigénie* dans un fi prodigieux travers? Le voici ; *Rouffeau* avait fait des vers pour les janféniftes, qu'il croyait alors en crédit.

C'eft tellement la rage de la faction qui s'eft déchaînée fur *Bayle*, que vous n'entendez aucun des chiens qui ont hurlé contre lui, aboyer contre *Lucrèce*, *Cicéron*, *Sénèque*, *Epicure*, ni contre tant de philofophes de l'antiquité. Ils en veulent à *Bayle* ; il eft leur concitoyen, il eft de leur fiècle ; fa gloire les irrite. On lit *Bayle*, on ne lit point *Nicole* ; c'eft la fource de la haine janfénifte. On lit *Bayle*, on ne lit ni le révérend père *Croifet* ni le révérend père *Cauffin* ; c'eft la fource de la haine jéfuitique.

En vain un parlement de France lui a fait le plus grand honneur, en rendant fon teftament valide

malgré la févérité de la loi. (1) La démence de parti
ne connaît ni honneur ni juftice. Je n'ai donc point
inféré cet article pour faire l'éloge du meilleur des
dictionnaires, éloge qui fied pourtant fi bien dans
celui-ci, mais dont *Bayle* n'a pas befoin. Je l'ai écrit
pour rendre, fi je puis, l'efprit de parti odieux &
ridicule.

B D E L L I U M.

ON s'eft fort tourmenté pour favoir ce que c'eft
que ce bdellium qu'on trouvait au bord du Phifon,
fleuve du paradis terreftre, *qui tourne dans le pays
d'Evilath où il vient de l'or.* *Calmet* en compilant rapporte
que, (*a*) felon plufieurs compilateurs, le bdellium eft
l'efcarboucle, mais que ce pourrait bien être auffi du
criftal; enfuite que c'eft la gomme d'un arbre d'Arabie;
puis il nous avertit que ce font des câpres. Beaucoup
d'autres affurent que ce font des perles. Il n'y a que
les étymologies de *Bochard* qui puiffent éclaircir cette
queftion. J'aurais voulu que tous ces commentateurs
euffent été fur les lieux.

L'or excellent qu'on tire de ce pays-là, fait voir
évidemment, dit *Calmet*, que c'eft le pays de Colchos:
la toifon d'or en eft une preuve. C'eft dommage que les
chofes aient fi fort changé depuis. La Mingrelie, ce
beau pays fi fameux par les amours de *Médée* & de

---

(1) L'académie de Touloufe propofa il y a quelques années, l'éloge
de *Bayle* pour fujet d'un prix, mais les prêtres touloufains écrivirent en
cour, & obtinrent une lettre de cachet qui défendit de dire du bien de
Bayle. L'académie changea donc le fujet de foñ prix, & demanda l'éloge
de *faint Exupère*, évêque de Touloufe.

(*a*). Notes fur le chap. 11 de la Genèfe.

Jason, ne produit pas plus aujourd'hui d'or & de bdellium, que de taureaux qui jettent feu & flamme, & de dragons qui gardent les toisons : tout change dans ce monde ; & si nous ne cultivons pas bien nos terres, & si l'Etat est toujours endetté, nous deviendrons Mingrelie.

B E A U.

Puisque nous avons cité *Platon* sur l'amour, pourquoi ne le citerions-nous pas sur le beau, puisque le beau se fait aimer ? On sera peut-être curieux de savoir comment un Grec parlait du beau, il y a plus de deux mille ans.

» L'homme expié dans les mystères sacrés, quand
» il voit un beau visage décoré d'une forme divine,
» ou bien quelque espèce incorporelle, sent d'abord
» un frémissement secret, & je ne sais quelle crainte
» respectueuse ; il regarde cette figure comme une
» divinité........ quand l'influence de la beauté
» entre dans son ame par les yeux, il s'échauffe ; les
» ailes de son ame sont arrosées, elles perdent leur
» dureté qui retenait leur germe, elles se liquéfient ;
» ces germes enflés dans les racines de ses ailes
» s'efforcent de sortir par toute l'espèce de l'ame, » (car l'ame avait des ailes autrefois) &c.

Je veux croire que rien n'est plus beau que ce discours de *Platon ;* mais il ne nous donne pas des idées bien nettes de la nature du beau.

Demandez à un crapaud ce que c'est que la beauté, le grand beau, le *to kalon* : il vous répondra que c'est sa crapaude avec deux gros yeux ronds sortans de fa petite tête, une gueule large & plate, un ventre jaune, un dos brun. Interrogez un nègre de Guinée, le beau eft pour lui une peau noire, huileufe, des yeux enfoncés, un nez épaté.

Interrogez le diable, il vous dira que le beau eft une paire de cornes, quatre griffes, & une queue. Confultez enfin les philofophes, ils vous répondront par du galimatias; il leur faut quelque chofe de conforme à l'archétype du beau en effence, au *to kalon*.

J'affiftais un jour à une tragédie auprès d'un phi-lofophe; que cela eft beau! difait-il. Que trouvez-vous là de beau? lui dis-je. C'eft, dit-il, que l'auteur a atteint fon but. Le lendemain il prit une médecine qui lui fit du bien. Elle a atteint fon but, lui dis-je; voilà une belle médecine! Il comprit qu'on ne peut dire qu'une médecine eft belle, & que pour donner à quelque chofe le nom de *beauté*, il faut qu'elle vous caufe de l'admiration & du plaifir. Il convint que cette tragédie lui avait infpiré ces deux fentimens, & que c'était-là le *to kalon*, le beau.

Nous fimes un voyage en Angleterre : on y joua la même pièce, parfaitement traduite; elle fit bâiller tous les fpectateurs. Oh oh! dit-il, le *to kalon* n'eft pas le même pour les Anglais & pour les Français. Il conclut, après bien des réflexions, que le beau eft fouvent très-rélatif, comme ce qui eft décent au Japon eft indécent à Rome, & ce qui eft de mode à Paris ne l'eft pas à Pékin; & il s'épargna la peine de compofer un long traité fur le beau.

Il y a des actions que le monde entier trouve belles. Deux officiers de *Céfar*, ennemis mortels l'un de l'autre, fe portent un défi, non à qui répandra le fang l'un de l'autre derrière un buiſſon en tierce & en quarte comme chez nous, mais à qui défendra le mieux le camp des Romains, que les barbares vont attaquer. L'un des deux, après avoir repouſſé les ennemis, eſt près de fuccomber; l'autre vole à ſon fecours, lui fauve la vie, & achève la victoire.

Un ami ſe dévoue à la mort pour ſon ami; un fils pour ſon père; ...... l'Algonquin, le Français, le Chinois, diront tous que cela eſt fort *beau*, que ces actions leur font plaiſir, qu'ils les admirent.

Ils en diront autant des grandes maximes de morale; de celle-ci de *Zoroaſtre*: *Dans le doute ſi une action eſt juſte, abſtiens-toi* .....; de celle-ci de *Confucius: Oublie les injures, n'oublie jamais les bienfaits.*

Le Nègre aux yeux ronds, au nez épaté, qui ne donnera pas aux dames de nos cours le nom de *belles*, le donnera ſans héſiter à ces actions & à ces maximes. Le méchant homme même reconnaîtra la beauté des vertus qu'il n'oſe imiter. Le beau qui ne frappe que les ſens, l'imagination, & ce qu'on appelle l'*eſprit*, eſt donc ſouvent incertain. Le beau qui parle au cœur ne l'eſt pas. Vous trouverez une foule de gens qui vous diront qu'ils n'ont rien trouvé de *beau* dans les trois quarts de l'Iliade; mais perſonne ne vous niera que le dévouement de *Codrus* pour ſon peuple ne ſoit fort beau, ſuppoſé qu'il ſoit vrai.

Le frère *Attiret*, jéſuite, natif de Dijon, était employé comme deſſinateur dans la maiſon de campagne de l'empereur *Cam-hi*, à quelques *lis* de Pékin.

Cette maiſon des champs, dit-il dans une de ſes lettres à M. *Daſſaut*, eſt plus grande que la ville de

Q 4

Dijon. Elle eſt partagée en mille corps de logis, fur
une même ligne; chacun de ces palais a fes cours,
fes parterres, fes jardins & fes eaux; chaque façade
eſt ornée d'or, de vernis, & de peintures. Dans le
vaſte enclos du parc on a élevé à la main des collines
hautes de vingt juſqu'à foixante pieds. Les vallons
font arrofés d'une infinité de canaux qui vont au
loin fe rejoindre pour former des étangs & des mers.
On fe promène fur ces mers dans des barques vernies
& dorées de douze à treize toifes de long fur quatre
de large. Ces barques portent des fallons magnifiques;
& les bords de ces canaux, de ces mers, & de ces
étangs, font couverts de maifons toutes dans des goûts
différens. Chaque maifon eſt accompagnée de jardins
& de cafcades. On va d'un vallon dans un autre par
des allées tournantes ornées de pavillons & de grottes.
Aucun vallon n'eſt femblable; le plus vaſte de tous
eſt entouré d'une colonnade, derrière laquelle font
des bâtimens dorés. Tous les appartemens de ces
maifons répondent à la magnificence du dehors;
tous les canaux ont des ponts de diſtance en diſtance;
ces ponts font bordés de baluſtrades de marbre blanc
fculptées en bas-relief.

Au milieu de la grande mer on a élevé un rocher,
& fur ce rocher un pavillon quarré, où l'on compte
plus de cent appartemens. De ce pavillon quarré on
découvre tous les palais, toutes les maifons, tous
les jardins de cet enclos immenfe; il y en a plus de
quatre cents.

Quand l'empereur donne quelque fête, tous ces
bâtimens font illuminés en un inſtant; & de chaque
maifon on voit un feu d'artifice.

Ce n'eft pas tout ; au bout de ce qu'on appelle *la mer*, eft une grande foire que tiennent les officiers de l'empereur. Des vaiffeaux partent de la grande mer pour arriver à la foire. Les courtifans fe déguifent en marchands, en ouvriers de toute efpèce ; l'un tient un café, l'autre un cabaret, l'un fait le métier de filou, l'autre d'archer qui court après lui. L'empereur, l'impératrice & toutes les dames de la cour viennent marchander des étoffes ; les faux marchands les trompent tant qu'ils peuvent. Ils leur difent qu'il eft honteux de tant difputer fur le prix, qu'ils font de mauvaifes pratiques. Leurs majeftés répondent qu'ils ont à faire à des fripons ; les marchands fe fâchent & veulent s'en aller ; on les apaife : l'empereur achète tout, & en fait des loteries pour toute fa cour. Plus loin font des fpectacles de toute efpèce.

Quand frère *Attiret* vint de la Chine à Verfailles, il le trouva petit & trifte. Des Allemands qui s'exta-fiaient en parcourant les bofquets, s'étonnaient que frère *Attiret* fût fi difficile. C'eft encore une raifon qui me détermine à ne point faire un traité du *beau*.

B E K E R,

Ou du monde enchanté, du diable, du livre d'Enoch, & des forciers.

CE *Balthazar Béker*, très-bon homme, grand ennemi de l'enfer éternel & du diable, & encore plus de la précifion, fit beaucoup de bruit en fon temps par fon gros livre du Monde enchanté.

Un *Jacques-George de Chaufepied*, prétendu continuateur de *Bayle*, affure que *Béker* apprit le grec à
Groningue. *Niceron* a de bonnes raifons pour croire
que ce fut à Franeker. On eft fort en doute & fort
en peine à la cour fur ce point d'hiftoire.

Le fait eft que du temps de *Béker*, miniftre du
faint Evangile, (comme on dit en Hollande) le diable
avait encore un crédit prodigieux chez les théologiens
de toutes les efpèces au milieu du dix-feptième fiècle,
malgré les bons efprits qui commençaient à éclairer le
monde. La forcellerie, les poffeffions, & tout ce qui eft
attaché à cette belle théologie, étaient en vogue dans
toute l'Europe, & avaient fouvent des fuites funeftes.

Il n'y avait pas un fiècle que le roi *Jacques* lui-
même, furnommé par Henri IV, *Maître Jacques*, ce
grand ennemi de la communion romaine, & du
pouvoir papal, avait fait imprimer fa Démonologie
(quel livre pour un roi!) & dans cette Démonologie;
Jacques reconnaît des enforcellemens, des incubes,
des fuccubes ; il avoue le pouvoir du diable & du
pape, qui, felon lui, a le droit de chaffer *Satan* du
corps des poffédés, tout comme les autres prêtres.
Nous-mêmes, nous malheureux Français, qui nous
vantons aujourd'hui d'avoir recouvré un peu de bon
fens, dans quel horrible cloaque de barbarie ftupide
étions-nous plongés alors ! Il n'y avait pas un parlement, pas un préfidial, qui ne fût occupé à juger des
forciers ; point de grave jurifconfulte qui n'écrivît de
favans mémoires fur les poffeffions du diable. La
France retentiffait des tourmens que les juges infli-
geaient dans les tortures à de pauvres imbéciles à
qui on fefait accroire qu'elles avaient été au fabbat,

& qu'on fefait mourir fans pitié dans des fupplices épouvantables. Catholiques & proteftans étaient égale-ment infeftés de cette abfurde & horrible fuperftition, fous prétexte que dans un des évangiles des chrétiens, il eft dit que des difciples furent envoyés pour chaffer les diables. C'était un devoir facré de donner la queftion à des filles, pour leur faire avouer qu'elles avaient couché avec *Satan* ; que ce *Satan* s'en était fait aimer fous la forme d'un bouc, qui avait fa verge au derrière. Toutes les particularités des rendez-vous de ce bouc avec nos filles, étaient détaillées dans les procès criminels de ces malheureufes. On finiffait par les brûler, foit qu'elles avouaffent, foit qu'elles niaffent ; & la France n'était qu'un vafte théâtre de carnages juridiques.

J'ai entre les mains un recueil de ces procédures infernales, fait par un confeiller de grand'chambre du parlement de Bordeaux, nommé de *Langre*, im-primé en 1612, & adreffé à *Monfeigneur Silleri*, *chancelier de France*, fans que monfeigneur *Silleri* ait jamais penfé à éclairer ces infames magiftrats. Il eût fallu commencer par éclairer le chancelier lui-même. Qu'était donc la France alors ? une Saint-Barthelemi continuelle depuis le maffacre de Vaffy, jufqu'à l'affaf-finat du maréchal d'*Ancre* & de fon innocente époufe.

Croirait-on bien qu'à Genève on fit brûler en 1652, du temps de ce même *Béker*, une pauvre fille nommée *Magdelène Chaudron*, à qui on perfuada qu'elle était forcière ?

Voici la fubftance très-exafte de ce que porte le procès-verbal de cette fottife affreufe, qui n'eft pas le dernier monument de cette efpèce.

,, *Michelle* ayant rencontré le diable en fortant de
,, la ville, le diable lui donna un baifer, reçut fon
,, hommage, & imprima fur fa lèvre fupérieure & à
,, fon teton droit, la marque qu'il a coutume d'ap-
,, pliquer à toutes les perfonnes qu'il reconnaît pour
,, fes favorites. Ce fceau du diable eft un petit feing
,, qui rend la peau infenfible, comme l'affirment tous
,, les jurifconfultes démonographes.

,, Le diable ordonna à *Michelle Chaudron* d'enfor-
,, celer deux filles. Elle obéit à fon feigneur ponc-
,, tuellement. Les parens des filles l'accuferent juri-
,, diquement de diablerie ; les filles furent interrogées
,, & confrontées avec la coupable. Elles atteftèrent
,, qu'elles fentaient continuellement une fourmillière
,, dans certaines parties de leurs corps, & qu'elles
,, étaient poffédées. On appela les médecins, ou du
,, moins ceux qui paffaient alors pour médecins.
,, Ils vifitèrent les filles ; ils cherchèrent fur le corps
,, de *Michelle* le fceau du diable, que le procès-
,, verbal appelle les *marques fataniques*. Ils y enfon-
,, cèrent une longue aiguille, ce qui était déjà une
,, torture douloureufe. Il en fortit du fang, & *Michelle*
,, fit connaître par fes cris que les marques fataniques
,, ne rendent point infenfible. Les juges ne voyant
,, pas de preuve complète que *Michelle Chaudron* fût
,, forcière, lui firent donner la queftion, qui produit
,, infailliblement ces preuves : cette malheureufe,
,, cédant à la violence des tourmens, confeffa enfin
,, tout ce qu'on voulut.

,, Les médecins cherchèrent encore la marque
,, fatanique. Ils la trouvèrent à un petit feing noir fur
,, une de fes cuiffes. Ils y enfoncèrent l'aiguille ; les

,, tourmens de la queſtion avaient été ſi horribles ,
,, que cette pauvre créature expirante ſentit à peine
,, l'aiguille; elle ne cria point : ainſi le crime fut avéré.
,, Mais comme les mœurs commençaient à s'adoucir,
,, elle ne fut brûlée qu'après avoir été pendue &
,, étranglée. ,,

Tous les tribunaux de l'Europe chrétienne reten-
tiſſaient encore de pareils arrêts. Cette imbécillité
barbare a duré ſi long-temps , que de nos jours , à
Vurtzbourg en Franconie , on a encore brûlé une
ſorcière en 1750. Et qu'elle ſorcière! une jeune dame
de qualité , abbeſſe d'un couvent; & c'eſt de nos jours ,
c'eſt ſous l'empire de *Marie-Thérèſe* d'Autriche!

De telles horreurs dont l'Europe a été ſi long-temps
pleine , déterminèrent le bon *Béker* à combattre le
diable. On eut beau lui dire , en proſe & en vers ,
qu'il avait tort de l'attaquer, attendu qu'il lui reſſemblait beaucoup , étant d'une laideur horrible ; rien
ne l'arrêta; il commença par nier abſolument le pouvoir de *Satan* , & s'enhardit même juſqu'à ſoutenir
qu'il n'exiſte pas. ,, S'il y avait un diable , diſait-il ,
,, il ſe vengerait de la guerre que je lui fais. ,,

Béker ne raiſonnait que trop bien, en diſant que
le diable le punirait s'il exiſtait. Les miniſtres ſes confrères prirent le parti de *Satan* , & dépoſèrent *Béker*.

> Car l'hérétique excommunie auſſi
> Au nom de D i e u. Genève imite Rome,
> Comme le ſinge eſt copiſte de l'homme.

Béker entre en matière dès le ſecond tome. Selon
lui , le ſerpent qui ſéduiſit nos premiers parens n'était

point un diable, mais un vrai ſerpent; comme l'âne
de *Balaam* était un âne véritable, & comme la baleine
qui engloutit *Jonas* était une baleine réelle. C'était ſi
bien un vrai ſerpent, que toute ſon eſpèce, qui marchait auparavant ſur ſes pieds, fut condamnée à ramper
ſur le ventre. Jamais ni ſerpent, ni autre bête n'eſt
appelée *Satan*, ou *Belzébuth*, ou *Diable*, dans le Pentateuque. Jamais il n'y eſt queſtiön de *Satan*.

Le Hollandais deſtruĉteur de *Satan*, admet à la
vérité des anges, mais en même temps il aſſure qu'on
ne peut prouver par la raiſon qu'il y en ait; *& s'il y
en a*, dit-il dans ſon chapitre huitième du tome ſecond,
*il eſt difficile de dire ce que c'eſt. L'Ecriture ne nous dit
jamais ce que c'eſt, en tant que cela concerne la nature, ou
en quoi conſiſte la nature d'un eſprit...... La Bible n'eſt
pas faite pour les anges, mais pour les hommes.* J E S U S *n'a
pas été fait ange pour nous, mais homme.*

Si *Béker* a tant de ſcrupule ſur les anges, il n'eſt
pas étonnant qu'il en ait ſur les diables ; & c'eſt une
choſe aſſez plaiſante de voir toutes les contorſions où
il met ſon eſprit pour ſe prévaloir des textes qui lui
ſemblent favorables, & pour éluder ceux qui lui ſont
contraires.

Il fait tout ce qu'il peut pour prouver que le diable
n'eut aucune part aux afflictions de *Job*, & en cela
il eſt plus prolixe que les amis mêmes de ce ſaint
homme.

Il y a grande apparence qu'on ne le condamna que
par le dépit d'avoir perdu ſon temps à le lire : & je
ſuis perſuadé que ſi le diable lui-même avait été forcé
de lire le Monde enchanté de *Béker*, il n'aurait jamais pu
lui pardonner de l'avoir ſi prodigieuſement ennuyé.

Un des plus grands embarras de ce théologien hollandais, est d'expliquer ces paroles : JESUS *fut transporté par l'esprit au désert pour être tenté par le diable, par le Knathbull.* Il n'y a point de texte plus formel. Un théologien peut écrire contre *Belzébuth* tant qu'il voudra, mais il faut de nécessité qu'il l'admette ; après quoi il expliquera les textes difficiles comme il pourra.

Que si on veut savoir précisément ce que c'est que le diable, il faut s'en informer chez le jésuite *Schotus ;* personne n'en a parlé plus au long. C'est bien pis que *Béker.*

En ne consultant que l'histoire, l'ancienne origine du diable est dans la doctrine des Perses. *Hariman* ou *Arimane,* le mauvais principe, corrompt tout ce que le bon principe a fait de salutaire. Chez les Egyptiens *Typhon* fait tout le mal qu'il peut, tandis qu'*Oshiret,* que nous nommons *Osiris,* fait avec *Ishet* ou *Isis,* tout le bien dont il est capable.

Avant les Egyptiens & les Perses, (*) *Mozazor* chez les Indiens, s'était révolté contre DIEU, & était devenu le diable ; mais enfin DIEU lui avait pardonné. Si *Béker* & les sociniens avaient su cette anecdote de la chute des anges indiens & de leur rétablissement, ils en auraient bien profité pour soutenir leur opinion que l'enfer n'est pas perpétuel, & pour faire espérer leur grâce aux damnés qui liront leurs livres.

On est obligé d'avouer que les Juifs n'ont jamais parlé de la chute des anges dans l'ancien Testament ; mais il en est question dans le nouveau.

(*) Voyez *Brachmanes.*

On attribua vers le temps de l'établiſſement du chriſtianiſme, un livre à *Enoch*, *feptième homme après Adam*, concernant le diable & ſes aſſociés. *Enoch* dit que le chef des anges rebelles, était *Semiaxah*; qu'*Araciel*, *Atareulf*, *Ozampfifer* étaient ſes lieutenans; que les capitaines des anges fidelles étaient *Raphaël*, *Gabriel*, *Uriel*, &c. : mais il ne dit point que la guerre ſe fit dans le ciel; au contraire, on ſe battit ſur une montagne de la terre, & ce fut pour des filles. *St Jude* cite ce livre dans ſon épître : DIEU *a gardé*, dit-il, *dans les ténèbres enchaînés juſqu'au jugement du grand jour les anges qui ont dégénéré de leur origine, & qui ont abandonné leur propre demeure. Malheur à ceux qui ont ſuivi les traces de Caïn, deſquels Enoch feptième homme après Adam a prophétiſé.*

St Pierre, dans ſa ſeconde épître, fait alluſion au livre d'*Enoch*, en s'exprimant ainſi : DIEU *n'a pas épargné les anges qui ont péché; mais il les a jetés dans le Tartare avec des cables de fer.*

Il était difficile que *Béker* réſiſtât à des paſſages ſi formels. Cependant il fut encore plus inflexible ſur les diables que ſur les anges : il ne ſe laiſſa point ſubjuguer par le livre d'*Enoch*, ſeptième homme après *Adam*; il ſoutint qu'il n'y avait pas plus de diable que de livre d'*Enoch*. Il dit que le diable était une imitation de l'ancienne mythologie, que ce n'eſt qu'un réchauffé, & que nous ne ſommes que des plagiaires.

On peut demander aujourd'hui pourquoi nous appelons *Lucifer* l'*eſprit malin*, que la traduction hébraïque, & le livre attribué à *Enoch*, appellent

Semiaxah

Semiaxah ou, fi on veut, *Semexiah* ? C'eft que nous
entendons mieux le latin que l'hébreu.

On a trouvé dans *Ifaïe* une parabole contre un roi
de Babylone. *Ifaïe* lui-même l'appelle *parabole*. Il dit
dans fon quatorzième chapitre au roi de Babylone :
*A ta mort on a chanté à gorge déployée ; les fapins fe font
réjouis ; tes commis ne viendront plus nous mettre à la
taille. Comment ta hauteffe eft-elle defcendue au tombeau
malgré les fons de tes mufettes? Comment es-tu couché
avec les vers & la vermine? Comment es-tu tombé du ciel ,
étoile du matin , Helel? toi qui preffais les nations, tu
es abattue en terre !*

On traduifit ce mot chaldéen hébraïfé *Helel* , par
Lucifer. Cette étoile du matin, cette étoile de *Vénus*
fut donc le diable, *Lucifer* , tombé du ciel, & précipité
dans l'enfer. C'eft ainfi que les opinions s'établiffent,
& que fouvent un feul mot, une feule fyllabe mal
entendue , une lettre changée ou fupprimée ont été
l'origine de la croyance de tout un peuple. Du mot
Soraclé on a fait *St Orefte ;* du mot *Rabboni* on a fait
St Raboni , qui rabonnit les maris jaloux , ou qui les
fait mourir dans l'année ; de *Semo fancus* on a fait *St Simon*
le magicien. Ces exemples font innombrables.

Mais que le diable foit l'étoile de *Vénus* , ou le
Semiaxah d'*Enoch* , ou le *Satan* des Babyloniens , ou
le *Mozazor* des Indiens , ou le *Typhon* des Egyptiens ,
Béker a raifon de dire qu'il ne fallait pas lui attribuer
une fi énorme puiffance que celle dont nous l'avons
cru revêtu jufqu'à nos derniers temps. C'eft trop
que de lui avoir immolé une femme de qualité de
Vurtzbourg, *Magdelène Chaudron*, le curé *Gaufredi* ,
la maréchale d'*Ancre*, & plus de cent mille forciers

Dictionn. philofoph. Tome II.   R

en treize cents années dans les Etats chrétiens. Si
Balthazar Beker s'en était tenu à rogner les ongles au
diable, il aurait été très-bien reçu ; mais quand un
curé veut anéantir le diable, il perd fa cure.

B E T E S.

QUELLE pitié, quelle pauvreté, d'avoir dit que
les bêtes font des machines, privées de connaiffance
& de fentiment, qui font toujours leurs opérations
de la même manière, qui n'apprennent rien, ne
perfeétionnent rien, &c. !

Quoi, cét oifeau qui fait fon nid en demi-cercle
quand il l'attache à un mur, qui le bâtit en quart de
cercle quand il eft dans un angle, & en cercle fur un
arbre ; cet oifeau fait tout de la même façon ? Ce chien
de chaffe que tu as difcipliné pendant trois mois, n'en
fait-il pas plus au bout de ce temps, qu'il n'en favait
avant tes leçons ? Le ferin à qui tu apprends un air,
le répète-t-il dans l'inftant ? n'emploies-tu pas un
temps confidérable à l'enfeigner ? n'as-tu pas vu qu'il
fe méprend & qu'il fe corrige ?

Eft-ce parce que je te parle, que tu juges que j'ai
du fentiment, de la mémoire, des idées? Hé bien, je
ne te parle pas ; tu me vois entrer chez moi l'air
affligé, chercher un papier avec inquiétude, ouvrir
le bureau où je me fouviens de l'avoir enfermé, le
trouver, le lire avec joie. Tu juges que j'ai éprouvé
le fentiment de l'affliétion & celui du plaifir, que j'ai
de la mémoire & de la connaiffance.

Porte donc le même jugement fur ce chien qui a
perdu fon maître, qui l'a cherché dans tous les chemins

avec des cris douloureux ; qui entre dans la maison agité, inquiet, qui defcend, qui monte, qui va de chambre en chambre, qui trouve enfin dans fon cabinet le maître qu'il aime, & qui lui témoigne fa joie par la douceur de fes cris, par fes fauts, par fes careffes.

Des barbares faififfent ce chien, qui l'emporte fi prodigieufement fur l'homme en amitié ; ils le clouent fur une table, & ils le diffèquent vivant pour te montrer les veines mézaraïques. Tu découvres dans lui tous les mêmes organes de fentiment qui font dans toi. Réponds-moi, machinifte ; la nature a-t-elle arrangé tous les refforts du fentiment dans cet animal, afin qu'il ne fente pas ? a-t-il des nerfs pour être impaffible ? Ne fuppofe point cette impertinente contradiction dans la nature.

Mais les maîtres de l'école demandent ce que c'eft que l'ame des bêtes ? Je n'entends pas cette queftion. Un arbre a la faculté de recevoir dans fes fibres fa fève qui circule, de déployer les boutons de fes feuilles & de fes fruits ; me demanderez-vous ce que c'eft que l'ame de cet arbre ? il a reçu ces dons ; l'animal a reçu ceux du fentiment, de la mémoire, d'un certain nombre d'idées. Qui a fait tous ces dons ? qui a donné toutes ces facultés ? celui qui fait croître l'herbe des champs, & qui fait graviter la terre vers le foleil.

Les ames des bêtes font des formes fubftantielles, a dit *Ariftote*; & après *Ariftote*, l'école arabe ; & après l'école arabe, l'école angélique ; & après l'école angélique, la forbonne ; & après la forbonne, perfonne au monde.

Les ames des bêtes font matérielles, crient d'autres philofophes. Ceux-là n'ont pas fait plus de fortune que les autres. On leur a en vain demandé ce que c'eſt qu'une ame matérielle; il faut qu'ils conviennent que c'eſt de la matière qui a fenfation : mais qui lui a donné cette fenfation? c'eſt une ame matérielle, c'eſt-à-dire que c'eſt de la matière qui donne de la fenfation à la matière; ils ne fortent pas de ce cercle.

Ecoutez d'autres bêtes raifonnant fur les bêtes; leur ame eſt un être fpirituel qui meurt avec le corps : mais quelle preuve en avez-vous? quelle idée avez-vous de cet être fpirituel, qui, à la vérité, a du fentiment, de la mémoire, & fa mefure d'idées & de combinaifons, mais qui ne pourra jamais favoir ce que fait un enfant de fix ans? Sur quel fondement imaginez-vous que cet être, qui n'eſt pas corps, périt avec le corps? Les plus grandes bêtes font ceux qui ont avancé que cette ame n'eſt ni corps ni efprit. Voilà un beau fyftème. Nous ne pouvons entendre par efprit, que quelque chofe d'inconnu qui n'eſt pas corps. Ainfi, le fyftème de ces meffieurs, revient à ceci, que l'ame des bêtes eſt une fubftance qui n'eſt ni corps ni quelque chofe qui n'eſt point corps.

D'où peuvent procéder tant d'erreurs contradictoires? de l'habitude où les hommes ont toujours été d'examiner ce qu'eſt une chofe, avant de favoir fi elle exifte. On appelle la languette, la foupape d'un foufflet, l'ame du foufflet. Qu'eſt-ce que cette ame? c'eſt un nom que j'ai donné à cette foupape qui baiffe, laiffe entrer l'air, fe relève, & le pouffe par un tuyau, quand je fais mouvoir le foufflet.

Il n'y a point là une ame diftincte de la machine.
Mais qui fait mouvoir le foufflet des animaux ? Je vous
l'ai déjà dit, celui qui fait mouvoir les aftres. Le
philofophe qui a dit, *Deus eft anima brutorum*, avait
raifon : mais il devait aller plus loin.

BETHSAMÈS, OU BETHSHEMESH.

Des cinquante mille & foixante & dix Juifs morts de
mort fubite, pour avoir regardé l'arche ; des cinq
trous du cul d'or payés par les Philiftins, & de
l'incrédulité du doƈeur Kennicott.

Les gens du monde feront peut-être étonnés que
ce mot foit le fujet d'un article ; mais on ne s'adreffe
qu'aux favans, & on leur demande des inftructions.

Bethshemesh ou Bethfamès était un village appar-
tenant au peuple de DIEU, fitué à deux milles au
nord de Jérufalem, felon les commentateurs.

Les Phéniciens ayant battu les Juifs du temps de
Samuel, & leur ayant pris leur arche d'alliance dans
la bataille où ils leur tuèrent trente mille hommes,
en furent févèrement punis par le Seigneur. (a)
Percuffit eos in fecretiori parte natium, & ebullierunt villæ
& agri..... & nati funt mures, & faƈa eft confufio
mortis magna in civitate. Mot à mot : *Il les frappa dans*
la plus fecrète partie des feffes, & les granges & les champs
bouillirent, & il naquit des rats, & une grande confufion
de mort fe fit dans la cité.

(a) Livre de *Samuel*, ou I des Rois, chap. V & VI.

R 3

Les prophètes des Phéniciens ou Philiftins, les ayant avertis qu'ils ne pouvaient fe délivrer de ce fléau qu'en donnant au Seigneur cinq rats d'or, & cinq anus d'or, & en lui renvoyant l'arche juive, ils accomplirent cet ordre, & renvoyèrent, felon l'exprès commandement de leurs prophètes, l'arche avec les cinq rats & les cinq anus, fur une charrette attelée de deux vaches qui nourriffaient chacune leur veau, & que perfonne ne conduifait.

Ces deux vaches amenèrent d'elles-mêmes l'arche & les préfens droit à Bethfamès ; les Bethfamites s'approchèrent & voulurent regarder l'arche. Cette liberté fut punie encore plus févèrement que ne l'avait été la profanation des Phéniciens. Le Seigneur frappa de mort fubite foixante & dix perfonnes du peuple, & cinquante mille hommes de la populace.

Le révérend docteur *Kennicott*, irlandais, a fait imprimer en 1768 un commentaire français fur cette aventure, & l'a dédié à fa grandeur l'évêque d'Oxford. Il s'intitule à la tête de ce commentaire, *docteur en théologie, membre de la fociété royale de Londres, de l'académie palatine, de celle de Gottingue, & de l'académie des infcriptions de Paris*. Tout ce que je fais, c'eft qu'il n'eft pas de l'académie des infcriptions de Paris. Peut-être en eft-il correfpondant. Sa vafte érudition a pu le tromper ; mais les titres ne font rien à la chofe.

Il avertit le public que fa brochure fe vend à Paris chez *Saillant* & chez *Molini* ; à Rome chez *Monaldini*, à Venife chez *Pafquali*, à Florence chez *Cambiagi*, à Amfterdam chez *Marc-Michel Rey*, à la Haye chez *Goffe*, à Leyde chez *Jaquau*, à Londres chez *Béquet*, qui reçoivent les foufcriptions.

Il prétend prouver dans sa brochure appelée en anglais *Pamphlet*, que le texte de l'Ecriture est corrompu. Il nous permettra de n'être pas de son avis. Presque toutes les bibles s'accordent dans ces expressions : Soixante & dix hommes du peuple, & cinquante mille de la populace, *de populo septuaginta viros, & quinquagenta millia plebis.*

Le révérend docteur *Kennicott* dit au révérend milord évêque d'Oxford, *qu'autrefois il avait de forts préjugés en faveur du texte hébraïque, mais que, depuis dix-sept ans, sa grandeur & lui sont bien revenus de leurs préjugés, après la lecture réfléchie de ce chapitre.*

Nous ne ressemblons point au docteur *Kennicott;* & plus nous lisons ce chapitre, plus nous respectons les voies du Seigneur qui ne sont pas nos voies.

Il est impossible, dit Kennicott, *à un lecteur de bonne foi, de ne se pas sentir étonné & affecté à la vue de plus de cinquante mille hommes détruits dans un seul village, & encore c'était cinquante mille hommes occupés à la moisson.*

Nous avouons que cela supposerait environ cent mille personnes au moins dans ce village. Mais monsieur le docteur doit-il oublier que le Seigneur avait promis à *Abraham* que sa postérité se multiplierait comme le sable de la mer ?

Les Juifs & les chrétiens, ajoute-t-il, *ne se sont point fait de scrupule d'exprimer leur répugnance à ajouter foi à cette destruction de cinquante mille soixante & dix hommes.*

Nous répondons que nous sommes chrétiens, & que nous n'avons nulle répugnance *à ajouter foi* à tout ce qui est dans les saintes écritures. Nous répondrons avec le révérend père dom *Calmet*, que s'il fallait *rejeter tout ce qui est extraordinaire & hors de la*

R 4

portée de notre esprit, il faudrait rejeter toute la Bible.
Nous sommes persuadés que les Juifs étant conduits
par DIEU même, ne devaient éprouver que des événemens marqués au sceau de la Divinité, & absolument différens de ce qui arrive aux autres hommes.
Nous osons même avancer que la mort de ces
cinquante mille soixante & dix hommes est une des
choses des moins surprenantes qui soient dans l'ancien
Testament.

On est saisi d'un étonnement encore plus respectueux, quand le serpent d'*Eve* & l'âne de *Balaam*
parlent, quand l'eau des cataractes s'élève avec la
pluie quinze coudées au-dessus de toutes les montagnes, quand on voit les plaies de l'Egypte, & six
cents trente mille Juifs combattans fuir à pied à
travers la mer ouverte & suspendue, quand *Josué*
arrête le soleil & la lune à midi, quand *Samson* tue
mille Philistins avec une mâchoire d'âne... tout est
miracle sans exception dans ces temps divins ; & nous
avons le plus profond respect pour tous ces miracles,
pour ce monde ancien qui n'est pas notre monde,
pour cette nature qui n'est pas notre nature, pour
un livre divin qui ne peut avoir rien d'humain.

Mais ce qui nous étonne, c'est la liberté que prend
M. *Kennicott* d'appeler *déistes* & *athées* ceux qui, en
révérant la Bible plus que lui, sont d'une autre
opinion que lui. On ne croira jamais qu'un homme
qui a de pareilles idées soit de l'académie des inscrip-
tions & médailles. Peut-être est-il de l'académie de
Bedlam, la plus ancienne, la plus nombreuse de
toutes, & dont les colonies s'étendent dans toute la
terre.

BIBLIOTHEQUE.

Une grande bibliothèque a cela de bon, qu'elle effraie celui qui la regarde. Deux cents mille volumes découragent un homme tenté d'imprimer; mais malheureusement il se dit bientôt à lui-même : On ne lit point la plupart de ces livres-là ; & on pourra me lire. Il se compare à la goutte d'eau qui se plaignait d'être confondue & ignorée dans l'océan ; un génie eut pitié d'elle ; il la fit avaler par une huître. Elle devint la plus belle perle de l'Orient, & fut le principal ornement du trône du grand-mogol. Ceux qui ne font que compilateurs, imitateurs, commentateurs, éplucheurs de phrases, critiques à la petite femaine; enfin ceux dont un génie n'a point eu pitié, resteront toujours gouttes d'eau.

Notre homme travaille donc au fond de son galetas avec l'espérance de devenir perle.

Il est vrai que dans cette immense collection de livres, il y en a environ cent quatre-vingt-dix-neuf mille qu'on ne lira jamais, du moins de suite ; mais on peut avoir besoin d'en consulter quelques-uns une fois en sa vie. C'est un grand avantage, pour quiconque veut s'instruire, de trouver sous sa main dans le palais des rois le volume & la page qu'il cherche, sans qu'on le fasse attendre un moment. C'est une des plus nobles institutions. Il n'y a point eu de dépense plus magnifique & plus utile.

La bibliothèque publique du roi de France est la plus belle du monde entier, moins encore par le

nombre & la rareté des volumes, que par la facilité, &
la politeffe avec laquelle les bibliothécaires les prêtent
à tous les favans. Cette bibliothèque eft fans contredit
le monument le plus précieux qui foit en France.

Cette multitude étonnante de livres ne doit point
épouvanter. On a déjà remarqué que Paris contient
environ fept cents mille hommes, qu'on ne peut vivre
avec tous, & qu'on choifit trois ou quatre amis.
Ainfi il ne faut pas plus fe plaindre de la multitude
des livres, que de celle des citoyens.

Un homme qui veut s'inftruire un peu de fon
être, & qui n'a pas de temps à perdre, eft bien embarraffé. Il voudrait lire à la fois *Hobbes*, *Spinofa*, *Bayle*
qui a écrit contre eux, *Leibnitz* qui a difputé contre
Bayle, *Clarke* qui a difputé contre *Leibnitz*, *Mallebranche*
qui diffère d'eux tous, *Locke* qui paffe pour avoir
confondu *Mallebranche*, *Stilling fleet* qui croit avoir
vaincu *Locke*, *Cudworth* qui penfe être au-deffus d'eux,
parce qu'il n'eft entendu de perfonne. On mourrait
de vieilleffe avant d'avoir feuilleté la centième partie
des romans métaphyfiques.

On eft bien aife d'avoir les plus anciens livres,
comme on recherche les plus anciennes médailles.
C'eft-là ce qui fait l'honneur d'une bibliothèque. Les
plus anciens livres du monde font les cinq *Kings* des
Chinois, le *Shaftabah* des brames dont M. *Holwell*
nous a fait connaître les paffages admirables, ce qui
peut refter de l'ancien *Zoroaftre*, les fragmens de
Sanchoniathon qu'*Eufèbe* nous a confervés, & qui
portent les caractères de l'antiquité la plus reculée.
Je ne parle pas du Pentateuque qui eft au-deffus de
tout ce qu'on en pourrait dire.

Nous avons encore la prière du véritable *Orphée*, que l'hiérophante récitait dans les anciens myſtères des Grecs. *Marchez dans la voie de la juſtice, adorez le ſeul maître de l'univers. Il eſt un; il eſt ſeul par lui-même. Tous les êtres lui doivent leur exiſtence, il agit dans eux & par eux. Il voit tout, & jamais n'a été vu des yeux mortels.* Nous en avons parlé ailleurs.

St Clément d'Alexandrie, le plus ſavant des pères de l'Egliſe, ou plutôt le ſeul ſavant dans l'antiquité profane, lui donne preſque toujours le nom d'*Orphée* de Thrace, d'*Orphée* le théologien, pour le diſtinguer de ceux qui ont écrit depuis ſous ſon nom. Il cite de lui ces vers qui ont tant de rapport à la formule des myſtères : (*a*)

> Lui ſeul il eſt parfait ; tout eſt ſous ſon pouvoir.
> Il voit tout l'univers, & nul ne peut le voir.

Nous n'avons plus rien ni de *Muſée*, ni de *Linus*. Quelques petits paſſages de ces prédéceſſeurs d'*Homère* orneraient bien une bibliothèque.

Auguſte avait formé la bibliothèque nommée *Palatine*. La ſtatue d'*Apollon* y préſidait. L'empereur l'orna des buſtes des meilleurs auteurs. On voyait vingt-neuf grandes bibliothèques publiques à Rome. Il y a maintenant plus de quatre mille bibliothèques conſidérables en Europe. Choiſiſſez ce qui vous convient, & tâchez de ne vous pas ennuyer. (*)

(*a*) *Strom.* liv. V.

(*) Voyez *Livres*.

BIEN, SOUVERAIN BIEN,

Chimère.

SECTION PREMIERE.

LE bonheur eft une idée abftraite, compofée de quelques fenfations de plaifir. *Platon*, qui écrivait mieux qu'il ne raifonnait, imagina fon *Monde archétype*, c'eft-à-dire, fon monde original, fes idées générales du beau, du bien, de l'ordre, du jufte, comme s'il y avait des êtres éternels appelés *ordre*, *bien*, *beau*, *jufte*, dont dérivaffent les faibles copies de ce qui nous paraît ici-bas, jufte, beau, & bon.

C'eft donc d'après lui que les philofophes ont recherché le fouverain bien, comme les chimiftes cherchent la pierre philofophale : mais le fouverain bien n'exifte pas plus que le fouverain quarré ou le fouverain cramoifi ; il y a des couleurs cramoifies, il y a des quarrés : mais il n'y a point d'être général qui s'appelle ainfi. Cette chimérique manière de raifonner a gâté long-temps la philofophie.

Les animaux reffentent du plaifir à faire toutes les fonctions auxquelles ils font deftinés. Le bonheur qu'on imagine ferait une fuite non interrompue de plaifirs : une telle férie eft incompatible avec nos organes, & avec notre deftination. Il y a un grand plaifir à manger & à boire, un plus grand plaifir eft dans l'union des deux fexes : mais il eft clair que fi l'homme mangeait toujours, ou était toujours dans l'extafe de la jouiffance, fes organes n'y pourraient fuffire : il

eſt encore évident qu'il ne pourrait remplir les deſti-
nations de la vie, & que le genre-humain en ce cas
périrait par le plaiſir.

Paſſer continuellement, ſans interruption, d'un
plaiſir à un autre, eſt encore une autre chimère. Il faut
que la femme qui a conçu accouche, ce qui eſt une
peine; il faut que l'homme fende le bois, & taille la
pierre; ce qui n'eſt pas un plaiſir.

Si on donne le nom de *bonheur* à quelques plaiſirs
répandus dans cette vie, il y a du bonheur en effet.
Si on ne donne ce nom qu'à un plaiſir toujours
permanent, ou à une file continue & variée de ſenſations délicieuſes, le bonheur n'eſt pas fait pour ce
globe terraqué : cherchez ailleurs.

Si on appelle *bonheur* une ſituation de l'homme;
comme des richeſſes, de la puiſſance, de la réputation &c., on ne ſe trompe pas moins. Il y a tel
charbonnier plus heureux que tel ſouverain. Qu'on
demande à *Cromwell* s'il a été plus content quand
il était protecteur, que quand il allait au cabaret dans
ſa jeuneſſe, il répondra probablement que le temps de
ſa tyrannie n'a pas été le plus rempli de plaiſirs.
Combien de laides bourgeoiſes ſont plus ſatisfaites
qu'*Hélène*, & que *Cléopâtre* !

Mais il y a une petite obſervation à faire ici ; c'eſt
que quand nous diſons, il eſt probable qu'un tel homme
eſt plus heureux qu'un tel autre, qu'un jeune muletier
a de grands avantages ſur *Charles-Quint*, qu'une
marchande de modes eſt plus ſatisfaite qu'une princeſſe ; nous devons nous en tenir à ce probable. Il y
a grande apparence qu'un muletier ſe portant bien

a plus de plaiſir que *Charles-Quint* mangé de goutte ;
mais il ſe peut bien faire auſſi que *Charles-Quint* avec
des bequilles repaſſe dans ſa tête avec tant de plaiſir,
qu'il a tenu un roi de France & un pape priſonniers,
que ſon ſort vaille encore mieux à toute force que
celui d'un jeune muletier vigoureux.

Il n'appartient certainement qu'à DIEU, à un être
qui verrait dans tous les cœurs, de décider quel eſt
l'homme le plus heureux. Il n'y a qu'un ſeul cas où
un homme puiſſe affirmer que ſon état aĉtuel eſt pire
ou meilleur que celui de ſon voiſin ; ce cas eſt celui de
la rivalité, & le moment de la viĉtoire.

Je ſuppoſe qu'*Archiméde* a un rendez-vous la nuit
avec ſa maîtreſſe. *Nomentanus* a le même rendez-vous
à la même heure. *Archiméde* ſe préſente à la porte ; on
la lui ferme au nez ; & on l'ouvre à ſon rival, qui fait
un excellent ſouper, pendant lequel il ne manque pas
de ſe moquer d'*Archiméde*, & jouit enſuite de ſa
maîtreſſe, tandis que l'autre reſte dans la rue expoſé
au froid, à la pluie, & à la grêle. Il eſt certain que
Nomentanus eſt en droit de dire : Je ſuis plus heureux
cette nuit qu'*Archiméde*, j'ai plus de plaiſir que lui ;
mais il faut qu'il ajoute : ſuppoſé qu'*Archiméde* ne ſoit
occupé que du chagrin de ne point faire un bon
ſouper, d'être mépriſé & trompé par une belle femme,
d'être ſupplanté par ſon rival, & du mal que lui font
la pluie, la grêle, & le froid. Car ſi le philoſophe de
la rue fait réflexion que ni une catin ni la pluie ne
doivent troubler ſon ame ; s'il s'occupe d'un beau
problème, & s'il découvre la proportion du cylindre
& de la ſphère, il peut éprouver un plaiſir cent fois
au-deſſus de celui de *Nomentanus*.

Il n'y a donc que le seul cas du plaisir actuel &
de la douleur actuelle, où l'on puisse comparer le sort
de deux hommes, en fesant abstraction de tout le
reste. Il est indubitable que celui qui jouit de sa
maîtresse est plus heureux dans ce moment que son
rival méprisé qui gémit. Un homme sain qui mange
une bonne perdrix, a sans doute un moment préférable
à celui d'un homme tourmenté de la colique ; mais
on ne peut aller au-delà avec sureté ; on ne peut
évaluer l'être d'un homme avec celui d'un autre ;
on n'a point de balance pour peser les désirs & les
sensations.

Nous avons commencé cet article par *Platon* & son
souverain bien ; nous le finirons par *Solon* , & par
ce grand mot qui a fait tant de fortune : *Il ne faut
appeler personne heureux avant sa mort.* Cet axiome n'est
au fond qu'une puérilité, comme tant d'apophthegmes
consacrés dans l'antiquité. Le moment de la mort n'a
rien de commun avec le sort qu'on a éprouvé dans la
vie ; on peut périr d'une mort violente & infame, &
avoir goûté jusque-là tous les plaisirs dont la nature
humaine est susceptible. Il est très-possible & très-
ordinaire, qu'un homme heureux cesse de l'être : qui
en doute ? mais il n'a pas moins eu ses momens
heureux.

Que veut donc dire le mot de *Solon* ? qu'il n'est
pas sûr qu'un homme qui a du plaisir aujourd'hui ,
en ait demain ? en ce cas, c'est une vérité si incon-
testable & si triviale, qu'elle ne valait pas la peine
d'être dite.

SECTION II.

LE bien-être est rare. Le souverain bien en ce monde ne pourrait il pas être regardé comme souverainement chimérique? Les philosophes grecs discutèrent longuement à leur ordinaire cette question. Ne vous imaginez-vous pas, mon cher lecteur, voir des mendians qui raisonnent sur la pierre philosophale?

Le souverain bien! quel mot! autant aurait-il valu demander ce que c'est que le souverain bleu, ou le souverain ragoût, le souverain marcher, le souverain lire, &c.

Chacun met son bien où il peut, & en a autant qu'il peut à sa façon, & à bien petite mesure.

Quid dem, quid non dem, renuis tu quod jubet alter.
Castor gaudet equis, ovo prognatus eodem
Pugnis, &c.

Castor veut des chevaux, Pollux veut des lutteurs :
Comment concilier tant de goûts, tant d'humeurs?

Le plus grand bien est celui qui vous délecte avec tant de force, qu'il vous met dans l'impuissance totale de sentir autre chose, comme le plus grand mal est celui qui va jusqu'à nous priver de tout sentiment. Voilà les deux extrêmes de la nature humaine, & ces deux momens sont courts.

Il n'y a ni extrêmes délices, ni extrêmes tourmens qui puissent durer toute la vie : le souverain bien & le souverain mal sont des chimères.

Nous

Nous avons la belle fable de *Crantor* ; il fait comparaître aux jeux olympiques la Richeſſe, la Volupté, la Santé, la Vertu ; chacune demande la pomme : la Richeſſe dit, c'eſt moi qui ſuis le ſouverain bien, car avec moi on achète tous les biens : la Volupté dit, la pomme m'appartient, car on ne demande la richeſſe que pour m'avoir : la Santé aſſure que ſans elle il n'y a point de volupté, & que la richeſſe eſt inutile : enfin la Vertu repréſente qu'elle eſt au-deſſus des trois autres, parce qu'avec de l'or, des plaiſirs, & de la ſanté, on peut ſe rendre très-mépriſable ſi on ſe conduit mal. La vertu eut la pomme.

La fable eſt très ingénieuſe ; elle le ferait encore plus ſi *Crantor* avait dit que le ſouverain bien eſt l'aſſemblage des quatre rivales réunies, vertu, ſanté, richeſſe, volupté : mais cette fable ne réſout ni ne peut réſoudre la queſtion abſurde du ſouverain bien. La vertu n'eſt pas un bien : c'eſt un devoir ; elle eſt d'un genre différent, d'un ordre ſupérieur. Elle n'a rien à voir aux ſenſations douloureuſes ou agréables. Un homme vertueux avec la pierre & la goutte, ſans appui, ſans amis, privé du néceſſaire, perſécuté, enchaîné par un tyran voluptueux qui ſe porte bien, eſt très-malheureux ; & le perſécuteur inſolent qui careſſe une nouvelle maîtreſſe ſur ſon lit de pourpre eſt très-heureux. Dites que le ſage perſécuté eſt préférable à ſon indigne perſécuteur ; dites que vous aimez l'un, & que vous déteſtez l'autre ; mais avouez que le ſage dans les fers enrage. Si le ſage n'en convient pas, il vous trompe, c'eſt un charlatan.

BIEN,

Du bien & du mal, physique & moral.

Voici une question des plus difficiles & des plus importantes. Il s'agit de toute la vie humaine. Il ferait bien plus important de trouver un remède à nos maux, mais il n'y en a point ; & nous sommes réduits à rechercher tristement leur origine. C'est sur cette origine qu'on dispute depuis *Zoroastre*, & qu'on a, selon les apparences, disputé avant lui. C'est pour expliquer ce mélange de bien & de mal qu'on a imaginé les deux principes ; *Oromase* l'auteur de la lumière, & *Arimane* l'auteur des ténèbres ; la boîte de *Pandore*, les deux tonneaux de *Jupiter*, la pomme mangée par *Eve* ; & tant d'autres systèmes. Le premier des dialecticiens, non pas le premier des philosophes, l'illustre *Bayle* a fait assez voir comment il est difficile aux chrétiens qui admettent un seul Dieu, bon & juste, de répondre aux objections des manichéens qui reconnaissent deux Dieux, dont l'un est bon, & l'autre méchant.

Le fond du système des manichéens, tout ancien qu'il est, n'en était pas plus raisonnable. Il faudrait avoir établi des lemmes géométriques pour oser en venir à ce théorème. *Il y a deux êtres nécessaires, tous deux suprêmes, tous deux infinis, tous deux également puissans, tous deux s'étant fait la guerre, & s'accordant enfin pour verser sur cette petite planète, l'un tous les trésors de sa bénéficence, & l'autre tout l'abyme de sa malice.* En vain, par cette hypothèse, expliquent-ils la caufe du bien & du mal ; la fable de *Prométhée* l'explique encore mieux ; mais toute hypothèfe qui ne fert qu'à rendre raifon des chofes , & qui n'eft pas d'ailleurs fondée fur des principes certains, doit être rejetée.

Des docteurs chrétiens (en fefant abftraction de la révélation qui fait tout croire) n'expliquent pas mieux l'origine du bien & du mal, que les fectateurs de *Zoroaftre*.

Dès qu'ils difent : D I E U eft un père tendre, D I E U eft un roi jufte ; dès qu'ils ajoutent l'idée de l'infini à cet amour, à cette bonté, à cette juftice humaine qu'ils connaiffent ; ils tombent bientôt dans la plus horrible des contradictions. Comment ce fouverain qui a la plénitude infinie de cette juftice que nous connaiffons ; comment un père qui a une tendreffe infinie pour fes enfans ; comment cet être infiniment puiffant , a-t-il pu former des créatures à fon image, pour les faire l'inftant d'après tenter par un être malin, pour les faire fuccomber , pour faire mourir ceux qu'il avait créés immortels, pour inonder leur poftérité de malheurs & de crimes ? On ne parle pas ici d'une contradiction qui paraît encore bien plus révoltante à notre faible raifon. Comment D I E U rachetant enfuite le genre-humain par la mort de fon fils unique , ou plutôt, comment D I E U lui-même fait homme, & mourant pour les hommes, livre t-il à l'horreur des tortures éternelles prefque tout ce genre-humain pour lequel il eft mort ? Certes , à ne regarder ce fyftème qu'en philofophe, (fans le fecours de la foi,) il eft monftrueux, il eft abomi-nable. Il fait de D I E U ou la malice même, & la malice infinie, qui a fait des êtres penfans pour les rendre éternellement malheureux, ou l'impuiffance & l'imbécillité même, qui n'a pu ni prévoir ni empêcher les malheurs de fes créatures. Mais il n'eft pas queftion dans cet article du malheur éternel, il ne s'agit que des biens & des maux que nous éprouvons dans cette vie. Aucun des docteurs de tant d'Eglifes qui fe combattent tous fur cet article n'a pu perfuader aucun fage.

On ne conçoit pas comment *Bayle*, qui maniait avec tant de force & de fineffe les armes de la dialectique, s'eft contenté de faire argumenter (*a*) un manichéen, un calvinifte, un molinifte, un focinien ; que n'a-t-il fait parler un homme raifonnable ? que *Bayle* n'a-t-il parlé lui-même ? il aurait dit bien mieux que nous ce que nous allons hafarder.

Un père qui tue fes enfans eft un monftre ; un roi qui fait tomber dans le piége fes fujets pour avoir un prétexte de les livrer à des fupplices, eft un tyran exécrable. Si vous concevez dans D I E U la même bonté que vous exigez d'un père, la même juftice que vous exigez d'un roi, plus de reffource pour difculper D I E U : & en lui donnant une fageffe & une bonté infinies, vous le rendez infiniment odieux ; vous faites fouhaiter qu'il n'exifte pas, vous donnez des armes à l'athée, & l'athée fera toujours en droit de vous dire : Il vaut mieux ne point reconnaître de divinité que de lui imputer précifément ce que vous puniriez dans les hommes.

Commençons donc par dire : ce n'eft pas à nous à donner à D I E U les attributs humains, ce n'eft pas à nous à faire D I E U à notre image. Juftice humaine,

(*a*) Voyez les articles *Manichéens*, *Marcionites*, *Pauliciens*, dans *Bayle*.

bonté humaine, fageffe humaine, rien de tout cela ne lui peut convenir. On a beau étendre à l'infini ces qualités, ce ne feront jamais que des qualités humaines dont nous reculons les bornes; c'eft comme fi nous donnions à DIEU la folidité infinie, le mouvement infini, la rondeur, la divifibilité, infinie. Ces attributs ne peuvent être les fiens.

La philofophie nous apprend que cet univers doit avoir été arrangé par un être incompréhenfible, éternel, exiftant par fa nature; mais, encore une fois, la philofophie ne nous apprend pas les attributs de cette nature. Nous favons ce qu'il n'eft pas, & non ce qu'il eft.

Point de bien ni de mal pour DIEU, ni en phyfique ni en morale.

Qu'eft-ce que le mal phyfique? De tous les maux le plus grand fans doute eft la mort. Voyons s'il était poffible que l'homme eût été immortel.

Pour qu'un corps tel que le nôtre fût indiffoluble, impériffable, il faudrait qu'il ne fût point compofé de parties; il faudrait qu'il ne naquît point, qu'il ne prît ni nourriture ni accroiffement, qu'il ne pût éprouver aucun changement. Qu'on examine toutes ces queftions que chaque lecteur peut étendre à fon gré, & l'on verra que la propofition de l'homme immortel eft contradictoire.

Si notre corps organifé était immortel, celui des animaux le ferait auffi; or il eft clair qu'en peu de temps le globe ne pourrait fuffire à nourrir tant d'animaux; ces êtres immortels, qui ne fubfiftent qu'en renouvelant leur corps par la nourriture, périraient donc faute de pouvoir fe renouveler; tout cela eft

contradiĉtoire. On en pourrait dire beaucoup davantage, mais tout leĉteur vraiment philofophe verra que
la mort était néceffaire à tout ce qui eft né, que la
mort ne peut être ni une erreur de DIEU, ni un mal,
ni une injuftice, ni un châtiment de l'homme.

L'homme né pour mourir ne pouvait pas plus
être fouftrait aux douleurs qu'à la mort. Pour qu'une
fubftance organifée & douée de fentiment n'éprouvât
jamais de douleur, il faudrait que toutes les lois de
la nature changeaffent, que la matière ne fût plus
divifible, qu'il n'y eût plus ni pefanteur, ni aĉtion,
ni force, qu'un rocher pût tomber fur un animal
fans l'écrafer, que l'eau ne pût le fuffoquer, que le
feu ne pût le brûler. L'homme impaffible eft donc
auffi contradiĉtoire que l'homme immortel.

Ce fentiment de douleur était néceffaire pour nous
avertir de nous conferver, & pour nous donner des
plaifirs autant que le comportent les lois générales
auxquelles tout eft foumis.

Si nous n'éprouvions pas la douleur, nous nous
blefferions à tout moment fans le fentir. Sans le
commencement de la douleur nous ne ferions aucune
fonĉtion de la vie, nous ne la communiquerions pas,
nous n'aurions aucun plaifir. La faim eft un commencement de douleur qui nous avertit de prendre de la
nourriture, l'ennui une douleur qui nous force à
nous occuper, l'amour un befoin qui devient douloureux quand il n'eft pas fatisfait. Tout défir, en un
mot, eft un befoin, une douleur commencée. La
douleur eft donc le premier reffort de toutes les
aĉtions des animaux. Tout animal doué de fentiment, doit être fujet à la douleur fi la matière eft

divifible; la douleur était donc auffi néceffaire que
la mort. Elle ne peut donc être ni une erreur de la
Providence, ni une malice, ni une opinion. Si nous
n'avions vu fouffrir que les brutes, nous n'accuferions
pas la nature; fi dans un état impaffible nous
étions témoins de la mort lente & douloureufe des
colombes, fur lefquelles fond un épervier qui dévore
à loifir leurs entrailles, & qui ne fait que ce que
nous fefons, nous ferions loin de murmurer; mais
de quel droit nos corps feront-ils moins fujets à être
déchirés que ceux des brutes ? Eft-ce parce que nous
avons une intelligence fupérieure à la leur ? Mais qu'a
de commun ici l'intelligence avec une matière divifible?
Quelques idées de plus ou de moins dans un cerveau,
doivent-elles, peuvent-elles, empêcher que le feu ne
nous brûle, & qu'un rocher ne nous écrafe ?

Le mal moral, fur lequel on a écrit tant de volumes,
n'eft au fond que le mal phyfique. Ce mal moral
n'eft qu'un fentiment douloureux, qu'un être organifé
caufe à un autre être organifé. Les rapines, les
outrages, &c. ne font un mal qu'autant qu'ils en
caufent. Or comme nous ne pouvons affurément faire
aucun mal à D I E U, il eft clair par les lumières de la
raifon (indépendamment de la foi qui eft tout autre
chofe,) qu'il n'y a point de mal moral par rapport à
l'Etre fuprême.

Comme le plus grand des maux phyfiques eft la
mort, le plus grand des maux en morale eft affurément
la guerre: elle traîne après elle tous les crimes;
calomnies dans les déclarations, perfidies dans les
traités; la rapine, la dévaftation, la douleur, & la
mort, fous toutes les formes.

S 4

Tout cela eft un mal phyfique pour l'homme , & n'eft pas plus mal moral par rapport à DIEU, que la rage des chiens qui fe mordent. C'eft un lieu commun , auffi faux que faible, de dire qu'il n'y a que les hommes qui s'entr'égorgent; les loups , les chiens, les chats, les coqs, les cailles , &c. fe battent entre eux , efpèce contre efpèce ; les araignées de bois fe dévorent les unes les autres : tous les mâles fe battent pour les femelles. Cette guerre eft la fuite des lois de la nature, des principes qui font dans leur fang ; tout eft lié, tout eft néceffaire.

La nature a donné à l'homme environ vingt-deux ans de vie l'un portant l'autre, c'eft-à-dire , que de mille enfans nés dans un mois , les uns étant morts au berceau , les autres ayant vécu jufqu'à trente ans, d'autres jufqu'à cinquante , quelques-uns juf-qu'à quatre-vingt; faites enfuite une règle de compagnie, vous trouverez environ vingt-deux ans pour chacun.

Qu'importe à DIEU qu'on meure à la guerre, ou qu'on meure de la fièvre? La guerre emporte moins de mortels que la petite vérole. Le fléau de la guerre eft paffager, & celui de la petite vérole règne toujours dans toute la terre à la fuite de tant d'autres ; & tous les fléaux font tellement combinés que la règle des vingt-deux ans de vie eft toujours conftante en général.

L'homme offenfe DIEU en tuant fon prochain, dites-vous. Si cela eft, les conducteurs des nations font d'horribles criminels; car ils font égorger , en invoquant DIEU même , une foule prodigieufe de leurs femblables, pour de vils intérêts, qu'il vaudrait

mieux abandonner. Mais comment offenfent-ils Dieu ?
(à ne raifonner qu'en philofophes) comme les tigres
& les crocodiles l'offenfent ; ce n'eft pas Dieu affurément
qu'ils tourmentent, c'eft leur prochain ; ce n'eft qu'envers l'homme que l'homme peut être coupable. Un
voleur de grand chemin ne faurait voler Dieu. Qu'importe à l'Etre éternel qu'un peu de métal jaune foit
entre les mains de *Jérôme* ou de *Bonaventure* ? Nous
avons des défirs néceffaires, des paffions néceffaires,
des lois néceffaires pour les réprimer ; & tandis que
fur notre fourmilière nous nous difputons un brin
de paille pour un jour, l'univers marche à jamais par
des lois éternelles & immuables, fous lefquelles eft
rangé l'atome qu'on nomme la terre.

BIEN, TOUT EST BIEN.

JE vous prie, Meffieurs, de m'expliquer le *tout eft
bien*, car je ne l'entends pas.

Cela fignifie-t-il, *tout eft arrangé*, *tout eft ordonné*,
fuivant la théorie des forces mouvantes ? Je comprends
& je l'avoue.

Entendez-vous que chacun fe porte bien, qu'il
a de quoi vivre, & que perfonne ne fouffre ? vous
favez combien cela eft faux.

Votre idée eft-elle que les calamités lamentables
qui affligent la terre font *bien* par rapport à Dieu
& le réjouiffent ? Je ne crois point cette horreur, ni
vous non plus.

De grâce, expliquez-moi le *tout eft bien*. *Platon* le
raifonneur daigna laiffer à Dieu la liberté de faire

cinq mondes , par la raifon , dit-il , qu'il n'y a que
cinq corps folides réguliers en géométrie, le tétraèdre,
le cube , l'exaèdre , le dodécaèdre , l'icofaèdre. Mais
pourquoi refferrer ainfi la puiffance divine ? pourquoi
ne lui pas permettre la fphère , qui eft encore plus
régulière , & même le cône, la pyramide à plufieurs
faces, le cylindre ? &c.

DIEU choifit, felon lui, néceffairement le meilleur
des mondes poffibles ; ce fyftème a été embraffé par
plufieurs philofophes chrétiens , quoiqu'il femble
répugner au dogme du péché originel. Car notre
globe, après cette tranfgreffion , n'eft plus le meilleur
des globes : il l'était auparavant ; il pourrait donc
l'être encore ; & bien des gens croient qu'il eft le
pire des globes , au lieu d'être le meilleur.

Leibnitz, dans fa Théodicée, prit le parti de *Platon*.
Plus d'un lecteur s'eft plaint de n'entendre pas plus
l'un que l'autre ; pour nous, après les avoir lus tous
deux plus d'une fois, nous avouons notre ignorance ,
felon notre coutume : & puifque l'Evangile ne nous
a rien révélé fur cette queftion , nous demeurons
fans remords dans nos ténèbres.

Leibnitz, qui parle de tout, a parlé du péché originel
auffi ; & comme tout homme à fyftème fait entrer
dans fon plan tout ce qui peut le contredire , il
imagina que la défobéiffance envers DIEU , & les
malheurs épouvantables qui l'ont fuivie , étaient des
parties intégrantes du meilleur des mondes, des ingré-
diens néceffaires de toute la félicité poffible. *Calla
calla fenor don Carlos : todo che fe haze e por fu ben.*

Quoi ! être chaffé d'un lieu de délices , où l'on
aurait vécu à jamais, fi on n'avait pas mangé une

pomme ! Quoi ! faire dans la mifère, des enfans miférables & criminels, qui fouffriront tout, qui feront tout fouffrir aux autres ! Quoi ! éprouver toutes les maladies, fentir tous les chagrins, mourir dans la douleur, & pour rafraîchiffement être brûlé dans l'éternité des fiècles ! ce partage eft-il bien ce qu'il y avait de meilleur ? Cela n'eft pas trop *bon* pour nous ; & en quoi cela peut-il être bon pour DIEU ?

Leibnitz fentait qu'il n'y avait rien à répondre ; auffi fit-il de gros livres dans lefquels il ne s'enten-dait pas.

Nier qu'il y ait du mal, cela peut-être dit en riant par un *Lucullus* qui fe porte bien, & qui fait un bon dîner avec fes amis & fa maîtreffe dans le fallon d'*Apollon ;* mais, qu'il mette la tête à la fenêtre, il verra des malheureux ; qu'il ait la fièvre, il le fera lui-même.

Je n'aime point à citer ; c'eft d'ordinaire une befogne épineufe ; on néglige ce qui précède, & ce qui fuit l'endroit qu'on cite, & on s'expofe à mille querelles. Il faut pourtant que je cite *Lactance*, père de l'Eglife, qui dans fon chapitre XIII de *la colère de* DIEU, fait parler ainfi *Epicure :* ,, Ou DIEU veut ôter le mal de ,, ce monde, & ne le peut ; ou il le peut, & ne le veut ,, pas ; ou il ne le peut, ni ne le veut ; ou enfin il ,, le veut, & le peut. S'il le veut, & ne le peut pas, ,, c'eft impuiffance, ce qui eft contraire à la nature ,, de DIEU ; s'il le peut, & ne le veut pas, c'eft ,, méchanceté, & cela eft non moins contraire à fa ,, nature ; s'il ne le veut ni ne le peut, c'eft à la fois ,, méchanceté & impuiffance ; s'il le veut, & le peut,

„ (ce qui feul de ces parties convient à DIEU) d'où
„ vient donc le mal fur la terre ? „

L'argument eft preffant , auffi *Laélance* y répond
fort mal , en difant que DIEU veut le mal , mais qu'il
nous a donné la fageffe avec laquelle on acquiert le
bien. Il faut avouer que cette réponfe eft bien faible
en comparaifon de l'objeétion ; car elle fuppofe que
DIEU ne pouvait donner la fageffe qu'en produifant le
mal ; & puis , nous avons une plaifante fageffe !

L'origine du mal a toujours été un abyme dont
perfonne n'a pu voir le fond. C'eft ce qui réduifit
tant d'anciens philofophes, & de légiflateurs à recourir
à deux principes, l'un bon , l'autre mauvais. *Typhon*
était le mauvais principe chez les Egyptiens , *Arimane*
chez les Perfes. Les manichéens adoptèrent, comme
on fait, cette théologie ; mais comme ces gens-là
n'avaient jamais parlé ni au bon , ni au mauvais
principe, il ne faut pas les en croire fur leur parole.

Parmi les abfurdités dont ce monde regorge , &
qu'on peut mettre au nombre de nos maux , ce n'eft
pas une abfurdité légère , que d'avoir fuppofé deux
êtres tout-puiffans , fe battant à qui des deux mettrait
plus du fien dans ce monde, & fefant un traité comme
les deux médecins de *Molière :* paffez-moi l'émétique ,
& je vous pafferai la faignée.

Bafilide , après les platoniciens , prétendit , dès le
premier fiècle de l'Eglife, que DIEU avait donné notre
monde à faire à fes derniers anges ; & que ceux-ci
n'étant pas habiles , firent les chofes telles que nous
les voyons. Cette fable théologique tombe en pouffière
par l'objeétion terrible, qu'il n'eft pas dans la nature
d'un DIEU tout-puiffant , & tout fage , de faire bâtir

un monde par des architectes qui n'y entendent rien.

Simon, qui a senti l'objection, la prévient en disant que l'ange qui présidait à l'attelier est damné pour avoir si mal fait son ouvrage ; mais la brûlure de cet ange ne nous guérit pas.

L'aventure de *Pandore* chez les Grecs ne répond pas mieux à l'objection. La boîte où se trouvent tous les maux, & au fond de laquelle reste l'espérance, est à la vérité une allégorie charmante ; mais cette *Pandore* ne fut faite par *Vulcain* que pour se venger de *Prométhée*, qui avait fait un homme avec de la boue.

Les Indiens n'ont pas mieux rencontré ; DIEU ayant créé l'homme, il lui donna une drogue qui lui assurait une santé permanente ; l'homme chargea son âne de la drogue, l'âne eut soif, le serpent lui enseigna une fontaine, & pendant que l'âne buvait, le serpent prit la drogue pour lui.

Les Syriens imaginèrent que l'homme & la femme ayant été créés dans le quatrième ciel, ils s'avisèrent de manger d'une galette, au lieu de l'ambroisie qui était leur mets naturel. L'ambroisie s'exhalait par les pores ; mais après avoir mangé de la galette, il fallait aller à la selle. L'homme & la femme prièrent un ange de leur enseigner où était la garde-robe. Voyez-vous, leur dit l'ange, cette petite planète, grande comme rien, qui est à quelque soixante millions de lieues d'ici, c'est-là le privé de l'univers, allez-y au plus vîte : ils y allèrent, on les y laissa ; & c'est depuis ce temps que notre monde fut ce qu'il est.

On demandera toujours aux Syriens, pourquoi DIEU permit que l'homme mangeât la galette, &

qu'il nous en arrivât une foule de maux fi épouvantables ?

Je paffe vîte de ce quatrième ciel à milord *Bolingbroke*,
pour ne pas m'ennüyer. Cet homme , qui avait fans
doute un grand génie, donna au célébre *Pope* fon
plan du *tout eft bien* , qu'on retrouve en effet mot
pour mot dans les œuvres pofthumes de milord
Bolingbroke , & que milord *Shaftesbury* avait auparavant
inféré dans fes *caractériftiques*. Lifez dans *Shaftesbury* le
chapitre *des moraliftes* , vous y verrez ces paroles :

„ On a beaucoup à répondre à ces plaintes des
„ défauts de la nature. Comment eft-elle fortie fi
„ impuiffante & fi défectueufe des mains d'un être
„ parfait ? mais je nie qu'elle foit défectueufe..... fa
„ beauté réfulte des contrariétés , & la concorde
„ univerfelle naît d'un combat perpétuel.... Il faut
„ que chaque être foit immolé à d'autres ; les végé-
„ taux aux animaux , les animaux à la terre.... &
„ les lois du pouvoir central, & de la gravitation qui
„ donnent aux corps céleftes leur poids & leur mou-
„ vement , ne feront point dérangées pour l'amour
„ d'un chétif animal, qui tout protégé qu'il eft par
„ ces mêmes lois , fera bientôt par elles réduit en
„ pouffière. „

Bolingbroke , *Shaftesbury* , & *Pope* , leur metteur en
œuvre , ne réfolvent pas mieux la queftion que les
autres : leur *tout eft bien* ne veut dire autre chofe ,
finon que le tout eft dirigé par des lois immuables ;
qui ne le fait pas ? vous ne nous apprenez rien quand
vous remarquez, après tous les petits enfans, que les
mouches font nées pour être mangées par des araignées , les araignées par des hirondelles , les hirondelles

par les pie-grièches, les pie-grièches par les aigles, les aigles pour être tués par les hommes, les hommes pour fe tuer les uns les autres, & pour être mangés par les vers, & enfuite par les diables, au moins mille fur un.

Voilà un ordre net & conftant parmi les animaux de toute efpèce ; il y a de l'ordre par-tout. Quand une pierre fe forme dans ma veffie, c'eft une méca-nique admirable : des fucs pierreux paffent petit à petit dans mon fang ; ils fe filtrent dans les reins, paffent par les uretères, fe dépofent dans ma veffie, s'y affemblent par une excellente attraction newto-nienne ; le caillou fe forme, fe groffit, je fouffre des maux mille fois pires que la mort, par le plus bel arrangement du monde ; un chirurgien ayant perfec-tionné l'art inventé par *Tubalcain*, vient m'enfoncer un fer aigu & tranchant dans le périnée, faifit ma pierre avec fes pincettes, elle fe brife fous fes efforts par un mécanifme néceffaire ; & par le même méca-nifme je meurs dans des tourmens affreux ; *tout cela eft bien*, tout cela eft la fuite évidente des principes phyfiques inaltérables, j'en tombe d'accord, & je le favais comme vous.

Si nous étions infenfibles, il n'y aurait rien à dire à cette phyfique. Mais ce n'eft pas cela dont il s'agit ; nous vous demandons s'il n'y a point de maux fen-fibles, & d'où ils viennent ? *Il n'y a point de maux*, dit *Pope*, dans fa quatrième épître fur le *tout eft bien ; s'il y a des maux particuliers, ils compofent le bien général.*

Voilà un fingulier bien général, compofé de la pierre, de la goutte, de tous les crimes, de toutes les fouffrances, de la mort, & de la damnation.

La chute de l'homme èft l'emplâtre que nous mettons à toutes ces maladies particulières du corps & de l'ame, que vous appelez *fanté générale* ; mais *Shaftesbury*, & *Bolingbroke* ont ofé attaquer le péché originel ; *Pope* n'en parle point ; il eft clair que leur fyftème fape la religion chrétienne pas fes fondemens, & n'explique rien du tout.

Cependant, ce fyftème a été approuvé depuis peu par plufieurs théologiens, qui admettent volontiers les contraires ; à la bonne heure, il ne faut envier à perfonne la confolation de raifonner comme il peut fur le déluge de maux qui nous inonde. Il eft jufte d'accorder aux malades défefpérés, de manger de ce qu'ils veulent. On a été jufqu'à prétendre que ce fyftème eft confolant. D I E U, dit Pope, *voit d'un même œil périr le héros & le moineau, un atome ou mille planètes précipités dans la ruine, une boule de favon ou un monde fe former.*

Voilà, je vous l'avoue, une plaifante confolation ; ne trouvez-vous pas un grand lénitif dans l'ordonnance de milord *Shaftesbury*, qui dit que D I E U n'ira pas déranger fes lois éternelles pour un animal auffi chétif que l'homme ? Il faut avouer du moins que ce chétif animal a droit de crier humblement, & de chercher à comprendre en criant, pourquoi ces lois éternelles ne font pas faites pour le bien-être de chaque individu ?

Ce fyftème du *tout eft bien*, ne repréfente l'auteur de toute la nature, que comme un roi puiffant & malfefant, qui ne s'embarraffe pas qu'il en coûte la vie à quatre ou cinq cents mille hommes, & que les autres traînent leurs jours dans la difette &

dans

dans les larmes, pourvu qu'il vienne à bout de fes deffeins.

Loin donc que l'opinion du meilleur des mondes poffibles confole, elle eft défefpérante pour les philofophes qui l'embraffent. La queftion du bien & du mal, demeure un chaos indébrouillable pour ceux qui cherchent de bonne foi ; c'eft un jeu d'efprit pour ceux qui difputent ; ils font des forçats qui jouent avec leurs chaînes. Pour le peuple non-penfant, il reffemble affez à des poiffons qu'on a tranfportés d'une rivière dans un réfervoir ; ils ne fe doutent pas qu'ils font là pour être mangés le carême, auffi ne favons-nous rien du tout par nous-mêmes des caufes de notre deftinée.

Mettons à la fin de prefque tous les chapitres de métaphyfique les deux lettres des juges romains quand ils n'entendaient pas une caufe, *N. L. non liquet*, cela n'eft pas clair. Impofons furtout filence aux fcélérats, qui étant accablés comme nous du poids des calamités humaines, y ajoutent la fureur de la calomnie. Confondons leurs exécrables impoftures, en recourant à la foi & à la Providence. (*a*)

Des raifonneurs ont prétendu qu'il n'eft pas dans la nature de l'être des êtres que les chofes foient autrement qu'elles font. C'eft un rude fyftème, je n'en fais pas affez pour ofer feulement l'examiner.

(*a*) Voyez le poëme fur le *défaftre de Lisbonne* ; volume de *Poëmes*,

„ Mon malheur, dites-vous, eft le bien d'un autre être, &c.

BIENS D'EGLISE.

SECTION PREMIERE.

L'EVANGILE défend à ceux qui veulent atteindre à la perfection, d'amasser des tréfors, & de conferver leurs biens temporels. (*a*) *Nolite thefaurifare vobis thefauros in terra.* — (*b*) *Si vis perfectus effe, vade, vende quæ habes, & da pauperibus.* — (*c*) *Et omnis qui reliquerit domum vel fratres, aut forores, aut filios, aut agros, propter nomen meum, centuplum accipiet, & vitam æternam poffidebit.*

Les apôtres & leurs premiers fucceffeurs ne recevaient aucun immeuble, ils n'en acceptaient que le prix ; & après avoir prélevé ce qui était néceffaire pour leur fubfiftance, ils diftribuaient le refte aux pauvres. *Saphire* & *Ananie* ne donnèrent pas leurs biens à *S*ᵗ *Pierre*, mais ils le vendirent & lui en apportèrent le prix : *Vende quæ habes & da pauperibus.*

L'Eglife poffédait déjà des biens-fonds confidérables fur la fin du troifième fiècle, puifque *Dioclétien* & *Maximien* en prononcèrent la confifcation en 302.

Dès que *Conftantin* fut fur le trône des Céfars, il permit de doter les églifes comme l'étaient les temples de l'ancienne religion ; & dès lors l'Eglife acquit de riches terres. *S*ᵗ *Jérôme* s'en plaignit dans une de fes lettres à *Euftochie.* ,, Quand vous les voyez, dit-il, ,, aborder d'un air doux & fanctifié, les riches veuves ,, qu'ils rencontrent, vous croiriez que leur main

(*a*) *Matth.* chap. VI, v. 19.   (*c*) ibid. v. 29.
(*b*) ibid. v. 25.

» ne s'étend que pour leur donner des bénédictions,
» mais c'est au contraire pour recevoir le prix de
» leur hypocrifie. »

Les faints prêtres recevaient fans demander.
Valentinien I crut devoir défendre aux eccléfiaftiques
de rien recevoir des veuves & des femmes par tefta-
ment, ni autrement. Cette loi que l'on trouve au
Code Théodofien, fut révoquée par *Martien*, & par
Juflinien.

Juflinien, pour favoriler les eccléfiaftiques, défendit
aux juges par fa novelle XVIII, chap. II, d'annuller
les teftamens faits en faveur de l'Eglife, quand même
ils ne feraient pas revêtus des formalités prefcrites
par les lois.

Anaftafe avait ftatué en 491, que les biens d'Eglife
fe prefcriraient par quarante ans. *Juflinien* inféra cette
loi dans fon code; (d) mais ce prince qui changea
continuellement la jurifprudence, étendit cette pref-
cription à cent ans. Alors quelques eccléfiaftiques,
indignes de leur profeffion, fuppofèrent de faux
titres; (e) ils tirèrent de la pouffière de vieux teftamens, nuls felon les anciennes lois, mais valables
fuivant les nouvelles. Les citoyens étaient dépouillés
de leur patrimoine par la fraude. Les poffeffions qui
jufque-là avaient été regardées comme facrées, furent
envahies par l'Eglife. Enfin, l'abus fut fi criant,
que *Juflinien* lui-même fut obligé de rétablir les difpofitions de la loi d'*Anaftafe*, par fa novelle CXXXI,
chap. VI.

(d) Cod. tit. *de fund. patrimon.*
(e) Cod. leg. XXIV. *de facro fanêlis ecclefiis.*

Les tribunaux français ont long-temps adopté le chap. XI de la novelle XVIII, quand les legs faits à l'Eglise n'avaient pour objet que des fommes d'argent, ou des effets mobiliers; mais depuis l'ordonnance de 1735 les legs pieux n'ont plus ce privilége en France.

Pour les immeubles, prefque tous les rois de France depuis *Philippe le hardi*, ont défendu aux églifes d'en acquérir fans leur permiffion. Mais la plus efficace de toutes les lois, c'eft l'édit de 1749, rédigé par le chancelier d'*Agueffeau*. Depuis cet édit, l'Eglife ne peut recevoir aucun immeuble, foit par donation, par teftament, ou par échange, fans lettres-patentes du roi enregiftrées au parlement.

SECTION II.

LES biens d'Eglife pendant les cinq premiers fiècles de notre ère, furent régis par des diacres qui en fefaient la diftribution aux clercs & aux pauvres. Cette communauté n'eut plus lieu dès la fin du cinquième fiècle; on partagea les biens de l'Eglife en quatre parts; on en donna une aux évêques, une autre aux clercs, une autre à la fabrique, & la quatrième fut affignée aux pauvres.

Bientôt après ce partage, les évêques fe chargèrent feuls des quatre portions; & c'eft pourquoi le clergé inférieur eft en général très-pauvre.

Le parlement de Touloufe rendit un arrêt le 18 avril 1651, qui ordonnait que dans trois jours les évêques du reffort pourvoiraient à la nourriture des pauvres, paffé lequel temps, faifie ferait faite du fixième de tous les fruits que les évêques prennent dans les paroiſſes dudit reſſort &c.

En France l'Egliſe n'aliéne pas valablement ſes biens ſans de grandes formalités, & ſi elle ne trouve pas de l'avantage dans l'aliénation : on juge que l'on peut preſcrire ſans titre, par une poſſeſſion de quarante ans, les biens d'Egliſe; mais s'il paraît un titre, & qu'il ſoit défectueux, c'eſt-à-dire, que toutes les formalités n'y aient pas été obſervées, l'acquéreur, ni ſes héritiers ne peuvent jamais preſcrire. Et de-là cette maxime, *melius eſt non habere titulum, quàm habere vitioſum.* On fonde cette juriſprudence ſur ce que l'on préſume que l'acquéreur dont le titre n'eſt pas en forme eſt de mauvaiſe foi, & que ſuivant les canons, un poſſeſſeur de mauvaiſe foi ne peut jamais preſcrire. Mais celui qui n'a point de titres ne devrait-il pas plutôt être préſumé uſurpateur ? Peut-on prétendre que le défaut d'une formalité que l'on a ignorée, ſoit une préſomption de mauvaiſe foi ? Doit-on dépouiller le poſſeſſeur ſur cette préſomption ? Doit-on juger que le fils qui a trouvé un domaine dans l'hoirie de ſon père, le poſſède avec mauvaiſe foi, parce que celui de ſes ancêtres qui acquit ce domaine n'a pas rempli une formalité ?

Les biens de l'Egliſe néceſſaires au maintien d'un ordre reſpectable, ne ſont point d'une autre nature que ceux de la nobleſſe & du tiers-état, les uns & les autres devraient être aſſujettis aux mêmes règles. On ſe rapproche aujourd'hui autant qu'on le peut de cette juriſprudence équitable.

Il ſemble que les prêtres & les moines qui aſpirent à la perfection évangélique, ne devraient jamais avoir

de procès; (*f*) *& ei qui vult tecum judicio contendere , &*
tunicam tuam tollere , dimitte ei & pallium.

St *Bafile* entend fans doute parler de ce paffage ,
lorfqu'il dit (*g*) qu'il y a dans l'évangile une loi
expreffe , qui défend aux chrétiens d'avoir jamais
aucun procès. *Salvien* a entendu de même ce paffage.
(*h*) *Jubet Chriftus ne litigemus , nec folum jubet , fed in*
tantum hoc jubet ut ipfa nos de quibus lis eft , relinquere
jubeat , dum modo litibus exuamur.

Le quatrième concile de Carthage a auffi réitéré
ces défenfes. *Epifcopus nec provocatus de rebus tranfitoriis*
litiget.

Mais d'un autre côté il n'eft pas jufte qu'un évêque
abandonne fes droits ; il eft homme , il doit jouir du
bien que les hommes lui ont donné ; il ne faut pas
qu'on le vole parce qu'il eft prêtre.

(*Ces deux fections font de M. Chriflin , célèbre avocat*
au parlement de Befançon , qui s'eft fait une réputation
immortelle dans fon pays , en plaidant pour abolir la
fervitude.)

SECTION III.

De la pluralité des bénéfices , des abbayes en commende ,
& des moines qui ont des efclaves.

IL en eft de la pluralité des gros bénéfices , arche-
vêchés , évêchés , abbayes , de trente , quarante ,
cinquante , foixante mille florins d'Empire , comme

(*f*) *Matth.* chap. V , v. 40.   (*h*) *De gubern. Dei* , l. III , chap. 47 ,
(*g*) Homel. *de legend. græc.*   édit. de Paris 1645.

de la pluralité des femmes ; c'eſt un droit qui n'appartient qu'aux hommes puiſſans.

Un prince de l'Empire, cadet de ſa maiſon, ſerait bien peu chrétien s'il n'avait qu'un ſeul évêché ; il lui en faut quatre ou cinq pour conſtater ſa catholicité. Mais un pauvre curé qui n'a pas de quoi vivre, ne peut guère parvenir à deux bénéfices, du moins rien n'eſt plus rare.

Le pape qui diſait qu'il était dans la règle, qu'il n'avait qu'un ſeul bénéfice, & qu'il s'en contentait, avait très-grande raiſon.

On a prétendu qu'un nommé *Ebrouin*, évêque de Poitiers, fut le premier qui eut à la fois une abbaye & un évêché. L'empereur *Charles le chauve* lui fit ces deux préſens. L'abbaye était celle de Saint-Germain-des-Prés-lès-Paris. C'était un gros morceau, mais pas ſi gros qu'aujourd'hui.

Avant cet *Ebrouin* nous voyons force gens d'égliſe poſſéder pluſieurs abbayes.

Alcuin diacre, favori de *Charlemagne*, poſſédait à la fois celles de Saint-Martin-de-Tours, de Ferrières, de Comeri, & quelques autres. On ne ſaurait trop en avoir ; car ſi on eſt un ſaint, on édifie plus d'ames ; & ſi on a le malheur d'être un honnête homme du monde, on vit plus agréablement.

Il ſe pourrait bien que dès ce temps-là ces abbés fuſſent commendataires ; car ils ne pouvaient réciter l'office dans ſept ou huit endroits à la fois. *Charles Martel*, & *Pepin* ſon fils, qui avaient pris pour eux tant d'abbayes, n'étaient pas des abbés réguliers.

Quelle eſt la différence entre un abbé commendataire, & un abbé qu'on appelle *régulier* ? la même

T 4

qu'entre un homme qui a cinquante mille écus de rente pour fe réjouir, & un homme qui a cinquante mille écus pour gouverner.

Ce n'eſt pas qu'il ne foit loiſible aux abbés réguliers de fe réjouir auſſi. Voici comme s'exprimait fur leur douce joie *Jean Trithême* dans une de fes harangues, en préſence d'une convocation d'abbés bénédictins.

> *Neglecto fuperûm cultu , fpretoque tonantis*
> *Imperio , Baccho indulgent Venerique nefandæ , &c.*

En voici une traduction, ou plutôt une imitation faite par une bonne ame, quelque temps après *Jean Trithême.*

> ,, Ils fe moquent du ciel , & de la providence ;
> ,, Ils aiment mieux Bacchus , & la mère d'amour ;
> ,, Ce font leurs deux grands faints pour la nuit & le jour.
> ,, Des pauvres à prix d'or ils vendent la fubſtance.
> ,, Ils s'abreuvent dans l'or, l'or eſt fur leurs lambris ;
> ,, L'or eſt fur leurs catins qu'on paye au plus haut prix:
> ,, Et paſſant mollement de leur lit à la table,
> ,, Ils ne craignent ni lois , ni rois , ni dieu , ni diable.

Jean Trithême , comme on voit, était de très-méchante humeur. On eût pu lui répondre ce que diſait *Céfar* avant les ides de Mars : *Ce ne font pas ces voluptueux que je crains , ce font ces raifonneurs maigres & pâles.* Les moines qui chantent le *Pervigilium veneris* pour matines , ne font pas dangereux. Les moines argumentans, prêchans, cabalans, ont fait beaucoup plus de mal que tous ceux dont parle *Jean Trithême.*

Les moines ont été auſſi maltraités par l'évêque célébre du *Bellai* , qu'ils l'avaient été par l'abbé

Trithême. Il leur applique, dans son apocalypse de *Méliton*, ces paroles d'*Ozée : Vaches graffes qui fruftrez les pauvres, qui dites fans ceffe, Apportez & nous boirons, le Seigneur a juré par fon faint nom que voici les jours qui viendront fur vous ; vous aurez agacement de dents, & difette de pain en toutes vos maifons.*

La prédiction ne s'eft pas accompli ; mais l'efprit de police qui s'eft répandu dans toute l'Europe, en mettant des bornes à la cupidité des 'moines, leur a infpiré plus de décence.

Il faut convenir, malgré tout ce qu'on a écrit contre leurs abus, qu'il y a toujours eu parmi eux des hommes éminens en fcience & en vertu ; que s'ils ont fait de grands maux ils ont rendu de grands fervices, & qu'en général on doit les plaindre encore plus que les condamner.

SECTION IV.

Tous les abus groffiers qui durèrent dans la diftribution des bénéfices, depuis le dixième fiècle jufqu'au feizième, ne fubfiftent plus aujourd'hui ; & s'ils font inféparables de la nature humaine, ils font beaucoup moins révoltans par la décence qui les couvre. Un *Maillard* ne dirait plus aujourd'hui en chaire : *O domina, quæ facitis placitum domini epifcopi &c.* ,, O Madame, qui faites le plaifir de monfieur l'évêque, fi vous demandez comment cet enfant de dix ans a eu un bénéfice, on vous répondra que madame fa mère était fort privée de monfieur l'évêque. ,,

On n'entend plus en chaire un cordelier *Menot* criant:,, Deux croffes, deux mitres, ,, *& adhuc non funt* *contenti.* ,,Entre vous, Mesdames, qui faites à monsieur l'évêque le plaisir que savez, & puis dites : Oh, oh ! il sera du bien à mon fils, ce sera un des mieux pourvus en l'Eglise.,, *Isti protonotarii qui habent illas dispensas ad tria, immò in quindecim beneficia, & sunt simoniaci & sacrilegi : & non cessant arripere beneficia incompatibilia : idem est eis. Si vacet episcopatus, pro eo habendo dabitur unus grossus fasciculus aliorum beneficiorum. Primò accumulabuntur archidiaconatus, abbatiæ, duo prioratus, quatuor aut quinque præbendæ, & dabuntur hæc omnia pro compensatione.*

,, Si ces protonotaires, qui ont des dispenses pour
,, trois ou même quinze bénéfices, sont simoniaques &
,, sacriléges, & si on ne cesse d'accrocher des bénéfices
,, incompatibles, c'est même chose pour eux. Il vaque
,, un bénéfice ; pour l'avoir, on vous donnera une
,, poignée d'autres bénéfices, un archidiaconat, des
,, abbayes, deux prieurés, quatre ou cinq prébendes,
,, & tout cela pour faire la compensation. ,,

Le même prédicateur dans un autre endroit s'exprime ainsi : ,, Dans quatre plaideurs qu'on
,, rencontre au palais, il y a toujours un moine ;
,, & si on leur demande ce qu'ils font là, un *cléri-*
,, *cus* répondra, notre chapitre est bandé contre le
,, doyen, contre l'évêque, & contre les autres officiers,
,, & je vais après les queues de ces messieurs pour
,, cette affaire. Et toi, maître moine, que fais-tu
,, ici ? Je plaide une abbaye de huit cents livres
,, de rente pour mon maître. Et toi, moine blanc ?
,, Je plaide un petit prioré pour moi. Et vous,
,, mendians, qui n'avez terre, ni sillon, que battez-
,, vous ici le pavé ? Le roi nous a octroyé du sel,
,, du bois, & autres choses : mais ses officiers nous

,, les dénient. Ou bien , un tel curé par fon avarice
,, & envie nous veut empêcher la fépulture, & la
,, dernière volonté d'un qui eft mort ces jours paffés,
,, tellement qu'il nous eft force d'en venir à la
,, cour. ,,

Il eft vrai que ce dernier abus , dont retentiffent
tous les tribunaux de l'Eglife catholique romaine ,
n'eft point déraciné.

Il en eft un plus funefte encore, c'eft celui d'avoir
permis aux bénédictins, aux bernardins , aux char-
treux même, d'avoir des main-mortables, des efclaves.
On diftingue fous leur domination dans plufieurs
provinces de France & en Allemagne ,

Efclavage de la perfonne ,

Efclavage des biens,

Efclavage de la perfonne & des biens.

L'efclavage de la perfonne confifte dans l'incapacité de difpofer de fes biens en faveur de fes enfans,
s'ils n'ont pas toujours vécu avec leur père dans la
même maifon & à la même table. Alors tout appartient aux moines. Le bien d'un habitant du mont
Jura , mis entre les mains d'un notaire de Paris ,
devient dans Paris même la proie de ceux qui originairement avaient embraffé la pauvreté évangélique
au mont Jura. Le fils demande l'aumône à la porte
de la maifon que fon père à bâtie ; & les moines,
bien loin de lui donner cette aumône, s'arrogent
jufqu'au droit de ne point payer les créanciers du
père , & de regarder comme nulles les dettes hypo-
théquées fur la maifon dont ils s'emparent. La veuve
fe jette en vain à leurs pieds pour obtenir une

partie de fa dot. Cette dot, ces créances, ce bien paternel, tout appartient de droit divin aux moines. Les créanciers, la veuve, les enfans, tout meurt dans la mendicité.

L'efclavage réel eft celui qui eft affecté à une habitation. Quiconque vient occuper une maifon dans l'empire de ces moines, & y demeure un an & un jour, devient leur ferf pour jamais. Il eft arrivé quelquefois qu'un négociant français, père de famille, attiré par fes affaires dans ce pays barbare, y ayant pris une maifon à loyer pendant une année, & étant mort enfuite dans fa patrie, dans une autre province de France ; fa veuve, fes enfans, ont été tout étonnés de voir des huiffiers venir s'emparer de leurs meubles, avec des paréatis, les vendre au nom de *St Claude*, & chaffer une famille entière de la maifon de fon père.

L'efclavage mixte eft celui qui étant compofé des deux, eft ce que la rapacité a jamais inventé de plus exécrable, & ce que les brigands n'oferaient pas même imaginer.

Il y a donc des peuples chrétiens gémiffans dans un triple efclavage, fous des moines qui ont fait vœu d'humilité & de pauvreté ! Chacun demande comment les gouvernemens fouffrent ces fatales contradictions ? C'eft que les moines font riches, & leurs efclaves font pauvres. C'eft que les moines, pour conferver leur droit d'*Attila*, font des préfens aux commis, aux maîtreffes de ceux qui pourraient interpofer leur autorité pour réprimer une telle oppreffion. Le fort écrafe toujours le faible. Mais pourquoi faut-il que les moines foient les plus forts ?

Quel horrible état que celui d'un moine dont le couvent eſt riche! la comparaiſon continuelle qu'il fait de ſa ſervitude & de ſa miſère avec l'empire & l'opulence de l'abbé , du prieur , du procureur , du ſecrétaire , du maître des bois &c , lui déchire l'ame à l'égliſe & au réfeƈtoire. Il maudit le jour où il prononça ſes vœux imprudens & abſurdes : il ſe déſeſpère ; il voudrait que tous les hommes fuſſent auſſi malheureux que lui. S'il a quelque talent pour contrefaire les écritures , il l'emploie en feſant de fauſſes chartes pour plaire au ſous-prieur , il accable les payſans qui ont le malheur inexprimable d'être vaſſaux d'un couvent : étant devenu bon fauſſaire , il parvient aux charges : & comme il eſt fort ignorant , il meurt dans le doute & dans la rage.

B L A S P H E M E.

C'EST un mot grec qui ſignifie , *atteinte à la réputation*. *Blaſphemia* ſe trouve dans *Démoſthènes*. De-là vient, dit *Ménage* , le mot de *blâmer*. *Blaſphème* ne fut employé dans l'Egliſe grecque que pour ſignifier *injure faite à* DIEU. Les Romains n'employèrent jamais cette expreſſion , ne croyant pas apparemment qu'on pût jamais offenſer l'honneur de DIEU comme on offenſe celui des hommes.

Il n'y a preſque point de ſynonyme. *Blaſphème* n'emporte pas tout-à-fait l'idée de *ſacrilége*. On dira d'un homme qui aura pris le nom de DIEU en vain, qui dans l'emportement de la colère aura ce qu'on

appelle *juré le nom de* DIEU, c'eft un blafphémateur;
mais on ne dira pas, c'eft un facrilége. L'homme
facrilége eft celui qui fe parjure fur l'Evangile, qui
étend fa rapacité fur les chofes facrées, qui détruit
les autels, qui trempe fa main dans le fang des
prêtres.

Les grands facriléges ont toujours été punis de
mort chez toutes les nations, & furtout les facriléges avec effufion de fang.

L'auteur des *Inftituts au droit criminel*, compte parmi
les crimes de lèfe-majefté divine au fecond chef,
l'inobfervation des fêtes & des dimanches. Il devait
ajouter l'inobfervation accompagnée d'un mépris
marqué; car la fimple négligence eft un péché, mais
non pas un facrilége, comme il le dit. Il eft abfurde
de mettre dans le même rang, comme fait cet auteur,
la fimonie, l'enlèvement d'une religieufe, & l'oubli
d'aller à vêpres un jour de fête. C'eft un grand
exemple des erreurs où tombent les jurifconfultes,
qui n'ayant pas été appelés à faire des lois, fe
mèlent d'interpréter celles de l'Etat.

Les blafphèmes prononcés dans l'ivreffe, dans
la colère, dans l'excès de la débauche, dans la chaleur d'une converfation indifcrète, ont été foumis
par les légiflateurs à des peines beaucoup plus
légères. Par exemple, l'avocat que nous avons déjà
cité, dit que les lois de France condamnent les fimples
blafphémateurs à une amende pour la première fois,
double pour la feconde, triple pour la troifième,
quadruple pour la quatrième. Le coupable eft mis
au carcan pour la cinquième récidive, au carcan
encore pour la fixième, & la lèvre fupérieure eft

coupée avec un fer chaud ; & pour la septième fois
on lui coupe la langue. Il fallait ajouter que c'est
l'ordonnance de 1666.

Les peines font prefque toujours arbitraires ; c'est
un grand défaut dans la jurifprudence. Mais auffi
ce défaut ouvre une porte à la clémence, à la
compaffion ; & cette compaffion eft d'une juftice
étroite : car il ferait horrible de punir un emportement de jeuneffe, comme on punit des empoifon-
neurs & des parricides. Une fentence de mort pour
un délit qui ne mérite qu'une correction, n'eft qu'un
affaffinat commis avec le glaive de la juftice.

N'eft-il pas à propos de remarquer ici que ce qui
fut blafphème dans un pays, fut fouvent piété dans
un autre ?

Un marchand de Tyr abordé au port de Canope,
aura pu être fcandalifé de voir porter en cérémonie
un oignon, un chat, un bouc ; il aura pu parler indécemment d'*Isheth*, d'*Oshireth*, & d'*Horeth* ; il aura peut-
être détourné la tête, & ne fe fera point mis à
genoux en voyant paffer en proceffion les parties
génitales du genre-humain plus grandes que nature.
Il en aura dit fon fentiment à fouper, il aura même
chanté une chanfon dans laquelle les matelots tyriens
fe moquaient des abfurdités égyptiaques. Une fervante de cabaret l'aura entendu ; fa confcience ne
lui permet pas de cacher ce crime énorme. Elle court
dénoncer le coupable au premier shoen qui porte
l'image de la vérité fur la poitrine ; & on fait comment l'image de la vérité eft faite. Le tribunal des
shoen ou shotim condamne le blafphémateur tyrien
à une mort affreufe, & confifque fon vaiffeau. Ce

marchand était regardé à Tyr comme un des plus pieux perſonnages de la Phénicie.

Numa voit que ſa petite horde de Romains eſt un ramas de flibuſtiers latins qui volent à droite & à gauche tout ce qu'ils trouvent, bœufs, moutons, volailles, filles. Il leur dit qu'il a parlé à la nymphe *Egerie* dans une caverne, & que la nymphe lui a donné des lois de la part de *Jupiter*. Les ſénateurs le traitent d'abord de blaſphémateur, & le menacent de le jeter de la roche Tarpéienne la tête en bas. *Numa* ſe fait un parti puiſſant. Il gagne des ſénateurs qui vont avec lui dans la grotte d'*Egerie*. Elle leur parle; elle les convertit. Ils convertiſſent le ſénat & le peuple. Bientôt ce n'eſt plus *Numa* qui eſt un blaſphémateur. Ce nom n'eſt plus donné qu'à ceux qui doutent de l'exiſtence de la nymphe.

Il eſt triſte parmi nous que ce qui eſt blaſphème à Rome, à Notre-Dame de Lorette, dans l'enceinte des chanoines de San-Gennaro; ſoit piété dans Londres, dans Amſterdam, dans Stockholm, dans Berlin, dans Copenhague, dans Berne, dans Baſle, dans Hambourg. Il eſt encore plus triſte que dans le même pays, dans la même ville, dans la même rue, on ſe traite réciproquement de blaſphémateur.

Que dis-je? des dix mille Juifs qui ſont à Rome, il n'y en a pas un ſeul qui ne regarde le pape comme le chef de ceux qui blaſphèment; & réciproquement les cent mille chrétiens qui habitent Rome à la place des deux millions de joviens (*a*) qui la rempliſſaient du temps de *Trajan*, croient fermement que les Juifs

(*a*) Joviens, adorateurs de *Jupiter*.

s'aſſemblent

s'assemblent les samedis dans leurs synagogues pour blasphémer.

Un cordelier accorde sans difficulté le titre de blasphémateur au dominicain, qui dit que la sainte Vierge est née dans le péché originel, quoique les dominicains aient une bulle du pape qui leur permet d'enseigner dans leurs couvens la conception maculée, & qu'outre cette bulle ils aient pour eux la déclaration expresse de St *Thomas* d'Aquin.

La première origine de la scission faite dans les trois quarts de la Suisse, & dans une partie de la Basse-Allemagne, fut une querelle dans l'église cathédrale de Francfort entre un cordelier dont j'ignore le nom, & un dominicain nommé *Vigand*.

Tous deux étaient ivres, selon l'usage de ce temps-là. L'ivrogne cordelier qui prêchait, remercia DIEU dans son sermon de ce qu'il n'était pas jacobin, jurant qu'il fallait exterminer les jacobins blasphémateurs qui croyaient la sainte Vierge née en péché mortel, & délivrée du péché par les seuls mérites de son fils : l'ivrogne jacobin lui dit tout haut, vous en avez menti, blasphémateur vous-même. Le cordelier descend de chaire un grand crucifix de fer à la main, en donne cent coups à son adversaire, & le laisse presque mort sur la place.

Ce fut pour venger cet outrage, que les dominicains firent beaucoup de miracles en Allemagne & en Suisse. Ils prétendaient prouver leur foi par ces miracles. Enfin ils trouvèrent le moyen de faire imprimer dans Berne les stigmates de notre Seigneur JESUS-CHRIST à un de leurs frères lais nommé *Jetzer;*

Dictionn. philosoph. Tome II.   V

ce fut la fainte Vierge elle-même qui lui fit cette opération ; mais elle emprunta la main du fous-prieur qui avait pris un habit de femme , & entouré fa tête d'une auréole. Le malheureux petit frère lai , expofé tout en fang fur l'autel des dominicains de Berne à la vénération du peuple , cria enfin au meurtre, au facrilége : les moines , pour l'apaifer , le commu-nièrent au plus vîte avec une hoftie faupoudrée de fublimé corrofif ; l'éxcès de l'acrimonie lui fit rejeter l'hoftie. (*b*)

Les moines alors l'accufèrent devant l'évêque de Laufane d'un facrilége horrible. Les Bernois indignés accufèrent eux-mêmes les moines , quatre d'entre eux furent brûlés à Berne le 31 mai 1509 à la porte de Marfilly.

C'eft ainfi que finit cette abominable hiftoire qui détermina enfin les Bernois à choifir une religion mauvaife à la vérité à nos yeux catholiques , mais dans laquelle ils feraient délivrés des cordeliers & des jacobins.

La foule de femblables facriléges eft incroyable. C'eft à quoi l'efprit de parti conduit.

Les jéfuites ont foutenu pendant cent ans que les janféniftes étaient des blafphémateurs , & l'ont prouvé par mille lettres de cachet. Les janféniftes ont répondu par plus de quatre mille volumes , que c'était les jéfuites qui blafphémaient. L'écrivain des

(*b*) Voyez les *Voyages de Burnet* évêque de Salisbury ; l'*Hiftoire des dominicains de Berne* par *Abraham Ruchat* profeffeur à Laufane ; *le procès verbal de la condamnation des dominicains* ; & *l'original du procès* confervé dans la bibliothèque de Berne. Le même fait eft rapporté dans l'*Effai fur les mœurs & l'efprit des nations.* Puiffe-t-il être par-tout ! Perfonne ne le connaiffait en France il y a vingt ans.

gazettes eccléfiafliques prétend que tous les honnêtes gens blafphèment contre lui ; & il blafphème du haut de fon grenier contre tous les honnêtes gens du royaume. Le libraire du gazetier blafphème contre lui , & fe plaint de mourir de faim. Il vaudrait mieux être poli & honnête.

Une chofe auffi remarquable que confolante , c'eft que jamais, en aucun pays de la terre, chez les idolâtres les plus fous, aucun homme n'a été regardé comme un blafphémateur pour avoir reconnu un DIEU fuprême, éternel, & tout-puiffant. Ce n'eft pas fans doute pour avoir reconnu cette vérité , qu'on fit boire la ciguë à *Socrate* , puifque le dogme d'un DIEU fuprême était annoncé dans tous les myftères de la Grèce. Ce fut une faction qui perdit *Socrate*. On l'accufa au hafard de ne pas reconnaître les dieux fecondaires; ce fut fur cet article qu'on le traita de blafphémateur.

On accufa de blafphème les premiers chrétiens par la même raifon ; mais les partifans de l'ancienne religion de l'empire, les joviens qui reprochaient le blafphème aux premiers chrétiens, furent enfin condamnés eux-mêmes comme blafphémateurs fous *Théodofe II. Dryden* a dit :

> *This fide to day and the other to morrow burns,*
> *And they are all gods almighty in their turns.*
> Tel eft chaque parti , dans fa rage obftiné ,
> Aujourd'hui condamnant, & demain condamné.

B L E D   O U   B L É.

SECTION PREMIERE.

Origine du mot & de la chofe.

IL faut être pyrrhonien outré pour douter que *pain* vienne de *panis*. Mais pour faire du pain il faut du blé. Les Gaulois avaient du blé du temps de *Céfar;* où avaient-ils pris ce mot de *blé?* On prétend que c'eft de *bladum*, mot employé dans la latinité barbare du moyen âge, par le chancelier *Desvignes, de Vineis*, à qui l'empereur *Fréderic II* fit, dit-on, crever les yeux.

Mais les mots latins de ces fiècles barbares n'étaient que d'anciens mots celtes ou tudefques latinifés. *Bladum* venait donc de notre *blead;* & non pas notre *blead* de *bladum*. Les Italiens difaient *biada;* & les pays où l'ancienne langue romance s'eft confervée, difent encore *blia*.

Cette fcience n'eft pas infiniment utile : mais on ferait curieux de favoir où les Gaulois & les Teutons avaient trouvé du blé pour le femer? On vous répond que les Tyriens en avaient apporté en Efpagne, les Efpagnols en Gaule, & les Gaulois en Germanie. Et où les Tyriens avaient-ils pris ce blé? Chez les Grecs probablement, dont ils l'avaient reçu en échange de leur alphabet.

Qui avait fait ce préfent aux Grecs? C'était autrefois *Cérès* fans doute ; & quand on a remonté à *Cérès*, on ne peut guère aller plus haut. Il faut que *Cérès* soit descendue exprès du ciel pour nous donner du froment, du seigle, de l'orge, &c.

Mais comme le crédit de *Cérès* qui donna le blé aux Grecs, & celui d'*Ishet* ou *Isis* qui en gratifia l'Egypte, est fort déchu aujourd'hui, nous restons dans l'incertitude sur l'origine du blé.

Sanchoniathon assure que *Dagon* ou *Dagan*, l'un des petits-fils de *Thaut*, avait en Phénicie l'intendance du blé. Or son *Thaut* est à-peu-près du temps de notre *Jared*. Il résulte de-là que le blé est fort ancien, & qu'il est de la même antiquité que l'herbe. Peut-être que ce *Dagon* fut le premier qui fit du pain, mais cela n'est pas démontré.

Chose étrange! nous savons positivement que nous avons l'obligation du vin à *Noé*, & nous ne savons pas à qui nous devons le pain. Et, chose encore plus étrange, nous sommes si ingrats envers *Noé*, que nous avons plus de deux mille chansons en l'honneur de *Bacchus*, & qu'à peine en chantons-nous une seule en l'honneur de *Noé*, notre bienfaiteur.

Un Juif m'a assuré que le blé venait de lui-même en Mésopotamie, comme les pommes, les poires sauvages, les châtaignes, les nèfles dans l'Occident. Je le veux croire jusqu'à ce que je sois sûr du contraire; car enfin il faut bien que le blé croisse quelque part. Il est devenu la nourriture ordinaire & indispensable dans les plus beaux climats, & dans tout le Nord.

De grands philosophes dont nous estimons les talens, & dont nous ne suivons point les systèmes, ont prétendu, dans l'*Histoire naturelle du chien*, pag. 195, que les hommes ont fait le blé; que nos pères, à force de semer de l'yvraie & du gramen, les ont

V 3

changés en froment. Comme ces philofophes ne font pas de notre avis fur les coquilles, ils nous permettront de n'être pas du leur fur le blé. Nous ne penfons pas qu'avec du jafmin on ait jamais fait venir des tulipes. Nous trouvons que le germe du blé eft tout différent de celui de l'yvraie, & nous ne croyons à aucune tranfmutation. Quand on nous en montrera nous nous rétraƈterons.

Nous avons vu à l'article *Arbre-à-pain*, qu'on ne mange point de pain dans les trois quarts de la terre. On prétend que les Ethiopiens fe moquaient des Egyptiens qui vivaient de pain. Mais enfin, puifque c'eft notre nourriture principale, le blé eft devenu un des plus grands objets du commerce & de la politique. On a tant écrit fur cette matière, que fi un laboureur femait autant de blé pefant que nous avons de volumes fur cette denrée, il pourrait efpérer la plus ample récolte, & devenir plus riche que ceux qui dans leurs fallons vernis & dorés ignorent l'excès de fa peine & de fa mifère.

SECTION II.

Richeſſe du blé.

Dès qu'on commence à balbutier en économie politique, on fait comme font dans notre rue tous les voifins & les voifines qui demandent : Combien a-t-il de rentes, comment vit-il, combien fa fille aura-t-elle en mariage, &c. ? On demande en Europe : L'Allemagne a-t-elle plus de blés que la France ? L'Angleterre recueille-t-elle (& non pas récolte-t-elle) de plus belles moiſſons que l'Eſpagne ? Le blé de Pologne produit-il autant de farine que celui de Sicile ? La grande queſtion eſt de ſavoir ſi un pays purement agricole eſt plus riche qu'un pays purement commerçant ?

La ſupériorité du pays de blé eſt démontrée par le livre, auſſi petit que plein, de M. *Melon*, le premier homme qui ait raiſonné en France, par la voie de l'imprimerie, immédiatement après la déraiſon univerſelle du ſyſtème de *Laſs*. M. *Melon* a pu tomber dans quelques erreurs relevées par d'autres écrivains inſtruits, dont les erreurs ont été relevées à leur tour. En attendant qu'on relève les miennes, voici le fait.

L'Egypte devint la meilleure terre à froment de l'univers, lorſqu'après pluſieurs ſiècles qu'il eſt difficile de compter au juſte, les habitans eurent trouvé le ſecret de faire ſervir à la fécondité du ſol un fleuve deſtructeur, qui avait toujours inondé le pays, & qui n'était utile qu'aux rats d'Egypte, aux inſectes, aux reptiles, & aux crocodiles. Son eau même, mêlée d'une bourbe noire, ne pouvait déſaltérer ni laver les habitans. Il fallut des travaux immenſes, un temps prodigieux pour dompter le fleuve, le partager en canaux, fonder des villes dans un terrain autrefois mouvant, & changer les cavernes des rochers en vaſtes bâtimens.

Tout cela eſt plus étonnant que des pyramides ; tout cela fait, voilà un peuple ſûr de ſa nourriture avec le meilleur blé du monde, ſans même avoir preſque beſoin de labourer. Le voilà qui élève & qui engraiſſe de la volaille ſupérieure à celle de Caux. Il eſt vêtu du plus beau lin dans le climat le plus tempéré. Il n'a donc aucun besoin réel des autres peuples.

Les Arabes ses voisins au contraire ne recueillent pas un setier de blé depuis le désert qui entoure le lac de Sodome, & qui va jusqu'à Jérusalem, jusqu'au voisinage de l'Euphrate, à l'Yemen, & à la terre de Gad; ce qui compose un pays quatre fois plus étendu que l'Egypte. Ils disent : Nous avons des voisins qui ont tout le nécessaire; allons dans l'Inde leur chercher du superflu ; portons-leur du sucre, des aromates, des épiceries, des curiosités; soyons les pourvoyeurs de leurs fantaisies ; & ils nous donneront de la farine. Ils en disent autant des Babyloniens ; ils s'établissent courtiers de ces deux nations opulentes, qui regorgent de blé ; & en étant toujours leurs serviteurs, ils restent toujours pauvres. Memphis & Babylone jouissent; & les Arabes les servent; la terre à blé demeure toujours la seule riche; le superflu de son froment attire les métaux, les parfums, les ouvrages d'industrie. Le possesseur du blé impose donc toujours la loi à celui qui a besoin de pain ; & *Midas* aurait donné tout son or à un laboureur de Picardie.

La Hollande paraît de nos jours une exception, & n'en est point une. Les vicissitudes de ce monde ont tellement tout bouleversé, que les habitans d'un marais, persécutés par l'océan qui les menaçait de les noyer, & par l'inquisition qui apportait des fagots pour les brûler, allèrent au bout du monde s'emparer des îles qui produisent des épiceries devenues aussi nécessaires aux riches que le pain l'est aux pauvres. Les Arabes vendaient de la myrrhe, du baume, & des perles, à Memphis & à Babylone : les Hollandais vendent de tout à l'Europe & à l'Asie, & mettent le prix à tout.

Ils n'ont point de blé, dites-vous; ils en ont plus que l'Angleterre & la France. Qui est réellement possesseur du blé? C'est le marchand qui l'achète du laboureur. Ce n'était pas le simple agriculteur de Chaldée ou d'Egypte qui profitait beaucoup de son froment. C'était le marchand chaldéen ou l'égyptien adroit qui en fesait des amas, & les vendait aux Arabes; il en retirait des aromates, des perles, des rubis, qu'il vendait chèrement aux riches. Tel est le Hollandais; il achète par-tout & revend par-tout; il n'y a point pour lui de mauvaise récolte; il est toujours prêt à secourir pour de l'argent ceux qui manquent de farine.

Que trois ou quatre négocians entendus, libres, sobres, à l'abri de toute vexation, exempts de toute crainte, s'établissent dans un port; que leurs vaisseaux soient bons, que leur équipage sache vivre de gros fromage & de petite bière, qu'ils fassent acheter à bas prix du froment à Dantzick & à Tunis, qu'ils sachent le conserver, qu'ils sachent attendre; & ils feront précisément ce que font les Hollandais.

SECTION III.

Histoire du blé en France.

DANS les anciens gouvernemens ou anciennes anarchies barbares, il y eut je ne sais quel seigneur ou roi de Soissons qui mit tant d'impôts sur les laboureurs, les batteurs en grange, les meuniers, que tout le monde s'enfuit, & le laiffa fans pain régner tout feul à fon aife. (a)

Comment fit-on pour avoir du blé, lorfque les Normands, qui n'en avaient pas chez eux, vinrent ravager la France & l'Angleterre; lorfque les guerres féodales achevèrent de tout détruire; lorfque ces brigandages féodaux fe mêlèrent aux irruptions des Anglais; quand *Edouard III* détruifit les moiffons de *Philippe de Valois*, & *Henri V* celles de *Charles VI;* quand les armées de l'empereur *Charles-Quint* & celles de *Henri VIII* mangeaient la Picardie; enfin tandis que les bons catholiques & les bons réformés coupaient le blé en herbe, égorgeaient pères, mères, & enfans, pour favoir fi on devait fe fervir de pain fermenté ou de pain azyme les dimanches ?

Comment on fefait? Le peuple ne mangeait pas la moitié de fon befoin; on fe nourriffait très-mal; on périffait de mifère; la population était très-médiocre; des cités étaient défertes.

Cependant vous voyez encore de prétendus hiftoriens qui vous répètent que la France poffédait vingt-neuf millions d'habitans du temps de la Saint-Barthelemi.

C'eft apparemment fur ce calcul que l'abbé de *Caveirac* a fait l'apologie de la Saint-Barthelemi; il a prétendu que le maffacre de foixante & dix mille hommes, plus ou moins, était une bagatelle dans un royaume alors floriffant, peuplé de vingt-neuf millions d'hommes, qui nageaient dans l'abondance.

Cependant la vérité eft que la France avait peu d'hommes & peu de blé; & qu'elle était exceffivement miférable, ainfi que l'Allemagne.

(a) C'était un *Chilpéric.* La chofe arriva l'an 562.

Dans le court efpace du règne enfin tranquille de *Henri IV*, pendant l'adminiftration économe du duc de *Sulli*, les Français en 1597 eurent une abondante récolte ; ce qu'ils n'avaient pas vu depuis qu'ils étaient nés. Auffitôt ils vendirent tout leur blé aux étrangers, qui n'avaient pas fait de fi heureufes moiffons, ne doutant pas que l'année 1598 ne fût encore meilleure que la précédente. Elle fut très-mauvaife, le peuple alors fut dans le cas de mademoifelle *Bernard* , qui avait vendu fes chemifes & fes draps pour acheter un collier ; elle fut obligée de vendre fon collier à perte pour avoir des draps & des chemifes. Le peuple pâtit davantage. On racheta chèrement le même blé qu'on avait vendu à un prix médiocre.

Pour prévenir une telle imprudence & un **tel** malheur, le miniftère défendit l'exportation ; & cette loi ne fut point révoquée. Mais fous *Henri IV*, fous *Louis XIII*, & fous *Louis XIV*, non-feulement la loi fut fouvent éludée ; mais quand le gouvernement était informé que les greniers étaient biens fournis , il expédiait des permiffions particulières fur le compte qu'on lui rendait de l'état des provinces. Ces permiffions firent fouvent murmurer le peuple ; les marchands de blé furent en horreur comme des monopoleurs , qui voulaient affamer une province. Quand il arrivait une difette , elle était toujours fuivie de quelque fédition. On accufait le miniftère plutôt que la féchereffe ou la pluie. (1)

----

(1) Mais cela n'eft arrivé que par la faute du miniftère , qui fe mélant de faire des règlemens fur le commerce des blés , donnait droit au peuple de lui imputer les difettes qu'il éprouvait. Le feul moyen d'empêcher ces difettes eft d'encourager par la liberté la plus abfolue le commerce & les emmagafinemens de blé , de chercher à éclairer le peuple , & à détruire le préjugé qui lui fait détefter les marchands de blé.

Cependant, année commune, la France avait de quoi fe nourrir, & quelquefois de quoi vendre. On fe plaignit toujours, (& il faut fe plaindre pour qu'on vous fuce un peu moins;) mais la France depuis 1661 jufqu'au commencement du dix-huitième fiècle fut au plus haut point de grandeur. Ce n'était pas la vente de fon blé qui la rendait fi puiffante; c'était fon excellent vin de Bourgogne, de Champagne, & de Bordeaux; le débit de fes eaux-de-vie dans tout le Nord, de fon huile, de fes fruits, de fon fel, de fes toiles, de fes draps, des magnifiques étoffes de Lyon & même de Tours, de fes rubans, de fes modes de toute efpèce; enfin les progrès de l'induftrie. Le pays eft fi bon, le peuple fi laborieux, que la révocation de l'édit de Nantes ne put faire périr l'Etat. Il n'y a peut-être pas une preuve plus convaincante de fa force.

Le blé refta toujours à vil prix : la main-d'œuvre par conféquent ne fut pas chère; le commerce profpéra; & on cria toujours contre la dureté du temps.

La nation ne mourut pas de la difette horrible de 1709; elle fut très-malade, mais elle réchappa. Nous ne parlons ici que du blé qui manqua abfolument; il fallut que les Français en achetaffent de leurs ennemis même; les Hollandais en fournirent feuls autant que les Turcs.

Quelques défaftres que la France ait éprouvés; quelques fuccès qu'elle ait eus; que les vignes aient gelé, ou qu'elles aient produit autant de grappes que dans la Jérufalem célefte, le prix du blé a toujours été affez uniforme; &, année commune, un fetier de blé a toujours payé quatre paires de fouliers depuis *Charlemagne.* (2)

Vers l'an 1750 la nation raffafiée de vers, de tragédies, de comédies, d'opéra, de romans, d'hiftoires romanefques, de réflexions morales plus romanefques encore, & de difputes théologiques fur la grâce & fur les convulfions, fe mit enfin à raifonner fur les blés.

On oublia même les vignes pour ne parler que de froment & de feigle. On écrivit des chofes utiles fur l'agriculture : tout le monde les lut, excepté les laboureurs. On fuppofa, au fortir de l'opéra comique, que la France avait prodigieufement de blé à vendre. Enfin le cri de la nation obtint du gouvernement, en 1764, la liberté de l'exportation. (3)

Auffitôt on exporta. Il arriva précifément ce qu'on avait éprouvé du temps de *Henri IV;* on vendit un peu trop ; une année ftérile furvint ; il fallut pour la feconde fois que mademoifelle *Bernard* revendît fon collier pour ravoir fes draps & fes chemifes. Alors quelques plaignans paffèrent d'une extrémité à l'autre. Ils éclatèrent contre l'exportation qu'ils avaient demandée : ce qui fait voir combien il eft difficile de contenter tout le monde & fon père.

Des gens de beaucoup d'efprit, & d'une bonne volonté fans intérêt, avaient écrit avec autant de

(2) Mais il y a eu fouvent d'énormes différences d'une année à l'autre, & c'eft ce qui caufe la mifère du peuple parce que les falaires n'augmentent pas à proportion.

(3) Cette liberté fut limitée ; il ne fortit que très-peu de blé, & bientôt les mauvaifes récoltes rendirent toute exportation impoffible. Il réfulterait deux grands biens d'une liberté abfolue de l'exportation ; l'encouragement de l'agriculture, & une plus grande conftance dans le prix du grain.

fagacité que de courage en faveur de la liberté illimitée
du commerce des grains. Des gens qui avaient autant
d'efprit & des vues auffi pures, écrivirent dans l'idée
de limiter cette liberté; & M. l'abbé *Gagliani* napolitain
réjouit la nation françaife fur l'exportation des blés;
il trouva le fecret de faire, même en français, des
dialogues auffi amufans que nos meilleurs romans,
& auffi inftructifs que nos meilleurs livres férieux.
Si cet ouvrage ne fit pas diminuer le prix du pain,
il donna beaucoup de plaifir à la nation, ce qui vaut
beaucoup mieux pour elle. Les partifans de l'exportation illimitée lui répondirent vertement. Le réfultat
fut que les lecteurs ne furent plus où ils en étaient :
la plupart fe mirent à lire des romans en attendant
trois ou quatre années abondantes de fuite qui les
mettraient en état de juger. Les dames ne furent pas
diftinguer davantage le froment du feigle. Les habitués
de paroiffe continuèrent de croire que le grain doit
mourir & pourrir en terre pour germer.

SECTION IV.

Des blés d'Angleterre.

LES Anglais, jufqu'au dix-feptième fiècle, furent
des peuples chaffeurs & pafteurs, plutôt qu'agricul-
teurs. La moitié de la nation courait le renard en
felle rafe avec un bridon : l'autre moitié nourriffait
des moutons & préparait les laines. Les fiéges des
pairs ne font encore que de gros facs de laine, pour
les faire fouvenir qu'ils doivent protéger la principale
denrée du royaume. Ils commencèrent à s'apercevoir,

au temps de la reſtauration, qu'ils avaient auſſi d'excellentes terres à froment. Ils n'avaient guère juſqu'alors labouré que pour leurs beſoins. Les trois quarts de l'Irlande ſe nourriſſaient de pommes de terre, appelées alors *potâtôs*, & par les Français *topinambous*, & enſuite *pommes de terre*. La moitié de l'Ecoſſe ne connaiſſait point le blé. Il courait une eſpèce de proverbe en vers anglais aſſez plaiſans, dont voici le ſens :

> Si l'époux d'Eve la féconde
> Au pays d'Ecoſſe était né,
> A demeurer chez lui Dieu l'aurait condamné,
> Et non pas à courir le monde.

L'Angleterre fut le ſeul des trois royaumes qui défricha quelques champs, mais en petite quantité. Il eſt vrai que ces inſulaires mangent le plus de viande, le plus de légumes, & le moins de pain qu'ils peuvent. Le manœuvre auvergnac & limouſin dévore quatre livres de pain qu'il trempe dans l'eau, tandis que le manœuvre anglais en mange à peine une avec du fromage; & boit d'une bière auſſi nourriſſante que dégoûtante, qui l'engraiſſe.

On peut encore, ſans raillerie, ajouter à ces raiſons l'énorme quantité de farine dont les Français ont chargé long-temps leur tête. Ils portaient des perruques volumineuſes hautes d'un demi-pied ſur le front, & qui deſcendaient juſqu'aux hanches. Seize onces d'amidon ſaupoudraient ſeize onces de cheveux étrangers, qui cachaient dans leur épaiſſeur le buſte d'un petit homme; de ſorte que dans une farce, où un maître à chanter du bel air, nommé M. *des Soupirs*,

fecouait fa perruque fur le théâtre, on était inondé
pendant un quart-d'heure d'un nuage de poudre.
Cette mode s'introduifit en Angleterre, mais les Anglais
épargnèrent l'amidon.

Pour venir à l'effentiel, il faut favoir qu'en 1689,
la première année du règne de *Guillaume* & de *Marie*,
un acte du parlement accorda une gratification à quiconque exporterait du blé, & même de mauvaifes eaux-
de-vie de grain fur les vaiffeaux de la nation.

Voici comme cet acte, favorable à la navigation
& à la culture, fut conçu. (4)

Quand une mefure nommée *quarter*, égale à vingt-
quatre boiffeaux de Paris, n'excédait pas en Angleterre la valeur de deux livres fterling huit fchellings
au marché, le gouvernement payait à l'exportateur
de ce quarter cinq fchellings = 5 liv. 10 f. de France; à
l'exportateur du feigle quand il ne valait qu'une livre
fterling & douze fchellings, on donnait de récompenfe
trois fchellings & fix fous = 3 liv. 12 f. de France.
Le refte dans une proportion affez exacte.

Quand le prix des grains hauffait, la gratification
n'avait plus lieu; quand ils étaient plus chers, l'exportation n'était plus permife. Ce réglement a éprouvé
quelques variations, mais enfin le réfultat a été un

_____

(4) Cette prime ne pouvait avoir d'autre effet que de tenir le blé en
Angleterre au-deffus du taux naturel. En la confidérant relativement à la
culture, elle a pour objet de faire cultiver plus de terres en blé qu'on
n'en cultiverait fans cela, ce qui eft une perte réelle parce que on ferait
rapporter à ces mêmes terres des productions d'une valeur plus grande.
Il n'eft jufte d'encourager la culture du blé aux dépens d'une autre
culture que dans les pays où la récolte ne fuffit pas année commune à
la fubfiftance du peuple, parce que ce ferait un mal pour une nation
de ne pas être indépendante des autres pour la denrée de néceffité première,
du moins tant que les préjugés mercantilles fubfifteront.

profit

profit immenfe. On a vu par un extrait de l'exportation des grains, préfenté à la chambre des communes en 1751, que l'Angleterre en avait vendu aux autres nations en cinq années pour 7405786 liv. fterling, qui font cent foixante & dix millions trois cents trente trois mille foixante & dix-huit livres de France. Et fur cette fomme que l'Angleterre tira de l'Europe en cinq années, la France en paya environ dix millions & demi.

L'Angleterre devait fa fortune à fa culture qu'elle avait trop long-temps négligée; mais auffi elle la devait à fon terrain. Plus fa terre a valu, plus elle s'eft encore améliorée. On a eu plus de chevaux, de bœufs, & d'engrais. Enfin on prétend qu'une récolte abondante peut nourrir l'Angleterre cinq ans, & qu'une même récolte peut à peine nourrir la France deux années.

Mais auffi la France a prefque le double d'habitans; & en ce cas l'Angleterre n'eft que d'un cinquième plus riche en blés, pour nourrir la moitié moins d'hommes: ce qui eft bien compenfé par les autres denrées, & par les manufactures de la France.

SECTION V.

Mémoire court fur les autres pays.

L'ALLEMAGNE eft comme la France; elle a des provinces fertiles en blé, & d'autres ftériles; les pays voifins du Rhin & du Danube, la Bohème, font les mieux partagés. Il n'y a guère de grand commerce de grain que dans l'intérieur.

Dictionn. philofoph. Tome II.   X

La Turquie ne manque jamais de blé, & en vend peu. L'Efpagne en manque quelquefois, & n'en vend jamais. Les côtes d'Afrique en ont, & en vendent. La Pologne en eſt toujours bien fournie & n'en eſt pas plus riche.

Les provinces méridionales de la Ruffie en regorgent; on le tranfporte à celles du Nord avec beaucoup de peine; on en peut faire un grand commerce par Riga.

La Suède ne recueille du froment qu'en Scanie; le reſte ne produit que du feigle; les provinces feptentrionales rien.

Le Danemarck peu.

L'Ecoffe encore moins.

La Flandre autrichienne eſt bien partagée.

En Italie tous les environs de Rome, depuis Viterbe juſqu'à Terracine, font ſtériles. Le Bolonais, dont les papes fe font emparé, parce qu'il était à leur bienféance, eſt prefque la feule province qui leur donne du pain abondamment.

Les Vénitiens en ont à peine de leur cru pour le befoin, & font fouvent obligés d'acheter des *firmans* à Conſtantinople, c'eſt-à-dire, des permiffions de manger. C'eſt leur ennemi & leur vainqueur qui eſt leur pourvoyeur.

Le Milanais eſt la terre promife, en fuppofant que la *terre promife* avait du froment.

La Sicile fe fouvient toujours de *Cérès*; mais on prétend qu'on n'y cultive pas auffi-bien la terre que du temps d'*Hiéron*, qui donnait tant de blé aux Romains. Le royaume de Naples eſt bien moins fertile que la Sicile, & la difette s'y fait fentir quelquefois, malgré *San Gennaro*.

Le Piémont eſt un des meilleurs pays.

La Savoie a toujours été pauvre, & le ſera.

La Suiſſe n'eſt guère plus riche ; elle a peu de froment ; il y a des cantons qui en manquent abſolument.

Un marchand de blé peut ſe régler ſur ce petit mémoire ; & il ſera ruiné, à moins qu'il ne s'informe au juſte de la récolte de l'année & du beſoin du moment.

Réſumé.

Suivez le précepte d'*Horace* : ayez toujours une année de blé par devers vous ; *proviſæ frugis in annum.*

SECTION VI.

Blé, grammaire, morale.

ON dit proverbialement, *manger ſon blé en herbe ; être pris comme dans un blé ; crier famine ſur un tas de blé.* Mais de tous les proverbes que cette production de la nature & de nos ſoins a fournis, il n'en eſt point qui mérite plus l'attention des légiſlateurs que celui-ci.

Ne nous remets pas au gland quand nous avons du blé.

Cela ſignifie une infinité de bonnes choſes, comme par exemple :

Ne nous gouverne pas dans le dix-huitième ſiècle comme on gouvernait du temps d'*Albouin*, de *Gondebald*, de *Clodevick*, nommé en latin *Clodovæus*.

X 2

Ne parle plus des lois de *Dagobert*, quand nous avons les œuvres du chancelier d'*Aguesseau*, les difcours de MM. les gens du roi, *Montclar*, *Servant*, *Caftillon*, *la Chalotais*, *du Paty*, &c.

Ne nous cite plus les miracles de *S* *Amable*, dont les gants & le chapeau furent portés en l'air pendant tout le voyage qu'il fit à pied du fond de l'Auvergne à Rome.

Laiffe pourrir tous les livres remplis de pareilles inepties, fonge dans quel fiècle nous vivons.

Si jamais on affaffine à coups de piftolet un maréchal d'*Ancre*, ne fais point brûler fa femme en qualité de forcière, fous prétexte que fon médecin italien lui a ordonné de prendre du bouillon fait avec un coq blanc, tué au clair de la lune, pour la guérifon de fes vapeurs.

Diftingue toujours les honnêtes gens qui penfent, de la populace qui n'eft pas faite pour penfer.

Si l'ufage t'oblige à faire une cérémonie ridicule en faveur de cette canaille, & fi en chemin tu rencontres quelques gens d'efprit ; avertis-les par un figne de tête, par un coup d'œil, que tu penfes comme eux, mais qu'il ne faut pas rire.

Affaiblis peu-à-peu toutes les fuperftitions anciennes, & n'en introduis aucune nouvelle.

Les lois doivent être pour tout le monde ; mais laiffe chacun fuivre ou rejeter à fon gré ce qui ne peut être fondé que fur un ufage indifférent.

Si la fervante de *Bayle* meurt entre tes bras, ne lui parle point comme à *Bayle*, ni à *Bayle* comme à fa fervante.

Si les imbécilles veulent encore du gland, laiffe-les en manger; mais trouve bon qu'on leur préfente du pain.

En un mot, ce proverbe eft excellent en mille occafions.

BOEUF APIS. (PRETRES DU)

*H*ÉRODOTE raconte que *Cambyfe*, après avoir tué de fa main le dieu-bœuf, fit bien fouetter les prêtres; il avait tort, fi ces prêtres avaient été de bonnes gens qui fe fuffent contentés de gagner leur pain dans le culte d'*Apis*, fans molefter les citoyens. Mais s'ils avaient été perfécuteurs, s'ils avaient forcé les confciences, s'ils avaient établi une efpèce d'inquifition & violé le droit naturel, *Cambyfe* avait un autre tort, c'était celui de ne les pas faire pendre. (*)

BOIRE A LA SANTÉ.

D'OU vient cette coutume? eft-ce depuis le temps qu'on boit? Il paraît naturel qu'on boive du vin pour fa propre fanté, mais non pas pour la fanté d'un autre.

Le *propino* des Grecs, adopté par les Romains, ne fignifiait pas, je bois afin que vous vous portiez bien; mais je bois avant vous pour que vous buviez; je vous invite à boire.

(*) Voyez *Apis*.

X 3

Dans la joie d'un feſtin on buvait pour célébrer ſa maîtreſſe, & non pas pour qu'elle eût une bonne ſanté. Voyez dans *Martial* :

Nævia ſex cyathis, ſeptem Juſtina bibatur.
Six coups pour Nevia, ſept au moins pour Juſtine.

Les Anglais, qui ſe ſont piqués de renouveler pluſieurs coutumes de l'antiquité, boivent à l'honneur des dames ; c'eſt ce qu'ils appellent *toſter ;* & c'eſt parmi eux un grand ſujet de diſpute ſi une femme eſt toſtable ou non, ſi elle eſt digne qu'on la toſte.

On buvait à Rome pour les victoires d'*Auguſte*, pour le retour de ſa ſanté. *Dion Caſſius* rapporte qu'après la bataille d'Actium le ſénat décréta que dans les repas on lui ferait des libations au ſecond ſervice. C'eſt un étrange décret. Il eſt plus vraiſemblable que la flatterie avait introduit volontairement cette baſſeſſe. Quoi qu'il en ſoit, vous liſez dans *Horace :*

Hinc ad vina redit lætus, & alteris
 Te menſis adhibet Deum.
Te multâ prece, te proſequitur mero
Defuſo pateris ; & laribus tuum
Miſcet numen, uti Græcia Caſtoris,
 Et magni memor Herculis.
Longas ô utinam, dux bone, ferias
Præſtes Heſperiæ : dicimus integro
Sicci mane die, dicimus uvidi
 Quum ſol oceano ſubeſt.

Sois le Dieu des festins, le Dieu de l'alégresse ;
   Que nos tables soient tes autels.
   Préside à nos jeux solemnels,
   Comme Hercule aux jeux de la Grèce.
Seul tu fais les beaux jours ; que tes jours soient sans fin.
C'est ce que nous disons en revoyant l'aurore,
Ce qu'en nos douces nuits nous redisons encore,
   Entre les bras du Dieu du vin. (*a*)

On ne peut, ce me semble, faire entendre plus expressément ce que nous entendons par ces mots : *Nous avons bu à la santé de votre majesté.*

C'est de-là probablement que vint, parmi nos nations barbares, l'usage de boire à la santé de ses convives ; usage absurde, puisque vous videriez quatre bouteilles sans leur faire le moindre bien. Et que veut dire *boire à la santé du roi*, s'il ne signifie pas ce que nous venons de voir ?

Le dictionnaire de Trévoux nous avertit qu'on *ne boit pas à la santé de ses supérieurs en leur présence.* Passe pour la France & pour l'Allemagne ; mais en Angleterre c'est un usage reçu. Il y a moins loin d'un homme à un homme à Londres qu'à Vienne.

On sait de quelle importance il est en Angleterre de boire à la santé d'un prince qui prétend au trône ; c'est se déclarer son partisan. Il en a coûté cher à plus d'un écossais & d'un irlandais pour avoir bu à la santé des *Stuarts.*

Tous les whigs buvaient après la mort du roi *Guillaume*, non pas à sa santé, mais à sa mémoire. Un tori nommé *Brown*, évêque de Cork en Irlande,

---

(*a*) *Dacier* a traduit *sicci* & *uvidi* dans nos prières du soir & du matin.

grand ennemi de *Guillaume*, dit qu'il mettrait un bouchon à toutes les bouteilles qu'on vidait à la gloire de ce monarque, parce que *cork* en anglais signifie *bouchon*. Il ne s'en tint pas à ce fade jeu de mots; il écrivit en 1702 une brochure (ce font les mandemens du pays) pour faire voir aux Irlandais que c'eft une impiété atroce de boire à la fanté des rois, & furtout à leur *mémoire*; que c'eft une profanation de ces paroles de JESUS-CHRIST: *Buvez-en tous, faites ceci en mémoire de moi.*

Ce qui étonnera, c'eft que cet évêque n'était pas le premier qui eût conçu une telle démence. Avant lui le presbytérien *Pryn* avait fait un gros livre contre l'ufage impie de boire à la fanté des chrétiens.

Enfin, il y eut un *Jean Geré* curé de la paroiffe de Sainte-Foi, qui publia *la divine potion pour conferver la fanté fpirituelle par la cure de la maladie invétérée de boire à la fanté, avec des argumens clairs & folides contre cette coutume criminelle, le tout pour la fatisfaction du public; à la requête d'un digne membre du parlement, l'an de notre falut* 1648.

Notre révérend père *Garaffe*, notre révérend père *Patouillet*, & notre révérend père *Nonotte*, n'ont rien de fupérieur à ces profondeurs anglaifes. Nous avons long-temps lutté, nos voifins & nous, à qui l'emporterait.

BORNES DE L'ESPRIT HUMAIN.

ON demandait un jour à *Newton* pourquoi il marchait quand il en avait envie? & comment son bras & sa main se remuaient à sa volonté? Il répondit bravement qu'il n'en savait rien. Mais du moins, lui dit-on, vous qui connaissez si bien la gravitation des planètes, vous me direz par quelle raison elles tournent dans un sens plutôt que dans un autre; & il avoua encore qu'il n'en savait rien.

Ceux qui enseignèrent que l'Océan était salé de peur qu'il ne se corrompît, & que les marées étaient faites pour conduire nos vaisseaux dans nos ports, furent un peu honteux quand on leur répliqua que la Méditerranée a des ports & point de reflux. *Musschembroek* lui-même est tombé dans cette inadvertance.

Quelqu'un a-t-il jamais pu dire précisément comment une bûche se change dans son foyer en charbon ardent, & par quelle mécanique la chaux s'enflamme avec de l'eau fraîche?

Le premier principe du mouvement du cœur dans les animaux est-il bien connu? sait-on bien nettement comment la génération s'opère? a-t-on deviné ce qui nous donne les sensations, les idées, la mémoire? Nous ne connaissons pas plus l'essence de la matière que les enfans qui en touchent la superficie.

Qui nous apprendra par quelle mécanique ce grain de blé que nous jetons en terre se relève pour produire un tuyau chargé d'un épi, & comment le même fol produit une pomme au haut de cet arbre, & une châtaigne à l'arbre voifin ? Plufieurs docteurs ont dit : Que ne fais-je pas ? *Montagne* difait : Que fais-je ?

Décideur impitoyable, pédagogue à phrafes, raifonneur fourré, tu cherches les bornes de ton efprit. Elles font au bout de ton nez.

> Parle : m'apprendras-tu par quels fubtils refforts
> L'éternel artifan fait végéter les corps ? &c. (*)

B O U C.

Beflialité , forcellerie

LES honneurs de toute efpèce que l'antiquité a rendus aux boucs feraient bien étonnans, fi quelque chofe pouvait étonner ceux qui font un peu familiarifés avec le monde ancien & moderne. Les Egyptiens & les Juifs défignèrent fouvent les rois & les chefs du peuple par le mot *bouc*. Vous trouvez dans *Zacharie :* (*a*) *La fureur du Seigneur s'eft irritée contre les pafteurs du peuple, contre les boucs ; elle les vifitera : il a vifité fon troupeau la maifon de Juda, & il en a fait fon chcval de bataille.*

(*b*) *Sortez de Babylone*, dit *Jérémie* aux chefs du peuple ; *foyez les boucs à la tête du troupeau.*

Ifaïe s'eft fervi aux chapitres X & XIV du terme de *bouc*, qu'on a traduit par celui de *prince*.

Les Egyptiens firent bien plus que d'appeler leurs rois *boucs;* ils confacrèrent un bouc dans Mendès,

---

(*) Voyez les *Difcours en vers fur l'homme*, volume de *Poëmes*.
(*a*) Chap. X , v. 3.　　　　　(*b*) Chap. L , v. 8.

& l'on dit même qu'ils l'adorèrent. Il se peut très-bien que le peuple ait pris en effet un emblème pour une divinité; c'eft ce qui ne lui arrive que trop fouvent.

Il n'eft pas vraifemblable que les shoen ou shotim d'Egypte, c'eft-à-dire les prêtres, aient à la fois immolé & adoré des boucs. On fait qu'ils avaient leur bouç *Hazazel* qu'ils précipitaient orné & couronné de fleurs pour l'expiation du peuple, & que les Juifs prirent d'eux cette cérémonie, & jufqu'au nom même d'*Hazazel*, ainfi qu'ils adoptèrent plufieurs autres rites de l'Egypte.

Mais les boucs reçurent encore un honneur plus fingulier; il eft conftant qu'en Egypte plufieurs femmes donnèrent avec les boucs le même exemple que donna *Pafiphaé* avec fon taureau. *Hérodote* raconte que lorf-qu'il était en Egypte, une femme eut publiquement ce commerce abominable dans le nome de Mendès : il dit qu'il en fut très-étonné, mais il ne dit point que la femme fut punie.

Ce qui eft encore plus étrange, c'eft que *Plutarque*, & *Pindare*, qui vivaient dans des fiècles fi éloignés l'un de l'autre, s'accordent tous deux à dire qu'on préfentait des femmes au bouc confacré. (*c*) Cela fait frémir la nature. *Pindare* dit, ou bien on lui fait dire :

Charmantes filles de Mendès,
Quels amans cueillent fur vos lèvres
Les doux baifers que je prendrais ?
Quoi ! ce font les maris des chèvres !

(*c*) M. *Larcher* du collége Mazarin, a fort approfondi cette matière.

Les Juifs n'imitèrent que trop ces abominations. (*d*) *Jéroboam* inſtitua des prêtres pour le ſervice de ſes veaux & de ſes boucs. Le texte hébreu porte expreſ-ſément *boucs*. Mais ce qui outragea le plus la nature humaine, ce fut le brutal égarement de quelques juives qui furent paſſionnées pour des boucs, & des Juifs qui s'accouplèrent avec des chèvres. Il fallut une loi expreſſe pour réprimer cette horrible turpitude. Cette loi fut donnée dans le Lévitique, (*e*) & y eſt exprimée à pluſieurs repriſes. D'abord c'eſt une défenſe éternelle de ſacrifier aux velus avec leſquels on a forniqué. (*f*) Enſuite une autre défenſe aux femmes de ſe proſtituer aux bêtes, & aux hommes de ſe ſouiller du même crime. Enfin, il eſt ordonné (*g*) que quiconque ſe ſera rendu coupable de cette tur-pitude, ſera mis à mort avec l'animal dont il aura abuſé. L'animal eſt réputé auſſi criminel que l'homme & la femme ; il eſt dit que le ſang retombera ſur eux tous.

C'eſt principalement des boucs & des chèvres dont il s'agit dans ces lois, devenues malheureuſement néceſſaires au peuple hébreu. C'eſt aux boucs & aux chèvres, aux aſirim, qu'il eſt dit que les Juifs ſe ſont proſtitués ; *aſiri*, un bouc & une chèvre ; *aſirim*, des boucs & des chèvres. Cette fatale dépravation était commune dans pluſieurs pays chauds. Les Juifs alors erraient dans un déſert où l'on ne peut guère nourrir que des chèvres & des boucs. On ne ſait que trop

(*d*) Liv. II. Paralip. chap. XI, v. 15.
(*e*) Lévit. chap. XVII, v. 7.
(*f*) Chap. XVIII, v. 23.
(*g*) Chap. XX, v. 15 & 16.

combien cet excès a été commun chez les bergers de
la Calabre, & dans plusieurs autres contrées de l'Italie.
Virgile même en parle dans sa troisième églogue :
le *novimus & qui te transversa tuentibus hircis* n'est que
trop connu.

On ne s'en tint pas à ces abominations. Le culte
du bouc fut établi dans l'Egypte, & dans les sables
d'une partie de la Palestine. On crut opérer des
enchantemens par le moyen des boucs, des égypans,
& de quelques autres monstres auxquels on donnait
toujours une tête de bouc.

La magie, la sorcellerie passa bientôt de l'Orient
dans l'Occident, & s'étendit dans toute la terre. On
appelait *sabbatum* chez les Romains l'espèce de sorcellerie qui venait des Juifs, en confondant ainsi leur
jour sacré avec leurs secrets infames. C'est de-là
qu'enfin être sorcier & aller au sabbat, fut la même
chose chez les nations modernes.

De misérables femmes de village trompées par des
fripons, & encore plus par la faiblesse de leur imagination, crurent qu'après avoir prononcé le mot
abraxa, & s'être frottées d'un onguent mêlé de bouse
de vache, & de poil de chèvre, elles allaient au
sabbat sur un manche à balai pendant leur sommeil,
qu'elles y adoraient un bouc, & qu'il avait leur
jouissance.

Cette opinion était universelle. Tous les docteurs
prétendaient que c'était le diable qui se métamor-
phosait en bouc. C'est ce qu'on peut voir dans les
Disquisitions de *Del Rio*, & dans cent autres auteurs.
Le théologien *Grillandus*, l'un des grands promoteurs

de l'inquifition, cité par *Del Rio*, (*h*) dit que les forciers appellent le bouc *Martinet*. Il affure qu'une femme qui s'était donnée à *Martinet*, montait fur fon dos, & était tranfportée en un inftant dans les airs à un endroit nommé *la noix de Benevent*.

Il y eut des livres où les myftères des forciers étaient écrits. J'en ai vu un à la tête duquel on avait deffiné affez mal un bouc, & une femme à genoux derrière lui. On appelait ces livres *grimoires* en France, & ailleurs l'*alphabet du diable*. Celui que j'ai vu ne contenait que quatre feuillets en caractères prefque indéchiffrables, tels à-peu-près que ceux de l'Almanach du berger.

La raifon & une meilleure éducation auraient fuffi pour extirper en Europe une telle extravagance; mais au lieu de raifon on employa les fupplices. Si les prétendus forciers eurent leur grimoire, les juges eurent leur code des forciers. Le jéfuite *Del Rio*, docteur de Louvain, fit imprimer fes *Difquifitions magiques* en l'an 1599 : il affure que tous les hérétiques font magiciens ; & il recommande fouvent qu'on leur donne la queftion. Il ne doute pas que le diable ne fe transforme en bouc & n'accorde fes faveurs à toutes les femmes qu'on lui préfente. (*i*) Il cite plufieurs jurifconfultes qu'on nomme *Démonographes*, (*k*) qui prétendent que *Luther* naquit d'un bouc & d'une femme. Il affure qu'en l'année 1595 une femme accoucha dans Bruxelles d'un enfant que le diable lui avait fait, déguifé en bouc, & qu'elle fut punie ; mais il ne dit pas de quel fupplice.

Celui qui a le plus approfondi la jurifprudence de la forcellerie, eft un nommé *Boguet*, grand juge en

(*h*) *Del Rio* page 190.   (*i*) Page 180.   (*k*) Page 181.

dernier reffort d'une abbaye de Saint-Claude en Franche-Comté. Il rend raifon de tous les fupplices auxquels il a condamné des forcières & des forciers : Te nombre en eft très-confidérable. Prefque toutes ces forcières font fuppofées avoir couché avec le bouc.

On a déjà dit que plus de cent mille prétendus forciers ont été exécutés à mort en Europe. La feule philofophie a guéri enfin les hommes de cette abominable chimère, & a enfeigné aux juges qu'il ne faut pas brûler les imbécilles. (*)

B O U F F O N , B U R L E S Q U E ,

Bas comique.

IL était bien fubtil ce fcoliafte qui a dit le premier que l'origine de *bouffon* eft due à un petit facrificateur d'Athènes , nommé *Bupho*, qui laffé de fon métier s'enfuit, & qu'on ne revit plus. L'aréopage ne pouvant le punir , fit le procès à la hache de ce prêtre. Cette farce, dit-on, qu'on jouait tous les ans dans le temple de *Jupiter*, s'appela *bouffonnerie*. Cette hiftoriette ne paraît pas d'un grand poids. Bouffon n'était pas un nom propre , *bouphonos* fignifie *immolateur de bœufs*. Jamais plaifanterie chez les Grecs ne fut appelée *bouphonia*. Cette cérémonie, toute frivole qu'elle paraît, peut avoir une origine fage, humaine, digne des vrais Athéniens.

Une fois l'année le facrificateur fubalterne, ou plutôt le boucher facré, prêt à immoler un bœuf,

(*) Voyez *Béker.*

s'enfuyait comme faifi d'horreur, pour faire fouvenir les hommes que, dans des temps plus fages & plus heureux, on ne préfentait aux Dieux que des fleurs & des fruits, & que la barbarie d'immoler des animaux innocens & utiles, ne s'introduifit que lorfqu'il y eut des prêtres qui voulurent s'engraiffer de ce fang, & vivre aux dépens des peuples. Cette idée n'a rien de bouffon.

Ce mot de *bouffon* eft reçu depuis long temps chez les Italiens, & chez les Efpagnols; il fignifiait *mimus*, *fcurra*, *joculator*; mime, farceur, jongleur. *Ménage* après *Saumaife* le dérive de *bocca infiata*, bourfoufflé; & en effet on veut dans un bouffon un vifage rond & la joue rebondie. Les Italiens difent *bufo magro*, maigre bouffon, pour exprimer un mauvais plaifant qui ne vous fait pas rire.

Bouffon, *bouffonnerie*, appartiennent au bas comique, à la foire, à Gilles, à tout ce qui peut amufer la populace. C'eft par-là que les tragédies ont commencé à la honte de l'efprit humain. *Thefpis* fut un bouffon avant que *Sophocle* fût un grand-homme.

Aux feizième & dix-feptième fiècles, les tragédies efpagnoles & anglaifes furent toutes avilies par des bouffonneries dégoûtantes. (*)

Les cours furent encore plus déshonorées par les bouffons que le théâtre. La rouille de la barbarie était fi forte, que les hommes ne favaient pas goûter des plaifirs honnêtes.

Boileau a dit de *Molière* :

C'eft par-là que Molière illuftrant fes écrits,
Peut-être de fon art eût emporté le prix,

(*) Voyez *Art dramatique.*

Si

Si moins ami du peuple en fes doctes peintures,
Il n'eût fait quelquefois grimacer fes figures,
Quitté pour le bouffon l'agréable & le fin,
Et fans honte à Térence allié Tabarin.
Dans ce fac ridicule où Scapin s'envelope,
Je ne reconnais plus l'auteur du Mifanthrope.

Mais il faut confidérer que *Raphaël* a daigné peindre des grotefques. *Molière* ne ferait point defcendu fi bas s'il n'eût eu pour fpectateurs que des *Louis XIV*, des *Condés*, des *Turenne*, des ducs de *la Rochefoucauld*, de *Montaufier*, des *Beauvilliers*, des dames de *Montefpan*, & de *Thiange*; mais il travaillait auffi pour le peuple de Paris, qui n'était pas encore décraffé; le bourgeois aimait la groffe farce, & la payait. Les *Jodelets* de *Scarron* étaient à la mode. On eft obligé de fe mettre au niveau de fon fiècle avant d'être fupérieur à fon fiècle; & après tout, on aime quelquefois à rire. Qu'eft-ce que la *Batrachomiomachie* attribuée à *Homère*, finon une bouffonnerie, un poëme burlefque?

Ces ouvrages ne donnent point de réputation, & ils peuvent avilir celle dont on jouit.

Le bouffon n'eft pas toujours dans le ftyle burlefque. Le Médecin malgré lui, les Fourberies de Scapin, ne font point dans le ftyle des *Jodelets* de *Scarron*. *Molière* ne va pas rechercher des termes d'argot comme *Scarron*. Ses perfonnages les plus bas n'affectent point des plaifanteries de Gilles. La bouffonnerie eft dans la chofe, & non dans l'expreffion. Le ftyle burlefque eft celui de Dom Japhet d'Arménie.

Du bon père Noé j'ai l'honneur de defcendre,
Noé qui fur les eaux fit flotter fa maifon,
Quand tout le genre-humain but plus que de raifon.

Dictionn. philofoph. Tome II. Y

Vous voyez qu'il n'eft rien de plus net que ma race,
Et qu'un criftal auprès paraîtrait plein de craffe.

Pour dire qu'il veut fe promener, il dit qu'*il va
exercer fa vertu caminante.* Pour faire entendre qu'on
ne pourra lui parler, il dit :

Vous aurez avec moi difette de loquelle.

C'eft prefque par-tout le jargon des gueux, le langage des halles ; même il eft inventeur dans ce
langage.

Tu m'as tout compiffé, piffeufe abominable.

Enfin, la groffièreté de fa baffeffe eft pouffée jufqu'à
chanter fur le théâtre :

Amour nabo
Qui du jabo
De dom Japhet
A fait
Une ardente fournaife ;
Et dans mon pis
A mis
Une effence de braife.

Et ce font ces plates infamies qu'on a jouées pendant
plus d'un fiècle alternativement avec le Mifanthrope ;
ainfi qu'on voit paffer dans une rue indifféremment
un magiftrat & un chiffonnier.

Le Virgile travefti eft à-peu-près dans ce goût ; mais
rien n'eft plus abominable que fa Mazarinade.

Notre Jules n'eft pas Céfar,
C'eft un caprice du hafard,

Qui naquit garçon & fut garce,
Qui n'était né que pour la farce.
Tous fes deffeins prennent un rat
Dans la moindre affaire d'Etat.
Singe du prélat de forbonne,
Ma fói tu nous la bailles bonne.
Tu n'es à ce cardinal duc
Comparable qu'en aqueduc.
Illuftre en ta partie honteufe,
Ta feule braguette eft fameufe.

· · · · · · · ·

Va rendre compte au vatican
De tes meules mis à l'encan ;
D'être caufe que tout fe perde,
De tes caleçons pleins de merde.

Ces faletés font vomir, & le refte eft fi exécrable
qu'on n'ofe le copier. Cet homme était digne du temps
de la fronde. Rien n'eft peut-être plus extraordinaire
que l'efpèce de confidération qu'il eut pendant fa
vie, fi ce n'eft ce qui arriva dans fa maifon après
fa mort.

On commença par donner d'abord le nom de poëme
burlefque au Lutrin de *Boileau ;* mais le fujet feul était
burlefque ; le ftyle fut agréable & fin, quelquefois
même héroïque.

Les Italiens avaient une autre forte de burlefque
qui était bien fupérieur au nôtre, c'eft celui de l'*Arétin*,
de l'archevêque *la Caza*, du *Berni*, du *Mauro*, du
Dolce. La décence y eft fouvent facrifiée à la plaifanterie ; mais les mots déshonnêtes en font communément bannis. Le *Capitolo del formo* de l'archevêque

la Caza roule à la vérité sur un sujet qui fait enfermer à Bicêtre les abbés *Desfontaines*, & qui mène en Grève les *Déchaufours*; cependant il n'y a pas un mot qui offenfe les oreilles chaftes; il faut deviner.

Trois ou quatre anglais ont excellé dans ce genre. *Butler* dans fon *Hudibras*, qui eft la guerre civile excitée par les puritains, tournée en ridicule; le docteur *Garth* dans la querelle des apothicaires & des médecins; *Prior* dans fon hiftoire de l'ame, où il fe moque fort plaifamment de fon fujet; *Philippe* dans fa pièce du Brillant Schelling.

Hudibras eft autant au-deffus de *Scarron* qu'un homme de bonne compagnie eft au-deffus d'un chanfonnier des cabarets de la Courtille. Le héros d'*Hudibras* était un perfonnage très-réel qui avait été capitaine dans les armées de *Fairfax*, & de *Cromwell*; il s'appelait le *chevalier Samuel Luke*. (Voyez le commencement de ce poëme affez fidellement traduit à l'article PRIOR, BUTLER, & SWIFT.)

Le poëme de *Garth* fur les médecins & les apothicaires, eft moins dans le ftyle burlefque que dans celui du Lutrin de *Boileau*; on y trouve beaucoup plus d'imagination, de variété, de naïveté &c., que dans le Lutrin; & ce qui eft étonnant, c'eft qu'une profonde érudition y eft embellie par la fineffe & par les grâces: il commence à-peu-près ainfi :

Mufe, raconte-moi les débats falutaires
Des médecins de Londre, & des apothicaires;
Contre le genre-humain fi long-temps réunis.
Quel Dieu pour nous fauver les rendit ennemis ?

Comment laiſſèrent-ils reſpirer leurs malades
Pour frapper à grands coups ſur leurs chers camarades?
Comment changèrent-ils leur coiffure en armet,
La ſeringue en canon, la pillule en boulet?
Ils connurent la gloire; acharnés l'un ſur l'autre,
Ils prodiguaient leur vie, & nous laiſſaient la nôtre.

Prior, que nous avons vu plénipotentiaire en France avant la paix d'Utrecht, ſe fit médiateur entre les philoſophes qui diſputent ſur l'ame. Son poëme eſt dans le ſtyle d'*Hudibras* qu'on appelle *Doggerel rhumes*; c'eſt le *ſtilo Bernieſco* des Italiens.

La grande queſtion eſt d'abord de ſavoir ſi l'ame eſt toute en tout, ou ſi elle eſt logée derrière le nez & les deux yeux ſans ſortir de ſa niche. Suivant ce dernier ſyſtème, *Prior* la compare au pape qui reſte toujours à Rome, d'où il envoie ſes nonces & ſes eſpions pour ſavoir ce qui ſe paſſe dans la chrétienté.

Prior, après s'être moqué de pluſieurs ſyſtèmes, propoſe le ſien. Il remarque que l'animal à deux pieds, nouveau né, remue les pieds tant qu'il peut quand on a la bêtiſe de l'emmaillotter; & il juge de-là que l'ame entre chez lui par les pieds; que vers les quinze ans elle a monté au milieu du corps; qu'elle va enſuite au cœur, puis à la tête; & qu'elle en ſort à pieds joints quand l'animal finit ſa vie.

A la fin de ce poëme ſingulier, rempli de vers ingénieux & d'idées auſſi fines que plaiſantes, on voit ce vers charmant de *Fontenelle* :

Il eſt des hochets pour tout âge.

Prior prie la fortune de lui donner des hochets
pour fa vieilleffe.

Give us play-things for our old age.

Et il eft bien certain que *Fontenelle* n'a pas pris ce
vers de *Prior*, ni *Prior* de *Fontenelle*. L'ouvrage de
Prior eft antérieur de vingt ans, & *Fontenelle* n'entendait pas l'anglais.

Le poëme eft terminé par cette conclufion.

> Je n'aurai point la fantaifie
> D'imiter ce pauvre Caton,
> Qui meurt dans notre tragédie
> Pour une page de Platon.
> Car entre nous, Platon m'ennuie.
> La trifteffe eft une folie ;
> Etre gai c'eft avoir raifon.
> Ça qu'on m'ôte mon Cicéron,
> D'Ariftote la rapfodie,
> De René la philofophie ;
> Et qu'on m'apporte mon flacon.

Diftinguons bien dans tous ces poëmes le plaifant,
le léger, le naturel, le familier ; du grotefque, du
bouffon, du bas, & furtout du forcé. Ces nuances
font démêlées par les connaiffeurs, qui feuls à la
longue font le deftin des ouvrages.

La Fontaine a bien voulu quelquefois defcendre
au ftyle burlefque.

> Autrefois carpillon fretin,
> Eut beau prêcher, il eut beau dire,
> On le mit dans la poële à frire.

Il appelle les louvetaux, *messieurs les louvats.* *Phèdre* ne se sert jamais de ce style dans ses fables ; mais aussi il n'a pas la grâce & la naïve mollesse de *la Fontaine*, quoiqu'il ait plus de précision & de pureté.

BOULEVERD, OU BOULEVART.

Boulevart, fortification, rempart. Belgrade est le boulevart de l'empire ottoman du côté de la Hongrie. Qui croirait que ce mot ne signifie dans son origine qu'un jeu de boule ? Le peuple de Paris jouait à la boule sur le gazon du rempart ; ce gazon s'appelait le *verd*, de même que le marché aux herbes. *On boulait sur le verd.* De-là vient que les Anglais, dont la langue est une copie de la nôtre presque dans tous ses mots qui ne sont pas saxons, ont appelé leur jeu de boule *boulin-gréen*, le verd du jeu de boule. Nous avons repris d'eux ce que nous leur avions prêté. Nous avons appelé d'après eux *boulingrins*, sans savoir la force du mot, les parterres de gazon que nous avons introduits dans nos jardins.

J'ai entendu autrefois de bonnes bourgeoises qui s'allaient promener sur le *Bouleverd*, & non pas sur le *Boulevard*. On se moquait d'elles, & on avait tort. Mais en tout genre l'usage l'emporte ; & tous ceux qui ont raison contre l'usage sont sifflés ou condamnés.

B O U R G E S.

Nos queſtions ne roulent guère ſur la géographie ; mais qu'on nous permette de marquer en deux mots notre étonnement ſur la ville de Bourges. Le Dictionnaire de Trévoux prétend que *c'eſt une des plus anciennes de l'Europe, qu'elle était le ſiége de l'empire des Gaules , & donnait des rois aux Celtes.*

Je ne veux combattre l'ancienneté d'aucune ville, ni d'aucune famille. Mais, y a-t-il jamais eu un empire des Gaules ? Les Celtes avaient-ils des rois ? Cette fureur d'antiquité eſt une maladie dont on ne guérira pas ſitôt. Les Gaules, la Germanie , le Nord, n'ont rien d'antique que le ſol, les arbres, & les animaux. Si vous voulez des antiquités, allez vers l'Aſie , & encore c'eſt fort peu de choſe. Les hommes ſont anciens & les monumens nouveaux ; c'eſt ce que nous avons en vue dans plus d'un article.

Si c'était un bien réel d'être né dans une enceinte de pierre ou de bois plus ancienne qu'une autre , il ſerait très-raiſonnable de faire remonter la fondation de ſa ville au temps de la guerre des géans : mais puiſqu'il n'y a pas le moindre avantage dans cette vanité, il faut s'en détacher. C'eſt tout ce que j'avais à dire ſur *Bourges*.

BOURREAU.

IL femble que ce mot n'aurait point dû fouiller un dictionnaire des arts & des fciences ; cependant il tient à la jurifprudence & à l'hiftoire. Nos grands poëtes n'ont pas dédaigné de fe fervir fort fouvent de ce mot dans les tragédies ; *Clytemneftre* dans *Iphigénie* dit à *Agamemnon* :

» Bourreau de votre fille, il ne vous refte enfin
» Que d'en faire à fa mère un horrible feftin.

On emploie gaiement ce mot en comédie : *Mercure* dit dans l'Amphitrion :

Comment ! bourreau, tu fais des cris ?

Le joueur dit :

Que je chante, bourreau !

Et les Romains fe permettaient de dire :

Quorfum vadis, carnifex ?

Le Dictionnaire encyclopédique, au mot *Exécuteur*, détaille tous les priviléges du bourreau de Paris; mais un auteur nouveau a été plus loin. (*a*) Dans un roman d'éducation, qui n'eft ni celui de *Xénophon*, ni celui de *Télémaque*, il prétend que le monarque doit donner fans balancer la fille du bourreau en mariage à l'héritier préfomptif de la couronne, fi cette fille eft bien élevée, & fi elle a *beaucoup de conve-nance avec le jeune prince*. C'eft dommage qu'il n'ait

(*a*) Roman intitulé *Emile*, tome IV, pages 177 & 178.

pas ſtipulé la dot qu'on devait donner à la fille, &
les honneurs qu'on devait rendre au père le jour
des noces.

Par *convenance* on ne pouvait guère pouſſer plus
loin la morale approfondie, les règles nouvelles de
l'honnêteté publique, les beaux paradoxes, les
maximes divines, dont cet auteur a régalé notre ſiècle.
Il aurait été ſans doute par *convenance* un des
garçons... de la noce. Il aurait fait l'épithalame de la
princeſſe, & n'aurait pas manqué de célébrer les
hautes œuvres de ſon père. C'eſt pour lors que la
nouvelle mariée aurait donné des baiſers âcres ; car le
même écrivain introduit dans un autre roman, intitulé
Héloïſe, un jeune Suiſſe qui a gagné dans Paris une
de ces maladies qu'on ne nomme pas ; & qui dit à ſa
ſuiſſeſſe, *garde tes baiſers, ils ſont trop âcres.*

On ne croira pas un jour que de tels ouvrages
aient eu une eſpèce de vogue. Elle ne ferait pas
honneur à notre ſiècle ſi elle avait duré. Les pères de
famille ont conclu bientôt qu'il n'était pas honnête
de marier leurs fils aînés à des filles de bourreau,
quelque *convenance* qu'on pût apercevoir entre le
pourſuivant & la pourſuivie.

Eſt modus in rebus ſunt certi denique fines,
Quos ultra citraque nequit conſiſtere rectum.

BRACHMANES, BRAMES.

A m i lecteur, obfervez d'abord que le père *Thomaffin*, l'un des plus favans hommes de notre Europe, dérive les brachmanes d'un mot juif *barac* par un C, fuppofé que les juifs euffent un C. Ce *barac* fignifiait, dit-il, *s'enfuir*, & les brachmanes s'enfuyaient des villes, fuppofé qu'alors il y eût des villes.

Ou, fi vous l'aimez mieux, brachmanes vient de *barak* par un K, qui veut dire *bénir* ou bien *prier*. Mais pourquoi les Bifcayens n'auraient-ils pas nommé les brames du mot *bran*, qui exprimait quelque chofe que je ne veux pas dire? ils y avaient autant de droit que les Hébreux. Voilà une étrange érudition. En la rejetant entièrement on faurait moins, & on faurait mieux.

N'eft-il pas vraifemblable que les brachmanes font les premiers légiflateurs de la terre, les premiers philofophes, les premiers théologiens?

Le peu de monumens qui nous reftent de l'ancienne hiftoire, ne forment-ils pas une grande préfomption en leur faveur, puifque les premiers philofophes grecs allèrent apprendre chez eux les mathématiques, & que les curiofités les plus antiques, recueillies par les empereurs de la Chine, font toutes indiennes, ainfi que les relations l'atteftent dans la collection de *du Halde*.

Nous parlerons ailleurs du Shafta; c'eft le premier livre de théologie des brachmanes, écrit environ quinze cents ans avant leur Veidam, & antérieur à tous les autres livres.

Leurs annales ne font mention d'aucune guerre entreprife par eux en aucun temps. Les mots d'*armes*, de *tuer*, de *mutiler*, ne fe trouvent ni dans les fragmens du Shafta, que nous avons, ni dans l'Ezourveidam, ni dans le Cormoveidam. Je puis du moins affurer que je ne les ai point vus dans ces deux derniers recueils : & ce qu'il y a de plus fingulier, c'eft que le Shafta qui parle d'une confpiration dans le ciel, ne fait mention d'aucune guerre dans la grande prefqu'île enfermée entre l'Indus & le Gange.

Les Hébreux, qui furent connus fi tard, ne nomment jamais les brachmanes; ils ne connurent l'Inde qu'après les conquêtes d'*Alexandre*, & leurs établiffemens dans l'Egypte, de laquelle ils avaient dit tant de mal. On ne trouve le nom de l'Inde que dans le livre d'*Efther*, & dans celui de *Job* qui n'était pas hébreu. (*) On voit un fingulier contrafte entre les livres facrés des Hébreux, & ceux des Indiens. Les livres indiens n'annoncent que la paix & la douceur; ils défendent de tuer les animaux : les livres hébreux ne parlent que de tuer, de maffacrer hommes & bêtes ; on y égorge tout au nom du Seigneur ; c'eft tout un autre ordre de chofes.

C'eft inconteftablement des brachmanes que nous tenons l'idée de la chute des êtres céleftes révoltés contre le fouverain de la nature; & c'eft-là probablement que les Grecs ont puifé la fable des Titans. C'eft auffi là que les Juifs prirent enfin l'idée de la révolte de *Lucifer*, dans le premier fiècle de notre ère.

Comment ces Indiens purent-ils fuppofer une révolte dans le ciel fans en avoir vu fur la terre?

(*) Voyez *Job*.

Un tel faut de la nature humaine à la nature divine ne se conçoit guère. On va d'ordinaire du connu à l'inconnu.

On n'imagine une guerre de géans qu'après avoir vu quelques hommes plus robuftes que les autres tyrannifer leurs femblables. Il fallait ou que les premiers brachmanes euffent éprouvé des difcordes violentes, ou qu'ils en euffent vu du moins chez leurs voifins pour en imaginer dans le ciel.

C'eft toujours un très-étonnant phénomène qu'une fociété d'hommes qui n'a jamais fait la guerre, & qui a inventé une efpèce de guerre faite dans les efpaces imaginaires, ou dans un globe éloigné du nôtre, ou dans ce qu'on appelle le *firmament*, l'*empyrée*. (*) Mais il faut bien foigneufement remarquer que dans cette révolte des êtres céleftes contre leur fouverain, il n'y eut point de coups donnés, point de fang célefte répandu, point de montagnes jetées à la tête, point d'anges coupés en deux, ainfi que dans le poëme fublime & grotefque de *Milton*.

Ce n'eft, felon le Shafta, qu'une défobéiffance formelle aux ordres du Très-Haut, une cabale que DIEU punit en reléguant les anges rebelles dans un vafte lieu de ténèbres nommé *Ondéra* pendant le temps d'un mononthour entier. Un mononthour eft de quatre cents vingt-fix millions de nos années. Mais DIEU daigna pardonner aux coupables au bout de cinq mille ans, & leur ondéra ne fut qu'un purgatoire.

Il en fit des *Mhurd*, des hommes, & les plaça dans notre globe à condition qu'ils ne mangeraient point d'animaux, & qu'ils ne s'accoupleraient point

(*) Voyez *Ciel matériel*.

avec les mâles de leur nouvelle espèce, sous peine de
retourner à l'ondéra.

Ce sont-là les principaux articles de la foi des
brachmanes, qui a duré sans interruption de temps
immémorial jusqu'à nos jours : il nous paraît étrange
que ce fût parmi eux un péché aussi grave de manger
un poulet que d'exercer la sodomie.

Ce n'est-là qu'une petite partie de l'ancienne cosmo-
gonie des brachmanes. Leurs rites , leurs pagodes,
prouvent que tout était allégorique chez eux ; ils repré-
sentent encore la vertu sous l'emblème d'une femme
qui a dix bras , & qui combat dix péchés mortels
figurés par des monstres. Nos missionnaires n'ont pas
manqué de prendre cette image de la vertu pour celle
du diable, & d'assurer que le diable est adoré dans
l'Inde. Nous n'avons jamais été chez ces peuples que
pour nous y enrichir, & pour les calomnier.

De la métempsycose des brachmanes.

LA doctrine de la métempsycose vient d'une
ancienne loi de se nourrir de lait de vaches ainsi que
de légumes , de fruits , & de riz. Il parut horrible
aux brachmanes de tuer & de manger sa nourrice :
on eut bientôt le même respect pour les chèvres ,
les brebis, & pour tous les autres animaux ; ils les
crurent animés par ces anges rebelles qui achevaient
de se purifier de leurs fautes dans les corps des bêtes,
ainsi que dans ceux des hommes. La nature du climat
seconda cette loi , ou plutôt en fut l'origine : une
atmosphère brûlante exige une nourriture rafraîchis-
sante , & inspire de l'horreur pour notre coutume
d'engloutir des cadavres dans nos entrailles.

L'opinion que les bêtes ont une ame fut générale dans tout l'Orient, & nous en trouvons des vestiges dans les anciens livres sacrés. DIEU, dans la Genèse, (*a*) défend aux hommes de manger *leur chair avec leur sang & leur ame*. C'est ce que porte le texte hébreu : *Je vengerai*, dit-il, (*b*) *le sang de vos ames de la griffe des bêtes & de la main des hommes*. Il dit dans le Lévitique, (*c*) *l'ame de la chair est dans le sang*. Il fait plus ; il fait un pacte solemnel avec les hommes & avec tous les animaux, (*d*) ce qui suppose dans les animaux une intelligence.

Dans des temps très-postérieurs, l'Eccléfiafte dit formellement : (*e*) DIEU *fait voir que l'homme est semblable aux bêtes : car les hommes meurent comme les bêtes, leur condition est égale ; comme l'homme meurt, la bête meurt aussi. Les uns & les autres respirent de même : l'homme n'a rien de plus que la bête.*

Jonas, quand il va prêcher à Ninive, fait jeûner les hommes & les bêtes.

Tous les auteurs anciens attribuent de la connaissance aux bêtes, les livres sacrés comme les profanes ; & plusieurs les font parler. Il n'est donc pas étonnant que les brachmanes, & les pythagoriciens après eux, aient cru que les ames passaient successivement dans les corps des bêtes & des hommes. En conséquence ils se persuadèrent, ou du moins ils dirent que les ames des anges délinquans, pour achever leur purgatoire, appartenaient tantôt à des bêtes, tantôt à des hommes : c'est une partie du roman

(*a*) Genèse chap. IX, v. 4. (*d*) Genèse chap. IX, v. 10.
(*b*) v. 5. (*e*) Eccléf. chap. XVIII, v. 19.
(*c*) Lév. chap. XVII, v. 14.

du jéfuite *Bougeant*, qui imagina que les diables font des efprits envoyés dans le corps des animaux. Ainfi de nos jours, au bord de l'Occident, un jéfuite renouvelle fans le favoir un article de la foi des plus anciens prêtres orientaux.

Dès hommes & des femmes qui fe brûlent chez les brachmanes.

LES brames ou bramins d'aujourd'hui, qui font les mêmes que les anciens brachmanes, ont confervé, comme on fait, cette horrible coutume. D'où vient que chez un peuple qui ne répandait jamais le fang des hommes, ni celui des animaux, le plus bel acte de dévotion fut-il & eft-il encore de fe brûler publiquement? La fuperftition, qui allie tous les contraires, eft l'unique fource de cet affreux facrifice; coutume beaucoup plus ancienne que les lois d'aucun peuple connu.

Les brames prétendent que *Brama* leur grand prophète, fils de DIEU, defcendit parmi eux, & eut plufieurs femmes; qu'étant mort, celle de fes femmes qui l'aimait le plus, fe brûla fur fon bûcher pour le rejoindre dans le ciel. Cette femme fe brûla-t-elle en effet, comme on prétend que *Porcia*, femme de *Brutus*, avala des charbons ardens pour rejoindre fon mari? ou eft-ce une fable inventée par les prêtres? Y eut-il un *Brama*, qui fe donna en effet pour un prophète & pour un fils de DIEU? Il eft à croire qu'il y eut un *Brama*, comme dans la fuite on vit des *Zoroaftres*, des *Bacchus*. La fable s'empara de leur hiftoire, ce qu'elle a toujours continué de faire par-tout.

Dès

Dès que la femme du fils de D I E U fe brûle, il faut bien que des dames de moindre condition fe brûlent auffi. Mais comment retrouveront-elles leurs maris qui font devenus chevaux, éléphans, ou éperviers ? comment démêler précifément la bête que le défunt anime ? comment le reconnaître & être encore fa femme ? Cette difficulté n'embarraffe point les théologiens indous; ils trouvent aifément des diftinguo, des folutions, *in fenfu compofito*, *in fenfu divifo*. La métempfycofe n'eft que pour les perfonnes du commun ; ils ont pour les autres ames une doctrine plus fublime. Ces ames étant celles des anges jadis rebelles, vont fe purifiant; celles des femmes qui s'immolent font béatifiées, & retrouvent leurs maris tout purifiés : enfin les prêtres ont raifon, & les femmes fe brûlent.

Il y a plus de quatre mille ans que ce terrible fanatifme eft établi chez un peuple doux, qui croirait faire un crime de tuer une cigale. Les prêtres ne peuvent forcer une veuve à fe brûler ; car la loi invariable eft que ce dévouement foit abfolument volontaire. L'honneur eft d'abord déféré à la plus ancienne mariée des femmes du mort : c'eft à elle de defcendre au bûcher; fi elle ne s'en foucie pas, la feconde fe préfente; ainfi du refte. On prétend qu'il y en eut une fois dix-fept qui fe brûlèrent à la fois fur le bûcher d'un raïa ; mais ces facrifices font devenus affez rares: la foi s'affaiblit depuis que les mahométans gouvernent une grande partie du pays, & que les Européens négocient dans l'autre.

Cependant il n'y a guère de gouverneurs de Madrafs & de Pondichéri qui n'ait vu quelque indienne périr volontairement dans les flammes. M. *Holwell* rapporte

qu'une jeune veuve de dix-neuf ans, d'une beauté
fingulière, mère de trois enfans, fe brûla en préfence
de madame *Rouſſel* femme de l'amiral, qui était à la
rade de Madraſs : elle réfifta aux prières, aux larmes,
de tous les affiſtans. Madame *Rouſſel* la conjura au nom
de fes enfans, de ne les pas laiſſer orphelins : l'indienne
lui répondit : D I E U *qui les a fait naître aura foin d'eux ;*
enfuite elle arrangea tous les préparatifs elle-même,
mit de fa main le feu au bûcher, & confomma fon
facrifice avec la férénité d'une de nos religieuses qui
allume des cierges.

M. *Shernoc* négociant anglais, voyant un jour une
de ces étonnantes victimes, jeune & aimable, qui def-
cendait dans le bûcher, l'en arracha de force lorſqu'elle
allait y mettre le feu ; &, fecondé de quelques anglais,
l'enleva & l'époufa. Le peuple regarda cette action
comme le plus horrible facrilége.

Pourquoi les maris ne fe font-ils jamais brûlés pour
aller trouver leurs femmes ? Pourquoi un fexe naturellement faible & timide a-t-il eu toujours cette force
frénétique ? eft-ce parce que la tradition ne dit point
qu'un homme ait jamais époufé une fille de *Brama*,
au lieu qu'elle affure qu'une indienne fut mariée avec
le fils de ce dieu ? eft-ce parce que les femmes font
plus fuperftitieufes que les hommes ? eft-ce parce que
leur imagination eft plus faible, plus tendre, plus
faite pour être dominée ?

Les anciens brachmanes fe brûlaient quelquefois
pour prévenir l'ennui & les maux de la vieilleſſe, &
furtout pour fe faire admirer. *Calan* ou *Calanus* ne fe
ferait peut-être pas mis fur un bûcher fans le plaifir
d'être regardé par *Alexandre*. Le chrétien renégat

Pellegrinus fe brûla en public, par la même raifon qu'un fou parmi nous s'habille quelquefois en arménien pour attirer les regards de la populace.

N'entre-t-il pas auffi un malheureux mélange de vanité dans cet épouvantable facrifice des femmes indiennes ? Peut-être, fi on portait une loi de ne fe brûler qu'en préfence d'une feule femme de chambre, cette abominable coutume ferait pourjamais détruite.

Ajoutons un mot ; une centaine d'indiennes, tout au plus, a donné ce terrible fpectacle : & nos inquifitions, nos fous atroces qui fe font dit juges, ont fait mourir dans les flammes plus de cent mille de nos frères, hommes , femmes , enfans, pour des chofes que perfonne n'entendait. Plaignons & condamnons les brames : mais rentrons en nous-mêmes, miférables que nous fommes.

Vraiment nous avons oublié une chofe fort effentielle dans ce petit article de brachmanes ; c'eft que leurs livres facrés font remplis de contradictions. Mais le peuple ne les connaît pas , & les docteurs ont des folutions prêtes, des fens figurés & figurans, des allégories, des types, des déclarations expreffes de *Birma*, de *Brama* , & de *Vitfnou*, qui fermeraient la bouche à tout raifonneur.

BULGARES, OU BOULGARES.

Puisqu'on a parlé des Bulgares dans le Dictionnaire encyclopédique, quelques lecteurs seront peut-
être bien aise de savoir qui étaient ces étranges gens
qui parurent si méchans, qu'on les traita d'*hérétiques*,
& dont ensuite on donna le nom en France aux non-
conformistes, qui n'ont pas pour les dames toute
l'attention qu'ils leur doivent; de sorte qu'aujourd'hui
on appelle ces messieurs *Boulgares*, en retranchant
l & *a*.

Les anciens Boulgares ne s'attendaient pas qu'un
jour dans les halles de Paris, le peuple, dans la conver-
sation familière, s'appellerait mutuellement *Boulgares*,
en y ajoutant des épithètes qui enrichissent la langue.

Ces peuples étaient originairement des Huns qui
s'étaient établis auprès du Volga; & de *Volgares* on fit
aisément *Boulgares*.

Sur la fin du septième siècle, ils firent des irruptions vers le Danube, ainsi que tous les peuples qui
habitaient la Sarmatie; & ils inondèrent l'empire
romain comme les autres. Ils passèrent par la Moldavie, la Valachie, où les Russes leurs anciens compatriotes ont porté leurs armes victorieuses en 1769,
sous l'empire de *Catherine II*.

Ayant franchi le Danube, ils s'établirent dans une
partie de la Dacie & de la Mœsie, & donnèrent leur
nom à ces pays qu'on appelle encore *Bulgarie*. Leur
domination s'étendait jusqu'au mont Hémus, & au
Pont-Euxin.

L'empereur *Nicéphore* fucceffeur d'*Irène*, du temps de *Charlemagne*, fut affez imprudent pour marcher contre eux après avoir été vaincu par les Sarrazins ; il le fut auffi par les Bulgares. Leur roi nommé *Crom* lui coupa la tête, & fit de fon crâne une coupe dont il fe fervait dans fes repas, felon la coutume de fes peuples, & de prefque tous les hyperboréens.

On conte qu'au neuvième fiècle, un *Bogoris* qui fefait la guerre à la princeffe *Théodora*, mère & tutrice de l'empereur *Michel*, fut fi charmé de la noble réponfe de cette impératrice à fa déclaration de guerre, qu'il fe fit chrétien.

Les Boulgares, qui n'étaient pas fi complaifans, fe révoltèrent contre lui ; mais *Bogoris* leur ayant montré une croix, ils fe firent tous baptifer fur le champ. C'eft ainfi que s'en expliquent les auteurs grecs du bas empire ; & c'eft ainfi que le difent après eux nos compilateurs.

Et voilà juftement comme on écrit l'hiftoire.

Théodora était, difent-ils, une princeffe très-religieufe, & qui même paffa fes dernières années dans un couvent. Elle eut tant d'amour pour la religion catholique grecque, qu'elle fit mourir par divers fupplices, cent mille hommes qu'on accufait d'être manichéens. (*a*) ,, C'était, dit le modefte continuateur ,, d'*Echard*, la plus impie, la plus déteftable, la plus ,, dangereufe, la plus abominable, de toutes les heréfies. ,, Les cenfures eccléfiaftiques étaient des armes trop ,, faibles contre des hommes qui ne reconnaiffaient ,, point l'Eglife. ,,

(*a*) Hiftoire romaine prétendue traduite de *Laurent Echard*, tome II, page 242.

On prétend que les Bulgares voyant qu'on tuait tous les manichéens, eurent dès ce moment du penchant pour leur religion, & la crurent la meilleure puisqu'elle était persécutée; mais cela est bien fin pour des Bulgares.

Le grand schifme éclata dans ce temps-là plus que jamais entre l'Eglise grecque, fous le patriarche *Photius*, & l'Eglise latine fous le pape *Nicolas I.* Les Bulgares prirent le parti de l'Eglise grecque. Ce fut probablement dès-lors qu'on les traita en Occident d'*hérétiques*, & qu'on y ajouta la belle épithète dont on les charge encore aujourd'hui.

L'empereur *Basile* leur envoya en 871 un prédicateur nommé *Pierre de Sicile* pour les préserver de l'héréfie du manichéifme; & on ajoute que dès qu'ils l'eurent écouté, ils fe firent manichéens. Il se peut très-bien que ces Bulgares, qui buvaient dans le crâne de leurs ennemis, ne fuffent pas d'excellens théologiens, non plus que *Pierre de Sicile.*

Il est fingulier que ces barbares, qui ne favaient ni lire ni écrire, aient été regardés comme des hérétiques très-déliés, contre lefquels il était très-dangereux de difputer. Ils avaient certainement autre chofe à faire qu'à parler de controverfe, puifqu'ils firent une guerre fanglante aux empereurs de Conftantinople pendant quatre fiècles de fuite, & qu'ils affiégèrent même la capitale de l'empire.

Au commencement du treizième fiècle, l'empereur *Alexis* voulant fe faire reconnaître par les Bulgares, leur roi *Joannic* lui répondit qu'il ne ferait jamais fon vaffal. Le pape *Innocent III* ne manqua pas de faifir cette occafion pour s'attacher

le royaume de Bulgarie. Il envoya au roi *Joannic*
un légat pour le facrer roi , & prétendit lui avoir
conféré le royaume qui ne devait plus relever que
du Saint-Siége.

C'était le temps le plus violent des croifades ; le
Bulgare indigné fit alliance avec les Turcs , déclara
la guerre au pape & à fes croifés , prit le prétendu
empereur *Baudoin* prifonnier , lui fit couper les bras ,
les jambes & la tête , & fe fit une coupe de fon crâne
à la manière de *Crom*. C'en était bien affez pour que
les Bulgares fuffent en horreur à toute l'Europe : on
n'avait pas befoin de les appeler *manichéens*, nom
qu'on donnait alòrs à tous les hérétiques , car manichéens , patarins , & vaudois , c'était la même chofe.
On prodiguait ces noms à quiconque ne voulait pas
fe foumettre à l'Eglife romaine.

Le mot de *Boulgare*, tel qu'on le prononçait , fut
une injure vague & indéterminée , appliquée à
quiconque avait des mœurs barbares ou corrompues.
C'eft pourquoi, fous *St Louis*, frère *Robert*, grand
inquifiteur, qui était un fcélérat, fut accufé juridiquement d'être un *boulgare* par les communes de
Picardie. *Philippe le bel* donna cette épithète à
Boniface VIII. (*)

Ce terme changea enfuite de fignification vers
les frontières de France ; il devint un terme d'amitié.
Rien n'était plus commun en Flandre il y a quarante
ans , que de dire d'un jeune homme bien fait ,
c'eft un joli *boulgare;* un bon homme était un bon
boulgare.

(*) Voyez *Bulle.*

Z 4

Lorſque *Louis XIV* alla faire la conquête de la Flandre, les Flamands diſaient en le voyant : *Notre gouverneur eſt un bien plat boulgare en comparaiſon de celui-ci.*

En voilà aſſez pour l'étymologie de ce beau nom.

BULLE.

CE mot déſigne la boule ou le ſceau d'or, d'argent, de cire, ou de plomb, attaché à un inſtrument, ou charte quelconque. Le plomb pendant aux reſcrits expédiés en cour romaine porte d'un côté les têtes de S*t* *Pierre* à droite, & de S*t* *Paul* à gauche. On lit au revers le nom du pape régnant, & l'an de ſon pontificat. La bulle eſt écrite ſur parchemin. Dans la ſalutation le pape ne prend que le titre de *ſerviteur des ſerviteurs de* DIEU, ſuivant cette ſainte parole de JESUS à ſes diſciples : (*a*) *Celui qui voudra être le premier d'entre vous ſera votre ſerviteur.*

Des hérétiques prétendent que par cette formule humble en apparence, les papes expriment une eſpèce de ſyſtème féodal, par lequel la chrétienté eſt ſoumiſe à un chef qui eſt DIEU, dont les grands vaſſaux S*t* *Pierre* & S*t* *Paul* ſont repréſentés par le pontife leur ſerviteur ; & les arrière-vaſſaux ſont tous les princes ſéculiers, ſoit empereurs, rois, ou ducs.

Ils ſe fondent, ſans doute, ſur la fameuſe bulle *in Cœnâ Domini*, qu'un cardinal diacre lit publiquement à Rome chaque année, le jour de la cène, ou le jeudi ſaint, en préſence du pape accompagné

(*a*) *Matthieu*, chap. XX, v. 27.

des autres cardinaux & des évêques. Après cette lecture, sa sainteté jette un flambeau allumé dans la place publique, pour marque d'anathème.

Cette bulle se trouve page 714, tome I du *Bullaire* imprimé à Lyon en 1673, & page 118 de l'édition de 1727. La plus ancienne est de 1636. *Paul III*, sans marquer l'origine de cette cérémonie, y dit que c'est une ancienne coutume des souverains pontifes de publier cette excommunication le jeudi saint, pour conserver la pureté de la religion chrétienne, & pour entretenir l'union des fidelles. Elle contient vingt-quatre paragraphes, dans lesquels ce pape excommunie :

1°. Les hérétiques, leurs fauteurs, & ceux qui lisent leurs livres.

2°. Les pirates, & surtout ceux qui osent aller en course sur les mers du souverain pontife.

3°. Ceux qui imposent dans leurs terres de nouveaux péages.

10°. Ceux qui, en quelque manière que ce puisse être, empêchent l'exécution des lettres apostoliques, soit qu'elles accordent des grâces, ou qu'elles prononcent des peines.

11°. Les juges laïques qui jugent les ecclésiastiques, & les tirent à leur tribunal, soit que ce tribunal s'appelle *audience*, *chancellerie*, *conseil*, ou *parlement*.

12°. Tous ceux qui ont fait ou publié, feront ou publieront des édits, règlemens, pragmatiques, par lesquels la liberté ecclésiastique, les droits du pape & ceux du Saint-Siége seront blessés, ou restreints, en la moindre chose, tacitement ou expressément.

14°. Les chanceliers, conseillers ordinaires ou extraordinaires, de quelque roi ou prince que ce puisse être, les présidens des chancelleries, conseils, ou parlemens, comme aussi les procureurs-généraux, qui évoquent à eux les causes ecclésiastiques, ou qui empêchent l'exécution des lettres apostoliques, même quand ce serait sous prétexte d'empêcher quelque violence.

Par le même paragraphe le pape se réserve à lui seul d'absoudre lesdits chanceliers, conseillers, procureurs-généraux, & autres excommuniés, lesquels ne pourront être absous qu'après qu'ils auront publiquement révoqué leurs arrêts, & les auront arrachés des registres.

20°. Enfin le pape excommunie ceux qui auront la présomption de donner l'absolution aux excommuniés ci-dessus ; & afin qu'on n'en puisse prétendre cause d'ignorance, il ordonne,

21°. Que cette bulle sera publiée & affichée à la porte de la basilique du prince des apôtres, & à celle de Saint-Jean de Latran.

22°. Que tous patriarches, primats, archevêques, & évêques, en vertu de la sainte obédience, aient à publier solemnellement cette bulle, au moins une fois l'an.

24°. Il déclare que si quelqu'un ose aller contre la disposition de cette bulle, il doit savoir qu'il va encourir l'indignation de DIEU tout-puissant, & celle des bienheureux apôtres S¹ Pierre & S¹ Paul.

Les autres bulles postérieures, appelées aussi *in Cœnâ Domini*, ne sont qu'ampliatives. L'article 21, par exemple, de celle de *Pie V*, de l'année 1567, ajoute au paragraphe 3 de celle dont nous venons de parler, que tous les princes qui mettent dans leurs Etats de nouvelles impofitions, de quelque nature qu'elles foient, ou qui augmentent les anciennes, à moins qu'ils n'en aient obtenu l'approbation du Saint-Siége, font excommuniés *ipfo facto*.

La troifième bulle *in Cœnâ Domini* de 1610, contient trente paragraphes, dans lefquels *Paul V* renouvelle les difpofitions des deux précédentes.

La quatrième & dernière bulle *in Cœnâ Domini*, qu'on trouve dans le Bullaire, eft du 1 avril 1627. *Urbain VIII* y annonce qu'à l'exemple de fes prédéceffeurs, pour maintenir inviolablement l'intégrité de la foi, la juftice, & la tranquillité publique, il fe fert du glaive fpirituel de la difcipline eccléfiaftique pour excommunier en ce jour qui eft l'anniverfaire de la cène du Seigneur.

1°. Les hérétiques.

2°. Ceux qui appellent du pape au futur concile; & le refte comme dans les trois premières.

On dit que celle qui fe lit à préfent eft de plus fraîche date, & qu'on y a fait quelques additions.

L'*Hiftoire de Naples* par *Giannone* fait voir quels défordres les eccléfiaftiques ont caufés dans ce royaume, & quelles vexations ils y ont exercées fur tous les fujets du roi, jufqu'à leur refufer l'abfolution & les facremens, pour tâcher d'y faire recevoir cette bulle, laquelle vient enfin d'y être profcrite folemnellement, ainfi que dans la Lombardie autrichienne, dans les

Etats de l'impératrice-reine, dans ceux du duc de Parme, & ailleurs. (*b*)

L'an 1580, le clergé de France avait pris le temps des vacances du parlement de Paris pour faire publier la même bulle *in Cœnâ Domini*. Mais le procureur-général s'y oppofa, & la chambre des vacations, préfidée par le célébre & malheureux *Briffon*, rendit le 4 octobre un arrêt qui enjoignait à tous les gouverneurs de s'informer quels étaient les archevêques, évêques, ou les grands-vicaires, qui avaient reçu ou cette bulle ou une copie fous le titre : *Litteræ proceffûs*, & quel était celui qui la leur avait envoyée pour la publier ; d'en empêcher la publication fi elle n'était pas encore faite ; d'en retirer les exemplaires, & de les envoyer à la chambre ; & en cas qu'elle fût publiée, d'ajourner les archevêques, les évêques, ou leurs grands-vicaires, à comparaître devant la chambre, & à répondre au réquifitoire du procureur-général ; & cependant de faifir leur temporel, & de le mettre fous la main du roi ; de faire défenfe d'empêcher l'exécution de cet arrêt, fous peine d'être puni comme ennemi de l'Etat & criminel de lèfe-majefté ; avec ordre d'imprimer cet arrêt, & d'ajouter foi aux copies collationnées par des notaires comme à l'original même.

Le parlement ne fefait en cela qu'imiter faiblement l'exemple de *Philippe le Bel*. La bulle *Aufculta Fili* du 5 décembre 1301 lui fut adreffée par *Boniface VIII*, qui, après avoir exhorté ce roi à l'écouter avec

(*b*) Le pape *Ganganelli* informé des réfolutions de tous les princes catholiques, & voyant que les peuples à qui fes prédéceffeurs avaient crevé les deux yeux commençaient à en ouvrir un, ne publia point cette fameufe bulle le jeudi de l'abfoute l'an 1770.

docilité, lui difait: ,, DIEU nous a établi fur les rois
,, & les royaumes pour arracher, détruire, perdre,
,, diffiper, édifier, & planter, en fon nom & par fa
,, doctrine. Ne vous laiffez donc pas perfuader que
,, vous n'ayez point de fupérieur, & que vous ne
,, foyez pas foumis au chef de la hiérarchie eccléfiaf-
,, tique. Qui penfe ainfi eft infenfé; & qui le foutient
,, opiniâtrement eft un infidelle, féparé du troupeau
,, du bon pafteur. ,, Enfuite ce pape entrait dans le
plus grand détail fur le gouvernement de France,
jufqu'à faire des reproches au roi fur le changement
de la monnaie.

Philippe le bel fit brûler à Paris cette bulle, & publier
à fon de trompe cette exécution par toute la ville le
dimanche 11 février 1302. Le pape, dans un concile
qu'il tint à Rome la même année, fit beaucoup de
bruit, & éclata en menaces contre *Philippe le bel*, mais
fans venir à l'exécution. Seulement on regarde comme
l'ouvrage de ce concile la fameufe décrétale *Unam
fanctam* dont voici la fubftance.

,, Nous croyons & confeffons une Eglife fainte,
,, catholique, & apoftolique, hors laquelle il n'y a
,, point de falut; nous reconnaiffons auffi qu'elle eft
,, unique, que c'eft un feul corps qui n'a qu'un chef,
,, & non pas deux comme un monftre. Ce feul
,, chef eft JESUS-CHRIST, & *St Pierre* fon vicaire, &
,, le fucceffeur de *St Pierre*. Soit donc les Grecs,
,, foit d'autres, qui difent qu'ils ne font pas foumis
,, à ce fucceffeur, il faut qu'ils avouent qu'ils ne font
,, pas des ouailles de JESUS-CHRIST; puifqu'il a dit
,, lui-même, (*Jean*, chap. X, v. 16.) qu'*il n'y a qu'un.
,, troupeau & un pafteur.*

,, Nous apprenons que dans cette Eglife & fous
,, fa puiffance font deux glaives, le fpirituel & le
,, temporel; mais l'un doit être employé par l'Eglife
,, & par la main du pontife, l'autre pour l'Eglife &
,, par la main des rois & des guerriers, fuivant
,, l'ordre ou la permiffion du pontife. Or il faut
,, qu'un glaive foit foumis à l'autre, c'eft-à-dire, la
,, puiffance temporelle à la fpirituelle; autrement elles
,, ne feraient point ordonnées, & elles doivent l'être
,, felon l'apôtre, (Rom. chap. XIII, v. 1.) Suivant
,, le témoignage de la vérité, la puiffance fpirituelle
,, doit inftituer & juger la temporelle, & ainfi fe
,, vérifie à l'égard de l'Eglife la prophétie de *Jérémie :*
,, (chap. I, v. 10.) *Je t'ai établi fur les nations & les*
,, *royaumes, & le refte.* ,,

Philippe le bel de fon côté affembla les états-géné-
raux; & les communes, dans la requête qu'ils préfentèrent à ce monarque, difaient en propres termes :
C'eft grande abomination d'ouïr que ce *Boniface*
entende malement comme *Boulgare* (en retranchant *l*
& *a*) cette parole d'efperitualité; (en St *Matthieu*
chap. XVI, v. 19.) *Ce que tu lieras en terre fera lié*
au ciel; comme fi cela fignifiait que s'il mettait un
homme en prifon temporelle, DIEU pour ce le mettrait
en prifon au ciel.

Clément V, fucceffeur de *Boniface VIII*, révoqua &
annulla l'odieufe décifion de la bulle *Unam fanctam*,
qui étend le pouvoir des papes fur le temporel des
rois, & condamne, comme hérétiques, ceux qui
ne reconnaiffent point cette puiffance chimérique.
C'eft en effet la prétention de *Boniface* que l'on doit
regarder comme une héréfie, d'après ce principe des

théologiens : ,, on péche contre la règle de la foi,
,, & on eft hérétique, non-feulement en niant ce
,, que la foi nous enfeigne, mais auffi lorfqu'on
,, établit comme de foi ce qui n'en eft pas. ,, (*Joan.*
maj. m. 3. fent. dift. 37. q. 26.)

Avant *Boniface VIII* d'autres papes s'étaient déjà
arrogé dans des bulles les droits de propriété fur
différens royaumes. On connaît celle où *Grégoire VII*
dit à un roi d'Efpagne : *Je veux que vous fachiez que le*
royaume d'Efpagne, par les anciennes ordonnances ecclé-
fiaftiques, a été donné en propriété à St Pierre & à la fainte
Eglife romaine.

Le roi d'Angleterre *Henri II*, ayant auffi demandé
au pape *Adrien IV*, la permiffion d'envahir l'Irlande,
ce pontife le lui permit, à condition qu'il impofât à
chaque famille d'Irlande, une taxe d'un *carolus* pour
le Saint-Siége, & qu'il tînt ce royaume comme un
chef de l'Eglife romaine : *car*, lui écrit-il, *on ne doit*
point douter que toutes les îles auxquelles JESUS-CHRIST,
le foleil de juftice, s'eft levé, & qui ont reçu les enfeignemens
de la foi chrétienne, ne foient de droit à St Pierre, &
n'appartiennent à la facrée & fainte Eglife romaine.

Bulles de la croifade & de la compofition.

SI l'on difait à un Africain ou à un Afiatique fenfé,
que, dans la partie de notre Europe où des hommes
ont défendu à d'autres hommes de manger de la chair
le famedi, le pape donne la permiffion d'en manger
par une bulle, moyennant deux réales de plate, &
qu'une autre bulle permet de garder l'argent qu'on a
volé, que diraient cet Afiatique & cet Africain ? Ils

conviendraient du moins que chaque pays a fes ufages, & que dans ce monde, de quelque nom qu'on appelle les chofes, & quelque déguifement qu'on y apporte, .tout fe fait pour de l'argent comptant.

Il y a deux bulles fous le nom de la *Cruzada*, la croifade; l'une du temps d'*Ifabelle* & de *Ferdinand*, l'autre de *Philippe V*. La première vend la permiffion de manger les famedis ce qu'on appelle la *groffura*, les *iffues*, les *foies*, les *rognons*, les *animelles*, les *géfiers*, les *ris de veau*, le *mou*, les *freffures*, les *fraifes*, les *têtes*, les *cous*, les *haut-d'ailes*, les *pieds*.

La feconde bulle, accordée par le pape *Urbain VIII*, donne la permiffion de manger gras pendant tout le carême, & abfout de tout crime, excepté celui d'héréfie.

Non-feulement on vend ces bulles, mais il eft ordonné de les acheter; & elles coûtent plus cher, comme de raifon, au Pérou & au Mexique qu'en Efpagne. On les y vend une piaftre. Il eft jufte que les pays qui produifent l'or & l'argent payent plus que les autres.

Le prétexte de ces bulles eft de faire la guerre aux Maures. Les efprits difficiles ne voient pas quel eft le rapport entre des freffures & une guerre contre les Africains; & ils ajoutent que JESUS-CHRIST n'a jamais ordonné qu'on fît la guerre aux mahométans fous peine d'excommunication.

La bulle qui permet de garder le bien d'autrui eft appelée la *bulle de la compofition*. Elle eft affermée & a rendu long-temps des fommes honnêtes dans toute l'Efpagne, dans le Milanais, en Sicile, & à Naples. Les adjudicataires chargent les moines les plus éloquens

de

de prêcher cette bulle. Les pécheurs qui ont volé le roi, ou l'Etat, ou les particuliers, vont trouver ces prédicateurs, fe confeffent à eux, leur expofent eombien il ferait trifte de reftituer le tout. Ils offrent cinq, fix, & quelquefois fept pour cent aux moines, pour garder le refte en fureté de confcience; & la compofition faite, ils reçoivent l'abfolution.

Le frère prêcheur auteur du *Voyage d'Efpagne & d'Italie*, imprimé à Paris avec privilége, chez *Jean-Baptifle de l'Epine*, s'exprime ainfi fur cette bulle. (c) *N'eft-il pas bien gracieux d'en être quitte à un prix fi raifonnable, fauf à en voler davantage quand on aura befoin d'une plus groffe fomme ?*

Bulle Unigenitus.

LA bulle *in Cœnâ Domini* indigna tous les fouverains catholiques qui l'ont enfin profcrite dans leurs Etats ; mais la bulle *Unigenitus* n'a troublé que la France. On attaquait dans la première les droits des princes & des magiftrats de l'Europe ; ils les foutinrent. On ne profcrivait dans l'autre que quelques maximes de morale & de piété. Perfonne ne s'en foucia hors les parties intéreffées dans cette affaire paffagère ; mais bientôt ces parties intéreffées remplirent la France entière. Ce fut d'abord une querelle des jéfuites tout-puiffans, & des reftes de Port-royal écrafé.

Le prêtre de l'oratoire *Quefnel*, réfugié en Hollande, avait dédié un commentaire fur le nouveau Teftament, au cardinal de *Noailles*, alors évêque de Châlons-fur-

(c) Tome V, page 210.

Diclionn. philofoph. Tome II.　　　　A a

Marne. Cet évêque l'approuva, & l'ouvrage eut le suffrage de tous ceux qui lisent ces sortes de livres.

Un nommé *le Tellier*, jésuite, confesseur de *Louis XIV*, ennemi du cardinal de *Noailles*, voulut le mortifier en fesant condamner à Rome ce livre qui lui était dédié, & dont il fesait un très-grand cas.

Ce jésuite, fils d'un procureur de Vire en basse Normandie, avait dans l'esprit toutes les ressources de la profession de son père. Ce n'était pas assez de commettre le cardinal de *Noailles* avec le pape, il voulut le faire disgracier par le roi son maître. Pour réussir dans ce dessein, il fit composer par ses émissaires des mandemens contre lui, qu'il fit signer par quatre évêques. Il minuta encore des lettres au roi qu'il leur fit signer.

Ces manœuvres, qui auraient été punies dans tous les tribunaux, réussirent à la cour ; le roi s'aigrit contre le cardinal, madame de *Maintenon* l'abandonna.

Ce fut une suite d'intrigues dont tout le monde voulut se mêler d'un bout du royaume à l'autre ; & plus la France était malheureuse alors dans une guerre funeste, plus les esprits s'échauffaient pour une querelle de théologie.

Pendant ces mouvemens, *le Tellier* fit demander à Rome par *Louis XIV* lui-même, la condamnation du livre de *Quesnel*, dont ce monarque n'avait jamais lu une page. *Le Tellier*, & deux autres jésuites nommés *Doucin*, & *Lallemant*, extrairent cent trois propositions que le pape *Clément XI* devait condamner ; la cour de Rome en retrancha deux, pour avoir du moins l'honneur de paraître juger par elle-même.

Le cardinal *Fabroni* chargé de cette affaire, & livré aux jéfuites, fit dreffer la bulle par un cordelier nommé frère *Palerne*, *Elie* capucin, le barnabite *Terroui*, le fervite *Caftelli*, & même un jéfuite nommé *Alfaro*.

Le pape *Clément XI* les laiffa faire; il voulait feulement plaire au roi de France qu'il avait long-temps indifpofé en reconnaiffant l'archiduc *Charles* depuis empereur, pour roi d'Efpagne. Il ne lui en coûtait pour fatisfaire le roi qu'un morceau de parchemin fcellé en plomb, fur une affaire qu'il méprifait lui-même.

Clément XI ne fe fit pas prier, il envoya la bulle, & fut tout étonné d'apprendre qu'elle était reçue prefque dans toute la France avec des fifflets & des huées. *Comment donc*, difait-il au cardinal *Carpegne*, *on me demande inftamment cette bulle, je la donne de bon cœur, tout le monde s'en moque !*

Tout le monde fut furpris en effet de voir un pape qui, au nom de JESUS-CHRIST, condamnait comme hérétique, fentant l'héréfie, mal fonnante, & offenfant les oreilles pieufes, cette propofition: *Il eft bon de lire des livres de piété le dimanche, furtout la fainte Ecriture.* Et cette autre: *La crainte d'une excommunication injufte ne doit pas nous empêcher de faire notre devoir.*

Les partifans des jéfuites étaient alarmés euxmêmes de cette cenfure, mais ils n'ofaient parler. Les hommes fages & défintéreffés criaient au fcandale, & le refte de la nation au ridicule.

Le Tellier n'en triompha pas moins jufqu'à la mort de *Louis XIV;* il était en horreur, mais il gouvernait. Il n'eft rien que ce malheureux ne tenta pour faire dépofer le cardinal de *Noailles;* mais ce boute-feu fut exilé après la mort de fon pénitent.

Le duc d'*Orléans*, dans fa régence, apaifa ces querelles
en s'en moquant. Elles jetèrent depuis quelques
étincelles , mais enfin elles font oubliées & probablement pour jamais. C'eft bien affez qu'elles aient duré
plus d'un demi-fiècle. Heureux encore les hommes
s'ils n'étaient divifés que pour des fottifes qui ne font
point verfer le fang humain !

C.

C A L E B A S S E.

CE fruit , gros comme nos citrouilles , croît en
Amérique aux branches d'un arbre auffi haut que les
plus grands chènes.

Ainfi *Matthieu Garo* (*) qui croit avoir eu tort en
Europe de trouver mauvais que les citrouilles rampent
à terre , & ne foient pas pendues au haut des arbres ,
aurait eu raifon au Mexique. Il aurait eu encore raifon
dans l'Inde où les cocos font fort élevés. Cela prouve
qu'il ne faut jamais fe hâter de conclure. D I E U *fait
bien ce qu'il fait* , fans doute ; mais il n'a pas mis les
citrouilles à terre dans nos climats, de peur qu'en
tombant de haut elles n'écrafent le nez de *Matthieu
Garo*.

La calebaffe ne fervira ici qu'à faire voir qu'il faut
fe défier de l'idée que tout à été fait pour l'homme.
Il y a des gens qui prétendent que le gazon n'eft
vérd que pour réjouir la vue. Les apparences pourtant

(*) Voyez la fable de *Matthieu Garo* dans *la Fontaine*.

feraient que l'herbe eft plutôt faite pour les animaux qui la broutent, que pour l'homme à qui le gramen & le tréfle font affez inutiles. Si la nature a produit les arbres en faveur de quelque efpèce, il eft difficile de dire à qui elle a donné la préférence : les feuilles , & même l'écorce, nourriffent une multitude prodigieufe d'infectes : les oifeaux mangent leurs fruits, habitent entre leurs branches, y compofent l'induftrieux artifice de leurs nids, & les troupeaux fe repofent fous leurs ombres.

L'auteur du Spectacle de la nature prétend que la mer n'a un flux & un reflux que pour faciliter le départ & l'entrée de nos vaiffeaux. Il paraît que *Matthieu Garo* raifonnait encore mieux : la Méditerranée fur laquelle on a tant de vaiffeaux, & qui n'a de marée qu'en trois ou quatre endroits, détruit l'opinion de ce philofophe.

Jouiffons de ce que nous avons, & ne croyons pas être la fin & le centre de tout. Voici fur cette maxime quatre petits vers d'un géomètre ; il les calcula un jour en ma préfence : ils ne font pas pompeux.

> Homme chétif, la vanité te point.
> Tu te fais centre : encor fi c'était ligne !
> Mais dans l'efpace à grand'peine es-tu *point*.
> Va, fois *zéro* : ta fottife en eft digne.

CARACTERE.

*Du mot grec impréſſion, gravure. C'eſt ce que la
nature a gravé dans nous.*

Peut-on changer de caractère? Oui, ſi on change
de corps. Il ſe peut qu'un homme né brouillon,
inflexible & violent, étant tombé dans ſa vieilleſſe
en apoplexie, devienne un ſot enfant pleureur, timide,
& paiſible. Son corps n'eſt plus le même. Mais tant
que ſes nerfs, ſon ſang, & ſa moële alongée, ſeront
dans le même état, ſon naturel ne changera pas plus
que l'inſtinct d'un loup & d'une fouine.

L'auteur anglais du *diſpenſari*, petit poëme très-
ſupérieur aux *capitoli* italiens, & peut-être même au
Lutrin de *Boileau*, a très-bien dit, ce me ſemble :

Un mélange ſecret de feu, de terre, & d'eau,
Fit le cœur de Céſar, & celui de Naſſau.
D'un reſſort inconnu le pouvoir invincible
Rendit Slone impudent & ſa femme ſenſible.

Le caractère eſt formé de nos idées & de nos ſentimens : or il eſt très-prouvé qu'on ne ſe donne ni
ſentimens ni idées ; donc notre caractère ne peut
dépendre de nous.

S'il en dépendait, il n'y a perſonne qui ne fût
parfait.

Nous ne pouvons nous donner des goûts, des talens;
pourquoi nous donnerions-nous des qualités ?

Quand on ne réfléchit pas, on se croit le maître de tout; quand on y réfléchit, on voit qu'on n'est maître de rien.

Voulez-vous changer absolument le caractère d'un homme, purgez-le tous les jours avec des délayans jusqu'à ce que vous l'ayez tué. *Charles XII*, dans sa fièvre de suppuration sur le chemin de Bender, n'était plus le même homme. On disposait de lui comme d'un enfant.

Si j'ai un nez de travers & deux yeux de chat, je peux les cacher avec un masque. Puis-je davantage sur le caractère que m'a donné la nature ?

Un homme né violent, emporté, se présente devant *François I* roi de France, pour se plaindre d'un passe-droit; le visage du prince, le maintien respectueux des courtisans, le lieu même où il est, font une impression puissante sur cet homme; il baisse machinalement les yeux, sa voix rude s'adoucit, il présente humblement sa requête, on le croirait né aussi doux que le font (dans ce moment au moins) les courtisans, au milieu desquels il est même déconcerté; mais si *François I* se connaît en physionomies, il découvre aisément dans ses yeux baissés, mais allumés d'un feu sombre, dans les muscles tendus de son visage, dans ses lèvres serrées l'une contre l'autre, que cet homme n'est pas si doux qu'il est forcé de paraître. Cet homme le suit à Pavie, est pris avec lui, mené avec lui en prison à Madrid; la majesté de *François I* ne fait plus sur lui la même impression; il se familiarise avec l'objet de son respect. Un jour en tirant les bottes du roi, & les tirant mal, le roi aigri par son malheur se fâche; mon homme envoie promener le roi, & jette ses bottes par la fenêtre.

Sixte-Quint était né pétulant, opiniâtre, altier, impétueux, vindicatif, arrogant; ce caractère semble adouci dans les épreuves de son noviciat. Commence-t-il à jouir de quelque crédit dans son ordre? il s'emporte contre un gardien, & l'assomme à coups de poing : est-il inquisiteur à Venise? il exerce sa charge avec insolence : le voilà cardinal, il est possédé *dalla rabbia papale* : cette rage l'emporte sur son naturel ; il ensevelit dans l'obscurité sa personne & son caractère ; il contrefait l'humble & le moribond ; on l'élit pape ; ce moment rend au ressort, que la politique avait plié, toute son élasticité long-temps retenue; il est le plus fier & le plus despotique des souverains.

> *Naturam expellas furcâ, tamen usque recurret.*
> Chassez le naturel, il revient au galop.

La religion, la morale, mettent un frein à la force du naturel, elles ne peuvent le détruire. L'ivrogne dans un cloître, réduit à un demi-setier de cidre à chaque repas, ne s'enivrera plus, mais il aimera toujours le vin.

L'âge affaiblit le caractère; c'est un arbre qui ne produit plus que quelques fruits dégénérés, mais ils sont toujours de même nature; il se couvre de nœuds & de mousse, il devient vermoulu; mais il est toujours chêne ou poirier. Si on pouvait changer son caractère, on s'en donnerait un, on serait le maître de la nature. Peut-on se donner quelque chose? ne recevons-nous pas tout? Essayez d'animer l'indolent d'une activité suivie, de glacer par l'apathie l'ame bouillante de l'impétueux, d'inspirer du goût pour la musique & pour la poësie à celui qui manque de goût & d'oreille;

vous n'y parviendrez pas plus que fi vous entrepreniez de donner la vue à un aveugle-né. Nous perfectionnons, nous adouciffons, nous cachons ce que la nature a mis dans nous, mais nous n'y mettons rien.

On dit à un cultivateur : Vous avez trop de poiffons dans ce vivier, ils ne profpéreront pas ; voilà trop de beftiaux dans vos prés, l'herbe manque, ils maigriront. Il arrive après cette exhortation que les brochets mangent la moitié des carpes de mon homme, & les loups la moitié de fes moutons ; le refte engraiffe. S'applaudira-t-il de fon économie ? Ce campagnard, c'eft toi-même ; une de tes paffions a dévoré les autres, & tu crois avoir triomphé de toi. Ne reffemblons-nous pas prefque tous à ce vieux général de quatre-vingt-dix ans, qui ayant rencontré de jeunes officiers qui fefaient un peu de défordre avec des filles, leur dit tout en colère : Meffieurs, eft-ce là l'exemple que que je vous donne ?

CAREME.

SECTION PREMIERE.

Nos queftions fur le carême ne regarderont que la police. Il paraît utile qu'il y ait un temps dans l'année où l'on égorge moins de bœufs, de veaux, d'agneaux, de volaille. On n'a point encore de jeunes poulets ni de pigeons en février & en mars, temps auquel le carême arrive. Il eft bon de faire ceffer le carnage quelques femaines dans les pays où les pâturages ne font pas auffi gras que ceux de l'Angleterre & de la Hollande.

Les magiftrats de la police ont très-fagement ordonné que la viande fût un peu plus chère à Paris pendant ce temps, & que le profit en fût donné aux hôpitaux. C'eft un tribut prefque infenfible que payent alors le luxe & la gourmandife à l'indigence : car ce font les riches qui n'ont pas la force de faire carême ; les pauvres jeûnent toute l'année.

Il eft très-peu de cultivateurs qui mangent de la viande une fois par mois. S'il fallait qu'ils en mangeaffent tous les jours, il n'y en aurait pas affez pour le plus floriffant royaume. Vingt millions de livres de viande par jour feraient fept milliars trois cents millions de livres par année. Ce calcul eft effrayant.

Le petit nombre de riches, financiers, prélats, principaux magiftrats, grands feigneurs, grandes dames, qui daignent faire fervir du maigre (a) à leurs

_____

(a) Pourquoi donner le nom de *maigre* à des poiffons plus gras que les poulardes, & qui donnent de fi terribles indigeftions ?

tables, jeûnent pendant six femaines avec des foles, des faumons, des vives, des turbots, des efturgeons.

Un de nos plus fameux financiers avait des courriers qui lui apportaient chaque jour pour cent écus de marée à Paris. Cette dépenfe fefait vivre les courriers, les maquignons qui avaient vendu les chevaux, les pêcheurs qui fourniffaient le poiffon, les fabricateurs de filets, (qu'on nomme en quelques endroits les *filetiers*,) les conftructeurs de bateaux &c., les épiciers chez lefquels on prenait toutes les drogues rafinées qui donnent au poiffon un goût fupérieur à celui de la viande. *Lucullus* n'aurait pas fait carême plus voluptueufement.

Il faut encore remarquer que la marée, en entrant dans Paris, paye à l'Etat un impôt confidérable.

Le fecrétaire des commandemens du riche, fes valets-de-chambre, les demoifelles de madame, le chef d'office, &c. mangent la defferte du *Créfus*, & jeûnent auffi délicieufement que lui.

Il n'en eft pas de même des pauvres. Non-feulement s'ils mangent pour quatre fous d'un mouton coriaffe, ils commettent un grand péché; mais ils chercheront en vain ce miférable aliment. Que mangeront-ils donc? ils n'ont que leurs châtaignes, leur pain de feigle, les fromages qu'ils ont preffurés du lait de leurs vaches, de leurs chèvres, ou de leurs brebis, & quelque peu d'œufs de leurs poules.

Il y a des Eglifes où l'on a pris l'habitude de leur défendre les œufs & le laitage. Que leur refterait-il à manger? rien. Ils confentent à jeûner; mais ils ne confentent pas à mourir. Il eft abfolument néceffaire qu'ils vivent, quand ce ne ferait que pour labourer les terres des gros bénéficiers & des moines.

On demande donc s'il n'appartient pas uniquement aux magiftrats de la police du royaume, chargés de veiller à la fanté des habitans, de leur donner la permiffion de manger les fromages que leurs mains ont pétris, & les œufs que leurs poules ont pondus ?

Il paraît que le lait, les œufs, le fromage, tout ce qui peut nourrir le cultivateur, font du reffort de la police, & non pas une cérémonie religieufe.

Nous ne voyons pas que Jesus-Christ ait défendu les omelettes à fes apôtres ; au contraire, il leur a dit : (b) *Mangez ce qu'on vous donnera.*

La fainte Eglife a ordonné le carême ; mais en qualité d'Eglife elle ne commande qu'au cœur ; elle ne peut infliger que des peines fpirituelles ; elle ne peut faire brûler aujourd'hui, comme autrefois, un pauvre homme qui n'ayant que du lard rance, aura mis un peu de ce lard fur une tranche de pain noir le lendemain du mardi gras.

Quelquefois dans les provinces, des curés s'emportant au-delà de leurs devoirs, & oubliant les droits de la magiftrature, s'ingèrent d'aller chez les aubergiftes, chez les traiteurs, voir s'ils n'ont pas quelques onces de viande dans leurs marmites, quelques vieilles poules à leur croc, ou quelques œufs dans une armoire lorfque les œufs font défendus en carême. Alors ils intimident le pauvre peuple ; ils vont jufqu'à la violence envers des malheureux qui ne favent pas que c'eft à la feule magiftrature qu'il appartient de faire la police. C'eft une inquifition odieufe & puniffable.

(b) *Saint Luc*, chap. X, v. 8.

Il n'y a que les magiftrats qui puiffent être informés au jufte des denrées plus ou moins abondantes qui peuvent nourrir le pauvre peuple des provinces. Le clergé a des occupations plus fublimes. Ne ferait-ce donc pas aux magiftrats qu'il appartiendrait de régler ce que le peuple peut manger en carême ? Qui aura l'infpection fur le comeftible d'un pays , finon la police du pays ?

SECTION II.

LES premiers qui s'avifèrent de jeûner fe mirent-ils à ce régime par ordonnance du médecin pour avoir eu des indigeftions ?

Le défaut d'appétit qu'on fe fent dans la trifteffe, fut-il la première origine des jours de jeûne prefcrits dans les religions triftes ?

Les Juifs prirent-ils la coutume de jeûner , des Egyptiens dont ils imitèrent tous les rites , jufqu'à la flagellation & au bouc émiffaire ?

Pourquoi JESUS jeûna-t-il quarante jours dans le défert où il fut emporté par le diable , par le *Chathbull*? S*t* *Matthieu* remarque qu'après ce carême il eut faim ; il n'avait donc pas faim dans ce carême.

Pourquoi dans les jours d'abftinence l'Eglife romaine regarde-t-elle comme un crime de manger des animaux terreftres , & comme une bonne œuvre de fe faire fervir des foles & des faumons ? Le riche papifte qui aura eu fur fa table pour cinq cents francs de poiffon fera fauvé ; & le pauvre , mourant de faim , qui aura mangé pour quatre fous de petit falé , fera damné !

Pourquoi faut-il demander permiffion à fon évêque de manger des œufs ? Si un roi ordonnait à fon peuple de ne jamais manger d'œufs, ne pafferait-il pas pour le plus ridicule des tyrans ? Quelle étrange averfion les évêques ont-ils pour les omelettes ?

Croirait-on que chez les papiftes il y ait eu des tribunaux affez imbécilles, affez lâches, affez barbares, pour condamner à la mort de pauvres citoyens qui n'avaient d'autres crimes que d'avoir mangé du cheval en carême ? le fait n'eft que trop vrai : j'ai entre les mains un arrêt de cette efpèce. Ce qu'il y a d'étrange c'eft que les juges qui ont rendu de pareilles fentences fe font crus fupérieurs aux Iroquois.

Prêtres idiots & cruels ! à qui ordonnez-vous le carême ? Eft-ce aux riches ? ils fe gardent bien de l'obferver. Eft-ce aux pauvres ? ils font le carême toute l'année. Le malheureux cultivateur ne mange prefque jamais de viande & n'a pas de quoi acheter du poiffon. Fous que vous êtes, quand corrigerez-vous vos lois abfurdes ?

CARTESIANISME.

ON a pu voir à l'article *Ariſtote* que ce philoſophe & ſes ſeĉlateurs ſe ſont ſervis de mots qu'on n'entend point, pour ſignifier des choſes qu'on ne conçoit pas. *Entélechies, formes ſubſtantielles, eſpèces intentionnelles.*

Ces mots, après tout, ne ſignifiaient que l'exiſtence des choſes dont nous ignorons la nature & la fabrique. Ce qui fait qu'un roſier produit une roſe & non pas un abricot, ce qui détermine un chien à courir après un lièvre, ce qui conſtitue les propriétés de chaque être, a été appelé *forme ſubſtantielle;* ce qui fait que nous penſons a été nommé *entélechie;* ce qui nous donne la vue d'un objet a été nommé *eſpèce intention-nelle;* nous n'en ſavons pas plus aujourd'hui ſur le fond des choſes. Les mots de *force*, d'*ame*, de *gravitation* même, ne nous font nullement connaître le principe & la nature de la force, ni de l'ame, ni de la gravi-tation. Nous en connaiſſons les propriétés, & pro-bablement nous nous en tiendrons là, tant que nous ne ferons que des hommes.

L'eſſentiel eſt de nous ſervir avec avantage des inſtrumens que la nature nous a donnés, ſans pénétrer jamais dans la ſtruĉture intime du principe de ces inſtrumens. *Archimède* ſe ſervait admirablement du reſſort, & ne ſavait pas ce que c'eſt que le reſſort.

La véritable phyſique conſiſte donc à bien déter-miner tous les effets. Nous connaîtrons les cauſes premières quand nous ferons des dieux. Il nous eſt donné de calculer, de peſer, de meſurer, d'obſerver;

voilà la philosophie naturelle ; presque tout le reste est chimère.

Le malheur de *Descartes* fut de n'avoir pas, dans son voyage d'Italie, consulté *Galilée* qui calculait, pesait, mesurait, observait ; qui avait inventé le compas de proportion, trouvé la pesanteur de l'atmosphère, découvert les satellites de Jupiter, & la rotation du soleil sur son axe.

Ce qui est surtout bien étrange, c'est qu'il n'ait jamais cité *Galilée*, & qu'au contraire il ait cité le jésuite *Scheiner* plagiaire & ennemi de *Galilée*, (*a*) qui déféra ce grand homme à l'inquisition, & qui par-là couvrit l'Italie d'opprobre lorsque *Galilée* la couvrait de gloire.

Les erreurs de *Descartes* sont :

1°. D'avoir imaginé trois élémens qui n'étaient nullement évidens, après avoir dit qu'il ne fallait rien croire sans évidence.

2°. D'avoir dit qu'il y a toujours également de mouvement dans la nature, ce qui est démontré faux.

3°. Que la lumière ne vient point du soleil, & qu'elle est transmise à nos yeux en un instant, démontré faux par les expériences de *Roëmer*, de *Molineux*, & de *Bradley*, & même par la simple expérience du prisme.

4°. D'avoir admis le plein, dans lequel il est démontré que tout mouvement serait impossible, & qu'un pied cube d'air peserait autant qu'un pied cube d'or.

5°. D'avoir supposé un tournoiement imaginaire

(*a*) *Principes de Descartes*, troisième partie, page 159.

dans

dans de prétendus globules de lumière pour expliquer l'arc-en-ciel.

6º. D'avoir imaginé un prétendu tourbillon de matière subtile qui emporte la terre & la lune parallèlement à l'équateur, & qui fait tomber les corps graves dans une ligne tendante au centre de la terre, tandis qu'il est démontré que dans l'hypothèse de ce tourbillon imaginaire tous les corps tomberaient suivant une ligne perpendiculaire à l'axe de la terre.

7º. D'avoir supposé que des comètes qui se meuvent d'orient en occident, & du nord au sud, sont poussées par des tourbillons qui se meuvent d'occident en orient.

8º. D'avoir supposé que dans le mouvement de rotation les corps les plus denses allaient au centre, & les plus subtils à la circonférence, ce qui est contre toutes les lois de la nature.

9º. D'avoir voulu étayer ce roman par des suppositions encore plus chimériques que le roman même; d'avoir supposé contre toutes les lois de la nature que ces tourbillons ne se confondraient pas ensemble.

10º. D'avoir donné ces tourbillons pour la cause des marées & pour celle des propriétés de l'aimant.

11º. D'avoir supposé que la mer a un cours continu, qui la porte d'orient en occident.

12º. D'avoir imaginé que la matière de son premier élément, mêlée avec celle du second, forme le mercure qui, par le moyen de ces deux élémens, est coulant comme l'eau, & compact comme la terre.

13º. Que la terre est un soleil encroûté.

14º. Qu'il y a de grandes cavités sous toutes les montagnes, qui reçoivent l'eau de la mer & qui forment les fontaines.

Dictionn. philosoph. Tome II.   B b

15°. Que les mines de fel viennent de la mer.

16°. Que les parties de fon troifième élément compofent des vapeurs qui forment des métaux & des diamans.

17°. Que le feu eft produit par un combat du premier & du fecond élément.

18°. Que les pores de l'aimant font remplis de la matière cannelée, enfilée par la matière fubtile qui vient du pôle boréal.

19°. Que la chaux vive ne s'enflamme lorfqu'on y jette de l'eau, que parce que le premier élément chaffe le fecond élément des pores de la chaux.

20°. Que les viandes digérées dans l'eftomac paffent par une infinité de trous dans une grande veine qui les porte au foie, ce qui eft entièrement contraire à l'anatomie.

21°. Que le chyle, dès qu'il eft formé, acquiert dans le foie la forme du fang, ce qui n'eft pas moins faux.

22°. Que le fang fe dilate dans le cœur par un feu fans lumière.

23°. Que le pouls dépend de onze petites peaux qui ferment & ouvrent les entrées des quatre vaiffeaux dans les deux concavités du cœur.

24°. Que quand le foie eft preffé par fes nerfs, les plus fubtiles parties du fang montent incontinent vers le cœur.

25°. Que l'ame réfide dans la glande pinéale du cerveau. Mais comme il n'y a que deux petits filamens nerveux qui aboutiffent à cette glande, & qu'on a difféqué des fujets dans qui elle manquait abfolument, on la plaça depuis dans les corps cannelés , dans les natès , les *teftes* , l'*infundibulum* , dans tout le cervelet. Enfuite *Lancifi* , & après lui *la Peyronie* lui donnèrent pour habitation le corps calleux. L'auteur ingénieux & favant qui a donné dans l'Encyclopédie l'excellent paragraphe *Ame* marqué d'une étoile , dit avec raifon qu'on ne fait plus où la mettre.

26°. Que le cœur fe forme des parties de la femence qui fe dilate , c'eft affurément plus que les hommes n'en peuvent favoir ; il faudrait avoir vu la femence fe dilater , & le cœur fe former.

27°. Enfin , fans aller plus loin , il fuffira de remarquer que fon fyftème fur les bêtes n'étant fondé ni fur aucune raifon phyfique , ni fur aucune raifon morale , ni fur rien de vraifemblable , a été juftement rejeté de tous ceux qui raifonnent & de tous ceux qui n'ont que du fentiment.

Il faut avouer qu'il n'y eut pas une feule nouveauté dans la phyfique de *Defcartes* qui ne fût une erreur. Ce n'eft pas qu'il n'eût beaucoup de génie ; au contraire , c'eft parce qu'il ne confulta que ce génie , fans confulter l'expérience & les mathématiques ; il était un des plus grands géomètres de l'Europe , & il abandonna fa géométrie pour ne croire que fon imagination. Il ne fubftitua donc qu'un chaos au chaos d'*Ariftote*. Par-là il retarda de plus de cinquante ans les progrès de l'efprit humain. (1) Ses erreurs étaient

(1) On ne peut nier que malgré fes erreurs *Defcartes* n'ait contribué aux progrès de l'efprit humain. 1°. Par fes découvertes mathématiques qui changèrent la face de ces fciences. 2°. Par fes difcours fur la méthode où il donne le précepte & l'exemple. 3°. Parce qu'il apprit à tous les favans à fecouer en philofophie le joug de l'autorité , en ne reconnaiffant pour maîtres que la raifon , le calcul , & l'expérience.

d'autant plus condamnables qu'il avait pour fe
conduire dans le labyrinthe de la phyfique , un fil
qu'*Ariflote* ne pouvait avoir , celui des expériences ,
les découvertes de *Galilée* , de *Toricelli* , de *Guéric* &c.
& furtout fa propre géométrie.

On a remarqué que plufieurs univerfités condamnèrent dans fa philofophie les feules chofes qui
fuffent vraies , & qu'elles adoptèrent enfin toutes
celles qui étaient fauffes. Il ne refte aujourd'hui de
tous ces faux fyftèmes & de toutes les ridicules difputes qui en ont été la fuite , qu'un fouvenir confus
qui s'éteint de jour en jour. L'ignorance préconife
encore quelquefois *Defcartes* , & même cette efpèce
d'amour-propre qu'on appelle *national* s'eft efforcé
de foutenir fa philofophie. Des gens qui n'avaient
jamais lu ni *Defcartes* ni *Newton* , ont prétendu que
Newton lui avait l'obligation de toutes fes découvertes.
Mais il eft très-certain qu'il n'y a pas dans tous les
édifices imaginaires de *Defcartes* une feule pierre fur
laquelle *Newton* ait bâti. Il ne l'a jamais ni fuivi ni
expliqué, ni même réfuté ; à peine le connaiffait-il.
Il voulut un jour en lire un volume , il mit en
marge à fept ou huit pages *Error* , & ne le relut plus.
Ce volume a été long-temps entre les mains du neveu
de *Newton.*

Le cartéfianifme a été une mode en France ; mais
les expériences de *Newton* fur la lumière , & fes
principes mathématiques ne peuvent pas plus être
une mode que les démonftrations d'*Euclide.*

Il faut être vrai ; il faut être jufte ; le philofophe
n'eft ni français , ni anglais , ni florentin ; il eft
de tout pays. Il ne reffemble pas à la duchefte de

Marlborough qui, dans une fièvre tierce, ne voulait pas prendre de quinquina, parce qu'on l'appelait en Angleterre *la poudre des jésuites.*

Le philosophe, en rendant hommage au génie de *Descartes* , foule aux pieds les ruines de ses systèmes.

Le philosophe surtout dévoue à l'exécration publique & au mépris éternel, les persécuteurs de *Descartes*, qui osèrent l'accuser d'athéisme, lui qui avait épuisé toute la sagacité de son esprit à chercher de nouvelles preuves de l'existence de DIEU. Lisez le morceau de M. *Thomas* dans l'éloge de *Descartes*, où il peint d'une manière si énergique l'infame théologien nommé *Voëtius* qui calomnia *Descartes*, comme depuis le fanatique *Jurieu* calomnia *Bayle*, &c. &c. &c.; comme *Patouillet* & *Nonotte* ont calomnié un philosophe; comme le vinaigrier *Chaumeix*, & *Fréron*, ont calomnié l'Encyclopédie; comme on calomnie tous les jours. Et plût à DIEU qu'on ne pût que calomnier !

DE CATON, DU SUICIDE,

Et du livre de l'abbé de Saint-Cyran qui légitime le
fuicide.

L'INGENIEUX *la Motte* s'eft exprimé ainfi fur
Caton dans une de fes odes plus philofophiques que
poëtiques :

> Caton d'une ame plus égale,
> Sous l'heureux vainqueur de Pharfale,
> Eût fouffert que Rome pliât;
> Mais incapable de fe rendre,
> Il n'eut pas la force d'attendre
> Un pardon qui l'humiliât.

C'eft, je crois, parce que l'ame de *Caton* fut toujours
égale, & qu'elle conferva jufqu'au dernier moment le
même amour pour les lois & pour la patrie, qu'il
aima mieux périr avec elle que de ramper fous un
tyran ; il finit comme il avait vécu.

Incapable de fe rendre! Et à qui ? à l'ennemi de
Rome, à celui qui avait volé de force le tréfor public
pour faire la guerre à fes concitoyens, & les affervir
avec leur argent même.

Un pardon ! il femble que *la Motte Houdart* parle
d'un fujet révolté qui pouvait obtenir fa grâce de
fa majefté, avec des lettres en chancellerie.

> Malgré fa grandeur ufurpée,
> Le fameux vainqueur de Pompée

Ne put triompher de Caton.
C'eſt à ce juge inébranlable
Que Céſar, cet heureux coupable,
Aurait dû demander pardon.

Il paraît qu'il y a quelque ridicule à dire que
Caton ſe tua par *faibleſſe*. Il faut une ame forte pour
ſurmonter ainſi l'inſtinct le plus puiſſant de la nature.
Cette force eſt quelquefois celle d'un frénétique ;
mais un frénétique n'eſt pas faible.

Le ſuicide eſt défendu chez nous par le droit
canon. Mais les décrétales, qui font la juriſprudence
d'une partie de l'Europe, furent inconnues à *Caton*,
à *Brutus*, à *Caſſius*, à la ſublime *Arria*, à l'empereur *Othon*, à *Marc-Antoine*, & à cent héros de la
véritable Rome, qui préférèrent une mort volontaire
à une vie qu'ils croyaient ignominieuſe.

Nous nous tuons auſſi nous autres ; mais c'eſt
quand nous avons perdu notre argent, ou dans
l'excès très-rare d'une folle paſſion, pour un objet qui
n'en vaut pas la peine. J'ai connu des femmes qui ſe
ſont tuées pour les plus ſots hommes du monde. On
ſe tue auſſi quelquefois parce qu'on eſt malade, &
c'eſt en cela qu'il y a de la faibleſſe.

Le dégoût de ſon exiſtence, l'ennui de ſoi-même,
eſt encore une maladie qui cauſe des ſuicides. Le
remède ferait un peu d'exercice, de la muſique,
la chaſſe, la comédie, une femme aimable. Tel
homme qui dans un accès de mélancolie ſe tue
aujourd'hui, aimerait à vivre s'il attendait huit
jours.

J'ai prefque vu de mes yeux un fuicide qui mérite l'attention de tous les phyficiens. Un homme d'une profeffion férieufe, d'un âge mur, d'une conduite régulière, n'ayant point de paffions, étant au-deffus de l'indigence, s'eft tué le 17 octobre 1769, & a laiffé au confeil de la ville où il était né, l'apologie par écrit de fa mort volontaire, laquelle on n'a pas jugé à propos de publier, de peur d'encourager les hommes à quitter une vie dont on dit tant de mal. Jufque-là il n'y a rien de bien extraordinaire; on voit par-tout de tels exemples. Voici l'étonnant.

Son frère & fon père s'étaient tués, chacun au même âge que lui. Quelle difpofition fecrète d'organes, quelle fympathie, quel concours de lois phyfiques, fait périr le père & les deux enfans de leur propre main, & du même genre de mort, précifément quand ils ont atteint la même année? Eft-ce une maladie qui fe développe à la longue dans une famille, comme on voit fouvent les pères & les enfans mourir de la petite vérole, de la pulmonie, ou d'un autre mal? Trois, quatre générations font devenues fourdes, aveugles, ou goutteufes, ou fcorbutiques, dans un temps préfix.

Le phyfique, ce père du moral, tranfmet le même caractère de père en fils pendant des fiècles. Les *Appius* furent toujours fiers & inflexibles; les *Catons* toujours févères. Toute la lignée des *Guifes* fut audacieufe, téméraire, factieufe, pétrie du plus infolent orgueil & de la politeffe la plus féduifante. Depuis *François de Guife*, jufqu'à celui qui feul & fans être entendu alla fe mettre à la tête du peuple de Naples, tous furent d'une figure, d'un courage,

& d'un tour d'efprit, au-deffus du commun des hommes. J'ai vu les portraits en pied de *François de Guife*, du *Balafré*, & de fon fils ; leur taille eft de fix pieds ; mêmes traits, même courage, même audace fur le front, dans les yeux, & dans l'attitude.

Cette continuité, cette férie d'êtres femblables eft bien plus remarquable encore dans les animaux ; & fi l'on avait la même attention à perpétuer les belles races d'hommes que plufieurs nations ont encore à ne pas mêler celles de leurs chevaux & de leurs chiens de chaffe, les généalogies feraient écrites fur les vifages, & fe manifefteraient dans les mœurs.

Il y a eu des races de boffus, de fix-digitaires, comme nous en voyons de rouffeaux, de lippus, de longs nez, & de nez plats.

Mais que la nature difpofe tellement les organes de toute une race, qu'à un certain âge tous ceux de cette famille auront la paffion de fe tuer, c'eft un problème que toute la fagacité des anatomiftes les plus attentifs ne peut réfoudre. L'effet eft certainement tout phyfique ; mais c'eft de la phyfique occulte. Eh quel eft le fecret principe qui ne foit pas occulte ?

On ne nous dit point, & il n'eft pas vraifemblable que du temps de *Jules-Céfar* & des empereurs, les habitans de la grande Bretagne fe tuaffent auffi délibérément qu'ils le font aujourd'hui quand ils ont des vapeurs qu'ils appellent le *fpleen*, & que nous prononçons le *fpline*.

Au contraire, les Romains, qui n'avaient point le fpline, ne fefaient aucune difficulté de fe donner

la mort. C'est qu'ils raisonnaient ; ils étaient philosophes, & les sauvages de l'île *Britain* ne l'étaient pas.
Aujourd'hui les citoyens anglais sont philosophes,
& les citoyens romains ne sont rien. Aussi les
Anglais quittent la vie fièrement quand il leur en
prend fantaisie. Mais il faut à un citoyen romain
une *indulgentia in articulo mortis*; ils ne savent ni
vivre ni mourir.

Le chevalier *Temple* dit qu'il faut partir quand
il n'y a plus d'espérance de rester agréablement.
C'est ainsi que mourut *Atticus*.

Les jeunes filles qui se noient & qui se pendent
par amour, ont donc tort ; elles devraient écouter
l'espérance du changement qui est aussi commun en
amour qu'en affaires.

Un moyen presque sûr de ne pas céder à l'envie
de vous tuer, c'est d'avoir toujours quelque chose à
faire. *Crech*, le commentateur de Lucrèce, mit sur son
manuscrit : NB. *Qu'il faudra que je me pende quand j'aurai
fini mon commentaire.* Il se tint parole pour avoir le plaisir
de finir comme son auteur. S'il avait entrepris un commentaire sur *Ovide*, il aurait vécu plus long-temps.

Pourquoi avons-nous moins de suicides dans les
campagnes que dans les villes ? C'est que dans les
champs il n'y a que le corps qui souffre ; à la ville c'est
l'esprit. Le laboureur n'a pas le temps d'être mélan-
colique. Ce sont les oisifs qui se tuent ; ce sont ces gens
si heureux aux yeux du peuple.

Je résumerai ici quelques suicides arrivés de mon
temps, & dont quelques-uns ont déjà été publiés dans
d'autres ouvrages. Les morts peuvent être utiles aux
vivans.

Précis de quelques fuicides finguliers.

Philippe Mordant , coufin germain de ce fameux comte de *Peterboroug* fi connu dans toutes les cours de l'Europe , & qui fe vantait d'être l'homme de l'univers qui avait vu le plus de poftillons & le plus de rois , *Philippe Mordant* , dis-je , était un jeune homme de vingt-fept ans, beau , bien fait , riche , né d'un fang illuftre, pouvant prétendre à tout, & ce qui vaut encore mieux, paffionnément aimé de fa maîtreffe. Il prit à ce *Mordant* un dégoût de la vie ; il paya fes dettes , écrivit à fes amis pour leur dire adieu, & même fit des vers dont voici les derniers traduits en français :

> L'opium peut aider le fage ;
> Mais , felon mon opinion ,
> Il lui faut au lieu d'opium
> Un piftolet & du courage.

Il fe conduifit felon fes principes , & fe dépêcha d'un coup de piftolet, fans en avoir donné d'autre raifon , finon que fon ame était laffe de fon corps , & que quand on eft mécontent de fa maifon , il faut en fortir. Il femblait qu'il eût voulu mourir , parce qu'il était dégoûté de fon bonheur.

Richard Smith en 1 7 2 6 donna un étrange fpectacle au monde pour une caufe fort différente. *Richard Smith* était dégoûté d'être réellement malheureux : il avait été riche , & il était pauvre ; il avait eu de la fanté , & il était infirme. Il avait une femme à laquelle il ne pouvait faire partager que fa mifère : un enfant au berceau était le feul bien qui lui reftât. *Richard Smith*

& *Bridget Smith*, d'un commun confentement, après s'être tendrement embraffés, & avoir donné le dernier baifer à leur enfant, ont commencé par tuer cette pauvre créature, & enfuite fe font pendus aux colonnes de leur lit. Je ne connais nulle part aucune horreur de fang-froid qui foit de cette force ; mais la lettre que ces infortunés ont écrite à M. *Brindley* leur coufin, avant leur mort, eft auffi fingulière que leur mort même. ,, Nous croyons, ,, difent-ils, que DIEU nous pardonnera &c. Nous ,, avons quitté la vie, parce que nous étions mal- ,, heureux fans reffource ; & nous avons rendu à ,, notre fils unique le fervice de le tuer, de peur ,, qu'il ne devienne auffi malheureux que nous &c. ,, Il eft à remarquer que ces gens, après avoir tué leur fils par tendreffe paternelle, ont écrit à un ami pour leur recommander leur chat & leur chien. Ils ont cru, apparemment, qu'il était plus aifé de faire le bonheur d'un chat & d'un chien dans le monde, que celui d'un enfant, & ils ne voulaient pas être à charge à leur ami.

Milord *Scarborough* quitta la vie en 1727, avec le même fang-froid qu'il avait quitté fa place de grand-écuyer. On lui reprochait dans la chambre des pairs, qu'il prenait le parti du roi, parce qu'il avait une belle charge à la cour. ,, Meffieurs, dit-il, pour vous ,, prouver que mon opinion ne dépend pas de ma ,, place, je m'en démets dans l'inftant. ,, Il fe trouva depuis embarraffé entre une maîtreffe qu'il aimait, mais à qui il n'avait rien promis, & une femme qu'il eftimait, mais à qui il avait fait une promeffe de mariage. Il fe tua pour fe tirer d'embarras.

Toutes ces hiſtoires tragiques, dont les gazettes anglaiſes fourmillent, ont fait penſer à l'Europe qu'on ſe tue plus volontiers en Angleterre qu'ailleurs. Je ne ſais pourtant ſi à Paris il n'y a pas autant de fous ou de héros qu'à Londres; peut-être que ſi nos gazettes tenaient un regiſtre exaƈt de ceux qui ont eu la démence de vouloir ſe tuer, & le triſte courage de le faire, nous pourrions, ſur ce point, avoir le malheur de tenir tête aux Anglais. Mais nos gazettes ſont plus diſcrètes : les aventures des particuliers ne ſont jamais expoſées à la médiſance publique dans ces journaux avoués par le gouvernement.

Tout ce que j'oſe dire avec aſſurance, c'eſt qu'il ne ſera jamais à craindre que cette folie de ſe tuer devienne une maladie épidémique : la nature y a trop bien pourvu; l'eſpérance, la crainte, ſont les reſſorts puiſſans dont elle ſe ſert pour arrêter très-ſouvent la main du malheureux prêt à ſe frapper.

On entendit un jour le cardinal *du Bois* ſe dire à lui-même : Tue-toi donc! lâche, tu n'oſerais.

On dit qu'il y a eu des pays où un conſeil était établi pour permettre aux citoyens de ſe tuer quand ils en avaient des raiſons valables. Je réponds, ou que cela n'eſt pas, ou que ces magiſtrats n'avaient pas une grande occupation.

Ce qui pourrait nous étonner, & ce qui mérite, je crois, un ſérieux examen, c'eſt que les anciens héros romains ſe tuaient preſque tous, quand ils avaient perdu une bataille dans les guerres civiles : & je ne vois point que ni du temps de la ligue, ni de celui de la fronde, ni dans les troubles d'Italie, ni dans ceux d'Angleterre, aucun chef ait pris le parti de mourir de fa propre main. Il eft vrai que ces chefs étaient chrétiens , & qu'il y a bien de la différence entre les principes d'un guerrier chrétien, & ceux d'un héros païen ; cependant pourquoi ces hommes , que le chriftianifme retenait quand ils voulaient fe procurer la mort, n'ont-ils été retenus par rien quand ils ont voulu empoifonner, affaffiner , ou faire mourir leurs ennemis vaincus fur des échafauds &c. ? La religion chrétienne ne défend-elle pas ces homicides-là , encore plus que l'homicide de foi-même, dont le nouveau Teftament n'a jamais parlé ?

Les apôtres du fuicide nous difent qu'il eft très-permis de quitter fa maifon quand on en eft las. D'accord ; mais la plupart des hommes aiment mieux coucher dans une vilaine maifon que de dormir à la belle étoile.

Je reçus un jour d'un anglais une lettre circulaire , par laquelle il propofait un prix à celui qui prouverait le mieux qu'il faut fe tuer dans l'occafion. Je ne lui répondis point : je n'avais rien à lui prouver ; il n'avait qu'à examiner s'il aimait mieux la mort que la vie.

Un autre anglais, nommé *Bacon Moris* , vint me trouver à Paris en 1724 ; il était malade, & me promit qu'il fe tuerait s'il n'était pas guéri au 20 juillet. En conféquence il me donna fon épitaphe conçue en ces mots : *Valete* , *curæ* ; adieu les foucis. Il me chargea auffi de vingt-cinq louis pour lui dreffer un petit monument au bout du faubourg Saint-Martin. Je lui rendis fon argent le 20 juillet, & je gardai fon épitaphe.

De mon temps , le dernier prince de la maifon de *Courtenai* , très-vieux, & le dernier prince de la branche de *Lorraine-Harcourt*, très-jeune, fe font donné la mort fans qu'on en ait prefque parlé. Ces aventures font un fracas terrible le premier jour, & quand les biens du mort font partagés, on n'en parle plus.

Voici le plus fort de tous les fuicides. Il vient de s'exécuter à Lyon au mois de juin 1770.

Un jeune homme très-connu, beau, bien fait, aimable, plein de talens, eft amoureux d'une jeune fille que les parens ne veulent point lui donner. Juf-qu'ici ce n'eft que la première fcène d'une comédie, mais l'étonnante tragédie va fuivre.

L'amant fe rompt une veine par un effort. Les chirurgiens lui difent qu'il n'y a point de remède ; fa maîtreffe lui donne un rendez-vous avec deux piftolets & deux poignards. afin que fi les piftolets manquent leur coup, les deux poignards fervent à leur percer le cœur en même temps. Ils s'embraffent pour la der-nière fois ; les détentes des piftolets étaient attachées à des rubans couleur de rofe ; l'amant tient le ruban du piftolet de fa maîtreffe, elle tient le ruban du piftolet de fon amant. Tous deux tirent à un fignal donné, tous deux tombent au même inftant.

La ville entière de Lyon en eft témoin. *Arrie* & *Petus*, vous en aviez donné l'exemple ; mais vous étiez condamnés par un tyran, & l'amour feul a immolé ces deux viétimes. On leur a fait cette épitaphe :

A votre fang mêlons nos pleurs :
Attendriffons-nous d'âge en âge
Sur vos amours & vos malheurs ;
Mais admirons votre courage.

Des lois contre le suicide.

Y a-t-il une loi civile ou religieuse qui ait prononcé défense de se tuer sous peine d'être pendu après sa mort, ou sous peine d'être damné ?

Il est vrai que *Virgile* a dit :

> *Proxima deinde tenent mæsti loca , qui sibi lethum*
> *Insontes peperere manu , lucemque perosi*
> *Projecere animas. Quàm vellent æthere in alto*
> *Nunc & pauperiem & duros perferre labores !*
> *Fata obstant , tristique palus innabilis undâ*
> *Alligat , & novies Styx interfusa coërcet.*
>
> Virg. Æneïd. lib. VI , v. 434 , & seq.

Là sont ces insensés, qui d'un bras téméraire,
Ont cherché dans la mort un secours volontaire,
Qui n'ont pu supporter, faibles & furieux,
Le fardeau de la vie imposé par les dieux.
Hélas ! ils voudraient tous se rendre à la lumière,
Recommencer cent fois leur pénible carrière :
Ils regrettent la vie, ils pleurent ; & le sort,
Le sort, pour les punir, les retient dans la mort ;
L'abyme du Cocyte, & l'Achéron terrible,
Met entr'eux & la vie un obstacle invincible.

Telle était la religion de quelques païens ; & malgré l'ennui qu'on allait chercher dans l'autre monde, c'était un honneur de quitter celui-ci & de se tuer, tant les mœurs des hommes sont contradictoires. Parmi nous le duel n'est-il pas encore malheureusement honorable, quoique défendu par la raison , par la religion, & par toutes les lois ? Si *Caton* & *César* , *Antoine* & *Auguste*,

ne

ne se font pas battus en duel, ce n'est pas qu'ils ne fussent aussi braves que nos français. Si le duc de *Montmorency*, le maréchal de *Marillac*, de *Thou*, *Cinq-Mars*, & tant d'autres, ont mieux aimé être traînés au dernier supplice dans une charrette, comme des voleurs de grand chemin, que de se tuer comme *Caton* & *Brutus*, ce n'est pas qu'ils n'eussent autant de courage que ces Romains, & qu'ils n'eussent autant de ce qu'on appelle *honneur*. La véritable raison, c'est que la mode n'était pas alors à Paris de se tuer en pareil cas, & cette mode était établie à Rome.

Les femmes de la côte de Malabar se jettent toutes vives sur le bûcher de leurs maris : ont-elles plus de courage que *Cornélie* ? non ; mais la coutume est dans ce pays-là, que les femmes se brûlent.

> Coutume, opinion, reines de notre sort,
> Vous réglez des mortels & la vie & la mort.

Au Japon, la coutume est que quand un homme d'honneur a été outragé par un homme d'honneur, il s'ouvre le ventre en présence de son ennemi, & lui dit : Fais-en autant si tu as du cœur. L'agresseur est déshonoré à jamais s'il ne se plonge pas incontinent un grand couteau dans le ventre.

Le seule religion dans laquelle le suicide soit défendu par une loi claire & positive, est le mahométisme. Il est dit dans le sura IV : *Ne vous tuez pas vous-même, car* D I E U *est miséricordieux envers vous ; & quiconque se tue par malice & par méchanceté, sera certainement rôti au feu d'enfer.*

Nous traduisons mot à mot. Le texte semble n'avoir pas le sens commun ; ce qui n'est pas rare dans les

Dictionn. philosoph. Tome II. C c

textes. Que veut dire, *ne vous tuez point vous-même, car* DIEU *est miféricordieux ?* Peut-être faut-il entendre, ne fuccombez pas à vos malheurs que DIEU peut adoucir ; ne foyez pas affez fou pour vous donner la mort aujourd'hui, pouvant être heureux demain.

Et quiconque fe tue par malice & par méchanceté. Cela eft plus difficile à expliquer. Il n'eft peut-être jamais arrivé dans l'antiquité qu'à la *Phèdre* d'*Euripide*, de fe pendre exprès pour faire accroire à *Théfée* qu'*Hippolyte* l'avait violée. De nos jours, un homme s'eft tiré un coup de piftolet dans la tête, ayant tout arrangé pour faire jeter le foupçon fur un autre.

Dans la comédie de George Dandin, la coquine de femme qu'il a époufée le menace de fe tuer pour le faire pendre. Ces cas font rares ; fi *Mahomet* les a prévus, on peut dire qu'il voyait de loin.

Le fameux *Duverger de Haurane*, abbé de Saint-Cyran, regardé comme le fondateur de Port-royal, écrivit vers l'an 1608 un traité fur le fuicide, (*a*) qui eft devenu un des livres les plus rares de l'Europe.

,, Le Décalogue, dit-il, ordonne de ne point tuer. ,, L'homicide de foi-même ne femble pas moins com-,, pris dans ce précepte que le meurtre du prochain. ,, Or, s'il eft des cas où il eft permis de tuer fon ,, prochain, il eft auffi des cas où il eft permis de fe ,, tuer foi-même.

,, On ne doit attenter fur fa vie qu'après avoir ,, confulté la raifon. L'autorité publique, qui tient la ,, place de DIEU, peut difpofer de notre vie. La raifon

_____

(*a*) Il fut imprimé in-12 à Paris chez *Touffaints du Brai* en 1609, avec privilége du roi : il doit être dans la bibliothèque de S. M.

,, de l'homme peut auſſi tenir lieu de la raiſon de
,, Dieu, c'eſt un rayon de la lumière éternelle. ,,

St Cyran étend beaucoup cet argument, qu'on peut
prendre pour un pur ſophiſme. Mais quand il vient
à l'explication & aux détails, il eſt plus difficile de
lui répondre. ,, On peut, dit-il, ſe tuer pour le bien
,, de ſon prince, pour celui de ſa patrie, pour celui de
,, ſes parens. ,,

Nous ne voyons pas en effet qu'on puiſſe condamner
les Codrus & les Curtius. Il n'y a point de ſouvérain
qui oſât punir la famille d'un homme qui ſe ferait
dévoué pour lui ; que dis je ? il n'en eſt point qui
oſât ne la pas récompenſer. St Thomas, avant Saint-
Cyran, avait dit la même choſe. Mais on n'a beſoin
ni de Thomas, ni de Bonaventure, ni de Duverger de
Haurane, pour ſavoir qu'un homme qui meurt pour
ſa patrie eſt digne de nos éloges.

L'abbé de St Cyran conclut qu'il eſt permis de faire
pour ſoi-même ce qu'il eſt beau de faire pour un
autre. On ſait aſſez tout ce qui eſt allégué dans Plutarque,
dans Sénèque, dans Montagne, & dans cent autres philoſophes, en faveur du ſuicide. C'eſt un lieu commun
épuiſé. Je ne prétends point ici faire l'apologie d'une
action que les lois condamnent ; mais ni l'ancien Teſtament, ni le nouveau n'ont jamais défendu à l'homme
de ſortir de la vie quand il ne peut plus la ſupporter.
Aucune loi romaine n'a condamné le meurtre de ſoi-
même. Au contraire, voici la loi de l'empereur Marc-
Antonin, qui ne fut jamais révoquée.

,, (b) Si votre père ou votre frère, n'étant prévenu
,, d'aucun crime, ſe tue ou pour ſe ſouſtraire aux

(b) Premier Cod. De bonis eorum qui ſibi mortem. leg. 3, ff. eod.

,, douleurs, ou par ennui de la vie, ou par défefpoir,
,, ou par démence, que fon teftament foit valable, ou
,, que fes héritiers fuccèdent par inteftat. ,,

Malgré cette loi humaine de nos maîtres, nous
traînons encore fur la claie, nous traverfons d'un
pieu le cadavre d'un homme qui eft mort volontairement, nous rendons fa mémoire infame autant
qu'on le peut. Nous déshonorons fa famille autant
qu'il eft en nous. Nous puniffons le fils d'avoir
perdu fon père, & la veuve d'être privée de fon
mari. On confifque même le bien du mort ; ce qui
eft en effet ravir le patrimoine des vivans auxquels il
appartient. Cette coutume, comme plufieurs autres,
eft dérivée de notre droit canon, qui prive de la
fépulture ceux qui meurent d'une mort volontaire.
On conclut de-là qu'on ne peut hériter d'un homme
qui eft cenfé n'avoir point d'héritage au ciel. Le droit
canon, au titre *de pœnitentia*, affure que *Judas*
commit un plus grand péché en s'étranglant qu'en
vendant notre Seigneur J E S U S-C H R I S T.

CAUSES FINALES.

VIRGILE dit :

Mens agitat molem & magno se corpore miscet.
L'esprit régit le monde ; il s'y mêle, il l'anime.

Virgile a bien dit : & *Benoit Spinosa* (*a*) qui n'a pas
la clarté de *Virgile*, & qui ne le vaut pas, est forcé de
reconnaître une intelligence qui préside à tout. S'il me
l'avait niée, je lui aurais dit : *Benoit*, tu es fou ; tu as
une intelligence & tu la nies, & à qui la nies-tu ?

Il vient en 1770 un homme très-supérieur à *Spinosa*
à quelques égards, aussi éloquent que le juif hollan-
dois est sec ; moins méthodique, mais cent fois plus
clair ; peut-être aussi géomètre sans affecter la marche
ridicule de la géométrie dans un sujet métaphysique
& moral : c'est l'auteur du Système de la nature : il a
pris le nom de *Mirabeau*, secrétaire de l'académie française. Hélas ! notre bon *Mirabeau* n'était pas capable
d'écrire une page du livre de notre redoutable adversaire. Vous tous, qui voulez vous servir de votre
raison & vous instruire, lisez cet éloquent & dangereux
passage du Système de la nature, chapitre V, pag. 153
& suivantes.

(*a*) Ou plutôt *Baruch* ; car il s'appelait *Baruch*, comme on le dit
ailleurs. Il signait B. *Spinosa*. Quelques chrétiens fort mal instruits, &
qui ne savaient pas que *Spinosa* avait quitté le judaïsme sans embrasser
le christianisme, prirent ce B. pour la première lettre de *Benedictus*,
Benoit.

,, On prétend que les animaux nous fourniffent
,, une preuve convaincante d'une caufe puiffante de
,, leur exiftence ; on nous dit que l'accord admirable
,, de leurs parties, que l'on voit fe prêter des fecours
,, mutuels afin de remplir leurs fonctions & de main-
,, tenir leur enfemble nous annoncent un ouvrier
,, qui réunit la puiffance à la fageffe. Nous ne pou-
,, vons douter de la puiffance de la nature ; elle pro-
,, duit tous les animaux à l'aide des combinaifons
,, de la matière qui eft dans une action continuelle ;
,, l'accord des parties de ces mêmes animaux eft une
,, fuite des lois néceffaires de leur nature & de leur
,, combinaifon ; dès que cet accord ceffe, l'animal
,, fe détruit néceffairement. Que deviennent alors la
,, fageffe, l'intelligence (b) ou la bonté de la caufe
,, prétendue à qui l'on fefait honneur d'un accord
,, fi vanté ? Ces animaux fi merveilleux que l'on dit
,, être les ouvrages d'un Dieu immuable, ne s'altèrent-
,, ils point fans ceffe & ne finiffent-ils pas toujours
,, par fe détruire ? Où eft la fageffe, la bonté, la
,, prévoyance, l'immutabilité, (c) d'un ouvrier qui
,, ne paraît occupé qu'à déranger & brifer les refforts
,, des machines qu'on nous annonce comme les
,, chefs-d'œuvre de fa puiffance & de fon habileté ?
,, Si ce Dieu ne peut faire autrement, (d) il n'eft
,, ni libre ni tout-puiffant. S'il change de volonté ;
,, il n'eft point immuable. S'il permet que des

(b) Y a-t-il moins d'intelligence, parce que les générations fe
fuccèdent ?

(c) Il y a immutabilité de deffein quand vous voyez immutabilité
d'effets. Voyez DIEU.

(d) Etre libre, c'eft faire fa volonté. S'il l'opère, il eft libre.

,, machines qu'il a rendues fenfibles éprouvent de la
,, douleur, il manque de bonté. (e) S'il n'a pu rendre
,, fes ouvrages plus folides, c'eft qu'il a manqué
,, d'habileté. En voyant que les animaux, ainfi que
,, tous les autres ouvrages de la Divinité, fe détruifent,
,, nous ne pouvons nous empêcher d'en conclure ou
,, que tout ce que la nature fait eft néceffaire & n'eft
,, qu'une fuite de fes lois, ou que l'ouvrier qui la
,, fait agir eft dépourvu de plan, de puiffance, de
,, conftance, d'habileté, de bonté.

,, L'homme, qui fe regarde lui-même comme le
,, chef-d'œuvre de la Divinité, nous fournirait plus
,, que toute autre production la preuve de l'incapacité
,, ou de la malice (f) de fon auteur prétendu. Dans
,, cet être fenfible, intelligent, penfant, qui fe croit
,, l'objet conftant de la prédilection divine, & qui
,, fait fon Dieu d'après fon propre modèle, nous
,, ne voyons qu'une machine plus mobile, plus
,, frêle, plus fujette à fe déranger par fa grande com-
,, plication que celle des êtres les plus groffiers. Les
,, bêtes dépourvues de nos connaiffances, les plantes
,, qui végètent, les pierres privées de fentiment, font
,, à bien des égards des êtres plus favorifés que l'hom-
,, me; ils font au moins exempts des peines d'efprit,
,, des tourmens de la penfée, des chagrins dévorans,
,, dont celui-ci eft fi fouvent la proie. Qui eft-ce qui
,, ne voudrait point être un animal ou une pierre
,, toutes les fois qu'il fe rappelle la perte irréparable

(e) Voyez la *réponfe* dans les articles *Athéifme* & Dieu.

(f) S'il eft malin, il n'eft point capable; & s'il eft capable, ce
qui comprend pouvoir & fageffe, il n'eft pas malin.

,, d'un objet aimé? (g) Ne vaudrait-il pas mieux être
,, une maſſe inanimée qu'un ſuperſtitieux inquiet
,, qui ne fait que trembler ici-bas ſous le joug de ſon
,, Dieu, & qui prévoit encore des tourmens infinis
,, dans une vie future? Les êtres privés de ſentiment,
,, de vie, de mémoire, & de penſée, ne ſont point
,, affligés par l'idée du paſſé, du préſent, & de l'avenir;
,, ils ne ſe croient pas en danger de devenir éternelle-
,, ment malheureux pour avoir mal raiſonné, comme
,, tant d'êtres favoriſés, qui prétendent que c'eſt
,, pour eux que l'architecte du monde a conſtruit
,, l'univers.

,, Que l'on ne nous diſe point que nous ne pouvons
,, avoir l'idée d'un ouvrage, ſans avoir celle d'un
,, ouvrier diſtingué de ſon ouvrage. La nature n'eſt
,, point un ouvrage : elle a toujours exiſté par elle-
,, même, (h) c'eſt dans ſon ſein que tout ſe fait; elle
,, eſt un atelier immenſe pourvu de matériaux, & qui
,, fait les inſtrumens dont elle ſe ſert pour agir : tous ſes
,, ouvrages ſont des effets de ſon énergie & des agens
,, ou cauſes qu'elle fait, qu'elle renferme, qu'elle met
,, en action. Des élémens éternels, incréés, indeſtruc-
,, tibles, toujours en mouvement, en ſe combinant
,, diverſement, font éclore tous les êtres, & les
,, phénomènes que nous voyons, tous les effets bons
,, ou mauvais que nous ſentons, l'ordre ou le déſordre,

(g) L'auteur tombe ici dans une inadvertance à laquelle nous ſommes
tous ſujets. Nous diſons ſouvent : j'aimerais mieux être oiſeau, qua-
drupède, que d'être homme, avec les chagrins que j'eſſuie. Mais quand
on tient ce diſcours on ne ſonge pas qu'on ſouhaite d'être anéanti; car
ſi vous êtes autre que vous-même, vous n'avez plus rien de vous-même.

(h) Vous ſuppoſez ce qui eſt en queſtion, & cela n'eſt que trop
ordinaire à ceux qui font des ſyſtèmes.

,, que nous ne diftinguons jamais que par les diffé-
,, rentes façons dont nous fommes affectés, en un mot
,, toutes les merveilles fur lefquelles nous méditons &
,, raifonnons. Ces élémens n'ont befoin pour cela que
,, de leurs propriétés, foit particulières, foit réunies,
,, & du mouvement qui leur eft effentiel, fans qu'il
,, foit néceffaire de recourir à un ouvrier inconnu
,, pour les arranger, les façonner, les combiner, les
,, conferver, & les diffoudre.

,, Mais en fuppofant pour un inftant qu'il foit
,, impoffible de concevoir l'univers fans un ouvrier
,, qui l'ait formé & qui veille à fon ouvrage, où
,, placerons-nous cet ouvrier? (i) fera-t-il dedans ou
,, hors de l'univers? eft-il matière ou mouvement?
,, ou bien n'eft-il que l'efpace, le néant ou le vide?
,, Dans tous ces cas, ou il ne ferait rien, ou il
,, ferait contenu dans la nature & foumis à fes lois.
,, S'il eft dans la nature, je n'y penfe voir que de la
,, matière en mouvement, & je dois en conclure que
,, l'agent qui la meut eft corporel & matériel, & que
,, par conféquent il eft fujet à fe diffoudre. Si cet
,, agent eft hors de la nature, je n'ai plus aucune
,, idée (k) du lieu qu'il occupe, ni d'un être imma-
,, tériel, ni de la façon dont un efprit fans étendue
,, peut agir fur la matière dont il eft féparé. Ces
,, efpaces ignorés, que l'imagination a placés au-delà
,, du monde vifible, n'exiftent point pour un être
,, qui voit à peine à fes pieds : (l) la puiffance idéale

(i) Eft-ce à nous à lui trouver fa place? C'eft à lui de nous donner la nôtre. Voyez la *réponfe*.

(k) Etes-vous fait pour avoir des idées de tout, & ne voyez-vous pas dans cette nature une intelligence admirable?

(l) Ou le monde eft infini, ou l'efpace eft infini ; choififfez.

„ qui les habite, ne peut se peindre à mon esprit
„ que lorsque mon imagination combinera au hasard
„ les couleurs fantastiques qu'elle est toujours forcée
„ de prendre dans le monde où je suis ; dans ce cas
„ je ne ferai que reproduire en idée ce que mes sens
„ auront réellement aperçu ; & ce Dieu , que je
„ m'efforce de distinguer de la nature & de placer
„ hors de son enceinte, y rentrera toujours nécef-
„ fairement & malgré moi.

„ L'on insistera, & l'on dira que si l'on portait une
„ statue ou une montre à un sauvage qui n'en aurait
„ jamais vu, il ne pourrait s'empêcher de reconnaître
„ que ces choses sont des ouvrages de quelque agent
„ intelligent , plus habile & plus industrieux que
„ lui-même : l'on conclura de-là que nous sommes
„ pareillement forcés de reconnaître que la machine
„ de l'univers , que l'homme, que les phénomènes
„ de la nature , font des ouvrages d'un agent dont
„ l'intelligence & le pouvoir surpassent de beaucoup
„ les nôtres.

„ Je réponds, en premier lieu, que nous ne pouvons
„ douter que la nature ne soit très-puissante & très-
„ industrieuse ; (m) nous admirons son industrie
„ toutes les fois que nous sommes surpris des effets
„ étendus, variés, & compliqués, que nous trouvons
„ dans ceux de ces ouvrages que nous prenons la
„ peine de méditer : cependant elle n'est ni plus ni
„ moins industrieuse dans l'un de ses ouvrages que
„ dans les autres. Nous ne comprenons pas plus

(m) *Puissante & industrieuse ;* je m'en tiens là. Celui qui est assez puissant pour former l'homme & le monde est Dieu. Vous admettez Dieu malgré vous.

» comment elle a pu produire une pierre ou un métal
» qu'une tête organifée comme celle de *Newton :*
» nous appelons *induftrieux* un homme qui peut faire
» des chofes que nous ne pouvons pas faire nous-
» mêmes. La nature peut tout ; & dès qu'une chofe
» exifte, c'eft une preuve qu'elle a pu la faire. Ainfi
» ce n'eft jamais que relativement à nous-mêmes
» que nous jugeons la nature induftrieufe ; nous la
» comparons alors à nous-mêmes ; & comme nous
» jouiffons d'une qualité que nous nommons *intelli-*
» *gence ,* à l'aide de laquelle nous produifons des
» ouvrages où nous montrons notre induftrie , nous
» en concluons que les ouvrages de la nature qui
» nous étonnent le plus, ne lui appartiennent point,
» mais font dus à un ouvrier intelligent comme nous,
» dont nous proportionnons l'intelligence à l'éton-
» nement que fes œuvres produifent en nous ;
» c'eft-à-dire à notre faibleffe & à notre propre
» ignorance. » (*n*)

Voyez la réponfe à ces argumens aux articles
Athéifme & D I E U , & à la fection fuivante, écrite long-
temps avant le Syftème de la nature.

SECTION II.

S I une horloge n'eft pas faite pour montrer l'heure,
j'avouerai alors que les caufes finales font des chimères ;
& je trouverai fort bon qu'on m'appelle *caufe finalier ,*
c'eft-à-dire un imbécille.

(*n*) Si nous fommes fi ignorans , comment oferons-nous affirmer que
tout fe fait fans Dieu ?

Toutes les pièces de la machine de ce monde semblent pourtant faites l'une pour l'autre. Quelques philofophes affectent de fe moquer des caufes finales rejetées par *Epicure*, & par *Lucrèce*. C'eft plutôt, ce me femble, d'*Epicure* & de *Lucrèce* qu'il faudrait fe moquer. Ils vous difent que l'œil n'eft point fait pour voir, mais qu'on s'en eft fervi pour cet ufage, quand on s'eft aperçu que les yeux y pouvaient fervir. Selon eux, la bouche n'eft point faite pour parler, pour manger, l'eftomac pour digérer, le cœur pour recevoir le fang des veines & l'envoyer dans les artères, les pieds pour marcher, les oreilles pour entendre. Ces gens-là cependant avouaient que les tailleurs leur fefaient des habits pour les vêtir, & les maçons des maifons pour les loger; & ils ofaient nier à la nature, au grand être, à l'intelligence univerfelle, ce qu'ils accordaient tous à leurs moindres ouvriers.

Il ne faut pas fans doute abufer des caufes finales; nous avons remarqué qu'en vain M. *le Prieur*, dans le Spectacle de la nature, prétend que les marées font données à l'Océan pour que les vaiffeaux entrent plus aifément dans les ports, & pour empêcher que l'eau de la mer ne fe corrompe. En vain dirait-il que les jambes font faites pour être bottées, & les nez pour porter des lunettes.

Pour qu'on puiffe s'affurer de la fin véritable pour laquelle une caufe agit, il faut que cet effet foit de tous les temps & de tous les lieux. Il n'y a pas eu des vaiffeaux en tout temps & fur toutes les mers; ainfi l'on ne peut pas dire que l'Océan ait été fait pour les vaiffeaux. On fent combien il ferait ridicule de prétendre que la nature eût travaillé de tout temps pour s'ajuster aux inventions de nos arts arbitraires, qui tous ont paru si tard; mais il est bien évident que si les nez n'ont pas été faits pour les bésicles, ils l'ont été pour l'odorat, & qu'il y a des nez depuis qu'il y a des hommes. De même les mains n'ayant pas été données en faveur des gantiers, elles sont visiblement destinées à tous les usages que le métacarpe & les phalanges de nos doigts, & les mouvemens du muscle circulaire du poignet nous procurent.

Cicéron, qui doutait de tout, ne doutait pas pourtant des causes finales.

Il paraît bien difficile surtout, que les organes de la génération ne soient pas destinés à perpétuer les espèces. Ce mécanisme est bien admirable, mais la sensation que la nature a jointe à ce mécanisme est plus admirable encore. *Epicure* devait avouer que le plaisir est divin, & que ce plaisir est une cause finale, par laquelle sont produits sans cesse ces êtres sensibles qui n'ont pu se donner la sensation.

Cet *Epicure* était un grand-homme pour son temps; il vit ce que *Descartes* a nié, ce que *Gassendi* a affirmé, ce que *Newton* a démontré, qu'il n'y a point de mouvement sans vide. Il conçut la nécessité des atomes pour servir de parties constituantes aux espèces invariables. Ce sont-là des idées très-philosophiques. Rien n'était surtout plus respectable que la morale des vrais épicuriens; elle consistait dans l'éloignement des affaires publiques, incompatibles avec la sagesse, & dans l'amitié, sans laquelle la vie est un fardeau. Mais pour le reste de la physique d'*Epicure*, elle ne paraît pas plus admissible que la matière cannelée de *Descartes*. C'est, ce me semble, se boucher les yeux & l'entendement que de prétendre qu'il n'y a aucun deffein dans la nature ; &, s'il y a du deffein, il y a une caufe intelligente, il exifte un DIEU.

On nous objecte les irrégularités du globe, les volcans, les plaines de fables mouvans, quelques petites montagnes abymées & d'autres formées par des tremblemens de terre &c. Mais de ce que les moyeux des roues de votre carroffe auront pris feu, s'enfuit-il que votre carroffe n'ait pas été fait expreffément pour vous porter d'un lieu à un autre ?

Les chaînes des montagnes qui couronnent les deux hémifphères, & plus de fix cents fleuves qui coulent jufqu'aux mers du pied de ces rochers, toutes les rivières qui defcendent de ces mêmes réfervoirs, & qui groffiffent les fleuves, après avoir fertilifé les campagnes ; des milliers de fontaines qui partent de la même fource, & qui abreuvent le genre animal & le végétal ; tout cela ne paraît pas plus l'effet d'un cas fortuit & d'une déclinaifon d'atomes, que la rétine qui reçoit les rayons de la lumière, le criftallin qui les réfracte, l'enclume, le marteau, l'étrier, le tambour de l'oreille, qui reçoit les fons, les routes du fang dans nos veines, la fyftole & la diaftole du cœur, ce balancier de la machine qui fait la vie.

SECTION III.

IL paraît qu'il faut être forcené pour nier que les eftomacs foient faits pour digérer, les yeux pour voir, les oreilles pour entendre.

D'un autre côté il faut avoir un étrange amour des caufes finales pour affurer que la pierre a été formée pour bâtir des maisons , & que les vers à soie sont nés à la Chine afin que nous ayons du satin en Europe.

Mais, dit-on, si D i e u a fait visiblement une chose à dessein, il a donc fait toutes choses à dessein. Il est ridicule d'admettre la Providence dans un cas , & de la nier dans les autres. Tout ce qui est fait a été prévu, a été arrangé. Nul arrangement sans objet , nul effet sans cause ; donc tout est également le résultat, le produit d'une cause finale ; donc il est aussi vrai de dire que les nez ont été faits pour porter des lunettes, & les doigts pour être ornés de bagues , qu'il est vrai de dire que les oreilles ont été formées pour entendre les sons, & les yeux pour recevoir la lumière.

Il ne résulte de cette objection , rien autre, ce me semble , sinon que tout est l'effet prochain ou éloigné d'une cause finale générale ; que tout est la suite des lois éternelles.

Quand les effets sont invariablement les mêmes, en tout lieu, & en tout temps; quand ces effets uniformes sont indépendans des êtres auxquels ils appartiennent; alors il y a visiblement une cause finale.

Tous les animaux ont des yeux , ils voient ; tous ont des oreilles , & ils entendent; tous une bouche par laquelle ils mangent ; un estomac , ou quelque chose d'approchant, par lequel ils digèrent ; tous un orifice qui expulse les excrémens ; tous un instrument de la génération : & ces dons de la nature opèrent en eux sans qu'aucun art s'en mêle. Voilà des causes finales clairement établies , & c'est pervertir notre faculté de penser, que de nier une vérité si universelle.

Mais les pierres en tout lieu, & en tout temps, ne
compofent pas des bâtimens ; tous les nez ne portent
pas des lunettes ; tous les doigts n'ont pas une bague ;
toutes les jambes ne font pas couvertes de bas de foie.
Un ver à foie n'eft donc pas fait pour couvrir mes
jambes, précifément comme votre bouche eft faite
pour manger, & votre derrière pour aller à la garde-
robe. Il y a donc des effets immédiats produits par
les caufes finales, & des effets en très-grand nombre
qui font des produits éloignés de ces caufes.

Tout ce qui appartient à la nature eft uniforme,
immuable, eft l'ouvrage immédiat du maître ; c'eft
lui qui a créé les lois par lefquelles la lune entre
pour les trois quarts dans la caufe du flux & du
reflux de l'Océan, & le foleil pour fon quart : c'eft
lui qui a donné un mouvement de rotation au foleil,
par lequel cet aftre envoie en fept minutes & demie
des rayons de lumière dans les yeux des hommes,
des crocodiles, & des chats.

Mais, fi après bien des fiècles nous nous fommes
avifés d'inventer des cifeaux & des broches, de tondre
avec les uns la laine des moutons, & de les faire
cuire avec les autres pour les manger, que peut-on
en inférer autre chofe, finon que DIEU nous a faits
de façon qu'un jour nous deviendrions néceffairement
induftrieux & carnaffiers ?

Les moutons n'ont pas fans doute été faits abfolument pour être cuits & mangés, puifque plufieurs
nations s'abftiennent de cette horreur. Les hommes
ne font pas créés effentiellement pour fe maffacrer,
puifque les brames, & les refpectables primitifs qu'on
nomme *quakers* ne tuent perfonne : mais la pâte

dont

dont nous fommes pétris produit fouvent des maffacres, comme elle produit des calomnies, des vanités,
des perfécutions, & des impertinences. Ce n'eft pas
que la formation de l'homme foit précifément la caufe
finale de nos fureurs & de nos fottifes ; car une caufe
finale eft univerfelle & invariable en tout temps & en
tout lieu. Mais les horreurs & les abfurdités de
l'efpèce humaine n'en font pas moins dans l'ordre
éternel des chofes. Quand nous battons notre blé,
le fléau eft la caufe finale de la féparation du grain.
Mais fi ce fléau, en battant mon grain, écrafe mille
infeêtes, ce n'eft point par ma volonté déterminée,
ce n'eft pas non plus par hafard ; c'eft que ces
infeêtes fe font trouvés cette fois fous mon fléau, &
qu'ils devaient s'y trouver.

C'eft une fuite de la nature des chofes, qu'un
homme foit ambitieux, que cet homme enrégimente
quelquefois d'autres hommes, qu'il foit vainqueur,
ou qu'il foit battu ; mais jamais on ne pourra dire :
L'homme a été créé de DIEU pour être tué à la
guerre.

Les inftrumens que nous a donnés la nature ne
peuvent être toujours des caufes finales en mouvement. Les yeux donnés pour voir ne font pas toujours
ouverts ; chaque fens a fes temps de repos. Il y a
même des fens dont on ne fait jamais d'ufage. Par
exemple, une malheureufe imbécille, enfermée dans
un cloître à quatorze ans, ferme pour jamais chez
elle la porte dont devait fortir une génération nouvelle ;
mais la caufe finale n'en fubfifte pas moins ; elle agira
dès qu'elle fera libre.

C E L T E S.

Parmi ceux qui ont eu affez de loifir, de fecours,
& de courage, pour rechercher l'origine des peuples,
il y en a eu qui ont cru trouver celle de nos
Celtes, ou qui du moins ont voulu faire accroire
qu'ils l'avaient rencontrée : cette illufion était le feul
prix de leurs travaux immenfes ; il ne faut pas la
leur envier.

Du moins quand vous voulez connaître quelque
chofe des Huns, (quoiqu'ils ne méritent guère d'être
connus, puifqu'ils n'ont rendu aucun fervice au genre-
humain,) vous trouvez quelques faibles notices de ces
barbares chez les Chinois, ce peuple le plus ancien
des nations connues, après les Indiens. Vous apprenez d'eux que les Huns allèrent dans certains temps,
comme des loups affamés, ravager des pays regardés
encore aujourd'hui comme des lieux d'exil & d'horreur.
C'eft une bien trifte & bien miférable fcience. Il
vaut mieux fans doute cultiver un art utile à Paris,
à Lyon, & à Bordeaux, que d'étudier férieufement
l'hiftoire des Huns & des ours ; mais enfin on eft
aidé dans ces recherches par quelques archives de la
Chine.

Pour les Celtes, point d'archives ; on ne connaît
pas plus leurs antiquités que celles des Samoïèdes &
des terres auftrales.

Nous n'avons rien appris de nos ancêtres que par
le peu de mots que *Jules-Céfar* leur conquérant a
daigné en dire. Il commence fes commentaires par

diſtinguer toutes les Gaules en Belges, Aquitainiens, & Celtes.

De-là quelques fiers ſavans ont conclu que les Celtes étaient les Scythes, & dans ces Scythes-Celtes ils ont compris toute l'Europe. Mais pourquoi pas toute la terre ? pourquoi s'arrêter en ſi beau chemin ?

On n'a pas manqué de nous dire que *Japhet*, fils de *Noé*, vint au plus vîte au ſortir de l'arche peupler de Celtes toutes ces vaſtes contrées, qu'il gouverna merveilleuſement bien. Mais des auteurs plus modeſtes rapportent l'origine de nos Celtes à la tour de Babel, à la confuſion des langues, à *Gomer* dont jamais perſonne n'entendit parler, juſqu'au temps très-récent où quelques occidentaux lurent le nom de *Gomer* dans une mauvaiſe traduction des Septante.

> *Et voilà juſtement comme on écrit l'hiſtoire.*

Bochart dans ſa chronologie ſacrée (quelle chronologie !) prend un tour fort différent ; il fait de ces hordes innombrables de Celtes une colonie égyptienne, conduite habilement & facilement des bords fertiles du Nil par *Hercule* dans les forêts & dans les marais de la Germanie, où ſans doute ces colons portèrent tous les arts, la langue égyptienne, & les myſtères d'*Iſis*, ſans qu'on ait pu jamais en retrouver la moindre trace.

Ceux-là m'ont paru avoir encore mieux rencontré, qui ont dit que les Celtes des montagnes du Dauphiné étaient appelés Cottiens, de leur roi *Cottius* ; les Bérichons de leur roi *Betrich*, les Welches ou Gaulois de leur roi *Wallus*, les Belges de *Balgen*, qui veut dire *hargneux*.

Une origine encore plus belle, c'eft celle des Celtes-Pannoniens, du mot latin *Pannus*, drap ; attendu, nous dit-on, qu'ils fe vêtiffaient de vieux morceaux de drap mal coufus, affez reffemblans à l'habit d'*Arlequin*. Mais la meilleure origine eft fans contredit la tour de Babel.

O braves & généreux compilateurs, qui avez tant écrit fur des hordes de fauvages, qui ne favaient ni lire ni écrire, j'admire votre laborieufe opiniâtreté ! Et vous pauvres Celtes-Welches, permettez-moi de vous dire auffi-bien qu'aux Huns, que des gens qui n'ont pas eu la moindre teinture des arts utiles ou agréables, ne méritent pas plus nos recherches que les porcs & les ânes qui ont habité leur pays.

On dit que vous étiez anthropophages ; mais qui ne l'a pas été ?

On me parle de vos druides qui étaient de très-favans prêtres. Allons donc à l'article *Druide*.

CEREMONIES, TITRES, PRÉÉMINENCE, &c.

Toutes ces chofes qui feraient inutiles, & même fort impertinentes dans l'état de pure nature, font fort utiles dans l'état de notre nature corrompue & ridicule.

Les Chinois font de tous les peuples celui qui a pouffé le plus loin l'ufage des cérémonies : il eft certain qu'elles fervent à calmer l'efprit autant qu'à l'ennuyer. Les porte-faix, les charretiers chinois, font obligés, au moindre embarras qu'ils caufent dans les rues, de fe mettre à genoux l'un devant l'autre, & de fe demander mutuellement pardon felon la formule prefcrite. Cela prévient les injures, les coups, les meurtres ; ils ont le temps de s'apaifer, après quoi ils s'aident mutuellement.

Plus un peuple eft libre, moins il a de cérémonies ; moins de titres faftueux ; moins de démonftrations d'anéantiffement devant fon fupérieur. On difait à *Scipion*, *Scipion* ; & à *Céfar*, *Céfar* : & dans la fuite des temps on dit aux empereurs, *Votre majefté*, *votre divinité*.

Les titres de *St Pierre* & de *St Paul* étaient *Pierre* & *Paul*. Leurs fuccelleurs fe donnèrent réciproquement le titre de *votre fainteté*, que l'on ne voit jamais dans les Actes des apôtres ni dans les écrits des difciples.

Nous lifons dans l'*Hiftoire d'Allemagne* que le dauphin de France, qui fut depuis le roi *Charles V*, alla vers l'empereur *Charles IV* à Metz, & qu'il palla après le cardinal de *Périgord*.

Il fut enfuite un temps où les chanceliers eurent la préféance fur les cardinaux, après quoi les cardinaux l'emportèrent fur les chanceliers.

Les pairs précédèrent en France les princes du fang, & ils marchèrent tous en ordre de pairie jufqu'au facre de *Henri III*.

La dignité de la pairie était avant ce temps fi éminente, qu'à la cérémonie du facre d'*Elifabeth* époufe de *Charles IX*, en 1571, décrite par *Simon Bouquet* échevin de Paris, il eft dit que *les dames & damoifelles de la reine ayant baillé à la dame d'honneur le pain, le vin, & le cierge avec l'argent, pour l'offerte, pour être préfentés à la reine par la dite dame d'honneur, celle*

D d 3

dite dame d'honneur, pour ce qu'elle était duchesse, commanda
aux dames d'aller porter elles-mêmes l'offerte aux prin-
cesses, &c. Cette dame d'honneur était la connétable
de *Montmorency.*

Le fauteuil à bras, la chaife à dos, le tabouret,
la main droite & la main gauche, ont été pendant
plufieurs fiècles d'importans objets de politique, &
d'illuftres fujets de querelles. Je crois que l'ancienne
étiquette concernant les fauteuils vient de ce que chez
nos barbares de grands-pères, il n'y avait qu'un fauteuil
tout au plus dans une maifon, & ce fauteuil même
ne fervait que quand on était malade. Il y a encore
des provinces d'Allemagne & d'Angleterre, où un
fauteuil s'appelle *une chaife de doléance.*

Long-temps après *Attila* & *Dagobert,* quand le luxe
s'introduifit dans les cours, & que les grands de la
terre eurent deux ou trois fauteuils dans leurs donjons,
ce fut une belle diftinction de s'affeoir fur un de ces
trônes ; & tel feigneur châtelain prenait acte, comment
ayant été à demi-lieue de fes domaines faire fa cour
à un comte, il avait été reçu dans un fauteuil à bras.

On voit par les mémoires de *Mademoifelle,* que
cette augufte princeffe paffa un quart de fa vie dans
les angoiffes mortelles des difputes pour des chaifes
à dos. Devait-on s'affeoir dans une certaine chambre
fur une chaife ou fur un tabouret, ou même ne point
s'affeoir ? Voilà ce qui intriguait toute une cour.
Aujourd'hui les mœurs font plus unies ; les canapés
& les chaifes longues font employées par les dames,
fans caufer d'embarras dans la fociété.

Lorfque le cardinal de *Richelieu* traita du mariage de
Henriette de France & de *Charles I,* avec les ambaffadeurs

d'Angleterre, l'affaire fut fur le point d'être rompue, pour deux ou trois pas de plus que les ambaffadeurs exigeaient auprès d'une porte; & le cardinal fe mit au lit pour trancher toute difficulté. L'hiftoire a foigneufement confervé cette précieufe circonftance. Je crois que fi on avait propofé à *Scipion* de fe mettre nu entre deux draps pour recevoir la vifite d'*Annibal*, il aurait trouvé cette cérémonie fort plaifante.

La marche des carroffes, & ce qu'on appelle le *haut du pavé*, ont été encore des témoignages de grandeur, des fources de prétentions, de difputes, & de combats, pendant un fiècle entier. On a regardé comme une fignalée victoire de faire paffer un carroffe devant un autre carroffe. Il femblait, à voir les ambaffadeurs fe promener dans les rues, qu'ils difputaffent le prix dans des cirques; & quand un miniftre d'Efpagne avait pu faire reculer un cocher portugais, il envoyait un courrier à Madrid informer le roi fon maître de ce grand avantage.

Nos hiftoires nous réjouiffent par vingt combats à coups de poing pour la préféance; le parlement contre les clercs de l'évêque à la pompe funèbre de *Henri IV;* la chambre des comptes contre le parlement dans la cathédrale, quand *Louis XIII* donna la France à la Vierge; le duc d'*Epernon* dans l'églife de Saint-Germain contre le garde-des-fceaux du *Vair*. Les préfidens des enquêtes gourmèrent dans Notre-Dame le doyen des confeillers de grand'chambre, *Savare*, pour le faire fortir de fa place d'honneur; (tant l'honneur eft l'ame des gouvernemens monarchiques;) & on fut obligé de faire empoigner par quatre archers le préfident *Barillon* qui frappait comme un fourd fur ce pauvre doyen.

Nous ne voyons point de telles contestations dans l'aréopage ni dans le sénat romain.

A mesure que les pays sont barbares, ou que les cours sont faibles, le cérémonial est plus en vogue. La vraie puissance & la vraie politesse dédaignent la vanité.

Il est à croire qu'à la fin on se défera de cette coutume qu'ont encore quelquefois les ambassadeurs, de se ruiner pour aller en procession par les rues avec quelques carrosses de louage rétablis & redorés, précédés de quelques laquais à pied. Cela s'appelle *faire son entrée*; & il est assez plaisant de faire son entrée dans une ville sept ou huit mois après qu'on y est arrivé.

Cette importante affaire du *Punctilio*, qui constitue la grandeur des Romains modernes; cette science du nombre des pas qu'on doit faire pour reconduire un *Monsignor*, d'ouvrir un rideau à moitié ou tout-à-fait, de se promener dans une chambre à droite ou à gauche; (1) ce grand art que les *Fabius* & les *Catons* n'auraient jamais deviné, commence à baisser : & les caudataires des cardinaux se plaignent que tout annonce la décadence.

Un colonel français était dans Bruxelles un an après la prise de cette ville par le maréchal de *Saxe* ; & ne sachant que faire, il voulut aller à l'assemblée de la ville. Elle se tient chez une princesse, lui dit-on. Soit, répondit l'autre, que m'importe ? Mais il n'y a

(1) Ce fut une querelle de ce genre qui brouilla le cardinal de *Bouillon* avec la fameuse princesse des *Ursins* son intime amie ; & la haine de cette femme aussi vaine que lui, mais plus habile en intrigue, fut une des principales causes de sa perte.

que des princes qui aillent là ; êtes-vous prince ? Va, va, dit le colonel, ce font de bons princes ; j'en avais l'année passée une douzaine dans mon antichambre, quand nous eumes pris la ville ; ils étaient tous fort polis.

En relisant *Horace* j'ai remarqué ce vers dans une épître à *Mécène : Te, dulcis amice, revisam.* J'irai vous voir, mon bon ami. Ce *Mécène* était la seconde personne de l'empire romain, c'est-à-dire, un homme plus considérable & plus puissant que ne l'est aujourd'hui le plus grand monarque de l'Europe.

En relisant *Corneille*, j'ai remarqué que dans une lettre au grand *Scudéri* gouverneur de Notre-Dame de la Garde, il s'exprime ainsi au sujet du cardinal de *Richelieu : Monsieur le cardinal votre maître & le mien.* C'est peut-être la première fois qu'on a parlé ainsi d'un ministre, depuis qu'il y a dans le monde des ministres, des rois, & des flatteurs. Le même *Pierre Corneille*, auteur de Cinna, dédie humblement ce Cinna au sieur de *Montauron*, tréforier de l'épargne, qu'il compare sans façon à *Auguste.* Je suis fâché qu'il n'ait pas appelé *Montauron* monseigneur.

On conte qu'un vieil officier qui savait peu le protocole de la vanité, ayant écrit au marquis de *Louvois, Monsieur*, & n'ayant point eu de réponse, lui écrivit *Monseigneur*, & n'en obtint pas davantage, parce que le ministre avait encore le *Monsieur* sur le cœur. Enfin il lui écrivit, *à mon* DIEU, *mon* DIEU *Louvois ;* & au commencement de la lettre il mit, *Mon* DIEU *mon* CRÉATEUR. (2) Tout cela ne prouve-t-il pas que les

(2) Le *Monseigneur* des ministres est presque tombé en défuétude, depuis que les places de secrétaires d'Etat ont été occupées par des grands, qui se feraient crus humiliés de n'être *monseigneurs* que depuis qu'ils étaient devenus ministres.

Romains du bon temps étaient grands & modeftes,
& que nous fommes petits & vains?

Comment vous portez-vous, mon cher ami? difait
un duc & pair à un gentilhomme. A votre fervice,
mon cher ami, répondit l'autre; & dès ce moment il
eut fon *cher ami* pour ennemi implacable. Un grand
de Portugal parlait à un grand d'Efpagne, & lui difait
à tout moment, *Votre excellence.* Le Caftillan lui répondait, Votre courtoifie, *Vueftra merced;* c'eft le titre
que l'on donne aux gens qui n'en ont pas. Le portugais piqué appela l'efpagnol à fon tour, *Votre courtoifie;* l'autre lui donna alors de l'*excellence.* A la fin le
partugais laffé lui dit: Pourquoi me donnez-vous
toujours de la courtoifie, quand je vous donne de
l'excellence? & pourquoi m'appelez-vous votre
excellence, quand je vous dis votre courtoifie? C'eft
que tous les titres me font égaux, répondit humblement le Caftillan, pourvu qu'il n'y ait rien d'égal
entre vous & moi.

La vanité des titres ne s'introduifit dans nos climats
feptentrionaux de l'Europe, que quand les Romains
eurent fait connaiffance avec la fublimité afiatique.
La plupart des rois de l'Afie étaient, & font encore
coufins germains du foleil & de la lune: leurs fujets
n'ofent jamais prétendre à cette alliance; & tel gouverneur de province qui s'intitule, *Mufcade de confolation* & *Rofe de plaifir*, ferait empalé, s'il fe difait parent
le moins du monde de la lune & du foleil.

Conftantin fut, je penfe, le premier empereur
romain qui chargea l'humilité chrétienne d'une page
de noms faftueux. Il eft vrai qu'avant lui on donnait du
dieu aux empereurs. Mais ce mot *dieu* ne fignifiait

rien d'approchant de ce que nous entendons. *Divus Auguſtus*, *Divus Trajanus*, voulaient dire, *St Auguſte*, *St Trajan*. On croyait qu'il était de la dignité de l'empire romain, que l'ame de ſon chef allât au ciel après ſa mort; & ſouvent même on accordait le titre de *ſaint*, de *divus*, à l'empereur, en avancement d'hoirie. C'eſt à-peu-près par cette raiſon que les premiers patriarches de l'Egliſe chrétienne s'appelaient tous *votre ſainteté*. On les nommait ainſi pour les faire ſouvenir de ce qu'ils devaient être.

On ſe donne quelquefois à ſoi-même des titres fort humbles, pourvu qu'on en reçoive de fort honorables. Tel abbé qui s'intitule *frère*, ſe fait appeler *monſeigneur* par ſes moines. Le pape ſe nomme *ſerviteur des ſerviteurs de* DIEU. Un bon prêtre du Holſtein écrivit un jour au pape *Pie IV*: *A Pie IV ſerviteur des ſerviteurs de* DIEU. Il alla enſuite à Rome ſolliciter ſon affaire; & l'inquiſition le fit mettre en priſon pour lui apprendre à écrire.

Il n'y avait autrefois que l'empereur qui eût le titre de *majeſté*. Les autres rois s'appelaient *votre alteſſe*, *votre ſérénité*, *votre grâce*. *Louis XI* fut le premier en France qu'on appela communément *majeſté*, titre non moins convenable en effet à la dignité d'un grand royaume héréditaire qu'à une principauté élective. Mais on ſe ſervait du terme d'*alteſſe* avec les rois de France long-temps après lui; & on voit encore des lettres à *Henri III*, dans leſquelles on lui donne ce titre. Les états d'Orléans ne voulurent point que la reine *Catherine de Médicis* fût appelée *majeſté*. Mais peu-à-peu cette dernière dénomination prévalut. Le nom eſt indifférent; il n'y a que le pouvoir qui ne le ſoit pas.

La chancellerie allemande, toujours invariable dans ses nobles usages, a prétendu jusqu'à nos jours ne devoir traiter tous les rois que de *sérénité*. Dans le fameux traité de Vestphalie, où la France & la Suède donnèrent des lois au saint empire romain, jamais les plénipotentiaires de l'empereur ne présentèrent de mémoires latins où sa *sacrée majesté impériale* ne traitât avec les *sérénissimes rois de France & de Suède;* mais de leur côté les Français & les Suédois ne manquaient pas d'assurer que leurs *sacrées majestées de France & de Suède* avaient beaucoup de griefs contre le *sérénissime empereur.* Enfin dans le traité tout fut égal de part & d'autre. Les grands souverains ont depuis ce temps passé dans l'opinion des peuples pour être tous égaux ; & celui qui a battu ses voisins a eu la prééminence dans l'opinion publique.

Philippe II fut la première *majesté* en Espagne ; car la *sérénité* de *Charles V* ne devint *majesté* qu'à cause de l'empire. Les enfans de *Philippe II* furent les premières *altesses*, & ensuite ils furent *altesses royales.* Le duc d'Orléans, frère de *Louis XIII*, ne prit qu'en 1631 le titre d'*altesse royale :* alors le prince de *Condé* prit celui d'*altesse sérénissime*, que n'osèrent s'arroger les ducs de Vendôme. Le duc de Savoie fut alors *altesse royale*, & devint ensuite *majesté.* Le grand-duc de Florence en fit autant, à la *majesté* près ; & enfin le czar, qui n'était connu en Europe que sous le nom de grand-duc, s'est déclaré *empereur*, & a été reconnu pour tel.

Il n'y avait anciennement que deux marquis d'Allemagne, deux en France, deux en Italie. Le marquis de Brandebourg est devenu *roi*, & *grand roi;* mais aujourd'hui nos marquis italiens & français sont d'une espèce un peu différente.

Qu'un bourgeois italien ait l'honneur de donner à dîner au légat de fa province, & que ce légat èn buvant lui dife : *Monfieur le marquis, à votre fanté*, le voilà marquis lui & fes enfans à toùt jamais. Qu'un provincial en France, qui poffédera pour tout bien dans fon village la quatrième partie d'une petite châtellenie ruinée, arrive à Paris; qu'il y faffe un peu de fortune, ou qu'il ait l'air de l'avoir faite, il s'intitule dans fes actes, *Haut & puiffant feigneur, marquis & comte;* & fon fils fera chez fon notaire, *Trés-haut & trés-puiffant feigneur;* & comme cette petite ambition ne nuit en rien au gouvernement, ni à la fociété civile, on n'y prend pas garde. Quelques feigneurs français fe vantent d'avoir des *barons* allemands dans leurs écuries : quelques feigneurs allemands difent qu'ils ont des *marquis* français dans leurs cuifines : il n'y a pas long-temps qu'un étranger étant à Naples, fit fon cocher *duc*. La coutume en cela eft plus forte que l'autorité royale. Soyez peu connu à Paris, vous y ferez *comte* ou *marquis* tant qu'il vous plaira; foyez homme de robe ou de finance, & que le roi vous donne un marquifat bien réel, vous ne ferez jamais pour cela *monfieur le marquis*. Le célébre *Samuel Bernard* était plus *comte* que cinq cents *comtes* que nous voyons qui ne poffèdent pas quatre arpens de terre; le roi avait érigé pour lui fa terre de Coubert en bonne comté. S'il fe fût fait annoncer dans une vifite, *le comte Bernard*, on aurait éclaté de rire. Il en va tout autrement en Angleterre. Si le roi donne à un négociant un titre de *comte* ou de *baron*, il reçoit fans difficulté de toute la nation le nom qui lui eft propre. Les gens de la plus haute naiffance, le roi lui-même, l'appellent, *milord*, *monfeigneur*. Il en eft de même en Italie : il y a le protocole des *monfignori*. Le pape lui-même leur donne ce titre. Son médecin eft *monfignor*, & perfonne n'y trouve à redire.

En France le *monfeigneur* eft une terrible affaire. Un évêque n'était avant le cardinal de *Richelieu* que mon *révérendiffime père en* DIEU.

Avant l'année 1635, non-feulement les évêques ne fe monfeigneurifaient pas, mais ils ne donnaient point du *monfeigneur* aux cardinaux. Ces deux habitudes s'introduifirent par un évêque de Chartres qui alla en camail & en rochet appeler *monfeigneur* le cardinal de *Richelieu* ; fur quoi *Louis XIII* dit, fi l'on en croit les mémoires de l'archevêque de Touloufe *Montchal* : *Ce chartrain irait baifer le derrière du cardinal, & pufferait fon nez dedans jufqu'à ce que l'autre lui dît, c'eft affez.*

Ce n'eft que depuis ce temps que les évêques fe donnèrent réciproquement du *monfeigneur*.

Cette entreprife n'effuya aucune contradiction dans le public. Mais comme c'était un titre nouveau que les rois n'avaient pas donné aux évêques, on continua dans les édits, déclarations, ordonnances, & dans tout ce qui émane de la cour, à ne les appeler que *fieurs* : & meffieurs du confeil n'écrivent jamais à un évêque que *monfieur*.

Les ducs & pairs ont eu plus de peine à fe mettre en poffeffion du *monfeigneur*. La grande nobleffe, & ce qu'on appelle la *grande robe*, leur refufent tout net cette diftinction. Le comble des fuccès de l'orgueil humain, eft de recevoir des titres d'honneur de ceux qui croient être vos égaux ; mais il eft bien difficile

d'arriver à ce point : on trouve partout l'orgueil qui
combat l'orgueil. (2)

Quand les ducs exigèrent que les pauvres gentilshommes leur écriviffent *monJeigneur*, les préfidens à
mortier en demandèrent autant aux avocats & aux
procureurs. On a connu un préfident qui ne voulut
pas fe faire faigner, parce que fon chirurgien lui
avait dit : » Monfieur, de quel bras voulez-vous que
» je vous faigne ? » Il y eut un vieux confeiller de

(2) *Louis XIV* a décidé que la noblefse non titrée donnerait le
monfeigneur aux maréchaux de France, & elle s'y eft foumife fans beaucoup de peine. Chacun efpère devenir monfeigneur à fon tour.

Le même prince a donné des prérogatives particulières à quelques
familles. Celles de la maifon de Lorraine ont excité peu de réclamations ;
& maintenant il eft affez difficile à l'orgueil d'un gentilhomme de fe
croire abfolument l'égal d'hommes fortis d'une maifon inconteftablement
fouveraine depuis fept fiècles, qui a donné deux reines à la France, qui
enfin eft montée fur le trône impérial.

Les honneurs des maifons de *Bouillon* & de *Rohan* ont fouffert plus
de difficultés. On ne peut nier qu'elles n'aient exifté pendant long-
temps fans être diftinguées du refte de la noblefse. D'autres familles font
parvenues à poff*é*der de petites fouverainetés comme celle de Bouillon.
Un grand nombre pourrait également citer de grandes alliances ; & fi on
donnait un rang diftingué à tous ceux que les généalogiftes font defcendre des anciens fouverains de nos provinces, il y aurait prefque autant
d'alteffes que de marquis ou de comtes.

Louis XIV avait ordonné aux fecrétaires d'Etat de donner le *monfeigneur*
& l'*alteffe* aux gentilshommes de ces deux maifons ; mais ceux des fecrétaires d'Etat qui ont été tirés du corps de la noblefse, fe font crus
difpenfés de cette loi en qualité de gentilshommes. *Louvois* s'y foumit, & il
écrivit un jour au chevalier de *Bouillon* :

Monfeigneur, fi votre alteffe ne change pas de conduite, je la ferai mettre
dans un cachot. Je fuis avec refpeê, &c.

Maintenant ces princes ne répondent point aux lettres où l'on ne leur
donne pas le *monfeigneur* & l'*alteffe*, à moins qu'ils n'aient befoin de vous ;
& la noblefse leur refufe l'un & l'autre, à moins qu'elle n'ait befoin d'eux.
Quand un gentilhomme qui a un peu de vanité paffe un aête avec eux,
il leur laiffe prendre tous les titres qu'ils veulent, mais il ne manque
pas de protefter contre ces titres chez fon notaire. La vanité a deux
tonneaux comme *Jupiter*, mais le bon eft fouvent bien vide.

la grand'chambre qui en ufa plus franchement. Un plaideur lui dit : *Monfeigneur , monfieur votre fecrétaire...* Le confeiller l'arrêta tout court : Vous avez dit trois fottifes en trois paroles : je ne fuis point *monfeigneur ,* mon fecrétaire n'eft point *monfieur* , c'eft mon *clerc.*

Pour terminer ce grand procès de la vanité , il faudra un jour que tout le monde foit *monfeigneur* dans la nation ; comme toutes les femmes qui étaient autrefois *mademoifelle*, font actuellement *madame.* Lorf-qu'en Efpagne un mendiant rencontre un autre gueux, il lui dit : ,, Seigneur, *votre courtoifie* a-t-elle ,, pris fon chocolat? ,, Cette manière polie de s'exprimer élève l'ame , & conferve la dignité de l'efpèce.

Nous avons dit ailleurs une grande partie de ces chofes. Il eft bon de les inculquer pour corriger au moins quelques coqs-d'inde qui paffent leur vie à faire la roue.

CERTAIN, CERTITUDE.

JE fuis certain; j'ai des amis, ma fortune eft fûre ; mes parens ne m'abandonneront jamais ; on me rendra juftice ; mon ouvrage eft bon, il fera bien reçu ; on me doit, on me payera; mon amant fera fidelle, il l'a juré ; le miniftre m'avancera, il l'a pro-mis en paffant : toutes paroles qu'un homme qui a un peu vécu raye de fon dictionnaire.

Quand les juges condamnèrent *Langlade, le Brun,* *Calas , Sirven , Martin , Montbailli* , & tant d'autres , reconnus depuis pour innocens, ils étaient certains , ou ils devaient l'être, que tous ces infortunés étaient coupables ; cependant ils fe trompèrent.

Il y a deux manières de fe tromper, de mal juger, de s'aveugler ; celle d'errer en homme d'efprit , & celle de décider comme un fot.

Les juges fe trompèrent en gens d'efprit dans l'affaire de *Langlade* ; ils s'aveuglèrent fur les apparences qui pouvaient éblouir ; ils n'examinèrent point affez les apparences contraires ; ils fe fervirent de leur efprit pour fe croire certains que *Langlade* avait commis un vol qu'il n'avait certainement pas commis : & fur cette pauvre certitude incertaine de l'efprit humain , un gentilhomme fut appliqué à la queftion ordinaire & extraordinaire ; de-là replongé fans fecours dans un cachot, & condamné aux galères où il mourut ; fa femme renfermée dans un autre cachot avec fa fille âgée de fept ans, laquelle depuis époufa un confeiller au même parlement qui avait condamné le père aux galères, & la mère au banniffement.

Il eft clair que les juges n'auraient pas prononcé cet arrêt, s'ils n'avaient été *certains*. Cependant, dès le temps même de cet arrêt, plufieurs perfonnes favaient que le vol avait été commis par un prêtre nommé *Gagnat* affocié avec un voleur de grand chemin : & l'innocence de *Langlade* ne fut reconnue qu'après fa mort.

Ils étaient de même *certains*, lorfque par une fentence en première inftance, ils condamnèrent à la roue l'innocent *le Brun*, qui par arrêt rendu fur fon appel fut brifé dans les tortures, & en mourut.

L'exemple des *Calas* & des *Sirven* eft affez connu ; celui de *Martin* l'eft moins. C'était un bon agriculteur d'auprès de Bar en Lorraine. Un fcélérat lui dérobe fon habit, & va, fous cet habit, affaffiner fur le grand chemin un voyageur qu'il favait chargé d'or, & dont il avait épié la marche. *Martin* eft accufé; fon habit dépofe contre lui; les juges regardent cet indice comme une certitude. Ni la conduite paffée du prifonnier, ni une nombreufe famille qu'il élevait dans la vertu, ni le peu de monnaie trouvé chez lui, probabilité extrême qu'il n'avait point volé le mort; rien ne peut le fauver. Le juge fubalterne fe fait un mérite de fa rigueur. Il condamne l'innocent à être roué; & par une fatalité malheureufe, la fentence eft confirmée à la tournelle. Le vieillard *Martin* eft rompu vif en atteftant DIEU de fon innocence jufqu'au dernier foupir. Sa famille fe difperfe; fon petit bien eft confifqué. A peine fes membres rompus font-ils expofés fur le grand chemin, que l'affaffin qui avait commis le meurtre & le vol eft mis en prifon pour un autre crime; il avoue fur la roue à laquelle il eft condamné à fon tour, que c'eft lui feul qui eft coupable du crime pour lequel *Martin* a fouffert la torture & la mort.

Montbailli, qui dormait avec fa femme, eft accufé d'avoir de concert avec elle tué fa mère, morte évidemment d'apoplexie : le confeil d'Arras condamne *Montbailli* à expirer fur la roue, & fa femme à être brûlée. Leur innocence eft reconnue, mais après que *Montbailli* a été roué.

Ecartons ici la foule de ces aventures funeftes qui font gémir fur la condition humaine; mais gémiffons du moins fur la *certitude* prétendue que les juges croient avoir quand ils rendent de pareilles fentences.

Il n'y a nulle certitude, dès qu'il eſt phyſiquement ou moralement poſſible que la choſe ſoit autrement. Quoi! il faut une démonſtration pour oſer aſſurer que la ſurface d'une ſphère eſt égale à quatre fois l'aire de ſon grand cercle, & il n'en faudra pas pour arracher la vie à un citoyen par un ſupplice affreux!

Si tel eſt le malheur de l'humanité, qu'on ſoit obligé de ſe contenter d'extrêmes probabilités; il faut du moins conſulter l'âge, le rang, la conduite de l'accuſé, l'intérêt qu'il peut avoir eu à commettre le crime, l'intérêt de ſes ennemis à le perdre; il faut que chaque juge ſe diſe: La poſtérité, l'Europe entière ne condamnera-t-elle pas ma ſentence? dormirai-je tranquille, les mains teintes du ſang innocent?

Paſſons de cet horrible tableau à d'autres exemples d'une certitude qui conduit droit à l'erreur.

Pourquoi te charges-tu de chaînes, fanatique & malheureux Santon? Pourquoi as-tu mis à ta vilaine verge un gros anneau de fer? C'eſt que je ſuis certain d'être placé un jour dans le premier des paradis à côté du grand prophète. Hélas! mon ami, viens avec moi dans ton voiſinage au mont Athos; & tu verras trois mille gueux qui ſont certains que tu iras dans le gouffre qui eſt ſous le pont aigu, & qu'ils iront tous dans le premier paradis.

Arrête, miſérable veuve Malabare; ne crois point ce fou qui te perſuade que tu ſeras réunie à ton mari dans les délices d'un autre monde ſi tu te brûles ſur ſon bûcher. Non, je me brûlerai; je ſuis certaine de vivre dans les délices avec mon époux; mon brame me l'a dit.

Prenons des certitudes moins affreufes, & qui aient un peu plus de vraifemblance.

Quel âge a votre ami *Chriftophe*? Vingt-huit ans ; j'ai vu fon contrat de mariage, fon extrait-baptif-tère, je le connais dès fon enfance ; il a vingt-huit ans, j'en ai la certitude, j'en fuis certain.

A peine ai je entendu la réponfe de cet homme fi fûr de ce qu'il dit, & de vingt autres qui confirment la même chofe, que j'apprends qu'on a antidaté par des raifons fecrètes, & par un manége fingulier, l'extrait-baptiftère de *Chriftophe*. Ceux à qui j'avais parlé n'en favent encore rien ; cependant, ils ont toujours la certitude de ce qui n'eft pas.

Si vous aviez demandé à la terre entière avant le temps de *Copernic* : Le foleil eft-il levé ? s'eft-il couché aujourd'hui ? tous les hommes vous auraient répondu : nous en avons une certitude entière. Ils étaient cer-tains, & ils étaient dans l'erreur.

Les fortiléges, les divinations, les obfeffions, ont été long-temps la chofe du monde la plus certaine aux yeux de tous les peuples. Quelle foule innom-brable de gens qui ont vu toutes ces belles chofes, qui ont été certains ! aujourd'hui cette certitude eft un peu tombée.

Un jeune homme qui commence à étudier la géo-métrie vient me trouver ; il n'en eft encore qu'à la définition des triangles : N'êtes-vous pas certain, lui dis-je, que les trois angles d'un triangle font égaux à deux droits ? Il me répond que non feulement il n'en eft point certain, mais qu'il n'a pas même d'idée nette de cette propofition : je la lui démontre, il en devient alors très-certain, & il le fera pour toute fa vie.

Voilà une certitude bien différente des autres : elles n'étaient que des probabilités ; & ces probabilités examinées font devenues des erreurs ; mais la certitude mathématique eft immuable & éternelle.

J'exifte, je penfe, je fens de la douleur; tout cela eft-il auffi certain qu'une vérité géométrique ? Oui ; tout douteur que je fuis, je l'avoue. Pourquoi ? C'eft que ces vérités font prouvées par le même principe qu'une chofe ne peut être, & n'être pas en même temps. Je ne peux en même temps exifter & n'exifter pas, fentir & ne fentir pas. Un triangle ne peut en même temps avoir cent quatre-vingts degrés, qui font la fomme de deux angles droits, & ne les avoir pas.

La certitude phyfique de mon exiftence, de mon fentiment, & la certitude mathématique, font donc de même valeur, quoiqu'elles foient d'un genre différent.

Il n'en eft pas de même de la certitude fondée fur les apparences, ou fur les rapports unanimes que nous font les hommes.

Mais quoi, me dites-vous, n'êtes-vous pas certain que Pékin exifte ? n'avez-vous pas chez vous des étoffes de Pékin ? des gens de différens pays, de différentes opinions, & qui ont écrit violemment les uns contre les autres, en prêchant tous la vérité à Pékin, ne vous ont-ils pas affuré de l'exiftence de cette ville ? Je réponds qu'il m'eft extrêmement probable qu'il y avait alors une ville de Pékin ; mais je ne voudrais point parier ma vie que cette ville exifte ; & je parierai quand on voudra ma vie, que les trois angles d'un triangle font égaux à deux droits.

E e 3

On a imprimé dans le Dictionnaire encyclopédique
une chose fort plaisante; on y soutient qu'un homme
devrait être aussi sûr, aussi certain que le maréchal
de *Saxe* est ressuscité, si tout Paris le lui disait, qu'il
est sûr que le maréchal de *Saxe* a gagné la bataille
de Fontenoy, quand tout Paris le lui dit. Voyez,
je vous prie, combien ce raisonnement est admirable; je crois tout Paris quand il me dit une chose
moralement possible; donc je dois croire tout Paris
quand il me dit une chose moralement & physique-
ment impossible.

Apparemment que l'auteur de cet article voulait
rire, & que l'autre auteur qui s'extasie à la fin de
cet article, & écrit contre lui-même, voulait rire
aussi. (*)

Pour nous, qui n'avons entrepris ce petit Dictionnaire que pour faire des questions, nous sommes
bien loin d'avoir de la *certitude*.

C E S A R.

ON n'envisage point ici dans *César* le mari de tant
de femmes & la femme de tant d'hommes; le vainqueur de *Pompée* & des *Scipions;* l'écrivain satirique
qui tourne *Caton* en ridicule; le voleur du trésor public
qui se servit de l'argent des Romains pour asservir les
Romains; le triomphateur clément qui pardonnait
aux vaincus; le savant qui réforma le calendrier; le
tyran & le père de sa patrie, assassiné par ses amis &
par son bâtard. Ce n'est qu'en qualité de descendant

(*) Voyez l'article *Certitude*, Dictionnaire encyclopédique.

des pauvres barbares, fubjugués par lui, que je confidère cet homme unique.

Vous ne paffez point par une feule ville de France,
ou d'Efpagne, ou des bords du Rhin, ou du rivage
d'Angleterre vers Calais, que vous ne trouviez de
bonnes gens qui fe vantent d'avoir eu *Céfar* chez eux.
Des bourgeois de Douvre font perfuadés que *Céfar* a
bâti leur château ; & des bourgeois de Paris croient
que le grand châtelet eft un de fes beaux ouvrages.
Plus d'un feigneur de paroiffe en France montre une
vieille tour qui lui fert de colombier, & dit que c'eft
Céfar qui a pourvu au logement de fes pigeons.
Chaque province difpute à fa voifine l'honneur d'être
la première en date à qui *Céfar* donna les étrivières :
c'eft par ce chemin, non par cet autre, qu'il paffa
pour venir nous égorger, & pour careffer nos femmes
& nos filles, pour nous impofer des lois par inter-
prètes, & pour nous prendre le très-peu d'argent que
nous avions.

Les Indiens font plus fages : nous avons vu qu'ils
favent confufément qu'un grand brigand, nommé
Alexandre, paffa chez eux après d'autres brigands ; &
ils n'en parlent prefque jamais.

Un antiquaire italien, en paffant il y a quelques
années par Vannes en Bretagne, fut tout émerveillé
d'entendre les favans de Vannes s'énorgueillir du
féjour de *Céfar* dans leur ville. Vous avez fans doute,
leur dit-il, quelques monumens de ce grand-homme ?
Oui, répondit le plus notable ; nous vous montrerons
l'endroit où ce héros fit pendre tout le fénat de notre
province au nombre de fix cents.

Des ignorans, qui trouvèrent dans le chenal de Kerantrait une centaine de poutres en 1755, avancèrent dans les journaux que c'étaient des restes d'un pont de *Céſar ;* mais je leur ai prouvé, dans ma diſſertation de 1756, que c'étaient les potences où ce héros avait fait attacher notre parlement. Où ſont les villes en Gaule qui puiſſent en dire autant? Nous avons le témoignage du grand *Céſar* lui-même; il dit dans ſes commentaires, que *nous ſommes inconſtans, & que nous préférons la liberté à la ſervitude.* Il nous accuſe (*a*) d'avoir été aſſez inſolens pour prendre des otages des Romains à qui nous en avions donné, & de n'avoir pas voulu les rendre à moins qu'on ne nous remît les nôtres. Il nous apprit à vivre.

Il fit fort bien, répliqua le virtuoſe, ſon droit était inconteſtable. On le lui diſputait pourtant. Car lorſqu'il eut vaincu les Suiſſes émigrans, au nombre de trois cents ſoixante & huit mille, & qu'il n'en reſta plus que cent dix mille, vous ſavez qu'il eut une conférence en Alſace avec *Arioviſte*, roi germain ou allemand, & que cet *Arioviſte* lui dit : Je viens piller les Gaules, & je ne ſouffrirai pas qu'un autre que moi les pille. Après quoi ces bons Germains, qui étaient venus pour dévaſter le pays, mirent entre les mains de leurs ſorcières deux chevaliers romains ambaſſadeurs de ∙*Céſar ;* & ces ſorcières allaient les brûler & les ſacrifier à leurs dieux, lorſque *Céſar* vint les délivrer par une victoire. Avouons que le droit était égal des deux côtés; & *Tacite* a bien raiſon de donner tant d'éloges aux mœurs des anciens Allemands.

(*a*) *De bello gallico*, lib. III.

Cette converfation fit naître une difpute affez vive entre les favans de Vannes & l'antiquaire. Plufieurs Bretons ne concevaient pas quelle était la vertu des Romains d'avoir trompé toutes les nations des Gaules l'une après l'autre, de s'être fervi d'elles tour-à-tour pour leur propre ruine, d'en avoir maffacré un quart, & d'avoir réduit les trois autres quarts en fervitude.

Ah! rien n'eft plus beau, répliqua l'antiquaire; j'ai dans ma poche une médaille à fleur de coin, qui repréfente le triomphe de *Céfar* au capitole : c'eft une des mieux confervées. Il montra fa médaille. Un breton un peu brufque la prit & la jeta dans la rivière. Que ne puis-je, dit-il, y noyer tous ceux qui fe fervent de leur puiffance & de leur adreffe pour opprimer les autres hommes ? Rome autrefois nous trompa, nous défunit, nous maffacra, nous enchaîna. Et Rome aujourd'hui difpofe encore de plufieurs de nos bénéfices. Eft-il poffible que nous ayons été fi long-temps & en tant de façons pays d'obédience ?

Je n'ajouterai qu'un mot à la converfation de l'antiquaire italien & du breton; c'eft que *Perrot d'Ablancourt*, le traducteur des commentaires de *Céfar*, dans fon épître dédicatoire au grand *Condé*, lui dit ces propres mots : *Ne vous femble-t-il pas, Monfeigneur, que vous lifiez la vie d'un philofophe chrétien?* Quel philofophe chrétien que *Céfar* ! je m'étonne qu'on n'en ait pas fait un faint. Les fefeurs d'épîtres dédicatoires difent de belles chofes, & fort à propos.

CHAINE DES ETRES CRÉÉS.

CETTE gradation d'êtres qui s'élèvent depuis le plus léger atome jufqu'à l'Etre fuprême; cette échelle de l'infini frappe d'admiration. Mais quand on la regarde attentivement, ce grand fantôme s'évanouit, comme autrefois toutes les apparitions s'enfuyaient le matin au chant du coq.

L'imagination fe complaît d'abord à voir le paffage imperceptible de la matière brute à la matière orga-nifée, des plantes aux zoophytes, de ces zoophytes aux animaux, de ceux-ci à l'homme, de l'homme aux génies, de ces génies revêtus d'un petit corps aérien à des fubftances immatérielles; & enfin mille ordres différens de ces fubftances, qui de beautés en perfec-tions s'élèvent jufqu'à DIEU même. Cette hiérarchie plaît beaucoup aux jeunes gens, qui croient voir le pape & fes cardinaux fuivis des archevêques, des évêques; après quoi viennent les curés, les vicaires, les fimples prêtres, les diacres, les fous-diacres; puis paraiffent les moines, & la marche eft fermée par les capucins.

Mais il y a peut-être un peu plus de diftance entre DIEU & fes plus parfaites créatures, qu'entre le faint père & le doyen du facré collége : ce doyen peut devenir pape; mais le plus parfait des génies créés par l'Etre fuprême peut-il devenir DIEU? n'y a-t-il pas l'infini entre DIEU & lui ?

Cette chaîne, cette gradation prétendue n'exifte pas plus dans les végétaux & dans les animaux; la preuve en eft qu'il y a des efpèces de plantes & d'animaux qui font détruites. Nous n'avons plus de murex. Il était défendu aux Juifs de manger du griffon & de l'ixion ; ces deux efpèces ont probablement difparu de ce monde, quoi qu'en dife *Bochart* : où donc eft la chaîne ?

Quand même nous n'aurions pas perdu quelques efpèces, il eft vifible qu'on en peut détruire. Les lions, les rhinocéros commencent à devenir fort rares. Si le refte du monde avait imité les Anglais, il n'y aurait plus de loups fur la terre.

Il eft probable qu'il y a eu des races d'hommes qu'on ne retrouve plus. Mais je veux qu'elles aient toutes fubfifté, ainfi que les blancs, les nègres ; les cafres, à qui la nature a donné un tablier de leur peau, pendant du ventre à la moitié des cuiffes ; & les famoïèdes dont les femmes ont un mamelon d'un bel ébène ; &c.

N'y a-t-il pas vifiblement un vide entre le finge & l'homme ? n'eft-il pas aifé d'imaginer un animal à deux pieds fans plumes, qui ferait intelligent fans avoir ni l'ufage de la parole, ni notre figure, que nous pourrions apprivoifer, qui répondrait à nos fignes, & qui nous fervirait ? & entre cette nouvelle efpèce & celle de l'homme, n'en pourrrait-on pas imaginer d'autres ?

Par-delà l'homme, vous logez dans le ciel, divin *Platon*, une file de fubftances céleftes ; nous croyons nous autres à quelques-unes de ces fubftances, parce que la foi nous l'enfeigne. Mais vous, quelle raifon avez-vous d'y croire ? vous n'aviez point parlé apparemment au génie de *Socrate ;* & le bon homme *Hérès*, qui reffufcita exprès pour vous apprendre les fecrets de l'autre monde, ne vous a rien appris de ces fubftances.

La prétendue chaîne n'eft pas moins interrompue dans l'univers fenfible.

Quelle gradation, je vous prie, entre vos planètes! la Lune eft quarante fois plus petite que notre globe. Quand vous avez voyagé de la lune dans le vide, vous trouvez Vénus ; elle eft environ auffi groffe que la Terre. De-là vous allez chez Mercure, il tourne dans une ellipfe qui eft fort différente du cercle que parcourt Vénus ; il eft vingt-fept fois plus petit que nous, le Soleil un million de fois plus gros, Mars cinq fois plus petit ; celui-là fait fon tour en deux ans, Jupiter fon voifin en douze, Saturne en trente ; & encore Saturne, le plus éloigné de tous, n'eft pas fi gros que Jupiter. Où eft la gradation prétendue ?

Et puis, comment voulez-vous que dans de grands efpaces vides il y ait une chaîne qui lie tout ? s'il y en a une, c'eft certainement celle que *Newton* a découverte ; c'eft elle qui fait graviter tous les globes du monde planétaire les uns vers les autres dans ce vide immenfe.

O *Platon* tant admiré! j'ai peur que vous ne nous ayez conté que des fables, & que vous n'ayez jamais parlé qu'en fophifte. O *Platon !* vous avez fait bien plus de mal que vous ne croyez. Comment cela ? me demandera-t-on : je ne le dirai pas.

CHAINE OU GENERATION DES EVENEMENS.

LE préfent accouche, dit-on, de l'avenir. Les événemens font enchaînés les uns aux autres par une fatalité invincible ; c'eft le deftin qui, dans *Homère*, eft fupérieur à *Jupiter* même. Ce maître des dieux & des hommes déclare net, qu'il ne peut empêcher *Sarpédon* fon fils de mourir dans le temps marqué. *Sarpédon* était né dans le moment qu'il fallait qu'il naquît, & ne pouvait pas naître dans un autre ; il ne pouvait mourir ailleurs que devant Troye ; il ne pouvait être enterré ailleurs qu'en Lycie ; fon corps devait dans le temps marqué produire des légumes qui devaient fe changer dans la fubftance de quelques Lyciens ; fes héritiers devaient établir un nouvel ordre dans fes Etats ; ce nouvel ordre devait influer fur les royaumes voifins ; il en réfultait un nouvel arrangement de guerre & de paix avec les voifins des voifins de la Lycie : ainfi de proche en proche la deftinée de toute la terre a dépendu de la mort de *Sarpédon*, laquelle dépendait de l'enlèvement d'*Hélène ;* & cet enlèvement était néceffairement lié au mariage d'*Hécube*, qui en remontant à d'autres événemens était lié à l'origine des chofes.

Si un feul de ces faits avait été arrangé différemment, il en aurait réfulté un autre univers : or il n'était pas poffible que l'univers actuel n'exiftât pas ; donc il n'était pas poffible à *Jupiter* de fauver la vie à fon fils, tout *Jupiter* qu'il était.

Ce fyſtème de la néceſſité & de la fatalité a été inventé de nos jours par *Leibnitz*, à ce qu'on dit, fous le nom de *raiſon ſuffiſante*; il eſt pourtant fort ancien : ce n'eſt pas d'aujourd'hui qu'il n'y a point d'effet ſans cauſe, & que ſouvent la plus petite cauſe produit les plus grands effets.

Milord *Bolingbroke* avoue que les petites querelles de madame *Marlborough*, & de madame *Masham*, lui firent naître l'occaſion de faire le traité particulier de la reine *Anne* avec *Louis XIV*; ce traité amena la paix d'Utrecht; cette paix d'Utrecht affermit *Philippe V* ſur le trône d'Eſpagne. *Philippe V* prit Naples & la Sicile ſur la maiſon d'Autriche; le prince eſpagnol qui eſt aujourd'hui roi de Naples, doit évidemment ſon royaume à miladi *Masham* : & il ne l'aurait pas eu, il ne ſerait peut-être même pas né, ſi la ducheſſe de *Marlborough* avait été plus complaiſante envers la reine d'Angleterre. Son exiſtence à Naples dépendait d'une ſottiſe de plus ou de moins à la cour de Londres.

Examinez les ſituations de tous les peuples de l'univers; elles ſont ainſi établies ſur une ſuite de faits qui paraiſſent ne tenir à rien, & qui tiennent à tout. Tout eſt rouage, poulie, corde, reſſort, dans cette immenſe machine.

Il en eſt de même dans l'ordre phyſique. Un vent qui ſouffle du fond de l'Afrique & des mers auſtrales, amène une partie de l'atmoſphère africaine, qui retombe en pluie dans les vallées des Alpes; ces pluies fécondent nos terres; notre vent du nord à ſon tour envoie nos vapeurs chez les Nègres; nous feſons du bien à la Guinée, & la Guinée nous en fait. La chaîne s'étend d'un bout de l'univers à l'autre.

Mais il me femble qu'on abufe étrangement de la vérité de ce principe. On en conclut qu'il n'y a fi petit atome dont le mouvement n'ait influé dans l'arrangement actuel du monde entier ; qu'il n'y a fi petit accident, foit parmi les hommes, foit parmi les animaux . qui ne foit un chaînon effentiel de la grande chaîne du deftin.

Entendons-nous : tout effet a évidemment fa caufe, à remonter de caufe en caufe dans l'abyme de l'éternité ; mais toute caufe n'a pas fon effet, à defcendre jufqu'à la fin des fiècles. Tous les événemens font produits les uns par les autres, je l'avoue ; fi le paffé eft accouché du préfent, le préfent accouche du futur ; tout a des pères, mais tout n'a pas toujours des enfans. Il en eft ici précifément comme d'un arbre généalogique ; chaque maifon remonte, comme on fait, à *Adam ;* mais dans la famille il y a bien des gens qui font morts fans laiffer de poftérité.

Il y a un arbre généalogique des événemens de ce monde. Il eft inconteftable que les habitans des Gaules & de l'Efpagne defcendent de *Gomer ;* & les Ruffes de *Magog* fon frère cadet : on trouve cette généalogie dans tant de gros livres ! Sur ce pied-là on ne peut nier que le grand-turc, qui defcend auffi de *Magog*, ne lui ait l'obligation d'avoir été bien battu en 1769 par l'impératrice de Ruffie *Catherine II.* Cette aventure tient évidemment à d'autres grandes aventures ; mais que *Magog* ait craché à droite ou à gauche, auprès du mont Caucafe . & qu'il ait fait deux ronds dans un puits ou trois, qu'il ait dormi fur le côté gauche ou fur le côté droit ; je ne vois pas que cela ait influé beaucoup fur les affaires préfentes.

Il faut fonger que tout n'eft pas plein dans la nature, comme *Newton* l'a démontré, & que tout mouvement ne fe communique pas de proche en proche, jufqu'à faire le tour du monde, comme il l'a démontré encore. Jetez dans l'eau un corps de pareille denfité, vous calculez aifément qu'au bout de quelque temps le mouvement de ce corps, & celui qu'il a communiqué à l'eau, font anéantis; le mouvement fe perd & fe répare; donc le mouvement que put produire *Magog* en crachant dans un puits, ne peut avoir influé fur ce qui fe paffe aujourd'hui en Moldavie & en Valachie; donc les événemens préfens ne font pas les enfans de tous les événemens paffés : ils ont leurs lignes directes; mais mille petites lignes collatérales ne leur fervent à rien. Encore une fois, tout être a fon père, mais tout être n'a pas des enfans. (*)

CHANGEMENS ARRIVÉS DANS LE GLOBE.

QUAND on a vu de fes yeux une montagne s'avancer dans une plaine, c'eft-à-dire un immenfe rocher de cette montagne fe détacher & couvrir des champs, un château tout entier enfoncé dans la terre, un fleuve englouti qui fort enfuite de fon abyme, des marques indubitables qu'un vafte amas d'eaux inondait autrefois un pays habité aujourd'hui, & cent vefliges d'autres révolutions; on eft alors plus difpofé à croire les grands changemens qui ont altéré la face du

(*) Voyez *Deftin*.

monde,

monde, que ne l'eft une dame de Paris qui fait feulement que la place où eft bâtie fa maifon était autrefois
un champ labourable. Mais une dame de Naples, qui
a vu fous terre les ruines d'Herculanum, eft encore
moins affervie au préjugé qui nous fait croire que
tout a toujours été comme il eft aujourd'hui.

Y a-t-il eu un grand embrafement du temps d'un
Phaéton ? Rien n'eft plus vraifemblable; mais ce ne
fut ni l'ambition de *Phaéton*, ni la colère de *Jupiter*
foudroyant, qui cauferent cette cataftrophe; de même
qu'en 1755 ce ne furent point les feux allumés fi
fouvent dans Lisbonne par l'inquifition qui ont attiré
la vengeance divine, qui ont allumé les feux fouter-
rains, & qui ont détruit la moitié de la ville. Car
Mequinès, Tétuan, & des hordes confidérables d'Arabes,
furent encore plus maltraitées que Lisbonne; & il n'y
avait point d'inquifition dans ces contrées.

L'île de Saint-Domingue, toute bouleverfée depuis
peu, n'avait pas déplu au grand-être plus que
l'île de Corfe. Tout eft foumis aux lois phyfiques
éternelles.

Le foufre, le bitume, le nitre, le fer, renfermés
dans la terre, ont par leurs mélanges & par leurs
explofions renverfé mille cités, ouvert & fermé mille
gouffres; & nous fommes menacés tous les jours de
ces accidens attachés à la manière dont ce monde
eft fabriqué, comme nous fommes menacés dans
plufieurs contrées des loups & des tigres affamés
pendant l'hiver.

Si le feu, qu'*Héraclite* croyait le principe de tout,
a bouleverfé une partie de la terre, le premier

Dictionn. philofoph. Tome II.   F f

principe de *Thalès*, l'eau, a caufé d'auffi grands changemens.

La moitié de l'Amérique eft encore inondée par les anciens débordemens du Maragnon, de Rio de la Plata, du fleuve Saint-Laurent, du Miffiffipi, & de toutes les rivières perpétuellement augmentées par les neiges éternelles des montagnes les plus hautes de la terre, qui traverfent ce continent d'un bout à l'autre. Ces déluges accumulés ont produit prefque par-tout de vaftes marais. Les terres voifines font devenues inhabitables ; & la terre, que les mains des hommes auraient dû fertilifer, a produit des poifons.

La même chofe était arrivée à la Chine & à l'Egypte; il fallut une multitude de fiècles pour creufer des canaux & pour deffécher les terres. Joignez à ces longs défaftres les irruptions de la mer, les terrains qu'elle a envahis, & qu'elle a défertés, les îles qu'elle a détachées du continent, vous trouverez qu'elle a dévafté plus de quatre-vingts mille lieues quarrées d'orient en occident, depuis le Japon jufqu'au mont Atlas.

L'engloutiffement de l'île Atlantide par l'Océan, peut être regardé avec autant de raifon comme un point d'hiftoire, que comme une fable. Le peu de profondeur de la mer Atlantique jufqu'aux Canaries, pourrait être une preuve de ce grand événement ; & les îles Canaries pourraient bien être des reftes de l'Atlantide.

Platon prétend dans fon *Timée*, que les prêtres d'Egypte, chez lefquels il a voyagé, confervaient d'anciens regiftres qui fefaient foi de la deftruction de cette île abymée dans la mer. Cette cataftrophe, dit *Platon*, arriva neuf mille ans avant lui. Perfonne ne croira cette chronologie fur la foi feule de *Platon* ; mais auffi perfonne ne peut apporter contre elle aucune preuve phyfique, ni même aucun témoignage hifto-rique tiré des écrivains profanes.

Pline, dans fon livre III, dit que de tout temps les peuples des côtes efpagnoles méridionales ont cru que la mer s'était fait un paffage entre Calpé & Abila : *Indigenæ columnas Herculis vocant, creduntque perfoffas exclufa anteà admififfe maria & rerum naturæ mutaffe faciem.*

Un voyageur attentif peut fe convaincre par fes yeux que les Cyclades, les Sporades, fefaient autrefois une partie du continent de la Grèce, & furtout que la Sicile était jointe à l'Appulie. Les deux volcans de l'Etna & du Véfuve qui ont les mêmes fondemens fous la mer, le petit gouffre de Carybde, feul endroit profond de cette mer, la parfaite reffemblance des deux terrains, font des témoignages non récufables : les déluges de *Deucalion* & d'*Ogygès* font affez connus ; & les fables inventées d'après cette vérité font encore l'entretien de tout l'Occident.

Les anciens ont fait mention de plufieurs autres déluges en Afie. Celui dont parle *Bérofe* arriva, felon lui, en Chaldée environ quatre mille trois ou quatre cents ans avant notre ère vulgaire ; & l'Afie fut inondée de fables au fujet de ce déluge, autant qu'elle le fut des débordemens du Tigre & de l'Euphrate, & de tous les fleuves qui tombent dans le Pont-Euxin. (*)

Il eft vrai que ces débordemens ne peuvent couvrir les campagnes que de quelques pieds d'eau ; mais la ftérilité qu'ils apportent, la deftruction des maifons & des ponts, la mort des beftiaux, font des pertes

(*) Voyez *Déluge*.

qui demandent près d'un fiècle pour être réparées.
On fait ce qu'il en a coûté à la Hollande ; elle a perdu
plus de la moitié d'elle-même depuis l'an 1050. Il
faut encore qu'elle combatte tous les jours contre la
mer qui la menace ; & elle n'a jamais employé tant
de foldats pour réfifter à fes ennemis, qu'elle emploie
de travailleurs à fe défendre continuellement des
affauts d'une mer toujours prête à l'engloutir.

Le chemin par terre d'Egypte en Phénicie, en
côtoyant le lac Sirbon, était autrefois très-praticable ;
il ne l'eft plus depuis très-long-temps. Ce n'eft plus
qu'un fable mouvant abreuvé d'une eau croupiffante.
En un mot, une grande partie de la terre ne ferait
qu'un vafte marais empoifonné & habité par des
monftres, fans le travail affidu de la race humaine.

On ne parlera point ici du déluge univerfel de *Noé*.
Il fuffit de lire la fainte écriture avec foumiffion. Le
déluge de *Noé* eft un miracle incompréhenfible, opéré
furnaturellement par la juftice & la bonté d'une providence ineffable, qui voulait détruire tout le genre-
humain coupable, & former un nouveau genre-humain
innocent. Si la race humaine nouvelle fut plus méchante
que la première, & fi elle devint plus criminelle de fiècle
en fiècle, & de réforme en réforme ; c'eft encore un effet
de cette providence dont il eft impoffible de fonder les
profondeurs, les inconcevables myftères tranfmis aux
peuples d'Occident depuis quelques fiècles par la traduction latine des Septante. Nous n'entrons jamais dans
ces fanctuaires redoutables ; nous n'examinons dans
nos queftions que la fimple nature. (*)

(*) Voyez la differtation fur le même fujet, dans le volume de *Phyfique*.

CHANT, MUSIQUE, MELOPÉE, GESTICULATION, SALTATION.

Queſtions ſur ces objets.

UN turc pourra-t-il concevoir que nous ayons une eſpèce de chant pour le premier de nos myſtères, quand nous le célébrons en muſiquè ; une autre eſpèce que nous appelons *des motets* dans le même temple ; une troiſième eſpèce à l'opéra ; une quatrième à l'opéra comique ?

De même pouvons-nous imaginer comment les anciens foufflaient dans leurs flûtes, récitaient ſur leurs théâtres la tête couverte d'un énorme maſque ; & comment leur déclamation était notée ?

On promulgait les lois dans Athènes à-peu-près comme on chante dans Paris un air du pont-neuf. Le crieur public chantait un édit en ſe feſant accompagner d'une lyre.

C'eſt ainſi qu'on crie dans Paris, *la roſe & le bouton* ſur un ton, *vieux paſſemens d'argent à vendre* ſur un autre ; mais dans les rues de Paris on ſe paſſe de lyre.

Après la victoire de Chéronée, *Philippe*, père d'*Alexandre*, ſe mit à chanter le décret par lequel *Démoſthènes* lui avait fait déclarer la guerre, & battit du pied la meſure. Nous ſommes fort loin de chanter dans nos carrefours nos édits ſur les finances, & ſur les deux ſous pour livre.

Il eſt très-vraiſemblable que la *mélopée*, regardée
par *Ariſtote* dans ſa *poëtique* comme une partie eſſen-
tielle de la tragédie , était un chant uni & ſimple
comme celui de ce qu'on nomme la *préface à la meſſe* ,
qui eſt, à mon avis, le chant grégorien, & non l'am-
broſien, mais qui eſt une vraie mélopée.

Quand les Italiens firent revivre la tragédie au
ſeizième ſiècle, le récit était une mélopée, mais qu'on
ne pouvait noter ; car qui peut noter des inflexions
de voix qui ſont des huitièmes, des ſeizièmes de ton?
on les apprenait par cœur. Cet uſage fut reçu en
France quand les Français commencèrent à former
un théâtre plus d'un ſiècle après les Italiens. La
Sophonisbe de *Mairet* ſe chantait comme celle du
Triſſin, mais plus groſſièrement ; car on avait alors le
goſier un peu rude à Paris, ainſi que l'eſprit. Tous
les rôles des acteurs, mais ſurtout des actrices, étaient
notés de mémoire par tradition. Mademoiſelle *Bauval*
actrice du temps de *Corneille*, de *Racine*, & de *Molière*,
me récita, il y a quelque ſoixante ans & plus, le commencement du rôle d'*Emilie* dans Cinna, tel qu'il
avait été débité dans les premières repréſentations
par la *Beaupré*.

Cette mélopée reſſemblait à la déclamation d'aujourd'hui, beaucoup moins que notre récit moderne
ne reſſemble à la manière dont on lit la gazette.

Je ne puis mieux comparer cette eſpèce de chant,
cette mélopée, qu'à l'admirable récitatif de *Lulli*,
critiqué par les adorateurs des doubles croches, qui
n'ont aucune connaiſſance du génie de notre langue,
& qui veulent ignorer combien cette mélodie fournit
de ſecours à un acteur ingénieux & ſenſible.

La mélopée théâtrale périt avec la comédienne *Duclos*, qui n'ayant pour tout mérite qu'une belle voix, fans efprit & fans ame, rendit enfin ridicule ce qui avait été admiré dans la *des Œuillets* & dans la *Champmêlé*.

Aujourd'hui on joue la tragédie féchement ; fi on ne la réchauffait point par le pathétique du fpectacle & de l'action, elle ferait très-infipide. Notre fiècle, recommandable par d'autres endroits, eft le fiècle de la féchereffe.

Eft-il vrai que chez les Romains un acteur récitait, & un autre fefait les geftes ?

Ce n'eft point par méprife que l'abbé *Dubos* imagina cette plaifante façon de déclamer. *Tite-Live* qui ne néglige jamais de nous inftruire des mœurs & des ufages des Romains, & qui en cela eft plus utile que l'ingénieux & fatirique *Tacite*; (a) *Tite-Live*, dis-je, nous apprend qu'*Andronicus* s'étant enroué en chantant dans les intermèdes, obtint qu'un autre chantât pour lui tandis qu'ils exécuterait la danfe, & que de-là vint la coutume de partager les intermèdes entre les danfeurs & les chanteurs. *Dicitur cantum egiffe magis vigente motu quum nihil vocis ufus impediebat.* Il exprima le chant par la danfe. *Cantum egiffe magis vigente motu,* avec des mouvemens plus vigoureux.

Mais on ne partagea point le récit de la pièce entre un acteur qui n'eût fait que gefticuler, & un autre qui n'eût que déclamé. La chofe aurait été auffi ridicule qu'impraticable.

L'art des pantomimes qui jouent fans parler, eft tout différent, & nous en avons vu des exemples

(a) Livre VII.

très-frappans; mais cet art ne peut plaire que lorfqu'on repréfente une action marquée, un événement théâtral qui fe deffine aifément dans l'imagination du fpecta-teur. On peut repréfenter *Orofmane* tuant *Zaïre*, & fe tuant lui-même ; *Sémiramis* fe traînant bleffée fur les marches du tombeau de *Ninus*, & tendant les bras à fon fils. On n'a pas befoin de vers pour exprimer ces fituations par des geftes, aux fons d'une fymphonie lugubre & terrible. Mais comment deux pantomimes peindront-ils la differtation de *Maxime* & de *Cinna* fur les gouvernemens monarchiques & populaires ?

A propos de l'exécution théâtrale chez les Romains, l'abbé *Dubos* dit que les danfeurs dans les intermèdes étaient toujours en robe. La danfe exige un habit plus lefte. On conferve précieufement dans le pays de Vaud une grande falle de bains bâtie par les Romains, dont le pavé eft en mofaïque. Cette mofaïque, qui n'eft point dégradée, repréfente des danfeurs vêtus précifément comme les danfeurs de l'opéra. On ne fait pas ces obfervations pour relever des erreurs dans *Dubos;* il n'y a nul mérite dans le hafard d'avoir vu ce monument antique qu'il n'avait point vu; & on peut d'ailleurs être un efprit très-folide & très-jufte, en fe trompant fur un paffage de *Tite-Live.*

CHARITÉ,

Maifons de charité , de bienfefance , hôpitaux , hôtels-dieu &c.

C ICERON parle en plufieurs endroits de la charité univerfelle : *charitas humani generis ;* mais on ne voit point que la police & la bienfefance des Romains aient établi de ces maifons de charité , où les pauvres & les malades fuffent foulagés aux dépens du public. Il y avait une maifon pour les étrangers au port d'Oftia , qu'on appelait *Xenodokium.* S*t Jérôme* rend aux Romains cette juftice. Les hôpitaux pour les pauvres femblent avoir été inconnus dans l'ancienne Rome. Elle avait un ufage plus noble , celui de fournir des blés au peuple. Trois cents vingt-fept greniers immenfes étaient établis à Rome. Avec cette libéralité continuelle , on n'avait pas befoin d'hôpital ; il n'y avait point de néceffiteux.

On ne pouvait fonder des maifons de charité pour les enfans trouvés ; perfonne n'expofait fes enfans ; les maîtres prenaient foin de ceux de leurs efclaves. Ce n'était point une honte à une fille du peuple d'accoucher. Les plus pauvres familles nourries par la république , & enfuite par les empereurs , voyaient la fubfiftance de leurs enfans affurée.

Le mot de *maifon de charité* fuppofe , chez nos nations modernes , une indigence que la forme de nos gouvernemens n'a pu prévenir.

Le mot d'*hôpital*, qui rappelle celui d'*hofpitalité*, fait fouvenir d'une vertu célébre chez les Grecs qui n'exifte plus; mais auffi il exprime une vertu bien fupérieure. La différence eft grande entre loger, nourrir, guérir, tous les malheureux qui fe préfentent, & recevoir chez vous deux ou trois voyageurs chez qui vous aviez auffi le droit d'être reçu. L'hofpitalité, après tout, n'était qu'un échange. Les hôpitaux font des monumens de bienfefance.

Il eft vrai que les Grecs connaiffaient les hôpitaux fous le nom de *Xenodokia* pour les étrangers, *Nozo-comeia* pour les malades, & de *Ptokia* pour les pauvres. On lit dans Diogène de Laërce concernant *Bion* ce paffage : *Il fouffrit beaucoup par l'indigence de ceux qui étaient chargés du foin des malades.*

L'hofpitalité entre particuliers s'appelait *Idioxenia*, & entre les étrangers *Proxenia*. De-là on appelait *Pioxenos* celui qui recevait & entretenait chez lui les étrangers au nom de toute la ville ; mais cette inftitution paraît avoir été fort rare.

Il n'eft guère aujourd'hui de ville en Europe fans hôpitaux. Les Turcs en ont, & même pour les bêtes, ce qui femble outrer la charité. Il vaudrait mieux oublier les bêtes & fonger davantage aux hommes.

Cette prodigieufe multitude de maifons de charité prouve évidemment une vérité, à laquelle on ne fait pas affez d'attention ; c'eft que l'homme n'eft pas fi méchant qu'on le dit ; & que malgré toutes fes fauffes opinions, malgré les horreurs de la guerre, qui le changent en bête féroce, on peut croire que cet animal eft bon, & qu'il n'eft méchant que quand il eft effarouché, ainfi que les autres animaux : le mal eft qu'on l'agace trop fouvent.

Rome moderne a preſque autant de maiſons de charité que Rome antique avait d'arcs-de-triomphe, & d'autres monumens de conquête. La plus confidérable de ces maiſons eſt une banque qui prête ſur gages à deux pour cent, & qui vend les effets, ſi l'emprunteur ne les retire pas dans le temps marqué. On appelle cette maiſon l'*archioſpedale*, l'archi-hôpital. Il eſt dit qu'il y a preſque toujours deux mille malades, ce qui ferait la cinquantième partie des habitans de Rome pour cette ſeule maiſon, ſans compter les enfans qu'on y élève, & les pélerins qu'on y héberge. De quels calculs ne faut-il pas rabattre !

N'a-t-on pas imprimé dans Rome que l'hôpital de la Trinité avait couché & nourri pendant trois jours quatre cents quarante mille cinq cents pélerins, & vingt-cinq mille cinq cents pélerines au jubilé de l'an 1600 ? *Miſſon* lui-même n'a-t-il pas dit que l'hôpital de l'Annonciade à Naples poſſède deux de nos millions de rente ?

Peut-être enfin qu'une maiſon de charité, fondée pour recevoir des pélerins qui ſont d'ordinaire des vagabonds, eſt plutôt un encouragement à la fainéantiſe qu'un acte d'humanité. Mais ce qui eſt véritablement humain, c'eſt qu'il y a dans Rome cinquante maiſons de charité de toutes les eſpèces. Ces maiſons de charité, de bienfeſance, ſont auſſi utiles & auſſi reſpectables, que les richeſſes de quelques monaſtères & de quelques chapelles ſont inutiles & ridicules.

Il eſt beau de donner du pain, des vêtemens, des remèdes, des ſecours en tout genre à ſes frères, mais quel beſoin un ſaint a-t-il d'or & de diamans ? quel bien revient-il aux hommes que Notre-Dame de Lorette ait un plus beau tréfor que le fultan des Turcs? Lorette eft une maifon de vanité & non de charité.

Londres, en comptant les écoles de charité, a autant de maifons de bienfefance que Rome.

Le plus beau monument de bienfefance qu'on ait jamais élevé, eft l'hôtel des invalides fondé par *Louis XIV*.

De tous les hôpitaux, celui où l'on reçoit journellement le plus de pauvres malades, eft l'hôtel-dieu de Paris. Il y en a eu fouvent entre quatre à cinq mille à la fois. Dans ce cas, la multitude nuit à la charité même. C'eft en même temps le réceptacle de toutes les horribles miferes humaines, & le temple de la vraie vertu qui confifte à les fecourir.

Il faudrait avoir fouvent dans l'efprit le contrafte d'une fête de Verfailles, d'un opéra de Paris, où tous les plaifirs & toutes les magnificences font réunis avec tant d'art; & d'un hôtel-dieu où toutes les douleurs, tous les dégoûts, & la mort, font entaffés avec tant d'horreur. C'eft ainfi que font compofées les grandes villes.

Par une police admirable, les voluptés mêmes & le luxe fervent la mifere & la douleur. Les fpectacles de Paris ont payé année commune un tribut de plus de cent mille écus à l'hôpital.

Dans ces établiffemens de charité, les inconvéniens ont fouvent furpaffé les avantages. Une preuve des abus attachés à ces maifons, c'eft que les malheureux qu'on y tranfporte craignent d'y être.

L'hôtel-dieu, par exemple, était très-bien placé autrefois dans le milieu de la ville auprès de l'évêché.

Il l'eft très-mal quand la ville eft trop grande, quand quatre ou cinq malades font entaffés dans chaque lit, quand un malheureux donne le fcorbut à fon voifin dont il reçoit la vérole; & qu'une atmof-phère empeftée répand les maladies incurables & la mort, non-feulement dans cet hofpice deftiné pour rendre les hommes à la vie, mais dans une grande partie de la ville à la ronde.

L'inutilité, le danger même de la médecine en ce cas, font démontrés. S'il eft fi difficile qu'un médecin connaiffe & guériffe une maladie d'un citoyen bien foigné dans fa maifon, que fera-ce de cette multitude de maux compliqués, accumulés les uns fur les autres dans un lieu peftiféré ?

En tout genre fouvent plus le nombre eft grand, plus mal on eft.

M. de *Chamouffet*, l'un des meilleurs citoyens & des plus attentifs au bien public, a calculé par des relevés fidelles, qu'il meurt un quart des malades à l'hôtel-dieu, un huitième à l'hôpital de la charité, un neuvième dans les hôpitaux de Londres, un tren-tième dans ceux de Verfailles.

Dans le grand & célèbre hôpital de Lyon, qui a été long-temps un des mieux adminiftrés de l'Europe, il ne mourait qu'un quinzième des malades, année commune.

On a propofé fouvent de partager l'hôtel-dieu de Paris en plufieurs hofpices mieux fitués, plus aérés, plus falutaires ; l'argent a manqué pour cette entreprife.

Curtæ nefcio quid femper abeft rei.

On en trouve toujours quand il s'agit d'aller faire tuer des hommes fur la frontière; il n'y en a plus quand il faut les fauver. Cependant l'hôtel-dieu de Paris poffède plus d'un million de revenu qui augmente chaque année; & les Parifiens l'ont doté à l'envi.

On ne peut s'empêcher de remarquer ici que *Germain Brice*, dans fa *Defcription de Paris*, en parlant de quelques legs faits par le premier-préfident de *Bellièvre*, à la falle de l'hôtel-dieu, nommée *faint-Charles*, dit „qu'il faut lire cette belle infcription „ gravée en lettres d'or dans une grande table de „ marbre, de la compofition d'*Olivier Patru* de „ l'académie françaife, un des plus beaux efprits „ de fon temps, dont on a des plaidoyers fort „ eftimés. „

Qui que tu fois qui entres dans ce faint lieu, tu n'y verras prefque par-tout que des fruits de la charité du grand Pomponne. Les brocards d'or & d'argent, & les beaux meubles qui paraient autrefois fa chambre, par une heureufe métamorphofe, fervent maintenant aux néceffités des malades. Cet homme divin qui fut l'ornement & les délices de fon fiècle, dans le combat même de la mort, a penfé au foulagement des affligés. Le fang de Bellièvre s'eft montré dans toutes les actions de fa vie. La gloire de fes ambaffades n'eft que trop connue, &c.

L'utile *Chamouffet* fit mieux que *Germain Brice*, & *Olivier Patru* l'un des plus beaux efprits du temps; voici le plan dont il propofa de fe charger à fes frais, avec une compagnie folvable.

Les adminiftrateurs de l'hôtel-dieu portaient en compte la valeur de cinquante livres pour chaque malade, ou mort, ou guéri. M. de *Chamouffet* & fa compagnie offraient de gérer pour cinquante livres feulement par guérifon. Les morts allaient par-deffus le marché, & étaient à fa charge.

La propofition était fi belle, qu'elle ne fut point acceptée. On craignit qu'il ne pût la remplir. Tout abus qu'on veut réformer eft le patrimoine de ceux qui ont plus de crédit que les réformateurs.

Une chofe non moins fingulière, eft que l'hôtel-dieu a feul le privilége de vendre la chair en carême à fon profit; & il y perd. M. de *Chamouffet* offrit de faire un marché où l'hôtel-dieu gagnerait; on le refufu, & on chaffa le boucher qu'on foupçonna de lui avoir donné l'avis. (1)

> Ainfi chez les humains, par un abus fatal,
> Le bien le plus parfait eft la fource du mal.

(1) En 1775, fous l'adminiftration de M. *Turgot*, ce privilége ridicule de l'hôtel-dieu fut détruit & remplacé par un impôt fur l'entrée de la viande. Le peuple de Paris était réduit auparavant à n'avoir pendant tout le carême qu'une nourriture mal-faine & très-chère. Cependant quelques hommes ont ofé regretter cet ancien ufage, non qu'ils le cruffent utile, mais parce qu'il était un monument du pouvoir que le clergé avait eu trop long-temps fur l'ordre public, & que fa deftruction avançait la décadence de ce pouvoir. En 1629 on tuait fix bœufs à l'hôtel-dieu pendant le carême, deux cents en 1665, cinq cents en 1708, quinze cents en 1750; on en confomme aujourd'hui près de neuf mille.

CHARLATAN.

L'ARTICLE *Charlatan* du Dictionnaire encyclopédique, est rempli de vérités utiles, agréablement énoncées. M. le chevalier de *Jaucour* y a développé le charlatanisme de la médecine.

On prendra ici la liberté d'y ajouter quelques réflexions. Le séjour des médecins est dans les grandes villes; il n'y en a presque point dans les campagnes. C'est dans les grandes villes que sont les riches malades; la débauche, les excès de table, les passions, causent leurs maladies. *Dumoulin*, non pas le jurisconsulte, mais le médecin, qui était aussi bon praticien que l'autre, a dit en mourant, qu'il laissait deux grands médecins après lui, la diète & l'eau de la rivière.

En 1728, du temps de *Lass* le plus fameux des charlatans de la première espèce; un autre, nommé *Villars*, confia à quelques amis que son oncle qui avait vécu près de cent ans, & qui n'était mort que par accident, lui avait laissé le secret d'une eau qui pouvait aisément prolonger la vie jusqu'à cent cinquante années, pourvu qu'on fût sobre. Lorsqu'il voyait passer un enterrement, il levait les épaules de pitié; si le défunt, disait-il, avait bu de mon eau, il ne serait pas où il est. Ses amis auxquels il en donna généreusement, & qui observèrent un peu le régime prescrit, s'en trouvèrent bien, & le prônèrent. Alors il vendit la bouteille six francs; le débit en fut prodigieux. C'était de l'eau de Seine avec un peu de nitre. Ceux qui en prirent & qui s'astreignirent à

un

un peu de régime, furtout qui étaient nés avec un bon tempérament, recouvrèrent en peu de jours une fanté parfaite. Il difait aux autres : C'eſt votre faute fi vous n'êtes pas entièrement guéris. Vous avez été intempérans & incontinens : corrigez-vous de ces deux vices, & vous vivrez cent cinquante ans pour le moins. Quelques-uns ſe corrigèrent ; la fortune de ce bon charlatan s'augmenta comme ſa réputation. L'abbé de *Pons*, l'enthouſiaſte, le mettait fort au-deſſus du maréchal de *Villars : il* fait tuer des hommes, lui dit-il, & vous les faites vivre.

On ſut enfin que l'eau de *Villars* n'était que de l'eau de rivière ; on n'en voulut plus : & on alla à d'autres charlatans.

Il eſt certain qu'il avait fait du bien, & qu'on ne pouvait lui reprocher que d'avoir vendu l'eau de la Seine un peu trop cher. Il portait les hommes à la tempérance, & par-là il était ſupérieur à l'apothi-caire *Arnoud*, qui a farci l'Europe de ſes ſachets contre l'apoplexie, ſans recommander aucune vertu.

J'ai connu un médecin de Londres nommé *Brown*, qui pratiquait aux Barbades. Il avait une ſucrerie & des nègres ; on lui vola une ſomme conſidérable ; il aſſemble ſes nègres : Mes amis, leur dit-il ; le grand ſerpent m'a apparu pendant la nuit, il m'a dit que le voleur aurait dans ce moment une plume de perroquet ſur le bout du nez. Le coupable ſur le champ porte la main à ſon nez. C'eſt toi qui m'as volé, dit le maître ; le grand ſerpent vient de m'en inſtruire ; & il reprit ſon argent. On ne peut guère condamner une telle charlatanerie ; mais il fallait avoir à faire à des nègres.

Dictionn. philoſoph. Tome II.   G g

Scipion le premier Africain, ce grand *Scipion* fort
différent d'ailleurs du médecin *Brown*, fefait croire
volontiers à fes foldats qu'il était infpiré par les dieux.
Cette grande charlatanerie était en ufage dès long-
temps. Peut-on blâmer *Scipion* de s'en être fervi ? il
fut peut-être l'homme qui fit le plus d'honneur à la
république romaine ; mais pourquoi les dieux lui inf-
pirèrent-ils de ne point rendre fes comptes ?

Numa fit mieux ; il fallait policer des brigands &
un fénat qui était la portion de ces brigands la plus
difficile à gouverner. S'il avait propofé fes lois aux
tribus affemblées, les affaffins de fon prédéceffeur
lui auraient fait mille difficultés. Il s'adreffe à la
déeffe *Egérie*, qui lui donne des pandeɛtes de la part
de *Jupiter* ; il eft obéi fans contradiɛtion, & il règne
heureux. Ses inftruɛtions font bonnes, fon charlatanifme fait du bien ; mais fi quelque ennemi fecret
avait découvert la fourberie, fi on avait dit : Exter-
minons un fourbe qui proftitue le nom des dieux
pour tromper les hommes, il courait rifque d'être
envoyé au ciel avec *Romulus*.

Il eft probable que *Numa* prit très-bien fes
mefures, & qu'il trompa les Romains pour leur profit,
avec une habileté convenable au temps, aux lieux, à
l'efprit, des premiers Romains.

Mahomet fut vingt fois fur le point d'échouer ; mais
enfin il réuffit avec les Arabes de Médine ; & on le
crut intime ami de l'ange *Gabriel*. Si quelqu'un venait
aujourd'hui annoncer dans Conftantinople qu'il eft
le favori de l'ange *Raphaël*, très-fupérieur à *Gabriel*
en dignité, & que c'eft à lui feul qu'il faut croire ; il
ferait empalé en place publique. C'eft aux charlatans
à bien prendre leur temps.

N'y avait-il pas un peu de charlatanifme dans *Socrate* avec fon démon familier, & la déclaration précife d'*Apollon*, qui le proclama le plus fage de tous les hommes ? Comment *Rollin*, dans fon hiftoire, peut-il raifonner d'après cet oracle ? comment ne fait-il pas connaître à la jeuneffe que c'était une pure charlatanerie ? *Socrate* prit mal fon temps. Peut-être cent ans plutôt aurait-il gouverné Athènes.

Tout chef de fecte en philofophie a été un peu charlatan : mais les plus grands de tous ont été ceux qui ont afpiré à la domination. *Cromwell* fut le plus terrible de tous nos charlatans. Il parut précifément dans le feul temps où il pouvait réuffir : fous *Elifabeth* il aurait été pendu ; fous *Charles II* il n'eût été que ridicule. Il vint heureufement dans le temps où l'on était dégoûté des rois ; & fon fils, dans le temps où l'on était las d'un protecteur.

De la charlatanerie des fciences, & de la littérature.

LES fciences ne pouvaient guère être fans charlatanerie. On veut faire recevoir fes opinions ; le docteur fubtil veut éclipfer le docteur angélique ; le docteur profond veut régner feul. Chacun bâtit fon fyftème de phyfique, de métaphyfique, de théologie fcolaftique ; c'eft à qui fera valoir fa marchandife. Vous avez des courtiers qui la vantent, des fots qui vous croient, des protecteurs qui vous appuient.

Y a-t-il une charlatanerie plus grande que de mettre les mots à la place des chofes, & de vouloir que les autres croient ce que vous ne croyez pas vous-mêmes ?

L'un établit des tourbillons de matière fubtile rameufe , globuleufe , ftriée , cannelée ; l'autre des élémens de matière qui ne font point matière, & une harmonie préétablie qui fait que l'horloge du corps fonne l'heure, quand l'horloge de l'ame la montre par fon aiguille. Ces chimères trouvent des partifans pendant quelques années. Quand ces drogues font paffées de mode, de nouveaux énergumènes montent fur le théâtre ambulant ; ils banniffent les germes du monde, ils difent que la mer a produit les montagnes, & que les hommes ont autrefois été poiffons.

Combien a-t-on mis de charlatanifme dans l'hiftoire, foit en étonnant le lecteur par des prodiges , foit en chatouillant la malignité humaine par des fatires, foit en flattant des familles de tyrans par d'infâmes éloges ?

La malheureufe efpèce qui écrit pour vivre, eft charlatane d'une autre manière. Un pauvre homme qui n'a point de métier, qui a eu le malheur d'aller au collège, & qui croit favoir écrire, va faire fa cour à un marchand libraire, & lui demande à travailler. Le marchand libraire fait que la plupart des gens domiciliés veulent avoir de petites bibliothèques , qu'il leur faut des abrégés & des titres nouveaux ; il ordonne à l'écrivain un abrégé de l'*Hiftoire de Rapin Thoyras* , un abrégé de l'*Hiftoire de l'Eglife* , un *Recueil de bons mots* tiré du *Ménagiana* , un *Dictionnaire des grands-hommes*, où l'on place un pédant inconnu à côté de *Cicéron*, & un *fonnettiero* d'Italie auprès de *Virgile*.

Un autre marchand libraire commande des romans, ou des traductions de romans. Si vous n'avez pas d'imagination, dit-il à son ouvrier, vous prendrez quelques aventures dans *Cyrus*, dans *Gusman d'Alfarache*, dans les *Mémoires secrets* d'un homme de qualité, ou d'une femme de qualité ; & du total vous ferez un volume de quatre cents pages à vingt sous la feuille.

Un autre marchand libraire donne les gazettes & les almanachs de dix années à un homme de génie. Vous me ferez un extrait de tout cela, & vous me le rapporterez dans trois mois sous le nom d'*Histoire fidelle du temps*, par monsieur le chevalier de trois étoiles, lieutenant de vaisseau, employé dans les affaires étrangères.

De ces sortes de livres il y en a environ cinquante mille en Europe ; & tout cela passe comme le secret de blanchir la peau, de noircir les cheveux, & la panacée universelle.

C H A R L E S   I X.

*C*HARLES IX roi de France, était, dit-on, un bon poëte. Il est sûr que ses vers étaient admirables de son vivant. *Brantôme* ne dit pas, à la vérité, que ce roi fût le meilleur poëte de l'Europe, mais il assure qu'*il fesait surtout fort gentiment des quatrains impromptu sans songer, (comme il en a vu plusieurs ;) & quand il fesait mauvais temps ou pluie, ou d'un extrême chaud, il envoyait quérir messieurs les poëtes en son cabinet, & là passait son temps avec eux.*

S'il avait toujours passé son temps ainsi, & surtout s'il avait fait de bons vers, nous n'aurions pas eu la

Saint-Barthelemi ; il n'aurait pas tiré de fa fenêtre avec une carabine fur fes propres fujets comme fur des perdreaux. Ne croyez-vous pas qu'il eſt impoſſible qu'un bon poëte foit un barbare ? pour moi, j'en fuis perfuadé.

On lui attribue ces vers, faits en fon nom pour *Ronfard.*

> Ta lyre qui ravit par de fi doux accords,
> Te foumet les efprits dont je n'ai que les corps ;
> Le maître elle t'en rend, & te fait introduire
> Où le plus fier tyran ne peut avoir d'empire.

Ces vers font bons, mais font-ils de lui ? ne font-ils pas de fon précepteur ? en voici de fon imagination royale qui font un peu différens.

> Il faut fuivre ton roi qui t'aime par fus tous,
> Pour les vers qui de toi coulent braves & doux ;
> Et crois, fi tu ne viens me trouver à Pontoife,
> Qu'entre nous adviendra une très-grande noife.

L'auteur de la Saint-Barthelemi pourrait bien avoir fait ceux-là. Les vers de *Céfar* fur *Térence* font écrits avec un peu plus d'efprit & de goût. Ils refpirent l'urbanité romaine. Ceux de *François I* & de *Charles IX* fe reffentent de la groffièreté welche. Plût à DIEU que *Charles IX* eût fait plus de vers même mauvais ! Une application conftante aux arts aimables adoucit les mœurs.

> *Emollit mores nec finit effe feros.*

Au refte, la langue françaife ne commença à fe débrouiller un peu, que long-temps après *Charles IX.*

Voyez les lettres qu'on nous a confervées de *François I.*
Tout eft perdu fors l'honneur, eft digne d'un chevalier ;
mais en voici une qui n'eft ni de *Cicéron*, ni de
Céfar.

*Tout a fleure ynfi que je me volois mettre o lit eft
arrivé Laval qui m'a aporté la ferteneté du lévement du
fiége.*

Nous avons quelques lettres de la main de
Louis XIII, qui ne font pas mieux écrites. On n'exige
pas qu'un roi écrive des lettres comme *Pline*, ni
qu'il faffe des vers comme *Virgile;* mais perfonne
n'eft difpenfé de bien parler fa langue. Tout prince
qui écrit comme une femme de chambre, a été fort
mal élevé.

C H E M I N S.

I L n'y a pas long-temps que les nouvelles nations de
l'Europe ont commencé à rendre les chemins prati-
cables, & à leur donner quelque beauté. C'eft un des
grands foins des empereurs mogols & de ceux de la
Chine. Mais ces princes n'ont pas approché des
Romains. La voie Appienne, l'Aurélienne, la Flaminienne, l'Emilienne, la Trajane, fubfiftent encore. Les
feuls Romains pouvaient faire de tels chemins, &
feuls pouvaient les réparer.

Bergier, qui d'ailleurs a fait un livre utile, infifte
beaucoup fur ce que *Salomon* employa trente mille
Juifs pour couper du bois fur le Liban, quatre-vingts
mille pour maçonner fon temple, foixante & dix mille
pour les charrois, & trois mille fix cents pour préfider

aux travaux. Soit : mais il ne s'agiſſait pas là de grands chemins.

Pline dit qu'on employa trois cents mille hommes pendant vingt ans pour bâtir une pyramide en Egypte : je le veux croire ; mais voilà trois cents mille hommes bien mal employés. Ceux qui travaillèrent aux canaux de l'Egypte, à la grande muraille, aux canaux & aux chemins de la Chine ; ceux qui conſtruiſirent les voies de l'empire romain ; furent plus avantageuſement occupés que les trois cents mille miſérables qui bâtirent des tombeaux en pointe, pour faire repoſer le cadavre d'un ſuperſtitieux égyptien.

On connaît aſſez les prodigieux ouvrages des Romains, les lacs creuſés ou détournés, les collines applanies, la montagne percée par *Veſpaſien* dans la voie Flaminienne l'eſpace de mille pieds de longueur, & dont l'inſcription ſubſiſte encore. Le Pauſilipe n'en approche pas.

Il s'en faut beaucoup que les fondations de la plupart de nos maiſons ſoient auſſi ſolides que l'étaient les grands chemins dans le voiſinage de Rome ; & ces voies publiques s'étendirent dans tout l'empire, mais non pas avec la même ſolidité. Ni l'argent, ni les hommes n'auraient pu y ſuffire.

Preſque toutes les chauſſées d'Italie étaient relevées ſur quatre pieds de fondation. Lorſqu'on trouvait un marais ſur le chemin, on le comblait. Si on rencontrait un endroit montagneux, on le joignait au chemin par une pente douce. On ſoutenait en pluſieurs lieux ces chemins par des murailles.

Sur les quatre pieds de maçonnerie étaient poſées de larges pierres de taille, des marbres épais de près d'un pied, & fouvent larges de dix ; ils étaient piqués au cifeau, afin que les chevaux ne gliffaffent pas. On ne favait ce qu'on devait admirer davantage ou l'utilité ou la magnificence.

Prefque toutes ces étonnantes conftructions fe firent aux dépens du tréfor public. *Céfar* répara & prolongea la voie Appienne de fon propre argent; mais fon argent n'était que celui de la république.

Quels hommes employait-on à ces travaux ? les efclaves, les peuples domptés, les provinciaux qui n'étaient point citoyens romains. On travaillait par corvées, comme on fait en France & ailleurs; mais on leur donnait une petite rétribution.

Augufte fut le premier qui joignit les légions au peuple pour travailler aux grands chemins dans les Gaules, en Efpagne, en Afie. Il perça les Alpes à la vallée qui porta fon nom, & que les Piémontais & les Français appellent par corruption la *vallée d'Aofte*. Il fallut d'abord foumettre tous les fauvages qui habitaient ces cantons. On voit encore entre le grand & le petit Saint-Bernard, l'arc de triomphe que le fénat lui érigea après cette expédition. Il perça encore les Alpes par un autre côté qui conduit à Lyon, & de là dans toute la Gaule. Les vaincus n'ont jamais fait pour eux-mêmes ce que firent les vainqueurs.

La chute de l'empire romain fut celle de tous les ouvrages publics, comme de toute police, de tout art, de toute induftrie. Les grands chemins difparurent dans les Gaules, excepté quelques chauffées que la malheureufe reine *Brunehaut* fit réparer pour un peu de temps. A peine pouvait-on aller à cheval fur les anciennes voies, qui n'étaient plus que des abymes de bourbe entre-mêlée de pierres. Il fallait paffer par les champs labourables ; les charrettes fefaient à peine en un mois le chemin qu'elles font aujourd'hui dans une femaine. Le peu de commerce qui fubfifta fut borné à quelques draps, quelques toiles, un peu de mauvaife quincaillerie, qu'on portait à dos de mulet dans des prifons à crénaux & à mâchicoulis qu'on appelait *châteaux*, fitués dans des marais ou fur la cime des montagnes couvertes de neige.

Pour peu qu'on voyageât pendant les mauvaifes faifons fi longues & fi rebutantes dans les climats feptentrionaux, il fallait ou enfoncer dans la fange, ou gravir fur des rocs. Telles furent l'Allemagne & la France entière jufqu'au milieu du dix-feptième fiècle. Tout le monde était en bottes : on allait dans les rues fur des échaffes dans plufieurs villes d'Allemagne.

Enfin fous *Louis XIV*, on commença les grands chemins que les autres nations ont imités. On en a fixé la largeur à foixante pieds en 1720. Ils font bordés d'arbres en plufieurs endroits jufqu'à trente lieues de la capitale ; cet afpect forme un coup d'œil admirable. Les voies militaires romaines n'étaient larges que de feize pieds, mais elles étaient infiniment plus folides. On n'était pas obligé de les réparer tous les ans comme les nôtres. Elles étaient embellies de monumens, de colonnes milliaires, & même de tombeaux fuperbes : car ni en Grèce ni en Italie il n'était permis de faire fervir les villes de fépulture, encore moins les temples ; c'eût été un facrilége. Il n'en était pas comme dans nos églifes, où une vanité de barbares fait enfevelir à prix d'argent des bourgeois riches qui infectent le lieu même où l'on vient adorer Dieu, & où l'encens

ne femble brûler que pour déguifer les odeurs des
cadavres, tandis que les pauvres pourriffent dans le
cimetière attenant, & que les uns & les autres répandent
les maladies contagieufes parmi les vivans.

Les empereurs furent prefque les feuls dont les
cendres repoférent dans des monumens érigés à
Rome.

Les grands chemins de foixante pieds de large
occupent trop de terrain. C'eft environ quarante pieds
de trop. La France a près de deux cents lieues ou
environ de l'embouchure du Rhône au fond de la
Bretagne, autant de Perpignan à Dunkerque, en
comptant la lieue à deux mille cinq cents toifes. Cela
fait cent vingt millions de pieds quarrés pour deux
feuls grands chemins, perdus pour l'agriculture. Cette
perte eft très-confidérable dans un pays où les récoltes
ne font pas toujours abondantes.

On effaya de paver le grand chemin d'Orléans, qui
n'était pas de cette largeur ; mais on s'aperçut depuis
que rien n'était plus mal imaginé pour une route
couverte continuellement de gros charrois. De ces pavés
pofés tout fimplement fur la terre, les uns fe baiffent,
les autres s'élèvent, le chemin devient raboteux, &
bientôt impraticable ; il a fallu y renoncer.

Les chemins recouverts de gravier & de fable exigent
un nouveau travail toutes les années. Ce travail nuit à
la culture des terres, & ruine l'agriculteur.

M. *Turgot*, fils du prévôt des marchands, dont le
nom eft en bénédiction à Paris, & l'un des plus éclairés
magiftrats du royaume & des plus zélés pour le bien
public, & le bienfefant M. de *Fontète*, ont remédié

autant qu'ils ont pu à ce fatal inconvénient dans les provinces du Limoufin & de la Normandie. (1)

On a prétendu qu'on devait, à l'exemple d'*Augufte* & de *Trajan*, employer les troupes à la confeétion des chemins; mais alors il faudrait augmenter la paye du foldat ; & un royaume qui n'était qu'une province de l'empire romain, & qui eft fouvent obéré, peut rarement entreprendre ce que l'empire romain fefait fans peine.

C'eft une coutume affez fage dans les Pays-Bas d'exiger de toutes les voitures un péage modique pour l'entretien des voies publiques. Ce fardeau n'eft point pefant. Le payfan eft à l'abri des vexations. Les chemins y font une promenade continue très-agréable.

Les canaux font beaucoup plus utiles. Les Chinois furpaffent tous les peuples par ces monumens qui exigent un entretien continuel. *Louis XIV*, *Colbert*, & *Riquet*, fe font immortalifés par le canal qui joint les deux mers ; on ne les a pas encore imités. Il n'eft pas difficile de traverfer une grande partie de la France par des canaux. Rien n'eft plus aifé en Allemagne que

(1) M. *Turgot* étant contrôleur-général, obtint de la juftice & de la bonté du roi un édit qui aboliffait la corvée & la remplaçait par un impôt général fur les terres. Mais on l'obligea d'exempter les biens du clérgé de cet impôt, & d'en établir une partie fur les tailles. Malgré cela c'était encore un des plus grands biens qu'on pût faire à la nation. Cet édit enregiftré au lit de juftice n'a fubfifté que trois mois. Mais huit ou neuf généralités ont fuivi l'exemple de celle de Limoges. On doit auffi à M. *Turgot* d'avoir reftreint la largeur des routes dans les limites convenables. Les chemins qu'il a fait exécuter en Limoufin font des chefs-d'œuvre de conftruétion, & font formés fur les mêmes principes que les voies romaines dont on retrouve encore quelques reftes dans les Gaules ; tandis que les chemins faits par corvées, & néceffairement alors très-mal conftruits, exigent d'éternelles réparations qui font une nouvelle charge pour le peuple.

de joindre le Rhin au Danube; mais on a mieux aimé
s'égorger & se ruiner pour la possession de quelques
villages que de contribuer au bonheur du monde.

C H I E N.

IL semble que la nature ait donné le chien à l'homme
pour sa défense & pour son plaisir. C'est de tous les
animaux le plus fidelle : c'est le meilleur ami que puisse
avoir l'homme.

Il paraît qu'il y en a plusieurs espèces absolument
différentes. Comment imaginer qu'un lévrier vienne
originairement d'un barbet ? il n'en a ni le poil, ni les
jambes, ni le corsage, ni la tête, ni les oreilles, ni la
voix, ni l'odorat, ni l'instinct. Un homme qui n'aurait
vu, en fait de chiens, que des barbets ou des épagneuls,
& qui verrait un lévrier pour la première fois, le prendrait plutôt pour un petit cheval nain que pour un
animal de la race épagneûle. Il est bien vraisemblable
que chaque race fut toujours ce qu'elle est, sauf le
mélange de quelques-unes en petit nombre.

Il est étonnant que le chien ait été déclaré immonde
dans la loi juive, comme l'ixion, le griffon, le lièvre,
le porc, l'anguille ; il faut qu'il y ait quelque raison
physique ou morale que nous n'ayons pu encore
découvrir.

Ce qu'on raconte de la sagacité, de l'obéissance,
de l'amitié, du courage, des chiens, est prodigieux, &
est vrai. Le philosophe militaire *Ulloa* nous assure (a)
que dans le Pérou les chiens espagnols reconnaissent

(a) *Voyage d'Ulloa au Pérou*, liv. VI.

les hommes de race indienne, les pourſuivent & les
déchirent ; que les chiens péruviens en font autant des
Eſpagnols. Ce fait ſemble prouver que l'une & l'autre
eſpèce de chien retient encore la haine qui lui fut
inſpirée du temps de la découverte, & que chaque
race combat toujours pour ſes maîtres avec le même
attachement & la même valeur.

Pourquoi donc le mot de *chien* eſt-il devenu une
injure ? on dit par tendreſſe, *mon moineau*, *ma
colombe*, *ma poule ;* on dit même *mon chat ;* quoique cet
animal ſoit traître. Et quand on eſt fâché, on appelle
les gens *chiens !* Les Turcs mêmes, ſans être en
colère, diſent par une horreur mêlée au mépris, les
chiens de chrétiens. La populace anglaiſe, en voyant
paſſer un homme qui par ſon maintien, ſon habit,
& ſa perruque, a l'air d'être né vers les bords de la
Seine ou de la Loire, l'appelle communément *French
dog*, chien de Français. Cette figure de rhétorique n'eſt
pas polie, & paraît injuſte.

Le délicat *Homère* introduit d'abord le divin *Achille*
diſant au divin *Agamemnon*, qu'*il eſt impudent comme un
chien.* Cela pourrait juſtifier la populace anglaiſe.

Les plus zélés partiſans du chien doivent confeſſer
que cet animal a de l'audace dans les yeux ; que pluſieurs ſont hargneux, qu'ils mordent quelquefois des
inconnus en les prenant pour des ennemis de leurs
maîtres ; comme des ſentinelles tirent ſur les paſſans
qui approchent trop de la contreſcarpe. Ce ſont-là
probablement les raiſons qui ont rendu l'épithète de
chien une injure, mais nous n'oſons décider.

Pourquoi le chien a-t-il été adoré ou révéré (comme
on voudra) chez les Egyptiens ? C'eſt, dit-on, que le

chien avertit l'homme. *Plutarque* nous apprend (*b*)
qu'après que *Cambyfe* eut tué leur bœuf *Apis*, & l'eut
fait mettre à la broche, aucun animal n'ofa manger
les reftes des convives, tant était profond le refpect
pour *Apis ;* mais le chien ne fut pas fi fcrupuleux , il
avala du dieu. Les Egyptiens furent fcandalifés
comme on le peut croire, & *Anubis* perdit beaucoup
de fon crédit.

Le chien conferva pourtant l'honneur d'être toujours dans le ciel fous le nom du *grand* & du *petit
chien*. Nous eumes conftamment les jours canicu-
laires.

Mais de tous les chiens, *Cerbère* fut celui qui eut
le plus de réputation ; il avait trois gueules. Nous
avons remarqué que tout allait par trois. *Ifis*, *Ofiris* ;
& *Orus*, les trois premières divinités égyptiaques ; les
trois frères, dieux du monde grec, *Jupiter*, *Neptune*,
& *Pluton ;* les trois parques ; les trois furies ; les trois
juges d'enfer ; les trois gueules du chien de là-bas.

Nous nous apercevons ici avec douleur que nous
avons omis l'article des *chats ;* mais nous nous confo-
lons en renvoyant à leur hiftoire. (*) Nous remar-
quèrons feulement qu'il n'y a point de chats dans
les cieux , comme il y a des chèvres, des écreviffes ,
des taureaux , des béliers, des aigles , des lions , des
poiffons, des lièvres, & des chiens. Mais en recom-
penfe, le chat fut confacré ou révéré , ou adoré du
culte de dulie dans quelques villes , & peut-être de
latrie par quelques femmes.

(*b*) *Plutarque* , chap. d'*Ifis* & d'*Ofiris*.

(*) Par *Moncrif* de l'académie françaife.

DE LA CHINE.

SECTION PREMIERE.

Nous avons affez remarqué ailleurs combien il eft téméraire & mal-adroit de difputer à une nation telle que la Chinoife fes titres authentiques. Nous n'avons aucune maifon en Europe dont l'antiquité foit auffi bien prouvée que celle de l'empire de la Chine. Figurons-nous un favant maronite du mont Athos, qui contefterait la nobleffe des *Morozini*, des *Tiepolo*, & des autres anciennes maifons de Venife, des princes d'Allemagne, des *Montmorency*, des *Châtillons*, des *Taleyrand*, de France, fous prétexte qu'il n'en eft parlé ni dans St *Thomas*, ni dans St *Bonaventure*. Ce maronite pafferait-il pour un homme de bon fens ou de bonne foi ?

Je ne fais quels lettrés de nos climats fe font effrayés de l'antiquité de la nation chinoife. Mais ce n'eft point ici une affaire de fcolaftique. Laiffez tous les lettrés chinois, tous les mandarins, tous les empereurs, reconnaître *Fo-hi* pour un des premiers qui donnèrent des lois à la Chine environ deux mille cinq ou fix cents ans avant notre ère vulgaire. Convenez qu'il faut qu'il y ait des peuples avant qu'il y ait des rois. Convenez qu'il faut un temps prodigieux avant qu'un peuple nombreux, ayant inventé les arts néceffaires, fe foit réuni pour fe choifir un maître. Si vous n'en convenez pas, il ne nous importe. Nous croirons toujours fans vous que deux & deux font quatre.

Dans

Dans une province d'Occident , nommée autrefois
la Celtique, on a pouffé le goût de la fingularité &
du paradoxe jufqu'à dire que les Chinois n'étaient
qu'une colonie d'Egypte, ou bien , fi l'on veut, de
Phénicie. On a cru prouver , comme on prouve tant
d'autres chofes, qu'un roi d'Egypte appelé *Ménés*
par les Grecs, était le roi de la Chine *Yu* , & qu'*Atoes*
était *Ki* , en changeant feulement quelques lettres ;
& voici de plus comme on a raifonné.

Les Egyptiens allumaient des flambeaux quelquefois
pendant la nuit, les Chinois allument des lanternes ;
donc les Chinois font évidemment une colonie
d'Egypte. Le Jéfuite *Parennin* , qui avait déjà vécu
vingt-cinq ans à la Chine , & qui poffédait égale
ment la langue & les fciences des Chinois, a réfuté
toutes ces imaginations avec autant de politeffe que
de mépris. Tous les miffionnaires , tous les Chinois
à qui l'on conta qu'au bout de l'Occident on fefait
la réforme de l'empire de la Chine , ne firent qu'en rire.
Le père *Parennin* répondit un peu plus férieufement,
Vos Egyptiens , difait-il , pafférent apparemment
par l'Inde pour aller peupler la Chine. L'Inde
alors était-elle peuplée ou non ? fi elle l'était, aurait-
elle laiffé paffer une armée étrangère ? fi elle ne l'était
pas , les Egyptiens ne feraient-ils pas reftés dans
l'Inde ? auraient-ils pénétré par des déferts & des
montagnes impraticables jufqu'à la Chine , pour y
aller fonder des colonies , tandis qu'ils pouvaient fi
aifément en établir fur les rivages fertiles de l'Inde &
du Gange ?

Les compilateurs d'une hiftoire univerfelle imprimée
en Angleterre, ont voulu auffi dépouiller les Chinois

de leur antiquité , parce que les jéfuites étaient les
premiers qui avaient bien fait connaître la Chine.
C'eſt-là fans doute une bonne raiſon pour dire à toute
une nation : *vous en avez menti.*

Il y a , ce me femble, une réflexion bien importante
à faire fur les témoignages que *Confutzé* , nommé parmi
nous *Confucius*, rend à l'antiquité de fa nation; c'eſt
que *Confutzé* n'avait nul intérêt de mentir ; il ne fefait
point le prophète , il ne fe difait point infpiré , il
n'enfeignait point une religion nouvelle , il ne recou-
rait point aux preſtiges ; il ne flatte point l'empereur
fous lequel il vivait , il n'en parle feulement pas. C'eſt
enfin le feul des inſtituteurs du monde qui ne fe foit
point fait fuivre par des femmes.

J'ai connu un philofophe qui n'avait que le portrait
de *Confucius* dans fon arrière-cabinet; il mit au bas
ces quatre vers :

> De la feule raifon falutaire interprète,
> Sans éblouir le monde , éclairant les efprits ,
> Il ne parla qu'en fage , & jamais en prophète ;
> Cependant on le crut, & même en fon pays.

J'ai lu fes livres avec attention , j'en ai fait des
extraits ; je n'y ai trouvé que la morale la plus pure ,
fans aucune teinture de charlataniſme. Il vivait fix
cents ans avant notre ère vulgaire. Ses ouvrages furent
commentés par les plus favans hommes de la nation.
S'il avait menti, s'il avait fait une fauffe chronologie,
s'il avait parlé d'empereurs qui n'euſſent point exiſté,
ne fe ferait-il trouvé perfonne dans une nation favante
qui eût réformé la chronologie de *Confutzé*? Un feul
chinois a voulu le contredire, & il a été univerſellement
bafoué.

Ce n'eft pas ici la peine d'oppofer le monument de la grande muraille de la Chine aux monumens des autres nations qui n'en ont jamais approché; ni de redire que les pyramides d'Egypte ne font que des maffes inutiles & puériles en comparaifon de ce grand ouvrage; ni de parler de trente-deux éclipfes calculées dans l'ancienne chronique de la Chine, dont vingt-huit ont été vérifiées par les mathématiciens d'Europe; ni de faire voir combien le refpect des Chinois pour leurs ancêtres affure l'exiftence de ces mêmes ancêtres; ni de répéter au long combien ce même refpect a nui chez eux au progrès de la phyfique, de la géométrie, & de l'aftronomie.

On fait affez qu'ils font encore aujourd'hui ce que nous étions tous il y a environ trois cents ans, des raifonneurs très-ignorans. Le plus favant chinois reffemble à un de nos favans du quinzième fiècle qui poffédait fon *Ariftote*. Mais on peut être un fort mauvais phyficien & un excellent moralifte. Auffi c'eft dans la morale & dans l'économie politique, dans l'agriculture, dans les arts néceffaires, que les Chinois fe font perfectionnés. Nous leur avons enfeigné tout le refte; mais dans cette partie nous devions être leurs difciples.

De l'expulfion des miffionnaires de la Chine

HUMAINEMENT parlant, & indépendamment des fervices que les jéfuites pouvaient rendre à la religion chrétienne, n'étaient-ils pas bien malheureux d'être venus de fi loin porter la difcorde & le trouble dans le plus vafte royaume & le mieux policé de la

terre ? Et n'était-ce pas abufer horriblement de l'indulgence & de la bonté des peuples orientaux, furtout
après les torrens de fang verfés à leur occafion au
Japon ? fcène affreufe dont cet empire n'a cru pouvoir
prévenir les fuites qu'en fermant fes ports à tous les
étrangers.

Les jéfuites avaient obtenu de l'empereur de la Chine
Cam-hi la permiffion d'enfeigner le catholicifme ; ils
s'en fervirent pour faire croire à la petite portion du
peuple dirigé par eux, qu'on ne pouvait fervir d'autre
maître que celui qui tenait la place de DIEU fur la
terre , & qui réfidait en Italie fur le bord d'une petite
rivière nommée le *Tibre ;* que toute autre opinion
religieufe, tout autre culte, était abominable aux yeux
de DIEU, & qu'il punirait éternellement quiconque
ne croirait pas aux jéfuites ; que l'empereur *Cam-hi*
leur bienfaiteur, qui ne pouvait pas prononcer chrift
parce que les Chinois n'ont point la lettre R , ferait
damné à tout jamais; que l'empereur *Yontchin* fon
fils le ferait fans miféricorde ; que tous les ancêtres
des Chinois & des Tartares l'étaient; que leurs def-
cendans le feraient ainfi que tout le refte de la terre ;
& que les révérends pères jéfuites avaient une compaffion vraiment paternelle de la damnation de tant
d'ames,

Ils vinrent à bout de perfuader trois princes du
fang tartare. Cependant l'empereur *Cam-hi* mourut à
la fin de 1722. Il laiffa l'empire à fon quatrième fils
Yontchin , qui a été fi célèbre dans le monde entier par
la juftice & par la fageffe de fon gouvernement ,
par l'amour de fes fujets , & par l'expulfion des
jéfuites.

Ils commencèrent par baptifer les trois princes &
plufieurs perfonnes de leur maifon : ces néophytes
eurent le malheur de défobéir à l'empereur en quelques
points qui ne regardaient que le fervice militaire.
Pendant ce temps-là même l'indignation de tout
l'empire éclata contre les miffionnaires; tous les gouverneurs des provinces, tous les colao, préfentèrent
contre eux des mémoires. Les accufations furent
portées fi loin, qu'on mit aux fers les trois princes
difciples des jéfuites.

Il eft évident que ce n'était pas pour avoir été
baptifés qu'on les traita fi durement, puifque les
jéfuites eux-mêmes avouent dans leurs lettres que
pour eux ils n'effuyèrent aucune violence, & que
même ils furent admis à une audience de l'empereur,
qui les honora de quelques préfens. Il eft donc prouvé
que l'empereur *Yontchin* n'était nullement perfécuteur;
& fi les princes furent renfermés dans une prifon vers
la Tartarie, tandis qu'on traitait fi bien leurs conver-
tiffeurs, c'eft une preuve indubitable qu'ils étaient
prifonniers d'Etat, & non pas martyrs.

L'empereur céda bientôt après aux cris de la Chine
entière; on demandait le renvoi des jéfuites, comme
depuis en France & dans d'autres pays on a demandé
leur abolition. Tous les tribunaux de la Chine voulaient qu'on les fît partir fur le champ pour Macao,
qui eft regardé comme une place féparée de l'empire,
& dont on a laiffé toujours la poffeffion aux Portugais
avec garnifon chinoife.

Yontchin eut la bonté de confulter les tribunaux &
les gouverneurs, pour favoir s'il y aurait quelque
danger à faire conduire tous les jéfuites dans la

province de Kanton. En attendant la réponfe il fit venir trois jéfuites en fa préfence, & leur dit ces propres paroles que le père *Parennin* rapporte avec beaucoup de bonne foi : ,, Vos européens dans la province de ,, Fo-Kien voulaient anéantir nos lois (*a*) & trou- ,, blaient nos peuples ; les tribunaux me les ont ,, déférés ; j'ai dû pourvoir à ces défordres ; il y va ,, de l'intérêt de l'empire... Que diriez-vous fi j'en- ,, voyais dans votre pays une troupe de bonzes & ,, de lamas prêcher leur loi ? comment les recevriez- ,, vous ? .... Si vous avez fu tromper mon père , ,, n'efpérez pas me tromper de même. .... Vous voulez ,, que les Chinois fe faffent chrétiens , votre loi le ,, demande , je le fais bien ; mais alors que devien- ,, drions-nous ? les fujets de vos rois. Les chrétiens ,, ne croient que vous ; dans un temps de trouble ils ,, n'écouteraient d'autre voix que la vôtre. Je fais ,, bien qu'actuellement il n'y a rien à craindre ; mais ,, quand les vaiffeaux viendront par mille & dix ,, mille , alors il pourrait y avoir du défordre.

,, La Chine au nord touche le royaume des Ruffes ,, qui n'eft pas méprifable ; elle a au fud les Européens ,, & leurs royaumes qui font encore plus confidé- ,, rables ; (*) & à l'oueft les princes de Tartarie qui ,, nous font la guerre depuis huit ans. .... *Laurent* ,, *Lange*, compagnon du prince *Ifmaelof* ambaffadeur ,, du czar , demandait qu'on accordât aux Ruffes la ,, permiffion d'avoir dans toutes les provinces une ,, factorerie ; on ne le leur permit qu'à Pékin & fur

(*a*) Le pape y avait déjà nommé un évêque.
(*) *Yontchin* entend par-là les établiffemens des Européens dans l'Inde.

,, les limites de Kalkas. Je vous permets de demeurer
,, de même ici & à Kanton, tant que vous ne don-
,, nerez aucun fujet de plainte; & fi vous en donnez,
,, je ne vous laifferai ni ici ni à Kanton. ,,

On abattit leurs maifons & leurs églifes dans toutes
les autres provinces. Enfin les plaintes contre eux
redoublèrent. Ce qu'on leur reprochait le plus, c'était
d'affaiblir dans les enfans le refpeɛt pour leurs pères,
en ne rendant point les honneurs dus aux ancêtres;
d'affembler indécemment les jeunes gens & les filles
dans les lieux écartés qu'ils appelaient *églifes*; de
faire agenouiller les filles entre leurs jambes, & de
leur parler bas en cette pofture. Rien ne paraiffait
plus monftrueux à la délicateffe chinoife. L'empereur
Yontchin daigna même en avertir les jéfuites; après
quoi il renvoya la plupart des miffionnaires à Macao,
mais avec des politeffes & des attentions dont les feuls
Chinois peut-être font capables.

Il retint à Pékin quelques jéfuites mathématiciens,
entr'autres ce même *Parennin* dont nous avons déjà
parlé, & qui poffédant parfaitement le chinois & le
tartare, avait fouvent fervi d'interprète. Plufieurs
jéfuites fe cachèrent dans des provinces éloignées,
d'autres dans Kanton même; & on ferma les yeux.

Enfin, l'empereur *Yontchin* étant mort, fon fils &
fon fucceffeur *Kien-Long* acheva de contenter la nation,
en fefant partir pour Macao tous les miffionnaires
déguifés qu'on put trouver dans l'empire. Un édit
folemnel leur en interdit à jamais l'entrée. S'il en
vient quelques-uns, on les prie civilement d'aller
exercer leurs talens ailleurs. Point de traitement dur,
point de perfécution. On m'a affuré qu'en 1760 un

jéfuite de Rome étant allé à Kanton, & ayant été
déféré par un facteur des Hollandais, le colao gouverneur de Kanton le renvoya avec un préfent d'une
pièce de foie, des provifions, & de l'argent.

Du prétendu athéifme de la Chine.

On a examiné plufieurs fois cette accufation
d'athéifme, intentée par nos théologaux d'Occident
contre le gouvernement chinois (*b*) à l'autre bout
du monde ; c'eft affurément le dernier excès de nos
folies & de nos contradictions pédantefques. Tantôt
on prétendait dans une de nos facultés que les tribunaux ou parlemens de la Chine étaient idolâtres,
tantôt qu'ils ne reconnaiffaient point de divinité; &
ces raifonneurs pouffaient quelquefois leur fureur de
raifonner jufqu'à foutenir que les Chinois étaient à la
fois athées & idolâtres.

Au mois d'octobre 1700, la forbonne déclara
hérétiques toutes les propofitions qui foutenaient que
l'empereur & les colao croyaient en D i e u. On fefait
de gros livres dans lefquels on démontrait, felon la
façon théologique de démontrer, que les Chinois
n'adoraient que le ciel matériel.

Nil præter nubes & cœli numen adorant.

Mais s'ils adoraient ce ciel matériel, c'était donc là
leur dieu. Ils reffemblaient aux Perfes qu'on dit avoir
adoré le foleil ; ils reffemblaient aux anciens Arabes
qui adoraient les étoiles ; ils n'étaient donc ni fabricateurs d'idoles, ni athées. Mais un docteur n'y regarde

(*b*) Voyez dans le *Siècle de Louis XIV*, dans l'*Effai fur les mœurs &
l'efprit des nations*, & ailleurs.

pas de fi près, quand il s'agit dans fon tripot de déclarer une propofition hérétique & mal-fonnante.

Ces pauvres gens qui fefaient tant de fracas en 1700 fur le ciel matériel des Chinois, ne favaient pas qu'en 1689 les Chinois ayant fait la paix avec les Ruffes à Niptchou qui eft la limite des deux empires, ils érigèrent la même année, le 8 feptembre, un monument de marbre fur lequel on grava en langue chinoife & en latin ces paroles mémorables :

Si quelqu'un a jamais la penfée de rallumer le feu de la guerre, nous prions le Seigneur fouverain de toutes chofes, qui connaît les cœurs, de punir ces perfides, &c. (c)

Il fuffifait de favoir un peu de l'hiftoire moderne pour mettre fin à ces difputes ridicules; mais les gens qui croient que le devoir de l'homme confifte à commenter *St Thomas* & *Scot*, ne s'abaiffent pas à s'informer de ce qui fe paffe entre les plus grands empires de la terre.

SECTION II.

Nous allons chercher à la Chine de la terre, comme fi nous n'en avions point; des étoffes, comme fi nous manquions d'étoffes; une petite herbe pour infufer dans de l'eau, comme fi nous n'avions point de fimples dans nos climats. En récompenfe, nous voulons convertir les Chinois : c'eft un zèle très-louable; mais il ne faut pas leur contefter leur antiquité, & leur dire qu'ils font des idolâtres. Trouverait-on bon, en vérité, qu'un capucin, ayant été bien reçu dans un château

(c) Voyez l'*Hiftoire de la Ruffie fous Pierre I*, écrite fur les mémoires envoyés par l'impératrice *Elifabeth*.

des *Montmorency*, voulût leur perfuader qu'ils font nouveaux nobles, comme les fecrétaires du roi, & les accufer d'être idolâtres, parce qu'il aurait trouvé dans ce château deux ou trois ftatues de connétables, pour lefquelles on aurait un profond refpeit?

Le célébre *Wolf*, profeffeur de mathématiques dans l'univerfité de Hall, prononça un jour un très-bon difcours, à la louange de la philofophie chinoife; il loua cette ancienne efpèce d'hommes, qui diffère de nous par la barbe, par les yeux, par le nez, par les oreilles, & par le raifonnement; il loua, dis-je, les Chinois d'adorer un Dieu fuprême, & d'aimer la vertu; il rendait cette juftice aux empereurs de la Chine, aux colao, aux tribunaux, aux lettrés. La juftice qu'on rend aux bonzes eft d'une efpèce différente.

Il faut favoir que ce *Wolf* attirait à Hall un millier d'écoliers de toutes les nations. Il y avait dans la même univerfité un profeffeur de théologie nommé *Lange*, qui n'attirait perfonne; cet homme, au défefpoir de geler de froid feul dans fon auditoire, voulut, comme de raifon, perdre le profeffeur de mathématiques; il ne manqua pas, felon la coutume de fes femblables, de l'accufer de ne pas croire en DIEU.

Quelques écrivains d'Europe, qui n'avaient jamais été à la Chine, avaient prétendu que le gouvernement de Pékin était athée. *Wolf* avait loué les philofophes de Pékin, donc *Wolf* était athée; l'envie & la haine ne font jamais de meilleurs fyllogifmes. Cet argument de *Lange*, foutenu d'une cabale & d'un proteiteur, fut trouvé concluant par le roi du pays, qui envoya un dilemme en forme au mathématicien; ce dilemme lui donnait le choix de fortir de Hall dans vingt-quatre heures, ou d'être pendu. Et comme *Wolf* raifonnait fort jufte, il ne manqua pas de partir; fa retraite ôta au roi deux ou trois cents mille écus par an, que ce philofophe fefait entrer dans le royaume, par l'affluence de fes difciples.

Cet exemple doit faire fentir aux fouverains qu'il ne faut pas toujours écouter la calomnie, & facrifier un grand-homme à la fureur d'un fot. Revenons à la Chine.

De quoi nous avifons-nous, nous autres au bout de l'Occident, de difputer avec acharnement & avec des torrens d'injures, pour favoir s'il y avait eu quatorze princes, ou non, avant *Fo-hi* empereur de la Chine, & fi ce *Fo-hi* vivait trois mille, ou deux mille neuf cents ans, avant notre ère vulgaire? Je voudrais bien que deux Irlandais s'avifaffent de fe quereller à Dublin, pour favoir quel fut au douzième fiècle le poffeffeur des terres que j'occupe aujourd'hui; n'eft-il pas évident qu'ils devraient s'en rapporter à moi qui ai les archives entre mes mains? Il en eft de même à mon gré des premiers empereurs de la Chine; il faut s'en rapporter aux tribunaux du pays.

Difputez tant qu'il vous plaira fur les quatorze princes qui régnèrent avant *Fo-hi*, votre belle difpute n'aboutira qu'à prouver que la Chine était très-peuplée alors, & que les lois y régnaient. Maintenant, je vous demande fi une nation affemblée, qui a des lois & des princes, ne fuppofe pas une prodigieufe antiquité? Songez combien de temps il faut pour qu'un concours fingulier de circonftances faffe trouver le fer dans les mines, pour qu'on l'emploie à l'agriculture, pour qu'on invente la navette & tous les autres arts.

Ceux qui font les enfans à coup de plume, ont imaginé un fort plaifant calcul. Le jéfuite *Pétau*, par une belle fupputation, donne à la terre, deux cents quatre-vingt-cinq ans après le déluge, cent fois plus d'habitans qu'on n'ofe lui en fuppofer à préfent. Les *Cumberlands* & les *Whiftons* ont fait des calculs auffi comiques; ces bonnes gens n'avaient qu'à confulter les regiftres de nos colonies en Amérique, ils auraient été bien étonnés, ils auraient appris combien peu le genre-humain fe multiplie, & qu'il diminue très-fouvent, au lieu d'augmenter.

Laiffons donc, nous qui fommes d'hier, nous def-cendans des Celtes, qui venons de défricher les forêts de nos contrées fauvages; laiffons les Chinois & les Indiens jouir en paix de leur beau climat & de leur antiquité. Ceffons furtout d'appeler idolâtre l'empereur de la Chine, & le fouba de Dékan. Il ne faut pas être fanatique du mérite chinois; la conftitution de leur empire eft à la vérité la meilleure qui foit au monde; la feule qui foit toute fondée fur le pouvoir paternel; la feule dans laquelle un gouverneur de province foit puni, quand en fortant de charge il n'a pas eu les acclamations du peuple; la feule qui ait inftitué des prix pour la vertu, tandis que par-tout ailleurs les lois fe bornent à punir le crime; la feule qui ait fait adopter fes lois à fes vainqueurs, tandis que nous fommes encore fujets aux coutumes des Burgundiens, des Francs, & des Goths, qui nous ont domptés. Mais on doit avouer que le petit peuple, gouverné par des bonzes, eft auffi fripon que le nôtre; qu'on y vend tout fort cher aux étrangers, ainsi que chez nous; que dans les sciences, les Chinois sont encore au terme où nous étions il y a deux cents ans; qu'ils ont comme nous mille préjugés ridicules; qu'ils croient aux talismans, à l'astrologie judiciaire, comme nous y avons cru long-temps.

Avouons encore qu'ils ont été étonnés de notre thermomètre, de notre manière de mettre des liqueurs à la glace avec du salpêtre, & de toutes les expériences de *Torricelli* & d'*Otto de Guerick*, tout comme nous le fûmes lorsque nous vîmes ces amusemens de physique pour la première fois; ajoutons que leurs médecins ne guérissent pas plus les maladies mortelles que les nôtres, & que la nature toute seule guérit à la Chine les petites maladies comme ici; mais tout cela n'empêche pas que les Chinois, il y a quatre mille ans, lorsque nous ne savions pas lire, ne fussent toutes les choses essentiellement utiles dont nous nous vantons aujourd'hui.

La religion des lettrés, encore une fois, est admirable. Point de superstitions, point de légendes absurdes, point de ces dogmes qui insultent à la raison & à la nature, & auxquels des bonzes donnent mille sens différens, parce qu'ils n'en ont aucun. Le culte le plus simple leur a paru le meilleur depuis plus de quarante siècles. Ils sont ce que nous pensons qu'étaient *Seth*, *Enoch*, & *Noé*; ils se contentent d'adorer un Dieu avec tous les sages de la terre, tandis qu'en Europe on se partage entre *Thomas* & *Bonaventure*, entre *Calvin* & *Luther*, entre *Jansenius* & *Molina*.

CHRISTIANISME. (1)

SECTION PREMIERE.

Etabliſſement du chriſtianiſme, dans ſon état civil & politique.

DIEU nous garde d'oſer mêler ici le divin au profane, nous ne ſondons point les voies de la Providence. Hommes, nous ne parlerons qu'à des hommes.

Lorſqu'*Antoine*, & enſuite *Auguſte* eurent donné la Judée à l'arabe *Hérode* leur créature & leur tributaire, ce prince, étranger chez les Juifs, devint le plus puiſſant de tous les rois. Il eut des ports ſur la Méditerranée, Ptolémaïde, Aſcalon. Il bâtit des villes, il éleva un temple au dieu *Apollon* dans Rhodes, un temple à *Auguſte* dans Céſarée. Il bâtit de fond en comble celui de Jéruſalem, & il en fit une très-forte citadelle. La Paleſtine, ſous ſon règne, jouit d'une profonde paix. Enfin, il fut regardé comme un meſſie, tout barbare qu'il était dans ſa famille, & tout tyran de ſon peuple dont il dévorait la ſubſtance pour ſubvenir à ſes grandes entrepriſes. Il n'adorait que *Céſar*, & il fut preſque adoré des hérodiens.

La ſecte des Juifs était répandue depuis long-temps dans l'Europe & dans l'Aſie; mais ſes dogmes étaient entièrement ignorés. Perſonne ne connaiſſait les livres juifs, quoique pluſieurs fuſſent, dit-on, déjà traduits

---

(1) Ces deux articles *chriſtianiſme*, tirés de deux ouvrages différens, ſont imprimés ici ſuivant l'ordre chronologique. On y voit comment M. de *Voltaire* s'enhardiſſait peu-à-peu à lever le voile dont il avait d'abord couvert ſes opinions.

en grec dans Alexandrie. On ne favait des Juifs que ce que les Turcs & les Perfans favent aujourd'hui des Arméniens, qu'ils font des courtiers de commerce, des agens de change. Du refte un Turc ne s'informe jamais fi un Arménien eft eutichéen, ou jacobite, ou chrétien de S* Jean, ou arien.

Le théifme de la Chine & les refpectables livres de *Confutzée*, qui vécut environ fix cents ans avant *Hérode*, étaient encore plus ignorés des nations occidentales que les rites juifs.

Les Arabes, qui fourniffaient les denrées précieufes de l'Inde aux Romains, n'avaient pas plus d'idée de la théologie des brachmanes que nos matelots qui vont à Pondichéri ou à Madrafs. Les femmes indiennes étaient en poffeffion de fe brûler fur le corps de leurs maris de temps immémorial; & ces facrifices étonnans qui font encore en ufage, étaient auffi ignorés des Juifs que les coutumes de l'Amérique. Leurs livres qui parlent de *Gog* & de *Magog*, ne parlent jamais de l'Inde.

L'ancienne religion de *Zoroaftre* était célébre & n'en était pas plus connue dans l'empire romain. On favait feulement en général que les mages admettaient une réfurrection, un paradis, un enfer; & il fallait bien que cette doctrine eût percé chez les Juifs voifins de la Chaldée, puifque la Paleftine était partagée du temps d'*Hérode* entre les pharifiens qui commençaient à croire le dogme de la réfurrection, & les faducéens qui ne regardaient cette doctrine qu'avec mépris.

Alexandrie, la ville la plus commerçante du monde entier, était peuplée d'Egyptiens qui adoraient *Sérapis*, & qui confacraient des chats; de Grecs qui philofophaient, de Romains qui dominaient, de Juifs qui s'enrichiffaient. Tous ces peuples s'acharnaient à gagner de l'argent, à fe plonger dans les plaifirs ou dans le fanatifme ; à faire ou à défaire des fectes de religion, furtout dans l'oifiveté qu'ils goûtèrent dès qu'*Augufte* eut fermé le temple de *Janus*.

Les Juifs étaient divifés en trois factions principales ; celle des Samaritains fe difait la plus ancienne, parce que Samarie (alors Sebafte) avait fubfifté pendant que Jérufalem fut détruite avec fon temple fous les rois de Babylone ; mais ces Samaritains étaient un mélange de Perfans & de Paleftins.

La feconde faction, & la plus puiffante, était celle des Jérofolymites. Ces Juifs proprement dits déteftaient ces Samaritains, & en étaient déteftés. Leurs intérêts étaient tout oppofés. Ils voulaient qu'on ne facrifiât que dans le temple de Jérufalem. Une telle contrainte eût attiré beaucoup d'argent dans cette ville. C'était par cette raifon-là même que les Samaritains ne voulaient facrifier que chez eux. Un petit peuple, dans une petite ville, peut n'avoir qu'un temple ; mais dès que ce peuple s'eft étendu dans foixante & dix lieues de pays en long, & dans vingt-trois en large, comme fit le peuple juif ; dès que fon territoire eft prefque auffi grand & auffi peuplé que le Languedoc ou la Normandie ; il eft abfurde de n'avoir qu'une églife. Où en feraient les habitans de Montpellier s'ils ne pouvaient entendre la meffe qu'à Touloufe ?

La troifième faction était des Juifs helléniftes, compofée principalement de ceux qui commerçaient, & qui exerçaient des métiers en Egypte & en Grèce. Ceux-là avaient le même intérêt que les Samaritains.

Onias

Onias fils d'un grand-prêtre juif, & qui voulait être grand-prêtre auffi, obtint du roi d'Egypte *Ptolomée Philometor*, & furtout de *Cléopâtre* fa femme, la permiffion de bâtir un temple juif auprès de Bubafte. Il affura la reine *Cléopâtre* qu'*Ifaïe* avait prédit qu'un jour le Seigneur aurait un temple dans cet endroit-là. *Cléopâtre*, à qui il fit un beau préfent, lui manda que puifqu'*Ifaïe* l'avait dit, il fallait l'en croire. Ce temple fut nommé l'*Onion*; & fi *Onias* ne fut pas grand facrificateur, il fut capitaine d'une troupe de milices. Ce temple fut conftruit cent foixante ans avant notre ère vulgaire. Les Juifs de Jérufalem eurent toujours cet Onion en horreur, auffi-bien que la traduction dite des Septante. Ils inftituèrent même une fête d'expiation pour ces deux prétendus facriléges.

Les rabbins de l'Onion mêlés avec les Grecs devinrent plus favans (à leur mode) que les rabbins de Jérufalem & de Samarie; & ces trois factions commencèrent à difputer entr'elles fur des queftions de controverfe qui rendent néceffairement l'efprit fubtil, faux, & infociable.

Les Juifs égyptiens, pour égaler l'auftérité des efféniens & des judaïtes de la Paleftine, établirent, quelque temps avant le chriftianifme, la fecte des thérapeutes qui fe vouèrent comme eux à une efpèce de vie monaftique, & à des mortifications.

Ces différentes fociétés étaient des imitations des anciens myftères égyptiens, perfans, thraciens, grecs, qui avaient inondé la terre depuis l'Euphrate & le Nil jufqu'au Tibre.

Dans les commencemens les initiés admis à ces confréries étaient en petit nombre, & regardés comme

des hommes privilégiés, féparés de la multitude; mais
du temps d'*Augufte* leur nombre fut très-confidérable ;
de forte qu'on ne parlait que de religion du fond de
la Syrie au mont Atlas, & à l'Océan germanique.

Parmi tant de feêtes & de cultes s'était établie
l'école de *Platon*, non-feulement dans la Grèce,
mais à Rome, & furtout dans l'Egypte. *Platon* avait
paffé pour avoir puifé fa doêtrine chez les Egyptiens ;
& ceux-ci croyaient revendiquer leur propre bien en
fefant valoir les idées archétypes platoniques, fon
verbe, & l'efpèce de trinité qu'on débrouille dans
quelques ouvrages de *Platon*.

Il paraît que cet efprit philofophique répandu
alors fur tout l'occident connu, laiffa du moins
échapper quelques étincelles d'efprit raifonneur vers
la Paleftine.

Il eft certain que du temps d'*Hérode* on difputait
fur les attributs de la Divinité, fur l'immortalité de
l'efprit humain, fur la réfurreêtion des corps. Les
Juifs racontent que la reine *Cléopâtre* leur demanda fi
on reffufciterait nu ou habillé.

Les Juifs raifonnaient donc à leur manière. L'exa-
gérateur *Jofephe* était très-favant pour un militaire.
Il y avait d'autres favans dans l'état civil, puifqu'un
homme de guerre l'était. *Philon* fon contemporain
aurait eu de la réputation parmi les Grecs. *Gamaliel*,
le maître de *St Paul*, était un grand controverfifte.
Les auteurs de la *Mishna* furent des Polymathes.

La populace s'entretenait de religion chez les Juifs,
comme nous voyons aujourd'hui en Suiffe, à Genève,
en Allemagne, en Angleterre, & furtout dans les
Cévènes, les moindres habitans agiter la controverfe.

Il y a plus ; des gens de la lie du peuple ont fondé des sectes ; *Fox* en Angleterre, *Muncer* en Allemagne, les premiers réformés en France. Enfin, en fefant abftraction du grand courage de *Mahomet*, il n'était qu'un marchand de chameaux.

Ajoutons à tous ces préliminaires, que du temps d'*Hérode* on s'imagina que le monde était près de fa fin, comme nous l'avons déjà remarqué. (*)

Ce fut dans ces temps préparés par la divine Providence, qu'il plut au père éternel d'envoyer fon fils fur la terre ; myftère adorable & incompréhenfible auquel nous ne touchons pas.

Nous difons feulement que dans ces circonftances, fi JESUS prêcha une morale pure ; s'il annonça un prochain royaume des cieux pour la récompenfe des juftes ; s'il eut des difciples attachés à fa perfonne & à fes vertus ; fi ces vertus mêmes lui attirèrent les perfécutions des prêtres ; fi la calomnie le fit mourir d'une mort infame ; fa doctrine conftamment annoncée par fes difciples dut faire un très-grand effet dans le monde. Je ne parle, encore une fois, qu'humainement : je laiffe à part la foule des miracles & des prophéties. Je foutiens que le chriftianifme dut plus réuffir par fa mort que s'il n'avait pas été perfécuté. On s'étonne que fes difciples aient fait de nouveaux difciples ; je m'étonnerais bien davantage s'ils n'avaient pas attiré beaucoup de monde dans leur parti. Soixante & dix perfonnes convaincues de l'innocence de leur chef, de la pureté de fes mœurs, & de la barbarie de fes juges, doivent foulever bien des cœurs fenfibles.

(*) Voyez *Fin du monde.*

Le feul *Saul Paul*, devenu l'ennemi de *Gamaliel* fon maître (quelle qu'en ait été la raifon,) devait, humainement parlant, attirer mille hommages à JESUS, quand même JESUS n'aurait été qu'un homme de bien opprimé. *St Paul* était favant, éloquent, véhément, infatigable, inftruit dans la langue grecque, fecondé de zélateurs bien plus intéreffés que lui à défendre la réputation de leur maître. *St Luc* était un grec d'Alexandrie, (*a*) homme de lettres puifqu'il était médecin.

Le premier chapitre de *St Jean* eft d'une fublimité platonicienne qui dut plaire aux platoniciens d'Alexandrie. Et en effet, il fe forma bientôt dans cette ville une école fondée par *Luc*, ou par *Marc*, (foit l'évangélifte, foit un autre,) perpétuée par *Athénagore*, *Panthène*, *Origène*, *Clément*, tous favans, éloquens. Cette école une fois établie, il était impoffible que le chriftianifme ne fît pas des progrès rapides.

La Grèce, la Syrie, l'Egypte, étaient les théâtres de ces célébres anciens myftères qui enchantaient les peuples. Les chrétiens eurent leurs myftères comme eux. On dut s'empreffer à s'y faire initier, ne fût-ce d'abord que par curiofité; & bientôt cette curiofité devint perfuafion. L'idée de la fin du monde prochaine devait furtout engager les nouveaux difciples à méprifer les biens paffagers de la terre qui allaient périr avec eux. L'exemple des thérapeutes invitait à une vie folitaire & mortifiée : tout concourait donc puiffamment à l'établiffement de la religion chrétienne.

(*a*) Le titre de l'Evangile fyriaque de *St Luc* porte, *Evangile de Luc l'évangélifte*, *qui évangélifa en grec dans Alexandrie la grande.* On trouve encore ces mots dans les conftitutions apoftoliques : *Le fecond évêque d'Alexandrie fut Avilius inftitué par Luc.*

Les divers troupeaux de cette grande fociété naiffante ne pouvaient, à la vérité, s'accorder entr'eux.
Cinquante-quatre fociétés eurent cinquante-quatre
évangiles différens, tous fecrets comme leurs myftères,
tous inconnus aux Gentils, qui ne virent nos quatre
évangiles canoniques qu'au bout de deux cents cinquante années. Ces différens troupeaux, quoique
divifés, reconnaiffaient le même pafteur. Ebionites
oppofés à S*t* *Paul ;* nazaréens, difciples d'*Hymeneos*,
d'*Alexandros*, d'*Hermogènes ;* carpocratiens, bafilidiens,
valentiniens, marcionites, fabelliens, gnoftiques,
montaniftes ; cent fectes élevées les unes contre les
autres : toutes en fe fefant des reproches mutuels,
étaient cependant toutes unies en JESUS, invoquaient
JESUS, voyaient en JESUS l'objet de leurs penfées
& le prix de leurs travaux.

L'empire romain, dans lequel fe formèrent toutes
ces fociétés, n'y fit pas d'abord attention. On ne les
connut à Rome que fous le nom général de Juifs,
auxquels le gouvernement ne prenait pas garde. Les
Juifs avaient acquis par leur argent le droit de
commercer. On en chaffa de Rome quatre mille
fous *Tibère.* Le peuple les accufa de l'incendie de
Rome fous *Néron*, eux & les nouveaux Juifs demi-
chrétiens.

On les avait chaffés encore fous *Claude ;* mais leur
argent les fit toujours revenir. Ils furent méprifés &
tranquilles. Les chrétiens de Rome furent moins nombreux que ceux de Grèce, d'Alexandrie, & de Syrie.
Les Romains n'eurent ni pères de l'Eglife, ni héré-
fiarques dans les premiers fiècles. Plus ils étaient
éloignés du berceau du chriftianifme, moins on vit

chez eux de docteurs & d'écrivains. L'Eglife était grecque, & tellement grecque, qu'il n'y eut pas un feul myftère, un feul rite, un feul dogme, qui ne fût exprimé en cette langue.

Tous les chrétiens, foit grecs, foit fyriens, foit romains, foit égyptiens, étaient par-tout regardés comme des demi-juifs. C'était encore une raifon de plus pour ne pas communiquer leurs livres aux Gentils, pour refter unis entr'eux & impénétrables. Leur fecret était plus inviolablement gardé que celui des myftères d'*Ifis* & de *Cérès*. Ils fefaient une république à part, un Etat dans l'Etat. Point de temples, point d'autels, nul facrifice, aucune cérémonie publique. Ils élifaient leurs fupérieurs fecrets à la pluralité des voix. Ces fupérieurs, fous le nom d'anciens, de prêtres, d'évêques, de diacres, ménageaient la bourfe commune, avaient foin des malades, pacifiaient leurs querelles. C'était une honte, un crime parmi eux, de plaider devant les tribunaux, de s'enrôler dans la milice; & pendant cent ans il n'y eut pas un chrétien dans les armées de l'empire.

Ainfi retirés au milieu du monde, & inconnus même en fe montrant, ils échappaient à la tyrannie des proconfuls & des préteurs, & vivaient libres dans le public efclavage.

On ignore l'auteur du fameux livre intitulé : *Ton apoftolon Didakai*, les conftitutions apoftoliques ; de même qu'on ignore les auteurs des cinquante évangiles non reçus, & des actes de St *Pierre*, & du teftament des douze patriarches, & de tant d'autres écrits des premiers chrétiens. Mais il eft vraifemblable que ces conftitutions font du fecond fiècle. Quoiqu'elles foient fauffement attribuées aux apôtres, elles font très-précieufes. On y voit quels étaient les devoirs d'un évêque élu par les chrétiens ; quel refpeÛ ils devaient avoir pour lui, quels tributs ils devaient lui payer.

L'évêque ne pouvait avoir qu'une époufe qui eût bien foin de fa maifon : (*b*) *Mias andra gege-nimenon gunaikos monogamou kalos tou idiou oikou proeftota.*

On exhortait les chrétiens riches à adopter les enfans des pauvres. On fefait des collectes pour les veuves & les orphelins ; mais on ne recevait point l'argent des pécheurs ; & nommément il n'était pas permis à un cabaretier de donner fon offrande. Il eft dit (*c*) qu'on les regardait comme des fripons. C'eft pourquoi très-peu de cabaretiers étaient chrétiens. Cela même empêchait les chrétiens de fréquenter les tavernes, & les éloignait de toute fociété avec les gentils.

Les femmes pouvant parvenir à la dignité de dia-coneffes, en étaient plus attachées à la confraternité chrétienne. On les confacrait ; l'évêque les oignait d'huile au front, comme on avait huilé autrefois les rois juifs. Que de raifons pour lier enfemble les chré-tiens par des nœuds indiffolubles !

Les perfécutions, qui ne furent jamais que paffa-gères, ne pouvaient fervir qu'à redoubler le zèle & à enflammer la ferveur ; de forte que fous *Dioclétien* un tiers de l'empire fe trouva chrétien.

Voilà une petite partie des caufes humaines qui contribuèrent au progrès du chriftianifme. Joignez-y

(*b*) Livre IV , chap. I. (*c*) Chap. VI.

I i 4

les caufes divines qui font à elles comme l'infini eft
à l'unité, & vous ne pourrez être furpris que d'une
feule chofe, c'eft que cette religion fi vraie ne fe foit
pas étendue tout d'un coup dans les deux hémifphères,
fans en excepter l'île la plus fauvage.

DIEU lui-même étant defcendu du ciel, étant
mort pour racheter tous les hommes, pour extirper à
jamais le péché fur la face de la terre, a cependant
laiffé la plus grande partie du genre-humain en
proie à l'erreur, au crime, & au diable. Cela paraît
une fatale contradiction à nos faibles efprits; mais ce
n'eft pas à nous d'interroger la Providence; nous ne
devons que nous anéantir devant elle.

SECTION II.

Recherches hiftoriques fur le chriftianifme.

PLUSIEURS favans ont marqué leur furprife de
ne trouver dans l'hiftorien *Jofephe* aucune trace de
JESUS-CHRIST, car tous les vrais favans conviennent
aujourd'hui, que le petit paffage où il en eft queftion
dans fon hiftoire, eft interpolé. (*d*) Le père de

(*d*) Les chrétiens, par une de ces fraudes qu'on appelle pieufes,
falfifièrent groffièrement un paffage de *Jofephe*. Ils fuppofent à ce juif fi
entêté de fa religion, quatre lignes ridiculement interpolées; & au bout
de ce paffage ils ajoutent : *Il était le Chrift*. Quoi ! *Jofephe* avait entendu
parler de tant d'événemens qui étonnent la nature, *Jofephe* n'en aurait dit
que la valeur de quatre lignes dans l'hiftoire de fon pays ! Quoi ! ce juif
obftiné aurait dit, *Jéfus était le Chrift*. Eh ! fi tu l'avais cru *Chrift*, tu
aurais donc été chrétien. Quelle abfurdité de faire parler *Jofephe* en
chrétien ! comment fe trouve-t-il encore des théologiens affez imbécilles
ou affez infolens pour effayer de juftifier cette impofture des premiers
chrétiens, reconnus pour fabricateurs d'impoftures cent fois plus fortes ?

Flavien Josephe avait dû cependant être un des témoins de tous les miracles de JESUS. *Josephe* était de race facerdotale, parent de la reine *Mariamne*, femme d'*Hérode*; il entre dans les plus grands détails fur toutes les actions de ce prince; cependant il ne dit pas un mot ni de la vie ni de la mort de JESUS; & cet hiftorien qui ne diffimule aucune des cruautés d'*Hérode*, ne parle point du maffacre de tous les enfans, ordonné par lui, en conféquence de la nouvelle à lui parvenue, qu'il était né un roi des Juifs. Le calendrier grec compte quatorze mille enfans égorgés dans cette occafion.

C'eft de toutes les actions de tous les tyrans la plus horrible. Il n'y en a point d'exemple dans l'hiftoire du monde entier.

Cependant, le meilleur écrivain qu'aient jamais eu les Juifs, le feul eftimé des Romains & des Grecs, ne fait nulle mention de cet événement auffi fingulier qu'épouvantable. Il ne parle point de la nouvelle étoile qui avait paru en Orient après la naiffance du Sauveur; phénomène éclatant, qui ne devait pas échapper à la connaiffance d'un hiftorien auffi éclairé que l'était *Josephe*. Il garde encore le filence fur les ténèbres qui couvrirent toute la terre, en plein midi, pendant trois heures, à la mort du Sauveur; fur la grande quantité de tombeaux qui s'ouvrirent dans ce moment; & fur la foule des juftes qui reffufcitèrent.

Les favans ne ceffent de témoigner leur furprife, de voir qu'aucun hiftorien romain n'a parlé de ces prodiges, arrivés fous l'empire de *Tibère*, fous les yeux d'un gouverneur romain, & d'une garnifon

romaine, qui devait avoir envoyé à l'empereur &
au fénat, un détail circonftancié du plus miraculeux
événement dont les hommes aient jamais entendu
parler. Rome elle même devait avoir été plongée
pendant trois heures dans d'épaiffes ténèbres ; ce
prodige devait avoir été marqué dans les faftes de
Rome, & dans ceux de toutes les nations. DIEU
n'a pas voulu que ces chofes divines aient été écrites
par leurs mains profanes.

Les mêmes favans trouvent encore quelques difficultés dans l'hiftoire des évangiles. Ils remarquent
que dans *St Matthieu*, JESUS-CHRIST dit aux
fcribes & aux pharifiens, que tout le fang innocent
qui a été répandu fur la terre, doit retomber fur
eux, depuis le fang d'*Abel* le jufte, jufqu'à *Zacharie*,
fils de *Barac*, qu'ils ont tué entre le temple &
l'autel.

Il n'y a point, difent-ils, dans l'hiftoire des Hébreux,
de *Zacharie* tué dans le temple avant la venue du
Meffie, ni de fon temps : mais on trouve dans l'hiftoire du fiége de Jérufalem par *Jofephe*, un *Zacharie*,
fils de *Barac*, tué au milieu du temple, par la faction
des zélotes. C'eft au chapitre XIX du livre IV. De-là
ils foupçonnent que l'Evangile felon *St Matthieu* a
été écrit après la prife de Jérufalem par *Titus*. Mais
tous les doutes & toutes les objections de cette efpèce
s'évanouiffent, dès qu'on confidère la différence infinie
qui doit être entre les livres divinement infpirés,
& les livres des hommes. DIEU voulut envelopper
d'un nuage auffi refpectable qu'obfcur, fa naiffance,
fa vie, & fa mort. Ses voies font en tout différentes
des nôtres.

Les favans fe font auffi fort tourmentés fur la différence des deux généalogies de JESUS-CHRIST. St Matthieu donne pour père à Jofeph, Jacob; à Jacob, Mathan; à Mathan, Eléazar. St Luc au contraire dit que Jofeph était fils d'Héli, Héli de Matat, Matat de Lévi, Lévi de Melchi, &c. Ils ne veulent pas concilier les cinquante-fix ancêtres que Luc donne à JESUS depuis Abraham, avec les quarante-deux ancêtres différens que Matthieu lui donne depuis le même Abraham. Et ils font effarouchés que Matthieu, en parlant des quarante-deux générations, n'en rapporte pourtant que quarante & une.

Ils forment encore des difficultés fur ce que JESUS n'eft point fils de Jofeph, mais de Marie. Ils élèvent auffi quelques doutes fur les miracles de notre Sauveur, en citant St Auguftin, St Hilaire, & d'autres, qui ont donné aux récits de ces miracles un fens myftique, un fens allégorique: comme au figuier maudit & féché pour n'avoir pas porté de figues quand ce n'était pas le temps des figues; aux démons envoyés dans les corps des cochons, dans un pays où l'on ne nourriffait point de cochons; à l'eau changée en vin fur la fin d'un repas où les convives étaient déjà échauffés. Mais toutes ces critiques des favans font confondues par la foi, qui n'en devient que plus pure. Le but de cet article eft uniquement de fuivre le fil hiftorique, & de donner une idée précife des faits fur lefquels perfonne ne difpute.

Premiérement, JESUS naquit fous la loi mofaïque, il fut circoncis fuivant cette loi, il en accomplit

tous les préceptes, il en célébra toutes les fêtes,
& il ne prêcha que la morale ; il ne révéla point
le myſtère de ſon incarnation ; il ne dit jamais aux
Juifs qu'il était né d'une vierge ; il reçut la bénédiction de *Jean* dans l'eau du Jourdain, cérémonie
à laquelle pluſieurs juifs ſe ſoumettaient, mais il
ne baptiſa jamais perſonne ; il ne parla point des
ſept ſacremens ; il n'inſtitua point de hiérarchie
eccléſiaſtique de ſon vivant. Il cacha à ſes contemporains qu'il était fils de D i e u , éternellement
engendré, conſubſtantiel à D i e u , & que le Saint-
Eſprit procédait du Père & du Fils. Il ne dit point
que ſa perſonne était compoſée de deux natures &
de deux volontés ; il voulut que ces grands myſtères
fuſſent annoncés aux hommes dans la ſuite des
temps, par ceux qui ſeraient éclairés des lumières du
Sᵗ Eſprit. Tant qu'il vécut il ne s'écarta en rien de
la loi de ſes pères ; il ne montra aux hommes qu'un
juſte agréable à D i e u , perſécuté par ſes envieux,
& condamné à la mort par des magiſtrats prévenus.
Il voulut que ſa ſainte Egliſe établie par lui, fît tout
le reſte.

　　Joſephe, au chapitre XII de ſon hiſtoire, parle d'une
ſecte de Juifs rigoriſtes, nouvellement établie par un
nommé *Judas* galiléen. *Ils mépriſent*, dit-il, *les maux
de la terre ; ils triomphent des tourmens par leur conſtance ;
ils préfèrent la mort à la vie lorſque le ſujet en eſt honorable.
Ils ont ſouffert le fer & le feu, & vu briſer leurs os, plutôt
que de prononcer la moindre parole contre leur légiſlateur,
ni manger des viandes défendues.*

　　Il paraît que ce portrait tombe ſur les judaïtes, &
non pas ſur les eſſéniens. Car voici les paroles de *Joſephe*.

Judas fut l'auteur d'une nouvelle secte, entièrement diffé-rente des trois autres, c'est-à-dire des saducéens, des pha-risiens, & des esséniens. Il continue & dit : *Ils sont Juifs de nation ; ils vivent unis entr'eux, & regardent la volupté comme un vice :* le sens naturel de cette phrase fait voir que c'est des judaïtes dont l'auteur parle.

Quoi qu'il en soit, on connut ces judaïtes avant que les disciples du CHRIST commençassent à faire un parti considérable dans le monde.

Les thérapeutes étaient une société différente des esséniens & des judaïtes ; ils ressemblaient aux gymno-sophistes des Indes, & aux brames. *Ils ont*, dit *Philon, un mouvement d'amour céleste, qui les jette dans l'enthousiasme des bacchantes & des corybantes, & qui les met dans l'état de la contemplation à laquelle ils aspirent. Cette secte naquit dans Alexandrie, qui était toute remplie de Juifs, & s'étendit beaucoup dans l'Egypte.*

Les disciples de *Jean-Baptiste* s'étendirent aussi un peu en Egypte, & principalement dans la Syrie & dans l'Arabie ; il y en eut aussi dans l'Asie mineure. Il est dit dans les Actes des apôtres, chap. XIX, que *Paul* en rencontra plusieurs à Ephèse ; il leur dit : *Avez-vous reçu le St Esprit ?* Ils lui répondirent : *Nous n'avons pas seulement ouï dire qu'il y ait un St Esprit.* Il leur dit : *Quel baptême avez-vous donc reçu ?* Ils lui répondirent : *Le baptême de Jean.*

Il y avait dans les premières années qui suivirent la mort de JESUS, sept sociétés ou sectes différentes chez les Juifs ; les pharisiens ; les saducéens ; les essé-niens ; les judaïtes ; les thérapeutes ; les disciples de *Jean* ; & les disciples de CHRIST, dont DIEU condui-sait le petit troupeau dans des sentiers inconnus à la sagesse humaine.

Celui qui contribua le plus à fortifier cette société naissante, fut ce *Paul* même qui l'avait persécutée avec le plus de cruauté. Il était né à Tarsis en Cilicie, & fut élevé par le fameux docteur pharisien *Gamaliel* disciple de *Hillel*. Les Juifs prétendent qu'il rompit avec *Gamaliel*, qui refusa de lui donner sa fille en mariage. On voit quelques traces de cette anecdote à la suite des actes de *sainte Thècle*. Ces actes portent qu'il avait le front large, la tête chauve, les sourcils joints, le nez aquilin, la taille courte & grosse, & les jambes torses. *Lucien* dans son dialogue de Philopatris en fait un portrait assez semblable. On doute beaucoup qu'il fût citoyen romain, car en ce temps-là on n'accordait ce titre à aucun juif; ils avaient été chassés de Rome par *Tibère* : & Tarsis ne fut colonie romaine que près de cent ans après sous *Caracalla*, comme le remarque *Cellarius* dans sa géographie, livre III, & *Grotius* dans ses commentaires sur les actes.

Les fidelles eurent le nom de chrétiens dans Antioche, vers l'année soixante de notre ère vulgaire; mais ils furent connus dans l'empire romain, comme nous le verrons dans la suite, sous d'autres noms. Ils ne se distinguaient auparavant que par le nom de frères, de saints ou de fidelles. DIEU, qui était descendu sur la terre pour y être un exemple d'humilité & de pauvreté, donnait ainsi à son Eglise les plus faibles commencemens, & la dirigeait dans ce même état d'humiliation, dans lequel il avait voulu naître. Tous les premiers fidelles furent des hommes obscurs, ils travaillaient tous de leurs mains. L'apôtre *Paul* témoigne qu'il gagnait sa vie à faire des tentes. St *Pierre* ressuscita la couturière *Dorcas*, qui fesait les robes des frères. L'affemblée des fidelles fe tenait à Joppé, dans la maifon d'un corroyeur nommé *Simon*, comme on le voit au chapitre IX des Actes des apôtres.

Les fidelles fe répandirent fecrétement en Grèce, & quelques-uns allèrent de-là à Rome parmi les Juifs à qui les Romains permettaient une fynagogue. Ils ne fe féparèrent point d'abord des Juifs ; ils gardèrent la circoncifion ; & comme on l'a déjà remarqué ailleurs, les quinze premiers évêques de Jérufalem furent tous circoncis.

Lorfque l'apôtre *Paul* prit avec lui *Timothée* qui était fils d'un père gentil, il le circoncit lui-même dans la petite ville de Liftre. Mais *Tite* fon autre difciple, ne voulut point fe foumettre à la circoncifion. Les frères difciples de J E S U S furent unis aux Juifs jufqu'au temps où *Paul* effuya une perfécution à Jérufalem, pour avoir amené des étrangers dans le temple. Il était accufé par les Juifs de vouloir détruire la loi mofaïque par J E S U S - C H R I S T. C'eft pour fe laver de cette accufation que l'apôtre *Jacques* propofa à l'apôtre *Paul* de faire rafer fa tête, & de s'aller purifier dans le temple avec quatre juifs qui avaient fait vœu de fe rafer ; *Prenez-les avec vous*, lui dit *Jacques* (chap. XXI actes des apôtres,) *purifiez-vous avec eux, & que tout le monde fache que ce que l'on dit de vous eft faux, & que vous continuez à garder la loi de Moïfe.* Ainfi donc *Paul* qui d'abord avait été le perfécuteur fanguinaire de la fociété établie par J E S U S ; *Paul* qui depuis voulut gouverner cette fociété naiffante ; *Paul* chrétien judaïfe *afin que le monde fache qu'on le calomnie quand on dit qu'il eft chrétien. Paul* fait ce qui paffe aujourd'hui pour un crime abominable, un crime qu'on punit par le feu en

Espagne, en Portugal, en Italie; & il le fait à la per-
suasion de l'apôtre *Jacques;* & il le fait après avoir
reçu le St Esprit, c'est-à-dire après avoir été instruit
par DIEU même, qu'il faut renoncer à tous ces rites
judaïques autrefois institués par DIEU même.

Paul n'en fut pas moins accusé d'impiété & d'hérésie, & son procès criminel dura long-temps; mais on
voit évidemment par les accusations mêmes intentées
contre lui, qu'il était venu à Jérusalem pour observer
les rites judaïques.

Il dit à *Festus* ces propres paroles, (chap. XXV
des Actes,) *Je n'ai péché ni contre la loi juive ni contre
le temple.*

Les apôtres annonçaient JESUS-CHRIST comme
juif, observateur de la loi juive, envoyé de DIEU
pour la faire observer.

La circoncision est utile, dit l'apôtre *Paul* (chap. II,
épît. aux Rom.,) si vous observez la loi; mais si vous
la violez votre circoncision devient prépuce. Si un
incirconcis garde la loi, il sera comme circoncis. Le
vrai juif est celui qui est juif intérieurement.

Quand cet apôtre parle de JESUS-CHRIST dans ses
épîtres, il ne révèle point le mystère ineffable de sa
consubstantialité avec DIEU; nous sommes délivrés
par lui (dit-il, chap. V, épît. aux Rom.) de la colère
de DIEU; le don de DIEU s'est répandu sur nous,
par la grâce donnée à un seul homme qui est JESUS-
CHRIST.... La mort a régné par le péché d'un
seul homme; les justes régneront dans la vie par un
seul homme qui est JESUS-CHRIST.

Et au chap. VIII: Nous les héritiers de DIEU, &
les cohéritiers de CHRIST. Et au chap. XVI: A DIEU,

qui

qui eſt le ſeul ſage, honneur & gloire par JESUS-CHRIST.... Vous êtes à JESUS-CHRIST, & JESUS-CHRIST à DIEU, (aux Corinth. chap. III.)

Et (aux Corinth. chap. XV, verſ. 27.) Tout lui eſt aſſujetti, en exceptant ſans doute DIEU, qui lui a aſſujetti toutes choſes.

On a eu quelque peine à expliquer le paſſage de l'épître aux Philippiens : *Ne faites rien par une vaine gloire ; croyez mutuellement par humilité que les autres vous ſont ſupérieurs ; ayez les mêmes ſentimens que* CHRIST JESUS, *qui étant dans l'empreinte de* DIEU *n'a point cru ſa proie de s'égaler à* DIEU. Ce paſſage paraît très-bien approfondi, & mis dans tout ſon jour, dans une lettre qui nous reſte des égliſes de Vienne & de Lyon, écrite l'an 117, & qui eſt un précieux monument de l'antiquité. On loue dans cette lettre la modeſtie de quelques fidelles : *Ils n'ont pas voulu*, dit la lettre, *prendre le grand titre de martyrs*, (pour quelques tribulations) *à l'exemple de* JESUS-CHRIST, *lequel étant empreint de* DIEU, *n'a pas cru ſa proie la qualité d'égal à* DIEU. *Origéne* dit auſſi dans ſon commentaire ſur *Jean* : La grandeur de JESUS a plus éclaté quand il s'eſt humilié, *que s'il eût fait ſa proie d'être égal à* DIEU. En effet, l'explication contraire eſt un contre-ſens viſible. Que ſignifierait *croyez les autres ſupérieurs à vous ; imitez* JESUS *qui n'a pas cru que c'était une proie, une uſurpation, de s'égaler à* DIEU? Ce ſerait viſiblement ſe contredire, ce ferait donner un exemple de grandeur pour un exemple de modeſtie, ce ferait pécher contre le ſens commun.

La ſageſſe des apôtres fondait ainſi l'Egliſe naiſſante. Cette ſageſſe ne fut point altérée par la diſpute qui

Dictionn. philoſoph. Tome II.　　K k

survint entre les apôtres *Pierre*, *Jacques*, & *Jean*, d'un côté; & *Paul*, de l'autre. Cette contestation arriva à Antioche. L'apôtre *Pierre*, autrement *Céphas*, ou *Simon Barjone*, mangeait avec les Gentils convertis, & n'observait point avec eux les cérémonies de la loi, ni la distinction des viandes; il mangeait, lui, *Barnabé*, & d'autres disciples, indifféremment, du porc, des chairs étouffées, des animaux qui avaient le pied fendu, & qui ne ruminaient pas; mais plusieurs juifs chrétiens arrivés, St *Pierre* se remit avec eux à l'absti-nence des viandes défendues, & aux cérémonies de la loi mosaïque.

Cette action paraissait très-prudente; il ne voulait pas scandaliser les juifs chrétiens ses compagnons; mais St *Paul* s'éleva contre lui avec un peu de dureté. *Je lui résistai*, dit-il, *à la face, parce qu'il était blamable.* (Epître aux Galates chapitre II.)

Cette querelle paraît d'autant plus extraordinaire de la part de St *Paul*, qu'ayant été d'abord persécu-teur, il devait être plus modéré; & que lui-même il était allé sacrifier dans le temple à Jérusalem, qu'il avait circoncis son disciple *Timothée*, qu'il avait accompli les rites juifs qu'il reprochait alors à *Céphas*. St *Jérôme* prétend que cette querelle entre *Paul* & *Céphas* était feinte. Il dit dans sa première homélie, tome III, qu'ils firent comme deux avocats qui s'échauffent & se piquent au barreau pour avoir plus d'autorité sur leurs cliens. Il dit que *Pierre Céphas* étant destiné à prêcher aux Juifs, & *Paul* aux Gentils, ils firent semblant de se quereller, *Paul* pour gagner les Gentils, & *Pierre* pour gagner les Juifs. Mais St *Augustin* n'est point du tout de cet avis. *Je suis fâché*, dit-il dans l'épître à *Jérôme*, *qu'un auffi grand-homme fe rende le patron du menfonge*, patronum mendacii.

Au refte, fi *Pierre* était deftiné aux Juifs judaï-fans, & *Paul* aux étrangers, il eft très-probable que *Pierre* ne vint point à Rome. Les Actes des apôtres ne font aucune mention du voyage de *Pierre* en Italie.

Quoi qu'il en foit, ce fut vers l'an 60 de notre ère, que les chrétiens commencèrent à fe féparer de la communion juive; & c'eft ce qui leur attira tant de querelles, & tant de perfécutions de la part des fynagogues répandues à Rome, en Grèce, dans l'Egypte, & dans l'Afie. Ils furent accufés d'impiété, d'athéifme, par leurs frères juifs, qui les excommu-niaient dans leurs fynagogues trois fois les jours du fabbat. Mais D I E U les foutint toujours au milieu des perfécutions.

Petit à petit, plufieurs églifes fe formèrent, & la féparation devint entière entre les Juifs & les chré-tiens, avant la fin du premier fiècle; cette féparation était ignorée du gouvernement romain. Le fénat de Rome, ni les empereurs, n'entraient point dans ces querelles d'un petit parti que D I E U avait jufque-là conduit dans l'obfcurité, & qu'il élevait par des degrés infenfibles.

Il faut voir dans quel état était alors la religion de l'empire romain. Les myftères & les expiations étaient accrédités dans prefque toute la terre. Les empereurs, il eft vrai, les grands, & les philofophes, n'avaient nulle foi à ces myftères; mais le peuple, qui en fait de religion donne la loi aux grands, leur impofait la néceffité de fe conformer en apparence à fon culte. Il faut pour l'enchaîner paraître porter les mêmes chaînes que lui. *Cicéron* lui-même fut initié aux myſtères d'*Eleuſine*. La connaiſſance d'un ſeul DIEU était le principal dogme qu'on annonçait dans ces fêtes myſtérieuſes & magnifiques. Il faut avouer que les prières & les hymnes qui nous ſont reſtés de ces myſtères, ſont ce que le paganiſme a de plus pieux & de plus admirable.

Les chrétiens, qui n'adoraient auſſi qu'un ſeul DIEU, eurent par-là plus de facilité de convertir pluſieurs Gentils. Quelques philoſophes de la ſecte de *Platon* devinrent chrétiens. C'eſt pourquoi les pères de l'Egliſe des trois premiers ſiècles furent tous platoniciens.

Le zèle inconſidéré de quelques-uns ne nuiſit point aux vérités fondamentales. On a reproché à S*t Juſtin*, l'un des premiers pères, d'avoir dit dans ſon commentaire ſur *Iſaïe*, que les ſaints jouiraient dans un règne de mille ans ſur la terre, de tous les biens ſenſuels. On lui a fait un crime d'avoir dit dans ſon apologie du chriſtianiſme, que DIEU ayant fait la terre, en laiſſa le ſoin aux anges, leſquels étant devenus amoureux des femmes, leur firent des enfans qui ſont les démons.

On a condamné *Lactance* & d'autres pères, pour avoir ſuppoſé des oracles de ſibylles. Il prétendait que la ſibylle *Erytrée* avait fait ces quatre vers grecs, dont voici l'explication littérale.

> Avec cinq pains & deux poiſſons
> Il nourrira cinq mille hommes au déſert;
> Et en ramaſſant les morceaux qui reſteront,
> Il en remplira douze paniers.

On reprocha aussi aux premiers chrétiens la supposition de quelques vers acrostiches d'une ancienne sibylle, lesquels commençaient tous par les lettres initiales du nom de JESUS-CHRIST, chacune dans leur ordre. On leur reprocha d'avoir forgé des lettres de JESUS-CHRIST au roi d'Edesse, dans le temps qu'il n'y avait point de roi à Edesse ; d'avoir forgé des lettres de *Marie*, des lettres de *Sénèque* à *Paul*, des lettres & des actes de *Pilate*, de faux évangiles, de faux miracles, & mille autres impostures.

Nous avons encore l'histoire ou l'évangile de la nativité & du mariage de la vierge *Marie*, où il est dit qu'on la mena au temple âgée de trois ans, & qu'elle monta les degrés toute seule. Il est rapporté qu'une colombe descendit du ciel pour avertir que c'était *Joseph* qui devait épouser *Marie*. Nous avons le proto-évangile de *Jacques* frère de JESUS du premier mariage de *Joseph*. Il est dit que quand *Marie* fut enceinte en l'absence de son mari, & que son mari s'en plaignit, les prêtres firent boire de l'eau de jalousie à l'un & à l'autre, & que tous deux furent déclarés innocens.

Nous avons l'évangile de l'enfance attribué à *St Thomas*. Selon cet évangile JESUS à l'âge de cinq ans se divertissait avec des enfans de son âge à pétrir de la terre glaise, dont il formait de petits oiseaux ; on l'en reprit, & alors il donna la vie aux oiseaux, qui s'envolèrent. Une autrefois un petit garçon l'ayant battu, il le fit mourir sur le champ. Nous avons encore en arabe un autre évangile de l'enfance qui est plus sérieux.

Nous avons un évangile de *Nicodème*. Celui-là semble mériter une plus grande attention, parce qu'on y trouve les noms de ceux qui accusèrent J e s u s devant *Pilate;* c'étaient les principaux de la synagogue, *Anne*, *Caïphe*, *Sommas*, *Datan*, *Gamaliel*, *Juda*, *Nephtalim*. Il y a dans cette histoire des choses qui se concilient assez avec les évangiles reçus, & d'autres qui ne se voient point ailleurs. On y lit que la femme guérie d'un flux de sang s'appelait *Véronique*. On y voit tout ce que J e s u s fit dans les enfers quand il y descendit.

Nous avons ensuite les deux lettres qu'on suppose que *Pilate* écrivit à *Tibère* touchant le supplice de J e s u s; mais le mauvais latin dans lequel elles sont écrites découvre assez leur fausseté.

On poussa le faux zèle jusqu'à faire courir plusieurs lettres de J e s u s - C h r i s t. On a conservé la lettre qu'on dit qu'il écrivit à *Abgare* roi d'Edesse; mais alors il n'y avait plus de roi d'Edesse.

On fabriqua cinquante évangiles qui furent ensuite déclarés apocryphes. *St Luc* nous apprend lui-même que beaucoup de personnes en avaient composé. On a cru qu'il y en avait un nommé l'*Evangile éternel*, sur ce qu'il est dit dans l'Apocalypse chap. XIV : *J'ai vu un ange volant au milieu des cieux, & portant l'Evangile éternel.* Les cordeliers abusant de ces paroles au treizième siècle, composèrent un *Evangile éternel*, par lequel le règne du St Esprit devait être substitué à celui de J e s u s - C h r i s t; mais il ne parut jamais dans les premiers siècles de l'Eglise aucun livre sous ce titre.

On supposa encore des lettres de la Vierge, écrites à *St Ignace* le martyr, aux habitans de Messine, & à d'autres.

Abdias, qui succéda immédiatement aux apôtres, fit leur histoire, dans laquelle il mêla des fables si absurdes, que ces hiſtoires ont été avec le temps entièrement décréditées ; mais elles eurent d'abord un grand cours. C'eſt *Abdias* qui rapporte le combat de *St Pierre* avec *Simon* le magicien. Il y avait en effet à Rome un mécanicien fort habile, nommé *Simon*, qui non-ſeulement feſait exécuter des vols ſur les théâtres, comme on le fait aujourd'hui, mais qui lui-même renouvela le prodige attribué à *Dédale*. Il ſe fit des ailes, il vola, & tomba comme *Icare ;* c'eſt ce que rapportent *Pline*, & *Suétone*.

Abdias, qui était dans l'Aſie, & qui écrivait en hébreu, prétend que *St Pierre* & *Simon* ſe rencontrèrent à Rome du temps de *Néron*. Un jeune homme proche parent de l'empereur mourut ; toute la cour pria *Simon* de le reſſuſciter. *St Pierre* de ſon côté ſe préſenta pour faire cette opération. *Simon* employa toutes les règles de ſon art ; il parut réuſſir, le mort remua la tête. Ce n'eſt pas aſſez, cria *St Pierre*, il faut que le mort parle ; que *Simon* s'éloigne du lit, & on verra ſi le jeune homme eſt en vie : *Simon* s'éloigna, le mort ne remua plus, & *Pierre* lui rendit la vie d'un ſeul mot.

Simon alla ſe plaindre à l'empereur qu'un miſérable galiléen s'aviſait de faire de plus grands prodiges que lui. *Pierre* comparut avec *Simon*, & ce fut à qui l'emporterait dans ſon art : Dis-moi ce que je penſe, cria *Simon* à *Pierre*. Que l'empereur, répondit *Pierre*, me donne un pain d'orge, & tu verras ſi je fais ce que tu as dans l'ame. On lui donne un pain. Auſſitôt *Simon* fait paraître deux grands dogues qui veulent le dévorer. *Pierre* leur jette le pain ; & tandis qu'ils le mangent : Hé bien, dit-il, ne ſavais-je pas ce que tu penſais ? tu voulais me faire dévorer par tes chiens.

Après cette première féance, on propofa à *Simon* &
à *Pierre* le combat du vol, & ce fut à qui s'élèverait
le plus haut dans l'air. *Simon* commença, St *Pierre*
fit le figne de la croix, & *Simon* fe caffa les jambes.
Ce conte était imité de celui qu'on trouve dans le
Sepher toldos Jefchut, où il eft dit que JESUS lui-même
vola, & que *Judas* qui en voulut faire autant fut
précipité.

Néron, irrité que *Pierre* eût caffé les jambes à fon
favori *Simon*, fit crucifier *Pierre* la tête en bas ; &
c'eft de-là que s'établit l'opinion du féjour de *Pierre*
à Rome, de fon fupplice, & de fon fépulcre.

C'eft ce même *Abdias* qui établit encore la créance
que St *Thomas* alla prêcher le chriftianifme aux grandes
Indes chez le roi *Gondafer*, & qu'il y alla en qualité
d'architecte.

La quantité de livres de cette efpèce écrits dans
les premiers fiècles du chriftianifme eft prodigieufe.
St *Jérôme*, & St *Auguflin* même, prétendent que les
lettres de *Sénèque* & de St *Paul* font très-authentiques.
Dans la première lettre, *Sénèque* fouhaite que fon
frère *Paul* fe porte bien ; *bene te valere, frater, cupio*.
Paul ne parle pas tout-à-fait fi bien latin que *Sénèque* :
J'ai reçu vos lettres hier, dit-il, avec joie : *Litteras tuas
hilaris accepi ;* & j'y aurais répondu auffi-tôt fi j'avais
eu la préfence du jeune homme que je vous aurais
envoyé, *fi præfentiam juvenis habuiffem*. Au refte, ces
lettres qu'on croirait devoir être inftructives, ne font
que des complimens.

Tant de menfonges forgés par des chrétiens mal
inftruits & fauffement zélés, ne portèrent point
préjudice à la vérité du chriftianifme, ils ne nuifirent

point à son établissement; au contraire, ils font voir que la société chrétienne augmentait tous les jours, & que chaque membre voulait servir à son accroissement.

Les Actes des apôtres ne disent point que les apôtres fussent convenus d'un symbole. Si effectivement ils avaient rédigé le symbole, le *Credo*, tel que nous l'avons, *St Luc* n'aurait pas omis dans son histoire ce fondement essentiel de la religion chrétienne; la substance du *Credo* est éparse dans les évangiles, mais les articles ne furent réunis que long-temps après.

Notre symbole, en un mot, est incontestablement la créance des apôtres, mais n'est pas une pièce écrite par eux. *Rufin*, prêtre d'Aquilée, est le premier qui en parle; & une homélie attribuée à *St Augustin*, est le premier monument qui suppose la manière dont ce *Credo* fut fait. *Pierre* dit dans l'assemblée : *Je crois en* DIEU *père tout-puissant ; André* dit, *& en* JESUS-CHRIST; *Jacques* ajoute, *qui a été conçu du St Esprit;* & ainsi du reste.

Cette formule s'appelait *symbolos* en grec, en latin *collatio*. Il est seulement à remarquer que le grec porte : Je crois en DIEU père tout-puissant, feseur du ciel & de la terre : *Pisteo eis theon patera pantokratora poieten ouranou kai ges ;* le latin traduit, *feseur*, *formateur*, par *creatorem*. Mais depuis, en traduisant le symbole du premier concile de Nicée, on mit *factorem*.

Le christianisme s'établit d'abord en Grèce. Les chrétiens y eurent à combattre une nouvelle secte de Juifs devenus philosophes à force de fréquenter les Grecs; c'était celle de la gnose ou des gnostiques: il s'y mêla de nouveaux chrétiens. Toutes ces sectes joüiſſaient alors d'une entière liberté de dogmatiſer, de conférer & d'écrire; mais ſous *Domitien* la religion chrétienne commença à donner quelque ombrage au gouvernement.

Ce zèle de quelques chrétiens, qui n'était pas ſelon la ſcience, n'empêcha pas l'Egliſe de faire les progrès que DIEU lui deſtinait. Les chrétiens célébrèrent d'abord leurs myſtères dans des maiſons retirées, dans des caves, pendant la nuit; de-là leur vint le titre de lucifugaces, ſelon *Minutius Felix.* *Philon* les appelle geſſéens. Leurs noms les plus communs, dans les quatre premiers ſiècles chez les Gentils, étaient ceux de Galiléens & de Nazaréens; mais celui de chrétiens a prévalu ſur tous les autres.

Ni la hiérarchie, ni les uſages, ne furent établis-tout d'un coup; les temps apoſtoliques furent différens des temps qui les ſuivirent. *St Paul,* dans ſa première aux Corinthiens, nous apprend que les frères, ſoit circoncis, ſoit incirconcis, étant aſſemblés, quand pluſieurs prophètes voulaient parler, il fallait qu'il n'y en eût que deux ou trois qui parlaſſent; & que ſi quelqu'un pendant ce temps-là avait une révélation, le prophète qui avait pris la parole devait ſe taire.

C'eſt ſur cet uſage de l'Egliſe primitive que ſe fondent encore aujourd'hui quelques communions chrétiennes, qui tiennent des aſſemblées ſans hiérarchie. Il était permis alors à tout le monde de parler dans l'égliſe; excepté aux femmes. Il eſt vrai que *Paul* leur défend de parler dans la première aux Corinthiens; mais il ſemble auſſi les autoriſer à prêcher, à prophétiſer, dans la même épître au chap. XI, v. 5. *Toute femme qui prie & prophétiſe tête nue, ſouille ſa tête;*

c'est comme si elle était rasée. Les femmes crurent donc qu'il leur était permis de parler, pourvu qu'elles fussent voilées.

Ce qui est aujourd'hui la sainte messe, qui se célébre le matin, était la cène qu'on fesait le soir; ces usages changèrent à mesure que l'Eglise se fortifia. Une société plus étendue exigea plus de règlemens; & la prudence des pasteurs se conforma aux temps & aux lieux.

St *Jérôme* & *Eusèbe* rapportent que quand les églises reçurent une forme, on y distingua peu-à-peu cinq ordres différens : les surveillans, Episcopoi, d'où sont venus les évêques; les anciens de la société, Presbyteroi, les prêtres; les servans ou diacres, Diaconoi; les Pistoi, croyans, initiés, c'est-à-dire les baptisés, qui avaient part aux soupers des agapes; & les catéchumènes & énergumènes, qui attendaient le baptême. Aucun, dans ces cinq ordres, ne portait d'habit différent des autres; aucun n'était contraint au célibat, témoin le livre de *Tertullien* dédié à sa femme, témoin l'exemple des apôtres. Aucune représentation, soit en peinture, soit en sculpture, dans leurs assemblées, pendant les trois premiers siècles. Les chrétiens cachaient soigneusement leurs livres aux Gentils; ils ne les confiaient qu'aux initiés; il n'était pas même permis aux catéchumènes de réciter l'oraison dominicale.

Ce qui distinguait le plus les chrétiens, & ce qui a duré jusqu'à nos derniers temps, était le pouvoir de chasser les diables avec le signe de la croix. *Origène*, dans son traité contre *Celse*, avoue au nombre 133, qu'*Antinoüs*, divinisé par l'empereur *Adrien*, fesait des miracles en Egypte par la force des charmes & des preftiges; mais il dit que les diables fortent du corps des poffédés à la prononciation du feul nom de JESUS.

Tertullien va plus loin, & du fond de l'Afrique où il était, il dit dans fon apologétique, au chap. XXIII : *Si vos dieux ne confeffent pas qu'ils font des diables, à la préfence d'un vrai chrétien, nous voulons bien que vous répandiez le fang de ce chrétien. Y a-t-il une démonftration plus claire ?*

En effet, JESUS-CHRIST envoya fes apôtres pour chaffer les démons. Les Juifs avaient auffi de fon temps le don de les chaffer ; car lorfque JESUS eut délivré des poffédés, & eut envoyé les diables dans les corps d'un troupeau de deux mille cochons, & qu'il eut opéré d'autres guérifons pareilles, les pharifiens dirent : Il chaffe les démons par la puiffance de *Belzébut. Si c'eft par Belzébut que je les chaffe*, répondit JESUS ; *par qui vos fils les chaffent-ils ?* Il eft incontef-table que les Juifs fe vantaient de ce pouvoir ; ils avaient des exorciftes & des exorcifmes. On invoquait le nom de DIEU, de *Jacob*, & d'*Abraham*. On mettait des herbes confacrées dans le nez des démoniaques. (*Jofephe* rapporte une partie de ces cérémonies.) Ce pouvoir fur les diables, que les Juifs ont perdu, fut tranfmis aux chrétiens, qui femblent auffi l'avoir perdu depuis quelque temps.

Dans le pouvoir de chaffer les démons, était compris celui de détruire les opérations de la magie ; car la magie fut toujours en vigueur chez toutes les nations. Tous les pères de l'Eglife rendent témoignage à la magie. St *Juftin* avoue dans fon apologétique, au livre III, qu'on évoque fouvent les ames des morts,

& en tire un argument en faveur de l'immortalité de l'ame. *Lactance*, au livre VII de fes inftitutions divines, dit *que fi on ofait nier l'exiflence des ames après la mort, le magicien vous en convaincrait bientôt en les fefant paraître*. Irénée, *Clément Alexandrin*, *Tertullien*; l'évêque *Cyprien*, tous affirment la même chofe. Il eft vrai qu'aujourd'hui tout eft changé, & qu'il n'y a pas plus de magiciens que de démoniaques; mais il s'en trouvera quand il plaira à DIEU.

Quand les fociétés chrétiennes devinrent un peu nombreufes, & que plufieurs s'élevèrent contre le culte de l'empire romain, les magiftrats févirent contre elles, & les peuples furtout les perfécutèrent. On ne perfécutait point les Juifs qui avaient des priviléges particuliers, & qui fe renfermaient dans leurs fynagogues; on leur permettait l'exercice de leur religion, comme on fait encore aujourd'hui à Rome; on fouffrait tous les cultes divers répandus dans l'empire, quoique le fénat ne les adoptât pas.

Mais les chrétiens fe déclarant ennemis de tous ces cultes, & furtout de celui de l'empire, furent expofés plufieurs fois à ces cruelles épreuves.

Un des premiers & des plus célébres martyrs fut *Ignace*, évêque d'Antioche, condamné par l'empereur *Trajan* lui-même, alors en Afie, & envoyé par fes ordres à Rome, pour être expofé aux bêtes, dans un temps où l'on ne maffacrait point à Rome les autres chrétiens. On ne fait point de quoi il était accufé auprès de cet empereur, renommé d'ailleurs pour fa clémence; il fallait que St *Ignace* eût de bien violens ennemis. Quoi qu'il en foit, l'hiftoire de fon martyre rapporte qu'on lui trouva le nom de JESUS-CHRIST

gravé fur le cœur, en caractères d'or ; & c'eft de-là
que les chrétiens prirent en quelques endroits le nom
de *Théophores*, qu'*Ignace* s'était donné à lui-même.

On nous a confervé une lettre de lui, par laquelle
il prie les évêques & les chrétiens de ne point s'oppofer à fon martyre ; foit que dès-lors les chrétiens
fuffent affez puiffans pour le délivrer, foit que parmi
eux quelques-uns euffent affez de crédit pour obtenir
fa grâce. Ce qui eft encore très-remarquable, c'eft
qu'on fouffrit que les chrétiens de Rome vinffent au-
devant de lui quand il fut amené dans cette capitale ;
ce qui prouve évidemment qu'on puniffait en lui la
perfonne, & non pas la fecte.

Les perfécutions ne furent pas continuées. *Origène*,
dans fon livre III contre *Celfe*, dit : *On ne peut compter*
facilement les chrétiens qui font morts pour leur religion,
parce qu'il en eft mort peu, & feulement de temps en temps,
& par intervalle.

DIEU eut un fi grand foin de fon Eglife, que malgré
fes ennemis, il fit en forte qu'elle tînt cinq conciles
dans le premier fiècle, feize dans le fecond, & trente
dans le troifième ; c'eft-à-dire, des affemblées tolérées.
Ces affemblées furent quelquefois défendues, quand
la fauffe prudence des magiftrats craignit qu'elles ne
devinffent tumultueufes. Il nous eft refté peu de procès-
verbaux des proconfuls & des préteurs qui condamnèrent les chrétiens à mort. Ce feraient les feuls actes
fur lefquels ont pût conftater les accufations portées
contre eux, & leurs fupplices.

Nous avons un fragment de *Denys d'Alexandrie*,
dans lequel il rapporte l'extrait du greffe d'un pro-
conful d'Egypte, fous l'empereur *Valérien* ; le voici :

» *Denys*, *Faufte*, *Maxime*, *Marcel*, & *Chérémon*,
» ayant été introduits à l'audience, le préfet *Emilien*
» leur a dit : Vous avez pu connaître, par les entre-
» tiens que j'ai eus avec vous, & par tout ce que je
» vous en ai écrit, combien nos princes ont témoigné
» de bonté à votre égard : je veux bien encore vous
» le redire : ils font dépendre votre confervation &
» votre falut de vous-mêmes ; & votre deftinée eft
» entre vos mains : ils ne demandent de vous qu'une
» feule chofe, que la raifon exige de toute perfonne
» raifonnable ; c'eft que vous adoriez les dieux pro-
» tecteurs de leur empire, que vous abandonniez cet
» autre culte fi contraire à la nature & au bon fens.

» *Denys* a répondu : Chacun n'a pas les mêmes
» dieux, & chacun adore ceux qu'il croit l'être véri-
» tablement.

» Le préfet *Emilien* a repris : Je vois bien que vous
» êtes des ingrats, qui abufez des bontés que les
» empereurs ont pour vous. Hé bien, vous ne demeu-
» rerez pas davantage dans cette ville, & je vous
» envoie à Céphro dans le fond de la Lybie ; ce fera
» là le lieu de votre banniffement, felon l'ordre que
» j'en ai reçu de nos empereurs : au refte, ne penfez
» pas y tenir vos affemblées, ni aller faire vos prières
» dans ces lieux que vous nommez des cimetières ;
» cela vous eft abfolument défendu, & je ne le per-
» mettrai jamais à perfonne. »

Rien ne porte plus le caractère de vérité, que ce
procès-verbal. On voit par-là qu'il y avait des temps
où les affemblées étaient prohibées. C'eft ainfi que
parmi nous il eft défendu aux calviniftes de s'affembler
dans le Languedoc ; nous avons même quelquefois

fait pendre & rouer des miniſtres, ou prédicans, qui tenaient des aſſemblées malgré les lois. C'eſt ainſi qu'en Angleterre & en Irlande, les aſſemblées ſont défendues aux catholiques romains; & il y a eu des occaſions où les délinquans ont été condamnés à la mort.

Malgré ces défenſes portées par les lois romaines, DIEU inſpira à pluſieurs empereurs de l'indulgence pour les chrétiens. *Dioclétien* même, qui paſſe chez les ignorans pour un perſécuteur, *Dioclétien* dont la première année de règne eſt encore l'époque de l'ère des martyrs, fut, pendant plus de dix-huit ans, le protecteur déclaré du chriſtianiſme, au point que pluſieurs chrétiens eurent des charges principales auprès de ſa perſonne. Il ſouffrit que dans Nicomédie ſa réſidence, il y eût une ſuperbe égliſe, élevée vis-à-vis ſon palais. Enfin il épouſa une chrétienne.

Le céſar *Galérius* ayant malheureuſement été prévenu contre les chrétiens, dont il croyait avoir à ſe plaindre, engagea *Dioclétien* à faire détruire la cathédrale de Nicomédie. Un chrétien plus zélé que ſage mit en pièces l'édit de l'empereur: & de-là vint cette perſécution ſi fameuſe, dans laquelle il y eut plus de deux cents perſonnes condamnées à la mort, dans toute l'étendue de l'empire romain; ſans compter ceux que la fureur du petit peuple, toujours fanatique, & toujours barbare, put faire périr, contre les formes juridiques.

Il y eut en divers temps un ſi grand nombre de martyrs, qu'il faut bien ſe donner de garde d'ébranler la vérité de l'hiſtoire de ces véritables confeſſeurs de notre ſainte religion, par un mélange dangereux de fables, & de faux martyrs.

Le

Le bénédictin dom *Ruinard*, par exemple, homme d'ailleurs auffi inftruit qu'eftimable & zélé, aurait dû choifir avec plus de difcrétion fes actes fincères. Ce n'eft pas affez qu'un manufcrit foit tiré de l'abbaye de Saint-Benoît-fur-Loire, ou d'un couvent de céleftins de Paris, conforme à un manufcrit des feuillans, pour que cet acte foit authentique; il faut que cet acte foit ancien, écrit par des contemporains, & qu'il porte d'ailleurs tous les caractères de la vérité.

Il aurait pu fe paffer de rapporter l'aventure du jeune *Romanus*, arrivée en 303. Ce jeune romain avait obtenu fon pardon de *Dioclétien* dans Antioche. Cependant *Ruinard* dit que le juge *Afclépiade* le condamna à être brûlé. Des Juifs préfens à ce fpectacle, fe moquèrent du jeune St *Romanus*, & reprochèrent aux chrétiens que leur Dieu les laiffait brûler, lui qui avait délivré *Sidrac*, *Mifac*, & *Abdenago*, de la fournaife; auffitôt il s'éleva, dans le temps le plus ferein, un orage qui éteignit le feu. Alors le juge ordonna qu'on coupât la langue au jeune *Romanus*: le premier médecin de l'empereur fe trouvant là, fit officieufement la fonction de bourreau, & lui coupa la langue dans la racine; auffitôt le jeune homme, qui était bègue auparavant, parla avec beaucoup de liberté; l'empereur fut étonné que l'on parlât fi bien fans langue; & le médecin pour réitérer cette expérience, coupa fur le champ la langue à un paffant, lequel en mourut fubitement.

Eufèbe, dont le bénédictin *Ruinard* a tiré ce conte, devait refpecter affez les vrais miracles, opérés dans l'ancien & dans le nouveau Teftament (defquels perfonne ne doutera jamais) pour ne pas leur affocier

des hiſtoires ſi ſuſpectes, leſquelles pourraient ſcan-
daliſer les faibles.

Cette dernière perſécution ne s'étendit pas dans
tout l'Empire. Il y avait alors en Angleterre quelque
chriſtianiſme, qui s'éclipſa bientôt pour reparaître
enſuite ſous les rois ſaxons. Les Gaules méridionales
& l'Eſpagne étaient remplies de chrétiens. Le céſar
Conſtance Chlore les protégea beaucoup dans toutes
ces provinces. Il avait une concubine qui était chrétienne, c'eſt la mère de *Conſtantin*, connue ſous le
nom de *ſainte Hélène ;* car il n'y eut jamais de mariage
avéré entre elle & lui, & il la renvoya même dès l'an 292,
quand il épouſa la fille de *Maximien-Hercule ;* mais elle
avait conſervé ſur lui beaucoup d'aſcendant, & lui avait
inſpiré une grande affection pour notre ſainte religion.

La divine Providence prépara par des voies qui
ſemblent humaines le triomphe de ſon Egliſe. *Conſtance
Chlore* mourut en 306, à Yorck en Angleterre, dans
un temps où les enfans qu'il avait de la fille d'un céſar
étaient en bas âge, & ne pouvaient prétendre à l'empire. *Conſtantin* eut la confiance de ſe faire élire à
Yorck par cinq ou ſix mille ſoldats allemands, gaulois, & anglais, pour la plupart. Il n'y avait pas d'apparence que cette élection faite ſans le conſentement
de Rome, du ſénat, & des armées, pût prévaloir ;
mais DIEU lui donna la victoire ſur *Maxence*, élu à
Rome, & le délivra enfin de tous ſes collégues. On
ne peut diſſimuler qu'il ne ſe rendît d'abord indigne
des faveurs du ciel, par le meurtre de tous ſes proches,
de ſa femme, & de ſon fils.

On peut douter de ce que *Zozime* rapporte à ce
ſujet. Il dit que *Conſtantin* agité de remords, après

tant de crimes, demanda aux pontifes de l'empire, s'il y avait quelques expiations pour lui, & qu'ils lui dirent qu'ils n'en connaiffaient pas. Il eft bien vrai qu'il n'y en avait point eu pour *Néron*, & qu'il n'avait ofé affifter aux facrés myftères en Grèce. Cependant, les tauroboles étaient en ufage; & il eft bien difficile de croire qu'un empereur tout-puiffant n'ait pu trouver un prêtre qui voulût lui accorder des facrifices expiatoires. Peut-être même eft-il encore moins croyable que *Conftantin* occupé de la guerre, de fon ambition, de fes projets, & environné de flatteurs, ait eu le temps d'avoir des remords. *Zozime* ajoute qu'un prêtre égyptien arrivé d'Efpagne, qui avait accès à fa porte, lui promit l'expiation de tous fes crimes dans la religion chrétienne. On a foupçonné que ce prêtre était *Ozius*, évêque de Cordoue.

Quoi qu'il en foit, *Conftantin* communia avec les chrétiens, bien qu'il ne fût jamais que catéchumène, & réferva fon baptême pour le moment de fa mort. Il fit bâtir fa ville de Conftantinople, qui devint le centre de l'empire & de la religion chrétienne. Alors l'Eglife prit une forme augufte.

Il eft à remarquer que dès l'an 314, avant que *Conftantin* réfidât dans fa nouvelle ville, ceux qui avaient perfécuté les chrétiens furent punis par eux de leurs cruautés. Les chrétiens jetèrent la femme de *Maximien* dans l'Oronte; ils égorgèrent tous fes parens; ils maffacrèrent dans l'Egypte & dans la Paleftine, les magiftrats qui s'étaient le plus déclarés contre le chriftianifme. La veuve & la fille de *Galère* s'étant cachées à Theffalonique, furent reconnues, & leur corps fut jeté dans la mer. Il eût été à fouhaiter que les chrétiens euſſent moins écouté l'eſprit de vengeance; mais DIEU, qui punit ſelon ſa juſtice, voulut que les mains des chrétiens fuſſent teintes du ſang de leurs perſécuteurs, ſitôt que ces chrétiens furent en liberté d'agir.

Conſtantin convoqua, aſſembla dans Nicée, vis-à-vis de Conſtantinople, le premier concile œcuménique, auquel préſida *Ozius*. On y décida la grande queſtion qui agitait l'Egliſe, touchant la divinité de JESUS-CHRIST; les uns ſe prévalaient de l'opinion d'*Origène*, qui dit au chap. VI contre *Celſe: Nous préſentons nos prières à* DIEU *par* JESUS, *qui tient le milieu entre les natures créées, & la nature incréée, qui nous apporte la grâce de ſon père, & préſente nos prières au grand* DIEU *en qualité de notre pontife*. Ils s'appuyaient auſſi ſur pluſieurs paſſages de St *Paul*, dont on a rapporté quelques-uns. Ils ſe fondaient ſurtout ſur ces paroles de JESUS-CHRIST, *Mon père eſt plus grand que moi;* & ils regardèrent JESUS comme le premier né de la création, comme la pure émanation de l'Etre ſuprême, mais non pas préciſément comme DIEU.

Les autres qui étaient orthodoxes, alléguaient des paſſages plus conformes à la divinité éternelle de JESUS, comme celui-ci: *Mon père & moi nous ſommes la même choſe;* paroles que les adverſaires interprétaient comme ſignifiant; *mon père & moi nous avons le même deſſein, la même volonté; je n'ai point d'autres déſirs que ceux de mon père. Alexandre*, évêque d'Alexandrie, & après lui *Athanaſe*, étaient à la tête des orthodoxes, & *Euſèbe* évêque de Nicomédie avec dix-ſept autres évêques, le prêtre *Arius*, & pluſieurs prêtres, étaient dans le parti oppoſé. La querelle fut d'abord

envenimée, parce que *St Alexandre* traita ſes adverſaires d'antechriſts.

Enfin, après bien des diſputes, le St Eſprit décida
ainſi dans le concile, par la bouche de 299 évêques,
contre dix-huit : JESUS *eſt fils unique de* DIEU, *engendré
du père,* c'eſt-à-dire, *de la ſubſtance du père,* DIEU *de*
DIEU, *lumière de lumière, vrai* DIEU *de vrai* DIEU,
conſubſtantiel au père; nous croyons auſſi au St *Eſprit &c.*
Ce fut la formule du concile. On voit par cet
exemple combien les évêques l'emportaient ſur les
ſimples prêtres. Deux mille perſonnes du ſecond ordre
étaient de l'avis d'*Arius*, au rapport de deux patriarches
d'Alexandrie, qui ont écrit la chronique d'Alexandrie
en arabe. *Arius* fut exilé par *Conſtantin; mais Athanaſe*
le fut auſſi bientôt après, & *Arius* fut rappelé à
Conſtantinople. Alors St *Macaire* pria DIEU ſi ardem-
ment de faire mourir *Arius*, avant que ce prêtre pût
entrer dans la cathédrale, que DIEU exauça ſa prière.
Arius mourut en allant à l'égliſe en 330. L'empereur
Conſtantin finit ſa vie en 337. Il mit ſon teſtament
entre les mains d'un prêtre arien, & mourut entre
les bras du chef des ariens *Euſèbe*, évêque de Nicomédie, ne s'étant fait baptiſer qu'au lit de mort, &
laiſſant l'Egliſe triomphante, mais diviſée.

Les partiſans d'*Athanaſe* & ceux d'*Euſèbe* ſe firent
une guerre cruelle; & ce qu'on appelle l'arianiſme
fut long-temps établi dans toutes les provinces de
l'empire.

Julien le philoſophe, ſurnommé l'apoſtat, voulut
étouffer ces diviſions, & ne put y parvenir.

Le ſecond concile général fut tenu à Conſtantinople en 318. On y expliqua ce que le concile de

Nicée n'avait pas jugé à propos de dire fur le Saint-Efprit ; & on ajouta à la formule de Nicée, *que le St Efprit eft Seigneur vivifiant, qui procède du Père, & qu'il eft adoré & glorifié avec le Père & le Fils.*

Ce ne fut que vers le neuvième fiècle que l'Eglife latine ftatua par degrés que le St Efprit procède du Père & du Fils.

En 431, le troifième concile général tenu à Ephéfe décida que *Marie* était véritablement mère de DIEU, & que JESUS avait deux natures & une perfonne: *Neftorius*, évêque de Conftantinople, qui voulait que la fainte Vierge fût appelée mère de CHRIST, fut déclaré *Judas* par le concile, & les deux natures furent encore confirmées par le concile de Chalcédoine.

Je pafferai légérement fur les fiècles fuivans qui font affez connus. Malheureufement il n'y eut aucune de ces difputes qui ne caufât des guerres, & l'Eglife fut toujours obligée de combattre. DIEU permit encore, pour exercer la patience des fidelles, que les Grecs & les Latins rompirent fans retour au neuvième fiècle : il permit encore qu'en Occident il y eût vingt-neuf fchifmes fanglans pour la chaire de Rome.

Cependant l'Eglife grecque prefque toute entière, & toute l'Eglife d'Afrique devinrent efclaves fous les Arabes, & enfuite fous les Turcs, qui élevèrent la religion mahométane fur les ruines de la chrétienne; l'Eglife romaine fubfifta, mais toujours fouillée de fang par plus de fix cents ans de difcorde, entre l'empire d'Occident & le facerdoce. Ces querelles mêmes la rendirent très-puiffante. Les évêques, les abbés, en Allemagne, fe firent tous princes ; & les papes acquirent peu-à-peu la domination abfolue dans

Rome, & dans un pays de cent lieues. Ainfi DIEU éprouva fon Eglife par les humiliations, par les trou‑ bles, par les crimes, & par la fplendeur.

Cette Eglife latine perdit au feizième fiècle la moitié de l'Allemagne, le Danemarck, la Suède, l'Angle‑ terre, l'Ecoffe, l'Irlande, la meilleure partie de la Suiffe, la Hollande ; elle a gagné plus de terrain en Amérique par les conquêtes des Efpagnols, qu'elle n'en a perdu en Europe ; mais avec plus de territoire elle a bien moins de fujets.

La Providence divine femblait deftiner le Japon, Siam, l'Inde, & la Chine, à fe ranger fous l'obéif‑ fance du pape, pour le récompenfer de l'Afie mineure, de la Syrie, de la Grèce, de l'Egypte, de l'Afrique, de la Ruffie, & des autres Etats perdus, dont nous avons parlé. *St François Xavier* qui porta le faint Evangile aux Indes orientales & au Japon, quand les Portugais y allèrent chercher des marchandifes, fit un très-grand nombre de miracles, tous atteftés par les révérends pères jéfuites : quelques-uns difent qu'il reffufcita neuf morts ; mais le R. P. *Ribadeneira*, dans fa Fleur des Saints, fe borne à dire qu'il n'en reffuf‑ cita que quatre ; c'eft bien affez. La Providence voulut qu'en moins de cent années il y eût des milliers de catholiques romains dans les îles du Japon. Mais le diable fema fon ivraie au milieu du bon grain. Les chrétiens formèrent une conjuration fuivie d'une guerre civile, dans laquelle ils furent tous exterminés en 1638. Alors la nation ferma fes ports à tous les étrangers, excepté aux Hollandais, qu'on regardait comme des marchands, & non pas comme des chré‑ tiens ; & qui furent d'abord obligés de marcher fur

la croix, pour obtenir la permiffion de vendre leurs
denrées dans la prifon où on les renferme lorfqu'ils
abordent à Nangazaki.

La religion catholique, apoftolique, & romaine, fut
profcrite à la Chine dans nos derniers temps, mais
d'une manière moins cruelle. Les RR. PP. jéfuites
n'avaient pas à la vérité reffufcité des morts à la cour
de Pékin ; ils s'étaient contenté d'enfeigner l'aftronomie, de fondre du canon, & d'être mandarins.
Leurs malheureufes difputes avec des dominicains &
d'autres, fcandaliferent à tel point le grand empereur
Yontchin, que ce prince, qui était la juftice & la bonté
même, fut affez aveugle pour ne plus permettre qu'on
enfeignât notre fainte religion, dans laquelle nos
miffionnaires ne s'accordaient pas. Il les chaffa avec
une bonté paternelle, leur fourniffant des fubfiftances
& des voitures jufqu'aux confins de fon Empire.

Toute l'Afie, toute l'Afrique, la moitié de l'Europe,
tout ce qui appartient aux Anglais, aux Hollandais,
dans l'Amérique, toutes les hordes américaines non
domptées, toutes les terres auftrales, qui font une
cinquième partie du globe, font demeurées la proie
du démon, pour vérifier cette fainte parole : *Il y en
a beaucoup d'appelés, mais peu d'élus.* S'il y a environ
feize cents millions d'hommes fur la terre, comme
quelques doctes le prétendent, la fainte Eglife romaine
catholique univerfelle en poffede à-peu-près foixante
millions ; ce qui fait plus de la vingt-fixième partie des
habitans du monde connu.

CHRONOLOGIE.

ON difpute depuis long-temps fur l'ancienne chronologie, mais y en a-t-il une?

Il faudrait que chaque peuplade confidérable eût
poffédé & confervé des regiftres authentiques bien
atteftés. Mais combien peu de peuplades favaient
écrire? & dans le petit nombre d'hommes qui cultivèrent cet art fi rare, s'en eft-il trouvé qui priffent
la peine de marquer deux dates avec exactitude?

Nous avons à la vérité dans des temps très-récens
les obfervations céleftes des Chinois & des Chaldéens.
Elles ne remontent qu'environ deux mille ans plus ou
moins avant notre ère vulgaire. Mais quand les premières annales fe bornent à nous inftruire qu'il y eut
une éclipfe fous un tel prince, c'eft nous apprendre que
ce prince exiftait, & non pas ce qu'il a fait.

De plus, les Chinois comptent l'année de la mort
d'un empereur toute entière, fût-il mort le premier
jour de l'an; & fon fucceffeur date l'année fuivante
du nom de fon prédéceffeur. On ne peut montrer plus
de refpect pour fes ancêtres; mais on ne peut fupputer
le temps d'une manière plus fautive en comparaifon
de nos nations modernes.

Ajoutez que les Chinois ne commencent leur cycle
fexagénaire, dans lequel ils ont mis de l'ordre, qu'à
l'empereur *Iao*, deux mille trois cents cinquante-fept
ans avant notre ère vulgaire. Tout le temps qui précède cette époque eft d'une obfcurité profonde.

Les hommes fe font toujours contentés de l'à-peu-
près en tout genre. Par exemple, avant les horloges

on ne favait qu'à-peu-près les heures du jour & de la
nuit. Si on bâtiffait, les pierres n'étaient qu'à-peu-
près taillées, les bois à-peu-près équarris, les membres
des ftatues à-peu-près dégroffis : on ne connaiffait
qu'à-peu-près fes plus proches voifins ; & malgré la
perfection où nous avons tout porté, c'eft ainfi qu'on
en ufe encore dans la plus grande partie de la terre.

Ne nous étonnons donc pas s'il n'y a nulle part de
vraie chronologie ancienne. Ce que nous avons des
Chinois eft beaucoup, fi vous le comparez aux autres
nations.

Nous n'avons rien des Indiens ni des Perfes, prefque
rien des anciens Egyptiens. Tous nos fyftèmes inventés
fur l'hiftoire de ces peuples , fe contredifent autant
que nos fyftèmes métaphyfiques.

Les olympiades des Grecs ne commencent que fept
cents vingt-huit ans avant notre manière de compter.
On voit feulement vers ce temps-là quelques flambeaux
dans la nuit, comme l'ère de *Nabonaffar* , la guerre de
Lacédémone & de Meffène ; encore difpute-t-on fur
ces époques.

Tite-Live n'a garde de dire en quelle année *Romulus*
commença fon prétendu règne. Les Romains, qui
favaient combien cette époque eft incertaine, fe feraient
moqués de lui s'il eût voulu la fixer.

Il eft prouvé que les deux cents quarante ans qu'on
attribue aux fept premiers rois de Rome , font le
calcul le plus faux.

Les quatre premiers fiècles de Rome font abfolument dénués de chronologie.

Si quatre fiècles de l'empire le plus mémorable de
la terre, ne forment qu'un amas indigefte d'événemens

mêlés de fables, fans prefque aucune date, que fera-ce
de petites nations refferrées dans un coin de terre,
qui n'ont jamais fait aucune figure dans le monde,
malgré tous leurs efforts pour remplacer en charla-
taneries & en prodiges, ce qui leur manquait en
puiffance & en culture des arts ?

De la vanité des fyftèmes, furtout en chronologie.

M. l'abbé de *Condillac* rendit un très-grand fervice
à l'efprit humain, quand il fit voir le faux de tous les
fyftèmes. Si on peut efpérer de rencontrer un jour
un chemin vers la vérité, ce n'eft qu'après avoir bien
reconnu tous ceux qui mènent à l'erreur. C'eft du
moins une confolation d'être tranquille, de ne plus
chercher, quand on voit que tant de favans ont cherché
en vain.

La chronologie eft un amas de veffies remplies de
vent. Tous ceux qui ont cru y marcher fur un terrain
folide, font tombés. Nous avons aujourd'hui quatre-
vingts fyftèmes, dont il n'y en a pas un de vrai.

Les Babyloniens difaient : nous comptons quatre
cents foixante & treize mille années d'obfervations
céleftes. Vient un parifien qui leur dit : Votre compte
eft jufte ; vos années étaient d'un jour folaire ; elles
reviennent à douze cents quatre-vingt-dix-fept des
nôtres, depuis *Atlas* roi d'Afrique, grand aftronome,
jufqu'à l'arrivée d'*Alexandre* à Babylone.

Mais jamais, quoi qu'en dife notre parifien, aucun
peuple n'a pris un jour pour un an ; & le peuple de
Babylone encore moins que perfonne. Il fallait feulement que ce nouveau venu de Paris dît aux Chaldéens :

Vous êtes des exagérateurs, & nos ancêtres des ignorans ; les nations sont sujettes à trop de révolutions pour conserver des quatre mille sept cents trente-six siècles de calculs astronomiques. Et quant au roi des Maures *Atlas*, personne ne sait en quel temps il a vécu. *Pythagore* avait autant de raison de prétendre avoir été coq, que vous de vous vanter de tant d'observations. (1)

Le grand ridicule de toutes ces chronologies fantastiques, est d'arranger toutes les époques de la vie d'un homme, sans savoir si cet homme a existé.

Langlet répète après quelques autres, dans sa *Compilation chronologique de l'histoire universelle.*, que précisément dans le temps d'*Abraham*, six ans après la mort de *Sara*, très-peu connue des Grecs, *Jupiter* âgé de soixante & deux ans commença à régner en Thessalie ; que son règne fut de soixante ans ; qu'il épousa sa sœur *Junon*; qu'il fut obligé de céder les côtes maritimes à son frère *Neptune ;* que les Titans lui firent la guerre. Mais y a-t-il eu un *Jupiter ?* C'était par-là qu'il fallait commencer.

(1) Plusieurs savans ont imaginé que ces prétendues époques chronologiques n'étaient que des périodes astronomiques imaginées pour comparer entre elles les révolutions des planètes & celle des fixes. Ces périodes, dont les prêtres astronomes & philosophes avaient seuls le secret, étant venues à la connaissance du peuple & des étrangers, on les prit pour des époques réelles, & on y arrangea des événemens miraculeux, des dynasties de rois qui régnaient chacun des milliers d'années &c. &c. ; cette opinion assez probable est la seule idée raisonnable qu'on ait eue sur cette question.

CICERON.

C'est dans le temps de la décadence des beaux arts en France, c'est dans le fiècle des paradoxes, & dans l'avilissement de la littérature & de la philo- fophie perfécutées, qu'on veut flétrir *Cicéron*; & quel est l'homme qui effaie de déshonorer fa mémoire? c'est un de fes difciples; c'est un homme qui prête, comme lui, fon ministère à la défenfe des accufés; c'est un avocat qui a étudié l'éloquence chez ce grand maître; c'est un citoyen qui paraît animé comme *Cicéron* même de l'amour du bien public. (1)

Dans un livre intitulé *Canaux navigables*, livre rempli de vues patriotiques & grandes plus que pra- ticables, on est bien étonné de lire cette philippique contre *Cicéron*, qui n'a jamais fait creufer de canaux.

„ Le trait le plus glorieux de l'hiftoire de *Cicéron*,
„ c'est la ruine de la conjuration de *Catilina*; mais
„ à le bien prendre, elle ne fit du bruit à Rome
„ qu'autant qu'il affecta d'y mettre de l'importance.

(1) M. *Linguet.* Cette fatire de *Cicéron* est l'effet de ce fecret penchant qui porte un grand nombre d'écrivains à combattre non les préjugés populaires, mais les opinions des hommes éclairés. Ils femblent dire comme *Céfar* : j'aimerais mieux être le premier dans une bicoque que le fecond dans Rome. Pour acquérir quelque gloire en fuivant les traces des hommes éclairés, il faut ajouter des vérités nouvelles à celles qu'ils ont établies; il faut faifir ce qui leur est échappé, voir mieux & plus loin qu'eux. Il faut être né avec du génie, le cultiver par des études affidues, fe livrer à des travaux opiniâtres, & favoir enfin attendre la réputation. Au contraire, en combattant leurs opinions, on est fûr d'acquérir à meilleur marché une gloire plus prompte & plus brillante; & fi on aime mieux compter les fuffrages que de les pefer, il n'y a point à balancer entre ces deux partis.

,, Le danger exiſtait dans ſes diſcours bien plus que
,, dans la choſe. C'était une entrepriſe d'hommes
,, ivres qu'il était facile de déconcerter. Ni le chef,
,, ni les complices n'avaient pris la moindre meſure
,, pour aſſurer le ſuccès de leur crime. Il n'y eut
,, d'étonnant dans cette étrange affaire que l'appareil
,, dont le conſul chargea toutes ſes démarches, &
,, la facilité avec laquelle on lui laiſſa ſacrifier à ſon
,, amour-propre tant de rejetons des plus illuſtres
,, familles.

,, D'ailleurs, la vie de *Cicéron* eſt pleine de traits
,, honteux; ſon éloquence était vénale autant que
,, ſon ame était puſillanime. Si ce n'était pas l'intérêt
,, qui dirigeait ſa langue, c'était la frayeur ou l'eſpé-
,, rance. Le déſir de ſe faire des appuis le portait à
,, la tribune pour y défendre ſans pudeur des hommes
,, plus déshonorés, plus dangereux cent fois que
,, *Catilina*. Parmi ſes cliens, on ne voit preſque que
,, des ſcélérats; & par un trait ſingulier de la juſtice
,, divine, il reçut enfin la mort des mains d'un de
,, ces miſérables que ſon art avait dérobés aux rigueurs
,, de la juſtice humaine. ,,

A le bien prendre, la conjuration de *Catilina* fit à
Rome plus que *du bruit;* elle la plongea dans le plus
grand trouble, & dans le plus grand danger. Elle né
fut terminée que par une bataille ſi ſanglante qu'il
n'eſt aucun exemple d'un pareil carnage, & peu d'un
courage auſſi intrépide. Tous les ſoldats de *Catilina*
après avoir tué la moitié de l'armée de *Petreius*, furent
tués juſqu'au dernier; *Catilina* périt percé de coups
ſur un monceau de morts, & tous furent trouvés le
viſage tourné contre l'ennemi. Ce n'était pas là une

entreprife fi facile à déconcerter; *Céfar* la favorifait; elle apprit à *Céfar* à confpirer un jour plus heureufement contre fa patrie.

Cicéron défendait fans pudeur des hommes plus déshonorés, plus dangereux cent fois que Catilina.

Eft-ce quand il défendait dans la tribune la Sicile contre *Verrès*, & la république romaine contre *Antoine*? eft-ce quand il réveillait la clémence de *Céfar* en faveur de *Ligarius* & du roi *Dejotare*? ou lorfqu'il obtenait le droit de cité pour le poëte *Archias*? ou lorfque dans fa belle oraifon pour la loi *Manilia* il emportait tous les fuffrages des Romains en faveur du grand *Pompée*?

Il plaida pour *Milon* meurtrier de *Clodius*; mais *Clodius* avait mérité fa fin tragique par fes fureurs. *Clodius* avait trempé dans la conjuration de *Catilina*; *Clodius* était fon plus mortel ennemi; il avait foulevé Rome contre lui, & l'avait puni d'avoir fauvé Rome; *Milon* était fon ami.

Quoi! c'eft de nos jours qu'on ofe dire que D I E U punit *Cicéron* d'avoir plaidé pour un tribun militaire nommé *Popilius Léna*, & que la vengeance célefte le fit affaffiner par ce *Popilius Léna* même! Perfonne ne fait fi *Popilius Léna* était coupable ou non du crime dont *Cicéron* le juftifia quand il le défendit; mais tous les hommes favent que ce monftre fut coupable de la plus horrible ingratitude, de la plus infame avarice, & de la plus déteftable barbarie, en affaffinant fon bienfaiteur pour gagner l'argent de trois monftres comme lui. Il était réfervé à notre fiècle de vouloir faire regarder l'affaffinat de *Cicéron* comme un acte de la juftice divine. Les triumvirs ne l'auraient pas ofé,

Tous les fiècles jufqu'ici ont détefté & pleuré fa mort.

On reproche à *Cicéron* de s'être vanté trop fouvent d'avoir fauvé Rome, & d'avoir trop aimé la gloire. Mais fes ennemis voulaient flétrir cette gloire. Une faction tyrannique le condamnait à l'exil, & abattait fa maifon, parce qu'il avait préfervé toutes les maifons de Rome de l'incendie que *Catilina* leur préparait. Il vous eft permis, c'eft même un devoir de vanter vos fervices quand on les méconnaît, & furtout quand on vous en fait un crime.

On admire encore *Scipion* de n'avoir répondu à fes accufateurs que par ces mots : *C'eft à pareil jour que j'ai vaincu Annibal, allons rendre grâce aux dieux.* Il fut fuivi par tout le peuple au capitole, & nos cœurs l'y fuivent encore en lifant ce trait d'hiftoire ; quoiqu'après tout il eût mieux valu rendre fes comptes que fe tirer d'affaire par un bon mot.

Cicéron fut admiré de même par le peuple romain le jour qu'à l'expiration de fon confulat, étant obligé de faire les fermens ordinaires, & fe préparant à haranguer le peuple felon la coutume, il en fut empêché par le tribun *Metellus*, qui voulait l'outrager. *Cicéron* avait commencé par ces mots : *Je jure ;* le tribun l'interrompit, & déclara qu'il ne lui permettrait pas de haranguer. Il s'éleva un grand murmure. *Cicéron* s'arrêta un moment ; & renforçant fa voix noble & fonore, il dit pour toute harangue : *Je jure que j'ai fauvé la patrie.* L'affemblée enchantée s'écria : *Nous jurons qu'il a dit la vérité.* Ce moment fut le plus beau de fa vie. Voilà comme il faut aimer la gloire.

Je

Je ne fais où j'ai lu autrefois ces vers ignorés :

Romains, j'aime la gloire & ne veux point m'en taire;
Des travaux des humains c'eft le digne falaire :
Ce n'eft qu'en vous fervant qu'il la faut acheter :
Qui n'ofe la vouloir n'ofe la mériter.

Peut-on méprifer *Cicéron* fi on confidère fa conduite dans fon gouvernement de la Cilicie, qui était alors une des plus importantes provinces de l'empire romain, en ce qu'elle confinait à la Syrie & à l'empire des Parthes. Laodicée, l'une des plus belles villes d'Orient, en était la capitale : cette province était auffi floriffante qu'elle eft dégradée aujourd'hui fous le gouvernement des Turcs, qui n'ont jamais eu de *Cicéron*.

Il commence par protéger le roi de Cappadoce *Ariobarzane*, & il refufe les préfens que ce roi veut lui faire. Les Parthes viennent attaquer en pleine paix Antioche; *Cicéron* y vole, il atteint les Parthes après des marches forcées par le mont Taurus, il les fait fuir, il les pourfuit dans leur retraite, *Orzace* leur général eft tué avec une partie de fon armée.

De là il court à Pendeniffum capitale d'un pays allié des Parthes, il la prend; cette province eft foumife. Il tourne auffitôt contre les peuples appelés *Tiburaniens*, il les défait; & fes troupes lui défèrent le titre d'*empereur* qu'il garda toute fa vie. Il aurait obtenu à Rome les honneurs du triomphe fans *Caton* qui s'y oppofa, & qui obligea le fénat à ne décerner que des réjouiffances publiques & des remercîmens aux dieux, lorfque c'était à *Cicéron* qu'on devait en faire.

Si on fe repréfente l'équité, le défintéréffement de
Cicéron dans fon gouvernement, fon activité, fon
affabilité, deux vertus fi rarement compatibles, les
bienfaits dont il combla les peuples dont il était le
fouverain abfolu, il faudra être bien difficile pour
ne pas accorder fon eftime à un tel homme.

Si vous faites réflexion que c'eft-là ce même romain
qui le premier introduifit la philofophie dans Rome,
que fes Tufculanes & fon livre de la Nature des dieux
font les deux plus beaux ouvrages qu'ait jamais écrit
la fageffe qui n'eft qu'humaine, & que fon traité des
Offices eft le plus utile que nous ayons en morale, il
fera encore plus mal aifé de méprifer *Cicéron*. Plaignons ceux qui ne le lifent pas, plaignons encore
plus ceux qui ne lui rendent pas juftice.

Oppofons au détracteur français les vers de l'efpagnol
Martial dans fon épigramme contre *Antoine*.

> *Quid profunt facræ pretiofa filentia linguæ ?*
> *Incipient omnes pro Cicerone loqui.*

Ta prodigue fureur acheta fon filence,
   Mais l'univers entier parle à jamais pour lui.

Voyez furtout ce que dit *Juvenal* :

> *Roma patrem patriæ Ciceronem libera*

Fin du Tome fecond.

TABLE

DES ARTICLES

CONTENUS DANS CE VOLUME.

Fin de la Table du Tome second.